福克纳文集

去吧,摩西

［美］威廉·福克纳 / 著
李文俊 / 译

William Faulkner
GO DOWN, MOSES
根据 Modern Library，1955 年版译出。

图书在版编目（CIP）数据

去吧，摩西／（美）威廉·福克纳著；李文俊译. —北京：人民文学出版社，2021
（福克纳文集）
ISBN 978-7-02-012810-5

Ⅰ.①去… Ⅱ.①威… ②李… Ⅲ.①长篇小说—美国—现代 Ⅳ.①I712.45

中国版本图书馆 CIP 数据核字(2017)第 114685 号

责任编辑　马爱农
装帧设计　黄云香
责任校对　杨益民
责任印制　廖　冉

出版发行　人民文学出版社
社　　址　北京市朝内大街 166 号
邮政编码　100705

印　　刷　三河市鑫金马印装有限公司
经　　销　全国新华书店等

字　　数　270 千字
开　　本　880 毫米×1230 毫米　1/32
印　　张　12.125　插页 3
印　　数　1—8000
版　　次　2021 年 5 月北京第 1 版
印　　次　2021 年 5 月第 1 次印刷

书　　号　978-7-02-012810-5
定　　价　52.00 元

如有印装质量问题，请与本社图书销售中心调换。电话:010-65233595

目 录

前言 ·· 1
谱系图 ·· 9
人物表 ·· 1

献词 ·· 1
话说当年 ·· 1
灶火与炉床 ·· 31
大黑傻子 ·· 127
古老的部族 ·· 153
熊 ·· 179
三角洲之秋 ·· 321
去吧,摩西 ·· 353

前　　言

《去吧,摩西》(*Go Down, Moses*,1942)是威廉·福克纳的第十七部作品,也是他的第十三部长篇小说。人们常把这部小说视为他从一九二九年的《喧哗与骚动》开始的鼎盛时期的最后一部作品。这以后,福克纳还发表了七部作品,但是似乎都未能超过以前的水平。

从福克纳的书信与讲演中,我们可以得知他创作此书的一些情况以及他自己对此书的看法。

一九四一年五月一日,福克纳给他的出版者兰登书屋的罗伯特·哈斯写了一封信,信里说:

"亲爱的鲍勃:

去年我提到过一本集子,一部短篇小说集,总的主题是南方白人与黑人种族之间的关系。我的计划是这样的:

书名:去吧,摩西

小说篇目:

《灶火与炉床》

第一部分:已在《科利尔》杂志上发表。

第二部分:《大西洋月刊》。

第三部分:尚未发表。

《大黑傻子》:《哈泼》杂志

《古老的部族》:

《三角洲之秋》:尚未发表。

《去吧,摩西》:《科利尔》。

我还要在某种程度上改写它们;在改写的过程中也许还会添加一些材料。书的规模大致与《没有被征服的》相当。"

一九四一年五月十三日,福克纳在给哈斯的信中又往选目里加进一篇,题目他显然还未想好,因为他仅用小写写上"当我和布克大叔"这几个字。后来他一度把这一篇叫作《几乎》,正式出版时才确定为《话说当年》(Was)。

五月二十二日福克纳在给哈斯的信里又提到了他的计划:"……奥伯①处已有四篇讲黑人的故事。我还可以再进一步发挥,再写上几篇,出一本像《没有被征服的》那样的书,也许可以在六个月之内把材料搞齐。"

到这时为止福克纳还没有具体提到要写《熊》。六七月间,他开始写《熊》了。十二月二日,福克纳致函哈斯说:"我十二月一日交稿的诺言无法实现了。可写的内容比我当初想的要多得多,可以成为我能引以为豪的一个章节,但需要精心地写,得反复修改才能写好。我正在写呢……"福克纳这里指的显然是《熊》的第四章。

十二月中旬,兰登书屋收到了一百二十一页打字稿,上附给编辑与排字工人的明确指示:"不得改动标点符号或句子结构。"接着,福克纳又扩展《三角洲之秋》。他还在信中关照得把早先寄去的那篇《去吧,摩西》放在后面,作为全书最后的一篇。

一九四二年一月二十一日,福克纳将《去吧,摩西》一书的献

---

① 哈罗德·奥伯,福克纳当时的文学代理人。

词(即书前关于卡洛琳·巴尔大妈的那段话)寄给了罗伯特·哈斯。

一九四二年五月十一日,这本书出版了。但是书名成了《〈去吧,摩西〉及其他故事》。

一九四七年春天,福克纳在密西西比大学与英语系学生谈话,在回答提问时说:"《去吧,摩西》——我原先是作为一部短篇小说集写的。可是在改写后它成了一个物体的七个刻面(facets)。其实它就是一部短篇集。"他还把这本书与《喧哗与骚动》《我弥留之际》并提,认为是他最好的作品。

一九四九年,哈斯写信给福克纳,说出版社要重印《〈去吧,摩西〉及其他故事》,问他有什么地方需要改动。福克纳在一月二十六日的回信里说:"《摩西》其实是一部长篇小说。我不打算删去故事或章节的标题。你认为有必要给这些故事像章节一样列上次序吗?干吗不照原来样子重印呢,但是得把书名从《〈去吧,摩西〉及其他故事》改为《去吧,摩西》,并在封套说明上做相应的修改。……要是允许我事后放炮的话,我看只有兰登书屋才会那么认真,非得在《去吧,摩西》后面加上'及其他故事'这几个字。我记得当初我看到印好的扉页时的那份惊愕(当然也不算很大)。我说,再版时就干脆利落地叫它《去吧,摩西》得了,八年前我寄给你们时就是这么写的。"

于是,从一九四九年起,《去吧,摩西》就正式被认为是一部长篇小说。看来,最初福克纳自己也拿不定主意,而是一点点确立自己的看法的。

要是让局外人客观地说,这本书应该算是一部"系列小说"。它由一个统一的主题与属于同一家族的众多人物连接成一体,各篇之间大致都互有关联,但也都能独立成篇。福克纳后来把《熊》

编进《大森林》(1955)短篇集时就抽去了第四章,他认为附有第四章的《熊》是长篇《去吧,摩西》的一部分。对于短篇小说来说,它太沉重了。

《去吧,摩西》的主人公自然是艾萨克·麦卡斯林。他所属的麦卡斯林家族是福克纳笔下的约克纳帕塔法县的几大庄园主家族之一。这部小说就是写这个家族的两个支系(白人后裔包括女儿生的"旁系",以及黑白混血的后裔)几代人的命运的。所涉及的人物有族长卡洛瑟斯·麦卡斯林的双生子梯奥菲留斯(布克)与阿摩蒂乌斯(布蒂),当然,还有布克的儿子艾萨克(艾克)。"旁系"里有老卡洛瑟斯女儿的外孙麦卡斯林(卡斯)·爱德蒙兹、卡斯的儿子扎卡里(扎克)、孙子卡洛瑟斯(洛斯)。白人人物中比较重要的还有艾克的母亲索凤西芭、舅舅休伯特·布钱普。小说的另一人物支系(黑人)姓的就是后面的这个庄园主的姓。老卡洛瑟斯不愿让他与黑女奴(亦即他的女儿)所生的儿子姓自己的姓,这个奴隶只能被称为托梅(黑女奴名)的图尔。在图尔娶了布钱普家的女奴生了孩子后,他的孩子才有了姓——布钱普。而堪称《去吧,摩西》第二号人物的路喀斯·布钱普就是图尔的小儿子。而他的妻子莫莉——我们有充分理由可以认为福克纳家的老女佣卡洛琳·巴尔即是其原型——与外孙赛缪尔分别是"系列小说"的两篇(前者)与一篇(后者)中的主要人物。为帮助读者弄清人物之间的关系,译者特绘制了一张"谱系图",附在序言的后面。

另外,还有一个人物是不能不提的,他就是印第安酋长与黑女奴所生的混血儿山姆·法泽斯。他是艾萨克精神上的父亲,不仅教会了艾萨克打猎,也教会了他怎样做人。

《去吧,摩西》写到的时间,最早的是一八五九年(追述的部分不算),最晚的则是福克纳写作的"当时"——一九四一年。若按

先后次序排列,书中写到的较大事件约有这么一些:

一八五九年　布克与麦卡斯林·爱德蒙兹去休伯特·布钱普处追捕逃奴托梅的图尔。布克被扣。布蒂与休伯特打牌,救回布克,并赢得一黑女奴。布克后来娶了索凤西芭·布钱普,于一八六七年生下艾萨克。(《话说当年》)

一八七七年　艾萨克十岁。他初次加入猎人的队伍,进入大森林。(《熊》)

一八七九年　艾萨克十二岁。杀死他的第一只鹿。法泽斯为他举行印第安族正式成为猎人的仪式。(《古老的部族》)

一八八三年　艾萨克十六岁。猎人们杀死大熊"老班"。名叫"狮子"的猎狗与法泽斯也都先后死去。艾萨克看家中老账本,知道了祖先的罪恶。(《熊》)

一八八五年　艾萨克十八岁。他最后一次去大森林中已被卖掉的营地。他悼念法泽斯。(《熊》)

一八八六年　年底,艾萨克去阿肯色州,设法将一千元给已出嫁的索凤西芭——路喀斯的姐姐。(《熊》)

一八八八年　艾萨克二十一岁。他决定放弃祖产并搬到镇上去住。他发现舅舅休伯特赠与的咖啡壶的秘密。(《熊》)

一八八九年　艾萨克结婚。他拒绝了妻子收回庄园的要求。(《熊》)

一八九五年　托梅的图尔的幼子路喀斯·布钱普二十一岁。他向艾萨克索取应该得到的遗产。(《灶火与炉床》)

一八九八年　扎卡里(扎克)·爱德蒙兹之子卡洛瑟斯(洛斯)诞生,扎克之妻难产死去。路喀斯之妻莫莉去扎克家当乳母。约半年后,路喀斯去"索回"莫莉,后与扎克进行"决斗"。(《灶火与炉床》)

一九〇六年　洛斯八岁。他的种族意识"觉醒",决定不再与路喀斯之子亨利同吃同睡。(《灶火与炉床》)

一九四〇年　莫莉的外孙赛缪尔犯罪被处决。莫莉设法让其遗体"光荣还乡"。(《去吧,摩西》)

一九四一年　路喀斯埋藏酿酒器,无意中发现金币。他迷上挖宝,但最后不得不放弃。(《灶火与炉床》)

一九四一年　艾萨克与洛斯去打猎,他遇见洛斯的情妇,发现她是詹姆士(吉姆)·布钱普——路喀斯长兄——的孙女儿。他看到罪恶循环返回。但他把镶银的号角传给其子。(《三角洲之秋》)

《去吧,摩西》的第三篇《大黑傻子》中的人物、故事均与麦卡斯林家无关。从里面提到"四五年前路喀斯结婚"一语推定,故事应该发生在一九四一年。后来,当弗吉尼亚大学的学生问起为何要将这个故事插在这里时,福克纳回答道:因为"大黑傻子和他的妻子租住的是爱德蒙兹的房子"。福克纳提供的理由显然有些勉强。其实这还是出于福克纳创作时艺术上的需要。他刻画了路喀斯·布钱普之后,大概感到言犹未尽,认为总得有一些更悲壮的笔触,才能全面反映南方黑人生活的图景。

从上面的介绍中可以看出,总主题是美国南方的种族关系,但是其中有三篇作品即《古老的部族》《熊》和《三角洲之秋》却是侧重写打猎的,人称"大森林三部曲"。这里又接触到一个人类怎样对待大自然的问题。而艾萨克正是在打猎的过程中,学会怎样做一个正直的人的。于是,接下去他做出了舍弃有罪恶的祖产的决定。他认为世界应该"在谁也不用个人名义的兄弟友爱气氛下,共同完整地经营"。然而我们不应认为艾萨克即是福克纳。福克纳并不认为放弃祖先罪恶的遗产就是问题的终结。从《三角洲之秋》中所写老卡洛瑟斯的罪孽在后代的身上重新出现,也可以得到证明。此外，福克纳在一九五五年答复一个访问者时说："我认为一个人应该比舍弃做得更多。他应该有更加积极的行动而不能仅仅躲开别人。"接着福克纳列举了自己作品中更加积极的人物，如《坟墓的闯入者》(1948)中的加文·史蒂文斯以及他的外甥。而这个加文·史蒂文斯也就是《去吧，摩西》这篇作品中帮助莫莉大婶的那位律师。

不难看出，《去吧，摩西》一书虽然篇幅不大，却提供了一整个时期的历史画面，概括地反映了美国南方最本质的一些问题。用福克纳自己的话说，这里的故事是"整片南方土地的缩影，是整个南方发展和变迁的历史"。《熊》里也写道："这部编年史本身就是一整个地区的缩影，让它自我相乘再组合起来也就是整个南方了。"作者采取了"系列小说"的形式，这样就可以舍弃一般交代性的笔墨而集中经营戏剧性强烈、诗意浓郁的场面，从而获得一种史诗般的效果。在人物塑造上，这本书一方面刻画出艾萨克·麦卡斯林这样的形象，他代表了白人的良知，另一方面又让我们看到了路喀斯·布钱普灵魂的深处。他是在极其艰难困苦的条件下凭借自己的不屈不挠与聪明才智生存下去的黑人的代表。福克纳一直认为黑人很顽强，他们是能够生存下去并且最终得到自由的。书名的典故也透露了这层意思。《去吧，摩西》原来是一首著名的黑人灵歌的标题。里面唱道：

"去吧，摩西，
　　在遥远的地方埃及，
告诉年迈的法老，
　　让我的人民离去。"

"那时候以色列归埃及管辖，

>让我的人民离去,
>>压迫太厉害他们无法忍受,
>>>让我的人民离去。"

>"'这是上帝的旨意。'勇敢的摩西说,
>>让我的人民离去,
>>>不然我要杀死你的长子,
>>>>让我的人民离去。"

另外,我们也不能忽略书中所写的当时存在于美国南方的第三个种族的代表——山姆·法泽斯。他不但是个优秀的猎人,而且是另一种社会制度的孑遗。书里写到他给艾萨克"讲往昔的时日与种族的事情",当时,土地的所有权"其实……是渺不足道的"。艾萨克在他的熏陶下,终于摆脱了自己与庄园的关系,当了一个像耶稣那样自食其力的木匠。他说:"是山姆·法泽斯使我得到了自由。"山姆·法泽斯这个形象的意义是不能低估的。

最后,请容许我在这里对美国南卡罗来纳大学教授、著名的福克纳专家詹姆斯·B.梅里韦瑟(Professor James B. Meriwether)表示衷心的感激。他与译者两次会面,给予译者许多鼓励与具体的帮助,并且还惠寄高足南西·迪尤·泰勒女士(Nancy Dew Taylor)尚未出版的博士论文《〈去吧,摩西〉诠释》(*Annotations to William Faulkner's GO DOWN, MOSES*)供译者参考。《去吧,摩西》中译最终得以顺利完成是与这些帮助分不开的。

李文俊
一九九四年九月

谱 系 图

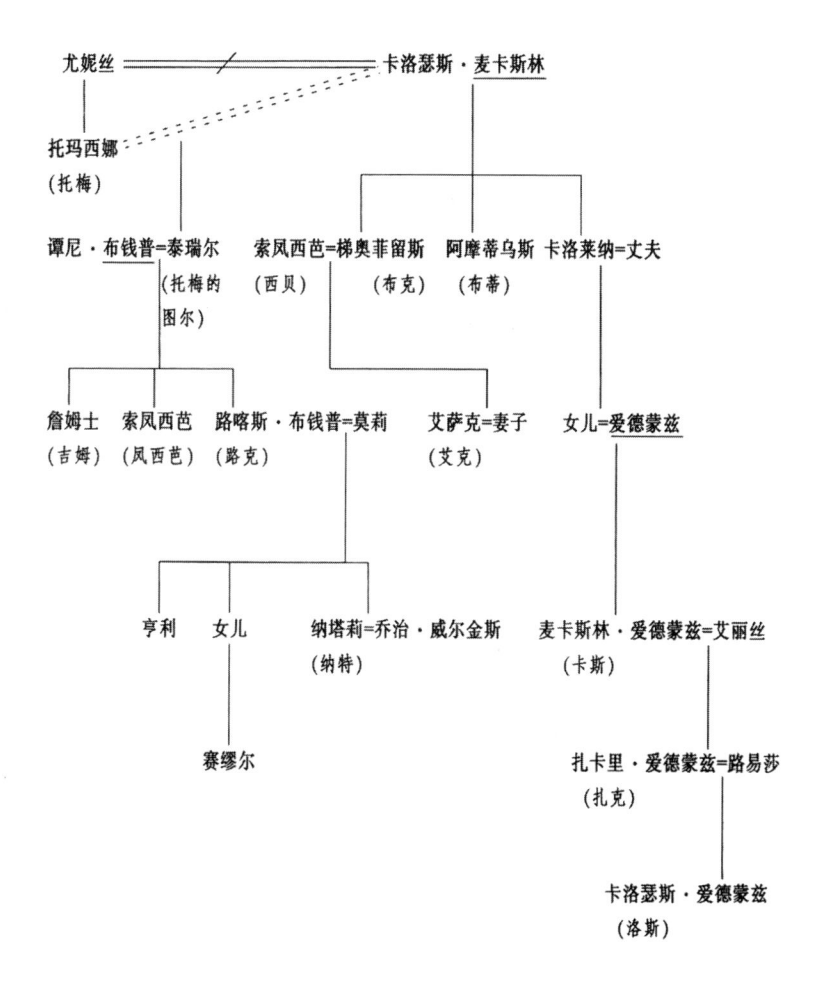

```
尤妮丝 ══════╱══════ 卡洛瑟斯·麦卡斯林
    │                        │
托玛西娜                      │
 (托梅)                       │
    │                        │
谭尼·布钱普=泰瑞尔   索凤西芭=梯奥菲留斯   阿摩蒂乌斯   卡洛莱纳=丈夫
           (托梅的      (西贝)           (布克)      (布蒂)
            图尔)
    ┌──────┬──────┐              │                        │
  詹姆士  索凤西芭  路喀斯·布钱普=莫莉    艾萨克=妻子          女儿=爱德蒙兹
  (吉姆)  (凤西芭)  (路克)               (艾克)
                    │
         ┌──────┬──────────┐
       亨利    女儿    纳塔莉=乔治·威尔金斯         麦卡斯林·爱德蒙兹=艾丽丝
                       (纳特)                       (卡斯)
                          │                                │
                        赛缪尔                    扎卡里·爱德蒙兹=路易莎
                                                    (扎克)
                                                           │
                                                  卡洛瑟斯·爱德蒙兹
                                                      (洛斯)
```

人 物 表

卡洛瑟斯·麦卡斯林(1772—1837)　麦卡斯林家族的族长,约克纳帕塔法县的庄园主。

梯奥菲留斯(布克)·麦卡斯林(1799—1874)　卡洛瑟斯之子。

阿摩蒂乌斯(布蒂)·麦卡斯林(1799—1874)　卡洛瑟斯之子。他与梯奥菲留斯是孪生兄弟。

艾萨克(艾克)·麦卡斯林(1867—1947)　梯奥菲留斯之子。

休伯特·布钱普(？—1877)　邻县"沃维克"庄园的主人,艾萨克的舅父。

索凤西芭(西贝)·布钱普(？—1877)　休伯特之妹,后嫁给梯奥菲留斯·麦卡斯林。艾萨克之母。

麦卡斯林(卡斯)·爱德蒙兹(1850—？)　卡洛瑟斯·麦卡斯林女儿的外孙,艾萨克的表外甥。代艾萨克管理麦卡斯林家庄园。

尤妮丝(？—1832)　卡洛瑟斯·麦卡斯林的黑女奴。

图西德斯(1779—1854)　卡洛瑟斯·麦卡斯林的黑奴,尤妮丝之夫。

1

托玛西娜(托梅)(1810—1833) 卡洛瑟斯·麦卡斯林与尤妮丝所生之女,黑女奴。

托梅的图尔(泰瑞尔)(1833—?) 卡洛瑟斯与托玛西娜所生之子,黑奴。

谭尼·布钱普(1838—?) 休伯特·布钱普的黑女奴,后嫁给托梅的图尔。

谭尼的吉姆(1864—?) 图尔与谭尼之子。后出走不见。

索凤西芭(1869—?) 图尔与谭尼之女。后嫁给一黑人,同赴阿肯色州。

路喀斯·布钱普(1874—?) 图尔与谭尼之子。

山姆·法泽斯(? —1883) 麦卡斯林家的仆佣,一个印第安酋长与女黑奴之子。优秀猎人,艾萨克·麦卡斯林精神上的导师。

布恩·霍根贝克 德·斯班少校的仆佣,白人与印第安妇女的孙子。后任霍克铺警官。

阿许 德·斯班少校的仆佣。打猎队的厨子。

德·斯班少校 猎人,当地的地主,打猎营地的主人。

康普生将军 当地的名流,打猎队的成员。

华尔特·艾威尔 打猎队的成员。

献给大妈

卡洛琳·巴尔
密西西比人
[1840—1940]

她生为奴隶,但对我的家庭
忠心耿耿,慷慨大方,从不
计较报酬,并在我的童年时代
给予我不可估量的深情与热爱

话 说 当 年

1

　　艾萨克·麦卡斯林,人称"艾克大叔",早过七十都快奔八十了,他也就不再实说自己的年纪了,如今是个鳏夫,半个县的人都叫他大叔,但他连个儿子都没有①

　　这里要说的并非他亲身经历甚至亲眼目睹的故事,经历与目睹的是年纪比他大的表亲麦卡斯林·爱德蒙兹,此人乃是艾萨克姑妈的孙子,说起来是家族中女儿一支的后裔,不过却是产业的继承人,到一定时候又会是赠予人,这份产业原先有人认为而现在仍然有人觉得该是艾萨克的,因为当初从印第安事务衙门那里得到土地所有权状的是姓他那个姓的人,而住在这儿他父亲手下的奴隶的有些后裔直到如今仍然姓他的这个姓。可是艾萨克本人却不作此想:——二十年来他一直是个鳏夫,他一生中所拥有的东西

---

① 本节原文除第一个词(Issac)系大写之外,每段首词均为小写,而每段结尾处均无句号。作者的用意想是表示出此节与以下各节时间上的差异。这一节可以看作是故事正文之前的"楔子"。

里,无法一下子塞进衣袋并抱在手里拿走的就是那张窄窄的铁床和那条沾有锈迹的薄褥子,那是他进森林野营时用的,他去那里打鹿、猎熊、钓鱼,有时也不为什么,仅仅是因为他喜欢森林;他没有任何财产,也从来不想拥有,因为土地并不属于个人而是属于所有的人的,就跟阳光、空气和气候一样;他仍然住在杰弗生镇一所质量低劣的木结构平房里,那是他和他女人结婚时老丈人送的,他女人临死时把房子传给了他,他装作接受了,默许了,为的是讨她喜欢,让她走的时候心里轻松些,不过尽管临终有遗言关照,这房子并非他的由法院判定有正式遗嘱规定而具有永久所有权的产业,正式说法是不是这样可不清楚,反正是这么回事,而他留着房子仅仅是为了让他小姨和那几个外甥有地方住,他老婆死后他们便跟他住在一起,也是为了自己可以住其中的一间,老婆在世时他就是这样住的,她那时也愿意他这样住,如今小姨和外甥们也这样,他们愿意他这样住,直到他去世,至于死后

  这并非他亲身经历甚至亲自记得的,仅仅是从表外甥麦卡斯林处听来的,是耳闻而得的陈年旧事,他这外甥出生于一八五〇年,大他十六岁,由于艾萨克这棵独苗儿出生时父亲已年近七十,所以与其说麦卡斯林是他外甥还不如说是长兄,或者说简直就是他父亲而非外甥与哥哥,这故事发生在早年间,那时候

2

  他①和布克大叔发现托梅的图尔又逃走了,便跑回到大房子

---

① 这里的"他"已不是艾萨克,而是麦卡斯林·爱德蒙兹,下同。本故事发生在1859年,当时他9岁。下文常用"孩子"来指他。

里去,这时候,他们听见布蒂大叔在厨房里诅咒和吼叫,接着狐狸和那些狗冲出厨房,穿过门厅进入狗房,他们还听到它们急急穿过狗房进入他和布克大叔的房间接着看见它们重新穿过门厅进入布蒂大叔的房间,然后听见它们急急穿过布蒂大叔的房间重新进入厨房,到这时听起来像是厨房的烟囱整个儿坍塌了,而布蒂大叔大叫得直像条汽艇在拉汽笛,这时狐狸、狗群外加五六根劈柴一起从厨房里冲出来把布蒂大叔裹挟在当中而他手里也拿着根劈柴瞅见什么就揍什么。真是好一场精彩的赛跑呀。

当他和布克大叔跑进他们的房间去取布克大叔的领带时,那只狐狸已经蹿到壁炉架上的钟后面去了。布克大叔从抽屉里取出领带,把几只狗踢开,揪住狐狸脖颈上的皮,把它拎下来,塞回床底下的柳条筐里,接着他们走进厨房,布蒂大叔正在那里把早饭从炉灰里捡起来,用他的围裙擦干净。"你们这究竟算什么意思,"他说,"把这天杀的狐狸放出来让一群狗满屋子的追撵?"

"别提那骚狐狸了,"布克大叔说,"托梅的图尔又跑了。快让我和卡斯胡乱吃点早饭。没准我们能赶在他到达那边之前把他逮住。"

这是因为他们非常清楚托梅的图尔是往哪儿跑的,但凡有机会可以开溜,一年总有两回吧,他总是朝休伯特·布钱普先生的庄园跑去的,就在县界的另一边,休伯特先生(跟布克大叔和布蒂大叔一样,他也是个老光棍)的妹妹索凤西芭小姐至今还想让大家称那地方为"沃维克",这是英国一个府邸的名称,她说休伯特没准是真传的伯爵,只不过他从来没有那份傲气,更没有足够的精力,去争取恢复他的正当权利。托梅的图尔是去那儿跟休伯特先生的女奴谭尼厮混的,他总是在那儿泡着直到有人前去把他抓回来。他们无法从休伯特先生手里买下谭尼,用这个办法来稳住托梅的图尔,因为布克大叔说他和布蒂大叔手底下黑鬼已经太多,弄得都没法在自己地里自由走动了,他们又不能把托梅的图尔卖给休伯特先生,因为休伯特先生说他不但不想买托梅的图尔,也不想让自己的家里有这个天杀的白皮肤的(他身上有一半麦卡斯林家血液①)小伙子,白送不要,即使布克大叔和布蒂大叔肯倒贴房饭钱也不要。若是没人立即去把托梅的图尔领回来,休伯特先生就会自己把他押来,还和索凤西芭小姐一起来,他们会待上一个星期或甚至更久,索凤西芭小姐住在布蒂大叔的房间里,而布蒂大叔就得干脆搬出房子,睡到小木屋区去,那是麦卡斯林的外曾祖父在世时黑奴们住的地方,外曾祖父死后,布克大叔和布蒂大叔就让所有的黑鬼都搬进外曾祖父来不及装修完毕的大房子里去,而黑鬼们住在那儿时,布蒂大叔连做饭也不上那儿去做,甚至连屋子也不再进去,只除了晚饭后在前廊上坐坐,在黑暗里坐在休伯特先生与布克大叔之间,过了一会儿,连休伯特先生也敛住了话头,不再说等索凤西芭小姐出嫁时他还要往给她的陪嫁上增添多少口黑奴和多少英亩土地,而是就去睡觉了。去年夏季有一天半夜里,布蒂大叔偶然醒来,恰巧听见休伯特先生驾车离开庄园的声音,等他叫醒大家,大家让索凤西芭小姐起床、穿戴好,再把车套好出发,赶上休伯特先生,天都快亮了②。因此,总是他卡斯和布克大叔出发去逮托梅的图尔的,因为布蒂大叔是从来不出门的,他不愿进城,就连到休伯特先生那里把托梅的图尔领回来也不愿去,虽然大伙儿知道布蒂大叔冒起风险来要比布克大叔胆大十倍。

他们匆匆忙忙把早饭吃完。布克大叔趁大伙儿朝空地跑去抓

---

① 因为图尔是托梅跟艾萨克的祖父卡洛瑟斯老爷养的私生子。
② 如作为陪伴者的休伯特不在,未婚的索凤西芭小姐的名誉将受到损害,布克便不得不与之结婚。因此,他们非得把想摆脱妹妹的休伯特追住不可。

马儿时赶紧把领带打上。抓托梅的图尔是他唯一需要打领带的时候,而他从去年夏天那个晚上之后就再未把它从抽屉里取出来过,当时布蒂大叔在黑暗里把他弄醒,说:"起来,得赶快。"布蒂大叔则是连一根领带都没有的;布克大叔说布蒂大叔根本不愿费这份心,即使在他们这样的地区,感谢上帝这儿女士是如此稀少,一个男人可以骑马沿着一根直线走上好几天,也无需因见到一位而躲躲闪闪。他的奶奶(亦即布克大叔和布蒂大叔的妹妹;他自幼失母,是姥姥把他一手领大的。他的教名,麦卡斯林,也由此得来,而他的全名是卡洛瑟斯·麦卡斯林·爱德蒙兹)说布克大叔和布蒂大叔两人合用一根领带,无非是堵别人的口的一种办法,不让他们说两人像双胞胎,因为即使年届六十,他们仍然一听人说分不出他俩谁是谁就要跟人打架;这时麦卡斯林的父亲就说了,任何人只要跟布蒂大叔打过一次扑克,就再也不会把他当作布克大叔或是任何人了。

乔纳斯①已经给两匹马备好鞍,等在那里了。布克大叔登上马背的动作一点儿也不像个六十岁的人,他瘦削灵活得像一只猫,头颅圆圆的,一头白发留得很短,一双灰眼睛又小又冷酷,下巴上蒙着一层白胡楂,他一只脚刚插进马镫,那匹马就挪动步子了,等来到开着的院门口就已经在奔跑了,到这时,布克大叔才往马鞍上坐了下去。爱德蒙兹不等乔纳斯托他上去,便胡乱爬到那匹矮小些的马的背上,用脚跟夹了夹,让小马跑起它那僵僵的、两下两下连得挺紧的小步,出了院门去追赶布克大叔,这时布蒂大叔(麦卡斯林甚至都没注意到他在场)从院门里跨出来一把抓住马嚼。"看着他点儿,"布蒂大叔说,"看着梯奥菲留斯。一旦有什么不对

---

① 应是麦卡斯林庄园里的一个黑种仆人。

头,赶紧骑马回来叫我。听见了吗?"

"听见了,大叔,"麦卡斯林说,"快让我走吧。我连布克大叔都要撑不上,更别说托梅的图尔——"

布克大叔骑的是"黑约翰",因为只消他们能在离休伯特先生家院门至少一英里的地方看见托梅的图尔,"黑约翰"就能在两分钟以内撑上他。因此当他们来到离休伯特先生家大约三英里的那片长洼地时,瞧,托梅的图尔果然正在前面大约一英里外端坐在那匹叫"杰克"的骡子背上往前赶路呢。布克大叔伸出胳膊往后一挥,勒紧缰绳,蹲伏在他那匹大马的背上,圆圆的小脑袋和长有瘤子的脖子像乌龟那样伸得长长的。"盯住①!"他悄没声地说,"你躲好,别让他见到你惊跑了。我穿过林子绕到他前面去,咱们要在小河渡口把他两头堵住。"

他等着,直到布克大叔消失在林子里。然后他继续往前走。可是托梅的图尔看到他了。他逼近得太早了;也许是因为生怕赶不上看见图尔被撑上树②。那真是他有生以来所见过的最精彩的一次赛跑。他从未见过老杰克跑得这么快,而托梅的图尔平时走路总不慌不忙的,即使骑在骡背上也这样,谁也没料到他也能快跑。布克大叔在林子里呼啸了一声,对准猎物冲去,紧接着只见黑约翰从树丛里蹿出来,急急奔着,伸直身子,平平的,像只鹰隼,这时布克大叔简直就趴在它耳朵后面,一边在大声吼叫,看上去活像一只大黑鹰③驮着只麻雀,他们穿过田野,跳过沟渠,又穿过另一片田野,这时这孩子也动起来;还不等他明白过来,那匹母马已在

---

① 打猎用语,原文为"stole away",意思是催促猎狗紧跟住猎物的嗅迹。
② 这前后用的都是猎人追捕猎物的语言。"撑上树"即逼进死角之意。
③ 据注家泰勒女士说,这种美国南方的沼泽鹰在冬季总是掠过野草飞捕猎物。故此福克纳以之比喻布克大叔胯下的那匹黑马。

全速飞奔,他自己也吼叫起来。照说作为黑人,托梅的图尔一见他们本该从牲口背上跳下,用自己的双脚跑的。可是他没这样做;兴许是托梅的图尔从布克大叔处溜走已有点历史,所以已习惯于像白人那样逃跑了。仿佛是人和骡把托梅的图尔平时走路的速度和老杰克生平发挥得最好的速度加到了一起,而这速度恰好足以使他赶在布克大叔之前到达渡口。等孩子和小马赶到时,黑约翰已经喘得不行,浑身冒汗,布克大叔下了马,牵着它遛圈儿,好让它缓过劲儿来,这时他们已能听到一英里外休伯特先生家招呼进午餐的号角声了。

不过,眼下托梅的图尔好像也不在休伯特先生的庄园里。那黑孩子仍然坐在门柱上,在吹号——院门早就没有了,光剩下两根门柱,一个个头跟他差不多的黑孩子坐在一根门柱上,正在吹一把猎狐小号;这就是索凤西芭小姐仍然在提醒人们其名称为沃维克的那个庄园,虽则人们早已清楚她要这样称呼有意何在,到后来一方面人们不愿意叫它沃维克而她呢甚至都不想知道他们在讲的是什么,于是听上去就像是她和休伯特先生拥有的是两个各不相干的庄园,却占据着同一块地方,仿佛是一个叠在另一个之上。休伯特先生正坐在"泉房"里,脱了靴子,双脚浸在泉水里,一边啜饮甜酒①。不过那边的人谁也没看见托梅的图尔;有一阵子好像休伯特先生甚至连布克大叔所说的那人是谁都对不上号。"哦,那个黑鬼,"他终于明白过来了,"咱们吃过午饭去找他就是了。"

不过看上去他们也还不打算吃饭呢。休伯特先生和布克大叔干了一杯甜酒,这时休伯特先生总算派人去关照门柱上的那孩子可以不必吹了,接着他和布克大叔又干了一杯,而布克大叔仍在不

---

① 用糖水、波旁威士忌和冰兑成的一种饮料。

断地说,"我只不过是想找回我的黑小子。然后我们就得动身回家。"

"吃了午饭再说吧,"休伯特先生说,"要是咱们没能在厨房左近把他轰出来,咱们就放狗出去搜他。只要那臭挨刀的沃克种狗①嗅得出来,就不愁逮不住他。"

可是终于有一只手从楼上百叶窗破洞里伸出来,开始挥动一块手帕或别的什么白布。于是他们穿过后廊,走进宅子,休伯特先生跟往常一样,再次警告他们要留神他还顾不上修的一处朽坏的地板。这以后他们站在门厅里,过不多久传来一阵环佩丁当与衣裙窸窣的声音,他们开始闻到香气,原来是索凤西芭小姐下楼来了。她把头发拢在一顶带花边的软帽里;她穿的是星期天穿的出客服装,一根珠链和一条红缎带系在脖子上,有个黑小妞给她拿着扇子,孩子静静地站在布克大叔身后一点儿的地方,注视着她的嘴唇,一直盯到双唇张开,他看见了那颗有黄斑的牙齿。他以前从未见到过有谁牙齿带黄斑,他还记得有一回他姥姥和他爸爸谈到布蒂大叔和布克大叔,他姥姥说索凤西芭小姐有一阵子也还算好看。也许她好看过。他可说不准。他才只九岁啊。

"唷,是梯奥菲留斯先生呀,"她说。"还有小麦卡斯林,"她说。她从不把眼光投向他,这时也不是在对他说话,这他很清楚,虽然他做好了准备,也平衡好身子,等布克大叔脚往后退时也把他的脚向后退。②"欢迎光临沃维克呀。"

他和布克大叔把脚退了退。"我无非是来把我的黑小子领回去,"布克大叔说,"完了我们就得动身回家。"

---

① 一种猎狐犬,因约翰·沃克参与育种而得名。
② 这是当时美国南方绅士正式鞠躬的一种姿势:在把头低下去的同时右脚向后退十八英寸左右。

接下去索凤西芭小姐讲了一通一只大黄蜂的事,不过他记不清是怎么讲的了。话说得太快,也说得太多,耳环与珠链的碰击声犹如小体型的骡子一路小跑时它那小挽链发出的音响,而香气也更咄咄逼人了,好像耳环与珠链每一晃动都能把香水喷雾似的喷向别人似的,他还盯视着那颗变色的牙齿在她的唇间轻叩并闪光;反正是在说布克大叔像只从一朵又一朵花里吮吸蜜汁的蜜蜂,从不在一处久留,而积贮的蜜都虚掷在布蒂大叔的荒凉的空气里了①,她把布蒂大叔叫作阿摩蒂乌斯先生,就像把布克大叔叫作梯奥菲留斯先生一样,要不,说不定这蜜汁是留待一位女王莅临时享用的吧,那么这位幸运的女王又是谁,将于何时莅临呢?"什么,小姐?"布克大叔说。这时候休伯特先生接茬说了:

"哈。一只雄蜂②啊。我看等他把双手揪住那黑小子的时候,那黑小子会觉得布克是只雄赳赳的大黄蜂③哩。不过我想布克眼下最需要的还是尝点肉汁,吃点饼干和喝上一杯咖啡。我自己也饿了呢。"

他们走进餐厅吃起来,这时索凤西芭小姐说真不像话,只隔开半天骑马路程的邻居如今也不常来往,布克大叔就是这样,于是布克大叔说是的,小姐,接着索凤西芭小姐说布克大叔打从生下来躺在摇篮那会儿起就是个铁了心的浪荡单身汉,这一回布克大叔竟停止了咀嚼,把眼睛抬起来说,是的,小姐,他的确是这样,而且天生如此,现在太晚了,再改也难了,不过至少他可以感谢上帝没有

---

① 参见英国诗人托·格雷(1716—1771)的《墓园挽歌》中的诗句:"世界上多少花吐艳而无人知晓,/把芳香白白的散发给荒凉的空气。"
② 此处的"雄",原文为"buck",与"布克"谐音,休伯特是接住妹妹的话头在打趣。
③ 英语俗语中有"疯得像只大黄蜂"(mad as a hornet)之说。休伯特是在继续逗弄布克。

哪位女士必须受和他与布蒂大叔一起生活的罪,这时索凤西芭小姐又说了,呀,也许布克大叔仅仅是至今还未遇到这样一位女士吧,她会不但愿意接受布克大叔愿意称之为受罪的那种生活,而且还会使布克大叔觉得连自己的自由也只不过是值得为之付出的一个很小的代价呢,这时布克大叔说,"是啊,小姐。还没有遇到。"

接着他、休伯特先生和布克大叔走出屋子来到前廊上坐下。休伯特先生甚至还没来得及再把鞋子脱掉,也没来得及请布克大叔把他的也脱了,索凤西芭小姐就从门里走了出来,托着一只托盘,上面搁着又是一杯甜酒。"得了,西贝,"休伯特先生说,"他才吃过饭。他现在不想喝。"可是索凤西芭小姐像是根本没听见他的话。她站在那里,那颗黄斑牙现在没有闪光,而是固定着,因为她这会儿没开口说话,只是把甜酒递给布克大叔,过了片刻才说她爸爸以前总是说再没有一位密西①女士的纤手更能使一杯密西比甜酒喝起来更加怡人的了,布克大叔想不想看看她以前是怎样给爸爸添点甜味的呢?她举起酒杯抿了一小口,然后端还给布克大叔,这一回布克大叔接下了。他再次把一只脚往后退了退,喝下了那杯甜酒,说若是休伯特先生打算躺下休息的话,他也可以睡一会儿,因为从各种情况看来,托梅的图尔是决心让他们有一番漫长、艰苦的追逐的,除非休伯特先生的那些狗表现特别出色,与往常大不一样。

休伯特先生和布克大叔进到宅子里去了。小麦卡斯林过了不多会儿也站起来,绕到后院,等他们起床。他一抬头就看见托梅的图尔的脑袋在巷子围栏的上方移动。可是等他穿过院子去拦截时,托梅的图尔连跑都没跑。他蹲在一丛灌木后面,观察着宅子,

---

① 密西西比的简称,这里有学小儿语故作娇态之意。

眼光从灌木丛边上朝后门与楼上的窗子看去,他发出声音,不能确切地算是耳语,却也不是大声嚷嚷:"他们这会儿在干啥?"

"他们这会儿在打盹儿,"麦卡斯林说,"不过你别太高兴了;他们起床后要放狗来逮你呢。"

"哈,"托梅的图尔说,"你也别太高兴了。我现在有保护了。我只消做到在得到那句话之前别让老布克逮住我。"

"什么话?"麦卡斯林说,"谁发的话?是休伯特先生决心把你从布克大叔手里买下吗?"

"嘻,"托梅的图尔又说了,"我受到的保护可比休伯特先生自己得到的还多。"他站起身来,"我要跟你说一句话,你千万得记住:每逢你想做成一件事,管他是锄庄稼还是娶媳妇儿,让老娘们儿搀和进来准保没错。完了你坐下来等着就成,别的啥也不用干。你记住我这话好了。"

说完托梅的图尔就走了。过了一会儿,麦卡斯林又回到宅子跟前来。现在毫无动静,除了有鼾声从布克大叔和休伯特先生睡的房间里传出来,还有稍轻的鼾声从楼上房间里传出来。麦卡斯林走进泉房,学休伯特先生的样,坐下来把双脚浸在水里,因为这样可以快点凉快下来,追逐马上要开始了。果不其然,没多久休伯特先生和布克大叔就走出屋子来到后廊上,索凤西芭小姐紧跟在后面,手里端着那只甜酒托盘,只是这回布克大叔不等索凤西芭来得及添加甜味就赶紧把他那杯喝了,索凤西芭小姐关照他们要早点回来,因为对于沃维克,布克大叔所了解的仅仅是猎狗和黑奴,今天她既然把他请来了,她非得让他参观她的花园不可,那是休伯特先生和任谁都没有插过手的。"是的,小姐,"布克大叔说,"我只不过是要抓回我的黑小子。然后我们就得赶回去。"

四五个黑小子牵来那三匹马。猎狗仍然一对对的拴着等候在巷子里,但他们已经听到那喧闹声了,就跨上坐骑,顺着巷子朝黑人住处驰去,这时布克大叔竟已赶到狗群的前面去了。因此麦卡斯林根本不知道他们是在何时从何处轰出托梅的图尔来的,也不知道他是从哪所小木屋里冲出来的还是从别处跑出来的。布克大叔骑着黑约翰冲在最前头,他们都还没顾得上放狗出去便听见布克大叔吼道,"盯住①!我的天,他从躲藏处跑出来啦!"这时黑约翰的蹄子在地上叩击了四下,就跟开了四枪一样脆响,这是它在聚拢四只脚准备飞奔呢,紧接着它和布克大叔便翻过山头不见了,就像是越过了这世界的地角天边似的。休伯特先生也吼起来了:"盯住!放狗呀!"于是猎狗纷纷朝山脊拥去,刚好赶上看见托梅的图尔冲过平地,即将进入树林,于是狗群又飞也似的冲下山头,在平地上疾奔。它们仅仅伸出舌头吠叫了一次,等簇拥到托梅的图尔身边时,它们看来像是要跳上去舔他脸似的,这时连托梅的图尔也放慢了步子,他和那群狗是走着一起进入树林的,那模样就像是猎完兔子一块儿回家。等大伙儿进入树林追上布克大叔,不论是托梅的图尔还是那群狗连影儿都不见了,只看到老杰克,那是大约半个小时之后了,拴在一丛灌木上,身上系着托梅的图尔的外衣,当作鞍子,地上摊着差不多半蒲式耳休伯特先生的燕麦,老杰克早就吃饱,连拿鼻子去吸起再喷回去的兴趣都没了。这算是哪门子追捕呀。

"然而咱们能在晚上逮住他,"休伯特先生说,"咱们给他设下圈套。咱们在半夜左右让黑小子们和猎狗在谭尼屋子四周布下包围圈,准保手到擒来。"

"今晚,不行,"布克大叔说,"天黑时,我、卡斯和那黑小子三

---

① 原文为"gone away",意同前面的"stole away",亦是招呼猎狗的惯用语。

个该在回家半路上才行。难道你手下的黑小子里没有那种能追踪那些猎犬的小杂种狗吗?"

"那还不得傻瓜似的在树林里兜上大半夜?"休伯特先生说,"我可以跟你打赌,赌五百元,你啥也不用干,只消天黑后走到谭尼小屋门口,喊上一声,就能把他逮住了。"

"五百元?"布克大叔说,"打就打!因为不管是我还是他天黑时谁也不会上谭尼家附近去的。五百块钱!"他和休伯特先生相互轻蔑地瞪视对方。

"打定了!"休伯特先生说。

于是他们等着,让休伯特先生派一个黑小子骑上老杰克回宅子去,大约半小时后那黑小子回来了,带来一只一丁点儿大的短尾巴小黑狗以及又一瓶威士忌。接着黑小子驱动坐骑来到布克大叔跟前,递给他一样包在纸里的东西。"那是什么?"布克大叔说。

"是给您的,"那黑鬼说。布克大叔便把它接过来打开。原来是方才系在索凤西芭小姐脖子上的那根红缎带,布克大叔骑在黑约翰背上,捏着缎带,仿佛那是条水蝮蛇,只不过他不打算让任何人看出他害怕这东西,他对着黑小子急捷地眨动眼睛。接着就停止了眨眼。

"什么意思?"他说。

"她就让带来给您,"那黑鬼说,"她说让您'成功'。"

"她说什么来着?"布克大叔说。

"我也不懂,老爷,"黑小子说,"她光说'成功'。"

"哦,"布克大叔说。后来小狗找到了那群猎狗。他们在距离相当远处就听到了它们的声音。这时太阳眼看就要下山,它们不是在跟踪嗅迹,而是在发出狗群想从什么地方出来的那种喧闹声。

他们也发现那是什么地方了。那是地里的一间十平方英尺大存放棉花的小屋子,离休伯特先生家大约两英里,所有十一条狗全给关在里面,门用一块厚木板搛得死死的。那黑小子把门弄开,他们眼看狗群像开锅的粥似的扑出来,休伯特先生稳坐在马背上,瞧着布克大叔的脖颈。

"唔,唔,"休伯特先生说,"反正这样很有意思。现在你又可以使唤它们了。看来它们跟你的黑小子没什么冤仇,而他跟狗群也处得不错。"

"冤仇是不够深,"布克大叔说,"我是说双方都是如此。我还是得依靠那只小杂种狗。"

"那也好。"休伯特先生说。接着说,"嗨,菲留斯①,走吧。咱们吃晚饭去吧。我告诉你,你想逮住那黑小子唯一要做的就是——"

"五百块钱,"布克大叔说。

"什么?"休伯特先生说。他和布克大叔相互盯看着。他们现在已不是在怒目而视了。他们也不是在互相打趣。他们是在初起的薄暮里坐在马背上,相互对看,仅仅是眨了几下眼。"什么五百块钱?"休伯特先生说,"是赌你不可能今天半夜在谭尼的小屋里逮住那黑小子吗?"

"是赌今天半夜我跟那黑小子除了我自己那所之外都不会走近任何别的房子。"

"五百块钱,"休伯特先生说,"就这么定了。"

"定了。"布克大叔说。

"定了。"休伯特先生说。

"定了。"布克大叔说。

---

① 布克大叔教名梯奥菲留斯的简称。

于是休伯特先生带了那群猎狗和几个黑小子回去了。而他麦卡斯林和布克大叔还有那个带来小杂种狗的黑小子继续前进,那黑小子一手牵着老杰克,另一只手捏着系小狗的皮带(那是一段磨旧的犁绳)。这时布克大叔让小狗闻闻托梅的图尔的外套;那只小狗好像这会儿才第一次明白他们要找的是什么,他们本该把套在它脖子上的皮条解开,骑马追随在它的后面,可是不早不晚,宅子那边的黑孩子吹响了招呼用晚餐的猎狐号角,他们便不敢那样做了。

接下去天空全黑了。这以后——孩子不知道究竟过了多久,也不清楚他们在什么地方,离宅子有多远,只知道那是块良田,天黑了已有一阵子,而他们还在往前走,布克大叔时不时弯下身让那小狗再闻闻托梅的图尔的外套,而自己则端起威士忌瓶子再呷上一口——他们发现托梅的图尔又绕回来了,正在兜一个大圈子往大宅子走去。"我的天,咱们算是找到他了,"布克大叔说,"他想缩进洞去呢。咱们抄近道回宅子去,赶在他缩进窝之前截住他。"因此他们让那黑人放开小狗,让他骑上老杰克跟踪图尔,而孩子和布克大叔则策马朝休伯特先生家奔去,只在山冈上停留片刻,让马儿喘口气,同时谛听小狗在沟底叫唤的声音,托梅的图尔还在那儿兜圈子呢。

可是他们压根儿没逮住他。他们来到漆黑的黑人村;他们可以看见休伯特先生宅子里灯光仍然亮着,有人再次吹响了猎狐号角,那肯定不是什么小孩吹的,而他从未听到过有谁把猎狐号吹得这样气急败坏的,他和布克大叔便分开,守在谭尼小屋下的斜坡上。接着他们听到了那小狗叫起来了,不是在搜寻嗅迹,而是在狂吠,约摸在一英里以外,接着那黑人发出了高声吆喝的声音,他们便知道小狗又失去嗅迹了。那是在沟边出纰漏的。他们在堤岸上来回搜寻了一个多小时,仍未能把托梅的图尔乱七八糟的嗅迹理出个头绪来。最后连布克大叔也不抱希望了,他们开始朝大宅赶回去,那只小狗现在也上了坐骑,就趴在黑小子身前的骡背上。他们正来到通向黑人村的巷道上;他们顺着屋脊能看见休伯特先生的大宅如今已一片漆黑,这时,小狗突然叫了一声,从老杰克背上跃下,一落地就急急奔跑,每蹦一下就叫一声,布克大叔也下了马,而且不等孩子双脚完全退出铁镫就一把将他从小马背上拽下,两人也奔跑起来,一直跑过好几座黑黑的小屋,朝小狗蹿去的那座跑去。"咱们找到他了!"布克大叔说,"快绕到后面去。别喊;就给我抄起根棍子朝后门猛敲,声音要响。"

事后,布克大叔承认是他自己不好,他竟忘掉了即便是小小孩也该明白的事理:但凡惊动一个黑鬼时千万别站在他面前或是背后,而是要永远站在他的一边。布克大叔居然忘了这档子事。他对准前门而且就站在门口,还有那小狗梗在他前面,只要新吸进一口气就像叫救火和救命似的叫;他说他光知道小狗尖叫一声,转了个回旋,托梅的图尔便已在狗的身后了。布克大叔说他都没看见门是怎么开的;那只小狗仅仅尖叫了一声,便从他腿缝里钻过去,接着托梅的图尔飞跑着从他身上跨过。他甚至都没有颠跳一下;他撞倒了布克大叔,没有停止奔跑,便在布克大叔着地前扶住了他,他托住布克一只胳膊,把他拉起来,仍然没停下,把他往前拖了总有十英尺,一边嘴巴里说,"留神这儿哟,老布克。留神这儿哟,老布克。"然后才把他扔下,兀自往前跑。到这时,他们连小狗的叫唤也完全听不见了。

布克大叔倒没有受伤;就只是托梅的图尔把他四脚朝天撂倒在地时一下子气儿回不过来。不过他后面兜里揣着个威士忌酒瓶,他省下最后一口原本想在逮住托梅的图尔时喝的,所以他不愿动弹,非得先弄清楚那摊湿的仅仅是威士忌而不是血。因此布克大叔稍稍转向一侧,松开身子,让孩子跪在他背后把碎玻璃从他兜里掏出来。接着他们朝大宅子赶去。他们是步行去的。那黑小子牵着马赶了上来,不过谁也不提让布克大叔再坐上去。他们现在根本听不见小狗的声音了。"他跑得很快,不错,"布克大叔说,"可是就算是他,我也不信能赶上那杂种狗,我的天,今儿晚上真是够瞧的呀。"

"咱们明天准能逮住他。"孩子说。

"明天,去你的吧,"布克大叔说,"明天咱们已经回到家了。休伯特·布钱普或是那黑鬼,不管是谁吧,只要把脚踩进我的地,我就要让上头以非法侵入和流浪罪把他们逮捕。"

宅子里一片漆黑。他们能听见休伯特先生此时鼾声大作,就像是在一门心思对着房子练习竞走。可是他们听不见楼上有任何声响,即使进入了黑黢黢的门厅,来到了楼梯底下。"看来她的卧室是在后面,"布克大叔说,"在那儿,她不用起床也能对着楼下的厨房吆喝。再说,家里来客人时,未婚的女士一定会锁上房门的。"因此布克大叔就在楼梯最低一级处坐下来,孩子便跪下来帮布克大叔脱下马靴。接着他也脱了自己的,并把靴子贴墙根放好,他和布克大叔便登上楼梯,摸黑来到二楼的过厅。这里也是黑黢黢的,还是听不到什么声响,除了楼底下休伯特先生的鼾声,于是他们一路摸黑朝前楼走去,直到摸到一扇门。他们听不见门里有什么声音,布克大叔试着转了一下门把,门儿开了。"行了,"布克大叔悄没声地说,"轻点儿。"他们这时稍稍能看出一点儿了,也仅能看出床和蚊帐的轮廓。布克大叔卸下背带,解开裤子的纽扣,来到床边,小心翼翼地往床沿坐下去,想松快松快,孩子再次跪下,帮布克大叔把裤子拉下来,他正脱自己的裤子时,布克大叔撩起蚊帐,抬起双脚,就翻身上床。这时,索凤西芭小姐在床的另一边坐了起来,发出了第一下尖叫声。

3

第二天午饭前那孩子回到家里时真是快筋疲力尽了。他累得不想吃饭,虽然布蒂大叔一直等着要大家先吃饭;他方才待在小马背上直想打盹,简直无法再走一英里了。事实上,他准是一边对布蒂大叔说话一边就已经睡着了,因为等他再醒过来早已是黄昏了,他正躺在颠簸不已的大车底的干草上,布蒂大叔则坐在自己头顶的赶车座上,那模样就跟他往常骑在马背上或是坐在厨房炉灶前一把摇椅里做饭时一模一样,他手里拿着鞭子,就跟平时拿把勺子或叉子搅动食物尝味道时一模一样。布蒂大叔用湿麻袋包住面包、熟肉和一瓶酸奶,准备让他醒过来时吃。在眼看黑下来的暮色里,他坐在大车里吃着。他们准是很快就动身的,因为他们已来到离休伯特先生家不到两英里处了。布蒂大叔等他吃完。然后说,"再跟我说一遍。"于是他又说了一遍:他和布克大叔如何终于找到了一间空房间,布克大叔就坐在床沿上说,"噢天哪,卡斯。噢天哪,卡斯,"这时他们听到休伯特先生上楼的声音,看见烛光从过道上照过来,接着休伯特先生走进房来,穿着睡衣,走过来把蜡烛放在桌子上,站在床前盯看着布克大叔。

"嘻,菲留斯,"他说,"她终于把你逮住了。"

"这是意外事件,"布克大叔说,"我向上帝起誓——"

"哈,"休伯特先生说,"不见得吧。这话你跟她说去。"

"我说了,"布克大叔说,"我已经跟她说了嘛。我向上帝起誓——"

"那当然,"休伯特先生说,"不过你听呀。"他们听了一分钟。那孩子倒是早就在听她的吼叫了。她不像刚开始时那么吵得吓人;不过声音一直是持续稳定的。"你要不要回进房间去再跟她说这是次偶然事件,你完全没有不好的用意,希望她能原谅并把一切都忘掉? 那好吧。"

"什么好吧?"布克大叔说。

"回进去再跟她说呀。"休伯特先生说。布克大叔盯着休伯特先生看了足足有一分钟。他迅速地眨动眼睛。

"那么我回出来后怎么跟你说呢?"他说。

"跟我?"休伯特先生说,"我的看法是根本不是你所说的这么回事。你不也会这么认为的吗?"

布克大叔盯看着休伯特先生。他又迅速地眨动起眼睛来。接着他又停住了。"等一等,"他说,"你要讲道理嘛。就算是我真的闯进了一位女士的卧室,甚至是索凤西芭小姐的卧室;为了把问题说得更清楚些,就算是除了她世界上再没别的女人而我闯进她房间就是为了想跟她睡觉,难道我会带上个九岁的男孩吗?"

"我也正是要讲道理,"休伯特先生说,"你是自觉自愿进入大熊出没的地区的。好吧;你是个成年人,你明知道前面是大熊出没的地方,你还知道退路就跟你知道进去的路一样,而且进与退都是可以由你自己选择的。可是不。你一定要钻进熊洞去躺在熊的身边。至于你知道或是不知道熊在不在洞里那是无关紧要的。因此要说你能从熊洞里逃出来连爪痕都没留下一处,我信了才怪哩,那我不成了个十足的大傻瓜了。说到底,既然好不容易有了个机会,我自然也想过几天自由自在的太平日子。是的,老兄啊。她可逮着你了，菲留斯，这你也明白。你参加了一次艰苦的赛跑，你跑得挺快，可就是闯进了母鸡窝，这样的错误犯上一回也就满够了。"

"是啊。"布克大叔说。他深深吸了口气又把气儿慢慢地、轻轻地吐出来。不过你还是能听到出气声。"唔，"他说，"那我看我只好碰碰运气啰。"

"你本来就是在碰运气嘛，"休伯特先生说，"你回宅子里来就是来碰运气的。"这时他也停住了。接着他眨动眼睛，不过只眨了大约六下。完了他也停住话头，盯住布克大叔瞧了足足有一分多钟。"碰什么运气？"他说。

"那五百块钱呀。"布克大叔说。

"什么五百块钱？"休伯特先生说。他和布克大叔相互盯视着。现在是休伯特先生再次眨动眼睛然后再次停下来了。"我原以为你说过是在谭尼的小屋里找到他的。"

"正是这样，"布克大叔说，"你和我打的赌是我会在那儿抓住他。即使有十个我这样的人站在那扇门的前面，我们也是逮不住他的。"休伯特先生对着布克大叔眨眼，一下下很慢，也很稳定。

"这么说你还打算让我为那个愚蠢的赌负责。"他说。

"你当初也是在碰碰运气嘛。"布克大叔说。休伯特先生朝布克大叔眨眨眼睛。接着他停住了。然后他走过去从桌上拿起蜡烛，走了出去。两人坐在床沿上瞧着烛光顺着过道照过去，并听见休伯特先生下楼的脚步声。过了一会儿，他们又开始见到烛光，并听见休伯特先生重新上楼的脚步声。接着休伯特先生走进房间，来到桌子前，把蜡烛放下，并在边上放下一叠纸牌。

"玩一盘,"他说,"暗扑克①。你洗牌,我切,这孩子发牌。五百块钱对西贝。咱们也可一锤子把这黑小子的问题给解决了。要是你赢,你买下谭尼;我赢,我买下你那黑小伙儿。两人价钱都一样:三百块。"

"赢什么?"布克大叔说,"赢家买下黑奴?"

"是西贝,笨蛋!"休伯特先生说,"是西贝!咱们坐到半夜争吵还为别的什么?牌比输的一方把西贝拿去,还得把黑奴买下。"

"这样吧,"布克大叔说,"我就把那死丫头买下,这档蠢事别的全都一笔勾销。"

"哈,"休伯特先生又说,"这正是你平生一本正经干的第一等蠢事啊。不行。你说过你要碰运气,现在就让你来碰。它就在这里,就在这张桌子上,正等着你哪。"

于是布克大叔便把牌洗了,休伯特先生切了牌。接着孩子拿起那摞牌,依次发牌,直到布克大叔和休伯特先生都有了五张。接着布克大叔久久瞪视着自己手里的牌,然后说要两张,于是孩子给了他两张,休伯特先生却朝手里的牌倏地看了一眼,便说要一张,于是孩子给了他一张,这时休伯特先生把他的垫牌甩在布克大叔扔掉的两张牌上,把新拿的牌插到手里的一副牌中,把牌展开,又倏地看了一眼,便把牌合上,看着布克大叔,说:"怎么样?对你那三张有帮助吗?"

"没有。"布克大叔说。

"嗨,对我可有。"休伯特先生说。他把牌往桌面上一甩,使牌

---

① 这种牌戏原文系"draw",为"draw poker"的简称,玩法是每人发五张暗牌,下注后可要求换发手中不需要的牌,一般不超过三张。然后比大小。北京人俗称"拉耗子"。

面朝上一张张摊开在布克大叔的面前,那是三张老K和两张5①,然后说,"老天,布克·麦卡斯林,你算是撞见丧门星了。"

"就这些吗?"布蒂大叔说。这时时间已晚,太阳快下山了;他们再赶十五分钟就能抵达休伯特先生家了。

"是的,您哪。"孩子说,接着又说了下面的情况:布克大叔如何在天刚亮时把他叫醒,接着他从一扇窗户里爬出去,找到那匹小马,就离开了那儿,而布克大叔还说要是在这期间他们把他逼得太紧,他也要顺着水落管爬下去,躲在树林里,直到布蒂大叔来到。

"哈,"布蒂大叔说,"托梅的图尔是在那儿吗?"

"是的,您哪,"孩子说,"我去牵小马的时候,他正等在马厩里呢。他说,'他们还没弄妥吗?'"

"那你说什么了?"布蒂大叔说。

"我说,'布克大叔像是已经给弄妥了。可是布蒂大叔还没来呢。'"

"哈。"布蒂大叔说。

这就是大致的情况。他们来到那所大宅。也许布克大叔正在观望着他们,不过如果是的话,他却根本没露面,没从树林里走出来。也没见到哪儿有索凤西芭小姐的影子,因此至少是布克大叔还没有完全屈服;至少他还未向她求婚。于是那孩子、布蒂大叔和休伯特先生一起用晚餐,接着他们从厨房走进房间,清了清桌子,仅仅在上面留下那盏灯和那副纸牌。这以后的情况就跟昨晚一模一样,不同的仅仅是布克大叔没系领带,休伯特先生穿的是正式的衣服而不是睡衣,桌子上放的是一盏有罩子的灯而不是一支蜡烛,休伯特先生坐在桌子的一头,手里拿着那摞牌,用大拇指翻动纸牌

---

① 这是所谓"满堂红"。

边缘,盯视着布蒂大叔。接着他把牌边拍拍齐,把这摞牌放在桌子中央的灯下,叠起胳膊支在桌子边缘上,身子稍稍前倾,盯视着布蒂大叔,而布蒂大叔坐在桌子的另一头,双手放在膝上,上上下下都是灰色的,就像块古老的灰色岩石或是长满灰色苔藓的树桩,纹丝不动,长着白发的头颅圆圆的,跟布克大叔的一样,只是他不像布克大叔那样爱眨眼,身躯也比布克大叔厚实些,好像是因为老坐着盯看在煮的饭菜,又好像他烹煮的食物使他比应分的厚重一点儿,而他做饭所用的原料,面粉之类啦,也使他全身都变得灰扑扑的很不惹眼。

"开始之前来点儿甜酒怎么样?"休伯特先生说。

"我是不喝酒的。"布蒂大叔说。

"好吧,"休伯特先生说,"我早知道菲留斯之所以显得有人情味,除了他的娘娘腔之外,还有别的原因。不过没关系。"他眼睛朝布蒂大叔眨了两回,"拿布克·麦卡斯林来赌我答应过的作索凤西芭结婚陪嫁的土地与黑奴。要是我赢了你,菲留斯把西贝娶了,没陪嫁。要是你赢了我,你把菲留斯带走。不过菲留斯买谭尼欠我的三百块钱还得给我。没错吧?"

"没错。"布蒂大叔说。

"来四明一暗的,"休伯特先生说,"就一盘。你洗牌,我切牌,这孩子发牌。"

"不行,"布蒂大叔说,"不要卡斯。他太小了。我不想让他搀和到任何赌博里来。"

"哈,"休伯特先生说,"不是说跟阿摩蒂乌斯·麦卡斯林玩牌不算是赌博吗。不过没关系。"他仍然在瞧着布蒂大叔;他说话时连头都没扭过去:"上后门口去喊一声。把第一个应声的活物带来,管他是牲口、骡子还是人,只要会发十张牌就行。"

于是那孩子走到后门口。可是他根本不用喊,因为托梅的图尔就蹲在门外墙根下呢,于是他们回进餐厅,休伯特先生仍然交叉双臂坐在桌子他那头,布蒂大叔双手放在膝上坐在另一头,那摞纸牌面朝下放在他们之间的灯下面。孩子和托梅的图尔进来时,那两个人连眼皮都没抬。"洗牌吧。"休伯特先生说。布蒂大叔洗了牌,把牌放回到灯下,两只手也放回到自己膝上,接着休伯特先生切了牌,又把胳膊交叉起来搁在桌沿上。"发牌吧。"他说。他或是布蒂大叔仍然是谁都不把眼皮抬起来。他们就那样坐着,这时托梅的图尔那双马鞍色的手伸到灯光下,拿起纸牌开始发牌,他给了休伯特先生一张面朝下的,给了布蒂大叔一张面朝下的,给了休伯特先生一张明的,那是张老K,还给了布蒂大叔一张明的,那是张6。

"布克·麦卡斯林赌西贝的嫁妆,"休伯特先生说,"发牌。"于是那只手发给休伯特先生一张牌,那是张小3,又给布蒂大叔一张牌,那是张小2。休伯特先生抬起眼来看看布蒂大叔。布蒂大叔用指关节在桌上敲了一下①。

"发牌。"休伯特先生说。于是那只手发给休伯特先生一张牌,那又是张小3,又给布蒂大叔一张牌,那是张4。休伯特先生瞧了瞧布蒂大叔的牌。然后他看看布蒂大叔,布蒂大叔又用指关节在桌子上敲了一下。

"发牌。"休伯特先生说,那只手发给他一张爱斯,发给布蒂大叔一张5,这时休伯特先生就那样静静地坐着。足足有一分钟,他不看任何东西,也一动不动;他光是坐在那里,盯看着布蒂大叔自洗牌以来头一回把一只手伸到桌面上,掀起他那张面朝下的牌的

---

① 意思是催促发牌,好把牌戏进行下去。

一只角,对它看了一眼,然后又把手放回到膝上。"你先加注吧。"休伯特先生说。

"我拿那两个黑奴跟你赌。"布蒂大叔说。他也一动不动。他坐在那儿,姿势就跟他坐在大车里、马背上或是待在那把摇椅上做菜时一模一样。

"赌什么呢?"休伯特先生说。

"赌梯奥菲留斯为买谭尼欠你的三百块钱,加上你和梯奥菲留斯说好要为托梅的图尔花的那三百块。"布蒂大叔说。

"哈。"休伯特先生说,不过这一回声音一点儿也不高,甚至也不是短促的。然后又说,"哈。哈。哈。"同样不是高声的。然后他说,"好。"接着又说,"好,好。"接着又说,"咱们先等一分钟。要是我赢,你把西贝带走,没有嫁妆也没有那两个黑奴,我就再不欠菲留斯任何东西。要是你赢——"

"——那么梯奥菲留斯便自由了。可你还欠他买托梅的图尔那三百块钱。"布蒂大叔说。

"那是倘若我决定'跟'①你的话,"休伯特先生说,"如果我不跟呢,那就菲留斯什么都不欠我,我也不欠菲留斯什么,除非我收下那个黑小子,那是我多年来就跟你也跟他一直在解释我这里实在不需要的。我们就重新回到这件蠢事一开始的那个局面,除了那一点之外。因此结果造成的形势是:要就是我得白白送掉一个黑奴,要就是冒买进一个的风险,而这个你已承认在你家里是养不住的。"这时他停住了话头。约摸有一分钟,似乎他和布蒂大叔都睡着了。接着休伯特先生拿起他那张脸朝下的纸牌,把它翻过来。又是一张3,休伯特先生就坐在那儿,不朝任何地方看,他的手指

---

① 扑克术语,意为对方下注后自己也下同样的注,然后双方摊牌以决胜负。

在桌子上叩击出一个鼓点子,慢慢地,很稳定,也不太响。"唔,"他说,"你需要一张小3,但拢共只有四张,而我手里已经有了三张。你光是洗牌。接着我切了牌。倘若我跟你,我就非得买下那个黑鬼不可。是谁发这些牌的呢,阿摩蒂乌斯?"不过他并不等别人回答。他伸过手去把灯罩弄斜一些,光线顺着托梅的图尔的胳膊往上移动,这胳膊应该是黑色的,但是也不算太白,移动到他星期天穿的衬衫上,那应该是雪白的,但是现在也不太白了,每回他逃跑都穿这件衬衫,正如布克大叔每回去抓他都要系上领带一样,而光线最后落到他的脸上;休伯特先生就坐在那儿,捏住了灯罩,盯看着托梅的图尔。接着他把灯罩放回去,拿起他的牌,把它们翻成脸朝下,把牌往桌子中间一推。"我派司了,阿摩蒂乌斯。"①他说。

4

这孩子仍然太疲倦,直想睡,难以骑马,因此这回他、布蒂大叔

---

① 1957年,福克纳在一次回答提问者时说:"托梅的图尔希望得到自由,因此他把适当的牌发给适当的人,而休伯特先生是明白这一点的。"(《福克纳在大学里》,第7页)休伯特手里有三张"3",布蒂那张暗牌倘若是"3",那就是一副顺子,要比休伯特的牌大。因此,休伯特认输了。这样,布克就不必与索凤西芭结婚,而且还将谭尼赢去与图尔成亲。不过,从福克纳的《熊》等作品可以看出,索凤西芭还是与布克结了婚,而且生下艾克。关于这一点,克林思·布鲁克斯在他的《威廉·福克纳浅介》(耶鲁大学出版社,1983)里是这样说的:"我有一次问福克纳先生,布克大叔后来还是与索凤西芭小姐结了婚,还生下一个孩子,亦即艾萨克·麦卡斯林,这件事是如何发生的呢。布克大叔刚从索凤西芭小姐的掌心里被解救出来,在这样幸免于难之后布克大叔肯定是更加警惕与神经紧张的呀。福克纳解释说,他始终没顾得上写出布克大叔是怎样终于被俘获的。"(见该书第133页)

还有谭尼三个全坐在大车里,让托梅的图尔骑在老杰克背上牵着小马。天亮刚过,他们回到家中,这一次布蒂大叔都没来得及动手做早饭,那只狐狸也没能从柳条筐里钻出来,因为那些狗就在这房间里。老摩西干脆钻进柳条筐要跟狐狸待在一起,因此它们都从后面那头钻了出去。那是说,狐狸钻出去了,因为布蒂大叔开门进去时,老摩西脖子上仍然套着大半只筐,还是布蒂大叔帮摩西把筐从它身上踢开的呢。索赛才迈开步子穿过前廊绕房子跑了一圈,他们就能听到狐狸顺着披屋柱子蹿上屋顶时那些爪子的搔刮声了——这场赛跑够精彩的,只是结束得太快,那棵树晃动得太厉害了。

"你这算是哪门子规矩,"布蒂大叔说,"把那骚东西跟这些狗全关在同一个房间里?"

"就别操心狐狸的事了,"布克大叔说,"快去做早饭吧。我都觉得离开家足足有一个月了。"

灶火与炉床

第 一 章

1

  为了彻底防范乔治·威尔金斯,他①头一件要做的事就是得把自己的烧锅②藏起来。不光是这样,他还得单枪匹马地干——在黑暗中把它卸开,在没有人帮助的情况下运到足够远、足够隐秘的地方去,免得卷进日后会出现的喧闹与骚动,而且还得在那里把东西藏起来。正是这个前景让他气恼,而且又提前让他增添了精疲力竭的感觉,通宵劳累后肯定会有这种结果的。他倒不怕自己的买卖暂时中断;五年前买卖就给打断过一回,当时他快刀斩乱麻应付了那次危机,就像他如今处理当前的这回一样——从那时候起那个对手就一直在帕区曼③州立劳改农场里犁地、砍木头和摘

---

① 指本篇主人公路喀斯·布钱普。
② 原文为 still,是酿酒的蒸馏器的简称。1862 年美国国会通过法律,规定酿酒必须纳税。但仍有人为赢利私酿出售。
③ 帕区曼在福克纳故乡密西西比州奥克斯福西南七十五英里,该处设有州立监狱。

棉花,那可不是他自家的棉花,乔治·威尔金斯八成是在步此人的后尘,除非他去把自己的意图向卡洛瑟斯·爱德蒙兹一五一十地说清,清楚得就跟他自称在银行里存了多少钱一样。

　　使他恼火的还不是这干扰所带来的财务上的损失。他六十七了;眼下存在银行里的钱他已经用不完了,比卡洛瑟斯·爱德蒙兹本人还多呢,要是你相信有人想从卡洛瑟斯·爱德蒙兹小铺①里支取额外的现金与实物时爱德蒙兹的那些诉苦的话。问题是他必须独自单枪匹马地完成所有的事;他得在播种大忙季节的当口干一整天活之后从地里回来,把爱德蒙兹那些骡子赶进厩房,喂它们,自己吃晚饭,然后把他那匹母马套上单匹牲口拉的大车赶三英里路去到烧锅那里,在黑暗中凭手感把它卸了,然后再赶一英里到他能想到的最稳妥的地方去,即使出了事闹得满城风雨时也是相当安全的地方,等这一切办完回到家中,夜晚没准已过去一大半,都不值得上床睡了,因为马上又得回地里去干活了,然后一直要等时机成熟了再去向爱德蒙兹说那句话;——所有这一切都得他单独干,得不到任何帮助,因为他原来满有理由、名正言顺可以指望而且命令他们帮一把的那两个人,现在却根本不能考虑:一个是他的老伴,她年老体衰这种事情干不动了,再说他对她的保密能力也不敢信任,倒不是说她不够忠诚;至于他的闺女,与其让她对他要做的事有所知晓,还不如干脆请乔治·威尔金斯本人来帮他藏起烧锅呢。他并非对乔治此人有什么意见,照说有他帮忙自己岂不是可以待在家里睡大觉而不用面临精神折磨与肉体疲累吗。要是乔治光是黏在爱德蒙兹租给他的那块地上整治土坷垃,那他路喀

---

① 美国南方庄园里的一种店铺,蓄奴制盛行时是奴隶主向奴隶发放口粮、衣服、工具的地方。奴隶解放后,则成为农场主向佃农售货之处,往往以赊销的形式售出,待秋收后连本带利一起结算。

斯倒是愿意痛痛快快把纳特许配给他的,反正会比答应大多数他认得的黑小子都要痛快。可是他不想让乔治·威尔金斯或是别的什么人闯进他生活了快七十个春秋的角落,更不愿让乔治进入他出生的那块土地,在自己一手创立、悄悄地惨淡经营了二十年的行当里参加竞争。自打他在离扎克·爱德蒙兹厨房门口不到一英里处为他头一锅出品点火以来,已经过去二十年了;——确实是够保密的,因为不用谁告诉他扎克·爱德蒙兹或是他的儿子卡洛瑟斯(老卡斯·爱德蒙兹也一样啊,就此事而言)会怎么做,倘若他们发现的话。就凭乔治两个月前开始弄出来的也算是威士忌的喂猪泔水,他是不怕乔治会在他已经根深叶茂的买卖或是他的老主顾里插上一杠子的。可是乔治·威尔金斯是个根本不知谨慎为何物的憨大,迟早会给人抓住,这一来今后十年爱德蒙兹地里每个树丛后都会有个副保安官蹲伏在那里了,每晚从日落一直守到日出①。他不想有个呆女婿,更不愿让一个傻瓜和自己住在同一个地方。要是必须让乔治进牢房以缓解目前的局势,那是乔治和洛斯·爱德蒙兹之间的事。

不过事情也快熬到头了。再有一小时光景他就可以回家了,在天亮之前尽可能睡一小会儿觉,然后回到地里去对付一天直到跟爱德蒙兹谈话的恰当时刻来临。也许到那时火头已经过去,他唯一需要对付的就是疲乏了。不过地是他自己的,虽然他既不拥有它也不想甚至也没有必要去拥有它。他耕耘这块土地已有四十五年之久,当时连卡洛瑟斯·爱德蒙兹都还未出生呢,他啥时候干,咋样干,是犁、是种还是锄,都由他自己说了算(说不定还啥都不干呢,兴许就在前廊上坐整个上午,边瞅那块地边琢磨自己是不

---

① 酿私酒者为了不让人见到冒出的烟,往往在夜间工作。

是真的打算那样干),爱德蒙兹也许一星期三回骑了那匹母马来看看庄稼,没准是整个季节就来一次,停上片刻以便把要对他作的忠告说完,其实他压根儿不听,不光不听劝告而且连对那谆谆嗓音本身也都听之藐藐,仿佛那一位方才啥都没说,这以后爱德蒙兹驱马往前而他就该干啥还是干啥,反正是该装的样子也装了,该耗的时间也耗了,这事就在被原谅、宽恕之后给忘得一干二净了。总之,这一天是会过去的。这以后他就可以去到爱德蒙兹跟前说他要说的话,就跟往"吃角子机"里塞枚硬币扳一下操纵杆一样:接下去他只消等着看结果,别的啥也不用操心了。

  他很清楚自己要去什么地方,就算周围是一片漆黑。他是本乡本土出生的,比当今的东家爱德蒙兹早二十五年。他刚到能扶直犁的年龄便在这块地上干活;他在这儿的每一寸土地上打过猎,在童年、青年时期也包括成年时期一直到他洗手不干为止,他所以不干,并非因为成天成夜边走边猎让他受不了,而是觉得再猎食兔子与负鼠未免太丢份儿,他不仅是爱德蒙兹农庄上男人里而且也是所有活着的人里年纪最大的一个,是麦卡斯林后裔里年岁最大的,虽然在世俗的眼光里他不是麦卡斯林的后裔而是麦卡斯林的家奴的后裔,他岁数几乎跟老艾萨克·麦卡斯林一般大,此人目前住在镇上,依靠洛斯·爱德蒙兹想起时愿意给的一些接济为生,如果艾萨克·麦卡斯林的正当权利为人所知,如果人们知道老卡斯·爱德蒙兹——眼下这个爱德蒙兹的爷爷——是如何夺走了他的祖产的,那么这片土地以及上面的一切就都是他的;岁数几乎跟老艾萨克一般大,也几乎跟老艾萨克一样,是老布克和布蒂·麦卡斯林的同时代人,他们俩跟他们的父亲卡洛瑟斯·麦卡斯林一起活在人世时老爷子从印第安人手里弄到了土地,那是很早很早以前的事了,那时候不管黑人白人都是人。

他现在来到沟底了。奇怪的是,能见度倒像是高了一些,似乎那浓密的、不透阳光的由柏树、柳树和荆棘组成的莽丛非但没有使晦暝变得更浓,却凝聚成了由树干与枝条组成的具体物体,剩下的空气与空间——它们与莽丛脱离了关系,比起来也更轻些,——能为视线所穿透,至少对母马的眼睛是这样,使它能在树干和无法穿越的灌木丛之间迂回行走。接着他见到他要找的那个地方了——一个莫名其妙地从地板般平的谷底升起的矬矮的、平顶的、相当对称的土墩。白种人管它叫印第安土墩①。五六年前的一天,一伙白人,其中还有两个是女的,大多戴着眼镜,一律穿着卡其布衣裤,它们在二十四小时前显然还都叠得好好的放在一家商店的货架上,这伙人带来了铁锹、铲子、水壶以及一瓶瓶驱虫剂,对着土墩挖了整整一天,而本地大多数的居民,男男女女以及小孩,在这一天不同时间里陆陆续续前来静静地观看;以后——实际上是今后的两三天之内——他将以几乎是悚然的惊愕心情回忆起,自己当时居然是怀着冷静与鄙夷的好奇心注视着他们的。

不过那是以后的事。眼下他忙得啥也顾不上。他看不清表面,可是他知道快到半夜了。他把大车停在土墩旁,把蒸馏器卸下来——那是只里面是一层黄铜的壶,价格昂贵得他到现在仍然不忍心去回忆,尽管他一辈子根深蒂固是个瞧不上低劣用具的人——接着又卸下螺旋管以及他的铁锹、铁铲。他选中的是土墩一边上面略略有点悬垂的地点;不妨说他要挖的洞的一边已是现成的,只需稍稍扩大就行,在他那把看不见的铁锹的挖掘下,土块迅速落下,随着他那看不见的铲子的移动,它们又不断发出轻轻的

---

① 据有关资料介绍,密西西比州现存的印第安人留下的土墩小者不到一英尺高,大者则是五六十英尺高的小丘,其用途是多方面的,包括殡葬、地理标志、瞭望、宗教礼仪、军事、避难与防洪等。

沙沙声,不久那个洞就深得足以把螺旋管和蒸馏壶都藏进去了,就在此时——也许那不过是叹息似的轻轻一声,可是在他听来却比一场雪崩还响,仿佛整个土墩都吼叫着朝他压下来——整个悬垂都坍塌了。它砸在空壶上,盖没了壶和螺旋管,直漫到他脚上,而且在他往后一跳绊了下跌倒在地时,也压到他身上,把土块、土坷垃朝他扔来,最后又把一样比土块大点儿的东西端端正正地打在他脸上,给了他最后的一个打击——这个打击倒也不算特别毒,只是出手挺重,像是黑暗与孤独的精灵,是古老的土地,也许就是列祖列宗本身所发出的某种最终警告式的拍击。因为,在他坐起身来、终于重新缓过气来又是喘气又是眨眼时,只见那土墩显然丝毫没有变小,在比喧闹的声波还要逼人的长长的寂静中阴森森地矗立在他的上方,那寂静真像是一阵嘲弄人的经久不息的大笑,这时候,他的手摸到了方才打他的那样东西,而且在伸手不见五指的黑暗中感觉出了那是什么——是一件陶器的碎片,那陶器若是完整无缺准有搅乳器那样大,在他把那块陶片举起来时,它再次裂开并把一样东西放入他的掌心,就像是特地交给他似的,那是一枚硬币。

  他说不清自己怎么知道那是金的①。不过他甚至都不用划亮一根火柴来看。他可不敢冒险发出任何光亮,因为这时他脑子里挤满了听来或是传闻的关于窖藏的各种各样的故事,在接下去的五小时里他四肢着地在坍塌的松土里搜寻,现在那些泥土阒寂无声了,他几乎是一块土一块土地翻了个遍,过上一阵才停下来看看星星,估摸这飞逝中的短促春夜还剩下多少时候,接着又在那干

---

① 据研究者估计这应该是一枚"杰弗逊像金币"。美国政府曾赠送给南方印第安人此种金纪念币以示友好。在福克纳的出生地新奥尔巴尼就出土过这种金币。

燥、无感觉的尘土里搜寻,那些尘土打了下呵欠向他投来个让他目眩的不容置疑的一瞥,然后又封闭了。

当东方开始变得灰蒙蒙时他停止了搜寻,跪着直起腰身,让发僵疼痛的肌肉放放松,尽可能伸伸直,这从半夜以来还是头一回。他再也没有找到任何东西。他甚至都没能找到搅乳器或是陶罐的其他碎片。这就是说那些碎片可能散布在塌陷处底下的任何地方。他得用铁锹和铲子把窖藏的钱币一个一个地挖掘出来。这意味着要花时间,但更意味着得孤独。明摆着的是,绝对不再容许出现保安官和别的吃公事饭的人上此地来嗅嗅闻闻搜寻酿酒蒸锅的哪怕是最最微小的可能性。于是,乔治·威尔金斯还不知道自己交了好运便给缓了刑,就像方才不清楚自己要倒霉便陷入了险境一样。想起三小时前一根汗毛都没碰他便让他始终不直一下腰的那股巨大的威力,他一时间竟动了心想让乔治参加当个小股东,由这小子负责实际的挖掘工作;事实上这不仅是让他做点事儿,而且也是对机遇、命运的一种酬谢、报答与还愿,因为倘若不是乔治,他是连这一枚钱币也根本不可能找到的。可是不等这个想法酝酿成熟他就把它抛弃了。他,路喀斯·布钱普,仍在这片世代相传的土地上生活的麦卡斯林后裔里年纪最老的人,他确实还记得老布克、布蒂活在人世时的模样,他,比扎克·爱德蒙兹老,即使扎克今天仍然在世,他几乎和老艾萨克一样老,此人在某种意义上,咳,人也真是说不准哪,竟成了他姓氏与家世的背叛者,居然会软弱地放弃了名正言顺属于他的土地,住到城里去靠自己甥外孙的施舍为生;——他,路喀斯·布钱普,竟要分享布克与布蒂约百年前埋下的钱里的一丁点儿、一小枚钱,与一个祖先不明、来历不清的闯入者,此人的姓氏二十五年前这一带没一个人知道——这是个下颚突出的小丑,连威士忌怎么酿都学不会,他不仅仅打算干涉以及威胁他的买卖,瓦解他的家庭,而且还使他一个星期以来不是着急便是生气而到了今夜——现在该说是昨夜了——这气恼更是达到了顶点,而且烦心的事还没有完,因为他还得把螺旋管与蒸馏壶藏起来呢。不行。不让乔治进监狱就是对他的最好酬谢了,按说即使法律不送他进去,洛斯·爱德蒙兹也会这样干的。

天稍微有点亮了;他现在看得见了。崩落的泥土已经把烧锅遮盖住了。唯一需要做的就是弄几根树枝来堆在上面,好让新土不致受到偶尔过路者的注意。他站起身。可是他仍然不能完全站直。他一只手压在后腰上,仍然有些佝偻,开始发僵、痛苦地朝五十英尺外一丛三角叶杨的幼苗走去,这时不知什么打树丛里或是树丛边上突然跑开,接着便拼命跑拼命跑,声音逐渐减弱而且已经开始拐弯朝树林的边缘跑去了,他在那儿站了约有十秒钟,下颚松垂,惊愕不已,简直无法相信,他的头转过去跟踪那看不见的疾跑的脚步。紧接着他一转身跳将起来,不是朝那声音而是和它平行,他以令人难以置信的灵巧和速度在树木和灌木丛间边跳边跑,总算及时穿出树林,在逐渐亮起来的苍白光线里见到追捕对象像头鹿那样飞也似的越过一块空地,躲进了对面仍被黑夜封锁的一片林子。

他知道那是谁了,虽然他还未回到她方才奔脱的那个树丛,去站住凝视他女儿那光脚板的印迹,她曾在这里的湿泥里蹲伏,这脚印他太熟悉了,就跟他一眼就能辨认出自己母马或狗的脚印一样,有好几分钟他站在脚印前对着它们凝视但却已经视而不见。原来是这么档子事啊。从某种意义上说,事情倒变得简单了。即便是还有时间(再过一小时沟边每块地里便都会有个黑人赶着头骡子在干活了),即便他真敢希望把土墩这边泥土翻动过的一切迹象都消灭,把他的烧锅再倒腾到另一个掩埋地点去,那也是徒然的。

因为当人们来到土墩这儿挖掘时,他们必定不仅会找到一些东西,而且准是很快、立即就找到,而这样的发现与出土必然会使他们停止并走开——是不是这样更好一些,半埋半露,上面就放不多点儿的灌木枝子,让他们在把枝子全部拖走之前就能发现。因为这是件公开的、承认了的、不容争议的事情,甚至都不用讨论的。乔治·威尔金斯必须走人。他必须在又一个夜晚过去之前滚蛋。

2

  他把他的椅子从晚餐桌前往后一推,站起身来。他朝他女儿那张低垂、神秘的脸投去一瞥,不算严峻却是冷冷的。但是他没有对她或是他老伴直接说话。照说他应该对她们中的一个或是两个或是不具体对着谁说上这么一句的:"上路那头去一下。"

  "这么晚了还上哪儿去?"他老伴说,"昨晚就在那块洼地里捣弄了整整一夜!回来忙不迭套牲口下地,太阳升起都足足一个钟头了!你该上床睡觉的,要是你想把溪边那块地犁好的话,洛斯先生说了——"

  这时他已走出家门,也不用再听她唠叨了。又是夜晚了。土路在玉米播种季节①无月的天空下微微发白地向前延伸。很快小路就与他打算在蚊母鸟②叫起来时种上棉花的那块地平行了。要不是乔治·威尔金斯捣乱,他如今准已经全都犁完,打好畦,一切都弄舒齐了。不过现在也差不离了。再有十分钟,事情就会像投

---

① 在美国南方一般是在3月底4月初。
② 美国南方常见的一种鸟,属夜鹰科。一般在春天、初夏啼鸣,过此季节便移徙他处。种棉花一般是在5月初。

一枚镍币到"吃角子机"里一样,倒不是说哐的一响向他浇下来一阵金雨,他不指望这个,不需要这个;他愿意自己侍弄这赌钱机,只是要在干的时候能太太平平,不受干扰。干活儿他倒不怵,即使要熬夜而且没有帮手,即使他不得不挖去半个土墩。他才六十七岁,比有些年纪只有他一半大的人身子骨还棒,倒回去十岁,他还能干个连轴转呢,晚上整个通宵,白天照干不误。可是如今他不想这样拼了。在某种程度上,放弃农活他还真有点不舍得。他爱干农活,瞧着自己的地他觉得顺眼,他喜欢侍弄它,若是有上好的家什,若是把它们使唤得漂亮,他会着实感到骄傲,瞧着不像样的设备和松松垮垮的活计他便嗤之以鼻,他支起炉子酿酒时蒸锅又是非买最好的不可——那把里层是铜的壶的价钱他现在更不愿想起来了,因为这壶他不仅眼看要失去而且简直是自己有意出送的。在第一桩事干成后连跟爱德蒙兹怎么说用哪些措词他都已经想好了,他要告诉爱德蒙兹他决定不种地了,老啦,该歇息了,要求爱德蒙兹把他的地拨给别人务必把庄稼管好收好。"行啊,"爱德蒙兹会说,"可是你不能指望我会给一个一点地都不种的家庭白白供应住房、柴火和用水。"这时他会说,万一事情真正变得这样的话——没准真会这样的,因为他路喀斯至死也要说,扎克·爱德蒙兹为人比他儿子好,而老卡斯·爱德蒙兹又比这爷儿俩加在一起都好:"那好。我跟你租房住就是了。你开个价,我每周六把钱给你送去直到我不想住为止。"

不过这件事会自行解决的。另一件事才是头等紧要的呢。原先,在他今儿早上回家那阵,他是打算去向保安官本人报告的,这样就绝对不会有什么闪失了,免得爱德蒙兹满足于仅仅去捣毁乔治的蒸馏器与地下仓库,光是把他从农庄轰走。倘若这样,乔治仍然会赖着不走,仅仅是想方设法不让爱德蒙兹看见而已;于是,既然什么农活都没有,更不用说酿酒了,他无事可做,就会整个白天懒洋洋,到了晚上却一夜不挨床铺在外面瞎混,比起过去来威胁更大了。得让爱德蒙兹这个白人去报告,因为在保安官眼里路喀斯仅仅是另一个黑鬼,这一点保安官和路喀斯都很清楚,虽然他们当中只有一个人清楚在路喀斯眼里保安官只不过是个红脖梗的穷白人而已,没有祖先可以夸耀,也没有根据对自己的后裔抱什么奢望。要是爱德蒙兹决定私了而不诉诸法律,那路喀斯就要向杰弗生某个人去报告:不仅仅是他和乔治·威尔金斯知道在卡洛瑟斯·爱德蒙兹的农庄里有一个蒸馏器,而且卡洛瑟斯·爱德蒙兹也是知情的。

　　他走进那扇宽阔的可走马车的院门,车道从这里起逐渐上升,通向一个长满了橡树和雪杉的土丘,来到这里他已经可以见到屋子里的电灯光了,这比煤油灯亮多了,屋子里比现在的这位更出色的老主人有煤油灯甚至是蜡烛就感到很满足了。骡棚里停着一辆拖拉机,扎克·爱德蒙兹是绝对不会让家里有这种东西的,还有辆汽车停在专门盖的车房里,老卡斯是连脚都不愿踩到这种车子里去的。不过那是早年间,是旧时代,那时候的人都比现在的更出色;他路喀斯自己就是一个,他和老卡斯甚至不仅仅在精神上是同时代人,他们相同之处甚多,尽管这样说似乎有点荒谬:——老卡斯仅仅在母系方面有麦卡斯林的血统,他姓的是自己父亲的姓,虽然土地归了他连同其利益与责任;路喀斯则是在父系上有麦卡斯林的血统虽然姓了母亲的姓①,他可以使用土地从中得到利益却不必承担任何责任。更加出色的人:——像老卡斯,他仅仅在母亲

---

① 路喀斯的父亲是麦卡斯林家的奴隶图尔,母亲是布钱普家的女奴谭尼。他只被允许用母亲主家的姓。

方面算得上是个麦卡斯林,可是血管里老卡洛瑟斯·麦卡斯林的成分却是够足的,故而敢于把土地从真正继承者手里夺过来,仅仅是因为他想占有这块地,知道自己能把它利用得更好,知道自己更强大,更无情,更像老卡洛瑟斯·麦卡斯林本人;即便扎克也不含糊,虽然他不像乃父有那样多的男子汉气概,不过他路喀斯,一个男性的麦卡斯林后裔,却是把他当作对手看待的,以致曾起意要杀他,一直到了这个地步——当时他所有的事务均已料理妥当,就像从容赴死的人那样——四十三年前的一个早晨,他手执卸去套子的剃刀,站在那个睡得正香的人的面前。

　　他走近大宅——那两边由原木构筑的侧翼(这是卡洛瑟斯·麦卡斯林建造的,也曾满足了老布克、布蒂的需要)由不封闭的过道相连,老卡斯·爱德蒙兹后来给过道加上廊柱,砌上墙,用白色隔板加出了一个二楼过厅,这也算是显示自己骄傲的纪念碑与墓志铭吧。路喀斯并未绕到后面去走厨房门。自从当今的爱德蒙兹出生以来,他只进过一次厨房门;他这辈子再也不会走第二次了①。他也不愿登上台阶。他仅仅是在廊子旁的黑暗中停住脚步,用手指关节叩击板边直到那白人来到门厅朝前门外面张望。"嗯?"爱德蒙兹说,"什么事?"

　　"是我。"路喀斯说。

　　"哦,进来吧,"那人说,"干吗站在外面?"

　　"你出来,"路喀斯说,"谁知道,乔治没准正猫在哪儿偷听呢。"

　　"乔治?"爱德蒙兹说,"乔治·威尔金斯?"他走出来,来到廊子里——仍然显得挺年轻,他是个单身汉,三月里刚满四十三岁。

---

① 黑人与穷白人一般只被允许从后门进入有钱人家的住宅。

路喀斯不用想也记得很清楚。他永远也不会忘记的——早春的那个夜晚,已一连下了十天雨,连老人也不记得曾见过这么大的雨,白人的老婆要分娩了,沟里的水漫了出来,整个沟谷像是一条为漂浮的圆木和淹死的牲口所挤塞的河,到后来在黑暗中连骑在马背上蹚过河去打电话请医生也不可能了。当时莫莉还年轻,正在奶他们的头生子,半夜里那白人亲自来把她叫醒,于是他们跟着他穿过满处淌水的黑暗来到他的宅子,路喀斯在厨房里等着,一边把炉子里的火燃得旺旺的,莫莉则去把白娃娃接下来,除爱德蒙兹外再没别人帮忙,接着他们明白大夫是非请不可的了。于是不等天亮他就走进水里并且还真的蹚了过去,怎么能做到的他至今也不明白,天黑时分他带了大夫回来,简直是死里逃生(有一回他都相信自己完了,没命了,他和骡子眼看要变成另外两具翻白眼、松垂下巴的浮尸,等一个月后水退了,靠着盘旋不去的兀鹰方能找到,但已肿得无法辨认)。但是闯鬼门关却不是为自己而是为了老卡洛瑟斯·麦卡斯林,此人不但是他的而且也是扎克·爱德蒙兹的祖先——等他回来,发现白人的老婆已经咽了气,而他自己的老婆则在白人的宅子里有了一席之地。这就像在这个天气恶劣、风雨交加的日子里他渡过去又渡回来的是一条冥河,他逃了回来,得以捡回一条命脱身而出是付出了代价的:接受一个外表上与前无异但已起了微妙与决定性变化的世界。

就像是那个白种女人不但根本没离开过那个宅子而且从未在世界上生存过——他们两天后在果园里埋葬的那个物体(他们仍然无法越过河谷去教堂墓地)是一件不存在于时间中的、未经圣化的、虚无飘渺的东西;而他自己的妻子,那个黑女人,如今却独自住在他们结婚时老卡斯为他们盖的房子里,一直维持着他们成亲那天他点燃的炉火,从那天起这火一直没灭过虽然现在已没多少饭菜要煮了;——就这样,直到差不多半年后的一天他上扎克·爱德蒙兹那儿去,说:"我要我的老婆。我家里少不了她。"接着——他本来是没打算说这句话的。可是时间几乎长达半年,他老得独自一人来维持家中的灶火,这火将一直燃着直到他与莫莉都不再在人世给它加柴添薪,整个春季与夏季一夜接着一夜他都是独自坐在炉火前,直到有天晚上他站在火前大发雷霆,气得七窍生烟,啥也看不见了,那只松木水桶都已经挂到火上去了,这时他好不容易才强压怒火,把水桶放回到座架上去①,但仍然气得发抖,甚至都不记得要拿起水桶用水了——接着②他说:"我琢磨你拿准我不会接她回去的,是不是?"

那个白人正要往椅子上坐下去。在年纪上他和路喀斯可以算是兄弟,几乎是双胞胎呢。他慢慢地往椅背靠去,眼睛看着路喀斯。"唉,天哪,"他轻声轻气地说,"原来你想到这上头去了。你把我当成什么人了?你把自己说成是什么人了?"

"我是个黑鬼,"路喀斯说,"不过我也是一个人。我还不仅仅是个人。制造我爸的那同一个东西也造出了你的姥姥。我要把她带回去。"

"天哪,"爱德蒙兹说,"我从来没有想到过要向一个黑鬼起誓。可是我愿意发誓——"路喀斯转过身子,已经走开去了。他像一阵旋风。那一位现在站起来了。他们面对着面,虽然一瞬间路喀斯气得根本看不见他。

"用不着!"路喀斯说,"我今天晚上就要她回到我的家。你听明白了吗?"他走回到地里去,回到立着的犁头那儿去,方才他犁

---

① 水桶一般都放在后廊的一个架上。煮水则用铁皮水壶。
② 以下与前7行的"接着——"相连,当中的是插入语。

了半垄突然发现他现在就得去,就得在这一刻,到小铺或是宅子或是那白人会在的任何地方去,闯进他的卧室倘然有必要,去和他当面说清。他方才把骡子系在一棵树底下,绳索什么的全没卸下。他现在重新把骡子套好继续犁地。他每犁完一垄掉头时都可以看见自己的屋子。可是他从不朝那边看,即使是他知道她已回去,已经回到家里,即使是在那新鲜柴火的炊烟在停了几乎半年后又再次在小晌午从烟囱冒出时,他也没朝那边看望;晌午时分,她沿着围栏走来,手里拿着一只小桶和一个加盖的盘子,她在那儿站上一会儿,瞧瞧他,然后放下东西转身回家,即使在那样的时刻他也没朝那边看望。接着庄园报午的钟响起来了,那平平的、悦耳的、从容不迫的当当声。他给骡子松了套,饮水,喂料,然后才上围栏旮旯儿去,午饭在这儿呢——一盘小饼,还有点热乎,盛猪油的小桶里有半桶牛奶,铁皮由于擦洗和长期使用已泛出一种旧银器才有的发暗的光辉——一切都跟过去一模一样。

接着,下午也过去了。他进厩房,喂了爱德蒙兹的骡子,把轭套等挂在特定的木楔上准备明天再用。然后来到巷子里,来到夏日绿莹莹的薄暮里,现在正是萤火虫闪光与飘飞的时刻,是蚊母鸟前前后后唱和的时刻,也是满沟的蛙群鼓噪喧腾得正欢的时刻,直到此时,他才第一次注视他的房子,注视烟囱上面无风状态下那稀疏羽毛似的晚餐炊烟,他的呼吸变得越来越费劲,越来越费劲,也越来越深,越来越深,最后他那褪色的衬衫竟在胸口上绷得很紧连钮扣处都有压力了。也许等他老了之后他就会不在乎了。可是他知道他永远不会的,即使他活到一百岁已记不清她的面容、名字,也记不清那白人和自己的面容和名字。我得把他杀了,他想,或者是我得带了她上别处去。片刻之间,他想到上白人那儿去告诉他自己一家要走了,就在现在,今晚,马上。不过倘若让我现在再见到他,没准我会杀了他的,他想。我想我已经拿定主意打算怎么做了,不过倘若让我现在看到他,遇见他,我没准会改变主意的。——这还算是个男子汉吗!他想。他把她在自己家里留了六个月而我什么行动都没采取:他让她回来我却杀了他。这就好比我向整个世界大声宣告:他不是因为我告诉他了才让她回来的,而是因为厌倦了才把她还给我的。

他走进木栅栏的院门,这栅栏是老卡斯把房子拨给他们住时他自己修的,当时他还从地里运来石块给没长草的院子铺上了小路,他老婆每天早上都要用柳枝扎的笤帚扫院子,在用碎砖、瓶子、瓷片、各种颜色的草砌边的花坛之间把不脏的尘土扫成一个个弯曲、复杂的图案。春季里她有时还回家来侍弄花坛,因此那儿还跟往常一样有花可看——都是些黑人喜爱的皮实、刺眼的花卉:太子羽、向日葵、美人蕉和蜀葵——可是直到今天为止花坛间的小路从去年以来就没扫过。是的,他想,我得把他杀了,要不就走得远远的。

他走进门厅,然后进入房间,在这里两年前他点燃了炉火,这火将比他们两人都存活得更长久。他事后不是总能记住自己说过的话,却永远也忘不了当时心中涌起的那股惊讶与难以置信的怒火,他怀着这股怒火想道:哼,时至今日她甚至都不知道我是不是起过疑心呢。她坐在炉前,那儿正煮着晚饭,她抱着孩子,手掌放在孩子面前给他挡住光和热——即使那时她也是个娇小的女人,当时离她皮肉自然也包括骨骼开始朝内里抽缩还有好些年呢,他站在她上方往下看,见到的不是他自己的孩子而是一个白人小孩的脸,正偎挤向她隆起的黑乳房——那乳房不是爱德蒙兹妻子的而是他自己老婆的,他曾一度失去这个老婆;那小孩也不是他的儿子而是那个白人的,如今又撂到他这儿来了,他的声音很响,他那爪子似的手猛地朝婴儿伸去,但是她的手飞快举起抓住了他的手腕。

"咱们自己的呢?"他喊道,"我的孩子呢?"

"就在那边床上,睡得正香呢!"她说,"去瞧瞧他呀!"他没有动,还是站在她的上方,用手和手腕和她较着劲儿。"我不能扔下这个!你知道我不能!我只好把他带来!"

"别跟我撒谎!"她说,"别跟我说扎克·爱德蒙兹知道他的孩子到哪儿去了。"

"他知道的!我告诉他了!"他挣脱了手腕,把她的手和胳臂往后一推;当她的手背打在她面颊上时,他听见她的牙齿发出轻轻的叩击声,他看着她把手举到嘴边,又让它垂落下来。

"这就对了,"他说,"离开那边跑回来根本不是你自己的意思!"

"你这笨蛋!"她喊道,"哦,天哪,"她说,"哦,天哪。好吧。我把他送回去。我早晚要送回去的。蒂斯比大妈可以让他咂糖水奶嘴①——"

"你甭送,"他说,"我也不送。你以为扎克·爱德蒙兹回来发现孩子不见了还会在家里待着不动吗?不会的!"他说,"我老婆是我去扎克·爱德蒙兹家向他讨回来的,他的儿子也让他上我家来要吧!"

他在廊子上等候。他能看见沟谷对面那幢房子里的亮光。他仅仅是还没回到家里,他想。他的呼吸很慢很平稳。不用着急。他会做出一些举动,那么我也做出一些,然后事情就会结束了。会

---

① 蒂斯比显然是爱德蒙兹农庄里的一个黑人妇女。当时(1898年)还不可能有橡皮或塑料奶嘴,一般的情况是用布包着糖扎成奶头状来哄婴儿。

没事儿的。这时灯光熄灭了。他开始镇静、大声地说:"对。对。他得花些时间才能走到这儿来。"他继续这么说,其实时间已经过去很久,足够让那一位在两幢房子之间走上十个来回了。这时候好像他早就明白那位是不会来的,似乎在那幢房子里等候的是他,轮到他在眺望着他的,也即是路喀斯的房子。接着他又明白那人甚至都没在等待,似乎是他已经站在卧室里,他的下方是一个沉睡的人在缓慢地呼吸,他的前面是一个未加防卫的、不知有危险的咽喉,而一把露出刃锋的剃刀已经捏在他的手里。

　　他重新走进屋子,走进他老婆和两个孩子在床上躺着的那个房间。天刚黑他回家时煨在炉火上的晚饭甚至都没有取下,到这会儿剩在锅里的东西早该烧焦煮干了,要不就是在越来越微的余烬里几乎没一点热气了。他把炖锅和咖啡壶拨到一边,用根柴火把炉底一角的灰烬刮净,露出砖块,用一只湿手指去摸摸其中的一块。砖头热烘烘的,不特别烫,不炙人,那是一种迟钝、深沉的热,它凝聚了火在它身上不停地烧了两年之久的岁月,凝聚的不是火而是时光,仿佛只有时光才能使它变凉而不是火的熄灭,甚至连水也不行。他用他小刀的刀片把砖头撬起,把砖底下温暖的土拨开,起出一只小小的金属的公文递送盒,差不多一百年前,他的白皮肤的祖父卡洛瑟斯·麦卡斯林本人曾经拥有这只盒子,他从那里取出一个扎好的小布包,小包里密密匝匝地挤放着许多硬币,其中的一些几乎和卡洛瑟斯·麦卡斯林是同时代的,而路喀斯十岁前就开始积攒钱币了。他老婆睡下时仅仅脱掉了鞋子(他也认得这双鞋子。那是属于那个不曾死去甚至也从未生存过的女人的)。他把那个打上结的小包放在一只鞋里,又走到胡桃木橱柜跟前,这柜子是艾萨克·麦卡斯林送的结婚礼物,他从抽屉里取出剃刀。

　　他是在等待天亮。他也说不清为什么要等。他靠在院门和白人房子半当中一棵树前蹲着,就和那无风的晦暗本身一样,一动也不动,这时,斗转星移、蚊母鸟们的合唱越来越快,越来越快,后来又停住了,接着头一批公鸡开始打鸣,这时短暂的"假天亮"来临,完了天色又暗了下来,紧接着鸟雀们开始噪鸣,夜晚终于过去了。天刚刚亮他就登上白人家宅前的台阶,走进未锁的前门,穿过寂静的门厅进了卧室,他觉得自己已经进来过,而且就在片刻之前,他捏着打开的剃刀站在那个正在呼吸、毫无戒备、未加防卫的咽喉的上方,再次感到此情此景自己是经历过的。这时他察觉枕头上那张脸上的眼睛在静静地盯着他,这时候他明白自己为什么非要等到天亮了。"因为你也是麦卡斯林的子孙,"他说,"虽然是女儿的后裔。也许原因就在这上头。也许正是因为这一点你才那样做:因为你跟你爹非得通过一个女人才能从老卡洛瑟斯那里得到点儿什么——不是通过负责任的男人、可以依靠的男人。因此没准我都已经原谅你了,可是我仍然不能原谅你,因为人只能原谅损害你的人;连《圣经》也不要求一个人去原谅他打定主意去伤害的人呢,因为即便是耶稣也终于发现对人这样要求未免太过分了。"

"把剃刀放下,我再和你说话。"爱德蒙兹说。

"你知道我是不怕的,因为你知道我也是麦卡斯林家的子孙而且是父裔方面的。你从来没有想到吧,因为我也是个麦卡斯林,所以我不愿意。你连想都没有想到吧,你以为我也是个黑鬼,所以我不敢。不。你以为因为我是黑鬼所以我根本不会在乎。我倒是从来没想过要用剃刀。可是我给过你平等的机会。也许你走进我家的门时我不知道自己会怎么做,可是我知道我要做的是什么,知道我相信我会怎样做,知道卡洛瑟斯·麦卡斯林会要我怎样做。可是你没有来。你甚至都没有给我机会来做老卡洛瑟斯会叫我做的事。你想让我服输。这你永远也做不到,即使明日此时我被吊死在树枝上,浇的煤油还在燃烧,你也永远没法让我认输。"

"把剃刀放下,路喀斯。"爱德蒙兹说。

"什么剃刀?"路喀斯说。他举起手,看着剃刀,好像不知道自己捏着的是剃刀,好像他从来没看见它似的,在看的同时他把刀朝开着的窗户扔去,亮闪闪的刀旋转着在初升的黄铜色阳光里闪出了几乎像血一样的颜色,旋即便消失了。"我不需要什么剃刀。我赤手空拳就能把事情办成。现在你把你枕头底下的手枪拿出来吧。"

可是那个人仍然一动不动,甚至都没有把手从被单底下抽出来。"枪不在枕头底下。是在那边的抽屉里,一直是放在那儿的,这你也知道。过去瞧瞧。我不会跑掉的。我跑不了。"

"我知道你不会跑的,"路喀斯说,"你也知道你不会跑的。因为你知道我需要的、我一心想看到的就是你想逃跑,是你转过身去逃跑。我知道你不会这样做的。因为你唯一要压垮的就是我。我要战胜的则是老卡洛瑟斯。去拿你的枪呀。"

"不,"那个人说,"回家去。你给我出去。今天晚上我会上你家去——"

"出了这样的事之后?"路喀斯说,"我和你,难道还会待在同一个地方,甚至还呼吸同样的空气?出了这样的事之后,不管你编派出什么花言巧语,甚至还变着法子去证明,都要我一五一十地接受?去拿枪吧。"

对方把双手从被单底下抽出来放在上面。"好吧,"他说,"去站到墙根那儿,等我去拿。"

"哈,"路喀斯说,"哈。"

对方又把手放回到床单底下去。"那你去捡你的剃刀吧。"他说。

路喀斯呼吸变得急促起来,他连连往里吸气,却不见他吐气。白人能看到他的胸膛抽紧了,那件褪色的旧衬衫在上面绷得鼓鼓的。"就在你毫无表示地瞧着我把它扔掉之后?"路喀斯说,"就在你知道如果我现在离开这个房间我就再也不会回来的时候?"他走到墙根下,背靠墙站着,还是面对着床。"因为我已经灭了你的威风,"他说,"是老卡洛瑟斯灭的。去拿你的枪吧,白人。"他站在那里喘息,急急地往里吸气,直到他的肺似乎再也容纳不下了。他看着对方从床上起来,抓住床脚,把床从墙边拉开,直到两边都能上床;他看着白人走过房间,来到多屉柜,从抽屉里取出手枪。路喀斯仍然没有动弹。他贴紧墙站着,瞧着那白人走到房门口把门关上,转动钥匙,然后回到床边,把枪扔在床上,这才抬起眼来望着路喀斯。路喀斯颤抖起来了。"不。"他说。

"你去一边,我待在另一边,"那白人说,"咱们跪下来握紧手。我们不需要数数。"

"不!"路喀斯说,气儿几乎出不出来,"最后一次跟你说。拿着你的手枪,我来对付你。"

"那就来吧。你以为我是你所说的女性后裔,麦卡斯林家气概就会少一点吗?没准你连个麦卡斯林女性的后代都不是,仅仅是个不守本分的黑鬼呢?"

这时候路喀斯来到床边了。他甚至都不记得自己移动过身子。他跪在地上,他们的手对握着,当中是床和那把手枪,面对面的那人他从小就认识,始终亲兄弟似的共同生活直到长大成人。他们一起钓鱼一起打猎,在同一片水里学会游泳,他们在一张桌子上吃饭,不是在白孩子的厨房里便是在黑妈妈的小屋里;他们在森林的篝火前合盖一条毯子睡觉。

"这是最后一次,"路喀斯说,"我告诉你——"这时他大声嚷叫起来了,不是冲着这个白人的,这一点白人也知道;他眼看那黑人的眼白里突然涌现出红颜色,那是野兽——熊或是狐狸——被围困时眼睛里的那种血色。"我告诉你!别对我要求太高了!"我是做错了,那白人想。我做得过头了。可是现在已经太迟。他即使想把手挣脱却已被路喀斯的手紧紧捏住。他赶紧伸出左手去抓枪,可是路喀斯也把他的左腕抓住了。这以后两人除了前臂之外别的部位都一动不动,他们捏紧的手逐渐转动,直到白人的手背贴在了手枪上。那白人一动不动,被扭住了也动弹不了,他盯看着对面那张精疲力竭、怒不可遏的脸。"我给你机会,"路喀斯说,"你不锁门睡觉又把机会给了我。我把剃刀扔掉再把机会还给你。以后你又把机会扔还给我。是这样的,对不对?"

"对。"那白人说。

"哼!"路喀斯说。他一使劲,把白人的左手和左胳膊甩开,挣脱了右手,同时把对手从床边推开;这个动作同时也使他拿到了枪,他跳起来往后一退,此时此际白人也站直了身子,那张床隔在两人当中。路喀斯打开枪后膛,朝旋转弹膛飞快瞥了一眼,转动它直到击锤下的空膛停在最底下,这样,不管弹膛朝哪边转也总有一颗实弹会在击锤下面。"因为我需要两颗子弹。"他说。他把后膛啪地关上,面对着白人。白人又一次看见他眼睛充血,直到里面既不见角膜也没有虹膜。机会来了,那白人想,思路很快也很清晰,甚至都不觉得惊讶,他尽量大胆地在聚积力量。路喀斯似乎没在注意。他这会儿甚至都看不见我,那白人想。可是时机又错过了。路喀斯如今在看他了。"你总以为我不会这样做,是不是?"路喀斯说,"你知道我能打赢你,所以你想用老卡洛瑟斯的威力来压倒我,就像卡斯·爱德蒙兹对付艾萨克那样:利用老卡洛瑟斯来让艾萨克放弃土地,那原本是他的,因为卡斯·爱德蒙兹是女儿生的麦卡斯林,是女儿这一支的,是妹妹,好像老卡洛瑟斯会叫艾萨克向姑妈的后代让步,因为她日子过不下去了。你以为我也会那样做,是吗?你以为我会痛痛快快那样做,比艾萨克还痛快,因为要我放弃的并不是土地。我也根本没有麦卡斯林家的大片良田可以放弃。我唯一必须放弃的就是麦卡斯林的血统,从法律上说那玩意儿与我根本无关,至少是没有什么价值,因为那天晚上老卡洛瑟斯给了托梅使我爸得以出世的东西,这对他来说本来就不是什么损失。而且如果这就是麦卡斯林的血统带给我的东西,我也不想要。要是那种血流到我的黑人血液里来对他从未造成什么损害,那么从我这里流走对我也不会有损害的,甚至也不会像老卡洛瑟斯那样得到最大的快乐。——或者是,不。"他喊道,他现在又看不见我了,那白人想。现在干吧。"不!"路喀斯喊道,"比方说我压根儿不用这第一颗子弹,比方说我只用最后那颗来把你和老卡洛瑟斯的威风全压下去,给你留下点纪念,让你去到老卡洛瑟斯已经在的地方,在你不用忙着想出点什么跟老卡洛瑟斯说说的时候也有点事儿可以回味回味,那是在明天、又一个明天、再一个明天之后,只要还有明天——"那白人猛地一跳,朝床的上空一扑,去抓那把枪和捏住枪的那只手。路喀斯也猛地一跳;两人在床的中央接触,路喀斯在那里用左胳膊夹住那人,就跟拥抱他似的,他把手枪插进白人的胁肋,扣动扳机,同时把白人往外一推,这都是一下子同时完成的,但这时他听见了没打响的枪那轻轻的、干巴巴的却又响得出奇的撞击声。

那一年年景不错,虽然一开头雨水多,发过大水,好天气来得迟了些:那是夏季特别长的年份。他的收成会比多年来的都好,虽然迟至八月他的玉米地还有几块没犁最后一遍。眼下他正干这活儿,在两行茁壮、齐腰高的玉米秆的肥厚、黝黑、闪亮的叶片之间赶他的独匹骡子,在一垄的尽头停下,把犁从土里拔出来,扭动方向,吆喝走偏了的骡子朝下一垄走去,直到午饭的炊烟终于在他家烟囱上无分量地悬挂在明净的空气里,接着到了老时间,她拿着盖好的盘子和小桶沿着围栏走来。他也不朝她看,只顾继续犁地,直到庄园的午时钟声响起。他喂饮骡子,然后自己吃饭——那是牛奶和仍然温乎的饼——接着便在树荫底下歇息,直到钟声再次响起。这以后,他仍然不起来干活,而是从兜里掏出一颗子弹,再次对着它细看,同时陷入了沉思——这就是那颗没爆炸的子弹,连脏都没弄脏,也没锈蚀,撞针在未爆炸的底火铜帽上弄出了清晰的、深深的一道凹痕——这颜色发暗的小黄铜圆柱体不比一根火柴长,不比一支铅笔粗,也重不了多少,却包容了两条人命。是曾经包容,准确地说。因为我是不会用那第二颗子弹的,他想。我得付出代价。我得等待吊索,甚至还有煤油。我得付出代价。因此看来,我毕竟不是白有老卡洛瑟斯的血统的。老卡洛瑟斯,他想。我需要他的时候他出现并且替我发言了。他又继续犁地了。不久,她沿着围栏再次走来,亲自取走了盘子和小桶,免得他回家时还要带上这些东西。可是今天够她忙的;他觉得下午没过去多久却又看见晚饭的炊烟了——这晚饭她会给他留在炉子上,而她自己则要带着两个孩子到大宅去。他在暮色苍茫中回到家时她正要走。不过她这会儿没穿那个白女人的皮鞋,身上也还是早上穿的那件没有样子的褪色花布裙子。"你的晚饭做好了,"她说,"我来不及挤牛奶。只好让你干了。"

"要是我想喝牛奶得等,那我看母牛也可以等一等的,"他说,"你抱两个娃娃行吗?"

"我想能行。那么久没个男人帮忙,这两个娃儿也都是我在带着。"她连头都没有扭过来,"我哄他们睡着后再回来。"

"我看你把时间都用在他们身上得了,"他粗声粗气地说,"反正你一开头就是这样干的。"她往前走去,既不答话也没扭过头来,毫不在乎,很平静,甚至还很安详。他也不再望着她了。他的呼吸很缓慢,很平静。娘们儿,他想。娘们儿。我永远也看不透。我也不想看透了。我情愿啥也不知道,这总比以后发现自己被耍了要强些。他朝有炉火的房间走去,那里煨着他的晚饭。这一回他是大声说出来的:"他娘的,请别跟俺的黑老婆睡觉,这话叫一个黑人怎么跟白人开口说呢? 就算是他真的说了,那白人又他娘的怎么会答应不这样做呢?"

3

"乔治·威尔金斯?"爱德蒙兹说。他走到柱廊的边上①——他还是个年轻人,但已有几分那种说变就变的火暴脾气了,路喀斯记得这是老卡斯·爱德蒙兹的脾气,却跳过了当中一代的扎克。从年龄上说,这年轻人满可以做自己的儿子,但实际上却有更多的理由不是,因为该交所得税、保险金与利息的并非路喀斯,拥有产业的也不是路喀斯,有了产业就得操心挖沟、排水、围栏、施肥并为一年的收成去冒反对上帝的风险,他倒不用流汗,这就是他唯一的好处了。"乔治·威尔金斯到底干了什么——"

路喀斯连语气都没有变,而且显然没作什么努力,甚至连这样的打算都没有,就从一个黑人变成了一个黑鬼,倒不是有了什么不

---

① 此处与第44页第23行相接。这之间的是个"闪回"。"他"指洛斯·爱德蒙兹。

可穿透的秘密,也没变得奴颜婢膝与丧失个性,但是却让自己被一重无时间性的、愚钝、冷漠的氛围裹起来,那东西就如同是一种气味。"他在'老西地'后头的沟里支起了烧锅。要是你也想要威士忌,上他家厨房地板底下去找好了。"

"一只蒸馏壶?"爱德蒙兹说,"在我的地里?"他吼叫起来了,"难道我不是跟这儿每一个男人、女人和孩子都打过招呼吗,如果在我的地界里发现一滴白骡威士忌①,我会怎么办?"

"这话你甭跟我说,"路喀斯说,"我打生下来就一直住在这里,那会儿你爹还没出生呢。你也好你爹也好老卡斯也好,除了你和他在圣诞节送给莫莉的那瓶城里货以外,听说过我跟任何品种的威士忌有啥关系吗?"

"这我知道,"爱德蒙兹说,"我一直以为乔治·威尔金斯——"他停住了。他说:"哈。我听说过什么来着,是不是乔治想娶你的闺女?"

有一小会儿路喀斯没有回答。接着他说:"是有这档子事。"

"哈,"爱德蒙兹又说了,"你以为在乔治自己被逮住之前向我告发了乔治,我就会宽宏大量,让他砸烂壶把酒倒掉,这账就可以一笔勾销了吗?"

"我说不上来。"路喀斯说。

"好,你现在能说得上来了,"爱德蒙兹说,"乔治也能说得上来了,等保安官——"他回进屋子里去。路喀斯侧耳听他的鞋跟踩在地板上的坚实、急遽、愤怒的哒哒声,然后又谛听摇电话曲柄的拖长、激烈的转动声。接着他不再去听了,而是一动不动地站在半明半暗处,眨了几下眼睛。他想,还有那么多的麻烦事儿。我原

---

① 即非法土酿威士忌,无色,故曰"白","骡"则是戏指其土。

先想都没有想到呢。爱德蒙兹又回出来了。"行了,"他说,"现在你可以回家了。去睡吧。我知道提了也是白搭,不过我希望见到你南溪边的那块地明儿天黑前能够种上。你今天迷迷瞪瞪地围着那块地转都好像有一星期没睡觉了。我不清楚你夜晚在干什么,不过你也太老了,不管自个儿怎么想,再像公猫那样满处转已经不合适了。"

他回到家里。如今,事情都过去了,办妥了,他才发觉自己真的有多么疲倦。就像是过去十天里交替出现的惊慌、狂烈、愤怒与恐惧的浪潮,其顶点是昨晚的激烈行动以及连续三十六小时的未曾宽衣解带,已使他神经麻木,对疲倦本身都失去了任何感觉。不过现在好了。如果需要他体力上有所消耗,哪怕再累上十天半个月,只要能免去昨晚那段难熬的时刻,他也心甘情愿。这时候他记起了他忘记告诉爱德蒙兹自己决定不再务农的事了,他得让爱德蒙兹把他一直在种的地租给别人,好把庄稼收下来。不过没准还是不说的好;没准再有一个夜晚就能把这样大小一个瓦罐能盛下的其余的钱都找到,这样他就可以留下地,留下庄稼了,他干惯了,没事干也闲得难受。——除非我有什么更好的理由不需要留,他阴郁地寻思。因为对这样一笔横财我兴许连搜刮一下都办不到,可它也真沉得住气,竟等我活到了六十七岁才来临,可我已经太老,都不需要它,不想发财了。

整幢房子黑黢黢的,只有他和他老伴房间的炉床里才露出一点微光。门厅对面他女儿睡的房间也是黑黑的。而且也准是空的。他早就料到会是这样的。我看乔治·威尔金斯有女人陪伴今晚是最后一次了。他想。按我听说的,他明儿要去的地方连女人的影儿也不会有。

他上床时老伴没有真醒,却喃喃地说:"你哪去了? 昨儿一宿在路上瞎折腾。今天又走了一宿,咱们的地正哭着喊着等播种呢。你就等洛斯先生来训——"说到一半就打住了,还是没醒。过了些时候,他醒过来了。那时已经过了半夜。他盖了条被子躺在玉米衣垫子上。差不离就是这时辰了。他很清楚他们是怎么干的——那白人保安官、几个税务官还有助理猫腰爬着穿过灌木丛,手里捏着枪,去包围蒸馏壶,遇到每一个树桩和形迹可疑的土堆便像猎狗似的吸气与嗅闻,直到每只坛坛罐罐都给搜出来,带回到汽车停着的地方;没准他们还会咂上两口以祛除夜晚的寒气,然后回到蒸馏壶左近蹲着,等乔治毫无戒备地前来自投罗网。他既不洋洋得意也没有出了一口气的感觉。如今他对乔治倒抱有几分个人的歉疚之情呢。他还年轻,他想。他们不会永久把他关在那儿不让他出头。事实上就他路咯斯而言,关上两个星期也就够了。为这事蹲一两年他还蹲得起。也许等他们放他出来时,他就会接受教训,知道再不敢玩某某人的女儿了。

　　这时候他老伴弯身在床上,一边摇他一边尖叫。天刚蒙蒙亮。他穿着衬衫、裤衩紧跟着她朝后廊跑去。稳稳安放在廊外地上的是乔治·威尔金斯那只打了补丁的瘦瘦凹凹的蒸馏壶;廊子上则安放着形状各异的水果瓶、陶罐、一两只小桶,还有一只生锈的五加仑油桶,在路咯斯那双惊恐、睡意未消的眼睛看来,它盛的东西足能灌满一只十英尺长的马槽了。他甚至能看见玻璃瓶里的东西——一种暗暗的、说不上什么颜色的液体,上面还漂浮着玉米衣的碎屑,这是乔治那换过十个主儿的蒸馏壶没能去掉的。"纳特昨晚在哪儿?"他喊道。他一把抓住老伴的肩膀,摇晃她。"纳特在哪儿,老婆子?"

　　"你一走她跟着就不见了!"老婆子也大声嚷嚷说,"她又盯你的梢去了,就跟前天晚上一样!这你还不知道?"

"我现在知道了,"路喀斯说,"快拿斧子来!"他说,"把这砸了!咱们来不及搬走了。"可是连砸也来不及了。还不等他俩动弹,县保安官就带着一个副手从屋角后走出来了——那是个大个头的胖子,看得出通宵没睡,而且显然还在为这事发着脾气。

"妈的,路喀斯,"他说,"我原以为你挺聪明不会干这件事的。"

"这根本不是我的,"路喀斯说,"你也清楚这不是我的。要真的是,我还会摊在这儿吗?乔治·威尔金斯——"

"你甭操心乔治·威尔金斯了,"保安官说,"我也逮住他了。他在那边的汽车里,你的宝贝闺女也在。快穿上裤子。咱们进城去。"

两小时后,他来到杰弗生联邦法院①督察员的办公室。他脸上仍然摆出一副莫测高深的样子,偶尔眨几下眼,倾听着身边乔治·威尔金斯沉重的呼吸声和那些白人说话的声音。

"烦死人了,卡洛瑟斯,"督察员说,"这算哪门子的塞内冈比亚②的蒙太古和凯普莱特之争呢?"

"问他们去!"爱德蒙兹气冲冲地说,"问他们去呀!威尔金斯跟路喀斯那闺女要结婚。路喀斯不知为什么不赞成——我现在像是有点明白了。于是昨晚上路喀斯上我家告诉我乔治在我的地里支起了一个蒸馏壶,因为——"爱德蒙兹连口气都不喘,便再次吼叫起来,"——他很清楚我会怎样做,因为多年来我不断对我地界里的每一个黑小子说我会怎样办,要是我发现一滴那种私酿的猫尿——"

---

① 酒税由联邦政府征收,因此有关诉讼亦由联邦法院处理。
② 西非旧时地名,此处戏指黑人。蒙太古与凯普莱特则是莎剧《罗密欧与朱丽叶》中相互仇视的两个家族。

"是的,是的,"督察员说,"对,对。因此你才打电话给保安官——"

"于是我们得到了情报——"说话的是副手中的一个,胖嘟嘟的但远不及保安官块头大,他一开口就滔滔不绝,小腿处有泥迹,脸上也有点脏和显得疲倦,"我们到了那儿,洛斯先生告诉我们该上哪儿去找。可是他说的那条沟里啥壶也没有,于是我们坐下来细细琢磨,要是我们自己是洛斯先生的黑佃户,我们会把蒸馏壶藏在什么地方,接着便上那儿去找,果不其然还真的找到了,藏得那真叫干净、稳当,卸成一个个部件,正埋了一半,用灌木枝遮住,是在沟底的一个小土墩前。可是这时天快亮了,因此我们决定先折回到乔治家去,照洛斯先生吩咐的到厨房地板底下去找找看,然后再跟乔治聊聊。于是我们拐回到乔治家,可是乔治不在,屋里连个鬼影都没有,地板底下也是空空的,于是我们又去洛斯先生家,问他会不会记错了地方;这时天已差不多大亮,我们离路喀斯的家大约有一百码远,你猜我们瞧见什么,乔治跟那丫头正费劲地爬上小山朝路喀斯的小屋走去呢,两人一手提着一只一加仑的罐子,只不过乔治在我们逮住他们之前就把罐子在树根上砸碎了。约摸就在这时候,路喀斯的老婆在屋子里大叫起来,我们小跑绕到屋后,只见路喀斯的后院里还有一套蒸馏器呢,他后廊上放着约摸四十加仑威士忌,像是要大拍卖似的,而路喀斯穿着裤衩,露出了衬衫下摆,在大吼大叫:'快拿斧子来把它砸了!拿斧子来把它砸了!'"

"行了,"那督察员说,"不过你们控告谁呢?你们下乡是去抓乔治的,可是你们的证据都是不利于路喀斯的。"

"有两套蒸馏设备,"那副手说,"而乔治和那丫头都发誓说路喀斯一直在爱德蒙兹后院里酿造、出售威士忌,足足有二十年了。"这一瞬间,路咯斯抬起头来,遇到了爱德蒙兹的眼光,那不是谴责的甚至也不是惊异的,而是恶狠狠与怒气冲冲的。于是他把目光移了开去,眨眨眼睛,倾听着身边的乔治·威尔金斯像是人熟睡时所发出的深沉呼吸声以及周围的说话声。

"可是你不能让他自己的女儿做证反对他呀。"督察员说。

"乔治是可以的,"副手说,"乔治跟他没有任何亲属关系。再说乔治恰好处境不妙,得想点好话说说,而且脑筋还得动得快。"

"这一切让法庭来解决吧,汤姆,"保安官说,"我昨晚一宿没睡,这会儿还没吃早饭呢。反正我给你带来一个犯人、三四十加仑的物证,还有两个证人。咱们把这事了结吧。"

"我想你是带来了两个犯人。"督察员说。他开始往面前的纸上写字。路咯斯瞅着那只在动的手,一边眨着眼睛。"我打算判他们两个人有罪。乔治可以做控告路咯斯的证人,那个姑娘则可以当反对乔治的证人。她跟乔治也还没有亲属关系呢。"

其实,把他和乔治的出庭费记在他的账上也不至于使他银行存款的第一位数字有所变动的。在爱德蒙兹开了支票替他们付清了款项之后,他们都钻进了爱德蒙兹的汽车。这一回开车的是乔治,纳特也跟着坐前排。回家要走十七英里。在这十七英里的路程里,他在后座傍着那绷着脸生闷气的白人,除了两个后脑勺再没什么可看的——一边是女儿的脑袋,她尽可能离乔治远些,缩在她的角落里,头一次也没有扭过来;另一边是乔治的脑袋,那顶破巴拿马草帽斜挂在右耳上方,人是坐着,却仍然像是在大摇大摆地走路。至少这会儿不是满脸全是牙齿,往常但凡有人看他便总是那样,他恶狠狠地想。可是先别去管这个了。汽车在院门口停下时,他坐在车子里瞅着纳特跳出车子,像只受惊的鹿,顺着小路朝他的家飞跑,仍然是连头也不回,一次也没有看他。接着他们继续前进,来到骡子院和马棚那儿,他和乔治下车,他又一次听到乔治在他后面呼吸的声音,这时候已坐到方向盘后面去的爱德蒙兹一只胳膊靠在车窗上瞪视着他们两人。

"快去套你的骡子呀!"爱德蒙兹说,"你他妈的还等什么?"

"我寻思你准要说点儿什么,"路喀斯说,"来教训一个人的亲属别在法庭上揭发他。"

"你管这个干什么!"爱德蒙兹说,"乔治可以揭发的事儿多着呢,再说他还不是你的亲属。倘若他记性忽然变得不行了,可纳特不是乔治的亲属,她可以说的事儿也多着呢。我知道你脑子里在打什么主意。可是你已经错过了时机。如果乔治和纳特现在想去花钱领一张结婚许可证,官方没准会把你和乔治俩都吊死的。得了,先不说这些了。一等你锄完棉花,我立刻亲自送你们进监狱。现在你马上给我去你那块在南溪边的地。上帝在上,这回你非听我的劝告不可了。还有你给我注意:不种完不许回来。天黑了也不用着急。我会派人送提灯去的。"

天黑前他真的把南溪边的地种完了;他原本就打算今天干完这件事的。他回到厩房,给两头骡子饮了水,擦过皮毛,把它们关进厩栏,并喂了草料,这时候乔治还没有松下轭套呢。接着他踏进小巷,在初起的暮色中朝自己家走去,屋顶烟囱上,因为没有风,晚饭的炊烟立得直直的。他没加快步子,说话时也没把头扭过来。"乔治·威尔金斯。"他说。

"是的,您哪。"乔治在他后面说道。他们一前一后,几乎是左右脚齐步的,中间隔了约摸五英尺。

"你当时打的到底是什么主意?"

"我到现在也还不清楚呢,您老,"乔治说,"这差不多都是纳特的主意。我们压根儿没给您惹事儿的意思。她说您和洛斯先生告诉过保安官那烧锅藏在什么地方,要是我们把它起出来,您在后廊上发现了它,我们又提出在他们来到之前帮您搬走,说不定您会改变主意借钱给我们——我是说会答应让我们成亲的。"

"哼。"路喀斯说。他们接着往前走。现在他能闻到炖肉的香味了。他来到院门口,转过身来。乔治也停住脚步,他瘦瘦的,细蜂腰,歪戴帽子,即使穿了条旧工裤也摆出副花花公子的做派。"卷进这场糟心事儿的可不光是我一个呀。"

"是啊,您哪,"乔治说,"可不是吗。我希望我能从里边接受一点教训。"

"这也是我的希望,"路喀斯说,"等他们把你送进帕区曼,在种棉花和玉米的空当里——我看你也不见得会得到三分之一或是四分之一的分成了——你会有足够时间去琢磨这场教训的。"他们两人对看了一眼。

"是的,您哪,"乔治说,"特别难得的是能有您老在那儿帮我一起琢磨。"

"哼。"路喀斯说。他没有移动身子;他叫了一声,声调几乎没有提高:"纳特。"他连眼光都没朝自己家转过去,那丫头就顺着小路跑过来了,光着脚,穿了条干净的旧花布裙子,包着块艳丽的头巾。她的脸哭肿了,可是声音却是气鼓鼓的,倒也并不歇斯底里。

"让洛斯先生给保安官挂电话的可不是我!"她喊道。他生平头一次正眼看她。他一直盯着她,直到那挑衅的眼光开始消失,而为某种警惕与猜疑的神情所代替。他看见她的眼光越过他的肩膀朝乔治站的地方闪去,接着又收回来。

"我改变主意了,"他说,"我打算让你和乔治结婚。"她瞪大了眼看他。再一次他看见她的眼光朝乔治闪去又收回。

"变得够快的。"她说。她盯看着他。她的手,那是黑人典型的狭长、柔软、掌心颜色很淡的手,伸上去在包头的鲜亮花布上摸了摸。她的语气,连同音色与调门都已起了变化。"我,嫁给乔治·威尔金斯,去住在那样一间小屋里,那儿后廊全坍了,还得让我走上半英里路到泉边去打水?他可连炉子都没有!"

"我的烟囱好烧着哩,"乔治说,"我可以把后廊再支起来的。"

"挑上满满两桶水走一英里我还能对付,"她说,"凑合支一支的后廊我可不要。我要乔治的房子里有个全新的廊子,还要有炉灶和一口水井。你打算怎么做到这几桩?你能出钱砌新灶、建新后廊、雇人帮忙挖井吗?"不过她眼睛看着的却仍然是路喀斯,她那高亢、尖厉的女高音并非逐渐变轻而是陡然停住的,她目光炯炯地望着父亲的脸,仿佛在用花剑和对方搏斗似的。他的脸既不阴沉也不冷酷与愤怒。那是绝对没有表情与看不透的。他真像是站在那儿睡着了,像匹马那样睡着了。他终于开口了,像是在自言自语。

"一个炉灶,"他说,"后廊修一下。一口井。"

"要新的后廊。"她说。他像是根本没听见女儿的话。仿佛她根本没张过嘴。

"后廊修一下。"他说。这时她不再看他了。那只手再一次举起来,细巧、秀气的手,没一点干过粗活的痕迹,那手摁了摁后脑上的头巾。路喀斯身子动了一下。"乔治·威尔金斯。"他说。

"您老咋说。"乔治说。

"进屋去吧。"路喀斯说。

于是,过了一段时候,判决的那个日子终于来到。他和纳特还有乔治穿了星期天穿的好衣服站在院门口,汽车开过来停住了。"早上好,纳特,"爱德蒙兹说,"你什么时候回来的?"

"我是昨儿个到家的,洛斯先生。"

"你在维克斯堡①待的日子不短嘛。我都不知道你打算去,等莫莉大婶告诉我的时候你已经走了。"

"是啊,先生,"她说,"我是那些保安官来过的第二天走的。——我自己也没料想到,"她说,"我不太想去。是爸爸的主意让我出门去看姑妈——"

"别啰嗦了,快上车吧,"路喀斯说,"我该在本地收自己的庄稼还是得去帕区曼县替别人收,我也想早点知道呢。"

"是啊。"爱德蒙兹说。他又跟纳特说话了,"你和乔治先走一步。我有几句话要跟路喀斯说。"纳特和乔治往前走了。路喀斯站在汽车旁,爱德蒙兹看着他。从那个早晨到现在已过去三星期,爱德蒙兹还是头一回跟他说话,仿佛得要三星期的时间才能使他的怒火自行消解,至少是自己熄灭。现在这白人靠在车窗上,望着那张明显有白人血液的深不可测的脸,那血和他自己血管里所流的是一样的,是通过男性后裔去到这个黑人身上的,而来到自己身上却是通过女性后裔,不但如此,去到黑人身上比他自己还早上一个辈分——他望着那张脸,那张矜持、深不可测,甚至还有点傲慢,连表情都有点像他曾外公②麦卡斯林的脸。"我想你知道自己会有什么命运,"他说,"联邦律师收拾纳特,纳特收拾乔治,乔治又收拾你,然后高恩法官把你们三个统统收拾了。你在这地方住了整整一辈子,时间几乎是我的一倍。你认识所有在这儿生活过的麦卡斯林家和爱德蒙兹家的人,除开老卡洛瑟斯。你后院的那只蒸馏壶、那些威士忌是你的不是?"

---

① 密西西比州西部一城市,在密西西比河东岸。
② 指麦卡斯林家族族长卡洛瑟斯,实际上应为曾曾外公。前面所说的"早一个辈分"亦不确切。这说明洛斯性格上比较大大咧咧。

"你也知道那不是我的。"路喀斯说。

"那好,"爱德蒙兹说,"他们在沟底找到的那只蒸馏壶该是你的了吧?"

他们对看着。"他们审判我又不是为了那一只。"路喀斯说。

"那只蒸馏壶是你的不是,路喀斯?"爱德蒙兹说。他们互相对看。可是爱德蒙兹看着的那张脸仍然是绝对没有表情与深不可测的。甚至那双眼睛的深处也是一片空白。他想,他这样想也不是第一次了:我瞧着的这张脸不单单比我老,比我见多识广,而且是属于一个一万年以来血液大抵是纯正的人,可我呢,从老祖宗起就是来历不明、混乱不清的。

"这个问题你一定要我回答吗?"路喀斯说。

"不要了!"爱德蒙兹粗暴地说,"上车吧!"

他们来到城里时,广场以及通向广场的各条街道上都停满了汽车与大车;联邦法院屋顶上,旗帜在五月晴朗的天空中翻飞。他还有纳特与乔治,跟在爱德蒙兹后面穿过拥挤的人行道,从他们认得的那些脸组成的细狭通道里通过——这些人来自他们的庄园,也来自溪边一带各个农庄和邻近各处,他们走上十七英里,明知自己进不了法院的建筑,只能等在街上看他们经过——还有一些脸,那是他们仅仅听说过名字的:那是富有的白人律师、法官和警长,他们一边傲慢地挥动着雪茄一边聊天,那可是地面上有权有势、自命不凡的人。他们走进大理石的门厅,这里也是人头济济,声音也嗡地变响了,一到这里,乔治不由得用他星期天才穿的皮鞋的硬后跟走起一种小心谨慎的步子来。而路喀斯则从他外衣口袋里取出那份厚厚的、脏兮兮的、折叠起来的文件,它在路喀斯炉灶那块撬松的砖头底下已经埋放了三个星期,路喀斯用它去碰碰爱德蒙兹的胳膊——纸够厚的,也够脏的,但轻轻一碰显然就自动打开了,硬邦邦的,但顺着被手弄污的旧折痕散开时还算是很自然的,显露出,呈现出三个词儿:乔治·威尔金斯、纳塔莉·布钱普以及去年十月的一个日期,这三个词儿埋藏在抬头与印鉴之间由一个籍籍无名的文书所写的、没有实际含意也无人去读的紧密、潦草的书法里,只有那三个词才是路喀斯费心去辨认的。

"你的意思是,"爱德蒙兹说,"你一直有这份文件?整整三个星期里它都在你手里?"可是他盯着看的那张脸仍然是毫无表情,几乎是睡意蒙眬的。

"你把它交给高恩法官。"路喀斯说。

他和纳特·乔治安静地坐在一间小办公室的一条硬条凳上,房间里有个半老的白人——路喀斯知道他是个副警长,但也不能太肯定——边嚼一根牙签,边看一份孟菲斯出的报纸。接着一个动作快、有几分心事、戴了副眼镜的年轻白人推开门,在一瞬间让他的眼镜闪了闪光接着便消失了;接着,他们跟在那个上了年纪的白人的后面,再一次穿过门厅,这大理石洞窟模糊不清地回响着永远在缓慢移动的脚步的声音和说话声,在他们登上楼梯时,那些脸又再次瞪视着他们。他们穿过空荡荡的法庭,没有停下来,进入另一个办公室,这间更大些,也更讲究更安静些。这里有一个脸容愠怒的人,路喀斯不认得他——他是合众国的检察官,八年前政府换届①后才调到杰弗生来的,那时路喀斯已不再经常进城了。不过有爱德蒙兹在这儿呢,桌子后面坐着的那人路喀斯倒认得,四十五年前老卡斯当家那阵每逢打鹌鹑的季节此人都要下乡,一待就是好几个星期,和扎克一起打猎,但凡狗群指出了猎物所在方位他们需要下马射击时,就由路喀斯来牵住马笼头。事情不一会儿就处

---

① 指1932年11月罗斯福继胡佛成为美国总统。

理完了。

"是路喀斯·布钱普吗?"法官说,"大白天在他后廊上放着三十加仑威士忌和一只蒸馏壶?笑话。"

"我不是跟您说了吗,"那个愠怒的人说,双手一挥,"我原先一点不知道这事,直到爱德蒙兹——"可是法官连听也不听他的。他在看纳特。

"过来,姑娘。"他说。纳特往前挪了挪步,就站住了。路喀斯能看到她在颤抖。她看上去很娇小,又细又薄像根板条,非常年轻;她是他们家最小的幺妹——才十七岁,是他老伴晚年所生的,有时候他觉得,也是自己暮年时所得到的一个孩子。她还太年轻不该结婚,不该去面临种种烦恼,这些烦恼是婚后男女必须经历的,为的是使自己变老,去亲自发现宁静的滋味与妙处。光有一个炉灶、一个新的后廊和一口井是不够的。"你是路喀斯的闺女?"法官问道。

"是呀,老爷,"纳特用她那嘹亮、甜美、吟唱般的女高音说道,"我叫纳特。纳特·威尔金斯,乔治·威尔金斯的妻子。您手里的那张纸可以证明的。"

"我看到是那么写的,"法官说,"上面的日期是去年十月。"

"是啊,法官老爷,"乔治说,"去年秋上我卖完棉花我们就领了文书了。我们那时就办手续了,只不过她不愿上我那儿去住,除非路喀斯先——我是说除非我砌好炉灶,修好后廊,把井挖好。"

"你现在都办成啦?"

"是啊,法官老爷,"乔治说,"我这会儿有钱办这些事了,我这就去把剩下的事给办了,哪天得空我就会拿起锤子和铁锹的。"

"我明白了,"法官说,"亨利,"他对另外那位老人说,也就是含着牙签的那位,"那些威士忌还在你那里,你可以找个地方把它倒掉吗?"

"可以的,法官。"那人说。

"还有那些蒸馏器,你可以把它们砸碎,让它们永远不能再用吗?"

"可以的,法官。"

"那就退庭吧。把他们带走。至少把那个下颚突出的小丑给我拎出去。"

"他在说你呢,乔治·威尔金斯。"路喀斯喃喃地说。

"是啊,您哪,"乔治说,"我也听出来了。"

4

起先他以为在外面干两三天也就足够了——或者说是两三个晚上,因为白天乔治一定会在自己的地里侍弄庄稼的,且不说还得和纳特在他们的房子里为婚后过日子忙于各种杂事。可是一个星期过去,虽然纳特白天总至少要回娘家一次,一般是为了借什么东西,他却压根儿没见到乔治。他明白自己不安的根源是什么——那土墩和它的秘密,这是某个人,任何一个人,都可能像他一样偶然发现的,以及那段正飞快逝去、随着一天天过去而变得更短的他计划好的时间,他要在这段时间里不仅找到财宝,而且从中得到好处与喜悦,现在他倘然不能把插进来的小事处理完便只好干等,在空等的当儿又根本无事可做——多好的年景,多好的大春季节,甚至在播种机碾压出的轮印里,棉花与玉米都一个劲儿地往上蹿,而这当口他却百无聊赖,只能靠在围栏上瞧庄稼猛长;——一方面,他想干的事不能干;另一方面他可以干的事却纯属多余。可是最后,熬到了第二个星期,他知道再过一天他的耐心就会消失殆尽了,这时,他站在厨房门口里面,看见乔治在暮色里走进院子,穿过空地,进入马厩,牵出他的母马,把它套上大车并且驶走了。因此,第二天早上,他也不走远,仅仅来到他第一块地的地头,倚在为晶亮的露水所覆盖的围栏上,凝望着他的棉花,直到他老伴在房子里开始对他喊叫。

他回进屋子时,纳特坐在壁炉旁他坐惯的那把椅子里,身子前倾,那双细长的手无力地垂在她的两膝之间,脸蛋又哭肿了。"你还有你那个乔治·威尔金斯!"莫莉说,"快告诉你爸呀。"

"他打井啥的全没开始呢,"纳特说,"他连后廊都没修。他拿了你给他的钱却啥都没干。我问他,他光说顾不上,我等了一阵子再问他,他还是说忙啊,顾不上呀。直到后来我终于告诉他,要是他不照他答应过的快点开始,我可就要对保安官来那晚我们见到的事改变看法了,于是昨天晚上他说他有事儿要去路那头,问我想不想回娘家住一宿,因为他没准要很晚才回家,于是我说我可以插上大门的,因为我想他准是要开始打井了。后来我看见他赶走了爹的母马和大车,我知道就是这么回事了。他是天快亮才回来的,可是啥也没运回来。既没有打井的工具,也没有支廊子用的木板,可是爹给他的钱全花掉了。于是我告诉他我打算怎么做,我上大房子去等着,洛斯先生一起床,我就跟洛斯先生说对那晚看到的事我改变看法了,洛斯先生那个咒和骂呀,他说我改变得太迟了,因为我如今已经是乔治的老婆,法律再也不听我的了,他还要我来说,让你和乔治在太阳下山之前离开他的庄园。"

"你瞧瞧!"莫莉喊了起来,"你的乔治·威尔金斯真是个宝贝!"路喀斯已经在朝门口走去了。"你去哪儿?"她说,"咱们往哪儿搬呀?"

"啥时候洛斯·爱德蒙兹为咱们还不搬走操心,你再操这份心吧。"路喀斯说。

太阳已经高高的了。今儿准是个大热天;太阳下山前棉花和玉米准会又长上一截。他来到乔治的屋子时,乔治已从屋角绕出来,平静地站在那里。路喀斯穿过没长草的、晒得晃眼的院子,那里的细微的尘土给扫成复杂、弯曲的图案,这种扫法是莫莉传给纳特的。"东西在哪儿?"路喀斯说。

"我就把它藏在我以前安锅的沟里,"乔治说,"上一回保安官在那儿啥也没找到,他们准会认为去那儿找是多余的。"

"你这傻瓜,"路喀斯说,"现在离下一轮选举一星期也不到了,你以为因为洛斯·爱德蒙兹跟他们说过这里安有烧锅,就不会有人上沟里去看一眼吗?这一回他们逮着你,就再不会有人证明你去年秋天成了亲了。"

"他们这一回逮不住我,"乔治说,"我学乖了。我要按你教的办法来侍弄这口锅。"

"你是得学学乖,"路喀斯说,"天一黑,你就用大车去把东西从那条沟里拉走。我会告诉你该安在哪儿的。哼,"他说,"我想这一口准跟沟里原来的那口一样糟,都让人看不出有没有变过吧。"

"不,您哪,"乔治说,"这可是口好锅。里面那些曲里拐弯的铜管差不多是崭新的呢。就因为这个我杀不下他要的价。廊子和打井的钱都给了他还短两块,不过我自己补上了,也不再去麻烦您了。可是真让我担心的还是给人逮住。我老在盘算,对纳特咱们该怎样交代那后廊和打井的事。"

"什么咱们?"路喀斯说。

"那就算是我一个人吧。"乔治说。路喀斯瞪看了他片刻。

"乔治·威尔金斯。"他说。

"您老咋说。"乔治说。

"我是从不给一个男人出主意，教他怎么对付自己老婆的。"路喀斯说。

第 二 章

1

  他们来到离小铺大约还有一百码处,路喀斯没有停下脚步,却扭头扔过去一句话。"你等在这儿。"他说。

  "不,不,"那推销员说,"我要亲自和他谈。要是我不能卖给他,那就没一个——"他停住了。实际上他是往后退了一步;再走一步他就会与路喀斯撞个正着了。他年轻,还不到三十岁,身上有一股子干他那行的人与一个白人所具有的自信心以及路子稍稍有点儿不正的冲劲与干劲。然而他居然停下不语,并且正眼看着这个穿了一身破工作服的黑人,此人逼视着他,眼光里不仅仅有尊严而且还有命令的色彩。

  "你等在这儿。"路喀斯说。于是那推销员在这晴朗的八月早晨斜倚在围栏上,让路喀斯独自进入小铺。路喀斯登上台阶,台阶旁站着一匹毛色漂亮的年轻母马,额上有块白斑,三只蹄子上都有圈白毛,身上压着副宽阔的农场马鞍。路喀斯走进一个长房间,那里有一排排货架,上面放着食品罐头、烟草和成药,墙上的钩子上挂着挽链、颈圈和颈轭。爱德蒙兹坐在前窗旁一张有活动拉盖的办公桌前,正往一个账本上写什么。路喀斯静静地站着,谛视着爱德蒙兹的脖颈,直到他转过身来。"他来了。"路喀斯说。

爱德蒙兹把椅子一转,椅背还是朝后倾斜着。椅子还没有停下,他的眼睛里就已是充满怒气了;他的口气粗暴得让人吃惊:"不行!"

"他是来了。"路喀斯说。

"不行!"

"他把东西带来了,"路喀斯说,"我亲眼看见——"

"你是在对我说你竟写信让他来,在这之前我已经告诉你我不会给你预支三百元的,连三百分甚至三分钱也不——"

"我见到东西了,我告诉你,"路喀斯说,"我亲眼看见它灵得很呢。今儿早上我在后院里埋下一块钱硬币,那机器硬是径直来到它埋的地方找到了它。我们今晚就能找到那笔钱,明儿一早我就把钱给你全部还清。"

"好呀!"爱德蒙兹说,"好得很呀!你在银行里存了三千多块钱。自己去提前取出来嘛。这样你连还都不用还了。"路喀斯看着他,连眼皮都不眨一下。"哈,"爱德蒙兹说,"那么又是为了什么呢?因为你他娘的知道得跟我他娘的一样清楚这地方根本就没有埋下过什么钱。你在这里住了六十七年了。你听说过这一带有谁钱多得要埋到地下去的吗?你能想象这地方有人埋下光是值五毛钱的东西而他的亲人、朋友或是乡邻会不立刻起出来花掉吗?会快得连他都没来得及回到家里放好铁锨呢。"

"这你可错了,"路喀斯说,"有人挖到过的。我没告诉过你吗?三四年前有天晚上,两个陌生白人天黑后来到这里,起出来一只旧搅乳桶,里面装了两万两千块钱,还不等人见到他们就跑掉了。我看到过他们重新填好的那个坑。还有那个搅乳桶。"

"是的,"爱德蒙兹说,"你跟我说过的。可是连你自己当时都不相信是真的。可是现在你又改变看法了。是不是这样?"

"他们是找到了,"路喀斯说,"人不知鬼不觉他们就一溜烟走了,人家连知都不知道他们来过。"

"那你又怎么知道起出的是两万两千块钱呢?"可是路喀斯光是看着他。那神态绝非顽固不化,而是一种无穷无尽的、耶和华般的耐心,仿佛他谛视着的是一个小疯子的古怪行为。

"要是你父亲在世,他准会借给我三百块钱的。"他说。

"可是我不借,"爱德蒙兹说,"倘若能够阻止你拿自己的几个小钱去买一架寻找窖藏的什么破机器,我也会那样做的。哦对了,你又不想花自己的钱,是吗?所以才来找我。你倒是够精的啊。你把希望寄托在我的傻里傻气上。是不是?"

"看来我是得动用自己的钱了,"路喀斯说,"我想再问你一遍——"

"不行!"爱德蒙兹说。这一回路喀斯谛视着他足足有一分钟。他也没有叹气。

"那好吧。"他说。

等他从小铺里出来,他也瞧见乔治了,从乔治那顶破草帽脏兮兮的反光里,他可以看见乔治和那个推销员这会儿正蹲在一处树荫下,两人都用脚后跟蹲着,没支傍什么。哈,他想,他也许说话能跟城里人一样,甚至自己认为自己是城里人。可是我现在知道他是生在哪儿的了。路喀斯走近时,他抬起眼。他对路喀斯迅速、严厉地看了一眼,同时站起身,已在朝小铺走去了。"嗨,"他说,"我不是早跟你说过让我来跟他谈吗!"

"不,"路喀斯说,"你给我站住。"

"那你打算怎么办呢?"推销员说,"我大老远的从孟菲斯赶来——我仍然弄不明白,你当初究竟是怎么说服圣路易①那些仁兄同意不预收部分款子就把机器发出来的。我现在正正经经跟你说,要是我不得不把机器运回去,但要为这次出差去报销开支又没有任何单据证明,事情就没那么——"

"咱们在这儿干站着有啥用,这多傻啊。"路喀斯说。他往前走,那人跟着他,回到院门口推销员汽车停着的路旁。那架探测器放在后座上,路喀斯站在开着的车门旁,打量着它——那是个长方形的金属箱子,每一头有一个把手,是用来抬它的,模样挺紧凑结实,按键、表盘什么的一应俱全,还蛮灵巧,蛮像个样。他没有伸手去摸触它。光是斜靠在车门上弯身对着它,一边眨眼,一边盘算。他没在跟谁说话。"我是看见它转得蛮灵的,"他说,"我亲眼看见的。"

"你以为会是怎么样?"那推销员说,"它就是用来做这种事的。所以我们才要三百块钱嘛。懂吗?"他说,"你打算怎么办?我得知道,这样我才能决定自己该做什么。你有没有三百块钱?你家里人有没有?你老婆会不会在床垫底下什么地方藏着三百块钱?"路喀斯却在对着机器沉思。他眼光都还没有抬起来。

"咱们今天晚上会找到那笔钱的,"他说,"你出机器,我指给你看该在哪儿找,咱们对半分。"

"哈,哈,哈。"那推销员干冷地说,除了嘴皮子不得不张开点儿之外,脸上的肌肉纹丝不动。"还是听听大爷我的吧。"路喀斯在对着那个箱子沉思。

"咱们找到它是十拿九稳的,长官,"乔治突然说,"三年前有

---

① 密苏里州一大城市,当时为制造业与邮购业中心。

天晚上,两个白人偷偷溜进来起走了藏在只旧桶里的两万两千块钱,天不亮就一溜烟颠儿了。"

"没错,"推销员说,"而且你知道得清清楚楚那是两万两千块钱,因为你捡到了他们瞧不上没拿走的小零钱。"

"不,先生,"乔治说,"没准还不止是两万两千块呢。那是口大桶。"

"乔治·威尔金斯。"路喀斯说。他仍然是半截身子探在车子里。他连头都没有扭过来。

"嗳,您哪。"乔治说。

"给我住嘴。"路喀斯说。他把脑袋与上身退出来,转过头来看着推销员。那年轻的白人再次见到了一张绝对看不透甚至有点儿冷酷的脸。"我拿一头骡子来跟你换。"路喀斯说。

"一头骡子?"

"等咱们今天晚上找到了那笔钱,我就拿三百块钱从你手里赎回那头骡子。"乔治倒抽了一口气,发出了轻轻的嘶嘶声。推销员飞快瞥了他一眼,看看那顶斜歪的帽子和迅速眨动的眼睛。接着推销员又把眼光投向路喀斯。他们互相对看——年轻白人那张精明、突然变得清醒、突然注意力高度集中的脸以及黑人那张绝对没有表情的脸。

"骡子是你的吗?"

"不是我还能拿来跟你换?"路喀斯说。

"我们去看看。"推销员说。

"乔治·威尔金斯。"路喀斯说。

"嗳,您哪。"乔治说。

"上我厩房去把我那牲口绳取来。"

2

那天黄昏,管牲口的丹和奥斯卡刚赶了畜群从牧场回来,爱德蒙兹立刻就发现骡子不见了。那是只三岁口、重一千一百磅的母骡,名儿叫艾丽斯·本·博尔特,春上有人出价三百元他都不卖。他发现后甚至都没有骂娘。他仅仅把母马交给丹,等候在空场围栏的旁边,听母马的嘚嘚蹄声在暮色中消失然后又重新出现,这时丹从马背上跃下,把洛斯的手电筒与手枪递给他。接着,洛斯自己骑母马,那两个黑人坐在没套鞍的骡子背上,他们重新穿过牧场,蹚过小溪,来到骡子被牵领穿过的围栏缺口处。从那里开始,他们跟踪骡子和那个人踩在软泥上的脚印,顺着一片棉花地的边沿来到大路上。上了大路,他们仍然能跟踪骡与人的脚印,丹现在是步行了,他拿着手电,那个人牵着没打蹄铁的骡子曾经走在石子路边的软泥上。"是艾丽斯的蹄子,"丹说,"走到天边我也能认出来。"

事后爱德蒙兹自然明白两个黑人也都认出那些脚印是谁的。可是当时他的怒火与焦虑使他对黑人脾性的正常敏感变得迟钝了。当然,即使他当时问他们,他们也不会说的,不过明白了他们是知晓的就可以使自己做出正确的判断,从而免去他将遭遇的那四五小时精神与肉体上的折磨。

他们找不到足迹了。他原来希望能找到骡子被装上一辆等在那儿的卡车的痕迹;倘若那样,他就回家去打电话给杰弗生的保安官与孟菲斯的警察,让他们密切注意明天的骡马市场。可是没有这样的痕迹。他们用了差不多一小时才发现足迹是从何处隐没到石子路上去的,又怎么穿过石子路,进入对面路边的杂草丛,在三百码外另一块地里重新出现。他晚饭没吃,怒火中烧,母马也是一整天未卸鞍进食,他跟在两团黑影似的骡子后面,一路不断咒骂艾丽斯、黑夜与他们不得不依靠的那星微弱的亮光。

两小时之后,他们来到离宅子四英里的沟底。他现在也下马徒步而行了,否则他的脑袋会撞碎在一根黄枝上,他会在荆棘、灌木、朽木和树顶丛中翻倒乱滚的,他一只手牵着马,另一只胳臂挡住脸,还得留神自己的脚下,因此当他撞到一匹骡子身上,骡子往后狠狠给他尥了一蹶子时,他本能地往正确的方向跳开去,这才发现黑人已停了下来。他大声咒骂着,又赶紧朝另一方向跳去,以便避开那头该在这方位的但是尚看不见的第二匹骡子,就在此刻他注意到手电筒灭了,也看见前面林木间有一点油松火把的微暗、冒烟的亮光。亮光在移动。"做得对。"他急急地说,"别开手电。"他叫奥斯卡的名字,"把骡子交给丹,再回这儿来给我牵着母马。"他等着,盯着那亮光,直到那黑人的手摸到了他的手。他放开马缰,在两匹骡子周围转动,抽出手枪,眼光始终没离开那点在动的亮光。"手电给我,"他说,"你和奥斯卡等在这儿。"

"我还是跟您一块儿去吧。"丹说。

"好吧,"爱德蒙兹说,一边盯看着那团火光,"让奥斯卡牵着骡子。"他不等待就赶紧往前走,但是马上就听到那黑人已紧紧跟在他后面,两人尽可能大胆地快走。怒气此时此际已不是冷冷的了。它变得热腾腾的,他朝前冲,一种渴望、一种复仇的狂喜在心中生起,已顾不上脚下是否有灌木或原木,他左手持电筒右手执枪,正很快地逼近那个火把。

"那是老印琼①土墩，"丹在他后面喃喃地说，"所以火光看着才那么高。他跟乔治·威尔金斯到这会儿也该快完事儿了。"

"他和乔治·威尔金斯？"爱德蒙兹说。他突然停住脚步。他呼地转过身子。他不仅将看清整个局势的全貌，就像摄影师闪光灯亮起的一瞬间那样，而且他此刻明白自己从来就是看清的，只是不愿相信罢了，这纯粹、仅仅因为他知道，倘若真的接受这一事实，他的脑袋会爆炸的。"路喀斯和乔治？"

"在土墩那块往下挖呢，"丹说，"打从春上路喀斯大叔在那儿找到那枚值一千块钱的金币起，他们每天晚上都挖呀。"

"那你是知道这事的？"

"这事我们谁都知道。我们一直在瞅着呢。那天晚上路喀斯大叔找到那枚价值一千的金币，当时他正打算藏起他的——"他的声音一点点没了。爱德蒙兹什么也听不见了，他脑袋里轰地响了一声，倘若年纪再大几岁那就是一次中风了。有一瞬间他既无法呼吸也啥都看不见。接着他又呼地转过身子。他用嘶哑、出不来气儿的嗓音说了句什么，同时往前冲，终于跌跌撞撞从灌木丛里脱身出来，进到林中空地，矬矮的土墩在这里咧开了腹胁像是在打呵欠，它恰像摄影师所需要的背景衬托出那两个被逮住而张大了嘴在傻看他的人——其中的一个手里抱着只爱德蒙兹原先准会认为是饲料容器的东西，但是爱德蒙兹现在知道天黑下来后这两人都不会抽时间去喂艾丽斯或是别的什么骡子的，那另一个手持一支冒烟的松木火把，将它高高擎在自己歪戴的破草帽之上。

"你，路喀斯！"他喊道。乔治赶紧将火把一扔，可是爱德蒙兹的手电已像烤肉叉叉住似的使他们无法遁逃了。接着他头一回看

---

① "印第安"的讹音。

见那白人,那推销员了,翻檐帽、领带等一应俱全,正从一棵树的旁边站起身来,裤腿一直卷到膝头,双脚沾满湿泥,因此根本看不见。"好呀,"爱德蒙兹说,"你跑呀,乔治。快跑。我一枪能把你的帽子打飞,还不伤你一根毫毛。"他走上前去,手电的光束收缩在路喀斯抱着的那只金属箱子上,照得那一排排摁键与表盘熠熠闪亮。"原来是这么回事,"他说,"三百块钱。我倒希望有谁能往本地引进一批种子,让人从新年一直到圣诞节每天都忙个不停呢。你们黑小子一旦农闲没得干了,麻烦就开始了。不过先别管这些。因为我今天晚上还不打算为艾丽斯的事操心呢。要是你和乔治愿意架着这混账机器走到天亮,那是你们的事儿。不过天一亮那骡子非得回到我厩房她的栏里不可。你们听见了吗?"这时候那个推销员突然出现在路喀斯的肘旁。爱德蒙兹都已经把他给忘了。

"你说的是什么骡子?"他说。爱德蒙兹把手电打到他身上,照了片刻。

"我的骡子呀,城里人先生。"他说。

"真是这样的吗?"那一位说,"我这儿有张出卖这头骡子的票据。是由这个路喀斯签了名的。"

"你那儿有,是吗?"爱德蒙兹说,"等你回到家里,你尽可以拿它来当点烟斗的纸捻子。"

"是吗?听着。你叫什么名字——"但爱德蒙兹已经把手电打回到路喀斯身上去了,他仍然把那架探测器抱在身前,仿佛那是一样有象征意味的物件,是举行某个仪式、典礼必不可少的圣物。

"在重新考虑之后,"爱德蒙兹说,"我都根本不想计较骡子的事了。对这整个事情的看法今天早上我已经跟你说过。不过你是个成年人;你想瞎折腾我也拦不住。说实话,我都不想阻拦。不过倘若天一亮太阳出来那头骡子还不在她的栏里,我就给保安官打电话。你听见我说的没有？"

"听见了。"路喀斯闷闷不乐地说。这时那推销员又开口了。

"很好，大兄弟，"他说，"要是那头骡子在我准备把它装车运走之前就不见了，我就给保安官打电话。这你也听见了吗？"这一回爱德蒙兹蹦跳起来，急急转身，手电的光束照在那推销员的脸上。

"你是在跟我说吗，城里人先生？"他说。

"不，"推销员说，"我是在跟他说。他也听见了。"又有好几分钟，爱德蒙兹把手电打在那人的脸上。过了一会儿才垂下来，因此只有他们的腿脚显露出来，杵在光圈和它的折影里，仿佛他们正站在水里。他把手枪放回到兜里。

"好吧，你和路喀斯只有天亮前这点时间来解决这个问题了。因为太阳一出那骡子就必须回我厩房。"他转过身子。路喀斯瞧着他走回到丹等着的空地边缘去。接着两人往前走，亮光在树丛、灌木间摇晃闪烁。很快亮光就全不见了。

"乔治·威尔金斯。"路喀斯说。

"嗳，您哪。"乔治说。

"把松明找出来重新点上。"乔治照着做了；再一次那刺眼的红光一面冒着浓烟一面摇曳着发出臭味，红光指向八月午夜后的星星。路喀斯把探测器放下，拿起火把。"你来拿着这东西，"他说，"我这会儿就得找到它。"

可是天亮时他们还是没能找到。火把在灰蒙蒙、多露水的曙色里变得暗淡了。推销员这时候已在湿地上睡着了，破晓时分的潮湿阴冷使他蜷成一团，他胡子拉碴，那顶挺帅的城里人帽子皱巴巴的团在他的脸颊底下，弄脏的白衬衫的领子处那根领带也扭歪了，沾满泥巴的裤子一直卷到膝头，昨天擦得锃亮的皮鞋如今成了两个不成形状的大泥团。他们终于把他叫醒,他一边坐起来一边骂娘。不过他倒是立刻就明白自己在何方以及何以会在此处的了。"好,听着,"他说,"要是那头骡子从我们拴着的棉花房离开一步,我就去叫保安官。"

"我再有一个夜晚就行了,"路喀斯说,"那钱是在这儿。"

"再有一个夜晚,"推销员说,"再有一百个夜晚。你愿意的话在这儿待上一辈子也不关我的事。你先告诉我,那人说骡子是他的,这是怎么回事?"

"让我来对付他,"路喀斯说,"我今天上午就来处理。你甭为这事操心了。再说,如果今天你打算自己把骡子弄走,保安官也会把它从你手里抢去的。你就让它留在这儿也甭为自己和我操心。这机器再让我用一晚,我就把什么都弄妥了。"

"很好,"那推销员说,"可是你知道再用一晚你得花多少钱吗?得另交二十五元整。现在我可要进城去睡了。"

他们回到推销员的汽车那里。推销员把探测器放到车后的行李箱里,锁上。他让路喀斯和乔治在路喀斯家院门口下了车。车子沿着大路往前开,已经走得很快了。乔治对着它迅速地眨动眼睛。"咱们现在干什么呢?"他说。

"尽快吃完你的早饭,然后回这儿来,"路喀斯说,"你得进城一趟,中午还得赶回来。"

"我也需要上床睡觉的,"乔治说,"我也困得很呢。"

"你明天可以睡,"路喀斯说,"也许今天晚上就可以睡上大半夜。"

"要是你早点儿说,我满可以搭车去而且跟他一起回来的。"乔治说。

"哼,"路喀斯说,"不过我来不及说。你尽快吃你的早饭。要是你怕搭不到车,你不如不吃早饭马上就出发。因为得走三十四英里呢,你还得中午就赶回来。"十分钟后,乔治来到路喀斯院门口时,路喀斯已在那里等他,支票上也已签上他那写得挺费劲、扭七扭八然而还是蛮清晰的名字。是要取五十块钱。"跟他们要银币,"路喀斯说,"中午就回这儿来。"

推销员的车子重新停在路喀斯门前时,天刚暗下来,路喀斯和乔治已经在等着了。乔治带了把铁锹和一支长把儿的铁铲。推销员胡子刮干净了,一看就知道已有过充分的休息;那顶翻檐帽刷过了,衬衫也是新换的。不过他现在穿的是一条卡其布裤子,上面还缝着厂家的商标,仍然有今早商店开门营业时放在货架时的折痕。路喀斯和乔治走近时,他朝路喀斯狠狠地、嘲讽地瞪了瞪眼。"我不想问我的骡子怎么样了,"他说,"因为没有这个必要。是不是?"

"它挺好的。"路喀斯说。他和乔治爬进汽车的后座。那探测器现在放在前座推销员的身边。乔治进到一半时,停下来对着机器迅速眨动眼睛。

"我忽然想到,要是它知道的我也都知道,那我能趁多少钱呀,"他说,"咱们都能趁钱。也不用一夜接一夜费时间找宝了,是不是啊?"他现在是在对着推销员说话,用一种和蔼、恭敬和随和的口气:"那您跟路喀斯先生也不用去管骡子归谁,而且连有没有骡子也不在乎了,是吗?"

"住嘴,快上车。"路喀斯说。推销员拉好排挡,但还不让车走。他转过半个身子,看着路喀斯。

"嗨?"他说,"你今晚想上哪儿去散步?老地方?"

"不去那儿,"路喀斯说,"我来带你去。咱们昨儿找的地方不对。我看那张纸没领会准。"

"敢情，"推销员说，"认识了这一点就值那二十五块了——"他已经启动车子了。可是又突然停住，这就使得光挨屁股边儿坐在后座上的路喀斯和乔治被扔到前座的后背上。"你说什么来着?"推销员说，"你把那张纸怎么啦?"

"我没领会准。"路喀斯说。

"没领会什么?"

"那张纸。"

"你是说你手里有一封信或是别的什么，它说了东西埋在哪儿?"

"对，"路喀斯说，"昨天我没领会准。"

"它在什么地方?"

"在我家里，我放好了。"

"去把它拿来。"

"别管那个了，"路喀斯说，"我们不需要。我这回领会准了。"那推销员扭过头来对着路喀斯看了好一会儿。接着他扭回去伸手拉排挡，其实排挡已经拉好了。

"好吧，"他说，"那地方在哪儿?"

"往前开，"路喀斯说，"我会告诉你的。"

他们用了差不多两小时才抵达那里，那儿的路根本不能算路而是一条山间曲里拐弯的小道，沟沟壑壑的，长满了杂草，他们要去的地方也不在沟底而是在俯临溪流的一座小山上——这儿有几棵枝条乱七八糟的雪松，几柱坍塌的原来就未抹水泥的老烟囱，还有个坑，不知原来是井还是蓄水池，周遭有几块地力已乏的布满荆棘和芦苇的废田，还有几棵歪歪扭扭的树，那儿想必曾是果园，在没有月亮、夏末狰狞的星星游走着的天空底下显得鬼影幢幢、阴气逼人。"是在果园里，"路喀斯说，"分作两处，埋在两个分开的地

87

方。其中一处是在果园里。"

"除非是写信给你的那个家伙没有回来把两处又合并成一处,"推销员说,"咱们还等什么?嗨,杰克①,"他对乔治说,"把东西拎出来。"乔治把探测器从汽车里搬出来。推销员现在也有手电筒了,挺新的,插在后裤兜里,不过他并没有立刻把它打亮。他环顾别的小山形成的黑黑的轮廓,虽然天黑,好几英里外还看得蛮清楚。"天哪,你们最好一锤子就把它找出来。要不了一个小时,十里方圆内每一个人只要长得有腿的都会围拢来看热闹。"

"这话别跟我说,"路喀斯说,"跟我花三百二十五元买下的那个会开口的匣子说去,到现在为止除了说不以外它啥都不会说。"

"这箱子你还没买下呢,大兄弟,"推销员说,"你说有一处是在那边树丛里。好啊,在哪儿呢?"

路喀斯手持铁铲走进果园。那两个人跟在后面。推销员看着路喀斯停下来,眯缝了眼观察树木与天空以确定自己的方位,然后又往前挪动。最后他终于停了下来。"我们可以在这儿开始,"他说。推销员啪地打亮手电,弯起手掌使光线集中到乔治手里的箱子上。

"好吧,杰克,"他说,"干起来吧。"

"还是让我来拿机器吧。"路喀斯说。

"不,"推销员说,"你太老了。你看来不像是能跟上我们的速度呢。"

"昨天晚上我跟上了。"路喀斯说。

"今儿个可不是昨天晚上,"推销员说,"走呀,杰克!"他恶

---

① 对不知其名或不屑知其名的人的带轻蔑色彩的称呼。

狠狠地说。他们往前走,乔治夹在当中,端着那架机器,三人一边在果园里一行行来回梳篦,一边一起盯看着手电光束下的那些意味深长的小表盘,只见那些针抖动着有了生命,在旋转、摆动了一会儿后又停住了,但仍在微微颤动,这整个过程中,三人的眼睛一眨不眨地瞪看着。接着路喀斯把着机器,注视着乔治往光圈集中的地点挖下去,只见一只生锈的罐头终于被起出,白花花的银元瀑布似的在推销员手里闪光、滚动,又听见那推销员在说:"噢,天哪。噢,天哪。"路喀斯也蹲了下来。他和推销员对蹲在小坑的两边。

"呣,我总算至少是找到了这些。"路喀斯说。推销员一只手护着这摊钱,另一只手往下一劈,仿佛路喀斯是要把钱夺走似的。他蹲在那里,残酷、持久地对着路喀斯冷笑。

"你找到了?这机器不属于你,老头儿。"

"我打你手里买来了。"路喀斯说。

"用什么?"

"一头骡子啊。"路喀斯说。另外的那个在小坑对面朝他冷笑,既残酷又持久。"我开给你一张发票了。"路喀斯说。

"那东西一文不值,"推销员说,"就在我车子里。你愿意就拿去。它啥也不值,我都懒得去撕掉它。"他摸索着把钱币装回到罐子里去。手电仍然在他方才丢下——是扔掉——的地方,还亮着呢。他迅速地从光圈里站起来,只剩下小腿被照着,显出了那条新弄皱的布裤子以及那双浅帮黑皮鞋,它没有重新上油擦亮,仅仅是揩洗了一下。"好吧,"他说,"这根本算不上是一笔钱。你说是分成两笔的,是分开埋在两个不同的地方的。那另外一笔在哪儿呢?"

"问你的找宝机去呀,"路喀斯说,"不是说它知道得一清二楚

89

吗？不是为了这个你才要价三百元的吗？"他们在黑暗中面对着面，两个脸容不清的黑影。路喀斯动了动身子。"我看咱们可以回家了，"他说，"乔治·威尔金斯。"

"嗳，您哪。"

"等一等。"那推销员说。路喀斯站住了。他们又是面对面了，谁也看不清谁。"这儿的还不到一百块钱呢，"推销员说，"大笔头的是在另一个地方。我给你一成。"

"那封信是我的，"路喀斯说，"那哪儿够啊。"

"两成，"推销员说，"这就碰顶了。"

"我要一半。"路喀斯说。

"一半？"

"卖骡的单据还给我，再开张单据说明那架机器归我了。"

"哈哈，"那推销员说，"真是哈哈哈。你说那封信说钱在果园里。果园也不算太大。今晚还有大半夜，更不用说还有明——"

"我说的是一部分的钱在果园里。"路喀斯说。他们在黑暗里又一次面对着面。

"明天。"推销员说。

"这会儿。"路喀斯说。

"明天。"

"这会儿。"路喀斯说。对方那张看不清的脸瞪视着他自己的看不清的脸。他和乔治似乎都感到无风的夏夜空气随着白人的颤抖而在震动。

"杰克，"那推销员说，"你方才说那些家伙找到多少钱？"可是不等乔治来得及开口，路喀斯就回答了。

"两万两千块钱。"

"没准比两万两千还多，"乔治说，"那是一口很大的——"

"好吧,"推销员说,"等咱们干完,我马上给你开一张售出的单据。"

"我这会儿就要。"路喀斯说。他们回到汽车旁。路喀斯拿着手电。他们看着推销员扯开他的漆皮公事包,把那张卖出骡子的单据揪出来扔给路喀斯。接着他们又看着他那只抖动的手填写一张有复写纸副本的长长的表格,又看他签上名,撕下副本里的一张。

"明天早上归你所有,"他说,"在这以前它还是我的。"他从车子里跳出来,"来吧。"

"它找到的一半归我。"路喀斯说。

"你站在那儿光动嘴皮子,又怎能得到一半或是多少呢?"那推销员说,"来呀。"可是路喀斯还是不动。

"那我们已经找到的五十块①又怎么说呢?"他说,"我不也该得到一半吗?"这回推销员仅仅是站在那里对着他笑,冷酷、僵硬,毫无欢乐之意。接着他走开去了。他连公事包都没有关上。他从乔治手里夺过机器,从路喀斯手里抢走手电,跑回到果园去了,他一边跑那团光亮也一边在颤抖跳动。"乔治·威尔金斯。"路喀斯说。

"嗳,您哪。"乔治说。

"把那头骡子弄回到你牵出来的地方。然后去告诉洛斯,爱德蒙兹快别为这事弄得鸡飞狗跳的了。"

---

① 他们方才"找到"这笔钱时并未点数,照说路喀斯不该知道具体数字。若是推销员聪明一些,应看出这里面颇多蹊跷。

3

他登上残缺不全的台阶,那匹配了宽鞍具的漂亮母马站在台阶旁,他走进长房间,这里一个个货架上放着罐头食品,钩子上挂着圈套、挽缰、颈轭和犁绳,空气中满是糖浆、干酪、皮革和煤油的气味。爱德蒙兹把转椅从办公桌前扭过来。"你上哪儿去啦?"他说,"两天前我就让人捎话叫你来见我。你干吗不来?"

"我想我准是在睡觉,"路喀斯说,"接连着三晚我都是通宵没睡。我再也不能像年轻时那样熬夜了。你到我这年纪也会支持不住的。"

"可我比你聪明,年纪没到你一半就明白不能乱来。也许等你年纪到大我一倍时也只好学我的样儿了。不过我不想跟你谈这些。我要知道的是那混蛋圣路易商贩怎样了。丹说他还在此地。他在干什么?"

"在搜寻埋藏的钱。"路喀斯说。

有一瞬间爱德蒙兹没有开口。接着他说:"什么?搜寻什么?你说什么来着?"

"在搜寻埋藏的钱。"路喀斯说。他让自己舒舒服服地靠在柜台边上。他从背心口袋里掏出只放鼻烟的小铁皮盒,打开盒盖,小心翼翼、精确地往盖子里装上鼻烟,又用大拇指与食指把下嘴唇往外拉,把鼻烟斜着倒进去,盖上铁盒,放回背心口袋。"使我的找钱匣子。他论晚向我租用。所以我才整宿不睡,为的是看住匣子能要回来。可是昨天晚上他根本没露面,所以我改变做法,美美地睡了一夜。因此,我估计他已经回他从那儿来的地方去了。"

爱德蒙兹在转椅里坐得笔直,眼睛瞪着路喀斯。"从你手里租用?就是你偷了我的——好让你——的那一台——"

"二十五块钱一晚,"路喀斯说,"那是他让我用一夜开的价。因此,我想让他出这点租钱是很公平的。他把东西卖了;他该明白。反正我是这样要价的。"爱德蒙兹把双手放在椅子扶手上,不过他还没有动。他一动不动地坐着,稍稍前倾,瞪视着那个倚靠在柜台上的黑人,在他身上,只有下巴处稍稍有点凹瘪才看得出这是个老人,他下面穿一条破旧的马海毛料裤子,这是格罗弗·克利夫兰①或是塔夫脱总统②会在夏天穿的,上身是一件胸前有硬衬的无领白衬衫,一件提花背心,有年头了,所以泛黄了,还斜挂着一根重甸甸的金表链,头上戴的是一顶值六十块钱的手工缝制的海狸皮帽子,是爱德蒙兹的父亲五十年前送给他的,底下那张脸不能算清醒也不能算是严肃,而是毫无表情。"全都因为他找错了地方,"他说,"他在那座小山上找。可那笔钱是埋在山下沟底的什么地方的。四年前悄悄前来人不知鬼不觉地带走两万两千块钱的那两个白人——"现在爱德蒙兹已经离开椅子站在地上了。他长长地吸了一口气,开始坚定地朝路喀斯走去。"眼下我们,也就是我和乔治·威尔金斯,已经跟他断绝往来了——"爱德蒙兹坚定地朝他走去,把憋住的气吐了出来。他原以为自己会大喊大叫的,可是说出来的仅仅是一句耳语。

"出去,"他说,"回家去。再别来了。倘若需要什么,就让莫莉大婶来领。"

---

① 斯·格·克利夫兰(1837—1908),美国第 22 任和第 24 任总统。
② 威·霍·塔夫脱(1857—1930),美国第 27 任总统。

第 三 章

1

　　最初,爱德蒙兹从账本上抬起头见到有个老妇人从路上走过来时,他并没有认出是她。他又埋下头去看账本,直到听见她爬上台阶沉重的脚步声、见到她走进小铺时,他才明白是谁。因为他大约已有四五年没见过她走出院门了。他骑了母马去巡视庄稼经过她家时会看到她坐在廊子上,那干瘪的脸凑在陶土烟锅的芦苇秆上,往里一抽一抽的,要不就是在后院的洗衣盆、晾衣绳之间挪动,动作既缓慢又痛苦,她那衰老的动作即使在爱德蒙兹看来也比他所知道她的确切年龄显得老得多;爱德蒙兹有时认真想想便会得出这样的结论。他按常规总是一个月一次在她家院门口下马,将母马拴在围栏上,自己进去,带上一罐烟草或是一小包便宜的软糖,那是她爱吃的,和她聊上半个小时。他把这称作对自己机遇的一次祭酒,就像古罗马的百人长①在饮酒前也总要先洒掉一些——

---

① 古罗马的基层军官,大约掌管一百名士兵。

样,其实这是对他祖先与良知的祭祀,他说不定会承认自己在良知上是及不上这个黑人妇女的,无论在礼数还是在人品方面,她是他心目中唯一的母亲,她不仅在大雨滂沱、一片泽国的夜晚亲自给他接生,让自己丈夫在险些送命的情况下去请大夫,可大夫来晚了,而且还带了她自己的孩子住到这幢宅子里来,让白娃娃、黑娃娃和自己睡在同一个房间里,这样就可以给他们两个喂奶,一直喂到他断奶,而且在他十二岁上学前从不长时间离开宅子——这是个小个儿女人,几乎小得出奇,而且在接下去的四十年里仿佛越长越小了,老是包着同样的洁净的白头巾,围着同样的洁净的白围裙,他打记事起就见到她是这样装束的,他知道她其实比路喀斯年轻,但是看上去却更显老,老得令人难以相信,近年来她开始用他父亲的名字叫他,甚至用老一辈的黑人对他祖父的称呼来叫他了。

"老天,"他说,"你大老远的上这儿来干吗?你干吗不差路喀斯来?他应当清楚,让你来是不——"

"他这会儿正躺在床上睡觉呢,"她说。走路使她稍稍有点气喘,"所以我才有机会来。我什么东西也不需要。我是来和你谈事儿的。"她朝窗口稍稍转过去一些。于是他见到了那张布满皱纹的脸。

"为什么?是什么事儿?"他说。他从转椅里站起身来,从办公桌后面拉出另一把椅子,那是一把椅腿用铁丝加固过的直背椅子。"坐吧。"他说。可是她仅仅用同样视而不见的眼光看看他又看看椅子,他只好去搀她的胳膊,那胳膊在两三层很旧但是一尘不染的衣服底下捏上去简直不比她抽的烟斗的芦苇秆粗多少。他扶她来到椅子边,让她就座,她那一层又一层的裙子与衬裙摊了开来。她立即低下头去转向一边,把一只扭曲粗糙像是团干枯发黑树根似的手举起来,放在眼睛上。

"太亮了,眼睛不好受。"她说。于是他又扶她起来,把椅子转成椅背朝窗。这一回她自己找到椅子了,并且坐了下去。爱德蒙兹坐回到转椅里去。

"好吧,"他说,"是什么事儿?"

"我要离开路喀斯,"她说,"我要办那个……那个……"爱德蒙兹坐着,一动不动,盯看着他现在看不大清楚的那张脸。

"你要办什么?"他说,"离婚?四十五年之后,在你这样的年纪?你打算干什么?你日子怎么过呢,没有人——"

"我可以干活。我要——"

"行了,"爱德蒙兹说,"你知道我不是这个意思,即使父亲没在他遗嘱里写明要照顾好你的下半辈子。我是说你打算怎么办?离开属于你和路喀斯的房子去跟纳特、乔治一块儿过?"

"那只会跟原先一样糟,"她说,"我得彻底走开。因为他疯了。自打他有了那台机器后他就变疯了。他还有——还有……"虽然他刚刚提到过,他知道她连乔治的名字都想不起来了。她又开口了,一动不动,在对着他说不上来的什么东西瞪视,两手在洁白的围裙上像是两团难以辨认的墨迹:"——每天晚上都整宿不沾家,寻找那笔埋在地下的钱。他连自己的牲口都再也不管不顾。得由我来喂母马、喂猪、挤牛奶,我只好尽量对付。不过这还不要紧,我干得了。碰到他身体有病我也是乐意做的。可是他现在是头脑有病。病得很厉害。他连星期天也不再起床上教堂。他病得很重呢,老爷。他在做上帝不愿人去做的事。我害怕呀。"

"怕什么?"爱德蒙兹说,"路喀斯壮得像匹马。他现在比我还棒。他这阵子农闲没活儿干,要等庄稼熟了才有事。有几天通宵不睡和乔治一起在沟头沟尾走走对他没什么害处。下个月一摘棉花他自然会停下的。"

"我怕的还不是这个呢。"

"那又是什么?"他说,"怕的是什么?"

"我是怕他会找到那笔钱呀。"

爱德蒙兹重新跌落到他的椅子里,直直地看着她。"怕他会找到?"她仍然在对着他说不上来的什么东西瞪视,一动不动,那么小,就像是个玩具娃娃,是件小摆设。

"因为主说了:'入我土者必归于我直至我允其复生。勿论男女凡触及者务须注意。'①所以我害怕。我必须走。我必须要摆脱开他。"

"这地方根本就没有钱埋在土里,"爱德蒙兹说,"他从春天起不就在洼地那儿探来探去想找到钱吗?那台机器也是不会找到的。我已经想尽办法让他别买了。除去控告那个商贩私自闯进别人产业把他逮捕,我什么都做了。我直后悔当时没那样做。倘若我预先料到——不过这也不会有用的。路喀斯反正是会在哪段大路上和他碰头把机器买下的。不过有了它路喀斯也不会找到一个钱的,跟他背着手在沟头沟尾走来走去,认为哪儿有就让乔治·威尔金斯挖下去没什么区别。他再傻,过不了多久也会死心的。他会停下来的。到那时他就正常了。"

"不,"她说,"路喀斯老了。他看上去不显老,可他已经六十七了。一个人那么一把年纪迷上了挖宝,就跟迷上了赌钱、喝酒和追娘们儿一样。他根本没有停下来的空儿。然后他还会跟着迷下去,迷下去……"她停下了话语。她坐在硬椅上一动不动,就连放在褪色围裙上两摊墨渍似的多节瘤的手也是一动不动。他娘的,

---

① 此处所引似非《圣经》原文。类似的意思见《创世记》第 3 章第 19 节:"你本是尘土,仍要归于尘土。"以及第 3 章第 18 节:"你必汗流满面才得糊口。"莫莉的意思是不应将非劳动所得的不义之财据为己有。

他娘的,他娘的,爱德蒙兹想道。

"我可以告诉你怎样在两天内把他的毛病治好,"他说,"要是你年轻二十岁的话。可是你现在做不到了。"

"告诉我。我做得到的。"

"不,"他说,"你现在太老了。"

"告诉我。我做得到的。"

"明天早上等他带了那东西回家,你自己带上它到沟底去寻找埋藏的钱。后天早上也这样干,大后天也是。让他发现你是在干什么事儿——在他睡觉的时候用他的机器,在他睡觉不能盯着看它、不能自己找钱的全部时间里。让他回到家里发现没给他准备好早饭,睡觉醒来发现晚饭没做,因为你仍然在沟底,在用他的机器寻找埋藏的钱。这个办法能治好他的。可是你太老了。你顶不住的。你回家去等路喀斯醒了,你跟他——不,路太远了,不能让你一天跑两回。告诉他我说的,让他在家里等我。我晚饭后去你们家跟他谈谈。"

"谈谈是不会让他改变主意的。我谈没用。你谈也没有用。我唯一能做的就是干脆离开他。"

"谈话也许没用,"爱德蒙兹说,"可是要说的话我是一定要说的。他也一定得听着。我晚饭后来。你叫他等着。"

这时候她站起身来。他看着她怪费劲地一路走回去,那么小,简直像只玩具娃娃。他现在的感情不仅是对她关怀,如果他足够坦率的话,那根本不是关怀,他是在勃然大怒——一种不仅是他活着这几十年而且是他父亲一生所积累的轻蔑与气愤的突然迸发,甚至还可追溯到他的祖父麦卡斯林·爱德蒙兹的时日。路喀斯不单是这地方活着的年纪最大的人,比爱德蒙兹的父亲年纪还大,倘若老人家还活着的话,他身上有四分之一的血液,那不仅是白人的血液,甚至还不是爱德蒙兹家的血液,而是老卡洛瑟斯·麦卡斯林本人的,路喀斯是他的男性后裔,而且与他只隔一辈,而爱德蒙兹却是女性的后裔,算起来是第五代;他小时候就注意到路喀斯总称呼他的父亲为爱德蒙兹先生,从不像别的黑人那样称他为扎克先生①,而且逢到要与白人说话时也总是冷静与有心机地避免用任何名称来称呼对方。

可是路喀斯并没有拿他的白人的甚至是麦卡斯林家的血统来作资本,恰好相反。好像是他不仅不拿这当作一回事,而且还非常冷淡。他甚至不觉得有必要用它来争取什么。他甚至也懒得去反对它。他兀自充当他这个人得以组成的那类双种族综合物,任凭自己拥有这个身份,就仅仅以这样的方式来抗拒它。他也不去当这两种张力的战场兼牺牲品,相反,他是一个容器,很结实,来历不明,并非导体,在其身上毒素与对立物相互制约,不起波澜,在外界空气里没有制造出什么谣言。原先是同胞三个:老大詹姆士,然后是一个姐姐,叫凤西芭,再就是路喀斯,他们的父亲是托梅大婶所生的图尔,他是老卡洛瑟斯·麦卡斯林的儿子,母亲则是谭尼·布钱普,她是爱德蒙兹的舅公②阿摩蒂乌斯一八五九年在一次牌戏中从邻居手里赢来的。凤西芭结婚后搬到阿肯色州去住,再也没有回来过,虽然路喀斯不断地听说她的情况,直到她的死讯传来。可是詹姆士那个老大,还没成年就跑掉了,他一路都没停下来,直到他越过了俄亥俄河,后来他们再也没有听到他捎来的或是关于他的任何消息——这是就他白人亲戚所知而言的。就好像他不仅仅(他妹妹日后也这样做)让奔腾的河水隔开他自己与他祖母的

---

① 前者为平等的称呼,后者则是南方家奴或仆佣对主人的叫法。
② 应为曾舅公。

被弃以及他父亲的没有姓氏的出生,而且还让纬度与地理介入,永远地把自己脚下得自原先那片土地的尘土跺下去①,在那片土地上他的白人祖先可以按照自己的怪念头今天承认他明天又抛弃他,可是他却连与白人祖先脱离关系的想法都不敢有,除非是恰巧碰上白人此刻也正好这样想。

可是路喀斯留了下来。其实他不是非得留下不可的。在三个孩子里,他不仅没有物质上的羁绊(也没有良心上的束缚,如卡洛瑟斯·麦卡斯林后来开始理解的那样)使他难以脱身,而且他是哥仨中唯一事先就在经济上独立、满二十一岁后任何时候都可以永远离开的人。在爱德蒙兹家中这是父传子再传子一直传到卡洛瑟斯这一代的事,他们全都知道早在五十年代②初,老卡洛瑟斯·麦卡斯林的双胞胎儿子阿摩蒂乌斯与梯奥菲留斯在开始释放父亲的奴隶时,就对父亲的黑人儿子做出一项特别的规定(因而也算是一种正式承认了,虽然还仅仅是推论,而且仅仅是得自他白皮肤的同父异母兄弟)。那是一笔钱,还加上累积的利息,是给这个黑皮肤儿子的,在他口头提出要求的时候,可是托梅的图尔在宪法上规定③获得自由之后选择留下来,他从来没有利用这个机会。后来他也死了,那时老卡洛瑟斯·麦卡斯林已经去世五十多年,连阿摩蒂乌斯与梯奥菲留斯也已不在人世了,他们是七十好几在同一年去世的,就跟他们在同一年出生一样,这时麦卡斯林·爱德蒙兹拥有地产和农庄了,在实际上与名义上都如此,这是梯奥菲留斯的儿子艾萨克·麦卡斯林让给他的,这样做,除了讨一份麦卡斯林以

---

① 《圣经·路加福音》第9章第5节:"凡不接待你们的,你们离开那城的时候要把脚下的尘土跺下去,见证他们的不是。"
② 指十九世纪的五十年代。
③ 1865年12月,美国国会通过宪法第13修正案,规定废除奴隶制度。

及他儿子扎卡里还有扎卡里的儿子卡洛瑟斯至今仍在付给住在杰弗生草草搭成的小平房里的艾萨克的养老金之外,还有什么理由,并且究竟出于什么考虑,就没有人确切知道了。不过让是确实让掉了,事情发生在密西西比州的黑暗岁月里,那时,一个人真得冷酷无情才能使祖产传到自己手里,也得很坚强冷酷才能保住产业直到传给别人;——让掉,简直就是放弃,由产业真正的继承人(亦即艾萨克,人称"艾克大叔"的,他没有子裔,如今是个鳏夫,住在他亡妻留下的房屋里,他也同样拒绝接受房子的产权,他是父亲老年所得之子,他自己也活了很久,但是却越活越小越活越小了,因为他过了七十眼看奔八十连自己都不爱照实说了,可身上却出现了唯独少年人才有的那种高尚无私的天真劲儿),他只保留了一份遗赠的托管权,这是他亲自这样要求的,对这笔遗赠,他的黑人叔叔①仍然不太能理解只要提出申请就是自己的了。

  他从未提出申请。他去世了。接着他的大儿子詹姆士出走了,跑掉了,离开他出生的茅舍,离开庄园,甚至出了密西西比州,连夜出走,除了走时所穿的一身衣服什么都没带。当艾萨克·麦卡斯林在城里听说此事后他领出了这笔钱,这笔遗赠的三分之一以及累积的利息,都是现钱,也离开了,而且一星期后才回来,又把钱存回到银行里。接着那个女儿凤西芭结婚了,而且搬到阿肯色州去了。这一回艾萨克跟随他们而去,并把三分之一的遗赠存进阿肯色州当地的一家银行,做出安排,让凤西芭每周可以从这笔钱里取出三元②,不多也不少,然后他才回家。接着有一天早晨,艾萨克在家,正在看报,并不是认真看而是对着它像是在看,这时他

---

 ① 指泰瑞尔,或称托梅的图尔。
 ② 按照本书第五篇《熊》里的说法是每月三元。

明白过来是怎么回事和为什么了。正是那个日子。今天是谁的生日,他想。接着他出声地说,"是路喀斯的。他今天二十一岁了。"这时候他妻子走进来了。她那会儿还是个年轻的女人;他们结婚还没几年,可是他已经能看懂她脸上的表情了,他现在并且后来也总是以这样的一种眼光看着她:很平静,对她,也是对她与自己都怀有怜悯与遗憾的眼光,就跟熟悉她的表情一样,他现在对那紧张、刻毒、咄咄逼人的声音也了解得非常透彻了。

"路喀斯·布钱普在厨房里。他要见你。没准是你表外甥捎话来说他决定连每月那五十块钱也不再给了,那是他用来换走你父亲庄园的钱。"不过这样说了也没什么关系。无所谓的。他也可以大声请求她的原谅,声音大得像在吼叫,以此来表示自己的怜悯与悲哀;夫妻间往往不需要开口说话,这倒不仅仅是长期生活在一起习惯使然,而是因为在他们漫长然而是凄惨的生活中至少有一个瞬间(那也是很久以前的事了,即使在当时他们也知道这个瞬间是不会也不可能持续下去的),他们曾经亲近过,像上帝一样,那时他们自愿地并事先就彼此原谅,虽然他们知道对方是不可能永远这样做的。这时候路喀斯已经到房间里来了,他就站在房门进来一点点的地方,手捏着帽子,贴在大腿上——脸色像旧马鞍,容貌饶有古叙利亚风,倒不是就种族意义而言,而是说他蛮像在沙漠上生活了十个世纪的骑士的一个后代。完全不是他们祖父卡洛瑟斯·麦卡斯林那样的脸。而是好比他们的上一辈的人的脸:由一万个不承认失败的南部同盟士兵的容颜综合而成的、像是铁版相片[①]上的脸,稍稍有点漫画化,不细看还看不出来,矜持、冷

[①] 早期摄影的一种技术。将感光材料涂于铁版上,摄影冲洗后这铁版即是正片。

峻,比他自己的冷峻,比他自己的严酷,比他自己的更有深度。

"祝你长命百岁!"艾萨克说,"我的上帝,我正要——"

"是的,"路喀斯说,"剩下的那笔钱。我要它了。"

"钱?"艾萨克说,"什么钱?"

"老主人留给我爹的。如果仍然算我们的话。要是你打算给我们的话。"

"这钱不是我的,不该由我来说是给还是不给。那是你父亲的。你们几个只需提出来就行了。我曾想找到吉姆,那会儿他——"

"我现在就提出来。"路喀斯说。

"全部?有一半是吉姆的呢。"

"我可以代他保管的,就跟你一直在做的那样。"

"是的,"艾萨克说,"你也要走,"他说,"你也要离开了。"

"我还没有决定,"路喀斯说,"我也许会的。我是大人了。我想怎么做就可以怎么做。我要知道我决定想走的时候就可以走。"

"你本来就是什么时候都可以这样做的。即使是爷爷没有留下钱给托梅的图尔也罢。你们几个,你们当中的任何一个,只消上我这儿来说一声就可以……"他的声音一点点沉寂了下去。他想,五十块钱一个月。他知道我只有这点儿钱了。知道我背叛了,喊"牛绳"①了,出卖了我的与生俱来的权利,背叛了我的血统,为了他也会说是并非平静而是消弭伤痕以及一点点的食物。"钱存在银行里,"他说,"我们去取出来好了。"

---

① 源出南方儿童游戏。男孩子欺侮女孩子,往往揪住她们的发辫让她们求饶,非要她们承认这发辫是"牛绳"才肯松手。因此喊"牛绳"即是认输、服软。

103

只有扎卡里·爱德蒙兹以及他的儿子卡洛瑟斯——在轮到他管事的时候——知道一部分的情况。可是下面要说的事杰弗生镇大多数的居民都知道,于是这故事不仅仅在爱德蒙兹家的年谱里占一席之地,而且也成为镇史里的一个小插曲了:——都说那天早上白皮肤与黑皮肤的堂兄弟如何肩并肩地走进银行,路咯斯开口说,"等一等。这笔钱数目不小呢。"

"是太多了,"那白人说,"多得没法藏在炉床的一块砖的底下。让我代你保管吧。让我来保管好了。"

"等一等,"路咯斯说,"银行可以像替白人保管那样替黑人保管的吧?"

"可以的,"白人说,"我可以叫他们这样办。"

"那我怎么取回来呢?"路咯斯说。那白人就解释支票是怎么一回事。"好吧。"路咯斯说。他们一起站在服务窗前,白人办转户手续,填写了新的存折;路咯斯又说了声"等一等",于是他们一起站在墨迹斑斑的木架前,路咯斯签写支票,他在白人的指导下一气呵成地写下了自己的名字,字写得歪歪扭扭,但是能看清楚,这点本事还是白人的母亲①教会他以及他哥哥和姐姐的。接着他们又重新站到格栅前,出纳员把支票兑了现,路咯斯仍旧堵在那唯一的服务窗前,不厌其烦、慢条斯理地把钱数了两遍,然后把钱推回到格栅里面出纳员的面前。"现在你可以把它存回去了,"他说,"我那张纸还我。"

可是他并没有离开庄园。那年年内他结了婚,娶的不是一个乡下姑娘,不是农庄里的闺女,而是个城里女人,麦卡斯林·爱德

---

① 据研究者考证,艾萨克的母亲索凤西芭死于1877年,她可能教过吉姆与凤西芭,但不可能教当时只有三岁的路咯斯。按照《熊》里的说法,是"麦卡斯林的妻子艾丽丝曾教凤西芭认过一点字"。路咯斯应该也是艾丽丝教的。

蒙兹为他们盖了幢房子,又专门划了几英亩地,只要他住在这儿不走,就随他怎么耕种。接着麦卡斯林·爱德蒙兹去世了,他的儿子娶了亲,在发大水被围困的那个春夜,男孩卡洛瑟斯诞生了。他孩提时起就已接受这个黑人,把他看作是那个女人的附属品,这女人则是他记忆中唯一的母亲,就是这样简单明了,就像他接受他黑皮肤的干哥,接受自己的父亲,把他视为自己的生存的附属品一样。即使在他脱离婴儿时期之前,两幢房子就是一而二二而一的:他和他的干哥要就是睡在白人房子里同一张草席上,要就是在黑人家里的同一张床上,也是在两边餐桌上吃同样的饭菜,事实上比起来他倒是更喜欢黑人房屋的,那儿炉床里即使在夏天也总燃着一小堆火,这是一家人生活的中心。他甚至都不需要了解这样的事本来就是他家史中的经常现象,他的白皮肤的父亲和他干哥的黑皮肤爸爸小时候也有过同样的经历,他也从来没有想到他们在他们的幼年而且也是从不记事时起就将自己的生命与一个女人连接在一起,而这女人的皮肤也同样是黑色的。有一天他知道了,没有想过也不记得是何时知道、如何知道的,这个女人原来并不是他的妈妈,知道了也没感到遗憾;他也知道自己的母亲已经过世了,知道了也没感到哀伤。还有这个黑女人呢,这是永恒不变的,还有这个黑皮肤的男人呢,比起自己的父亲来他并不少见到甚至见的时候更多,还有那个黑人的茅舍呢,那里有一股浓烈、温暖的黑人气息,有夜晚的炉床以及即使夏天也总是煨着的炉火,比起自己的宅子来他仍然更喜欢这个茅舍。再说,他不再是个小娃娃了。他和他干哥骑在庄园的马和骡子的背上,他们有一小群跟去打猎的小猎狗,还有希望再过一两年便可得到的猎枪;他们日子过得充裕、完美,像所有的孩子一样,他们不求让人了解,一旦隐私受到侵害便跳进孩子们共有的壁垒里去,他们只要求可以去爱别人,可以随便提问、盘查而不遭到呵斥,另外就是不要多管他们。

接着有一天,他父辈的古老的诅咒降落到他头上①来了,这古老的居高临下的祖传的傲慢,它并不产生自任何价值而是一个地理方面的偶然事件②的结果,并非起源于勇敢与荣誉,而是得自谬误与耻辱。当时他对之并没有什么认识。那年他和他的干哥亨利都是七岁。他们在亨利家里吃完晚饭,莫莉正要打发他们上门厅对面的房间里去睡觉,他们在这边时总在那儿睡的,突然之间,他说:"我要回家了。"

"咱们就在这儿睡吧,"亨利说,"我想咱们早说好了要跟我爹一块儿起床一块儿去打猎的。"

"你留在这儿好了,"他说,他已经在朝门口走去了,"我要回家了。"

"好吧。"亨利说,也跟了出来。他记得他们怎样在夏夜初起的晦暗中走了半英里来到他家,他自己让步子就快那么一点点,始终不让那黑孩子赶上来和他并肩而行,他们成单行鱼贯进入宅子,上楼,走进卧室,那里有一张床,地板上有张草垫,他们在这里过夜时总在草垫上睡,他记得自己怎样衣服脱得就慢那么一点儿,好让亨利赶在他头里躺到草垫上去。接着他来到床边躺了下去,身子僵僵的,一直对着黑黑的天花板瞪视,他听到亨利用一只胳膊肘支起上身,以一种不慌不忙、平平稳稳的惊讶眼光朝床的方向看去,即使这时候,他仍然在瞪视。"你要在那儿睡吗?"亨利说,"那好。我睡这草垫觉得挺好,不过要是你想睡床我也可以的。"说着便爬起身走到床前,站在白孩子的边上,等他移动身子腾出地方来,可

---

① 《圣经·民数记》第14章第18节:"耶和华……必追讨他的罪,自父及子直到三四代。"

② 指扎克生活在密西西比这个蓄奴州,而这并非出于他的选择。

是那孩子用虽然不很响但却刺耳、粗暴的声音说：

"不！"

亨利没有动弹。"你是说你不要我在床上睡,是吗？"那孩子也没有动。他不回答,僵僵地朝天仰卧,向上瞪视。"好吧。"亨利轻轻地说,走回到草垫那儿重新躺下。那孩子听到他的声音,也注意谛听他的声音；他不能不这样,他躺在那儿,捏紧拳头,全身发僵,睁大眼睛,听那不慌不忙、不紧不慢的声音在说："我想今儿晚上这么热,咱们可以睡得凉快些,倘若咱们——"

"别说了！"那孩子说,"你老是说个没完,我们俩还能睡吗？"亨利便再也不说了。可是在亨利平静、没有心事的呼吸声响起后,孩子仍然没睡着,他怀着一种自己也解释不清的夹杂着无名火的忧伤,一种他不愿承认的羞耻心,僵硬地躺在那儿。接着他睡着了,可是自己觉得还是醒着的,他醒来时不知道自己已睡着过了,直到他在朦胧的晓色里看到地板上那张空荡荡的草垫。那天早上他们没有去打猎。他们再也没有在同一个房间里睡觉,也没有在同一张桌子上吃饭,因为他承认现在再这样做很不像话,他不再上亨利家去,一个月以来他仅仅从远处看到亨利,看见他和路喀斯在地里干活,走在父亲的身边,在路喀斯犁地时他拉着两匹牲口的缰绳。后来有一天他知道这是可悲的,也准备承认这是可耻的了,他要想这样承认,可是已为时太晚,而且是永远、永远地太晚了。他上莫莉家去。时间已近黄昏；亨利和路喀斯现在任何时候都会从地里回来。莫莉在家,他穿过院子时她站在厨房门口对着他看。她脸上什么也没有显露出来；他尽当时情况所能说了一句话,因为待会儿他还要恰如其分地说些话的,说了以后就再不用说了,这事就算是永远过去了,他还没进屋子就停住步子,双脚稍稍分开,正面对着她,稍稍有点发颤,但还是居高临下、盛气凌人地说："我今天晚上和你们大家一块儿吃饭。"

这很好。她脸上什么也没显露出来。到时候他是可以随时把要说的话说出来的。"当然可以，"她说，"我给你炖只鸡。"

接下去好像那件事根本没有发生过似的。亨利不多会儿就回来了；亨利准是在地里就看到他的，于是他和亨利在厨房里宰鸡洗鸡。接着路喀斯也回来了，他和亨利、路喀斯一起去谷仓，亨利在那儿给母牛挤奶。然后他们于暮色中在院子里忙这忙那，一面闻着炖鸡的香味，直到莫莉叫亨利，过了一会儿又叫他，那声调和以往的一样，平静而又坚定："进来吃你的晚饭吧。"

可是已经太晚了。餐桌放在厨房里一直放的地方，莫莉也像以往一样站在炉前，把烤饼干的屉子拉出来，可是路喀斯不在，这儿只有一把椅子，一只盘子，旁边放着给他的那杯牛奶，盘子里堆着没有动过的鸡，即使在他往后跳了一步、房间在他眼前翻腾晃动、弄得他什么也看不见时，亨利也没有改变他转过身子朝门外走去的步态。

"我吃的时候你不好意思吃，是吗？"他喊道。

亨利停住脚步，把头稍稍扭过来一点儿，用慢腾腾的、没有火气的声音说道："我没为任何人感到不好意思，"他平静地说，"包括我自己。"

因此，他进入了他的传统。他咽下了它的苦果。他听路喀斯提到他父亲时称之为爱德蒙兹先生而从来不叫扎克先生；他注意路喀斯怎样完全避免用任何称呼叫白人，真可谓煞费心机，时刻警惕，手段又是那么高明与滴水不漏，有一段时间他真拿不准是不是连他父亲也不知道这黑人现在根本不愿叫他"先生"了。最后他终于和父亲说了。父亲严肃地听着，脸上的表情对那孩子来说是深不可测的，而且他那时也没怎么注意，因为他那时还小，还是一个孩子;他还没有看出在他父亲与路喀斯之间存在着某种关系,这关系并不能仅仅用种族之间的区别来解释,因为它不存在于路喀斯与别的任何一个白人之间,也不仅仅能用白人的血统,甚至是麦卡斯林家的血统来解释,因为这种关系在他的表亲艾萨克·麦卡斯林与路喀斯之间并不存在。"你所以那样想是因为路喀斯比我年老,老得足以能有点儿记得布克大叔和布蒂大叔,又是原本就住在这块儿的人的后代,而我们爱德蒙兹家却是篡夺者,是昨天刚冒出来的蘑菇,这还不足以使他不愿称呼我为'先生'吗?"他父亲说。"我们是一块儿长大的,我们一起吃一起睡一起打猎一起钓鱼,就跟你和亨利那样。我们一起那样,直到我们长大成人。不过我总是在打枪方面超过他,除了一次。而那一次到头来还是我压过了他。你认为这理由还不够充分吗?"

"我们不是篡夺者,"那孩子说,几乎是在叫喊了,"咱们的祖奶奶麦卡斯林也和布克、布蒂大叔一样,是老卡洛瑟斯的嫡亲后裔。艾萨克大叔自己给了——艾萨克大叔自己说……"他停住了。他的父亲盯看着他。"不,父亲,"他生硬地说,"理由还不够充分。"

"啊。"他父亲说。这时那孩子能看懂他脸上的意思了。他以前也见到过,就像所有的孩子都经历过的那样——见到过那样一个时刻,自己虽然仍被温馨与信任所围裹与环绕,但是却发现他原以为已经不复存在的保留仅仅是后退了一步,并且树立起一个新的屏障,仍然是不可穿透;——见到过那样一个瞬间,孩子怀着又伤心又生气的心情理会到父母亲早就预料这个时刻准会来到,他们经历过种种事情,既失意过也得意过,这些经历却一点儿也没有小孩的份儿。"我和你达成个协议如何。路喀斯用什么态度对待我,你让我自己来和他处理,至于他怎么对待你,这是你们间的事儿,我也不管。"

接着,在进入青年时期后,他知道那天早上自己在父亲脸上所见到的是什么了,那是什么样的阴影、什么样的痕迹、什么样的记号①——是发生在路喀斯和他父亲之间的一件什么事情,除了他们之外无人知道,而且永远也不会知道,如果那个说法该取决于他们——反正发生过一件什么事儿,之所以发生是因为他们是他们自己,是男子汉,而并非源出他们种族间的区别,也不是因为同一种血液流动在他们两人的身上。再以后,在他十八九岁几乎是个成年人时,他甚至都知道那是怎么一回事了。那是为了一个女人,他想。我父亲跟一个黑鬼,为一个女人而争吵。我父亲跟一个男黑鬼为一个女黑鬼而争斗,因为他压根儿不朝这方面去理解:他甚至拒绝考虑那会是一个白种女人。莫莉的名字他则是连想也没有想到过的。那倒算不了什么。但居然是路喀斯打败了他,天哪,他想。爱德蒙兹,他想,恶狠狠与刻毒地。爱德蒙兹。甚至作为黑鬼的麦卡斯林也是更强的男人,比我们都强。老卡洛瑟斯就在自己后院里让个女的怀上他的黑野种,我真想看到有哪个丈夫或任何别的人敢对他说个不字。——是的,路喀斯打败了他,否则路喀斯是不会留在这儿的。如果是父亲打败了路喀斯,即使他原谅了路喀斯也不会让路喀斯留下来。情况只能是这样:路喀斯之所以会留下,是因为他面对任何人都是概不松动,即使他原谅了他们,即使他不得不伤害他们。

在岁月面前也是毫不松动。扎卡里·爱德蒙兹去世了,现在轮到他来继承这个庄园,而那个真正的继承人——是子系的后裔,

---

① 《圣经·创世记》第 4 章第 15 节:"耶和华就给该隐立一个记号,免得人遇见他就杀他。"又《耶利米书》第 2 章第 22 节:"你虽用碱,多用肥皂洗濯,你罪孽的痕迹仍然在我面前显出。"

从道德上自然是，如果真情为人所知的话，从法律上看大概也是——仍然活在人世，依靠那点微薄的施舍为生，现在又轮到他的曾甥孙按月给他送去了。如今洛斯管理这庄园已有二十年了，他想尽力赶上这个起了变化的时代，就跟父亲、祖父、曾祖父在他以前所做的那样。可是当他回顾这二十年时，他觉得那是一个漫长与不间断的过程，充满了骇人的麻烦与冲突，倒不是由于土地或气候（近年来更添上了联邦政府这一项），而是因为那个老黑人，他作为一个黑人甚至都不用费心去记住不称他为"先生"，而是叫他爱德蒙兹先生，或是卡洛瑟斯先生，或是卡洛瑟斯，或是洛斯，或是孩子，或是把他和一伙黑人青年搁在一起，把他们全拢作一堆，称之为"你们这些小后生"。这些年里，路喀斯一成不变，继续用古老的笨办法耕作他那几英亩地，没准当年卡洛瑟斯·麦卡斯林本人就是这样耕作的，他不听劝告，拒绝使用任何改良农具，甚至连拖拉机穿越他的地都不让，这地是他的麦卡斯林祖先让他终生无偿使用的，他甚至还拒绝飞行员把杀象鼻虫的农药洒在光剩他那块没喷的棉田里，连那架装了农药的飞机想飞过都不让，可是他却大模大样地到小铺去领取各种供应，仿佛他种了一千英亩并获得令人难信、极为可观的利润似的，小铺账本上至今还记着他头三十年前欠下的债，爱德蒙兹知道这笔钱路喀斯是永远不会还的，理由很简单，路喀斯不仅会活得比目前的这个爱德蒙兹长久，就像他活过了前两代一样，而且说不定在记下了欠债的账本都久已不存在之后还会活在人世呢。然后是蒸馏壶的事，按照那闺女的说法，路喀斯几乎是在他爱德蒙兹的后院里经营了至少二十年，直到他自己的贪婪暴露了自己，还有那三百块钱的骡子，他不仅是从自己的事业上的合作者、担保人那里而且是从自己的血亲那里偷来的，偷了去换一台探测窖藏地点的机器；如今又出了这样一档子事：在建立四十五年后去拆掉一个妇女的家,这妇女是他爱德蒙兹记忆中唯一的母亲,她抚育他,像奶自己亲生子那样用自己的乳汁喂养他,还持久地用无微不至的关怀来保护他的肉体乃至精神,教他要有礼貌,要行为端正——对不如自己的人要和善,对相等的人要尊重,对弱者要慷慨,对老人要多加照顾,在所有人面前都要彬彬有礼、以诚相待和勇敢无畏——她给了自己这个失怙的孤儿一种始终不渝的、永不衰竭的深情与热爱,这是他在世上任何别的地方再也没能找到的,但是她给他时毫不吝惜,也从未考虑是否会得到回报;——去拆掉这样一个妇女的家,她除了在杰弗生的一个哥哥之外再没有别的亲戚,而且已有十年没见到他了,另外就是那十八岁出阁的女儿,她肯定是不会跟女儿一块过的,因为这女婿同样在自愿走火入魔,跟她认为的自己丈夫的处境一模一样。

在岁月面前也是毫不松动。爱德蒙兹独自坐在他吃不下去的晚餐前,仿佛眼前真的出现了路喀斯,站在房间里他的面前——六十七了可是他的脸却比四十三岁的自己那张显得年轻,不像自己的脸因激情、苦思、餍足、沮丧留下了那样深的痕迹——路喀斯的脸倒不全是乃祖麦卡斯林的翻版,即使漫画化的也不是,可是却继承了如今又以无比惊人的忠实性复制了老祖宗整整的一代人的面貌与思想——如老艾萨克·麦卡斯林四十五年前那个早晨①所见到的,那是一个整整一代凶猛的、不认输的年轻同盟军人的集体形象,用香料使之不朽,也稍稍有点木乃伊化——他惊愕地也几乎是不无畏惧地思忖:他比我们所有人加在一起,包括老卡洛瑟斯在内,都更像老卡洛瑟斯。他既是传人同时又是原型,是产生了老卡洛瑟斯和我们其余的人以及我们这个族类的所有的地理、气候与

---

① 指前面所写到的路喀斯前去索取遗产的那一天。

生物因素的传人与原型,我们的族类已数目繁多,难以胜数,变得面目不清,甚至名姓不详,但只有他是自成体系、不受外界影响、完整无缺的,对所有的血统不论是黑是白是黄是红,包括他自己的在内,全都不放在眼里,老卡洛瑟斯当年想必也是如此。

2

他把母马拴在路喀斯的围栏上,走上那条两旁细致地用碎砖、瓶底以及这类东西镶边的石块路,登上台阶。此时,天已经完全黑了。路喀斯在等候,他戴着帽子站在门口,炉床发出的火光衬出了他的身影。老婆婆没有站起来。她就跟下午在小铺里时一样,一动不动地坐着,只是上身稍稍前倾,她那双虬结的手一动不动地置放在白围裙上,那瘪陷、悲惨的面具的这一块或那一块被火光映照着,成为亮点,在他印象中,见到她在屋子里里外外嘴上没含那须臾不离的陶土烟锅,这倒还是破天荒头一遭。路喀斯为他拉过一把椅子。但是路喀斯自己没有坐下。他去站在炉子的另一边,火光现在也触及他了——照出了那顶手工缝制的海狸皮帽的宽阔的边檐,这帽子是爱德蒙兹的爷爷五十年前给他的,照出了那有点像叙利亚人的面容,以及那松垂在没扣住的背心上的沉甸甸的金表链。"这又是怎么啦?"爱德蒙兹说。

"她要打离婚,"路喀斯说,"蛮好。"

"蛮好?"爱德蒙兹说,"蛮好?"

"是的。那得让我破多少财?"

"我懂了,"爱德蒙兹说,"要是你得为这事儿破财,她反正是一个子儿也拿不到的。告诉你,这件事可不是让你拿来哄骗人的。

你此刻不是在买进或卖出挖金机,老爷子。她要的也不是一匹骡子。"

"她要离就离,"路喀斯说,"我只不过想知道我得花多少钱。干脆你给我们离了不就得了?就跟去夏你给奥斯卡和他从孟菲斯带来的黄皮①娘们办成的那样。你不单单宣布他们离掉,而且还亲自带她进城给她买火车票打发她回孟菲斯去呢。"

"那是因为他们还没有正正经经结婚,"爱德蒙兹说,"而且早晚她会用她带着的那把剃刀给他来上一家伙的。要是她有什么差错闪失,他也会拧断她的脖子的。他正眼巴巴地等着这时机呢。所以我才那样做。可你不是奥斯卡。这是不同的。听我说,路喀斯。你年纪比我大,这我承认。你攒的钱比我多,我估摸是这样的,而且没准你脑子也比我的好使,反正你自己是这样想的。可是这事你千万做不得。"

"这话别跟我说,"路喀斯说,"跟她说去呀。又不是我要这样做的。我对现状挺满足的。"

"是啊。当然啦。反正你想干什么就干什么——除去睡觉和吃饭,把所有的时间都用在差乔治·威尔金斯在沟底踏过来踏过去上,带着那台该死的——该死的——"这时他停住话头,然后重新开始,不仅压低了嗓子,而且简直是把声音全吃了进去,至少有一瞬间是这样的,"我一遍又一遍地告诉你这一带根本没有藏起的钱。你只不过是在浪费时间。不过这也没啥。就我而言,你跟乔治·威尔金斯俩尽可以在那儿乱转,直到累得趴下。可是莫莉大婶——"

"我是个老爷们儿,"路喀斯说,"在这儿,我是当家的男人。

---

① 指黑白混血儿的那种黄褐色。

在我家里,由我说了算,就跟在你们家里由你、你爹和你爷爷说了算一样。你对我种田收庄稼这方面没啥意见吧?"

"没意见?"爱德蒙兹说。"没意见?"另外那人根本没打断自己的话头。

"只要地种好了,我私人的事情就由我自己来管,你爹若是在人世绝对会这样劝告你的。再说呢,我很快也不能每晚都去找钱了,因为我要摘棉花了。我想光是星期六、星期天晚上去找。"到这时为止,他显然是在对着天花板自说自话。现在他把眼光移向爱德蒙兹了。"可是那两个晚上是我的。那两个晚上我不侍弄任何人的地,不管自认为这地是属于他的那人是谁。"

"好吧,"爱德蒙兹说,"一星期两个晚上。下星期你就得开始,因为你有些棉花已经熟透了。"他转身向那老太太说,"嗳,莫莉大婶,"他说,"一星期两个晚上,就算是路喀斯这样的人,不久之后也准会清醒过来的——"

"我不是要他一星期刨去两晚不去找钱,"她说。她一动不动,用吟唱般单调的声音说话,也不看着两人中的任何一个,"我要他根本不去找钱。因为这会儿已经晚了。他如今已经管不住自个儿了。再说我一定要得到自由。"

爱德蒙兹再次抬起眼睛去看宽边老式帽子底下那张不动声色的、看不透的脸。"你是要让她走?"他说,"是不是这样?"

"我是要做当家的男人。"路喀斯说。那口气倒不是有意闹别扭。那是平静的,也是斩钉截铁的。他的眼光像爱德蒙兹一样坚定,而且是更加无比地冷峻。

"听着,"爱德蒙兹说,"你年纪一点点老了。也不会在世界上活多长的时间了。方才你提到我的父亲。很好。不过他在大限来临躺下准备离开人世时,他的心可是平静的。因为他从来没做过——"什么事情耶稣啊,他几乎要出声地说出来。该死该死真该死他想什么事情在他妻子老年时是对不起她的因而必须得说主啊原谅我做了那件事吧。几乎要出声地说出来;但总算控制住了。"等你的时辰来到你想心平气和躺下,这一刻何时来到你是不知道的。"

"你也是不知道的。"

"不错。可是我四十三岁。你可六十七了。"他们对瞪着。在帽子底下的那张脸仍然是不动声色、无法看透的。接着路喀斯动了一下。他转开身子朝火里怪利落地啐了口唾沫。

"是的,"他平静地说,"我也是要安然躺下睡觉的。① 我不用那机器就是了。我把它送给乔治·威尔金斯——"这时候老太太动弹了。爱德蒙兹转过头去,只见她打算从椅子里站起来,一只手撑着椅子借把力,另一只手伸得直直的,倒不是想挡住路喀斯,而是向他爱德蒙兹伸来。

"不!"她喊道,"扎克先生!你还不明白吗?他不但会接着使用机器,就跟归他所有的时候一样,而且还会把上帝的诅咒转移到我最小的幺妹子纳特身上去。已归还给上帝的东西谁碰了都会遭到报应的。我要机器留在他那儿!我非得离开,就是为了让他留着,连转送给乔治的念头都不用起!你还不明白吗?"

爱德蒙兹站起身了,他的椅子哗地朝后倒去。他浑身发抖,瞪视着路喀斯。"原来你对我也想搞阴谋诡计。对我也搞,"他用颤抖的声音说道,"好。你不能离婚。你也不能把机器送掉。明天天一亮,你就把那东西送到我家里来。你听见没有?"

---

① 《圣经·诗篇》第 4 篇第 8 节:"我必安然躺下睡觉,因为独有你耶和华使我安然居住。"

他回到家中，或者不如说回到厩房里。现在月亮出来了，照在已绽开马上就可以收的棉桃上，白花花的一片。上帝的诅咒。他知道她的意思了，知道她颤巍巍摸索向前想要达到的是什么了。就算那令人几乎无法相信的情况是确实的，在路喀斯的搜索范围之内某处确实埋藏着被人遗忘的钱，多至一千元，就算是果真给路喀斯找到了——这更令人无法相信了，那对他，即使是对一个六十七岁的老人，会有什么好处呢，据爱德蒙兹所知，路喀斯在杰弗生的一家银行里存有相当于这笔钱三倍的款子，多了这么一笔没花血汗、至少是没花他自己血汗的钱，又会有什么好处呢。对他的女婿乔治，此人一文不名，年纪未满二十五岁就有了个来年春天就要分娩的十八岁的妻子，又会产生什么后果呢。

没有人来给他牵走母马；他告诉过丹别等他。他亲自卸下马鞍，擦刷皮毛，打开通向牧场夹道的门，解下马笼头，拍拍她那月亮般发光的屁股，看她又跑又跳，嗖地冲了出去，拐弯时脚踝上那三圈白毛和额上那颗白星朝月亮反出了光。"他娘的，"他说，"我真他娘的希望自己或者路喀斯·布钱普是一匹马。哪怕是头骡子也行啊。"

路喀斯第二天早上根本没带着那台探测器出现。爱德蒙兹本人在九点钟（这天是星期天）离开家时，他仍然没有来。爱德蒙兹现在正驾驶着他的车；有一瞬间他想去路喀斯家，半路上在那儿停一下。可是这天是星期天；他觉得从五月起一星期倒有六天他都在为路喀斯的事情操心，备受熬煎，而且非常可能明天太阳一出来还要接着受罪，而且既然路喀斯自己说了从下周起光在星期六星期天使用这台机器，那么很可能在这期限之前，他是会认为自己该遵守戒规不去用它的。因此他把车子径直往前开了。他出去了整整一天——先是去五英里外的教堂，接着又往前开了三英里和几个朋友一起享用星期天的午餐,在那里他看了别人的棉花,又吼叫着参加到大伙儿对政府在棉花种植与销售方面的干预的咒骂里去。因此,当他重新来到自己的大门口记起路喀斯、莫莉与探测器时,天已经黑了好一会儿了。路喀斯是不会在他出外时把机器留在空荡荡的宅子里的,因此他掉转车头,朝路喀斯的小屋开去。屋子里黑黑的;他喊他们,可是无人回答。于是他又开了四分之一英里来到乔治与纳特的家,可是这儿也是黑灯瞎火,无人理会他的喊叫。也许现在一切都弄妥了,他想。也许他们全都去教堂了。反正再过十二小时就是明天了,我又得开始操心路喀斯和别的什么事了,因此不如就让它去吧,那些事至少是我熟悉与习惯的。

接着是第二天早上,那是星期一,他来到马厩都快一小时了,可是还不见丹与奥斯卡的影子。他亲自打开厩房的门,把骡群赶进通向牧场的夹道,在他正提了饲料篮从母马厩栏里出来时,奥斯卡来到谷仓当中的甬道,他不是小跑来的,而是疲惫、慢腾腾地拖着步子走来的。接着爱德蒙兹看到他仍然穿着星期天的好衣服——一件鲜艳的衬衫,打着领带,毛哔叽裤子,一条裤腿上拉了一个大口子,烂泥一直溅到膝盖处。"是莫莉·布钱普大婶,"奥斯卡说,"昨天不知什么时候起她就不见了。我们一通宵都在找她。我们发现她下沟底的地点,便跟踪她的脚迹。只是她那么小那么轻,几乎没在地上留下一只脚印。路克大叔、乔治、纳特和丹还有别的一些人还在继续找呢。"

"我来给母马备上鞍,"爱德蒙兹说,"我已经把骡子放出去了;你得到牧场去拦一头了。快点儿。"

那些骡子在大牧场里自由奔跑,很难逮住;差不多过了一小时,奥斯卡才骑了匹光背的骡子回来。又过了两小时,他们才追上路喀斯、乔治、纳特、丹和另外一个人,这伙人追踪、失去、再搜寻又找到并重新追踪那老太太的很淡、很轻的足迹,她像是沿着小沟漫无目的地在荆棘丛与朽木之间乱走的。快到中午时,大伙儿才找到她,见到她脸朝下躺在烂泥地里,一向是一尘不染的围裙与整洁的旧裙子也弄脏撕破了,她的一只手仍然紧握她摔倒时捏着的探测器的把柄。她并没有死。奥斯卡把她抱起来时,她睁开了眼睛,茫然地不知在看谁与看什么,然后又闭上了眼睛。"快跑,"爱德蒙兹对奥斯卡说,"骑母马去。回去开车去接赖德奥特大夫。要快呀。——你能把她抱去吗?"

"我可以带去的,"奥斯卡说,"她根本没有分量。还不如那台觅宝匣子沉呢。"

"我来带她吧,"乔治说,"她是纳特的——"爱德蒙兹转过身去对着他,也对着路咯斯。

"你提那只箱子,"他说,"你们俩拎着它。最好它能在此地与我的房子之间找到点儿什么。因为往后去即使这些个指针再在我的地界里晃动,你们任谁也休想再见到了。——我要亲自来处理这桩离婚案,"他对路咯斯说,"再这样下去她真会把自己杀了的。也不用你跟那台机器通力合作把她害死了。天哪,我真庆幸自己此刻不处在你的位置上。我很高兴我今晚不用睡你的床,操你不得不去操的那份心。"

那一天来到了。棉花都收进来了,①轧了棉籽也打成包了,霜降了,使玉米最终变干,现在正在收摘、过秤与藏进谷仓。路咯斯和莫莉坐在后座,他开车进入杰弗生,把车子停在县法院的前面,法官要在这儿开庭。"你不用进来,"他告诉路咯斯,"他们也许不让你进。不过你也别走远了。我可不想等候你。还有,记住了。

---

① 一般是在10月与11月。

莫莉大婶要分到房子、你今年一半的收成以及每一年的一半收成，只要你一天待在我的地界里。"

"你是说我每种一年我的地就得这样分？"

"我是说你在我地界里每待上一年，就得这样。我的意思非常清楚。"

"卡斯·爱德蒙兹把那块地给我了，说只要我一天——"

"我已经说得非常清楚了。"爱德蒙兹说。路喀斯看着他，眨动着眼睛。

"你是不是要我搬走？"他说。

"何必呢？"爱德蒙兹说，"有什么必要呢？你不是还要每天晚上通宵在上面找埋下的钱吗？你不如整个白天都在上面睡觉呢。再说，你还得在那上面干活，好把莫莉大婶那一半收成挣出来。而且我还不是说光是今年。我的意思是每一——"

"全部收成归她都可以，"路喀斯说，"我种庄稼就是了。她把全部收成都拿去也行。我还有老卡洛瑟斯留给我的那三千块钱呢，就存在那边的那家银行里。这些钱也够我一辈子花的了——除非你又决定要分出一半来给某某人。等我跟乔治·威尔金斯找到了那笔钱——"

"从我的车子里滚出去，"爱德蒙兹说，"走。快出去。"

法官正开庭，地点在他的办公室——那是法院正楼旁附属的一个小楼。他们朝那里走去时，爱德蒙兹突然得去扶住老太太的胳膊，他及时抓住了她，再一次感觉到好多层衣料底下那条细瘦的、几乎没有肉的手臂，它干枯、轻脆、虚软，简直像根朽枝。他停住脚步，把她扶直了。"莫莉大婶，"他说，"你还是要这样做吗？你不一定非这样不可的。我替你把那东西从他那里夺走。天哪，我——"

她拉着他的手要继续往前走。"我得这样干,"她说,"他会再去弄一台来的。然后会马上把那台交给乔治,免得又给你收走。有一天他们会找到钱,没准那时我已经不在,管不了这事儿了。纳特是我最晚生的幺妹子。我闭上眼睛以前是不会再见到那几个孩子的了。"

"那就走吧,"爱德蒙兹说,"那就往前走吧。"

有为数不多的几个人在办公室里里外外走动,有几个人待在里面,人不算多。他们安静地待在房间深处,等轮到他们。这时候爱德蒙兹发现自己实际上是在搂着她。他领着她往前走,仍然扶着她,相信只要自己松开她一下,她就会瘫下去,在自己脚下变成极其洁净的褪色旧衣服遮盖着的一堆枯枝。"啊,爱德蒙兹先生,"法官说,"这就是原告吧?"

"是的,先生。"爱德蒙兹说。法官(他也相当老了)歪着头从眼镜上面打量莫莉。接着他把眼镜往鼻子上托了托,又透过镜片看他们。他嗓子眼里发出一下咯咯声。"都过了四十五年了。你就不能想想办法吗?"

"没法子呀,先生,"爱德蒙兹说,"我试过的。我……"法官又发出了咯咯声。他瞧了瞧秘书放到他面前的那张状纸。

"她会得到赡养,不错吧。"

"是的,先生。我会注意的。"

法官对着状纸沉吟了片刻。"没有反对意见吧,我想。"

"没有,先生。"爱德蒙兹说。可是接着——他甚至都不知道路喀斯已跟着他们进来,直到他见到法官又歪着头,这回是透过镜片朝他们身后看去,看到秘书抬起眼睛,并听见他说,"嗨,黑鬼!摘掉你的帽子!"——这时路喀斯把莫莉往边上一推,自己来到桌前,边走边脱帽。

"我们不反对,但是也不离婚了。"他说。

"你们什么?"法官说,"这是怎么回事?"路喀斯一次也没有朝爱德蒙兹看。就爱德蒙兹所感觉到的,他也没有朝法官看。爱德蒙兹傻呆呆地想道,他不知有多少年没看到不戴帽子的路喀斯了;事实上他根本不记得以前是否知道路喀斯的头发都已经是花白的了。

"我们不离婚了,"路喀斯说,"我改变主意了。"

"你是那个丈夫?"法官说。

"不错。"路喀斯说。

"在法庭上要称呼'先生'!"那个秘书说。路喀斯朝秘书瞥了一眼。

"什么?"他说,"我又没想要上法庭。我已经改变我的——"

"什么,你这狂妄自大——"秘书开始说。

"等一等,"那法官说。他看着路喀斯,"你提出得太晚了。本诉状是通过正规方式与程序递上来的。我立即要对它做出判决了。"

"先等一等,"路喀斯说,"我们不打算离婚了。洛斯·爱德蒙兹明白我的意思。"

"什么?谁知道?"

"嗨,你这狂妄自大的——"那秘书说。"阁下——"法官再次朝秘书稍举了举胳膊。他仍然在看着路喀斯。

"洛斯·爱德蒙兹先生知道的。"路喀斯说。爱德蒙兹迅速地向前走了两步,仍然挽住了老太太的手臂。那法官朝他看去。

"是吗,爱德蒙兹先生?"

"是的,先生,"爱德蒙兹说,"是这样的。我们此刻不想办了。"

"你希望撤回诉状吗？"

"是的,先生。如果您同意的话,先生。"

"啊,"法官说。他把状纸叠起来,交给秘书,"把这一起从判案单上划掉吧,休利特先生。"他说。

他们一行人走出办公室时,他几乎是在抱着她了,虽然她也想自己走。"好了,"他几乎有点粗暴地说,"现在没事了。你没听见法官的话吗？你没听见路喀斯跟法官说,洛斯·爱德蒙兹知道他的意思吗？"

他几乎是把她整个儿抱到汽车里去的,路喀斯紧跟在他们后面。可是他没有上车,却说："等一会儿。"

"等一会儿？"爱德蒙兹说。"哈！"他说,"你的等待策略破产了。你费尽——"可是路喀斯已经走开去了。爱德蒙兹只好等着。他站在车旁,看着路喀斯穿过广场,朝商店走去,在那顶讲究的、保护得很好的旧帽子底下,身子挺得笔直,时不时故意做出一副勇往直前、神气十足的模样,爱德蒙兹心里不由得一颤,他认出了这步姿与那顶帽子一样,是从自己的祖先那里得来的。路喀斯没离开多久。他不慌不忙地走回来,钻进汽车。他手里拿着一小包东西——显然是糖果,也就值一枚五分镚子儿的。他把它放进莫莉手里。

"拿着吧,"他说,"你牙没有了,不过还是可以含着吃的。"

3

那天晚上天气很凉。他点起一小堆火,从熏房里取来今年头一批熏得的火腿作晚餐的菜,他坐下来刚开始享用他独自一人吃的饭菜,好几个月来似乎也就今儿晚上有点胃口,这时听见屋子前面传来几下敲门声——那是用手指关节叩击廊壁的声音,声音不大,也不急,但却是咄咄逼人的。他对着厨房门那边的厨子喊道:"叫他上这儿来。"他说。他继续吃他的饭。他还在吃,这时路喀斯走进来,走过他的身边,把那台探测器放在餐桌的另一头。此刻机器上没有泥土;看来是擦过的,让那些光洁的神秘莫测的表盘与锃亮的摁钮一衬,显得既精密又复杂,像是挺灵验的。路喀斯站着,低头朝它看了好一会儿。接着便转身走开去了。他走出房间,没有再回过头来看它一眼。"放在那儿了,"他说,"把它处理掉好了。"

"好吧。我会把它存放在顶楼上的。没准明春莫莉大婶会不在乎,你就可以——"

"不。处理掉吧。"

"永远吗?"

"是的。别留在这个地方,别让我再看到它。干脆别告诉我弄到哪儿去了。卖掉它,如果办得到的话,钱存在你这儿。不过得卖到远点儿的地方,别让我再见到它或听说它。"

"好吧,"爱德蒙兹说,"好吧。"他把椅子推得离餐桌远些,坐在那儿看着对方,看到那个老人,此人出现在自己幼年失恃的悲惨复杂境况中,是他记忆中唯一的母亲的丈夫,此人从未因为他皮肤白而叫他一声"先生",他也知道此人甚至在他背后也叫他洛斯,更不用说当着他的面了。"听着,"他说,"你倒不一定非这样做不可的。莫莉大婶老了,她免不了有些怪念头。可是她不知道的是——因为你是不会在这里或是别的地方找到任何钱的,不管是埋藏的还是没埋藏的。要是你想偶尔把这劳什子拿出去,比方说一个月一回或是两回,用一个夜晚在那鬼沟的头头尾尾走动走动——"

"不,"路喀斯说,"把它弄走。我再也不想见到它了。《圣经》上说,我们的寿数不外七十春秋①。在这段时间里,一个人可以需要一大笔钱,倘若动手早,他想要的钱是可以弄到手的。我耽误了,动手晚了。地里钱是有的。三年前那个晚上,两个白人悄悄进来,起走了两万两千块,然后带着钱溜了。我很清楚。我见到他们重新填好的那个坑,还有原先埋钱的那个坛子。可是我那七十年快活到头了,我琢磨我是命中注定不该找到这笔钱的。"

---

① 见《圣经·诗篇》第90篇第10节。此处采用天主教"思高圣经学会"本的译法。

大 黑 傻 子

1

他穿着仅仅一个星期之前曼妮亲自为他洗净的褪色的旧工裤,站在那里,听到了第一团土块落在松木棺材上的声音。紧接着,他自己也抄起了一把铁锹,这把工具在他手里(他是个身高六英尺多、体重二百来磅的彪形大汉),就跟海滩上小孩用的玩具铲子一样,它抄起的足足半立方尺泥土轻快地给扔出去,仿佛那只是小铲子扔出去的一小撮沙土。锯木厂里跟他同一小组的一个伙伴碰碰他的胳膊,说:"把铁锹给我吧,赖德。"他理也不理,只是把一只甩出去一半的胳膊收回来,往后一拨拉,正好打在对方的胸前,使那人往后打了个趔趄,接着他又把手放回到甩动着的铁锹上。他正在火头上,扔土一点也不费劲,那个坟丘也就显得是自己长出来似的,好像不是一铲土一铲土堆上去的,而是眼看它从地里长出来的,到后来,除了裸露的生土之外,它已经与荒地上所有别的散乱的坟丘,那些用陶片、破瓶、旧砖和其他东西做标志的坟丘毫无区别了。这些做标志的东西看上去很不起眼,实际上却意义重大,是千万动不得的,而白人是都不懂这些东西的意义的。接着,他挺直身子,用一只手把铁锹一扔,使它直直地插在坟墩上,还颤颤地抖动着,像一支标枪。他转过身子,开始往外走去。坟丘旁稀稀拉拉地站着几个亲友,还有几个老人,打从他和他死去的妻子出世,这些老人就认得他们了。这圈人中走出一位老太太,一把拽住他的胳膊。这是他的姨妈。他是姨妈拉扯大的,他根本记不得自己父母是什么模样了。

"你上哪儿去?"她说。

"俺回家去。"他说。

"你别一个人回那儿去,"她说,"你得吃饭。你上我那儿去吃点东西。"

"俺回家去。"他重复了一句,甩掉她的手,走了开去,他的胳膊像铁铸似的,老太太那只手按在上面,分量仿佛只有一只苍蝇那么重。他担任组长的那小组里的工人默默地分开一条路让他过去。可是还不等他走到围栏那儿,就有一个工人追了上来;他不用问就知道这是来给他姨妈传话的。

"等一等,赖德,"那人说,"我们在树丛里还藏有一坛酒呢——"接下去那人又说了一句他本来不想讲的话,说了一句他从没想到自己在这样的场合会讲的话,尽管这是每一个人都知道的老生常谈——死者还不愿或是还不能离开这个世界,虽然他们的肉身已经回进大地;至于说他们离开世界时不仅仅不感到遗憾,而且是高高兴兴地去的,因为他们是走向荣耀,这样的话还是让牧师去说,去一遍一遍地说,去强调吧。"你现在先别回去。她这会儿还醒着呢。"那工人说。

他没有停住脚步,只是朝下向对方瞥了一眼,在他那高昂的、稍稍后仰的头上,靠鼻子的眼角有点充血。"别管我,阿西,"他说,"你们这会儿先别来打扰我。"接着便继续往前走,连步子的大小都没改变,一步就跨过了三道铁丝拦成的栅栏,穿过土路,走进树林。等他从树林里出来,穿过最后一片田野,又是只一步便跨过了那道围栏,走进小巷,天已经擦黑了。在星期天黄昏这样的时刻,小巷里阒无一人——没有去教堂的坐在大车里的一家一家的人、马背上的骑者、行人和他搭话,或是在他走过时小心翼翼地抑制住自己不朝他的背影看——在八月天粉末般轻、粉末般干燥的灰白色的尘埃里,漫长的一个星期的马蹄和车轮印已被星期天不慌不忙闲逛的脚印所覆盖,但是在这些脚印底下的某些地方,在那踩上去令人感到凉飕飕的尘土里,还牢牢地留下了他妻子那双光脚的狭长的、足趾张开的脚印,它们虽已不清晰但并没有完全消失;每个星期六的下午,就在他洗澡的时候,她总要步行到农庄的小铺去,把下星期吃用的东西都买回来;这里还有他的,他自己的脚印,他一面迈着大步,一面在沙上里留下了足迹,他的步子挪动得很快,几乎跟一个小个子小跑时差不多,他的胸膛劈开了她的身躯一度排开的空气,他的眼睛接触到她的眼睛已经看不见的东西——那些电杆、树木、田畴、房舍和山冈。

他的房子是小巷尽头最后的那一幢,这不是他自己的,而是从这儿的白人地主卡洛瑟斯·爱德蒙兹手里租来的。房租是预先一次付清的,虽然他只住了六个月,但是已经给前廊重新换了地板,翻修了厨房,重换了厨房的屋顶,这些活儿都是他在星期六下午和星期天在他妻子帮助下亲自完成的,他还添置了火炉。这是因为他工钱挣得不少:他从十五六岁长个儿那阵起就在锯木厂里干活,现在他二十四岁,当着运木小组的组长,因为他的小组从日出干到日落,总比别的小组多卸三分之一的木头,有时,为了炫耀自己的力气大,他常常一个人去搬一般得两个人用铁钩子搬的那种原木;

从前，即使在他并不真正需要钱的时候，他也总有活儿干，那时，他想要的一切，或者说他需要的一切，都不必花钱去买——那些肤色从浅到深、满足他各种说不出名堂的需要的女人，他不必花钱就能弄到手，他也不在乎自己身上穿的是什么衣服，至于吃的，一天二十四小时他姨妈家里现成的都有，他每星期六交给她两块钱，他姨妈甚至都不肯收——因此，唯一要花钱的地方就是星期六和星期天的掷骰子和喝威士忌了。直到六个月之前的那一天，他第一次正眼看了看他从小就认识的曼妮，当时他对自己说："这样的日子俺也过腻了。"于是他们结了婚，他租下了卡洛瑟斯·爱德蒙兹的一所小木屋，在他们新婚之夜，他给炉子生了火，因为据说爱德蒙兹最老的佃户路喀斯·布钱普大叔四十五年前也是在他的新婚之夜点上火的，这火一直到现在也没熄灭；他总是在灯光照耀下起床、穿衣、吃早饭，太阳出来时走四英里到锯木厂去，然后，正好在太阳下了山的一个小时之后，他又回到家中，一星期五天都是如此，星期六除外。星期六中午一点钟之前，他总是登上台阶敲门，既不敲门柱也不敲门框，而是敲前廊的屋檐，然后走进屋子，把白花花的银币像小瀑布似的哗哗地倒在擦得锃亮的厨房餐桌上，而他的午餐正在炉灶上嗞嗞地响，那一铅桶热水、那盛在发酵粉罐头里的液体肥皂、那块用烫洗过的面粉袋拼成的毛巾，还有他的干净的工裤和衬衫，都等他去享用呢，而曼妮这时就把钱收起来，走半英里路上小铺去买回下星期的必需品，把剩下的钱去存在爱德蒙兹的保险箱里，再走回家，于是两人就不慌不忙地又吃上一顿忙了五天之后的舒心饭——这顿饭里有腌肉、青菜、玉米面包、冰镇在井房里的脱脂牛奶，还有她每星期六烤的蛋糕，现在她有了炉子，可以烤东西吃了。

可是如今，当他把手放到院门上去时，他突然觉得门后面空空的什么都没有。这房子反正本来就不是他的,今天,连那新安上去的地板、窗台、木瓦以及壁炉、炉子和床,也都成了旁人记忆中的一部分,因此,他仿佛是个在某处睡着突然醒来发现自己在另一个地方的人,在半开的院门口停下脚步,出声地说:"我干吗上这儿来呢?"说完这句话,他才往里走。这时他看见了那条狗。他早就把它丢在脑后了。他记得自从昨天天亮之前它开始嗥叫以来,就再也没有见到过它,也没有听到过它的声音——这是一条大狗,是一条猎犬,却不知从哪儿继承来一点儿獒犬的血统。(他们结婚一个月之后他跟曼妮说:"俺得养一条大狗。不然,一整天,有时还得一连好几个星期,家里陪着我就只有你一个。")这条狗从门廊底下钻出来,走近他,它没有奔跑,却是像在暮色中飘浮过来的,一直到轻轻地偎依在他的大腿旁,昂起了头,好让他的手指尖刚能抚触到它,它面对屋子,没有发出一点声音;与此同时,仿佛是这只畜生在他不在家时控制着、保护着这所房子,直到这一刻才消除了魔法似的,在他面前的由地板和木瓦组成的外壳变硬了,充实了,有一瞬间他都相信自己不可能走进去了。"可是我得吃呀,"他说,"咱俩都得吃东西呢。"他说,接着便朝前走去了,可是那条狗并不跟着,于是他转过身来,呵叱它。"快过来呀!"他说,"你怕啥?她喜欢你,跟我一样。"于是他们登上台阶,穿过前廊,走进屋子——走进这充满暮色的单间,在这里,那整整六个月都浓缩成为短暂的一刻,使空间显得非常局促,令人感到呼吸都很困难,这整个六个月也挤缩到壁炉前面来了,这里的火焰本该一直点燃,直到他们白头偕老的;在他还没有钱购置炉灶那会儿,他每天走四英里路从锯木厂赶回家中,总能在壁炉前找到她,见到她狭长的腰背和她蹲坐着的腿与臀,一只狭长的手张开着挡在面前,另一只手捏着一只伸在火焰上的长柄煎锅;从昨天太阳出山时起,这火焰已变成一摊又干又轻的肮脏的死灰——他站在这里,那最后一缕天光在他那有力地、不服输地跳动着的心脏前消隐,在他那深沉地、不间断地起伏着的胸膛前消隐,这跳动与起伏不会因为他急遽地穿越崎岖的林地和田野而加快,也不会因为一动不动地站在这安静、晦暗的房间里而减慢。

这时候那只狗离开了他。他大腿旁那轻微的压力消失了;他听见它蹿走时爪子落在木头地板上的嗒嗒声与吱吱声,起先他还以为它逃走了呢。可是它一出大门就停了下来,待在他这会儿可以看得见的地方,它把头朝上一扬,开始嗥叫起来,这时候,他又看到她了。她就站在厨房门口,望着他。他纹丝不动。他屏住呼吸,并不马上说话,一直等到他知道自己发出的声音不至于是不正常的,他还控制好脸上的表情免得吓着了她。"曼妮,"他说,"没关系。俺不怕。"接着他朝她走过去一步,走得很慢,甚至连手也不抬起来,而且马上又停住脚步。接着他又跨过去一步。可是这一回他刚迈步她的身影就开始消失了。他马上停住脚步,又屏住呼吸不敢出气了,他一动也不动,真想命令自己的眼睛看见她也停住不走。可是她没有停。她还在不断地消失与离去。"等一等,"他说,声音温柔得像他曾听见自己对女人发出过的最温柔的声音,"那就让我跟你一块儿走吧,宝贝儿。"可她还是在继续消失。她现在消失得很快,他确实感觉到了横在他们当中的那道无法逾越的屏障,这屏障力量很大,足足可以独自背起通常怎么也得两人才能搬动的原木,这屏障有特别结实的血肉和骨骼,连生命都无法战胜,而他现在至少用自己的眼睛看到了一次,知道即使在一次突如其来的暴死中,倒不是说一个年轻人的血肉和骨骼,而是说这血肉和骨骼想继续活下去的意志,实际上有多么坚强。

这时她消失不见了。他穿过她方才站着的门口,来到炉子前。

他没有点灯。他并不需要灯光。这炉子是他亲自安下的,他还打了放碟子的架子,现在他摸索着从里面取出两只盘子,又从放在冷炉灶上的一只锅子里舀了一些食物在盘子里,这些食物是昨天他的姨妈拿来的,他昨天已经吃了一些,不过现在已不记得是什么时候吃的,也不记得吃下去的是什么了,他把两只盘子端到那唯一的一扇光线越来越暗的小窗户下的白木桌上,拉出两把椅子,坐下来,再次等待,直到他知道自己的声音会符合要求时才开口。"你现在过来吧,"他粗声粗气地说,"到这儿来吃你的晚饭。俺也没啥好——"他住了口,低头看着自己的盘子,使劲地、深沉地喘着气,胸膛起伏得很厉害,但他不久就镇定下来,大约有半分钟一动也不动,然后舀了满满一调羹黏稠的冷豌豆送进自己的嘴里。那团凝结了的、毫无生气的食物似乎一碰到他的嘴唇就弹了回去。连嘴巴里的体温也无法使它们变得温热些,只听见豌豆和调羹落在盘子上所发出的嗒嗒声;他的椅子猛地朝后退去,他站了起来,觉得下腭的肌肉开始抽搐,迫使他的嘴巴张开,朝上牵引他脑袋的上部。可是还不等自己发出呕吐的声音,他就把它压了下去,重新控制住自己,一边迅速地把自己盘子里的食物拨到另一只盘子里去,拿起盘子,离开厨房,穿过另一个房间和前廊,把盘子放在最底下的一级台阶上,然后朝院门走去。

那条狗不在,可是还没等他走完半英里路它就撵了上来。这时候月亮升起了,人和狗的影子支离破碎、断断续续地在树丛间掠过,或是斜投在牧场的坡地或山丘上久已废弃的田垄上,显得又长又完整,这人走得真快,就算让一匹马在这样的地面上走,速度也不过如此,每逢他见到一扇亮着灯光的窗子,就调整一下前进的方向,那狗紧跟在他脚后小跑,他们的影子随着月亮的上升而变短,最后他们踩着了自己的影子,那最后一点遥远的灯火已消失,他们的影子开始朝另一个方向伸长,它还是紧跟在他脚后,纵然一只兔子几乎就从这人的脚底下蹿出来,它也没有离开,接着它在蒙蒙亮的天光下挨着那人卧倒的身躯躺下,偎依着他那吃力地一起一伏的胸膛,他那响亮刺耳的鼾声倒不像痛苦的呻吟,而像一个长时间与人徒手格斗的人的哼哼声。

  当他来到锯木厂时,这里什么人都没有,除了一个锅炉工——这个上了点年纪的人正从木堆边上转过身来,一声不吭地瞧着他穿过空地,他步子迈得很大,仿佛不仅要穿过锅炉棚,而且还要穿过(或是越过)那锅炉似的,那条昨天还是干干净净的工裤拖曳在地,给弄脏了,露水一直湿到他的膝部,头上那顶布便帽歪在一边,帽舌朝下,帽檐压在耳朵上,跟他平时的架势一样,眼白上有一圈红丝,显得焦急而紧张。"你的饭盒在哪儿?"他说。可是还不等那锅炉工回答,他就一步越过他身边,把一只锃亮的原来盛猪油的铁皮筒形饭盒从柱子的一根钉子上取下来。"俺光想吃你一块饼。"他说。

  "你全都吃掉好了,"那锅炉工说,"午饭时俺可以吃别人饭盒里的东西。你吃完就回去睡觉吧。你脸色不好。"

  "俺不是上这儿来让人瞅脸色的。"他说,在地上坐了下来,背靠着柱子,开了盖子的饭盒夹在双膝间,两只手把食物往嘴里塞,狼吞虎咽起来——仍然是豌豆,也是冷冰冰的,还有一块昨天星期天炸的鸡、几片又老又厚的今天早上炸的腌肉、一块婴儿帽子那么大的饼——乱七八糟,淡而无味。这时候小组工人三三两两地来到了,只听见锅炉棚外一片嘈杂的说话和活动声;不久,那白人工头骑了匹马走进空地。黑汉子没有抬起头来看,只把空饭盒往身边一放,爬起身来,也不朝任何人瞅一眼,就走到小溪旁俯身躺下,把脸伸向水面,呼噜呼噜地吸起水来,那劲头与他打鼾时一样,深沉、有力而困难,也跟他昨天傍晚站在空荡荡的屋子里用力呼吸时一样。

接着一辆辆卡车开动了。空气中搏动着排气管发出的急促的劈啪声和锯片的呜呜声、铿锵声,卡车一辆接一辆地开到装卸台前,他也依次爬上一辆辆卡车,在他即将卸下的原木上平衡好自己的身体,敲掉楔木,松开拴住原木的铁链,用他的铁钩拨拉一根根柏木、胶树木和橡木,把它们一根根地拖到坡道前,钩住它们,等他小组里的两个工人准备好接住它们,让它们滚到该去的地方,就这样,弄得每卸一辆卡车都带来长时间的隆隆滚动声,而人的哼声与喊声则是分隔开这隆隆声的标点符号,随着上午一点点过去,人们开始出汗,一声声号子此起彼伏。他没有和大伙儿一起吟唱。他一向难得吟唱,今天早上就不会跟其他早上有所不同——他又挺直了身子,高出在众人的头顶之上,他们的眼光都小心翼翼地避开,不去看他,他现在脱光了上身,衬衫脱掉了,工裤的背带在背后打了个结,除了脖子上围了一块手帕之外,上身全部裸露着,那顶扣在头上的便帽却紧压在右耳上,逐渐升高的太阳照在他那身黑夜般乌黑的一团团一股股布满汗珠闪闪发亮的肌肉上,成为钢蓝色,最后,中午的哨声吹响了,他对站在卸台下的两个工人说:"注意了。你们躲开点儿。"接着他便踩在滚动的原木上从斜木上下来,挺直身子平衡着,迅速地踩着往后退的小碎步,在雷鸣般的轰隆轰隆声中直冲下来。

他的姨夫在等候他——那是个老人,身量和他一般高,只是瘦些,也可以说有点羸弱,他一只手里拿着一只铁皮饭盒,另一只手托着一只盖好的盘子;他们也在小溪旁树荫底下坐了下来,离那些打开饭盒在吃饭的工人有一小段距离。饭盒里有一只糖水水果瓶装的脱脂牛奶,用一块干净的湿麻袋布包着。放在那只盘子里的是一块桃子馅饼,还是温乎的呢。"她今儿上午特地为你烙的,"姨夫说,"她说让你上俺家去。"他没有回答,身子微微前俯,两只胳膊肘支在膝头上,用两只手捏住馅饼,大口大口地吞食着,满含糖汁的饼馅弄脏了他的脸,顺着下巴往下淌,他一面咀嚼,一面急急地眨着眼,眼白上红丝更多也更密了。"昨儿晚上我到你家去过,可你不在。你姨妈叫我来的。她让你上俺家去。昨儿晚上她让灯亮了一夜,等着你去呢。"

"俺挺好的。"他说。

"你一点也不好。上帝给的,**他**拿回去了呗。你要好好相信**他**。① 你姨妈会照顾你的。"

"怎么个相信法?"他说,"曼妮干了什么对**他**不起的事啦?**他**多管什么闲事,来瞎搅和俺跟……"

"快别这么说!"老人说,"快别这么说!"

这时候卡车又开始滚动了。他也可以不用对自己编造为什么呼吸这么沉重的理由了,又过了一会儿,他开始相信他已经忘掉呼吸这回事了,因为现在原木滚动时发出不断的轰隆轰隆声,他都没法透过噪音听见自己的呼吸了;可是他刚以为自己已经忘掉,又明白其实并没有,因此,他非但没有把最后一根原木拨到卸板上去,反而站起来,扔掉铁钩,仿佛那是一根烧过的火柴似的,在方才滚下去的那根原木的正在消失的余音中用手一撑,跳到了两块卸板之间,面朝着仍然躺在卡车上的那根原木。他过去也这样干过——从卡车上拉过一根原木,用双手举起,平衡一下,转过身子,把它扔在卸板上,不过他还从来没有举过这么粗的原木,因此,在

---

① 《圣经·约伯记》第1章第21节:"我赤身出于母胎,也必赤身归回。赏赐的是耶和华,收取的也是耶和华。耶和华的名是应当称颂的。"姨夫这里是用俚俗语表达的。

一片寂静中,现在出声的只有卡车排气管的突突声与空转的电锯的轻轻的呜咽声了,因为包括白人工头在内的所有人的眼睛都在盯着他,他用胳膊肘一顶,把原木顶到车帮边上,蹲下身子,把手掌撑在原木底部。一时之间,所有的动作都停了下来。那没有理性、没有生命的木头好像已经把自己的基本习性,惰性,传染了一部分给这个人,使他进入了半睡眠状态。接着有一个声音静静地说:"他抬起来了。木头离开卡车了。"于是人们看见了缝隙和透出来的亮光,看着那两条顶紧地面的腿以难以察觉的速度在伸直,直到双膝顶在一起,通过腹部的往里收缩、胸脯的往外挺,脖子上青筋的毕露,那原木一点点极其缓慢地往上升,这过程中他一口白牙紧锁,上唇上抬,整个头部往后仰,只有那双充血、呆滞的眼睛没有受到影响,接着,那根平衡着的原木经过他的双臂和正在伸直的胳膊肘,终于高过他的头。"不过,他可没劲儿举着木头转身了,"说话的还是方才的那个声音,"要是他想动手把木头放回到卡车上,准会把他弄死。"可是没有一个人动弹。这时——倒也看不出他在拼命使劲——那原木仿佛突然自动地从他头上往后跳去,它旋转着,轰隆轰隆地从卸板上一路滚下去;他转过身子,只一步就跨过了斜斜的滑道,从人群中穿过去,人们纷纷闪开,他一直穿过空地朝树林走去,虽然那工头在他背后不断地喊道:"赖德!喂,赖德!"

太阳落山时他和他的狗来到四英里外河边的沼泽地——那里也有一片空地,它本身并不比一个房间大,那儿还有一间小房子,是间一半用木板一半用帆布搭成的窝棚,有一个胡子拉碴的白人站在门口,瞧着他走近,门边支着一杆猎枪,他伸开手掌,上面有四枚银元。"给俺来一坛酒。"他说。

"一坛酒?"白人说,"你是说一品脱吧。今天是星期一。你们这个星期不是全都在开工吗?"

"俺不干了,"他说,"俺的那坛酒呢?"他站在那儿等候,目光茫然,显然并不在看着什么东西,高昂的头稍稍后仰,充血的眼睛迅速地眨着,接着他转过身子,那只酒坛挨着大腿挂在他那只勾起的中指上,这时,那白人突然警惕地朝他的眼睛看去,仿佛是第一次看到似的——这双眼睛今天早上还在很使劲很急切地瞪视,现在却像什么也看不见了,而且眼白一点儿也没露出来——白人说:

"喂。把那只坛子还我。你喝不了一加仑①。我会给你一品脱的,我给你就是了。完了你快点走开,再别回来。先别回来,等到……"白人说到这里,伸出手去一把抓住坛子,对方把坛子藏在身后,用另一条胳膊往外朝上一拨,正好打在白人的胸口上。

"听着,白人,"他说,"这酒是俺的。俺钱都付给你了。"

那白人咒骂了他一句:"不,还没有呢。你把钱拿回去。酒坛给我放下,黑鬼。"

"这可是俺的,"他说,声音很平静,甚至很温和,脸上也很平静,只有两只充血的眼睛在迅速地眨着,"俺已经付过钱了。"他转过身去,背对着这个人和那支枪,重新穿过空地,来到小路旁,那只狗在那儿等他,好再跟在他脚后走。他们急急地趱行在两面由密不通风的芦苇形成的墙垣当中,这些芦苇给黄昏添上了一抹淡金的色彩,也和他家的墙壁一样,多少让人感到压抑,感到憋气。可是这一回,他没有匆匆逃离这个地方,却停住脚步,举起酒坛,把塞住气味很冲而不够陈的烈性酒的玉米轴拔出,咕嘟咕嘟地一连喝了好多口像冰水般又辣又凉的酒,直到放下酒坛重新吸进空气,他都没有觉出酒的滋味与热劲儿。"哈,"他说,"这就对啰。你倒试

---

① 1加仑(合4.5公升)等于8品脱。

试俺看。试试看,大小子。俺这儿有足足可以打倒你的好东西呢。"

他刚从洼地让人透不过气的黑暗中走出来,马上又见到了月亮,他喝酒时,他那长长的影子和举起的酒坛的影子斜斜地伸开去,在咽下好几口银白色的空气之后,他才缓过气来,就对酒坛说:"现在看你的了。你总是说俺不如你。现在要看你的了。你拿出本领来呀。"他又喝酒,大口大口地吞咽着那冰冷的液体,在他吞咽的过程中,酒的滋味与热劲儿都像是变淡了似的,只觉得一股沉甸甸的、冰冷的液体带着一团火泻下肚去,经过他的肺,然后围裹住这正在不断地猛烈喘息的肺,直到那些肺叶也突然伸张收缩得自在起来,就像他那灵活的身躯在周围那堵银色的空气的厚墙里跑动时一样自在。他现在舒服得多了,他那跨着大步的影子和那条一路小跑的狗的影子像两团云影,在小山腰上迅速滑动;当他那一动不动的身躯和举起的酒坛在山坡上投下斜斜的长影时,他看见他姨父那孱弱的身影在蹒蹒跚跚地爬上小山。

"他们在锯木厂对俺说你走了,"老人说,"俺知道到哪儿去找你。回家吧,孩子。酒可帮不了你的忙。"

"它已经帮了俺一个大忙了,"他说,"俺已经回到家了。俺现在是给蛇咬了,连毒药也不怕了。"

"那你去看她呀。让她看看你。她只要求你做到这一点:让她看看你……"可是他已经在走动了。"等一等!"老人喊道,"等一等!"

"你可追不上俺。"他说,朝银色的空气讲话,用胸膛劈开那银色滞重的空气,这空气正开始在他身旁往后迅速地流动,就像在一匹疾驰的马身边流过一样。老人那微弱无力的声音早已消失在夜晚的广漠之中了,他和狗的影子很轻松地掠过了几英里路,他那深沉有力的呼吸也变得很轻松了,因为现在他身体舒服多了。

这时,他再次喝酒,却突然发现再没有液体流进他的嘴巴。他吞咽,却没有任何东西泻下他的喉咙,他的喉咙和嘴里现在梗塞着一根硬硬实实、一动不动的圆柱体,它没有引起反应,也不让人感到恶心,圆鼓鼓的、完整无缺,仍然保持着以他的喉管为外模的形状,从他的嘴里跳出来,在月光底下闪着亮,崩裂成碎片,消失在发出喃喃絮语的沾满露珠的草丛里。他再次喝酒。他的嗓子眼里又仅仅塞满了发硬的东西,弄得两行冰凉的涎水从他嘴角流淌出来;紧接着又有一条完整无缺的银色圆柱体蹦跳出来,闪闪烁烁的,这时他喘着气把冰冷的空气吸进喉咙,把酒坛举到嘴边,一边对它说:"好嘛。俺还要把你试上一试。你什么时候决心老老实实待在我让你待的地方,俺就什么时候不再碰你。"他喝了几口,第三次用酒灌满自己的食道,可是他刚一放下坛子,那闪亮的完整无缺的东西又出现了,他气喘吁吁,不断地往肺里吸进冰凉的空气,直到能够顺畅地呼吸。他小心翼翼地把玉米轴塞回到酒坛上去,站直身子,喘着气,眨巴着眼睛,他那长长的孤独的影子斜斜地投在小山冈上和小山冈后面,散开来融进那为黑暗所笼罩的整个无垠的夜空。"好吧,"他说,"俺敢情是判断错了。这玩意儿已经帮了俺的大忙。俺这会儿挺好的了。俺也用不着这玩意儿了。"

他能看见窗子里的灯光,这时他正经过牧场,经过那咧开银黑色口子的沙沟,小时候,他在这里玩过空鼻烟罐头、发锈的马具扣和断成一段段的挽链,有时候还能发现一只真正的车轮;接着他经过菜园,以前,每到春天,他总在这里锄草,他姨妈也总是站在厨房窗户里监督他;接着他经过那个不长草的院子,他还没学会走路那会儿老是在这儿的尘土里匍匐打滚。他走进屋子,走进房间,走到灯光圈子里,在门口停住脚步。脑袋稍稍往后仰,仿佛眼睛瞎了似的,那只坛子还挂在他弯起的手指上,贴着他的大腿。"阿历克姨夫说你要见俺。"他说。

"不光是要见你,"他姨妈说,"是要你回家,好让我们照顾你。"

"俺挺好的,"他说,"俺用不着别人帮忙。"

"不,"她说。她从椅子里站起来,走到他身边,抓住他的胳膊,就像昨天在坟墓边那样。这胳膊又像昨天那样在她手里硬得像铁了,"不!阿历克回家告诉俺你怎样在太阳还没有平西就从锯木厂出走,那时候,俺就明白是什么原因和怎么回事了。喝酒可不能让你好过些。"

"它已经让俺好过多了。俺这会儿挺好的了。"

"别跟俺撒谎,"她说,"你以前从没向俺撒过谎。现在也别跟俺撒谎。"

这时他说实话了。那是他平时的声音,既不悲哀也不带惊奇的口气,而是透过他胸膛的激烈的喘气平静地说出来的,而在这房间的四堵墙里再待一会儿,他的胸口又会感到憋气了。不过他很快就会出去的。

"是的,"他说,"喝酒其实并没有让俺觉得好过些。"

"它永远也不会!别的什么也没法帮助你,只有**他**能!你求**他**嘛!把心里的苦恼告诉**他**嘛!**他**是愿意倾听,愿意帮助你的!"

"如果**他**是上帝,也用不着俺告诉**他**了。如果**他**是上帝,**他**早就知道了。好吧。俺就在这里。让**他**下凡到人间来给俺行行好吧。"

"你得跪下!"她大声喊道,"你跪下求**他**!"可是与地板接触的并不是他的膝盖,而是他的两只脚。有一会儿,他可以听见在他背后,她的脚也在门厅地板上挪动着,又听见从门口传来她叫自己的声音:"斯波特!斯波特!"——那声音穿过月色斑驳的院子传进他的耳朵,叫唤的是他童年时代和少年时代用的名字,当时他还没有和许多汉子在一起干活,也还没有跟那些浅棕色的记不起名字的女人厮混,他很快就把她们忘得一干二净,直到那天见到了曼妮,他说:"这种日子俺可过腻了。"从这时候起,人们才开始叫他赖德。

他来到锯木厂时,半夜刚过。那只狗已经走开了。这一回他记不得它是在什么时候和什么地方走开的了。最初,他仿佛记得曾把空酒坛朝它扔去。可是后来发现坛子还在他手里,而且里面也还有些酒,不过现在他一喝就会有两道冰凉的酒从他嘴角沁出来,弄湿他的衬衫和工裤;到后来,虽然他已不再吞饮,只顾走着,那走了味、没了劲儿、不再有热力与香味的液体却总使他感到彻骨的寒冷。"再说,"他说,"俺是不会朝它身上扔东西的呀。踢它一脚嘛倒是可能的,那是在它骨头痒痒又挨俺太近的时候。可是俺是不会朝哪条狗扔东西伤害它的。"

他来到空旷地上,伫立在悄然无声、堆得老高、在月光照耀下变成淡金色的木料堆当中,那只酒坛仍然在他手里。这时影子已没有什么东西来阻挠了,他站在影子中央,又像昨天晚上那样踩在它上面了,他身子微微晃动,眼睛眨巴眨巴地瞅着等候天明的木料堆、卸木台和原木堆,以及在月光下显得特别文静特别洁白的锅炉房。接着,他觉得舒服些了。他继续往前走。可是他又停了下来,他在喝酒,那液汁很冷,流得很快,没什么味道,也不需要费劲吞咽,因此他也搞不清楚到底是灌进了肚子呢还是流到了外面。不过这也没什么关系。他又继续往前走,那只酒坛现在不见了,他也不知道是在什么时候和什么地方丢掉的。他穿过空旷地,走进锅炉房,又穿了出来,经过定时开动的环锯的没有接头的后尾部分,来到工具房的门口,看到从板壁缝里漏出一丝微弱的灯光,里面黑影幢幢,有几个人在嘟嘟哝哝地说话,还听见发闷的掷骰子和骰子滚动的声音,他伸手在上了闩的门上重重地捶打着,嗓门也很大:"快开门,是俺呀。俺给蛇咬了,注定要死了。"

接着他走进门来到工具房里。还是那几张熟悉的脸——三个他那个装卸小组的工人、三四个管锯的工人,还有那个守夜的白人,后裤兜里插着一把沉甸甸的手枪,有一小堆硬币和旧钞票堆在他面前的地板上,还有就是他自己,大伙儿管他叫赖德,实际上也确是个赖德①,正站在蹲着的人群之上,有点摇晃,眼睛一眨一眨的,当那个白人抬起头来瞪着他时,他脸上僵硬的肌肉挤出了一副笑容。"让开点,赌棍们,"他说,"让开点。俺给蛇咬了,再来点毒也不碍事。"

"你喝醉了,"那白人说,"快滚开。你们哪个黑鬼打开门把他架出去。"

"好得很,头儿,"他说,声音很平静,那双红眼睛虽然在一眨一眨,下面的脸却一直保持着一丝僵硬的微笑,"俺没有喝醉。俺只不过是走不出去,因为你的那堆钱把俺吸引住了。"

现在他也跪了下来,把上星期工钱里剩下的那六块钱掏了出来,放在面前的地板上,他眨巴着眼睛,仍然冲着对面那个白人的脸微笑,接着,脸上仍然堆着微笑,看那骰子依次从一个人传到另一个人手里,这时那白人正在跟着别人下同样的赌注,他眼看白人面前那堆肮脏的、被手掌磨旧的钱在逐渐不断地升高,看这白人掷骰子,一连赢了两次双份,然后输了一盘,两角五分,这时骰子终于传到他手里,那只小盅在他握拢的手里发出发闷的嗒嗒声。他往

---

① 赖德(rider),亦有"大个儿"的意思。

众人中间甩去一枚硬币。

"押一块钱。"他说,接着就掷起来,看那白人捡起骰子扔回给他。"俺要押嘛。"他说,"俺给蛇咬了。俺什么都不在乎。"他又掷了,这一次是一个黑人把骰子扔回来的。"俺要押嘛。"他说,又掷起来,白人一动他马上就跟着行动,不等白人的手碰到骰子就一把将他的手腕捏住,两人蹲着,面对着面,下面是那些骰子和钱,他的左手捏住白人的右腕,脸上仍然保持着僵硬、死板的笑容,口气很平静,几乎是毕恭毕敬的:"有人搞鬼俺个人倒不在乎。可是这儿的几位兄弟……"他的手不断使劲,直到白人的手掌唰地摊开,另一对骰子嗒嗒地滚到地板上,落在第一对骰子的旁边,那白人挣脱开去,跳起来退后一步,把手朝背后裤兜里的手枪摸去。

在他的衬衫里两片肩胛骨之间用棉绳挂着一把剃刀。他手一动,从肩后拉出剃刀,同时打开刀片,把它从绳子上拉下来,再把剃刀张开,让刀背贴紧他拳头的骨节,用大拇指将刀把往握紧的手指里塞,因此,不等拔出一半的手枪打响,他就确实用挥舞的拳头而不是用刀片打在那白人的咽喉上,同时乘势一抹,动作真干脆,连那人喷出来的第一股血都没有溅上他的手和胳臂。

2

事情结束之后——到结案一共也没有花多少时间;人们第二天就找到了那个凶犯,他给吊在锯木厂二英里外一所黑人小学的钟绳上,验尸官从一个或几个不知姓名的人手里接过他,做出已死的证词,把尸体交给他最亲的亲属,一共没用去五分钟——正式负责办理这个案子的副保安官在向他的妻子讲述事情的经过。他们是在自己的厨房里。副保安官的妻子在做晚饭。自从昨天半夜前不久监狱被劫、副保安官从床上被人叫醒投入行动以来,他忙个不停地跑了许多地方,由于缺乏睡眠,在不适当的时刻匆匆进食,如今已精疲力竭,正坐在炉子旁的一把椅子里,也变得有点歇斯底里了。

"那些臭黑鬼,"他说,"我向上帝发誓,咱们过去在这上头没出太多乱子,真可以算是奇迹。为什么这么说呢?因为他们本来就不是人。他们外表像人,也跟人一样站起来用后肢走路,而且会说话,你也听得懂,于是你就以为他们也能听懂你的话了,至少是有时候听得懂。可是要论正常的人的感情和情绪,那他们简直是一群该死的野牛。就拿今天的这个来说吧——"

"但愿如此。"他妻子粗暴地说。她是个胖墩墩的女人,以前挺漂亮,现在头发已经花白,脖子显得特别短,她看上去一点也没有手忙脚乱的样子,倒是很镇静从容,不过脾气很暴躁。还有,她当天下午刚到俱乐部去打过一次纸牌,赢了头奖,应该得五角钱,可是另一个会员半路里杀出来,硬要重新算分,结果这一局完全不算。"我只希望你别让他进我的厨房。你们这些当官的!就知道整日价坐在法院外面闲聊。难怪两三人就能走进去,从你们鼻子底下把犯人劫走。要是你们有一会儿把双脚和背脊从椅子、办公桌和窗台上挪开,他们可全都会搬走的呢。"

"伯特桑①家的亲戚可不止是两三个啊,"副保安官说,"这一条线上可有四十二张很活跃的选票呢。那天我跟梅丢②拿着选民名单挨个儿数过的。可是,你听我说——"这时他妻子端了一只

---

① 伯特桑是被赖德杀死的白人守夜人的姓氏。
② 这是正职保安官的名字。

碟子从炉子那边转身走过来。在她经过自己身边时,副保安官赶紧把两只脚收回来,她走到餐厅去,几乎是跨过他的身子走过去的。副保安官把声音提高一些,好让远处也能听见:"他的老婆是因为他才死的。是这么回事吧。可是他伤不伤心呢?在葬仪上,他简直成了个了不起的大忙人。人家告诉我,还不等大家把棺材放进坑,他就夺过一把铲子朝上面抢土,速度比一台铲土机还快。这可不算什么——"他的妻子又走回来了。他又把脚往里收,重新调整自己的声音,因为现在距离又近了:"——兴许他对她的感情就是这样。没有哪条法律禁止一个男人把老婆匆匆忙忙地埋掉,只要他没干什么来匆匆忙忙地送她的终。可是第二天最早回来上班的就是他,除了那个锅炉工不算,那锅炉工还没把锅炉点着,他倒已经来到锯木厂了,就更不用说把水烧开了;要是再早来五分钟,他甚至可以跟锅炉工一起把伯特桑叫醒,让伯特桑回家去继续睡他的觉呢,或是干脆当时就把伯特桑的脖子给抹了,免得后来给大伙儿增加那么多麻烦。

"就这样,他来上班了,是来得最早的一个,麦克安德鲁斯①和别的人原来以为他会给自己放一天假的,因为他刚埋了老婆,连一个黑鬼也没法找到更说得过去的放假理由了,而在这种情况下,白人也得歇一天工以表示他对亡妻的深切哀悼,至于夫妻间感情如何那是另一回事,连一个小孩子也懂得既然工钱照拿,这样的假期不过白不过。可他偏不。他头一个来,不等上班的哨子吹完,就从一辆运木头的卡车上跳到另一辆,独自一个人抄起一根又一根十英尺长的柏树原木,扔来扔去仿佛那是火柴梗似的。然后,当所有的人终于拿定主意随他去,因为他是存心如此做的,他老兄却在下

---

① 锯木厂的白人工头。

午的半中腰扔下手里的活就走掉了,连对不起、请原谅、明天见什么的都不跟麦克安德鲁斯或任何人说一声,却搞来了整整一加仑'保头疼劲赛骡'的私酿威士忌,径直回到锯木厂,参加掷骰子的赌局,在这种赌局中,伯特桑用灌了铅的骰子骗厂里黑鬼的钱都骗了足足十五年了,这个赖德一屁股坐下来耍钱,自从他成了个半大不大的小子,能认清那些做过手脚的骰子上的点数以来,他一向心甘情愿地把工资的大约平均百分之九十九孝敬给伯特桑,可是这一回,五分钟后,他就一刀下去,干净利落,把伯特桑的喉咙一直割到颈骨那儿。"他妻子又经过他身边到餐厅去。他再次把脚缩回来,同时提高了嗓门。

"因此我和梅丢赶紧上现场去。我们倒不指望能帮上什么忙,因为这时候他没准已经过田纳西州的杰克逊了,天都快亮了嘛;再说,要找到他,最简便的办法莫过于盯紧在伯特桑家那些小伙子的后面。当然,等他们找到他之后,也就没什么值得往回带的了,不过至少可以了结掉这桩案子。所以说,我们上他家里去真是偶然又偶然的事;我现在都不记得我们为什么去,反正我们是去了;他老兄居然在家。是坐在插上闩的大门后,一只膝盖上放着把打开的剃刀,另一只上放着支装上子弹的猎枪吗?不。他睡着了。炉子上有一大锅被他吃得一干二净的豌豆,他呢,正躺在后院大太阳底下,只有脑袋在廊檐下的阴影里,还有一条像熊和截去角的安格斯公牛杂交所生的狗,在后门口叫救火和救命似的没命地叫。我们摇醒了他,他坐起来,说,'没错,白人老兄。是俺干的。不过你们别把俺关起来。'这时梅丢说了,'伯特桑先生的亲戚倒也不想把你关起来。等他们抓到了你,你会呼吸到很多新鲜空气的。'于是他说,'是俺干的。不过你们别把俺关起来。'——他一个劲地劝说、开导保安官别把他关起来;没错儿,事情是他干的,是桩大坏事,可是现在要把他与新鲜空气隔离开来可太不方便了。因此,我们把他装上汽车,这时候来了一个老太婆——是他妈妈或是姨妈什么的——喘着气一路小跑,追了上来,要跟我们一块走,于是梅丢就使劲向她解释,要是伯特桑一伙赶在我们把他关进监狱之前找到我们,她也会吃什么苦头,可她还是要去,后来梅丢也说了,如果伯特桑那伙人真的追上我们,她也在汽车里没准倒是件好事,因为虽说伯特桑用自己的影响帮梅丢去年夏天赢得了那个辖区的选票,干扰法律的执行总是不能原谅的。

"因此我们也让她坐上车,把那个黑鬼带进城,稳稳妥妥地关进监狱,把他交给了克特钱①,克特钱带他上楼,那个老太婆也跟上去,一直跟到单人牢房,对克特钱说,'我是想把他带好的。他一直是个好孩子。他以前可从来没闯过祸。他事情做得不对,应该受到惩罚。可是不能让白人把他抢走呀。'克特钱后来烦了,就说,'他不先抹肥皂沫就给白人刮胡子,后果如何,你们俩早先就不会好好琢磨琢磨吗。'于是他把他们俩都关进了牢房,因为他也跟梅丢一样,认为有她在,万一出什么事,没准能对伯特桑家的小伙子们起一些好的作用,而且等梅丢的任期满了,说不定他自己要竞选个保安官或别的什么官儿当当呢。于是克特钱回到楼下去了,紧接着,苦役队从外面回来,上楼到大牢房里去了,他就想短时间内不会出什么事,可是就在这时,突然之间,他开始听到喊叫声,倒不是大吼,而是喊叫,不过光有声音没有什么话语,于是他拔出手枪冲上楼梯朝大牢房跑去,苦役队就关在这里,克特钱朝小牢房一看,只见老太婆蹲伏在一个角落里,那个黑鬼把用螺丝拧紧固定在地板上的铁床干脆拔了出来,正站在牢房中央,铁床举在头上,

---

① 监狱看守人。

就跟那是只小孩睡的摇篮似的,他对老太婆喊着说,'俺不会伤着你的。'说完便把铁床朝墙上摔去,接着走过来抓住那扇闩上的铁门,把它连砖头带铰链从墙上拽了下来,就走出牢房,把整扇门顶在头上,仿佛那是一扇纱窗,他吼叫道,'没事儿。没事儿。俺不想逃走。'

"当然,克特钱本来是可以当场开枪打死他的,不过就像他所说的,如果惩罚他的不是法律,那么享受优先权的应该是伯特桑家的小伙子们。因此克特钱没有开枪。相反,他蹿到那些从那扇铁门前向后退却的苦役队黑鬼的背后,大声吼道,'抓住他!把他撂倒!'可那些黑鬼起先都缩在后面一动不动,等到克特钱用脚踢、用手枪柄揍他身边的那些黑鬼,他们才向赖德拥去。克特钱说,整整有一分钟,谁冲上去赖德就把谁抓起来扔到房间另一头去,就跟那是破布娃娃似的,一边嘴里还在说,'俺没打算逃走。俺没打算逃走。'到后来,大家终于按倒了他——只见一大堆黑脑袋、黑胳膊、黑腿在地上乱扭乱动,就跟水开了锅似的,可是就算到了这地步,克特钱说还不时会有一个黑鬼从地上给掀起,像一只飞鼠那样摊开着四肢,飞到房间的另一头,眼睛像汽车前灯似的鼓了出来,最后,他们总算按得他不能动了,克特钱就走近去,动手把压在上面的黑鬼一层一层扒开,看见他躺在最底层,还在笑,一颗颗眼泪像小孩玩的玻璃球那么大,顺着脸颊和耳朵边上往下滚,掉在地板上发出吧嗒吧嗒的声音,仿佛有谁在摔鸟蛋,他笑啊笑啊,还说,'你们弄得俺都没法动脑子了。我都没法动脑子了。'你看,这多有趣儿。"

"依我看,要是你还想在这个家里吃晚饭,你快给我在五分钟之内把它吃完,"他的妻子在餐厅里说道,"我要收拾桌子了,完了我还要去看电影呢。"

古老的部族

1

　　起初什么也没有。只有淅沥沥的、不紧不慢地下着的冷雨和十一月末灰蒙蒙、持续不变的那种晨曦，还有在微光中某处集结并向他们逼近的狗群的吠声。这以后，山姆·法泽斯站在了孩子①的紧后面，就像孩子用他第一支枪发射这枪所装的几乎第一发子弹打他生平所打的第一只跑动中的兔子时那样，他碰了碰孩子的肩膀，孩子颤抖起来，这可不是因为寒冷。接着，那只公鹿在那儿了。他②并不是走进他们的视界的；他就是在那儿，看上去不像幽灵而是似乎所有的光线都凝集在他身上，他就是光源，不仅在光中移动而且是在传播光，他已经在跑了，你在他已看到你的那几分之一秒中看到他，就像人们一般起初见到鹿时的那副模样，在那第一下飞跃中便已将身子朝前倾，那副角枝甚至在那样晦暗的光线里

---

① 指艾萨克·麦卡斯林，时年12岁。
② 指公鹿，原文用的是指人的"他"，后面有的地方则用"它"，显示出说话者对鹿的不同感情。译文照搬，以传达作者意图。

看去也很像一把在他头上保持着平衡的小摇椅。

"听着,"山姆·法泽斯说,"快开枪,不过别慌张。"

孩子完全记不起那一枪是怎么开的了。他将活到八十岁,就跟他父亲及其孪生兄弟还有他们的父亲一样长寿,但是他再也不会听见那下枪声甚至连枪托的那股后坐力也记不得了。他甚至也记不起来事后把那支枪怎么的了。他正在奔跑。接着他站在公鹿的上方,它躺在潮湿的泥地上,仍然保持着飞奔的姿势,一点不像已经死去了,他站在公鹿的上方,颤抖着,抽搐着,山姆·法泽斯又来到他身边,把刀子递给他。"别迎着他的正面走去,"山姆说,"倘若他没死,他会用脚把你蹬得稀巴烂的。从后面向他走去,先抓住他的角,这样你就能按住他的头好让自己跳开去。然后把你另外那只手顺着摸下去,用你的手指勾住他的鼻孔。"

孩子照着做了——把鹿头往后扳,让脖子绷直,然后用山姆·法泽斯的刀子在脖子上一抹,这时山姆弯下身子,把双手浸在冒着热气的鲜血里,然后在孩子的脸上来回涂抹。接着山姆的号角在潮滋滋、灰蒙蒙的林子里一遍遍地吹响;于是猎狗潮水般挤涌在他们的身边,在每一条都尝到血的滋味后,谭尼的吉姆和布恩·霍根贝克用鞭子把它们赶开去,这以后爷儿们,那些真正的猎人来了——这里面有来复枪弹无虚发的华尔特·艾威尔,有德·斯班少校,有年老的康普生将军,还有孩子的表亲麦卡斯林·爱德蒙兹,他是孩子姑妈的孙子,但比孩子大十六岁,因为他和麦卡斯林都是独子,孩子出生时他父亲都快七十了,因此这个麦卡斯林与其说是他的表外甥还不如说是他的长兄,但是比起这两种身份来又更像是他的父亲——猎人们坐在马背上俯视着他们——看着这个七十岁的老人[①],到现在他在两代

---

① 指山姆·法泽斯。

人的眼里都是个黑人,可是他的脸相和派头还活脱脱像他父亲,那位契卡索族酋长;还看着这个十二岁的白种孩子,他脸上满是血手印,这时正无事可做,只顾直挺挺地站着,掩饰自己的颤抖。

"他做得对吗,山姆?"他的表亲麦卡斯林说。

"他做得对的。"山姆·法泽斯说。

他们,一个是那被永远抹上标志的白孩子,另一个则是肤色黝黑的老人,他父母双方都是蛮族国王之后,是他,给孩子抹上了标志,他那双血淋淋的手仅仅是在形式上使孩子圣化而已,其实在他的调教之下孩子早就谦卑与愉快地,既自我抑制又感到自豪地接受了这种地位;那双手、那样的抚触、那头一股有价值的鲜血——别人终于发现他是值得使这血流出的——把他和那个老人永远联结在一起,而老人也因此会在孩子过了七十岁再过了八十岁之后还能存在于人世,即使他自己和那些酋长、国王一样很早以前就已经入了土——这孩子当时还未成长为大人,他的祖父曾在这同一片土地上生活而且生活方式与孩子本人后来进入的那种几乎一模一样,孩子长大后也会像乃祖一样在这片土地上留下自己的后裔,再说这年逾七十的老人,他的祖辈早在白人的眼睛没见到之前就拥有这片土地,如今已和自己的全部族类从这里消失,他们留下的那点血脉如今正在另一个种族的身上流动,有一阵子甚至还是奴隶的血液,现在也快走完他的异族的、无法更改的人生历程,而且还是不育的,因为山姆·法泽斯并无子女。

他的父亲仍是伊凯摩塔勃本人,此人曾给自己起名为"杜姆"。山姆告诉过孩子这方面的情况——伊凯摩塔勃是老伊塞梯贝哈的外甥,年轻时如何出走到新奥尔良去,七年后回来时带来了一个法国朋友,此人自称"金发修女骑士"德·维特雷,在他自己家里也准是个伊凯摩塔勃这样的角色,他已经称呼伊凯摩塔勃为

"头人"①——他回来了,重新回到家乡,带着他的外国朋友阿拉米②以及一个有四分之一黑人血统的女奴,她后来就是山姆的母亲,还带回一顶有金色花边的帽子、外套和一只原本放酒瓶的柳条筐,里面养了一窝刚满月的小狗,还有一只金鼻烟盒,里面是细白糖似的粉末。他又如何在大河码头处受到他年轻当光棍时的三四个伙伴的欢迎,当冒烟的松明照亮了帽子和外衣上的金穗时,杜姆在岸上的泥地上蹲下来,从筐里抱出一只小狗,捏了一小撮白粉末放在它的舌头上,还不等抱着它的人来得及把它扔下,那只小狗就已经一命呜呼了。他们又如何回到庄园,伊塞梯贝哈已在那里去世,位置由其子,也就是杜姆那胖嘟嘟的表亲莫克土贝继承了,第二天,莫克土贝那个八岁的儿子突然死去,那天下午,当着莫克土贝和大多数人(山姆·法泽斯管他们叫"草民")的面,杜姆又从酒筐里揪出一只小狗,放了一小撮粉末在它舌头上,于是莫克土贝就逊位了,而杜姆就成了真正的头人,那是他的法国朋友早就这样称呼他的。第二天,在登基的大典上,杜姆又如何宣布一桩婚事,女方是那已怀孕的有四分之一黑人血统的女奴,男方是他刚继承到手的奴隶中的一个(山姆·法泽斯的姓就是由此得来的,这姓在契卡索语里是"有双父"的意思),两年之后,他又把那男人、女人还有孩子(其实是他自己的儿子)一起卖给了他的白人乡邻卡洛瑟斯·麦卡斯林。

那是七十年前的事了。孩子结识山姆·法泽斯时他已经六十岁了——他身量不高,却是矮墩墩的,站着几乎像是坐着似的,看上去肌肉松弛其实并非如此,那头马鬃般的头发即使到了七十岁

---

① 此处的"头人",用的是法语"Du Homme",倘念成英语,则成为"杜姆",刚好与"厄运"(doom)谐音。
② 大仲马小说《三个火枪手》中的人物,此处指那位法国"骑士"。

也没有一点花白,脸容也不显老,除非绽开笑容时,他身上唯一看得出有黑人血统的地方是头发与手指甲有点儿发暗,还有就是你会注意到他眼睛里有点什么东西,你之所以注意到是因为它并非总在那里,仅仅是潜伏着而且也并不总是有的——这不是什么有形状有色泽的东西而仅仅是一种眼神,孩子的表亲麦卡斯林告诉过他那是什么:并不是含①所遗传下来的,并不是奴性的标志而是受过奴役的痕迹;是因为知悉自己的血液中的一部分有一阵曾是奴隶的血液。"就跟在笼子里的一头老狮子或是一只熊一样,"麦卡斯林说。"他是在牢笼里出生的,一辈子都在笼子里;别的他什么都不知道。后来他闻到了什么。那可能是任何东西的气味,是一股什么微风吹过那东西然后飘进他的鼻孔的。但有一秒钟那热烘烘的沙漠或是甘蔗丛②的气味穿进他的鼻孔,这些他本人连见都从未见到过,也许真的让他看到了他连这是什么也不知道,也许倒知道倘若自己回到那地方去他是无法挺得住的。可是当时他闻到的不是这些。他闻到的是牢笼的气味。在那一分钟之前他没闻到过牢笼的气味。这以后热沙或甘蔗丛的气味飘进他的鼻孔又吹了开去,他能闻到的就仅仅是牢笼的气味了。是这些才使他会有那样的眼神的。"

"那就让他走吧!"那孩子喊道,"让他走好了!"

他的表亲急促地笑了一声。他马上便陡然停住,其实只发出了一个声音。那根本还不能算笑。"他的笼子可不是麦卡斯林

---

① 据《圣经·创世记》第 9 章第 18 到 27 节:含是挪亚的儿子,是迦南的父亲。有一次挪亚喝醉酒赤着身子躺在帐篷里,含见到后出去告诉两个兄长,于是他们拿件衣服搭在肩上,倒退着进去给父亲披上。挪亚醒后知道小儿子含看见了自己裸露的身体,便说:"迦南当受诅咒,必给他兄弟作奴仆的奴仆。"
② 指他的黑人祖先曾在非洲("热烘烘的沙漠")与加勒比海岛屿("甘蔗丛")生活的历史、地理背景。

家,"他说,"他是个野性十足的人。他生下来的时候,身上得自父母双方的全部血液,那一丁点儿白人血液除外,都熟悉很久前便从我们的血液中驯化掉的那些东西,的确是很久,以致我们不仅已把它们忘掉,而且还必须成群聚居来保护自己,使我们不受我们的根源的影响。他不仅是一个战士的而且还是一位酋长的嫡亲儿子。后来他长大成人,开始懂事了,突然有一天发现自己曾被出卖,战士与酋长们的血液被出卖了。不是被他的父亲,"他急急地添了一句,"对于老杜姆把他和他母亲出卖为奴,他兴许从来没有抱怨过,因为没准他相信在这之前损害已经造成,是他母亲给他的黑人血液使得他与杜姆身上共有的战士与酋长们的血液被出卖了。倒不是被黑人血液出卖也不是被母亲故意出卖的,但到头来还是因她而被出卖,她传给他的不仅有奴隶的血液甚至还有一点点正是奴役这种血液的别种血液;他自己就是他本人的战场,是他本人被征服的舞台与遭到失败的陵墓。他的牢笼可不是我们,"麦卡斯林说,"迄今为止,你可曾听说过,有谁包括你父亲与布蒂大叔在内,曾吩咐他去做还是别做什么事而他是多多少少照办的吗?"

这倒是真的。孩子对他最初的印象是他坐在庄园铁匠铺门口,不进森林时他就在这儿磨锋尖、修工具,甚至还做一些粗木匠活。有时候,就连森林也没能把他吸引去,即使铁匠铺里待修的用具堆了一地,那是农活等着要用的,山姆也会干坐在那儿,半天或甚至一整天啥也不干,但是没有一个人,包括孩子的父亲与他的孪生兄弟在他们管事的那阵,也包括他的表亲麦卡斯林那时已成了实际上的主人但名义上还不是,曾经对他说过一句"我要太阳下山之前给我干完这件事"或是"这事昨天为什么没做完?"而一年一度,到了深秋,在十一月中,孩子会见到人们往大车里装东西,使铁箍支起的帆布篷撑得鼓鼓的——食品啦,从熏房取来的咸肉和香肠啦，从小铺取来的咖啡、面粉和糖浆啦，还有昨晚刚宰杀的一整只牛，那是准备在营地猎到兽肉之前用来喂狗的，还装上放了一只只猎狗的柳条筐，然后是被褥、枪支、号角、提灯和斧子，他的表亲麦卡斯林与山姆·法泽斯穿了猎装登上大车车座，谭尼的吉姆则坐在狗筐上，他们要赶车去杰弗生，在那里与德·斯班少校、康普生将军、布恩·霍根贝克和华尔特·艾威尔会合，再朝塔拉哈契河边的大洼地进发，那里有鹿有熊，大伙儿将在那里待上两个星期。可是甚至在装车之前，那孩子就会发现自己没法看下去。他总是走开，几乎是跑开去的，去站在房角后面，在那里看不到大车，别人也看不到他，他倒没有哭，而是把身子绷得笔直，可是在发抖，悄没声地对自己说："这下快了。这下快了。就只有三年了，"（或是只有两年、只有一年了）"我就会是十岁了。到那时卡斯就会说我可以去了。"

逢到山姆干活的时候他干的是白人的活儿。因为其他的活儿他全不干：既不耕种分配给他的地块，像老卡洛瑟斯·麦卡斯林的其他改变了身份的奴隶那样，也不按日计算拿工钱干地里的活儿，像那些年轻、新来的黑人那样——孩子始终不知道这事在山姆与老卡洛瑟斯之间，或者是老爷子死后在山姆与那对孪生兄弟之间究竟是怎么安排的。因为，虽然山姆生活在黑人当中，住在黑人村众多小木屋的一所里，跟黑人们来往（在孩子大得足以独自从家里走到铁匠铺接着能扛起一支枪之后，山姆就几乎不跟其他人来往了），穿黑人穿的衣服，像他们那样说话，甚至偶尔还跟他们一起去黑人教堂，但他仍然是那位契卡索酋长的儿子而黑人也都清楚。而且，在孩子看来，知道的还不仅仅是黑人。布恩·霍根贝克的奶奶也是个契卡索族的妇女，尽管后来他家的血变得白人的成分越来越多，布恩也成为白人了，但他身上的印第安人血统却并不来自酋长。至少对这孩子来说，只要看到布恩与山姆在一起，就能立即明显看出他们之间的不同，这一点连布恩似乎也有所察觉——连布恩也看出来了，对他来说，从他自己的传统来看，他从未想到有谁能比自己的出身更好。别人可能更聪明，这他承认，或是更富有（照他的说法是更走运），然而绝不会是出身更好。布恩是一头绝对忠心的獒犬，把自己的忠诚平分给德·斯班少校与孩子的表亲麦卡斯林，自己吃的面包也绝对依靠他们，并且也把这种依赖平摊在德·斯班少校与麦卡斯林两人的头上，倒是很能吃苦，很大方，也够勇敢的，并且是极端任性而几乎不动脑子的。至少在孩子的眼睛里，倒是山姆·法泽斯那黑人，不仅对他的表亲麦卡斯林与德·斯班少校，而且也对所有的白人，都是那么庄重、自尊，并且从不卑躬屈膝地依赖那堵黑人总在自己人与白人之间设置的用随时咧嘴嬉笑来筑成的不可逾越的墙，他对待这孩子的表亲麦卡斯林不仅像一个平等的人而且像一个老者对待较为年轻的人。

他教给孩子森林里的事儿，打猎的事儿，什么时候开枪，什么时候别开，什么时候该杀，什么时候又不该杀，而更为有用的是，杀死野兽之后该怎么办。那时他总会和孩子谈话，两人坐在夏季小山顶上那挨他们很近的、咄咄逼人的群星下，一边等候猎犬把狐狸赶回到他们听得见的地方，或是在十一月或十二月的树林里傍着一堆篝火，此时狗群正沿着小溪寻找一只浣熊的臭迹，或是不生火在四月天亮前的黑暗与浓浓的露水中蹲在一窝野火鸡的下面。孩子从来不向他提问；山姆对于提问是不答理的。孩子就那么等着，然后便听着，而山姆就开始讲了，讲往昔的时日与种族的事情，他没能赶上认识他们，因而也记不真切了（他甚至都记不得曾见过自己父亲的脸），而替代了这个种族在他的血液中汇入的另一个种族却没有给他提供代用的故事。

在他讲古老的时日与另一个种族那些已死而不再存在的人时,这些倒是孩子都能理解的,但对孩子来说,那些古老的时日逐渐地成为不再古老而是成为孩子当前的一部分,不仅仿佛就发生在昨天,而且像是仍然在发生,那些在他和老人之间行走的人确实是有呼有吸地在行走,而且还在他们尚未离开的土地上投下了真正的身影。还不仅如此:仿佛某些事还未发生而是要到明天才出现,以致孩子最后竟觉得连自己都尚未出生,不论是他的种族还是他们带到这片土地上来的那个臣属的种族都未来到这儿呢;虽然他和山姆在上面打猎的土地曾属于他祖父,后来又属于他的父亲与叔父,现在由他表亲代管,将来有一天会归到他自己名下,其实这所有权是渺不足道而没有实际意义的,就如同记在杰弗生镇档案簿上规定这片地属于他们家的如今已褪色的古老的字迹一样,而他,这孩子,倒是来这里做客的外人,同时山姆·法泽斯的话语却成了主人的声音。

直到三年前,他那个种族的人有两个,另一个是个纯种的契卡索人,在某种意义上,他甚至比山姆·法泽斯还要叫人难信地无所适从。他称自己为乔贝克,连起来念,仿佛那是一个词儿①。根本没人知道他的历史。他是个隐士,住在溪汊处一所污秽的小棚子里,那地方离庄园有五英里,离任何别的居民点也差不多这点距离。他捕鱼打猎是为了拿到市场上去卖,跟谁也不来往,不管是黑人还是白人;没有一个黑人愿意跨越他门前的小路,没有人胆敢走近他的小屋,除了山姆。也许一个月里有一回,这孩子会在山姆的铺子里看到他们——两个老人蹲在泥地上,用一种黑人英语与语调低平的山乡方言的混合体交谈,时不时夹上一句古老的部族语,

---

① 实际应为乔·贝克。

时间一长,孩子蹲在那里听多了,也开始有点懂了。后来乔贝克死了。也就是说,有段时间谁也没见到他。接着有天早上,山姆也不见了,没有人,甚至也包括这孩子,知道他是什么时候走的以及上哪儿去了,一直到有天晚上,几个在溪底打猎的黑人见到一把火突然烧了起来,便朝那儿走去。烧着的原来是乔贝克的小屋,可是不等他们走近,就有人从屋后的阴影里向他们开枪。开枪的是山姆,可是谁也没发现乔贝克的坟在哪儿。

第二天早上,孩子和他表亲正坐着吃早饭,他看见山姆从餐厅窗子前走过,这时想起自己有生以来见到山姆挨近大宅最近的地方无非就是那铁匠铺。他吃到一半,连嘴巴也停住不动了;他坐在那儿,和表亲都听到了食品间门外的人声,接着门开了,山姆走了进来,手里拿着他的帽子,也没有敲门,而这地方除了仆人,旁的人要进来都是会敲门的,他进来一点点,就在不至于妨碍关门的地方,站着,也不看任何一个人——身上穿着的是黑人的衣服,上面的脸却是张印第安人的脸,正瞅着他们头顶上的什么东西或是根本不在这房间里的什么东西。

"我要走,"他说,"我要去大洼地住。"

"去住?"孩子的表亲说。

"住在德·斯班少校和你的营地里,也就是你们打猎住的地方,"山姆说,"你们不在的时候,我可以帮你们大家料理。我会在森林里给自己盖一所小屋子的,要是你们不想让我住那大房子的话。"

"这儿的艾萨克怎么办呢?"他的表亲说,"你怎么把他扔下就走呢?你是不是想把他也带去?"可是山姆仍然对谁也不看,站在房间的进门处,脸上一点表情都没有,那张脸只有在笑的时候才显露出他是个老人。

"我要走,"他说,"让我走吧。"

"好吧,"表亲平静地说,"当然可以。我和德·斯班少校商量一下。你想很快就去吗?"

"我这就走。"山姆说。他走了出去。整个情况就是这样。孩子当时九岁;这好像是极其自然的,任谁,连他的表亲麦卡斯林也都不能跟山姆有什么商量的余地。再说,如今他已经九岁了,他能理解山姆可以与他、与他们在林子里共同度过的日日夜夜告别而不致觉得特别痛苦。他相信他和山姆都知道这离别不仅是暂时的,而且是出于促使他走向成熟的迫切需要,为了他的成熟,山姆自他出生起便训练他,以便有一天把他奉献出来。去年夏天的一个晚上,他们就对这件事情做了安排,当时他们听着那些猎狗把一只狐狸逼进溪谷;现在孩子从八月高高的咄咄逼人的星星下的那次谈话里辨出了对今天这个时刻的一个预兆、一个警告。"我已经把这片居留地所有的一切都教给你了,"山姆说,"你现在打猎可以和我一样好了。现在你该进大洼地了,该去猎熊和鹿了。那才是猎人的肉食,"他说,"明年你就是十岁了。你得用两个数码写自己的年纪,你得准备当大人了。你爹"(山姆总是把孩子的表亲说成是他的父亲,即使在孩子成为孤儿之前也是这样,他把两者的关系不是视作被监护人与监护人、族民与族长、家长的,而是视作孩子与一个给孩子以血肉以及思想的人的。)"答应过到时候你可以跟我们一块儿去的。"因此孩子对于山姆的离去是能够理解的。但他不能理解为什么是此刻,也就是在三月,在打猎月份的前六个月。

"如果像大家所说的那样,乔·贝克真是死了,"他说,"而山姆除了我们以外再也没有别的亲人了,那他为什么要现在就去大洼地,现在离我们去那儿打猎不是还有六个月吗?"

"也许这正是他的愿望,"麦卡斯林说,"也许他想离开你一段时间。"

不过这也没有什么。麦卡斯林和别的大人也常说这一类的话,他不当它们一回事,就跟他不拿山姆要去大洼地住的话当作一回事一样。毕竟山姆要在那儿生活六个月呢,因为要是他去了掉转身子就回来,那就根本没有去的必要。再说,正如山姆自己告诉过他的,他已经掌握了这片居留地上有关狩猎的一切学问,不论是山姆还是别的人都没法再教他什么了。因此这件事是没什么了不起的。夏天来到,然后是初次降霜后那些晴朗的日子,这以后天冷了,这一回他将和麦卡斯林一起登上大车,那个时刻会到来,他会让猎物流血,好多好多的血,这会使他变成一个大人、一个猎手,于是山姆会和他们一起回家,而他本人也会摆脱掉猎取兔子与负鼠的那种小孩子的追求。然后在冬季炉火前他也能算是一个角色,像猎人那样大谈以往的打猎故事与今后的狩猎计划。

山姆就这样离去了。他的东西就那么点儿,自己都能带上。他是走去的。他既不要麦卡斯林用大车送也不愿骑骡子。甚至都没有人见到他离去。一天早晨他就那样地走了,那所本来就没有多少东西的小屋变得空荡荡的,那个从来没干出过多少活儿的铁匠铺懒洋洋地蹲在那里。接着十一月终于来到,现在孩子算是一个成员了——有他本人和他的表亲麦卡斯林和谭尼的吉姆,而德·斯班少校、康普生将军、华尔特·艾威尔、布恩以及做饭的老阿许大叔带着另一辆大车在杰弗生镇等他们,那儿还备好一辆四轮马车,那是给他、麦卡斯林、康普生将军与德·斯班少校坐的。

山姆在营地等候他们。如果他高兴见到他们,他可没显露出来。还有,两周后他们走时,如果他对他们的拔营离去感到难受,他也同样没有显露出来。他并没有随他们一起回去。回去的仅仅是那孩子,他孤单地只身回到熟悉的居留地,再去过十一个月那种与兔子之类小动物打交道的幼童日子,一边等着再回到森林里去,他纵使仅仅是初次在那儿作短暂的逗留,却已经带回了难以忘怀的感受——那倒不是危险的或是特别有害的,而是深厚的、能感知的、巨大的与沉思的,在这里他被允许自由来往,没有受到过创伤,他可不明白何以能够如此,可是感到自己缩小了,而且有一种陌生感,一直到他让那值得使其光明磊落地流出的血流了出来。

接着十一月来到,他们照例要回进大森林去。山姆每天早上都会带孩子来到分派给他的那个岗位。那自然是最差的岗位,因为他只有十岁(后来是十一岁与十二岁),连一只飞奔的鹿都没有见到过。可是他们总是站在那里,山姆稍稍靠后,自己没有枪,那孩子八岁时开枪打那只飞奔的兔子时,山姆就是这样站着的。他们总是在十一月拂晓时分站在那儿,过了一会儿,他们会听见犬吠声。有时那追逐会拐过来在离他们相当近的地方掠过,听得见吼叫声但是看不见;有一回他们听到了布恩·霍根贝克那支老枪的两声沉重的枪声,他用这支枪至多杀死过松鼠,而且还是静止不动的;有两次他们还听到了华尔特·艾威尔的步枪的平平的、没有回声的射击声,紧接着连等都不用等就马上听到了他吹起的号角声。

"我永远也没机会开枪了,"孩子说,"我永远也不会杀死一只猎物了。"

"不,你会的,"山姆说,"你等着。你会成为一个猎人的。你会成为一个男子汉的。"

可是山姆不愿离开森林。他们只好让他留在那里。他总是最远只走到大路上马车停着的地方,以便把骑坐的马匹带回去,但也就到此为止了。当时猎人们骑上了马,阿许大叔、谭尼的吉姆和那孩子还有山姆都坐上大车跟在后面,车子上载着野营用具、战利品、兽肉、兽头、鹿角,光要那些好的,大车就在高大的胶树、柏树和橡树之间迂回前行,那里只有猎人的斧子曾响起过伐木声,大车在芦苇与荆棘组成的两堵无法穿越的墙之间前进——这两堵墙内容不断更换但却是永远存在,墙的后面就是荒野了,即使他初进大森林才短短两星期,这荒野已在他的精神上永久地留下了烙印,这荒野似乎在伛下身子,在稍稍向他倾斜,凝视着他们,谛听着,不算不友善因为他们这些人太渺小了,就连华尔特、德·斯班少校和老康普生将军这些杀死过许多鹿和熊的人也是如此,他们的停留太短暂、太无害了,不至于引起不友善的感情,而大自然仅仅是在沉思,它是秘密而巨大的,几乎没有注意到这些人。

  接着他们会走出荒野,他们会从那里走出来,那界限鲜明得像是存在着一堵有门的墙。突然瘦瘠的棉花地与玉米地会在左右两边掠过去,在灰蒙蒙的雨丝下显得荒凉而没有生气;还会出现一所农舍、一些谷仓、围栏,人的手曾捏拢来在这里刨抓过几下,如今荒野的墙留在他们的身后了,在灰蒙蒙、越来越暗的光线下显得巨大、寂静,仿佛无法穿透,他们从中钻出的那个极小的洞眼显然已被吞没。那辆四轮马车会等候在那儿,他的表亲麦卡斯林、德·斯班少校、康普生将军、华尔特与布恩在马车旁下马下车。接着山姆就从大车上爬下来,骑上一匹马,把别的那些马用一根绳子牵在他背后,便往回走。孩子总是目送他片刻,只见他衬在那堵高高的、秘密的墙的前面,变得越来越小,越来越小,他一次也不扭过头来看一看。接着他便进入墙内,回进他的寂寞与孤独中去,那孩子是这样认为的,并且相信他的表亲麦卡斯林也是这样想的。

2

　　因此那个时刻就这样来到了。他扣动扳机,接着山姆用热血在他脸上做标志,这血是他使之溅流的,于是他不再是小孩而成了一个猎人,一个大人。那是最后一天的事。他们那天下午拔了营,接着便离去,他表亲、德·斯班少校、康普生将军和布恩骑马,华尔特·艾威尔、那两个黑人还有他和山姆坐大车,车上放着他的兽皮与鹿角。大车里可能还有(也的确有)别的战利品。可是对他来说它们并不存在,正如他只觉得他跟山姆·法泽斯实际上仍然像早上那样是单独在一起的一样。大车迂回、颠簸地往前移动,两边是缓慢而不断地往后退去但却是永远存在的林墙,在墙的后面与上面,大荒野在注视着他们离去,它如今已不那么饱含敌意,也永远不会再含敌意了,因为公鹿仍然在跳而且永远在跳,那摇摇晃晃的枪杆逐渐变稳而且终于永远稳定,然后是轰的一声,但公鹿仍然从他永生的瞬间跃出,永远不死;——大车颠簸、跳跃着往前行进,那一瞬间,公鹿、射击、山姆·法泽斯与他本人还有山姆用来给他做标志的血,使他永远与荒野结成一体,而自从山姆说他做得很好以来,这荒野就接受了他,这时山姆突然勒住马缰,让大车停下,他们全都听到了一只鹿从隐藏处冲出的那绝对不会弄错的、令人难忘的声音。

　　这时布恩在小路拐弯处的另一边吼叫起来,大伙儿还一动不动地坐在停下的大车里,华尔特与那孩子已经伸手去拿枪了,这时布恩用帽子驱策骡子飞速跑回来,冲着他们吼叫,脸色既激动又显得大感不解。接着别的骑者也都驱策坐骑从拐弯处跑回来。

"放狗呀!"布恩喊道,"放狗呀! 这鹿要是头上有个鼓包①的话,那他会长出十四个角叉来的! 就伏在路边那番木瓜树丛里! 要是我知道他在那儿,我用小刀就能把他的喉管割断的!"

"说不定正因为这个他才跑的呢,"华尔特说,"他看见你手里从来不拿枪。"他已经拿着步枪下了大车。紧跟着那孩子也拿着自己的枪下了车,别的骑者来近了,布恩就好歹从他的骡子上爬了下来,伸手在大车的行李当中乱抓乱摸,嘴里仍然在叫,"放狗呀! 放狗呀!"孩子也觉得他们简直要用一辈子的时间才能决定该干什么——那些老人哪,在他们身上血已变冷,流得慢了,在他们与孩子本人之间隔着好多岁月,这就使他们的血变成一种不同质地的更冷的东西,是与他身上甚至布恩与华尔特身上的都不同的。

"你看怎么样,山姆?"德·斯班少校说,"狗能把他撵回来吗?"

"咱们用不着狗的,"山姆说,"要是他听不见狗在后面追,他会绕个圈子在太阳下山时回到这儿来睡觉的。"

"那好,"德·斯班少校说,"你们哥们几个骑马。我们坐大车朝前到大路上去,在那儿等候。"他和康普生将军与麦卡斯林爬上大车,而布恩、华尔特、山姆与孩子上了马,拐回去,走出小路。山姆领着他们走了有一个小时,穿行在下午灰蒙蒙的、没有特点的光线里,这光与拂晓时分的没有多大区别,不经过什么层次就会转成黑暗。这时,山姆让大家停下。

"这就够远的了,"他说,"他会从上风向走来,他不想闻到骡

---

① 从这样的鼓包里将长出鹿角。据福克纳说,他家乡的猎人计算角叉的办法是把两只角都加在一起,与美国别处以一只为标准的计算法不同。

子的气味。"他们把坐骑拴在一处树丛上。这时山姆带领他们步行,这里没有小路,他们在没有特点的下午光线里穿行,孩子紧跟在他的后面,另外两个则紧紧跟在孩子脚后,至少那孩子以为正是这样。其实他们并没有这样。山姆有两次稍微扭回头来,越过自己的肩膀对他说,一边仍然在走:"你们来得及的。我们会赶在他头里先到那儿的。"

于是他就设法走得慢一些。他有意要让那令人昏眩地急驰的时光减速,在这速度里,他连见都没见到的那公鹿正在行进,他觉得这急驰的时间必定正在使公鹿越跑越远,越跑越远,而且更加不可挽回地远离他们,虽然现在并没有狗群钉在他后面逼他快跑,虽然,按照山姆的看法,他现在一定已经兜完一圈,正朝着他们跑回来。他们继续往前走;可能过了一个小时或是两倍这点时间,也许还不到一半,孩子可说不上来。接着他们上了一道山脊。他从未到过此处,也看不出这是一道山脊。他只知道地势微微升高,因为矮灌木稍稍变稀了,地面不明显地朝一道密密的芦苇墙倾斜。山姆停住了脚步。"就是这儿。"他说。他对华尔特与布恩说:"顺着这道山脊走下去,你们会到达两个交叉路口。你们会见到足迹。如果他穿过,必定是走那三条小路里的一条。"

华尔特朝四面看了一会儿。"我知道的,"他说,"我还见到过你那只鹿呢。星期一我来过这儿。他算不了什么,仅仅是只一岁的小鹿。"

"一只小鹿?"布恩说。他走路走得在急促地喘气。他的脸仍然显得有点激动,"要是说我方才见到的是只小鹿,那你不如说我还在念幼儿园呢。"

"那我看到的肯定是只兔子,"华尔特说,"我一直听说你上一年级前两年就已经辍学了。"

布恩朝华尔特瞪眼。"如果你不想开枪打他,就走开好了,"他说,"到一边待着去。老天爷啊,我——"

"你们都傻站在这儿,那就没人去打他了。"山姆安静地说。

"山姆说得对,"华尔特说。他走动起来,把他那陈旧的银色枪管头朝下拿着继续往前走,"再往前走一点儿,再安静一点儿。五英里之内霍根贝克还是能及得到的,即使我们当时不在下风头。"他们往前走了。孩子仍能听到布恩的说话声,虽然那话声很快也停下来了。接着,他与山姆又一动不动地站在一小丛灌木当中,背靠一棵大柳栎树,又是面前什么都没有。灰蒙蒙的光线下只有那咄咄逼人的、阴森森的孤寂,只有那终日未歇的淅沥冷雨的喃喃低语。那大荒野仿佛方才是专门等他们找好位置安定下来似的,这时恢复了自己的呼吸。它仿佛向内里倾斜,笼罩在他们之上,在孩子本人、山姆、华尔特和布恩各自所待的潜伏处之上,是那么的巨大、专注、公正无私与无所不知,那头公鹿在它怀里某处走动着,这时还不在奔跑,因为没有谁在追逐他,还没有受惊,也始终不显得狰狞可怖,而仅仅是也很警觉,正如他们都很警觉一样,也许已经在往回绕,也许离这儿相当近了,也许也同样意识到那古老的、永远不死的仲裁者①的眼睛的存在。因为孩子那时仅仅十二岁,而那天早上在他身上发生了一件事:在不到一秒钟里他再也不像昨天那样是个小孩了。也许这件事不至于造成区别,也许即使是一个城里长大的人,更不用说一个小孩,也不可能理解这件事;也许只有一个乡间长大的人才懂得爱自己使之流血的生命。他又开始颤抖了。

---

① 喻指上帝。

"我很高兴事情现在开始了,"他悄没声地说。他说话时哪儿都不动;光是让他的嘴唇为结尾的那几个词儿做出所需要的口型:"等我举起枪来事情就会结束——"

山姆也是一动不动。"别出声。"他说。

"难道他这么近吗?"孩子悄没声地说,"你以为——"

"别出声。"山姆说。于是孩子就不说话了。可是他无法止住那颤抖。他也没有去试,因为他知道自己需要镇定的时候这颤抖自会停下来的——山姆不是已经使他圣化而且使他不再软弱并内疚了吗?——但并不不再爱与怜悯,对所有活着、奔跑着,接着在一秒钟之内在活得最辉煌、跑得最欢的关头停止生命的一切生物的爱与怜悯,而是不再软弱并内疚。他们就这样一动不动地站着,呼吸得很深,很静,也很稳。如果那天太阳露面的话,现在快该下山了;一种什么东西在逐渐变浓,加深,他原以为是那灰蒙蒙的、一成不变的光线,后来才突然理会变浓加深的是他自己的呼吸、他的心脏、他的血液——是某种东西,所有的东西,事实上山姆·法泽斯给他做上标志的也不仅仅是一个普通猎人的身份,而是用如今轮到山姆来拥有的他那已消失、被遗忘的部族的某种东西。此刻他停住了呼吸;只有他的心脏、他的血液在动,而在紧接着的寂静里,大荒野也停住了呼吸,倾斜着,从上面向他伛下身子,屏住了呼吸,巨大无比、公正无私,正在等待着。接着他的颤抖也止住了,这是不出他之所料的,于是他把枪上两个挺沉的击锤往后扳。

接着事情过去了。事情过去了。那孤寂还未恢复呼吸呢;它仅仅是不再盯着他而是去看别处了,甚至转过身去把背对着他,顺着山脊朝另一个地点望去,于是这孩子就跟亲眼看见的一样,知道那只公鹿来到了芦苇丛的边上,或是看见了他们或是闻到了他们的气味,便退回到芦苇里去了。可是那孤寂并没有恢复呼吸。它这时应该把气再吐出来,可是并没有。它仍然面朝那边,在注视着,看着方才它在看的东西,那东西不在这儿,不在他与山姆站着的地方;他身子僵僵的,自己也止住了呼吸,思量着,心里在喊不!不!已经知道太晚了,以两三年前那种旧的绝望心情想道:我永远也摊不上开一枪了。接着他听见了——华尔特·艾威尔那支弹无虚发的步枪的干巴巴、单独的一下响声。然后是顺着山脊传来的柔和的号角声,于是他心中的某种东西破灭了,这时他知道他从来也没有指望过由自己来开这一枪。

"我想就是这么回事了,"他说,"华尔特打中了他。"他自己也不觉得已把枪稍稍抬起。他重新把枪放低,并把击锤中的一只放平,已经在从灌木丛里走出来,这时山姆说话了。

"等着。"

"等着?"孩子喊道。他将一直记得这情景——他如何转身面对山姆,气势汹汹,因为一个男孩失去了机会、失去了幸运该有多么忧伤。"为什么?你没听见号角声吗?"

他也将一直记得山姆是怎样站立的。山姆一直没有动。他身材不高,其实该算是粗壮宽阔的,而孩子这一年多个头蹿得很快,两人身高已相差无几了,然而山姆仍然越过孩子的头顶向山脊上号角响起的地方望去,孩子明白山姆简直没有看到他;明白山姆知道孩子仍然在自己身边,不过他没有看到这孩子。接下去孩子看见那只公鹿了。它①正从山脊上下来,仿佛就是从与自己的死息息相关的号角声里走出来的。它没在奔跑,它正在走,巨大,不慌不忙,侧斜着它的头,好让角叉能穿过低矮的灌木丛,而这孩子站

---

① 此处又用"它"而不是用"他"来指代公鹿了。

着,山姆此刻在他身旁而不是像往常那样站在他的后面,孩子的枪仍然一半瞄准着,一只击锤仍然扳起着。

这时候它看见他们了。不过它仍然没开始奔跑。它仅仅停留了一瞬间,显得比所有的人都高,看着他们;接着它的肌肉变活了,聚拢来了。它甚至也没有改变自己的路线,没有飞逃,甚至不是在奔跑,仅仅是以麋鹿走动时那种有翼似的、不费劲的优雅姿势在他们前面走了过去,离他们还不到二十英尺,它头抬得高高的,眼神并不倨骄也不傲慢,却是全神贯注、十分激动而无所畏惧的,这时山姆正站在孩子旁边,右臂举得直直的,手掌向外,说的是孩子在铁匠铺听他和乔·贝克交谈而学会的那种语言,此时只听得山脊上华尔特·艾威尔的号角还在吹响,在通知他们那儿打死了一只公鹿。

"噢咧①,酋长,"山姆说,"爷爷。"

他们来到华尔特附近时,他正背对他们站着,身子不动,几乎像是在沉思,眼睛朝自己脚下盯看。他压根儿没把眼光抬起来。

"上这儿来,山姆。"他静静地说。等他们来到他的身边,他仍然不把眼光抬起来,正站在一只有单枝鹿角的小鹿的上方,在春天那还是只不满一岁的鹿崽子呢。"他那么小,我几乎想放他过去,"华尔特说,"可是你们倒看看他走出来的脚印。都快跟一头母牛的一般大了。要是除了他躺倒处之外还有更多条脚印,我准要坚持说另外还有只我见都没见到的公鹿呢。"

---

① 此词(Oleh)可能源于加勒比地区西班牙语中的"Hola",是人们见面时打招呼的用语,也可能源自某几种西非语,用以向对方表示尊敬、承认其权威与乞求保护之意。

3

等他们来到大路上马车等着的地方,天色已经断黑了。天转冷了,雨收歇了,风一吹,天空开始变晴。他的表亲、德·斯班少校和康普生将军已生起了一堆篝火。"你们打中他啦?"德·斯班少校问。

"就打到了一只有单枝角的,是兔子的话,就好算相当大了。"华尔特说。他把小公鹿从他的骡子上卸下来。孩子的表亲麦卡斯林瞅着它。

"就没人瞅见那只大的?"他说。

"我根本不相信布恩见到过它,"华尔特说,"他在树丛里惊动的没准是谁家走失的母牛。"布恩破口大骂起来,狠狠地诅咒华尔特和山姆,怪他们一开始不放狗出去,接着又诅咒公鹿,诅咒世界上的一切。

"没关系,"德·斯班少校说,"明年秋天他会在这里等着我们的。咱们回家吧。"

他们在离杰弗生两英里华尔特家院门口让他下车时,半夜已过,等他们把康普生将军送回家,接着回到德·斯班少校家,天就更晚了,他和麦卡斯林干脆在这儿等天亮,因为要回家还得赶十七英里路呢。天很冷,天空现在一片清澈;太阳出来时将会结厚厚的霜,他们穿过德·斯班少校的院子,马蹄、车轮和他们自己脚底下的地都已经冻上了,他们走进德·斯班少校的屋子,那温暖、黑暗的屋子,摸索着登上黑黢黢的楼梯,直到德·斯班少校找出一支蜡烛,把它点亮,他们走进陌生的房间,爬上深凹的大床,钻进仍然冷冰冰的床单,一直焐到被单在他们身体周围变暖,颤抖终于停了下来,他突然对麦卡斯林讲起方才的事,麦卡斯林静静地听着,直到他讲完。"你不会相信的,"孩子说,"我知道你不会——"

"为什么不会?"麦卡斯林说,"想想在这里,在这个世界上所发生的一切吧。想想所有那些生气勃勃的热血吧,它们要活着,要得到欢乐,却又再一次渗透进泥土里去。自然,那些血也是为了哀愁与受苦而来到世上的,可是不管怎么说,还是从世上得到了一些,得到的还不少呢,因为不管怎么说,如果你觉得自己在受苦,你是不必一定要继续承受这种生活的;你任何时候都可以选择停止受罪,结束痛苦。而且即使是受苦与忧伤,也总比虚无空白好;只有一样东西比死还不如,那就是耻辱。不过人不可能永远活着,而且人总是在用尽生存的可能性在好久之前就把自己的生命消耗殆尽的。而所有这一切①必须有个载体;这些东西被发明、创造出来,不可能仅仅是为了给扔掉吧。而土地只是薄薄的一层;你挖下去不多深就会碰到岩石。再说,土地也不想老老实实地容纳东西,收藏东西;它想再次利用它们。瞧瞧种子、橡实,甚至你想埋掉的腐尸的情况吧:它也会不老实,一个劲儿地膨胀,挣扎,直到它重新接触到光与空气,还想捕捉到阳光呢。而且它们——"孩子看见他的手片刻间像剪影似的映衬在窗前,现在他已习惯于黑暗,因而能看到窗外的天空了,那里像洗刷过的、冷冰冰的星星在闪闪发亮"——它们并不要它,不需要它。再说,它本身又有什么需要呢?它正在世界上来来往往,此刻不再像生前那样有充裕的时间了,此刻世界上倒还有许多空间,还有许多地方跟从前比也还没起什么变化,从前,血仍然是血,在世界上是有用的,是受到珍惜的。"

---

① 指前面所说的"要活着,要得到欢乐"的生气勃勃的热血。

"可是我们需要它们,"孩子说,"我们也是需要它们的。有足够的空间容纳我们和它们。"

"说得是,"麦卡斯林说,"也许它们并没有实体,无法投下影子——"

"可是我看见了它!"孩子喊道,"我看见了他①!"

"安静点,"麦卡斯林说。有一瞬间,他的手碰到了被单下孩子的侧胁,"安静点。我知道你看见了。我也看见过。在我杀死我的第一只鹿之后,山姆立刻就带我上那个地方去。"

---

① "它"与"他"均指那公鹿。

熊

1

　　这一回,故事里也是有一个人和一条狗。有两只野兽,包括老班那只熊,有两个人,包括布恩·霍根贝克,他身上有一部分血液是和山姆·法泽斯的一样的,虽则布恩的血是平民的血①,而这里面,只有山姆、老班和那杂种狗"狮子"是未受玷污而不可败坏的。

　　他②十六岁了。他成为正式的猎人已经有六年了。六年来,猎人们所讲的精彩的话,他大都听在耳里。他们讲的是关于荒野、大森林的事,它们之大,之古老,是不见诸任何文件契约的——文件记录了白人自以为买下了哪片土地的狂妄行为,也记录了印第安人的胆大妄为,竟僭称土地是自己的,有权可以出售;荒野与森

---

① 山姆·法泽斯是契卡索族酋长伊凯摩塔勃与一个具有四分之一黑人血统的女奴所生。布恩·霍根贝克则具有四分之一的印第安血统,他的祖母是一个普通的印第安妇女,所以说他是平民。
② 指本篇主人公艾萨克(昵称艾克)·麦卡斯林,故事开始时,他十六岁,时为1883年。

林可比德·斯班少校与他僭称为自己私产的那小块土地大,虽然他明知道并不是自己的;荒野与森林也比老托马斯·塞德潘①老,德·斯班少校的地就是从他手里搞来的,虽然塞德潘明知道不是这么回事;荒野与森林甚至比老伊凯摩塔勃都要老,他是契卡索族的酋长,老塞德潘的地正是从他那里弄来的,其实他也明知道不是这么回事。猎人们还讲关于人的事,不是白人、黑人或红种人,而是关于人,猎人,他们有毅力,不怕吃苦,因而能够忍耐,他们能屈能伸,掌握诀窍,因而能够生存,猎人们还讲关于狗、熊和鹿的事,这些动物混杂在一起,像浮雕似的出现在荒野的背景之前,它们生活在荒野里,受到荒野的驱策与支配,按照古老的毫不通融的规则(这些规则不知道什么叫惋惜也不懂得宽容),进行着一场古老的永不止息的竞争;——是最了不起的活动,当时的那种吐露是妙不可言的,倾听时的全神贯注更是美妙无比,讲的人压低了声音,但很有分量,存心让人回味,让人追忆,并精确地讲到那些具体的战利品是怎么得来的——那些折断的枪啦、兽头啦、兽皮啦——它们有的挂在镇上公馆的书房里,有的张在种植园宅第的账房间,还有的就挂在营地里(那才是最精彩的),这些兽肉还原封未动、热气腾腾的呢,杀死野兽的那些人就坐在壁炉中熊熊燃烧的原木前,如果那里正巧有房子和壁炉的话,否则就是坐在帐篷前冒烟的篝火旁。人群中少不了有一瓶酒,因此,在艾萨克看来,心、脑、勇气、计谋与速度的最紧张、最美好的一瞬间,都集中、凝聚在这棕色的液体里,那是不让妇女、孩子与娃娃喝而只有猎人能喝的,他们喝的并非他们打死的野兽的血液,而是某种从狂野的不朽精神里提炼出来的浓缩物,他们有节制地甚至是毕恭毕敬地喝着,并不怀着异

---

① 当地的一个庄园主,是福克纳的《押沙龙,押沙龙!》一书中的主要人物。

教徒饮酒时的那种卑劣的、毫无根据的希望:一杯酒下肚便能在计谋、膂力、速度上胜人一筹,而倒是通过干杯向这些本领表示敬意。因此,在他看来,在这个十二月的早晨,事情由威士忌开始便不仅是自然的,而实际上是恰当的了。

他后来才明白,整个事情早在这次打猎之前就开始了。它在那一天就已经开始了,他在那一天第一次用两位数写自己的年龄,他的表外甥麦卡斯林第一次带他到打猎营地来,到大森林里来,让他向荒野为自己争取猎人的称号与资格,假如他这方面有足够的谦逊与毅力的话。当时,他虽然还未见到那只巨大的老熊,但已经继承了熊的精神,这只熊被捕兽夹伤过一只脚,方圆百里之内无人不知,像个活人似的享有具体的称呼——有许许多多传说,说它如何经常捣毁谷仓,把储藏的玉米棒子偷走,说它如何把一整只一整只的猪娃、大猪,甚至牛犊拖到森林里去吞吃掉,如何捣毁陷阱,掀翻捕兽夹,把猎狗撕咬得血肉模糊,死于非命,还说猎枪和甚至步枪近距离照直了对它放,也如同小孩从竹筒里吹出来的豌豆,一点也不起作用——这是一连串在小艾克出生前即已开始的破坏与毁灭行动。在这些行动里,这毛茸茸、硕大无比的身形像一台火车头,速度虽然不算快,却是无情地、不可抗拒地、不慌不忙地径自往前推进。在孩子见到大熊之前,脑海里就常常出现它的形象。大熊在他的梦里蒙蒙眬眬地出现,高高地耸立着,当时,孩子甚至都没见过这片未经斧钺的森林,在那里,大熊留下了它歪扭的脚印,这头毛糁糁、硕大无朋、眼睛血红的大熊并不邪恶,仅仅是庞大而已,对于想用一通吠叫把它吓住的猎犬来说,它是太大了,对于想用奔驰把它拖垮的马儿来说,它是太大了,对于人类和他们朝它打去的子弹来说,它是太大了;甚至对限制它的活动范围的那一带地方来说,它也是太大了。孩子似乎已经凭直觉领悟他的感官与理智还没有掌握的情况:这荒野是注定要灭亡的,其边缘正一小口一小口地不断被人们用犁头和斧子蚕食,他们害怕荒野,因为它是荒野,他们多得不可胜数,彼此间连名字都不知道,可是在那片土地上,这只老熊却享有盛名,在这荒野里飞跑的甚至都不是一只会死的野兽,而是一个从已逝的古老年代里残留下来的顽强不屈、无法征服的时代错误的产物,是旧时蛮荒生活的一个幻影、一个缩影与神化的典型。孱弱瘦小的人类对这古老的蛮荒生活又怕又恨,他们愤怒地围上去对着森林又砍又刨,活像对着打瞌睡的大象的脚踝刺刺戳戳的小矮人;——这只老熊,孤独,顽强,形单影只;没有配偶,没有儿女,也无所谓死亡——简直就是丧失了老妻并比所有的儿子都活得长的老普里阿摩斯①。

他还是个小小孩那阵,当他还要等上三年然后是两年最后还有一年才能成为一个正式猎人时,每年十一月,他总要瞧着大车装载着猎狗、被褥、食物、猎枪和他表外甥麦卡斯林、谭尼的吉姆还有山姆·法泽斯(后来山姆干脆搬到营地去长住了),出发到大洼地也就是大森林里去。在他看来,他们并不是去猎熊和鹿,而是去向那头他们甚至无意射杀的大熊作一年一度的拜访的。两星期后他们便会回来,不带回任何战利品与兽皮。他也不指望他们会带着这些东西回来。他甚至并不担心哪一次大熊会和别的兽皮、兽头一起让大车带回来。他甚至都不幻想在三年、两年、一年后他参加打猎时打中大熊的说不定正好是他的那支枪。他相信只有当他在森林里学艺期满、证明自己有资格当猎人时,才能获准去辨认扭曲的趾印,而即使到了那时,在每年十一月的那两个星期里,他也只

---

① 普里阿摩斯为希腊史诗《伊利昂纪》中的特洛伊城的末代国王,他的五十个儿子在战争中全部阵亡,他自己在城破后为阿基琉斯杀死,其妻海枯巴在他死后做了俘虏。福克纳此处所述与原作情节有些出入。

能作为又一个第二流的猎人,和他的表外甥、德·斯班少校、康普生将军、华尔特·艾威尔、布恩一起,和那些不敢对着大熊吠叫的猎狗与无法使大熊流血的步枪一起,去参加一年一度向这顽强的、不死的老熊表示敬意的庄严仪式。

他盼望已久的那一天终于来到了。这天,他和他的表外甥,还有德·斯班少校和康普生将军坐在一辆四轮马车里,透过在徐徐降落的一阵十一月的接近冰点的蒙蒙细雨,见到了这荒野,他后来觉得,他所见到的情景总是这副雨蒙蒙的模样,至少在他记忆中是这样——岁暮的一个正在消逝的黄昏,那些高高大大、无穷无尽的十一月的树木组成了一道密密的林墙,阴森森的简直无法穿越(他甚至都不明白他们有什么办法、能指望从什么地方进入这森林,虽然明知道山姆·法泽斯带着大车正在森林里等候他们),马车在最后一片开阔地的棉花和玉米的残梗之间移动,这儿有人类一小口一小口地啃啮原始森林古老的腹侧的最新印记,马车走着走着,在这背景的衬托下,用透视的眼光一看,简直渺小得可笑,好像不在移动(这种感觉也是后来才变得完善的,那是在他长大成人看到大海之后),仿佛是一叶扁舟悬浮在孤独的静止之中,悬浮在一片茫无边际的汪洋大海里,只是上下颠簸,并不前进,直到一片海水以及它正以难以察觉的速度接近着的难以穿透的陆地慢慢地转过来,露出一个逐渐开阔的小湾,那就是泊地了。于是他进入了大森林。山姆正等在那儿,身上裹着条被子,坐在那对耐心的、冒着白气的骡子身后的车座上。孩子就这样进入了熟悉真正的荒野生活的见习阶段,有山姆在他身边,正如他小时候追捕兔子这类小动物度过雏形的见习时期,山姆也陪伴在他身边,这时两人裹在湿漉漉、暖烘烘、散发出黑人臭味的被子里,方才暂时对他开放来接纳他的荒野在他身后合拢了,森林在他前进之前开放,在他前进之后关闭,大车也没有固定的路可走,只有一条仅仅看得清前面十码路的通道,大车走过十码后,这段路也就湮没,这大车并没有按自己的意志往前行进,而是由人和大车所造成的纯净的气流浮托着在往前滚动,大车在打瞌睡,听不见一点声音,也几乎见不到一点光线。

他觉得自己长大到十岁时竟亲眼目睹了自己的诞生。而且他并不觉得陌生。这一切他早已经历过,而且也不仅仅是在梦中。他看到营地了——一座有六室的没上油漆的平房,搭在高出春汛最高水位的许多木桩上——他早就知道营房会是什么模样的。大家快快地、看起来很乱其实是井井有条地把装备归置到营房里去,这时他也帮上一手,该怎么干他居然也很清楚,像是早就懂得的。接下去的两个星期里他吃粗粝的匆匆做成的食物——奇形怪状的酸面包和古里古怪的野味,什么鹿肉啦、熊肉啦、火鸡啦、浣熊啦,都是他从来没有吃过的——吃这些东西的是男人,做熟这些东西的也是男人,他们先当猎人然后当厨子;他也像猎人那样睡在粗糙的、不垫被单的毯子下。每天清晨,灰色的曙光可以看到他和山姆·法泽斯站在守候猎物的隐蔽处,那是分配给他看守的一个交叉路口。这是最不重要的一个点,是油水最少的地方。这也是他意料之中的事;他自己也不敢奢望能在这第一次打猎时听到狗群追逐的声音。可是还真的让他听到了。那是第三天的早晨——他听到一阵像是低语的声音,辨不清是从哪儿来的,几乎听不出来,可是他知道这就是,虽然从未听到过这么许多猎狗一起奔跑的声音,这阵低语声逐渐变响,分成一个个清晰的声音,再接着他都能从狗群的乱吠中分清他表外甥养的那五条狗了。"好,"山姆说,"把你的枪口往上翘一点儿,把撞针扳回来,然后站着别动。"

可是这一次的机会不是给他的,还没有轮到他呢。心里怀着谦卑,这一点他学会了。他还能学会有耐心。他还只十岁,当猎人才不过一个星期。那一刹那过去了。他觉得他真的看见了那只鹿,那只公鹿,烟色的,由于飞奔而身子变长了,然后消失了,即使在猎狗的吠声早已死寂后,森林和灰蒙蒙的寂寥里仍然回响着各种声音;这时,从远处,穿过幽暗的林莽与灰色的半流体状的晨光,传来两下枪声。"现在松开你的撞针。"山姆说。

他照吩咐做了。"这你也是早就料到的。"他说。

"是的,"山姆说,"我要你学会遇到你没有开枪时应该怎么做。往往是在熊或鹿来了又跑掉,错过了机会后,人和狗才会被枪走火打死。"

"反正方才跑掉的不是它①,"那孩子说,"甚至也不是一只熊。只不过是一只鹿。"

"是的,"山姆说,"只不过是一只鹿。"

这以后,有一天早晨,那是在第二个星期里,他又听见狗叫了。这一回还不等山姆开口他就把那支太长、太重、像大人一样高的枪照山姆教他的那样准备好了,虽然他知道这一回狗和鹿离他比上次还远,他几乎都听不见。而且这声音也不像他过去听到的任何一次猎狗追逐的声音。这时,他发现山姆居然往前走了几步来到他的身边,但山姆曾教他最要紧的是扳好撞针后就在一个能看清各个方向的位置上站定,然后就再也别动。"那边,"他说,"你听。"孩子仔细谛听,那不是狗群尚未明确找到臭迹时的那种响亮、有力的合唱,而是一阵乱七八糟的尖叫声,比平时要高八度,里面含有比犹豫不决甚至比怯懦可怜更强烈的色彩,当时他还捉摸不清这究竟是怎么一回事,只感到猎狗不很果断,行动甚至也不够

---

① 指大熊"老班"。

迅速,这阵尖叫声过了好半响才越出人的听觉范围,即便如此,仍然在空中留下那尖细的、几乎像人类那样歇斯底里的、凄惨的、忧伤得几乎有人情味的回声,只是这一次回声前面什么也没有,没感到有一只正在飞遁的难以看清的烟色形体。他能听见山姆在他肩上重重的呼吸声。他看见老人吸气时鼻孔的拱形曲线。

"那是老班!"他悄声喊道。

山姆一动也不动,等到声音消失后才把头慢慢地扭过来,他的鼻孔在微微地、不断地、迅速地一张一缩。"哈,"他说,"甚至都没在跑,是在走。"

"可是居然来到这儿!"孩子喊道,"居然一直来到这儿!"

"他①每年都要来的,"山姆说,"一年一次。阿许和布恩说他来这儿是要把别的小熊赶走。要它们快快滚开,千万别待在这儿,直到猎人走掉后再回来。兴许真是这样。"孩子不再听到任何声音,可是山姆的头依然继续慢慢地不停地转动,直到后脑勺正对着孩子。接着头又扭回来,老人的脸低下来看着孩子——仍旧是那张脸,庄严、熟悉,直到露出一丝笑意时才有一点表情,仍旧是那双老人的眼睛,孩子瞧着这双眼睛,只见里面有一种激烈地闪烁着的黑幽幽的微光,激情与骄傲的微光,正在慢慢地暗淡下去。"其实,他既不关心狗和人,也根本不关心熊。他是来看看有哪些人来了,今年新到营地来的是谁,这人打枪的本事行不行,在这儿待得下来不。来看看我们有没有找来一条能用猛烈的吠叫纠缠住他、把带枪的人唤来的狗。因为他是熊的领袖。他是人。"那抹微光泯灭了,消失了;那双眼睛又是他从小就熟悉的眼睛了。"他会把那些狗引到河边。然后就打发它们回家。咱们不如也走吧;去看

---

① 指大熊。作者常用"他"来作称呼。

看它们回到营地时是怎样的一副模样。"

　　那些狗比他们先回来,一起十只,挤成一堆躲在厨房底下①,他和山姆蹲下来注视着那个幽暗的角落,猎狗在那儿蜷伏着,一声不吭,眼珠子转来转去,闪出光来,旋即又暗淡下去,它们不吱声,却散发出一股孩子还搞不清是什么的臊臭味儿,这不像是狗的气味,要强烈得多,而且不仅仅是牲畜的味儿,甚至也不仅仅是野兽的味儿。由于在尖厉、痛苦的吠声前面除了孤寂与荒野什么都没有,因此,当那第十一只猎狗在下午三四点钟回到营地时,当孩子与谭尼的吉姆抱住这条驯顺的、依然在发抖的母狗,山姆用松节油与车轴润滑油抹它的被撕裂的耳朵和抓伤的肩膀时,他们总觉得弯下身去用轻轻的一拍把这头冒失的母狗惩治了一番的不是什么活的东西,而是荒野本身。"就像是一个人,"山姆说,"跟人的做法一模一样。完全是在硬撑,能撑多久就撑多久,因为它明知道自己不勇敢也不行,从一开始就知道迟早有一回必须显示出自己的勇气,否则就没有脸面再说自己是一条狗,虽然它事先就知道这样做后果会是什么。"

　　他不知道山姆究竟是何时离开的。他只知道山姆不在了。随后的三个早晨,他起床吃早饭时山姆都没在等他。他独自到守候的地点去;现在,没人指点他也能找到那地方了,他坚守在这岗位上就像山姆教他的那样。在第三个早晨,他又听见狗的声音了,它们又在有力、自由地奔跑着追踪一道真正的臭迹了,他就像别人教他那样地准备好了枪,却听见猎物嗖的一声蹿了过去,他还没有准备好,还不配在两星期这么短的期间里就得到又一次机会,这两个星期比起他已经以坚韧、谦逊的心情奉献给荒野的漫长的一生无

---

①　房子建筑在木桩上,因此地板与地面之间是有空隙的。

疑是太短了；他又听见了枪声，一下，那是华尔特·艾威尔那支步枪的单独的清脆的一声。这时他不仅能独自找到他的岗位又能回到营房，而且，靠了表外甥给他的指南针居然还来到了华尔特所在的地方，只见华尔特正守候在那只公鹿的身边，一群猎狗忙着在争食扔给它们的内脏，这时除了骑马的德·斯班少校与谭尼的吉姆外，别的人都还没赶到，连骑了那只拉大车的独眼骡的阿许大叔也还没到，人们都说这骡子不怕血腥味，连熊的血腥味也不怕。

骑那只骡的并不是阿许大叔①。那是山姆，他回到了营地。山姆等他吃完了午饭，然后，他骑上了独眼骡，山姆骑上和它配套拉大车的另一头骡子，他们俩在没有太阳、黑得很快的下午一连骑了三个多小时，不走小路，甚至连他能辨认出来的小径也不走，最后来到一块他从未见过的地方。这时他才明白为什么山姆让他骑独眼骡了，它不会因为闻到血腥味，野兽的血腥味而惊逃。可是另一匹，那匹没有残疾的，却突然站住，打算转身逃窜，就在这时，山姆翻身下地，拉紧缰绳，它还是乱挣乱扭，山姆不敢冒险硬往前拉，只能开口哄它朝前走，这时孩子正从乖乖站住的独眼骡背上爬下来。这以后，他站在山姆身边，置身在原始森林与冬日迟暮的浓重的幽黑晦暝之中，低下头去，静静地察看那根有一道道爪痕、被掏空的朽烂的原木，再看看旁边的湿土地，上面留下了巨大、扭曲的两只脚趾的足印。现在他明白那天早晨他在树林里那群猎狗的吠叫声中听到的是什么了，明白他盯着厨房地板下面蜷缩在一起的狗群时闻到的是什么了。这种东西在他身上也有，虽然不完全一样，因为它们是野性未驯的畜生而他却不是，但是差别是微乎其微的——那是一种急切的心情，消极被动的急切心情；也是一种自卑

---

① 从下文看，这已经不是方才打到公鹿的那一次狩猎，而是另一次了。

心理,感到自己在无比古老的森林面前是多么脆弱无能,但是他与猎狗不同的是他并不犹豫,也不畏惧;他嘴里突然变多的唾液中出现了一股黄铜般的味道,脑子或是胃里猛地一阵刺痛的收缩,他也弄不清到底是什么部位,反正这也关系不大;他只知道他第一次明白从他记事前就在他耳边响起,就在他梦里出现,因而也必定在他表外甥、德·斯班少校甚至老康普生将军记事前就在他们耳边与梦里出现的那只老熊,是一只终久会死的动物,而他们每年十一月出发到营地来并不真的想把它杀死,这并不是因为它杀不死,而是因为直到目前为止他们还不真的希望自己能杀死它。"咱们明天来干吧。"他说。

"你的意思是咱们明天试试,"山姆说,"咱们还没有找到一条狗呢。"

"咱们已经有十一条狗了,"他说,"星期一它们追了他一气儿。"

"你听到它们的声音了,"山姆说,"也见到它们的模样了。但咱们还没找到合适的狗。好的狗只要有一只也就够了。可是咱们没有。没准世界上哪儿也没有这样的一只狗。现在唯一的办法就是等大熊恰好撞上一个拿着枪的人,而这个人又恰好枪法极准。"

"这个人不可能是我,"那孩子说,"也许是华尔特,也许是少校,也许……"

"也许是吧,"山姆说,"你明天好好瞧瞧。因为他机灵得很。他能活到现在原因就在这里。要是他被包围了,不得不从一个人身边突围,他一定会选中你的。"

"怎么可能呢?"他说,"他怎么会知道……"他顿住了一下,"你是说他已经认得我了,知道我从没来过大洼地,还来不及弄清楚我是不是……"他又顿住了,瞪大了眼睛瞧着山姆;他谦逊地说,甚至也不感到惊奇:"那么说他是来观察我的。我想,要做到这一点他来一次也就足够了。"

"你明天好好瞧瞧,"山姆说,"我看咱们最好还是动身回去吧。还不等咱们回到营地天早就断黑了。"

第二天早上,他们比往常早动身三个小时。这回,连厨子阿许大叔也去了,他总说自己的职业是打猎营地的厨子,他除了给德·斯班少校的狩猎野营队做饭,别的事儿基本上没干过,可是荒野并不把他和狩猎队同样看待,除非有一天他像他们全体——包括那个直到两星期以前才第一次见到荒野的孩子在内——一样,也会为猎狗被撕裂的耳朵、被抓伤的肩胛,为一方湿土地上扭曲的脚印而大为激动。他们骑马或坐车去。路太远,步行是不行的:孩子、山姆和阿许大叔领着狗群坐大车,他的表外甥、德·斯班少校、康普生将军、布恩、华尔特和谭尼的吉姆每两个人合骑一匹马;又一次,像两星期前第一天的早晨那样,灰色的曙光发现他坚守在山姆指定后离去让他独自负责的岗位上。他拿着一支对他来说是太大的枪,这支后膛枪甚至还不是他的,而是属于德·斯班少校的,他以前只放过一次,那是在进森林的第一天,他朝一个树墩开过一枪,体验一下后坐力是怎么回事,还学了怎样往枪里装硬纸壳的霰弹;现在,他背靠一棵大橡胶树站在一条小河旁,幽黑的几乎不动的河水从一丛浓密的芦苇丛里沁出来,穿过一块小小的林中空地,又流到芦苇丛中去,在那儿,有一只看不见但是听得见的鸟,就是黑人叫作"主对上帝"①的那种大啄木鸟,在一棵朽木上笃笃地敲啄着。这个岗位和别的任何一个岗位没有什么区别,只是在一些细微的地方与他两星期来每天早上去站的岗位有些不一样;这个

---

① "主对上帝"(Lord-to-God)是黑人对"logcock"(大啄木鸟)的讹读。

地方他虽然感到陌生,比起上次的地方也不见得更不熟悉,那个地方经过两星期的相处,他开始相信自己已多少有些了解——同样的孤寂,同样的荒凉,在脆弱、胆怯的人匆匆穿过之后没有引起任何变动,没有留下痕迹与印记,它准是和山姆·法泽斯的第一个契卡索族老祖宗匍匐进入时一模一样,当时,这个印第安人手里拿着木棒、石斧或兽骨箭,四下张望,随时准备战斗;而要说有什么不同,那就是他蹲在厨房边时,闻到过在厨房底下蜷成一团的猎狗的气味,看见过那条母狗被撕裂的耳朵与胁腹,这条狗像山姆所说的那样,为了可以理直气壮地宣称自己是一条真正的狗,不得不显示一次勇气;另外,他昨天在那被挖空的原木旁边,看到过一只活生生的熊的脚印。他一点也听不见狗的声音。他像是从来也没有真正听到过狗的声音。他只听见啄木鸟的敲啄声突然停止了,便知道那只熊正在观察他。他根本看不见熊。他不知道熊是在他前面的芦苇丛里呢还是在他后面。他一动不动,抱着那支没有用的枪,他这时明白不论是现在还是以后,他都再也不会朝熊开枪了,这时,他又察觉唾沫中有一股黄铜的味儿,这正是他盯看厨房底下挤作一堆的猎狗时所闻到的那股味道。

后来它走了。啄木鸟干巴巴的笃笃声突然又重新响起来,就像停止时一样突然,过了一会儿,他以为甚至还听到了狗的声音———阵模糊不清的呜呜声,几乎不能算是声音,没准他听到已经有一会儿了,有一两分钟了,只是后来才察觉,它飘进他的耳朵,之后又飘出去,逐渐消失。它们并没有来近他的身边。如果他听到的是狗的声音,他可不敢发誓说这一定是狗;如果它们追逐的是一只熊,那也一定是另外一只熊。正是山姆本人从芦苇丛里走出来涉过溪流,那条受伤的母狗亦步亦趋地跟在后面,人们就是这样训练"捕鸟狗"走路的。它走过来挨着他的腿卧了下来,一面在发抖。"我没有看见他,"他说,"我没有,山姆。"

"这我知道,"山姆说,"他是来观察的。你也没有听见他的声音,是吗?"

"没有,"那孩子说,"我……"

"他很聪明,"山姆说,"太聪明了。"当山姆低下头去看那条依偎在孩子大腿旁不断轻轻颤抖的母狗时,孩子又在他的眼睛里看到了那种阴郁与沉思的幽光。几滴像晶亮的红莓般的鲜血附着在母狗被抓破的肩部的伤口上。"太大了。咱们还没找到一条合适的狗。也许总有一天会找到的。"

因为这次过了还有下一次,再有下一次,下一次。他才十岁呢。他像是觉得能够看见他们,他们两个,影影绰绰的,在混沌未开的什么地方,时间就是从那里诞生并且变成时间的:那只摆脱了死亡的羁绊的老熊和他自己,而他也居然分享了老熊的一些灵气。因为他现在认识到他在挤成一堆的猎狗身上闻到的是什么,在自己的唾沫里尝到的是什么了,认识到害怕是怎么一回事了,就像一个孩子,一个少年偶然面临一个多情风流、为许多男人爱恋的女人,或者甚至是仅仅进入过她的寝室,于是对爱情、热恋与肉体关系就有所了解一样,这种男女风情作为人类代代相传的本能存在于他的心里,但还没有成为他自己的亲身体验。这么说我一定要见到他,他想,心里不感到恐惧甚至也不抱什么希望。我一定要正眼盯着他看。那是第二年夏天六月里的事了。为了庆祝德·斯班少校与康普生将军的生日,他们又来到营地。虽然少校出生在九月,将军比他差不多早三十年出生在隆冬,但是每年六月,这两位再加上麦卡斯林、布恩和华尔特·艾威尔(从现在起又加上那孩子)都要到营地来过上两个星期,来钓鱼、开枪打松鼠和火鸡,晚上还带上狗去追逐浣熊与山猫。这就是说,让布恩和几个黑人

(现在又加上这孩子)去钓鱼、打松鼠、追逐浣熊和山猫,因为够格的猎人,这不光指德·斯班少校和老康普生将军(将军这两个星期里都坐在一张摇椅里面对一口煮着布伦瑞克炖菜①的大铁锅,一面搅动一面品尝,还与阿许大叔争论该怎样炖最好,同时让谭尼的吉姆往一只长柄铁皮勺子里斟威士忌,他就从勺子里喝酒),甚至也包括麦卡斯林与华尔特·艾威尔,他们虽然都还年轻,但是不屑于干那样幼稚的事,情愿用手枪打野火鸡,彼此打赌,或是试试自己的枪法准不准。

这就是说,他的表外甥麦卡斯林和别人都以为他是在猎松鼠。一直到第三天晚上,他还以为山姆·法泽斯也是这样想的呢。每天早上,他总是一吃罢早饭就离开营地。他现在有自己的枪了,一支新的后膛枪,是圣诞节得到的礼物;这支枪他以后还要用上近七十年,枪管、枪机要换上两次,枪托换上一次,到后来,除了那块刻有他和麦卡斯林的名字和1878某月某日等字样的镶银的枪机护圈之外,其他都不是原配的了。他找到了小溪流旁的那棵树,去年有一天早上他就在这里守候过。他靠了指南针的帮助,从这地点向四面八方扩大搜索的范围;他正在教自己成为一个比林中居民更优秀的猎手,虽然自己也不清楚正在这样做。第三天,他甚至还找到了他初次见到熊迹处的那根被挖空的原木。它如今几乎已经完全变了形,正以令人难信的速度在复原,热切得几乎让人看得见地在舍弃它的过渡形式,回归到原本哺育这棵树的大地中去。他现在是在夏季的树林里巡逻,这里绿得发黑,简直可以说比十一月灰蒙蒙的死寂还要暗,在这儿即使是大晌午阳光也仅仅透过无风

---

① 一种猎人吃的食物,用松鼠肉、兔肉加上洋葱炖煮而成,起源于弗吉尼亚州布伦瑞克县,故名。

的枝叶斑斑驳驳地落在永远没完全晒干过的土地上,地上有蛇在游走——噬鱼蛇、水蛇和响尾蛇,它们的颜色也是黑幽幽、斑斑点点的,不动的话孩子不见得每次能看得见;第一天、第二天,他回营地的时间越来越晚,越来越短,到了第三天,他在晦暗的暝色中经过那座原木马厩四周的小栅栏,山姆正在那儿安顿牲口过夜。"你找的办法还不对头。"山姆说。

他停住脚步。他一时没有答话。然后他平静地说起来了,虽说平静可也是滔滔不绝的,就像小孩垒在小溪边的微型土坝被冲垮了似的:"一点不错。是的。可又该怎么办呢?我到小溪边去过。我甚至又找到了那根枯木。我……"

"我看你这样做也不错。很可能他一直在注意你。你一次也没见到他的脚印吗?"

"我……"那孩子说,"我没见到……我根本没想到……"

"是因为那支枪。"山姆说。他站在栅栏旁,纹丝不动,这个老人,这个黑女奴和契卡索酋长的儿子,穿着一条破旧褪色的工装裤,戴着一顶只值五分钱的破草帽,这顶草帽以前是黑人被奴役的标志,现在却成了表示他获得自由的盛装了。这个营地——这片空地、房屋、马厩和它的小场院,都是德·斯班少校历年来在荒野里一点点、却不免是暂时地开出来的——现在都消失在苍茫的暮色里,淹没在大森林亘古的黑暗中。那支枪,那孩子思忖道。都是因为带了那支枪。"你只能挑一样。"山姆说。

次日,天还没亮他没吃早饭就动身了,这时阿许大叔还躺在厨房地板上的地铺上,要好久以后才醒过来生火呢。他只带了一只指南针和一根打蛇的棍子。他可以先走一英里左右不用看指南针。他在一根原木上坐下来,看不清手里的指南针,方才走动时停下来的那神秘的夜籁这时又喧腾起来,可是接着就彻底停了下来,连猫头鹰也不叫了,让位给逐渐苏醒的白昼活动的鸟儿,灰蒙蒙、潮滋滋的森林里透进来了一些亮光,他可以看清指南针了。他走得很快但是步子很轻,步子越来越稳,越来越稳,真有点儿像一个林中居民了,不过他现在还顾不上自我欣赏;他惊起了睡梦中的一只母鹿和一只幼鹿,他离它们很近,可以看得很清楚——被压折的灌木、白色的短尾巴、跟在母鹿后面急急飞奔的小鹿,跑得比他所想象的要快。他打猎的方法是对的,是在上风头,就像山姆教他的那样,可是现在没有什么意义了。他没有带枪;这是出于自愿的一种舍弃,不是一种策略,也不是自发的抉择,而是他接受的一个条件,他这样做后,不仅老熊迄今为止未被打破的神秘性可以消除,而且自古以来存在于猎人与被猎者之间的一切规则、一切均势也可以废去。他甚至都不会感到害怕,即使在惊恐完全把他控制住的那一刹那:控制了他的血液、皮肤、内脏、骨头以及记忆,久远的、早在成为他的记忆之前即已存在的记忆——总之,是一切,只除去那一星微弱的、明亮不灭的心灵之火,仅仅是因为有了这一星微火,才使他和这只老熊有所区别,和他今后近七十年里将追踪的所有别的熊和鹿有所区别,关于这心灵之火,山姆曾说:"要感到惊吓。这你是不可避免的。可是千万不要畏惧。只要你不把森林里的野兽逼得无路可走,只要它没有闻到你有恐惧的气味,它是不会伤害你的。熊和鹿见到懦夫也不得不吓一跳,连勇士遇到懦夫也不得不吓一跳呢。"

中午时分,他早已远远地越过小溪的渡口,深入到一个他从未到过的陌生地方,这时依靠的不仅仅是那只指南针,而且还有父亲传给他的那只又大又重、有一块饼那么厚的老银表。他是九小时之前出发的;再过九个小时,天色会早黑下来一小时了。他停住脚步,自从终于能看清指南针从坐着的原木上站起来走路,这还是第一次,接着用衣袖擦了擦汗津津的脸,朝四下张望。他已经放弃了某种东西,出于自愿,由于有需要,是谦卑、平静而毫不遗憾的放弃,可是这显然还不够,仅仅不带枪还是不够的。他站住了一会儿——一个外来的孩子,迷失在这片毫无标志的荒野的绿幽幽的、高达穹苍的晦暗中。接着他把自己的一切都舍弃给这荒野。还有那只表和那只指南针呢。他身上仍然有文明的污染。他把表链和系指南针的皮带从工装上解下,把它们挂在一丛灌木上,还把棍子斜靠在旁边,然后走进树林。

当他明白自己已经迷了路时,他就按照山姆指导、训练他时学会的办法做:四处走动寻找来时走过的路。最后那两三小时中他走得不算太快,自从把指南针和表挂在灌木上之后他的速度又放慢了一些。他现在走得更慢了,因为那棵树不会离开他太远;事实上,他思想上还没什么准备就又找到了它,就转身朝它走去。可是树下并没有灌木丛,也没有指南针和表,于是他就按山姆教给他的另一个办法做:朝相反的方向绕一个稍微大一些的圈子,这样,前后两个圆圈总会在某处与他来时的路相交,可是他在任何地方都没有碰到自己的或任何别的动物的痕迹和脚印,他现在走得更快了,不过仍然不感到惊慌,心跳得快了一些,但仍然很有力很均匀,可是这一回见到的甚至都不是原来的那棵树了,因为它旁边横着一根原木,这是他从没见到过的,原木的另一边有一个小水潭,还有一片潮滋滋地往外渗水的湿土地,这时他使出山姆传授给他的下一招,也是最后的一招,因为他在原木上坐下来便见到了那只扭曲的脚印,湿土地里的变形的凹痕,只见凹痕里不断进水,直到灌满了开始往外流溢,脚印的边缘开始模糊消融。他抬眼一望,看见了第二只脚印,就往前移动,看见了第三只;他继续往前移动,不是匆匆地走,更没有奔跑,仅仅是与脚印在他面前出现的速度保持一致,仿佛这些脚印是凭空产生的,只要他有一步赶不上就会永久地消失,而且连他自己也会永久地消失,他不知疲倦地、热切地追随着,既不犹豫也不畏惧,小锤子似的心脏在急促、有力地搏动,呼吸微微发喘,他突然进入了一小片林中空地,荒野和它合而为一了。新的景色使他眼花缭乱,它没有一点声息,凝固了起来——那棵树、那丛灌木、那只指南针和那只表,它们在闪闪发亮,有一抹阳光正好照射着它们呢。这时候他见到了那只熊。它并非从哪里冒出来的,就此出现了:它就在那儿,一动不动,镶嵌在绿色、无风的正午的炎热的斑驳阴影中,倒不像他梦中见到的那么大,但是和他预料的一般大,甚至还要大一些,在闪烁着光点的阴影中像是没有边际似的,正对着他看。接着,它移动了。它不慌不忙地穿过空地,有短短的一刹那,走进明晃晃的阳光中,然后就走出去,再次停住脚步,扭过头来看了他一眼。然后就消失了。它不是走进树林的。它就那么消失了,一动不动地重新隐没到荒野中,就像他见过的一条鱼,一条硕大的老鲈鱼,连鳍都不摇一摇就悄然没入池塘幽暗的深处。

2

这么说他是应该憎恨、畏惧这"狮子"的了。这一年他十三岁。他已经杀死过一只公鹿,山姆·法泽斯还用热腾腾的血在他脸上画了纹记,接着,在十一月里,他又杀死了一头熊。不过在得到这荣誉之前,他就已经和许多具有同样经验的成年人一样,是个能力高强的林中猎手了。现在,他已经比许多具有更多经验的大人更加优秀。营地方圆二十五英里之内,没有一个地方是他不熟悉的——小河、山脊、可以充当标志的树木和小路；在这个范围内，他甚至可以把任何人径直带到任何地方去再带回来。他认得的某些野兽出没的小径连山姆·法泽斯都没有见到过；第三年的秋天，他独自发现了一处公鹿睡觉的窝，他瞒过表外甥偷偷地借了华尔特·艾威尔的步枪，破晓时埋伏在半路上，等公鹿饮完水回窝时一枪把它杀了，山姆·法泽斯曾告诉他，契卡索人的老祖宗就是这样打公鹿的。

到现在，他对老熊的脚印比自己的脚印还要熟悉了，而且熟悉的还不止是那只扭曲的脚印。他只要看见其他三只好脚中任何一只的印迹，便能说出这是哪一只脚的，而且不光是根据它们的大小。五十英里内也还有别的一些熊，它们留下的脚印也一样大，至少是几乎一样大，只有放在一起时才看得出老熊的确实要大些。情况还不仅如此。如果说山姆·法泽斯是他的老师，有兔子和松鼠的后院是他的幼儿园，那么，老熊奔驰的荒野就是他的大学，而老公熊本身，这只长期以来没有配偶、没有子女以致自己成为自己的无性祖先的老熊，就是他的养母了。

现在，只要他愿意，他任何时候都能在离营地十英里、五英里或甚至更近的地方找到那只弯曲的脚印。接下去的三年里，有两回，他守候在岗位上，忽然听到狗群找到了老熊的臭迹时发出的吠声，有一次它们甚至碰巧撞上了它，它们的吠声尖厉，凄凉，歇斯底里得简直像人的声音。有一次，他借用了华尔特·艾威尔的步枪打伏击，看见老熊横穿过一条林中走廊，这条长廊是龙卷风扫过时把树木刮得七倒八歪造成的。老熊像火车头似的一冲而过，并没有一步步跨过乱七八糟的枝木，快得他简直不敢相信熊能跑得这么快，几乎快得像鹿，因为鹿跨越时大部分距离都是在空中越过的；他这会儿才明白为什么一只狗非得有非凡的勇气，而且个头与速度也都得与众不同,才能把熊弄得走投无路。他在家里养了一只小狗,是一只杂种狗,也就是黑人称为"小不丁点儿"的那种捕鼠狗,它本身也并不比耗子大多少,可是勇猛异常,这种勇猛早已不能算是真正的勇敢,而是卤莽了。有一年的六月,他把小狗带进森林,算好了时间,仿佛他们是去会见另一个人似的,他亲自带了那只"小不丁点儿",在它头上套了一只布口袋,而山姆·法泽斯带的是一对猎狗,用皮带拴着,他们埋伏在臭迹的下风头,还真的遭遇了那只熊。双方距离太近了,那只熊竟转过身来作困兽之斗,虽然孩子后来才明白,那只熊大概是被小杂种狗的发疯一样的尖叫弄昏了头所以才会这样做的。它背靠一棵大柏树的树干,用后腿支着站立起来,准备拼命;在孩子眼睛里,这只熊在不断地往上长,变得越来越高,甚至连那两只猎狗好像也从小杂种狗那里感染到一种绝望的、不顾一切的勇气。到这时候,他突然明白小杂种狗的吠叫声是不会停止的。他把枪往地上一扔就奔。等他追上并且抓住那只声嘶力竭地乱吠并且像只纸风车似的在乱转的小杂种狗时,他觉得仿佛来到了老熊的鼻子底下。他闻到了它那股气味,浓烈的、热烘烘的、腥臭的气味。他伸开四肢伛身向地,抬起头来一瞅,只觉得它像从半空中打下来的一个霹雳,黑压压的高不可攀。孩子感到这景象非常熟悉,后来才想起来:这正是他经常在梦中见到的情景。

接着它走掉了。他没看见它是怎么走的。当时他跪在地上,双手抱住那只癫狂的小狗,耳朵里只听见那两只猎狗可怜巴巴的叫唤声一点点地远去,这时山姆走了过来,手里拿着那杆枪。他把枪悄悄地放在孩子的身边,站在那儿低下头来看他。"你现在已经见到过他两次了,手里又有枪,"他说,"这一次你本来是满可以打中他的。"

孩子站起身来。他仍然抱着那只小狗。小狗即使在他怀里也仍旧在拼命吠叫,朝猎犬逐渐远去的声音乱扭乱挣,活像一堆通了电的弹簧。孩子有点气喘。"你也没有打中他呀,"他说,"枪在你的手里。你方才为什么不开枪打他呢?"

山姆好像没有听见他的话。他伸出手去抚摩在孩子怀里的那只小狗,它仍然在叫、在挣扎,虽然现在那两只猎犬的声音已经听不见了。"他走远了,"山姆说,"你可以放松一下休息休息了,等下次再说吧。"他用手抚摩着小狗,直到它一点点安静了下来。"你差不多就是我们要想找到的那只狗了,"他说,"你仅仅是身架子还不够大。我们还没找到那只合适的狗。光是机灵还不够,还得身架子再大一些,也得更勇敢些。"他把手从小狗的头上收回去,站着凝望熊和猎犬在那儿消失的树林,"反正总有一天会被谁找到的。"

"这我知道,"那孩子说,"这就是这事非得发生在我们当中的一个的手里的原因。所以,不到那最后的一天这件事是不会发生的。在那时连老熊自己都不想活下去了。"

这么说他是应该憎恨和惧怕那"狮子"的了。那是在第四个夏天,他第四次被吸收参加德·斯班少校和康普生将军生日庆祝活动的那回。早春那阵,德·斯班少校的母马产下了一只小公驹。一天黄昏,山姆把马和骡赶到厩里去过夜时,那只小马驹不见了,他花了好大的力气才把那只发了疯似的母马赶进栅栏。起先他想让母马带他到马驹丢失的地方去。可是它不干。它连头都不愿朝森林的某个特定的地区或某个具体的方向扭过去。它光是狂奔,好像魂给吓得出了窍,什么都看不见了。有一回它猛地转过身,朝山姆冲来,好像在极端的绝望中要袭击他,好像它一下子连他是人,是一个早就很熟的人都认不出来了。最后,他总算把它赶进了栅栏。到这时,天已经很黑,没法再循着它的足迹去追溯它方才无疑因忽发奇想而走过的路线了。

他走进屋子去告诉德·斯班少校。这当然是一只野兽干的,一只大野兽,而那只小马驹肯定已经死了,不管死在什么地方。他们心里都明白。"这是一只豹子干的,"康普生将军立刻说道,"还是那一只。去年三月咬死母鹿和小鹿的那一只。"当时,布恩·霍根贝克按惯例到营地来视察,看看牲口过冬的情况如何,山姆就叫他给德·斯班少校捎话——说母鹿的脖子给咬破了,那只野兽接着追上了那可怜巴巴的小鹿,把它也咬死了。

"山姆从来没说过这是豹子干的。"德·斯班少校说。这时山姆也不说什么,他们吃饭时他就站在德·斯班少校的背后,神情莫测高深,好像只是在等他们把话说完他就可以回家。他的眼睛里像是什么也没看见。"豹子固然会去扑杀母鹿,事后再去追上小鹿也不费什么事。但是没有一只豹子会在母马和小马在一起时去扑杀小马的。这是老班干的,"德·斯班少校说,"我对他太失望了。他破坏了我们的规矩。我从没想到他会干出这样的事。他咬死过我和麦卡斯林的狗,这倒没什么。我们拿狗的性命来搏的;而且我们双方都是事先发出警告的。可是现在他闯进我屋子里来毁坏了我的财产,而且又不是在狩猎的季节。他违反了章程。这是老班干的,山姆。"可是山姆还是什么也没说,光是站在那儿直到德·斯班少校觉得自己也该住嘴了。"咱们明天沿着母马的足迹找去,看看究竟是怎么回事。"德·斯班少校说。

山姆走了。他是不愿住在营地里的;他在四分之一英里外的一条小溪旁给自己搭了一个小窝棚,有点像乔·贝克住的那种,只是更结实些,更紧凑些,那儿还有一间结结实实的小木仓,里面贮存了一些玉米,这是用来喂他每年养的小猪的。第二天早上他们醒来时,他已经在等候了。他已经找到了那只小马驹。他们连早饭也顾不上吃了。那地方倒不远,离马厩还不到五百码——那只三个月大的小马驹侧身躺在地上,喉咙给撕破了,内脏和小半个后臀给吃掉了。它躺倒的姿势不像是倒下去的,倒像是被击中后用力抛出的,而且身上没有猫科动物的爪痕,没有豹子寻找喉管时会在抓住的地方留下的爪印。他们细细辨认那只发疯的牝马绕圈子时和最后在绝望中乱冲乱撞时——就像昨天晚上冲向山姆·法泽斯时那样——的足迹,也观察了它受惊后死命奔跑时的一长溜脚印以及那只野兽的脚印,牝马往前走时那只野兽甚至都没有向它冲过来,仅仅是朝它走了三四步,牝马就垮下来了,这时康普生将军说,"我的天,多大的一只狼呀!"

山姆仍旧什么也没说。当大人们跪下来量脚印时,孩子盯看着山姆。这时山姆的脸上显现出某种表情来了。这既不是狂喜也不是喜悦又不是希望。后来,当他长大后,他才明白这意味着什么,原来山姆早就知道这是什么的脚印,是什么动物春上撕裂了母鹿的喉咙并且咬死了小鹿。那天早上山姆的脸上出现了征兆。这么说山姆倒是高兴的,他对自己说,他老了。他没有孩子,没有亲人,在这个世界上再也见不到同一个部族的人。即使他去见了,他也不能抚触他们,与他们说话,因为到这个时候他被迫当黑人都当了七十年了。这样的日子快到头了,所以他是高兴的。

他们回到营地,吃了早饭,又带了枪和猎狗回来。事后孩子才认识到他们当时也该跟山姆·法泽斯一样,明白是什么动物杀死小马驹的了。可是这不是第一次也不是最后一次他看到人们根据自己的错误判断来推理和行动。在布恩叉开双腿站在小马驹之上,用自己的皮带把猎狗轰开之后,它们便去闻臭迹了。其中有一只没有什么判断能力的年幼的小狗吠叫了一阵,狗群就往一个方向跑了几英尺,看来那儿有臭迹。接着它们停了下来,扭过头来看看人们,急切倒是很急切的,但是并不惶惑,仅仅是有点弄不懂,仿佛它们在问"下一步该怎么办?"接着它们又奔回到小马驹身边,布恩仍然劈开腿站在那儿用皮带把它们轰开。

"我从未见到过臭迹会这么快就变淡的。"康普生将军说。

"也许单独一只个头很大的狼,当着母马的面竟能把马驹咬死,是根本不会留下臭迹的。"德·斯班少校说。

"没准是鬼干的,"华尔特·艾威尔说。他眼睛瞅着谭尼的吉姆,"怎么样,吉姆?"

既然猎犬都不愿追踪,德·斯班少校就让山姆去搜索,他在一百多码之外又找到了印迹,他们再一次让猎狗去闻,那只年幼的小狗又叫起来了,当时他们中没一个人明白这不是狗找到猎物的踪迹时的叫法,而仅仅是乡下狗发现它的院子被侵入时的那种吠叫。康普生将军对那孩子、布恩和谭尼的吉姆说,对这几个逮松鼠的人说:"今儿早上你们几个把狗带上。它很可能就在附近转悠,还想把小马驹当一顿早餐呢。你们说不定会撞见它的。"

可是他们没有撞见。孩子记得他们牵着猎犬走进森林时,山姆用怎样的眼光瞅着他们——那张印第安人的脸在露出微笑前一丝表情也没有,除了鼻孔稍稍翕张,就像狗群发现老班的那第一个早晨时那样。第二天他们又带了猎犬出去,到达了出事地点,原想再找到新的足迹,可是却发现连小马驹的尸体都不见了。接着,第三天早上,山姆又在等候他们了,不过这一回他先让他们把早饭吃完。然后他说:"来。"他把他们带到他的屋子,那个小窝棚,又带到旁边存放玉米的小木仓。他把玉米都腾出来了,把门改成了一个陷阱,用那具小马驹的尸体来引它上钩;他们从原木缝里朝里张望,虽然来不及细看那只畜生的颜色和形状,却已瞥见它的颜色跟长枪或手枪的枪管差不多。它既不是蹲着的,甚至也不是站着。它正在跃动,从半空中向他们冲来——一个重重的躯体往门上猛撞,使那扇厚厚的门蹦了起来,碰得门框咯啦咯啦直响,而这只动物——也不知它是啥东西——好像还不等自己落在地上并找到一个新的立脚点来开始跳跃,就又把整个身体朝那扇门扑过去了。

"咱们快走吧,"山姆说,"不然他真要把脖子给撞断了。"即使他们已经退了出去,那一下下重重的、有节奏的冲撞还在继续,每撞一下,那扇结实的门就跃动一次,咯啦咯啦地响一阵,而那只野兽本身却还是一声不吭——既不哼哝,也不吠叫。

"这到底是什么东西?"德·斯班少校说。

"这是一条狗,"山姆说,他的鼻孔在很有规律地微微一张一合,那第一天早上猎犬追踪老熊时他眼睛里那股淡淡的、蒙眬的凶光又出现了,"就是这条狗。"

"这条狗?"德·斯班少校说。

"这就是能缠住老班的狗。"

"说是狗才怪呢,"德·斯班少校说,"我宁愿让老班自己参加我的猎狗队也不要这只野东西。开枪打死他算了。"

"不行。"山姆说。

"你永远也驯服不了他的。你还指望让这样一头野兽怕你?"

"我根本不想让他驯服,"山姆说;孩子又一次观看他的鼻孔和眼睛里的那股蒙眬的凶光,"不过要是让他怕,怕我或任何人、任何事情,我倒宁愿让他变得驯服的。不过他是两样都不会的,他是啥也不怕的。"

"那么你打算拿它怎么办呢?"

"你等着瞧吧。"山姆说。

第二个星期,每天早上他们都去山姆的小木仓。山姆早就把屋顶上铺的木瓦掀去了几块,在小马驹尸体上拴了一根绳子,等陷阱一关上,他就把小马驹吊出去。每天早上,他们都看他把一桶水吊进小木仓,而那只狗一个劲儿不知疲倦地在撞门,掉下来,再跳起来撞门。它从来不发出声音,撞门的时候也并不显得气昏了头,而是显出一种非常冷静、冷酷的百折不挠的决心。一个星期快过去时,它不再撞门了。然而它并不明显地变得虚弱,也并不看来领悟了那扇门是怎么撞也撞不开的。好像仅仅是它暂时不屑于这么干了。它也没有趴下。大家都从来也没有见到它趴下过。它站得直挺挺的,他们现在能看清楚了——它身上有一部分大獒犬的血统,有一些阿雷代尔猃犬的成分,说不定还有十来种其他成分,肩宽超过三十英寸,重量他们估计将近九十磅,黄色的眼睛冷冷的,胸膛无比宽大,全身上下都是枪筒的那种奇异的钢蓝色。

这时候两个星期满了。大伙儿准备拔营回家。孩子恳求留下,他的表外甥答应了。他搬进小窝棚和山姆·法泽斯一起住。每天早上,他都看山姆把一桶水吊到小木仓里去。这个星期结束时,狗趴倒了。它会挣扎着站起来,蹒蹒跚跚地半走半爬地来到水桶边喝水,然后又倒下去。有一天早上,它连水桶边也到不了,连前半身也无法从地板上抬起来了。山姆拿起一根短棍准备进小木仓。"等一下,"那孩子说,"让我去拿枪……"

"不用,"山姆说,"他现在动弹不了啦。"它果真不能动了。山姆拨它,戳戳它的脑袋和瘦骨嶙峋的身体时,它侧躺着,一动也不动,两只黄眼睛张开着。眼光已不凶狠,没有一点怨恨,只有一种冷冷的几乎并不针对什么人的敌意,就像某种大自然的力量。它甚至没有看着山姆,也没有去看透过原木缝在窥探的孩子。

山姆又开始给它喂食了。第一次喂时还得把它的头托起,好让它舐得到肉汤。那天晚上,他在狗够得着的地方留下了一碗肉汤,里面有几块肉。第二天早上碗空了,狗肚子朝下趴着,头抬起着,山姆进去时它那双冷冷的黄眼睛盯着那扇门,当它跳起来时它的眼神没有一丝变化,还是没发出任何声音,只是因为太虚弱,它瞄准的功夫和全身协调的能力还不行,所以山姆还来得及用棍子把它打倒,从小木仓里跳出来,砰地把门关上,而那只狗好像不等四只脚撑起身子蹦跳,就又撞起门来了,好像根本没有挨了两星期饿这回事似的。

当天中午时分,有个人从营地方向高声呼喊着穿过林子前来。原来是布恩。他走过来透过原木缝朝里张望了一会儿,看这只大狗肚子朝下趴在地上,头抬起着,那双黄眼睛睡意蒙眬地眨着,也不知它在看什么,还真有那么一股子摧不垮打不烂的劲头哩。

"最好的办法,"布恩说,"就是放出这狗娘养的,逮住了老班,让老班去追它。"他把他那张晒红的颧骨突出的脸扭过来对着孩子。"把你的东西收拾一下。卡斯说你该回家了。你在这儿跟这条吃马肉的臭狗泡在一起时间已经太长了。"

布恩有一匹借来的骡子,拴在营地那边;那辆轻便马车等候在大洼地边。当天晚上他回到了家中。他把森林里的事情告诉麦卡斯林。"山姆打算再饿他,直到能进去摸他。然后再喂他食。然后再一次饿他,如果有必要的话。"

"不过为什么要这样做呢?"麦卡斯林说,"这又有什么好处呢?即使是山姆,也永远驯服不了这只野狗的。"

"我们也不要让他驯服。我们希望他保持原来的野性。我们只不过要让他终于明白:他要想走出小木仓,唯一的办法就是乖乖地听山姆或是别人的话。他就是以后能把老班截住并拖住的那只狗。我们已经给他起了名儿。叫作'狮子'。"

十一月终于又来到了。大伙儿又回到营地里来。他和康普生将军、德·斯班少校、他的表外甥、华尔特和布恩一块儿站在院子里,四周是枪支、被褥和一箱箱食物,他看见山姆·法泽斯和"狮子"穿过小巷从围马的栅栏那边走过来——这印第安老头穿着破破烂烂的工装裤和胶皮靴以及一件破旧的羊皮外套,头上那顶帽子还是孩子的爸爸的;那条硕大的狗踩着庄严的步子走在他的身边。那些猎犬冲上去迎接他们,可是半路上都停了下来,只有那只判断力依旧不强的小狗继续往前冲。它摇尾乞怜地跑到"狮子"的面前。"狮子"倒没有咬这小狗。他连步子都没停。他一只爪子一挥,小狗便嗥叫着滚到五六英尺外去了,这种挥打法是只有熊才会使用的。接着他来到院子中,站在那儿,睡意蒙眬地眨巴着眼睛,既不朝任何地方,也不朝任何人瞧一眼,这时布恩说了:"耶稣啊,耶稣。——他会让我摸摸他吗?"

"你摸好了,"山姆说,"他不在乎的。不管是什么事情什么人,他全都不在乎。"

那孩子也观察到这一点了。随后的两年里,他一直在观察,要说开头,那还是从布恩抚摩"狮子"的这一刻开始的,当时布恩在"狮子"身边跪了下来,抚摩他的骨骼和肌肉,体会他的力量。好像这"狮子"是个女人似的——或者不如说,布恩本人是个女人似的。这样说更符合当时的实际情况些——一边是那只魁梧的、庄严的、半睡半醒的大狗,像山姆·法泽斯所说的那样,对任何人任何事情全都无所谓;另一边是这个性情暴烈、感觉迟钝、面色严峻的人,他身上多少还有点印第安人的血液,头脑简单得像孩子一样。孩子眼看布恩从山姆和阿许大叔两人手里把喂"狮子"的任务接了过去。他常常看见布恩蹲在厨房旁看着"狮子"大嚼,全然不理会冷雨的浇淋。"狮子"是不肯跟别的狗一起睡一起吃的,因此谁也不知道他究竟睡在哪儿,一直到下一年的十一月,大伙儿还都以为他睡在山姆·法泽斯窝棚边的狗窝里呢,当时孩子的表外甥麦卡斯林无意间跟山姆提起这事,山姆才告诉他。那天晚上,孩子和德·斯班少校、麦卡斯林提了一盏灯走进布恩睡觉的后房——这是个拥挤、密不通风的小房间,里面有一股布恩从来不洗的身子的气味和他那套湿漉漉的猎装的气味——布恩在这里仰天呼呼大睡,忽然喉咙里岔了气,醒了过来,躺在他身边的"狮子"抬起了头,扭过来用那双冷冷的昏昏沉沉的黄眼睛瞅着他们。

"真要命,布恩,"麦卡斯林说,"快把这条狗轰出去。明儿一大早还得让他去追老班呢。在这儿让你的臭气熏了一整夜之后,你怎能指望他闻出不如臭鼬气味浓的臭迹呢?"

"我倒没留心我身上的臭味会使我的鼻子失灵。"布恩说。

"即使失灵也没关系,"德·斯班少校说,"我们并不靠你去追踪熊。让他到外面去睡。让他跟别的狗一起到屋子底下去睡。"

布恩起床了。"他会把第一条冲着他打呵欠或者打喷嚏或者不小心碰他一下的狗咬死的。"

"这倒不见得,"德·斯班少校说,"没有一条狗敢冲着他打呵欠,也没有一条狗敢碰他,即便在睡梦中。把他牵出去吧。我明天还要用它的鼻子呢。去年老班耍弄了他①。今年老班别想再来这一手了。"

布恩穿上鞋子,没有系鞋带;他穿着那件肮脏的长内衣,因为睡觉而头发乱蓬蓬的,就和"狮子"走了出去。其他的人都回到前房去,接着打牌,发给麦卡斯林和德·斯班少校的牌还摊在桌子上等着他们呢。过了一会儿,麦卡斯林说,"你们要我回后房去再看

---

① 指下文所述老班下河从而摆脱了"狮子"的追踪一事。这件事发生在"去年"(亦即1881年),而少校提起此事是在"今年"(1882年)。

一看吗?"

"不用去,"德·斯班少校说,"我叫牌,"他对华尔特·艾威尔说。接着,他又对麦卡斯林说,"要是你去,也别告诉我情况怎样。我开始看出我上了年纪的第一个迹象了:知道别人不服从我的命令就不高兴,即使我下命令时就知道这命令是根本没人服从的。——一对小牌。"他对华尔特·艾威尔说。

"怎么小法?"华尔特说。

"小极了。"德·斯班少校说。

躺在一大堆被子和毛毯下面等候入睡的孩子也同样知道到这时"狮子"早已回到布恩的床上去睡了,不论是今晚剩下的时间、明天晚上还是明年、后年的整个十一月的夜晚,他都将在布恩的床上睡。当时他想:我不知道山姆是怎么想的。他本可以把"狮子"留在自己的身边,即使布恩是个白人。他还可以向少校或麦卡斯林提出请求的。而且不仅如此。最先抚触"狮子"的是山姆的手,这一点"狮子"也是知道的。后来他长大成人,也就明白了。这是很有道理的。事情本来就应该这样。山姆是酋长,是君王;布恩是庶民,是他的猎手。管狗自然是布恩的事。

在"狮子"带领狗群去追逐老班的那第一个早晨,营地里来了七个陌生人。他们是沼泽地带的居民,长期疟疾缠身,瘦得不像样,谁也弄不清他们到底住在哪里,他们靠设置一长串陷阱捕捉浣熊为生,也许还在沼泽边上开几块荒地种些棉花和玉米,他们身上穿的比山姆·法泽斯的好不了多少,还赶不上谭尼的吉姆有气派呢,带的猎枪、步枪也都陈旧不堪,天刚破晓时,他们就已经在侧院的霏霏细雨中耐心地蹲着了。他们当中有一个是他们的发言人;事后山姆·法泽斯告诉德·斯班少校,整个夏天与秋天,他们不是悄悄地单独来便是三三两两地来,一声不吭地把"狮子"看上一会儿,然后离去。"早上好,少校。俺们听说您今儿个早上打算让这条蓝狗去追那头两只脚趾的大熊。要是您不在意,俺们想跟着去瞅瞅。俺们倒也不想开枪,除非他正好朝俺们这边跑来。"

"那敢情好,"德·斯班少校说,"欢迎你们开枪。这头熊与其说是我们的,还不如说是你们的呢。"

"依俺说这话不假。俺喂了他这么多玉米,也该对他摊上一份了。还不说三年前给他叼走了一只猪娃。"

"俺琢磨俺也该有一份,"另一个人说,"不过那不是老熊干的。"德·斯班少校瞧瞧他。他在嚼烟草。他把烟草渣啐了出来。"给咬死的是只牝牛犊,挺漂亮的。那是去年的事。后来我找到它,依俺说那模样跟六月里您那只小马驹差不离。"

"哦,"德·斯班少校说,"很欢迎你们参加。要是你们看见有什么野兽跑在我的狗群的前面,尽管开枪好了。"

不过那天没有人朝老班开枪。谁也没有见到他。狗群在离林中空地不到一百码的地方撞见了老熊,孩子十一岁那年夏天也是在那儿见到他的。孩子当时在距离四分之一英里不到的地方。他听见了狗群的喧叫声,可是从声音里没有辨认出陌生的、因而也就是"狮子"的声音,因此他以为,也相信"狮子"不在里面。尽管这一回狗群追逐老班的速度比他听到过的任何一次都快得多,而且也没有发出那种歇斯底里的尖厉的高音,他还是没有明白过来。直到当天晚上山姆告诉他"狮子"找到臭迹后是从来不吠叫的,他才领悟过来。"它要到咬住老班的喉咙时才会猎猎嗥叫,"山姆说,"但它从来也不大声吠叫,连朝那扇两英寸厚的门一次次撞的时候也不哼一声。它身上有那种蓝狗的血统。你们管那种狗叫什么来着?"

"阿雷代尔狸犬。"孩子说。

"狮子"的确是在狗群里；它们撞见老熊的地方离河太近了。当天晚上十一点钟左右，布恩带着"狮子"回到营地，发誓说有一回"狮子"真的把老班截住了，可是别的狗都不愿往前冲，结果老班突了围，逃进了河里，顺游泅了好几英里，布恩和"狮子"沿着河岸追了差不多十英里路，等他们渡过河爬上对岸，天已经黑下来，他们没能找到老班上岸的臭迹，不过没准老班在经过他们过河的渡口时仍然是在水里。接着布恩把那群猎狗好一顿臭骂，骂完才吃阿许大叔给他留的晚饭，吃完就去睡了，过了一会儿，当那孩子推开那间臭气冲天、鼾声如雷的小屋的门时，那只庄严的大狗把头从布恩的枕上抬起来，朝他眨了几眼，然后又垂了下去。

第二年的十一月来临了，到了狩猎的最后一天——这一天是专门留给老班的，这已经成为一种传统了——在营地上等候的有不止十二个陌生人。这一回来的不光是沼泽地带的居民。有些是城里人，是从像杰弗生一样的其他县府所在地来的，他们听说了"狮子"与老班的事，都来看这只蓝色的大狗如何一年一度与两趾老熊会战。他们有的人连枪都没有，穿的猎装与猎靴昨天还都在商店的货架上摆着呢。

这一回"狮子"是在离河边五英里多的地方与老班遭遇的，它吠叫着截住了老熊，这一回那些猎犬倒是争先恐后地冲上去了。孩子听到了它们的声音；他离它们相当近。他听见布恩在哇哇地叫；他还听见康普生将军放空了两个枪筒，一个枪筒里装的是五颗大号铅弹，另一个是一颗大弹丸，康普生将军把马驱到再往前走一步它就要发疯的地方，就近开了枪，两枪都打中了大熊。他还听见了大熊再次脱逃后狗群的吠叫声。孩子现在是在飞奔，他气喘吁吁，跌跌撞撞，两肺都快爆炸了，他来到康普生将军开枪和老班杀死两只猎犬的地方。他看见老熊中枪后从伤口上流出的血，但这时他再也跑不动了。他停下来,靠在一棵树上,好让自己的呼吸顺畅些,心脏跳得慢些,他耳朵里听到的猎狗的吠叫声越来越远,越来越轻。

当晚在营地里——他们多了五个客人,都是穿了新猎装和新猎靴仍然吓得发蒙的陌生人,他们迷了一整天的路,后来山姆·法泽斯回进森林去把他们领出来——他听说了其他的情况:"狮子"如何再一次截住了老熊,死死地缠住它,可是所有的牲畜都不敢上前,除了那只不怕野兽血腥味的独眼骡,而骑在这匹骡子上的偏偏是布恩,大家知道,他是从来打不中什么的。他用他那支压一下上一颗子弹的老枪朝老熊开了五枪,连一根毫毛都没打中,这时老班又咬死了一条猎犬,再次夺路而逃,跑到河边,一下子没了踪影。布恩与"狮子"尽量壮起胆子沿着河岸追赶。太远了;他们在暮色初临时渡过了河,但是走了还不到一英里,就赶上断黑了。这一回"狮子"在黑地里老班登过岸的地方找到那断断续续的臭迹了,说不定还是血迹哩,亏得布恩在他身上拴了根绳子,他爬下骡子亲自与"狮子"狠狠地搏斗了一番,才总算把他牵回营地。这一回布恩也不骂娘了。他站在门口,浑身是泥,精疲力竭,那张丑八怪似的大脸显得悲哀,还带着惊愕的神色。"我没打中他,"他说,"我离它才二十五英尺,可是一连五枪都没打中他。"

"不过咱们也让他流了血,"德·斯班少校说,"康普生将军让他流了血。这一点咱们以前都没做到过。"

"可是我没打中他,"布恩说,"我一连五枪都没有打中他。'狮子'还在一旁眼睁睁地看着我呢。"

"不要紧的,"德·斯班少校说,"这次较量可相当精彩。何况咱们还让他流了血。明年咱们让康普生将军或是华尔特骑上凯蒂①,这样准能降服他。"

这时麦卡斯林问了一句:"'狮子'在哪儿,布恩?"

"我让他留在山姆那儿了,"布恩说,他已经转过身子在往外走了,"我跟他一起睡不合适。"

这么说他②是应该憎恨与惧怕"狮子"的了。然而他心中并没有这样的感情。在他看来,这里面有一种天命。在他看来,像是有一种他还说不清楚的事情正在开始;也可以说已经开始了。这很像一座搭好布景的舞台上的最后一幕。这是某件事情的结局的开端,他不清楚这是什么事情,不过他并不为之感到哀伤。他决心既要谦逊也要有自信心,因为大家认为他有资格成为这整个事件的一部分,至少是够资格亲眼目击这件事情。

3

现在是十二月③。这是这孩子记忆中最最寒冷的一个十二月。他们在营地里已经住了两个星期零四天了,要等天气转晴,好让"狮子"与老班进行他们的年赛。然后大家才可以拔营回家。由于没料到会多待这么多天,在等天放晴的日子里,他们除了打扑克,别的什么也不能干,他们的威士忌告罄了,于是派他和布恩带了一只空箱子和德・斯班少校写给酒商赛默斯先生的一张字条到孟菲斯去走一趟,好再弄些酒回来。这就是说,德・斯班少校和麦

---

① 独眼骡的名字。
② 指"孩子"。
③ 指艾萨克十六岁那年(1883年)的12月。

卡斯林派布恩去弄威士忌,并派这孩子去监督布恩,好让布恩把全部或大部分或至少是一部分酒弄回来。

半夜三点钟,谭尼的吉姆把他叫醒。他匆匆穿好衣服,一边穿一边瑟瑟发抖,这倒并不完全是因为冷,因为新生的火已经在壁炉里呼啸吼叫了,而是因为在这冬夜的这个时刻,血液总是流得很慢,心脏也跳得很慢,人也感到睡眠不足。他穿过住房与厨房之间的空地,这是块铁硬的土地,头上的天空严峻而辉煌,三小时之内天还不会亮呢。孩子用从舌面直到肺尖的全部感觉来品尝那扎人的黑暗,一面走进厨房,走进灯光照耀着的温暖,这里炉火燃得旺旺的,每扇窗户上都布满了水汽,布恩已经坐在桌子前面吃早饭了,他的头低俯在盘子上,都快埋进去了,他那移动着的下腭上布满了青黑的胡子楂,脸上敢情从未沾过水,一头粗硬的马鬃似的头发也敢情从来没碰过梳子——这个有四分之一印第安血统的契卡索族婆娘的孙子,有时候只要有人提到他身上有一滴印第安血液,他就会勃然大怒,挥起铁硬的拳头,可是在别的时候,那往往是他灌饱了威士忌之后,却会同样怒气冲冲地挥动拳头,申明他的爸爸可是个百分之百的契卡索族印第安人,而且还是一位酋长,而他妈妈身上也仅仅只有一半白人的血液。他身高六英尺四英寸;头脑简单得像个小娃娃,心地憨厚得像一匹马,那双眼睛又小又硬,像皮鞋上的两颗扣子,长在这孩子从未见过那么丑陋的一张脸上,既不是莫测高深,也不显得浅薄,既不高尚,也不见得邪恶,倒也并不温和,反正是什么表情都没有。好像不知是谁找到了一只比足球稍大的胡桃,用机械师使的锤子把它砸出了些形象,然后往上抹颜色,基本上用的是红色;但不是西印度赭石色,而是一种漂亮、鲜明的红扑扑的颜色,这固然也许是灌了威士忌的结果,但主要还得归功于快活、剧烈的户外生活,那上面的皱纹也不是在世界上生存了四十个春秋所留下的痕迹,而是眯缝着眼睛瞅太阳、瞅黑魆魆的藤蔓丛里有没有猎物在奔跑的结果,这些皱纹也是给营火烤出来的,他经常躺在十一或十二月里冰凉的土地上,挨着这营火试图入睡,等待天明好爬起来再去打猎,好像这岁月就像空气一样,仅仅是他在其中走动的某种东西,而且跟空气一样,并没有使他变老。他勇敢、忠心、毫无远见而不可信赖;他没有职业,没有手艺,没有行当,只有一种缺点和一种优点:前者是嗜酒如命,后者是对德·斯班少校和孩子的表外甥麦卡斯林的绝对的、毫无异议的忠诚。"有时候我想把这两点都叫作优点。"德·斯班少校有一回说。"或者都叫作缺点。"麦卡斯林说。

孩子吃他的早饭,耳朵里听到厨房底下狗群的声音,它们在睡意蒙眬中被煎肉的香味所弄醒,要不,也许被头顶上的人的脚步声所吵醒。有一回他还听到了"狮子"的叫声,很短促、很专横的一声,就像任何在营地里最好的猎手只消对人吩咐一声就够了,除非那人是傻瓜,而德·斯班少校和麦卡斯林的狗中没有一只在个头与力量上能与之匹敌的,可是它们都不傻;狗群里的最后一只傻狗去年给老班咬死了。

他们吃完早饭时,谭尼的吉姆走了进来。大车正停在外面。阿许决定亲自赶车送他们到运木头的铁路线上去,到了那儿他们打算打旗号,让运原木的火车停下来,把他们带出去。阿许让谭尼的吉姆来洗碟子。孩子知道阿许干吗要这样做。他以前常听到老阿许拿话来嘲弄布恩,这回已不是第一次。

天气冷得很。大车的辊辘与冻上的土地相碰撞,发出咯噔咯噔的声音;凝滞的天空显得很亮。他已经不是在轻轻哆嗦,而是在浑身乱颤了,这是慢慢的、持续不断的、猛烈的颤抖,他方才吃下去的食物在他肚子里仍然是热腾腾、沉甸甸的,而他的躯壳却围绕着它在慢慢地、不断地颤动,仿佛他的胃是悬空漂浮在躯体里似的。"它们今天早上不会去追赶猎物,"他说,"像今天这样的天气,没有一条狗的嗅觉会是灵敏的。"

"'狮子'不算,"阿许说,"'狮子'不需要嗅觉。他唯一需要的是一只熊。"他把两只脚包在麻袋片里,还把从厨房里他地铺上拿来的一条被子裹在头上和身上,在稀疏、明朗的星光底下变得奇形怪状,孩子可从来没见过这么古怪的东西。"'狮子'能在一幢一千英亩大的冰屋子里追踪一只熊。而且还能逮住他。其他那些狗根本不算数,因为只要'狮子'是在追赶一只熊,它们反正怎么也撑不上'狮子'。"

"那些狗有啥不对头的?"布恩说,"狗的事,你到底懂得多少?咱们上这儿来以后,你除了出来砍过几根柴火,正式拖着尾巴离开厨房这还是破天荒第一遭呢。"

"狗是没什么不对头,"阿许说,"只要由着它们去干,那就不会有什么不对头的地方。我倒是愿意自己从生下来那天起就能跟这些懒狗一样,懂得怎么保养自己的身子。"

"哦,反正今天早上不会让它们出去,"布恩说。他的声音很严厉和肯定,"少校答应过的,我和艾克回来之前不让狗群出去。"

"天气今儿个要变呢。要往暖和里变。晚上会下雨。"说到这里阿许笑了,咯咯地笑了,声音是从被子里什么地方透出来的,他连脸也捂在被子里了。"别那么有气无力的,死骡子!"他说着,猛拽了一下缰绳,于是骡子往前跳去,拉了大车磕磕碰碰地颠簸了几英尺,然后又慢了下来,像往常那样用又急又短的小步子跑了起来。"再说,我倒想知道少校为什么缺了你就不行。他现在一心指望的是'狮子'。我也从没听说过你背了熊肉或别的兽肉回到营地来。"

现在布恩要痛骂阿许一顿甚至于要动手打他了,孩子心想。可是布恩没有这样做,他也从未这样做过;孩子知道布恩是根本不会这样做的,虽则四年前布恩曾在杰弗生的大街上用一支借来的手枪对着一个黑人一连开了五枪,其结果跟去年秋天他朝老班开五枪那回一模一样。"老天爷在上,"布恩说,"不等我今天晚上回来,他是决计不会让'狮子'或是别的狗去追什么野兽的。他答应过我的嘛。你快抽那些骡子呀,得不断地抽,让它们跑快些。你难道想让我冻死吗?"

他们来到运木头的铁路旁,生了一堆火。过了一会儿,在东方逐渐变白的天空下,运木头的火车从树林里钻出来了,布恩便朝它挥旗子。这以后,在温暖的守车①里,孩子重新入睡,而布恩和车长、司闸就聊起"狮子"和老班的事来,日后,人们也是这样聊沙利文和基尔雷②的事儿的;再往后,人们也就是这样聊丹泼西和突尼③的事儿的。孩子睡意蒙眬,身子随着没有弹簧的守车的摇摆、颠簸而晃动,耳朵里仍然能听见他们在聊天,讲老班怎样咬死猪娃和牛犊,如何洗劫谷仓,捣毁兽夹和陷阱,还讲它的皮肉里大概嵌进去了多少颗铅弹——这只两只脚趾的老班,在这一带,五十年来,被兽夹夹断脚趾的熊常常被叫作"二趾"、"三趾"或"瘸腿",只有这只老班是只特殊的熊(照康普生将军的说法是只"熊司令"),他为自己争取到一个只有人才配享有的名字,而且还一点也不感到不好意思。

天亮时他们来到霍克铺。他们从暖和的守车里走出来,穿着猎装和肮脏的卡其衣服,脚蹬沾满泥污的靴子,而布恩带着没刮胡

---

① 货车列车末尾供车长执行任务用的车厢。
②③ 这四人都是美国著名的重量级拳击家。沙利文于1889年打败基尔雷,突尼于1926、1927年两度打败丹泼西。

子的发青的下巴。不过这也没有什么关系。霍克铺是个小站,有一家锯木厂、一家杂货铺和两家小店,还有设在与主轨相连的支轨上的一条滑运道,而这儿所有的人也都穿皮靴和卡其衣服。不多一会儿,去孟菲斯的火车来了。布恩在卖报的小贩那里买了三包加糖浆爆的玉米花和一瓶啤酒,那孩子在他咀嚼声的伴奏下又睡着了。

可是在孟菲斯,事情却不很顺当。好像那些高楼大厦和铺硬石的人行道、那些华丽的马车、那些马拉街车和那些穿了硬领衬衫打了领带的人,使他们的靴子和卡其衣服显得更不雅观和更肮脏了,也使布恩的胡子显得更难看了,更长了,而他那副尊容也更显得不该到树林外边来亮相,至少是不应该远离德·斯班少校、麦卡斯林或是别的认得这副尊容的人,这样,就至少有人出来说一声,"不用害怕。他不会伤害你的。"布恩穿过车站,走在光滑的地板上,用舌尖把嵌在牙齿缝里的玉米花舔出来,脸一扭一扭的,他叉开了两条腿儿走着,胯骨那里直僵僵的,仿佛是走在涂了牛油的玻璃上,脸上青黑的胡子楂则像新枪管上的锉屑。他们经过了第一家酒吧。即使大门紧闭,那孩子也似乎能闻到里面铺地的锯木屑味和隔夜的酒臭。布恩咳嗽起来了。他咳了差不多有一分钟。"他娘的怎么感冒了,"他说,"我倒想知道是在哪儿得的。"

"就是方才在车站里得的。"孩子说。

布恩刚开始第二阵咳嗽。听了这话他停了下来。他瞅着孩子。"什么?"他说。

"咱们离开营地那会儿你没得,在火车里也没有得。"布恩瞅着他,眼睛一眨一眨。接着他不眨眼了。他也没有再咳嗽。他平静地说:

"借一块钱给我。拿来吧。你有的啊。如果你早先有,现在就不会没有的。我不是说你是个小气鬼,因为你不是这样的人。你只不过好像是从来想不起来自己需要什么东西的。我十六岁那阵,要是手里有张一元钞票,还不等我认清发行钞票的那家银行的名字,这一块钱就不知哪儿去了。"他又平静地说,"拿一块钱来,艾克。"

"你答应过少校的。你答应过麦卡斯林的。你答应过等回到营地以后再喝的。"

"行了,"布恩用他那平静的、有耐心的声音说道,"就一块钱,我还能做出什么事来呢?你又不会再借一块给我的。"

"你说得太对了,我当然不会。"那孩子说,他的声音也很平静,冷冷地憋着一股怒气,这怒气并不是针对着布恩的,他想起布恩如何坐在厨房里一张硬板椅里打鼾,好瞧着钟叫醒他和麦卡斯林,然后赶十七英里路的马车把他们送到杰弗生去坐上去孟菲斯的火车;还想起那匹桀骜不驯、从未套过马笼头的得克萨斯州矮种花斑马,这是他说服麦卡斯林让他买的,是他和布恩用四元七角五分在拍卖场买下的,他们用一根刺铁丝把它拴在两匹驯顺的母马中间,把它弄回家,它竟从未见过从玉米芯上脱下的玉米粒,还以为那都是小甲虫哩,而最后(当时他十岁,而布恩一辈子都停留在十岁的智力水平上)布恩说这匹马驯服了,他们就用一条麻袋罩住它的脑袋,叫四个黑人拽住它,把它往后拉,让它退到一辆二轮大车的前面,给它套上挽具,他和布恩就上了车,布恩说,"行了,小伙子们。松开它吧。"于是黑人中的一个——那是谭尼的吉姆——一把将麻袋扯开,接着赶紧往边上一跳,好保全住自己的性命,这样,马车失去了第一只车轮,因为它撞在敞开的院门的门柱上了,而眼看要撞上的那一刹那,布恩一把抓住孩子的后脖梗,一下子把他推进路边的小沟,因此后面的好戏他只看见了一些片断:

大车碰碰撞撞地穿过侧门时第二只轱辘也掉了下来,它滚过后院,蹦上回廊,大车的碎片散满了一路,肚子贴地卧在车上的布恩很快就消失在一蓬蓬翻腾进飞的尘土里,但他仍然攥紧缰绳,一直到连缰绳也断了,而两天之后,他们终于在七英里外找到了那匹小马,脖颈上仍然套着颈轭和笼头,真像一位同时戴着两条项链的公爵夫人。孩子掏出一块钱来给了布恩。

"好吧,"布恩说,"进去吧,别站在外面,多冷呀。"

"我不冷。"他说。

"你可以喝些柠檬水嘛。"

"我一点柠檬水也不要喝。"

酒吧的门在他后面关上了。这时太阳已经老高了。这是个非常晴朗的日子,虽然阿许说过天黑之前要下雨。现在已经暖和些了;明天他们可以去追猎了。他又体会到往昔的那种兴奋劲儿,还是像以前一样的新鲜,就像他进森林的第一天时那样;不管他打猎和追踪的资格会多么老,他永远也不会丧失这种感觉:那真是无比美好的一种生活,既是那么谦逊,又是那么骄傲。他一定不能再想这件事了。他仿佛已经觉得自己在奔跑,在朝火车站跑回去,在朝铁轨那儿跑,马上就要跳上南行的第一班火车;他真的不能再想这件事了。大街上一片忙乱。他瞧着那些拉车的诺曼种高头大马,那些佩尔什马[①];他瞧着那些讲究的马车,那些穿了高贵的大衣的绅士和穿了毛皮大衣显得无比娇艳的淑女就是从这样的马车上下来走进火车站的。(他和布恩这时还仅仅到达离车站两家门面的

---

① 原产于法国佩尔什地区的大种挽马。

地方。)二十年前,他父亲曾骑着马进入孟菲斯,当时他是福勒斯特①将军麾下沙多里斯上校的骑兵队里的一员,骑马顺着大马路走,据传说,径自策马闯进嘉育舒大旅社的前厅,一些北军的军官就坐在那儿的皮椅子上,朝锃亮的高脚痰盂里吐痰,然后他爸爸又走了出来,连一根毫毛都没有受到损伤——

他背后的门打开了。布恩在用手背擦嘴。"行了,"他说,"咱们现在去办事,办完了就他娘的走人。"

他们跑去把箱子装满。他一点儿也不知道布恩是在什么地方、什么时候把另外那瓶酒弄到手的。毫无疑问这是赛默斯先生送给他的。等日落时分他们又来到霍克铺时,这瓶酒已经空空如也了。他们原可以搭乘一辆回去的火车在两小时之内回到霍克铺;德·斯班少校还有麦卡斯林都吩咐过并严格命令过布恩直接回火车站,而且还派孩子跟去监督执行,他们一开始倒是老老实实照办的。在车站的盥洗室里,布恩从酒瓶里喝他的第一口酒。有个戴制帽的人走过来对他说不能在这儿喝酒,可是看了布恩一眼之后就再也不说什么了。第二回,在餐馆里,他正把酒瓶拿到餐桌下面朝喝水的玻璃杯里倒酒,经理(那是个女的)告诉他不能在这里喝酒,于是他又到盥洗室去了。他没完没了地对黑人侍者和餐馆里所有的人谈"狮子"和老班的事,他们没法子只好听他讲,其实他们根本不知道"狮子"是啥,也根本不想知道。这时他忽然想起了动物园。他打听到三点钟还有一班车去霍克铺,因此他们满可以去动物园玩一会儿,然后,在他第三次从盥洗室出来之后,再搭乘三点钟的火车。他们可以接着再搭最早班次的车回营地,带

---

① 纳·贝·福勒斯特(1821—1877),美国内战时期南方联军的骑兵指挥官。内战前当过牛贩子、奴隶贩子和庄园主。

上"狮子"再回到动物园来,据他说,那儿的熊都是吃冰淇淋和"兰花指"饼干长大的,他要让"狮子"跟它们全都较量一番。

就这样,他们错过了原来该搭乘的第一班火车,不过他好歹把布恩弄上了三点钟的车,这下子他们总算没事儿了,现在布恩干脆不去盥洗间喝酒了,而是大大咧咧地在过道里喝,一面还大谈"狮子"的事,被他揪住衣襟不得不洗耳恭听的那些人也不敢对他说这里禁止喝酒,而在火车站,倒是有个老兄胆子很大,居然敢在他面前提这档子规矩。

太阳落山时分他们来到霍克铺时,布恩却睡着了。孩子费了老大的劲儿终于把他弄醒,把他和箱子弄下了火车,甚至还说服布恩,让他在锯木厂的小卖部里吃了几口晚餐。当他们爬上运木列车的守车朝大森林驶回去时,他总算是大功告成了,这时太阳西沉,红得像血,天空已是彤云密布,当晚地面不会冻冰了。现在轮到那孩子睡觉了,他坐在烧红的火炉后面,没有弹簧板的守车蹦跳着,嘎嘎响着,布恩和司闸、车长一起在聊"狮子"和老班的事,因为他们懂得布恩所讲的事,因为现在已经到家了。"云起来了,开始化冻了,"布恩说,"'狮子'明儿个会收拾他的。"

收拾老班的将是"狮子"或是别的什么人。反正不会是布恩。就人们所知,他从没打中过比松鼠大的东西,除了那个黑婆娘,那是在他朝一个黑大汉开枪的那天。那黑人是个大块头,离布恩还不到十英尺远,但布恩用他从德·斯班少校的黑人马车夫那里借来的手枪一连开了五枪,也没把对方打中,而那黑人掏出一把一块五毛钱邮购来的手枪,他本来可以把布恩打个稀巴烂,可是那支枪偏偏打不响,它仅仅发出五下克嗒、克嗒、克嗒、克嗒的声音,而布恩还在乱开枪,他打碎了一块大橱窗玻璃,让麦卡斯林赔了四十五块钱,又打中了正好路过的一个黑婆娘的腿,医药费却是德·

斯班少校出的;少校和麦卡斯林两人切牌,决定谁负责大玻璃谁负责黑婆娘的腿。就说今年来营地后的第一个早晨他站第一班岗的那回吧,有只牡鹿从布恩跟前跑了过去;孩子听见布恩那支用手扳机击发的老枪发出了轰、轰、轰、轰、轰的声音,接着听见布恩嚷道:"妈的,它跑了!截住它!截住它!"等孩子跑到那儿一看,那只牡鹿的脚印和五颗爆炸的弹壳之间的距离还不到二十步。

当天晚上,营地里有五位客人,是从杰弗生来的,他们是巴耶德·沙多里斯先生和他的儿子、康普生将军的儿子,还有另外两个人。第二天早上,孩子朝窗外的曙色看去,只见外面下着灰蒙蒙的毛毛雨,果然不出阿许大叔所料;他还见到有一大堆人在雨地里站着或蹲着,足足有二十多人,这些都是十年来的受害户,他们的玉米、猪娃,甚至牛犊都变成了老班的美味佳肴,他们头上戴的帽子和身上穿的猎装、工装裤都是连城里的黑人都要扔掉或烧掉的破烂,只有脚上的胶皮雨靴倒还算结实完好,而他们的枪也是陈旧不堪,枪身上的钢蓝色早就褪光了,有几个人连枪也没有。吃早饭时又来了十几个人,有些骑马,有些步行,他们有的是十三英里外一处伐木场上的工人,有的是从霍克铺来的锯木工人,其中只有一个人有枪,那就是运原木的火车的车长,因此,这天早晨他们走进树林去时,德·斯班少校麾下的人马几乎与六四到六五年那段最后的惨淡的日子里①他所指挥的一样众多,只不过现在的这支队伍里有些人没有枪罢了。营地的院子太小,容纳不下这么多人。他们便推推搡搡地朝小巷里拥去,在这里,德·斯班少校骑在他的牝马上,系了条脏围裙的阿许正把油腻腻的枪弹往卡宾枪里塞,完了把枪递给少校,那只庄严、高大的蓝狗站在少校的马镫旁,那姿势

---

① 指内战末期 1864、1865 年南军濒临失败的时日。

简直不像是狗,而是像一匹马,正漫无目的地眨着他那睡意蒙眬的黄水晶似的眼睛,对布恩和谭尼的吉姆手里牵着的一大群猎犬的乱吠乱叫,像是根本没听见似的。

"今儿上午让康普生将军骑凯蒂吧,"德·斯班少校说,"去年他让老班流了血,要是那会儿他骑的是一匹不会受惊的牲口,他就能……"

"不行,"康普生将军说,"我太老了,再骑在骡子、马或别的牲口的背上在树林里乱颠乱闯已经不合适了。再说,我去年得到过一次机会,但是把它失去了。今天我就待在岗位上守候得了。我看还是让那孩子骑凯蒂吧。"

"不,等一等,"麦卡斯林说,"要猎熊,艾克往后有的是机会。还是让别人骑吧——"

"不,"康普生将军说,"我要让艾克骑凯蒂。树林里的事他已经比你我都知道得多了,再过十年,他会跟华尔特一样高明的。"

起初他还不敢相信,直到德·斯班少校对他说了才真的相信。接着他就骑上去了,骑在那匹见到野兽的血也不会惊慌的独眼骡子背上,朝下看着那条一动不动站在德·斯班少校马镫边的狗,在流动着的灰光里显得比一只牛犊还大,比他所知道的"狮子"的实际身量大——它那颗头颅很大,胸脯几乎跟孩子自己的一样宽阔,一身蓝色的皮毛底下的肌肉不会因人的抚摸而抽动或颤抖,因为把血液输送给肌肉的那颗心脏根本就不爱任何人与任何事。它站立的架势像一匹马,但是又不同于马,因为马所意味的只是重量与速度,可是"狮子"不仅仅意味着勇气以及与构成去追捕、厮杀的意志和欲望有关的一切,而且也意味着耐力,为了追上对方、杀死对方而甘愿忍受无法想象的肉体痛苦的意志和欲望。这时那只狗在看他了。它转动了一下脑袋,在狗群嘈杂无聊的汪汪声中看着他,用那双跟布恩的一样深不可测的黄眼睛看着他,这双狗眼像布恩的眼睛一样,里面既没有善也没有恶,既不小气也不大方。它们仅仅是冷冰冰的、半睡半醒的。接着这只狗眨了眨眼睛,于是孩子就知道这狗并没有看他,它根本就一直没有在看他,它连头都懒得从他这儿转开去。

那天早上他听见了第一声喊叫。这时"狮子"已经不见了踪影,山姆和谭尼的吉姆正在往一向拉大车的骡子和马的背上放鞍鞯,他看着那些到处乱嗅乱走、哼哼唤唤的猎犬,直到它们也隐没在森林里。这时,他、德·斯班少校、山姆和谭尼的吉姆骑着牲口跟在猎犬后面,听到了那第一声从不到二百码以外潮湿、化冻的树林里传来的尖厉的吼叫,他已经有所了解的那种凄惨、几乎像人声的吼叫,这以后,别的猎犬也都吠叫起来,使得阴森森的树林里回响着一片喧嚣。这时他们策马前进了。他仿佛真的能看见那只蓝色的大狗在笔直地朝前冲,一声也不吭,那只熊也是这样:那厚实的、火车头似的形体,四年前那天他看见冲过树木被大风刮倒的地区的那个形体,以他简直无法相信的速度冲在那些猎犬的前面,甚至甩掉了那些狂奔的骡子。他又听见了猎枪的声音,只有一下。森林在他面前敞了开来,他们策马飞奔,那片喧嚣在前面越来越远,一点点变弱;他们经过了那个开枪的人——那是个林中沼泽地的老乡,他一只胳膊朝前指着,脸庞瘦削,那吼叫的嘴小黑洞似的张开着,露出一颗颗龋齿。

他听见狗群的噪叫提高了声调,看见它们在前面二百码的地方。那只熊把身子转了过来。他看见"狮子"毫不踌躇地冲了上去,看见那只熊一下子把他打到一边去,冲进吠叫着的狗群,几乎立刻就咬死了其中的一只,接着一阵风似的转身又飞奔起来。这时他们这几个人进入了猎狗的奔腾的潮流。他听到德·斯班少校和谭尼的吉姆的大声吼叫,还有谭尼的吉姆为了让狗群改变方向而挥舞皮带所发出的打枪般的响声。接下去只剩下他和山姆·法泽斯在骑行了。不过总算有一只猎狗是始终跟着"狮子"的。他听出它的声音了。正是那只仅仅一年之前还没有什么头脑的小猎狗,但反正以别的猎犬的标准来看,今天仍然没有什么头脑。也许这就是勇气吧,他想。"不错,"山姆在他的背后说,"不错。只要能做得到,咱们该让他离开河边。"

现在他们来到芦苇丛里了,这儿是一片灌木地。他和山姆一样,很熟悉穿越这片灌木地的小径。他们从矮树丛里穿出来,差不多正好来到小径的入口处。这条小径横穿灌木地,通向一处俯瞰小河的开阔的高地。他听见了华尔特·艾威尔那支步枪的沉闷的射击声,接着又听见两下。"不行,"山姆说,"我听得见那只猎狗的声音。再往前走。"

他们从发出噼噼啪啪声和沙沙作响的芦苇形成的没有顶的狭窄巷道里钻出来,胯下的坐骑仍然迈着快步,来到那片开阔的高地,下面是浑浊的黄色河流,在灰色、飘浮的光线下没有倒影,看上去像是一动也不动。现在他也能听见猎狗的声音了。它不在奔跑。它的叫声是一种尖厉、疯狂的乱吠,而布恩正沿着陡岸在奔跑,他那支老枪用根拉犁的棉绳做的吊带拐在背后,正一蹦一跳地在他背上乱颠。他飞快地转身朝他们跑来,一脸狂野的神情,他纵身一跳,跳上骡背,就在孩子的背后。"那只该死的船!"他喊道,"偏偏在河对岸!大熊径直蹚水过河了!'狮子'离它太近!那只小猎狗也是这样!'狮子'离他实在太近,我没法开枪!快走呀!"他喊道,一面用靴子的后跟踢骡子的两侧。"快走呀!"

他们一头冲下堤岸,在化冻的泥土地里趔趄打滑,跌跌撞撞地闯过柳丛,冲进水里。他没有感到震动,也不觉得冷,在泅水的骡子的一边,一手抓住鞍头,另一只手把枪高高地举在头顶,布恩在骡子的另一边。山姆在他们后面的什么地方,接着,在河里,在他们周围的水里,满处全都是狗。它们游得比骡子快;骡子的蹄子还未碰到河滩的沙地,它们就已经挣扎着在往河堤上爬了。德·斯班少校在它们方才离开的河岸上高声呼喊,孩子扭回头去,看见谭尼的吉姆和他的马正进入水中。

这时,他们前面的树林里和饱含雨意的空气里响起了一片喧嚣。这片声浪在喧哗,在震响;它发出回声,撞击在他们身后的堤岸上,弹了回来,重新组成声浪,再次喧哗,震响,直到那孩子真要以为这片国土上所有朝野兽吠叫过的猎狗都一齐在冲着他吠叫呢。骡子一上岸,他就骑了上去。布恩却不想再骑了。他拉着一只马镫,随着他们爬上堤岸,一起冲过陡峭的河岸边缘的那些矮树丛,这时看见了那只熊,正用后腿直立着,背靠一棵树,那些狂吼的猎狗则围绕着它乱跑,而"狮子"又一次冲上前去,腾空跃起。

这一回那只熊没有挥爪将他打倒。它几乎像是恋人似的用双臂抱住了那只狗,一起跌倒在地上。孩子这时已经从骡背爬下。他把枪上的两支撞针都扳了回来,但除了那群折腾着的猎犬带花斑的重重身影之外什么也看不见,直到后来,才见到那只熊重新高高地站立起来。布恩在叫嚷着什么,孩子听不清那是什么;他可以看见"狮子"仍然紧紧缠住了大熊的喉咙,他也看见这半蹲半站的熊用一只爪子打中一只猎狗,把它甩到五六英尺开外去,接着熊升高,升高,仿佛永远也不会停止似的,等它又站直了身子,便开始用前爪撕扯"狮子"的肚子。这时候布恩冲上去了。孩子看见布恩手里那把刀的闪光,看见他跳进了猎狗群中,像跨栏似的越过它们,一边跑一边把它们踢开,然后纵身一跃,像骑上骡背似的骑在熊的身上,两条腿围住熊的肚子,左臂搂住熊的脖子,这也正是

"狮子"紧紧扒住的地方,接着,随着刀的起落,孩子看见了闪闪的寒光。

大熊只倒下来一次。有一瞬间他们几乎像一组雕塑的群像:那只扒紧不放的狗、那只熊,还有那个骑在它背上把插进去的刀子继续往深里捅的人。接着它们一起倒了下去,被布恩的重量拉得向后倒,布恩被压在底下。最先抬起来的是大熊的背,但布恩马上又骑了上去。他始终没有放开刀子,孩子看见他胳膊和肩部把刀子往里探时那轻微得几乎察觉不出的动作;接着大熊把身子挺直了,把人和狗也一起带了起来,它转了个身,像人那样用后腿朝树林那边走了两三步路,人和狗仍然扒在它的身上,这以后,它才倒了下去。它不是软疲疲地瘫下去的。它是像一棵树似的作为一个整体直挺挺地倒下去的,因此,这三者,人、狗和熊,还似乎从地上反弹起来了一下。

孩子和谭尼的吉姆冲上前去。布恩正跪在大熊脑袋边。他的左耳被扯破了,外衣的左袖已不知去向,右面那只高筒皮靴从膝盖那里一直撕裂到脚背;在毛毛雨洗淋下变稀的鲜血正顺着他的一条大腿、一只手和一条胳膊往下流,顺着他的脸颊往下流,这张脸已经不再是狂野的,而是非常宁静的了。他们一起把"狮子"那紧紧咬住大熊喉咙的嘴撬开。"轻点儿,妈的,"布恩说,"你们难道没看见这狗的肠子全都掉出来了吗?"他动手脱下自己的外衣。他又用那种平静的声音对谭尼的吉姆说:"去把小船弄过来。它在河堤下游一百码左右的地方。我方才看见的。"谭尼的吉姆站起来走开去了。接着,孩子不记得是因为谭尼的吉姆喊了一声、惊叫了一声,还是因为他恰好这时抬起头来,他看见谭尼的吉姆伛下身来,看见山姆·法泽斯一动也不动合扑地躺在人们踩过的湿土地里。

他并不是让骡子从骡背上摔下来的。孩子记得方才布恩还没冲上去时山姆已经从骡背上下来了。他身上没有任何伤痕,孩子和布恩把他翻过来时,他的眼睛还是睁着的,他还说了几句话,用的是平时和乔·贝克讲话时用的那种语言。可是他动弹不了。谭尼的吉姆把小船拉过来了;他们听见他隔着河对德·斯班少校叫唤。布恩把"狮子"包在自己的猎装里,抱着他往小船走去,他们把山姆抬过去,再回来用谭尼的吉姆牵狗的皮带把大熊捆在独眼骡的鞍前穹上,把他拖到小船跟前,放进小船,留下谭尼的吉姆,好让他带着一匹马两头骡子泅水过河。还不等小船靠岸,布恩就跳出去从德·斯班少校前面冲过去,少校赶紧一把抓住船头。他瞧了瞧老班,淡淡地说了一声"嗯"。接着他走进水里,伛下身去摸了摸山姆,山姆抬眼看着他,又用和乔·贝克交谈的那种古老的语言说了句什么。"你不知道出了什么事吗?"德·斯班少校说。

"不知道,先生,"孩子说,"不是因为那头骡子。根本没出什么事。布恩朝大熊冲去时,他已经爬下骡背了。等我们抬起头来一看,他已经躺在地上了。"布恩正在朝还在河中央的谭尼的吉姆喊叫。

"快上来,他妈的!"他说,"把那头骡子给我牵来!"

"你要骡子干什么?"德·斯班少校说。

布恩甚至都没有转过眼来看他。"我要去霍克铺请大夫。"他用那种平静的口气说道,脸色也很平静,脸上的鲜血变得越来越稀了。

"你自己才需要大夫呢,"德·斯班少校说,"谭尼的吉姆……"

"甭管他,"布恩说。他把脸转向德·斯班少校。他的脸仍然很平静,但是声音提高了八度,"你难道没看见这狗的肠子全都掉出来了吗?"

"布恩!"德·斯班少校说。两人对看了一阵。布恩比德·斯班少校足足高出一头;就连孩子现在也比德·斯班少校高了。

"我必须去请大夫,"布恩说,"他的肠子全都……"

"那好吧。"德·斯班少校说。谭尼的吉姆从水里爬上岸了。那匹马和那只眼睛没瞎的骡子已经嗅出老班的气味;它们没命地朝堤岸顶上冲,把谭尼的吉姆也拖了上来,直到他使劲让它们停下来,拴住它们,然后自己再走回来。德·斯班少校解开他纽扣眼上的系指南针的皮带,把指南针交给谭尼的吉姆。"你直接上霍克铺去,"他说,"把克劳福大夫带回来。告诉他有两个人要他治疗。骑我的牝马去。你从这儿去能找到路吗?"

"能找到的,先生。"谭尼的吉姆说。

"那好,"德·斯班少校说,"快走吧。"他转过身来对着孩子,"牵上骡子和马,往回走,去把大车套上。我们乘小船去下游的库恩桥。你到那儿去与我们会合。你能重新找到那地方吗?"

"能,先生。"孩子说。

"那好。你出发吧。"

孩子走回到大车那边。他这才知道他们方才奔跑了多么长的一段路。等他把两匹骡子套在大车前,把马的缰绳在车尾板上系好,已经是下午了。再等他赶到库恩桥,已经暮色苍茫。那条小船早就到了。他还不等看见小船,甚至还不等看见河水,就得从倾斜的大车上跳下来,手里捏着的缰绳还不能松开,同时要转来转去找个合适的地方让自己能拽住嚼子绳,揪住那只还想往前冲的眼睛没瞎的骡子的耳朵,并且用脚跟抵住土地,拽住骡子,等布恩上岸来帮他忙。车后系马的那条绳子已磨断了,那匹马已消失在通往营地的那条路上。他们把大车掉了个头,把骡子卸下,他就把那头眼睛没瞎的骡子牵到路上一百码以外的地方,把它拴好。布恩已经把"狮子"抱到大车上了,山姆这时坐起在小船里,他们过去搀他,他要自己走,挣扎着爬上堤岸来到大车前,还想自己爬上大车,可是布恩不等他了;布恩用双手抱起他,把他安顿在座位上。接着他们再一次把老班捆在独眼骡的鞍上,把他拖上河堤,在大车卸去车板的车尾上搁上两根滑杆,把他拖上大车,然后孩子前去把那只眼睛没瞎的骡子牵回来,布恩费了老大的劲把它往车上套,朝它那坚硬的、发出空洞的声音的脸上擂去一拳又一拳,终于迫使它站在该站的地方,打着哆嗦。这时雨落下来了,好像是等了一天,专门等他们要走了才下的。

他们冒着雨穿过滴水的、伸手不见五指的黑夜,回到营地,早在看见任何亮光之前,就听到了用来给他们指明方向的号角声和间歇的枪声。当他们来到山姆那间黑黑的小屋时,山姆想站起来。他又用老祖宗的那种语言说话了;接着只听见他清清楚楚地说:"让我下去,让我下去。"

"他屋子里没生火,"少校说,"往前走吧!"他厉声地说。

可是山姆这时在使劲地挣扎了,他想站起来。"让我下去,老爷,"他说,"让我回家。"

于是孩子停住大车,让布恩爬下去把山姆抱下来。这回布恩没有等山姆挣扎着自己走路。他把山姆抱进了小屋,德·斯班少校便用一根纸捻从壁炉的余烬里点着了火,把灯点亮,布恩把山姆放在铺上,帮他脱掉靴子,德·斯班少校给他盖上毯子。孩子没进屋,他在外面牵着骡子。车子一停,老班的臭味顺着流动的夜气往前飘,那只眼睛没瞎的骡子又不安生了,不过山姆的眼睛这会儿兴许又睁开来了,眼光是那么深沉,不但穿越了他们这几个人与这间小屋,而且也穿越了一只熊的死亡与一只狗的弥留。接着他们继续往前赶路,朝着那号角的拖长的呜咽声和枪声走去,这每下枪声都像是完整无缺地停留在沉滞的气流中,等待下一声参加进来与它融为一体,他们还朝着那间点了灯的屋子走去,朝流洒着亮光的窗户走去,朝那些平静的脸走去。布恩走进去了,他一身血污,异常镇静,拿着那件裹着东西的外衣。他把"狮子",连同血污的外衣什么的一古脑儿都放在自己那张又酸又臭、没有床单的铺上,这张铺即使让对家务事像妇女一样精通的阿许来拾掇,也没法拾掇整齐。

  从霍克铺请来的锯木厂的大夫已经来了。布恩不肯让大夫看他的伤,非要大夫先料理"狮子"不可。大夫不敢冒险给"狮子"用麻药。他没有用麻药,就把他的肠子给放回去,然后缝合起来。在手术过程中,德·斯班少校按住他的头,布恩按住他的脚。不过他始终也没有动一动。他仅仅躺在那里,黄色的眼睛睁着,茫茫然的也不知在看什么,而这时,这间有一股布恩身上、衣服上臭味的密不通风的小屋子里,挤满了穿新旧猎装的人,他们在静静地观看。这以后,大夫把布恩的脸、胳膊和腿揩拭干净,消了毒,包扎好,接着,那孩子拎了盏提灯走在前面,大夫、麦卡斯林、德·斯班少校和康普生将军跟在后面,一行人来到山姆·法泽斯的小屋。谭尼的吉姆已经把火生好了;他正蹲在炉火前打盹。自从布恩把山姆放在铺上,德·斯班少校给他盖上了毯子,山姆一点儿也没动过,可是这会儿他睁开眼睛,把每一张脸都打量了一番,等麦卡斯林按按他的肩膀说"山姆,大夫来给你看病了"时,他居然还把两只手从毯子底下伸出来,摸索着要解开衬衫的扣子,麦卡斯林便说,"别着急。我们来解。"他们替他脱下了衣服。他躺在那里——那古铜色的、几乎没有汗毛的身体,老人的身体,这个老人,这个野性未驯的人,他离开大森林几乎还不到一代,没有子息,没有亲属,没有臣民——他一动不动,眼睛睁着,但已经不再看任何人了,这时,大夫检查完他的身体,把毯子拉上来,把听诊器放回到皮包里去,啪的一声关上皮包,只有孩子一个人明白山姆也即将死去了。

"虚脱了,"大夫说,"也许是休克了。这么大把年纪十二月里还到河里去游水。他会好的。让他卧床休息一两天就行了。有人在这儿陪他吗?"

"会有人的。"德·斯班少校说。

他们回到大屋子去,回到那气味难闻的小房间里去,布恩还在那里,坐在他的铺上,用手按在"狮子"的脑袋上,那些跟在"狮子"后面打猎的人以及这一天以前没有机会见到"狮子"的人,都悄悄地走进来,看看他,然后再退出去。这时天蒙蒙亮了,人们都到外面院子里去看老班,只见他的眼睛也是睁着的,嘴唇怒咧着,露出一口坏烂的牙齿。人们看他那只断了脚趾的脚,他皮底下的小硬块,那都是历来打在他身上的子弹(一共有五十二颗,包括大铅弹、步枪子弹和霰弹),还看他左肩下那一道几乎看不出来的伤口,那是布恩的刀子划的,这一刀终于要了他的命。接着,阿许用大勺子敲一只洗碟盘的底,招呼大家吃早饭,孩子发现,人们吃饭时厨房底下的狗居然一声也不吭,这在他记忆中还是头一回。好像是没有"狮子"作缓冲,那只老熊即使已经是躺在院子里的一具尸体,对它们来说仍然是一个强大得难以面对的可怖的东西。

雨在半夜里就已经停了。等到小晌午,淡淡的阳光露面,很快就蒸发干了云和雾气,使空气和大地都变暖了;今天会是那种没有一点风的密西西比州十二月的天气,可以算是小阳春里的小阳春。他们把"狮子"抬到前廊,让他晒太阳。这是布恩的主意。"他娘的,"他说,"他从来也不爱待在屋子里,除非我硬逼着他。这你们是知道的。"他拿一根撬棍,把自己铺位底下的地板撬松,这样就可以把地板连同床垫什么的一起抬起来，用不着惊动"狮子"了，他们就这样把它抬到前廊上，放在地上，让他面对大森林。

接下来孩子和大夫、麦卡斯林和德·斯班少校来到山姆的小屋。这一回山姆没有睁开眼睛，他的呼吸是那么轻微，那么安静，他们几乎察觉不出他是在呼吸。大夫连听诊器都没有拿出来，连摸也没有摸他。"他不要紧的，"大夫说，"他连伤风感冒都没有。他只不过是暂时死过去罢了。"

"暂时死过去？"麦卡斯林说。

"是的。老人有时候就是这样的。然后他们好好睡上一夜，或者只消喝上一杯威士忌，就改变主意了。"

他们又回到大房子里。这时人们开始来到了——有的是沼泽地里设置一系列兽夹的居民，他们面黄肌瘦，依靠服用奎宁、捕猎浣熊和饮用河水维持生命，有的是农民，他们在洼地边缘开出小片荒地种植玉米与棉花，他们的农田、谷仓和猪圈一再受到老熊的骚扰，有的是伐木营里来的工人、霍克铺锯木厂来的工人、从更远地方来的城镇居民，他们的猎狗在老熊的爪底下丧生，他们的兽夹、陷阱惨遭捣毁，他们的铅弹被老熊的毛皮带走。他们骑马来，步行来，或者坐大车来，他们进了院子，看看大熊，然后来到屋子前面"狮子"躺着的地方，把小院子挤得满满的，都溢了出来，最后都快有一百个人了，在暖洋洋的、让人昏昏欲睡的阳光下或蹲或立，轻声地聊着打猎的事，谈论野兽和追逐它们的猎狗，谈到了往昔的早已不在世的猎狗、熊、鹿和猎人，在这段时间里，那只蓝色的大狗偶尔会睁开眼睛，他不像是在听人们讲话，而是似乎要在闭上眼睛之前再看看大森林，好让自己记住这大森林，或者想看到这大森林依然还在。他是日落时分死去的。

当天晚上，德·斯班少校吩咐拔营回家。他们把"狮子"带进森林,严格地说是布恩用自己床上的被子裹住了"狮子"把他抱进森林的,他不让任何人碰他,就像昨天大夫来到之前那样;布恩抱着"狮子"在前面走,孩子、康普生将军、华尔特以及留下没走的将近五十个人拿着提灯和松枝火把跟在后面——这些是来自霍克铺甚至更远地方的人,他们还得连夜骑马走出这片洼地呢;也有些是沼泽地的居民与使用兽夹的猎户,他们还得用两只脚走路,走回到散布在各个角落里所居住的小屋子去。布恩甚至都不让别人来挖墓坑,他把"狮子"放进去,给他埋上土,接着康普生将军站在墓前致辞,就仿佛地里埋着的是个人似的,而这时际,松枝的火焰和黑烟在冬天的枝干间飘动。接着他们回到营地。德·斯班少校、麦卡斯林和阿许已经把所有的被褥都卷起捆好了。两头骡子已经套在大车前,头朝洼地外沿站着,大车上也已装满了东西,厨房里的炉子已经凉了下来,桌上摆了些冷菜和剩下的面包,只有咖啡是热的,等孩子奔进厨房,德·斯班少校和麦卡斯林已经吃过饭了。

"什么?"那孩子喊道,"什么?我可不回去。"

"是的,"麦卡斯林说,"我们今天晚上就走。少校决定要回去了。"

"我不!"他说,"我要留下。"

"你下星期一必须回到学校去。你已经比我原先打算的多旷课一个星期了。从今天起到下星期一,你还得把功课补上。山姆的病不要紧。你听到克劳福大夫是怎么说的。我打算让布恩和谭尼的吉姆都留下来照顾山姆,一直到他觉得好些,能够起床的时候。"

孩子的呼吸急促起来了。这时候别的人都进来了。他迅速地、几乎发狂似的朝那一张张脸扫视了一遍。布恩又拿来了一瓶酒。他把酒瓶倒过来,用手掌根猛击瓶底使瓶塞松动,再用牙齿咬住,拔出瓶塞,啐到地上,然后开始喝酒。"没啥好说的,你该回学校去,"布恩说,"不然的话,就算卡斯不烧你的屁股,我也要烧,我才不管你是十六岁还是六十岁呢。你不念书,长大后有什么屁的前途呢?你又怎么对得起卡斯呢?如果我压根儿没上过一天学,我真不知道自己究竟会怎么样呢?"

孩子又重新看看麦卡斯林。他觉得自己的呼吸越来越急,越来越短,好像厨房里的空气不够这么多人呼吸似的。"今天才星期四。我会在星期天晚上骑一匹马回家。那我就星期六回家吧。我星期天晚上用功,把损失的时间都弥补回来。麦卡斯林。"他说,甚至都没感到绝望。

"不行,我告诉你,"麦卡斯林说,"快坐下来吃你的晚饭吧。我们这就走……"

"等一等,卡斯。"康普生将军说。直到有一只手按在孩子的肩头上,他才知道康普生将军已经走到他背后来了。"怎么回事啊,孩子?"他说。

"我必须留下,"孩子说,"我得留下。"

"好吧,"康普生将军说,"你可以留下。要是多旷课一星期你就落下那么远,非得拼死拼活地追赶才能把又穷又酸的书呆子写在书皮里的那些话弄懂,那我看你还真不如压根儿不念书的好。——行了,你不要再说了,卡斯,"他说,虽然麦卡斯林并没有开口,"你现在一只脚踏在农庄里,另一只脚踩在银行里;结果连一个好的立脚点都还没有找到,可这个孩子早已是一个聪明的老人了,早在你们这些该死的姓沙多里斯的和姓爱德蒙兹的想起经营农庄和银行之前,而你们办农庄、开银行就是为了用不着弄明白这孩子天生就知道的事,对这个,他也许感到敬畏,不过决没有吓破了胆,他能仗着一只指南针走十英里路,因为他要去看一只熊,而我们这些人谁也没能够接近大熊,好把子弹打进它的身体;他看到大熊后又仗着一只指南针走十英里夜路回来;天哪,没准这就是你们办农庄、开银行的原因和由来呢。——我琢磨,艾克,你仍然不肯说清楚你留下来究竟是为了什么吧?"

他仍然不肯说。"我一定要留下嘛。"他说。

"好了,"康普生将军说,"这儿还剩下不少吃的。那么你星期天回家,照你答应麦卡斯林的那样,行吗?不是星期天晚上:是星期天。"

"好的,先生。"孩子说。

"那好,"康普生将军说,"坐下来吃饭吧,小伙子们,"他说,"咱们快点动身吧。不等我们到家,天就要变得很冷了。"

他们坐下来吃饭。大车已经装好,随时可以上路;他们只消爬上车就可以走了。他们准备让布恩把大车赶到大路上一家农户的马厩那儿,他们的四轮马车就存放在那里。布恩站在大车旁,背后的天空衬出了他的轮廓,头上缠着绷带,像一个帕坦人①,比站在那边的所有的人都高,因为他把嘴上的酒瓶底朝天翘了起来。接着他没有放低酒瓶就把它从嘴边朝一旁扔去,空酒瓶在微弱的星光下旋转、闪亮。"要走的人,"他说,"赶快上这该死的大车。不走的人,给我滚开。"人们纷纷上车。布恩爬上车。坐在康普生将军旁边,大车就移动了,它走进晦暝之中,一直到孩子再也看不见它,甚至都看不见有一团更浓密的黑影在那更广漠的黑夜中移动。不过他仍然能听见它的声音,有好一会儿,听得见大车从这条车辙移到那条车辙时木头车身颠簸所发出的慢条斯理的碰撞声。等他

---

① 原文为"Paythan",如系"Pathan",则为帕坦人,这是居住在阿富汗与巴基斯坦的一个民族。

听不见大车声后他仍然能听到布恩的声音。他在唱歌,声音嘶哑,走调,却很响亮。

那是星期四。星期六一早,谭尼的吉姆骑了麦卡斯林的马走出大森林,这是一匹养在森林里六年来没有离开过洼地一次的马。将近黄昏时,他骑着这匹精疲力竭的马穿过农庄的院门,来到农庄的小铺门口,麦卡斯林正在这里把下一周的口粮分配给佃农和雇工,而这一回麦卡斯林未雨绸缪,不去冒险等待人家给德·斯班少校的四轮马车牵马套马。他干脆赶了自己农庄上的马车出去,谭尼的吉姆一上车就在后座上睡着了,麦卡斯林赶车来到杰弗生,等德·斯班少校换上靴子穿上大衣,他们就在黑夜里赶了三十里路,星期天拂晓时分,换上了等在那儿的牝马和骡子,等太阳出来时,他们走出大森林,来到他们埋葬"狮子"的矮土丘,只见坟墩的新土上还留有布恩铁锹的痕迹,在坟丘另一面,有人用新砍下的小树捆在四根柱子之间,搭成一个平台,上面安放着一捆毯子裹起的东西①,布恩和孩子正蹲在平台与坟丘之间,后来,布恩把绷带扯去,露出了老班的爪子留下的长长的伤疤,就像是阳光下结了硬皮的柏油,他跳将起来向他们扑去,手里还拿着那支他从未打着过东西的老枪,其实这时麦卡斯林已经从骡背跳下来了,他两脚一踢摆脱了马镫,纵身一跃,不等骡子停住脚步已经着地了,接着朝布恩走来。

"退回去,"布恩说,"天哪,不许你碰他。退回去,麦卡斯林。"可是麦卡斯林还在往前走,步子迈得挺快,然而并不匆忙。

"卡斯!"德·斯班少校说。随即他又说,"布恩!嗨,布恩!"接着他也爬下坐骑,那孩子也急急地站起身来,但麦卡斯林依旧在

---

① 山姆的尸体。这里用的是契卡索族印第安人的一种葬仪。

朝前走,不很快但是很坚定,他走到坟丘旁,有力地伸出手去,动作很快但并不显得急躁,一把抓住枪筒的中部,结果他和布恩隔着"狮子"的坟丘面对面站着,两人都抓住了这把枪,布恩那张疲倦的、不屈不挠的、惊诧的、狂怒的脸,那张有野兽抓的黑色疤痕的脸,比麦卡斯林的几乎要高出一头,接着布恩的胸膛开始一起一伏,仿佛整个森林、整个荒野都没有足够的空气供给他们这几个人,供给他和其他任何人,甚至不够他一个人呼吸似的。

"松手,布恩。"麦卡斯林说。

"你这混账的细高挑儿——"布恩说,"你难道不知道我能够一把从你手中夺过枪吗?你难道不知道我能把这支枪弯得像条领巾似的缠住你的脖子吗?"

"知道,"麦卡斯林说,"你松手,布恩。"

"是他①自己要这样做的。他告诉我们的。他一五一十地告诉我们该怎么做。而且看在上帝的分上,你不能把他搬走。我们就照他说的办,从那时起,我一直坐在这儿不让野猫和鸟兽来侵扰他,而且看在上帝的分上……"这时麦卡斯林夺过了枪,他拉枪栓时让枪口斜着朝下,五颗子弹咔嗒咔嗒地退了出来,非常之快,第一颗还没有落到地上最后一颗就已经快落出来了,于是麦卡斯林把枪扔在身后的地上,眼睛却片刻也没有离开布恩的眼睛。

"是你杀死他的吗,布恩?"他说。这时候,布恩动弹了。他转过身去,他的动作好像仍然酒醉未醒,而且有一瞬间好像连眼睛也瞎了,他伸出一只手,脚步凌乱地走向大树,还没有走到那儿就像已经停了步,因此跌跌撞撞地倒到大树上去,双手向上一伸,抓住了树,扭过身来,背靠大树,让他那张狂野的、疲倦的、带伤痕的脸

---

① 指山姆。

和他那大起大落的胸膛衬在树干的前面,麦卡斯林就逼上前去,又面对着布恩,眼睛一直死死地盯住他的眼睛。"是你杀死他的吗,布恩?"

"不!"布恩说,"不!"

"说实话,"麦卡斯林说,"如果他这样求过我,我也会干的。"这时候孩子动弹了。他置身在他们之间,面对着麦卡斯林;眼泪汪汪地涌了出来,仿佛不仅仅是从眼睛里,而是像汗水那样从整张脸上迸流出来的。

"别折磨他了!"他大声喊道,"天哪,别折磨他了!"

4

这一年他①二十一岁了。他可以把它说出来了,这回,他本人和他的表外甥并不是在大森林前并肩而立,而是在他即将继承的那片驯服的土地之前,这是他的祖父老卡洛瑟斯·麦卡斯林用白人的钱从野蛮人那里买来的(他们那些没有枪的祖先曾在这儿打猎),祖父驯服了土地并且对它发号施令,或者说他相信自己已经驯服了它也可以对它发号施令,原因是他所奴役的并对之握有生杀大权的那些人从这片土地上清除了森林,汗流浃背地搔刨地面,其深度也许达十四英寸,使过去这儿没有的作物得以生长并且重新变成钱,这钱是相信自己买下了土地的人为了得到地、保住地并拿到一份合理的收益而曾经不得不付出的;正是为了这个原因,明

---

① "他"仍指艾萨克·麦卡斯林,二十一岁是法定成年的年龄,从这时起艾萨克可以正式继承麦卡斯林家的庄园了。

知道不是这么回事的老卡洛瑟斯·麦卡斯林才可以生儿育女,繁衍后代,并相信这片土地是他的,该由他占有并传给后人,因为这个坚强无情的人对自己的虚荣、骄傲和力量是早就玩世不恭地有所察觉的,对自己所有的后裔也是全都看不上眼的:①正如明知道不是这么回事的德·斯班少校和他那片原始森林一样,这片林子比任何文契所记录的都要大都要古老:也正如明知道不是这么回事的老托马斯·塞德潘一样,德·斯班的地还是从他那里用钱换来的:也正如伊凯摩塔勃那位契卡索部落的酋长一样,托马斯·塞德潘的地还是从他那里用钱或甜酒或是任何别的东西换来的,而酋长也知道其实这些土地哪一块都不能算是他的,他既不能把它们消灭,也不能把它们出卖②

如今不是在大森林之前,而是在土地的前面,不是想追逐什么、贪求什么,而是想有所舍弃,而且是在小铺里,这本来是最合适的地方,这儿也许不能算是心脏,但肯定是被拒绝被舍弃的东西的腹腔神经丛:一座正正方方的有门廊的木头建筑,像个不祥之物似的蹲在田野的高处,田野上的劳动者仍然受到它的羁绊,不管有没有六五年③的事情,这所木头房子外面贴满了各种广告,推销鼻烟、伤风药、软膏与药水,那是白人制造、白人销售的,目的是把黑人的色素漂白、头发拉直,好让他们酷似二百年来一直奴役他们的那个种族,而且再过一百年,即使再打一次内战,黑人也无法从这个种族那里获得完全的自由

他本人和他的表外甥置身在干酪、腌肉、煤油和马具的陈腐的

---

① 本节中作者对标点符号的用法是极不规范的,曾吩咐编辑及排字工人"不得改动",译文中尽可能不动。
② 原文无标点。以下类似情况亦均照原文。
③ 1865年是美国内战结束的年份。

气味当中,置身在一排排木架当中,木架上放着烟草、工作服、瓶药、线、犁栓,置身在盛放面粉、杂粮、糖浆、钉子的大桶小桶当中,周围还有一只只钉在墙上的木楔,上面挂着犁绳、马轭、笼头和挽链,这里有一张办公桌,桌子上有只木架,架上放着一摞摞账簿,在上面麦卡斯林记下了潺潺流水般流出去的食品、供应、装备的细账,这些东西每年秋天回收,成为收下后轧去棉籽并卖掉的棉花(这两条线细得像真理,不可捉摸有如赤道,然而又像缆绳般结实,能把那些种棉花的人终生捆缚在他们流汗不止地劳动的土地上),这些老账簿模样和大小都很粗笨古怪,在那些发黄的纸上留下了他父亲梯奥菲留斯和他叔叔阿摩蒂乌斯的褪了色的笔迹,那还是内战前的二十年间写的,那次战争至少在名义上把卡洛瑟斯·麦卡斯林的黑奴给解放了:

'放弃,'①麦卡斯林说,'放弃。你,他②的直裔男性后代,他看到了机会,抓住了机会,买下了地,拿到了地,反正不管怎么样得到了地,反正不管怎么样,根据那古老的产权状,那第一特许状得到了地,可以传给后人,当时,这片地还是一片荒野,上面有许多野兽和比野兽更野蛮的人,而他清除了土地,把它变成一样可以留传给儿孙的东西,一样值得传给后代使他们感到安逸、安全、骄傲并且使他本人的名声与业绩永垂不朽的东西。你不仅是男性后裔而且是直系第三代唯一的一个也是最后的后裔,而我不仅与老卡洛瑟斯隔开三代而且还是从女儿这一支所出的,我名字里之所以有麦卡斯林这个词儿完全是因为出于容忍和礼貌,也是因为我的祖母对那个人的成就感到自豪,可是你却认为可以放弃他的遗产和

---

① 本节中的双引号作者都用单引号代替。
② 指老卡洛瑟斯·麦卡斯林,艾萨克的祖父,麦卡斯林家族的族长。

他的业绩。'于是他说

'我没法放弃它。它从来不是我的,我无权放弃它。它也从来不属于父亲和布蒂叔叔,可以由他们传给我让我来放弃,因为它也从来不属于祖父,可以由他传给他们再传给我让我来放弃,因为它也从来不属于老伊凯摩塔勃,可以由他出卖给祖父让他传赠并放弃。因为这地根本也不属于伊凯摩塔勃的祖先,可以由他传给伊凯摩塔勃,让他出卖给祖父或是别的什么人,因为就在伊凯摩塔勃发现、明白自己可以把它换成钱的那一瞬间,就在土地不再属于他,可以由他子子相传的那一瞬间,买下这块土地的人等于什么也没有买到。'

'什么也没有买到?'于是他说

'什么也没有买到。因为**他**①在《圣经》里说到怎样创造这世界,造好之后对着它看了看说还不错,便接着再创造人。**他**先创造世界,让不会说话的生物居住在上面,然后创造人,让人当**他**在这个世界上的管理者,以**他**的名义对世界和世界上的动物享有宗主权,可不是让人和他的后裔一代又一代地对一块块长方形、正方形的土地拥有不可侵犯的权利,而是在谁也不用个人名义的兄弟友爱气氛下,共同完整地经营这个世界,而**他**所索取的唯一代价就只是怜悯、谦卑、宽容、坚韧以及用脸上的汗水来换取面包。而且我还知道你打算要说什么,'他说,'只不过祖父——'于是麦卡斯林说

'——的确拥有它的呀。而且并不是第一个。不是唯一的一个也不是第一个,从人被逐出伊甸园算起,你的权威经典里正是这样说的。而且也不是第二个,仍然不是只有他一个,从**他**的由亚伯

---

① 指上帝。下文中黑体的"他"也都指上帝。

拉罕①身上跳出来的选民以及他们的子孙(他们抛弃了亚伯拉罕)的那部乏味、可怜的编年史看是如此,从那五百年的历史②看也是如此,在这五百年里,半个为时人所知的世界和它所包括的一切都臣属于一个城市,正如这个庄园和它所包括的一切生命都臣属于、无法废除地隶属于这家小铺子和那边的你祖父在世时立下的那些账簿,而在接下去的一千年③里,人们为帝国崩溃后破碎的山河争夺不已,直到最后,连那些残损的土地也贫瘠不堪,人们为在旧世界一钱不值的黄昏中这样啃了又啃的骨头猙猙嗥叫,直到最后,一枚偶然的鸡蛋使他们发现了新大陆。因此让我说我的看法吧:不管怎么说怎么着,老卡洛瑟斯的确是拥有这片土地的。他买进了,得到它了,不管怎么说;保住了它、留住了它,不管怎么说;把它传给了后人:不然的话,你干吗站在这里谈什么放弃和断绝关系呢?老爷子得到了,保留了五十年,直到你可以与它断绝关系,与此同时,他——这位裁决者,这位缔造者,这位仲裁者——宽恕了人们——不过他有没有宽恕呢?朝下界俯视,看到了——不过他看到了没有呢?至少他无所作为:看到了,却不能有所作为,还是根本没有看到;看到了,却不愿有所行动,还是兴许他根本不愿意看见——是脾气乖张,是无能,还是盲目:到底是哪一种情况呢?'于是他说

'是被剥夺了。'于是麦卡斯林说

'什么?'于是他说

---

① 见《圣经·创世记》第17章第5至8节。上帝使他成为"万邦之父",有许多后裔。
② 指罗马帝国的统治,从公元前27年到公元476年。下面的"城市"指罗马。
③ 指罗马帝国灭亡到哥伦布发现美洲之间的一千年。下面提到的"鸡蛋",指的是哥伦布使鸡蛋立起来的故事。

'是被剥夺了。不是无能：**他**没有宽恕；也不是盲目，因为**他**在注视着一切。还是让我把话说清楚吧。伊甸园被剥夺了。迦南福地也被剥夺了，那些剥夺了别人的人剥夺了别人同时自己也被剥夺了，而在外地主在罗马妓院里鬼混的那五百年，野蛮民族从北方森林里出来的那一千年，他们剥夺了罗马的地主，吞噬他们踩躏过的财物，自己又被人踩躏，接着又在你所说的旧世界一钱不值的黄昏中对着旧世界被啃过的骨头咆哮，以**他**的名义做出渎神的行为，直到**他**仅仅用一只鸡蛋便让他们发现一个新世界，在那里，一个人民的国家可以在谦卑、怜悯、宽容和彼此感到骄傲的精神中建立起来。但不管怎么说怎么着，祖父是的确拥有这片土地的，因为这是**他**允许的，不是因为无能、纵容、盲目而是因为**他**命令这样做，**他**监视着这样做的。**他**看到这片土地早在伊凯摩塔勃和伊凯摩塔勃的父亲老伊塞梯贝哈还有老伊塞梯贝哈的一辈辈先人拥有它之前就已经是受到诅咒的，早在任何一个白人用祖父和他的同类、他的父辈从旧世界腐朽的、一钱不值的黄昏——仿佛这旧世界污浊的风鼓满了帆驱使着船舶——带到新世界来的东西换到手之前，就已经是玷污了的，这片新大陆是**他**出于怜悯和宽容特地赐给他们的，条件是他们必须怜悯、谦卑、宽容与坚韧——'于是麦卡斯林说

'啊。'

'——只要是在伊凯摩塔勃和伊凯摩塔勃的后代手里不间断地传下去，任何地方的土地都是没有希望的。也许**他**看到，只有在一段时期之内，把土地从伊凯摩塔勃血统的人的手里夺走，交给另一种血统的人，**他**才能完成**他**的目的。也许**他**早已知道那另一种血统的人会是怎么样的，也许只有让白人的血统出现，足以引起白人的诅咒，这样做才是最大的公平，也是最大的报复，当——'于

是麦卡斯林说

'啊。'

'——当他用带恶而来的血统来摧毁恶时,正如医生用发烧来解除发烧,以毒攻毒一样。也许他从他可能挑选的众多的人中挑中了祖父。也许他知道祖父本人不能完成他的目的,因为祖父也是诞生得太早了,不过祖父会有后裔,合用的后裔;也许他早已预见到祖父会有什么样的后裔,也许他早已看到祖父身上有能繁殖三代人的种子,他看到这种子会着手让他的卑贱的子民至少有一部分得到自由——'于是麦卡斯林说

'含的子孙。你是喜欢引用《圣经》的:他们是含的子孙。'于是他说

'他在《圣经》里是说了一些话,不过有些话人家说是他说的其实他并没有说。我知道你现在想说什么:如果真理在我看来是这样的而在你看来是那样的,那我们怎么能决定哪种说法是真理呢?其实你不需要选择。心灵早就知道了。他的书不是写给必须做出抉择、选择的人读的,而是让心灵来读的,不是给世界上的聪明人读的,因为也许他们并不需要这本书,也许聪明人已经没有心灵了,而是给世界上遭到厄运和地位卑微的人读的,他们除了用心灵之外再也不能用别的来读了。因为那些为他写他的书的人写的都是真理,而世界上只有一种真理,它统驭一切与心灵有关的东西。'于是麦卡斯林说

'这么说那些为他记录下他的书的人有时是在说谎啰。'于是他说

'是的。因为他们也是人。他们当时试图透过心灵的冲动的复杂性来写出心灵的真理,为了所有那些会在他们死后搏动的复杂、困惑的心。他们试图告诉人们的事,他所想说的事其实也很简

单。他们这本记录了**他**的话的书是为普通人写的,但是普通人却感到难以相信这些话。还必须用他们熟悉、能够理解的日常用语来解释才行,不仅仅对那些听的人,而且也对那些讲的人,因为如果那些如此接近**他**以致从所有能呼吸与讲话的大众中被选出来记录、传达**他**的话的人,也只能通过推动心灵的激情、欲念、仇恨与恐惧的复杂性来理解真理,对于那些只能通过口头传达来理解真理的人,他们抵达真理又需跨越何等宽阔的一条鸿沟呢?'于是麦卡斯林说

'我可以回答说我不知道,因为你老是惯于用同一段经文来证明自己的看法正确,并证明我的看法不正确。可是我不这样说,因为你自己已经答复了:如果按你所说的那样,心灵,那一贯正确、不会出错的心灵,是知道真理的,那么,那就根本不存在时间了。不过也许你是对的,因为虽然你承认从老卡洛瑟斯到你是三代,其实却并没有三代。连两代都是不完整的。布克叔叔和布蒂叔叔。他们不是最早的也不是唯一的。在这片你宣称是上帝创造、人类自己诅咒并玷污的国土上,在不到两代人有时还不到一代人的时间里就出现了一千个别的布克和布蒂。更不用提一八六五年的事了。①'于是他说

'是的。除了父亲和布蒂叔叔还有许多人。'他甚至都没朝书桌上的架子瞥上一眼,麦卡斯林也没有看。他们并不需要看。对他来说,好像这些有斑迹的、龟裂的皮面账簿正按着泯灭中的次序被一本本搬下来,摊开在桌子上或也许在某个假想的**法庭**甚至**圣坛**或者是上帝的**宝座**前,在这些记录了人间的不正义以及至少是

---

① 麦卡斯林的意思是说:即使在内战之前,也有成千个像布克和布蒂那样的自动解放黑奴的人。

一点点的改善和补偿的发黄的纸页与浅褐色的墨水永远化为无名、公有的原始尘埃之前,让那位**全知者**作最后一次的细读、沉思,感到赏心悦目

发黄的纸页上潦草地涂写着褪了色的墨水的字,起先是他祖父写的,然后是他父亲和叔叔写的,他们俩过了五十岁然后又过了六十岁都仍然是单身汉,其中的一位管理庄园和农活,另一位管理家务和烹饪,而且在他的孪生兄弟结了婚、这男孩本人出生之后还一直做下去。

父亲一入土,这两兄弟就从那幢设想很庞大的、父亲甚至都没有造完的谷仓似的大宅里搬了出来,搬进一座他们俩自己盖的只有一个房间的小木屋,他们住进去以后才增盖了几间屋子,不让任何一个奴隶碰任何一根木头,仅仅是确实要把一根根原木举起来放在应该放的位置上时,他们才让步,因为这绝不是两个人能抬得动的,他们把所有的奴隶都安顿在大宅里,那边有些窗户还仅仅是用乱七八糟的木板挡起来的,或是用熊皮、鹿皮钉在空荡荡的窗框上;每天日落时分,负责农活的那个兄弟就会像一个解散一连士兵的军士长那样,让黑人列队前进,然后不管他们愿意还是不愿意,把男人、女人和小孩,他们倒也不提问、不抗议也不求情,统统轰进那所几乎还没形成胚胎就流产的大宅,仿佛连老卡洛瑟斯·麦卡斯林也在这具体表明自己虚荣的不着边际的构思前惊呆了;布克大叔会在心中默默地点名,把他们轰进去,然后用一根熟铁打的有剥兽皮的刀那么长的钉子把门钉死,这根钉子是专门为了这个目的系在门框柱的一根鹿皮短带子上的,其实这座大宅有一半窗子都是没有的,也根本没有装合页的后门,因此不管是当时还是五十年后孩子本身已长大能够听到与记得事儿时,当地都流传着一个民间故事式的传说:说什么这一带整个晚上都出没着麦卡斯林家

的奴隶,他们避开月光照耀的大路和骑马巡逻队去别的种植园做客,还说什么在这两个白人和二十来个黑人之间存在着一个心照不宣的君子协定:在那个白人在太阳落山时给他们点了数并把那根自己打的钉子钉进前门之后,只要第二天天亮时把钉子钉进去的那个兄弟把它拔出来时所有的黑人都在屋子里,两个白人就都不会绕到房子后面去看后门

  这两个孪生兄弟连笔迹也都是一模一样的,只有当你把两种样本并放在一起比较时才能分辨出来,而甚至在两人的笔迹出现在同一页纸上时他们的笔迹也都是一模一样的(他们的笔迹经常出现在同一页上,仿佛他们早就停止了口头交流,而是利用一天天越积越多的纸页来处理人压迫人的不可避免的事务,这种事务在一八三〇到一八四〇年在整个密西西比州北部的荒原地区进行着,却单单挑中了他们两个来干这样的事)两种笔迹都仿佛出自同一个极为普通的十岁男孩之手,连拼法也一模一样,只不过多少年来毫无进步,而这期间卡洛瑟斯·麦卡斯林继承与购置的奴隶——罗西乌斯、菲贝、图西迪德斯、尤妮丝以及他们的后代,还有山姆·法泽斯和他的母亲,这两个是卡洛瑟斯用一匹惯于慢跑的劣种阉马向老伊凯摩塔勃去换来的,他的土地也是从这位契卡索酋长那里买来的,还有谭尼·布钱普,这是双胞胎之一的阿摩蒂乌斯在一次扑克牌戏中从邻人那里赢来的,还有那个怪人,他管自己叫珀西伐尔·布朗李,这是双胞胎中那个叫梯奥菲留斯的买来的,干嘛要买,他和他的孪生兄弟显然都不清楚,这是从贝德福·福勒斯特手里买下的,当时他仍然仅仅是个奴隶贩子而不是一位将军(这件事占了一个单页,时间不长,还不到一年,事实上还不到七个月,那孩子已经能分辨出一开头是他父亲的笔迹:

  珀西伐尔·布朗李 26岁。 文书兼簿记。1856年3

月 3 日在冷水镇①从 N. B. 福勒斯特处购得　价 265 元

在这下面,同一种笔迹写道:

> 1856 年 3 月 5 日根本不会记账也不识字。会写自己的名字可是我自己已经写下来了他说他会犁地可是我看不像。今天已送去大田 1856 年 3 月 5 日

还是同一种笔迹:

> 1856 年 3 月 6 日也不会犁地说他打算做一个牧师这么说也许他会牵牲口到溪边去饮水

这一回是另一种笔迹了,现在当两种笔迹出现在同一页上时他能分辨出是他叔叔的笔迹了:

> 1856 年 3 月 23 日连这一点也不会除非是一回牵一头得把他脱手

接着又是第一种笔迹:

> 1856 年 3 月 24 日这个世界上究竟会有谁要买他呢

然后是第二种笔迹:

> 1856 年 4 月 19 日没人会买的你自己两个月以前在冷水镇的集市上栽了跟斗我从没说过要卖掉他是要释放他

第一种笔迹:

> 1856 年 4 月 22 日我要从他身上把钱弄回来

第二种笔迹:

---

① 该镇位于奥克斯福西北四十英里。

1856年6月13日怎么弄呢一年一块钱265元得265年谁来签他的自由证明书呢

接着又是第一种：

1856年10月1日骡子约瑟芬腿断被枪杀马房里不对劲黑奴不对劲什么都不对劲损失100元①

同一种笔迹：

1856年10月2日给予自由借方麦卡斯林与麦卡斯林265元②

然后又是第二种：

10月3日借方梯奥菲留斯·麦卡斯林黑鬼265元骡子100元共计365元他还没有走父亲在这里就好了③

然后又是第一种：

1856年10月3日这个狗狼养的不肯离开父亲会怎么干呢

第二种：

1856年10月29日给他重新起名字

第一种：

1856年10月31日给他起个什么新的名字呢

---

① 意思是骡子约瑟芬的腿是布朗李笨手笨脚弄断的。骡子残了无用只得枪杀，这笔损失合一百元。
② 意思是决定让布朗李得到自由，亏损二百六十五元由两兄弟共同负担。
③ 意思是布蒂表示黑人身价与骡子钱均应由他哥哥一人承担。下一句表示自己对不肯走开的珀西伐尔束手无策，希望凶狠泼辣的父亲还活着，可以由他来处理。

第二种:

1856年圣诞节叫斯宾特里乌斯

)①随着一页又一页、一年又一年的过去变得具体了,甚至还影影绰绰地有了生命,各自具备自己的激情与复杂个性;一切都记录在这里,不仅是一般的、可以原宥的不正义行为以及对它的缓慢的补偿,而且也记录下了那个具体的悲惨事件,那是没法得到原宥而且是永远无法补偿的,那新的一页和新的账簿,上面的笔迹他现在只消看一眼便能认出是他父亲的了:

> 父亲去世路西乌斯·昆图斯·卡洛瑟斯·麦卡斯林,1772年生于卡罗来纳1837年卒于密西西比。1837年6月27日去世并安葬罗斯库司。由祖父在卡罗来纳养大年龄不详。1837年6月27日给予自由不愿离去。1841年1月12日去世并安葬
> 菲贝罗斯库司之妻。由祖父于卡罗来纳购得自称五十岁1837年6月27日给予自由不愿离去。1849年8月1日去世并安葬
> 图西德斯罗斯库司与菲贝之子1779年生于卡罗来纳。1837年6月28日拒绝接受父亲遗嘱中指定给予的十英亩土地1837年6月28日拒绝接受阿与梯·麦卡斯林建议赠予的200元愿意留下做工以偿还身价

在这下面和接下去的五页以及几乎同样数目的年份里,那些缓慢而逐日地积累起来的给他的工钱以及食物与衣服——糖浆、肉和杂粮,还有便宜结实的衬衫、裤子和皮鞋以及偶尔得到的一件用以抵御雨水和寒冷的外套——的费用都记录了下来,两者相抵,得出

---

① 前括号在第251页倒数第3行。括号后面的句子接上行"一位将军"。这个句子的主语是"奴隶"(第251页第16行),谓语是本页的"变得"、"有了"与"具备"。这主语与谓语之间的一千多字都是插入语。

了缓慢而却是稳定地在增长的节余(艾克觉得似乎可以真的看见那个黑人,那个奴隶——他的白种主人为了那件事①永远解放了他,但是正是因为有了这件事,只要这黑人记忆犹存,便不能接受这种自由——走进小铺,也许是向那个白人的儿子要求允许他看一下账目,虽然他不认识字,甚至也不要求白人告诉他——他反正总得接受,因为他根本无法查对——账面上怎么样了,还得过多久他才能离开庄园,可以永远也不回来,其实他要去的地方也仅仅是十七英里路之外的杰弗生镇)一直记下去直到最后一条账目,下面还划了两道黑杠:

1841年11月3日付与图西德斯·麦卡斯林现金200元整。
1841年12月图用此款在杰②开设铁匠铺 1854年2月17日在杰去世并安葬
尤妮丝 1807年父亲在新奥尔良以650元购得。1809年与图西德斯结婚 1832年圣诞节在溪中溺死

接下去另一种笔迹出现了,他在账本上看见并且辨认出这是他叔叔的笔迹,这还是第一次,这是做家务事和做饭的那位,麦卡斯林早在孩子出生前十六年就认识他和孩子的父亲了,可是即使是麦卡斯林,也只记得他整天坐在厨房炉灶前一把摇椅里做饭的情形。他写道:

---

① 指的是这件事:卡洛瑟斯霸占了黑女奴尤妮丝,在她怀孕后让她嫁给图西德斯。尤妮丝生下了女儿托玛西娜。托玛西娜长大后又为卡洛瑟斯霸占并怀孕。尤妮丝因此投水自尽。这些事虽然没有说穿,但图西德斯肚子里很清楚。卡洛瑟斯在遗嘱中规定自己死后图西德斯可以得到自由与十英亩土地。图西德斯宁愿用自己的劳动所得赎取自由,他不能接受以妻、"女"为代价换来的"恩赐"。
② 指杰弗生镇。

1833年6月21日她自溺而死①

接着是第一种笔迹：

1833年6月23日世界上有谁听说过一个黑鬼会自溺而死的呢

然后是第二种笔迹，不慌不忙的，完全是总结式的；除了日期不同，两项记载一式一样，就像是用橡皮图章印出来的：

1833年8月13日她自溺而死

于是他想到底是为了什么呢？为了什么呢？当时他十六岁。他独自一个待在这小铺里已不是头一回，把书桌架子上从记事起就十分熟悉的老账簿取下来也不是头一回啦。在他孩提时，甚至在九岁、十岁、十一岁他读书识字之后，他常常抬起头来望着这些有斑痕与裂缝的书皮书脊，但并不特别想打开它们，虽然打算总有一天要好好研究它们，因为意识到它们没准包含着一部编年史式的记录，一部极其详尽却无疑是非常乏味的记录，这样的材料是从别处得不到的，里面不仅有关于他的亲骨肉的情况而且还有全部亲属的有关情况，不仅有白人也包括黑人，他们和他的白人祖先一样，也是他的长辈，里面还有有关土地的情况，这土地是他们共同拥有共同利用的，他们全都赖以为生，一起靠它养育的，而且还会继续共同利用下去，不管肤色上的区别和名义上是属于谁的，但是要看账簿也得等到有空闲的某一天，那时他上了年纪，说不定也有点儿感到厌烦了，因为这么多年之后这些老账本里的事早已经是铁定

---

① 指尤妮丝。她是1832年圣诞节自溺而死的。这里的1833年6月21日是艾克的叔叔记下此事的日期。下面的6月23日、8月13日都是"记账"的日期，说明两兄弟通过记账在交谈、核实与统一思想。

了、结束了、不可改变了、没有危害了。后来他十六岁了。他在找到之前就知道会发现什么了。他在半夜之后,等麦卡斯林睡着了,到他房间里去取了小铺的钥匙,关上了小铺的门,反锁在里面,那盏被人遗忘的提灯又重新在沉滞、冰冷的空气中发出臭味,他趴在发黄的纸页上,心里想的倒不是'她为什么要投水自溺',而是在想他相信他父亲看到自己的孪生兄弟的第一次评论必定会想的事:为什么布蒂叔叔认为她是自溺而死的呢?在找的过程中,他开始发现在紧接着的下一页上有他知道会找到的材料,不过仍然不是他要的那一点,因为这是他早就知道的:

托玛西娜小名托梅图西德斯与尤妮丝之女 1810 年生 1833 年 6 月死于难产已安葬。是年星辰陨落

下面的一条也不是:

图尔图西德斯与尤妮丝之女托梅之子 1833 年 6 月生是年星辰陨落父亲的遗嘱

再没有别的人,这张纸页上没有写满每天付给多少工钱和他领的食物、衣服该扣多少钱的令人厌烦的记录,也没有关于他的死亡与安葬的记载,因为他比他的白种同父异母兄弟们①活得长,而麦卡斯林接管这些账册后是不记死亡日期的:仅仅是父亲的遗嘱这几个字,这几个字他是看见过的:老卡洛瑟斯粗大而潦草的字体比他两个儿子的难认得多,而且拼法也不见得高明多少,他一方面几乎每一个名词和动词都用大写,另一方面也不稍稍用点心给加上标点符号,也不想法让文理通顺一些,正如他根本不去费心解释

---

① 指布克和布蒂。图尔是老卡洛瑟斯与托玛西娜所生,故而有此说法。布克与布蒂均死于 1879 年。图尔死亡年份小说中没有交代。

或设法掩饰自己为何要把一千元的遗产赠给一个没有嫁人的女奴的儿子①,这笔钱只有在孩子成年时②才能付给,这样一来就算是承担了那件事的后果了,但仍然没有提供他承认这件事的明确无误的证明,也不是从他自己的财产中付出的,而是罚他的两个儿子付款,是让他们来付罚金以弥补父辈的偶然过失;甚至也不是为了保护自己的名誉让人保持缄默的一种贿赂,因为他的名誉是只有在他自己不再在世界上保护自己时才会受到损失的,这笔钱他几乎是很轻蔑地扔出来的,仿佛是在扔一顶旧帽子或一双旧鞋子,这一千元到了那样的情况下再付出,这不管是对那个黑人还是对他自己已经再也没有什么现实意义了,那个黑奴要等到成年时才能见到这笔钱,二十一岁才开始懂得钱是怎么回事,这也未免太晚了。所以我看这比对一个黑鬼叫一声'我的儿子'还要便宜,他想。即使'我的儿子'仅仅是四个字也罢。不过这里面总还是有点爱的,他想。某种形式的爱。即使是他称之为爱的某种东西:总不仅仅是某个下午或晚上使用的痰盂吧。这件事情里有那个老爷子,他老了,离生命结束只有五年了,早就当了鳏夫,由于他的两个儿子不仅是单身汉而且已近中年,宅子里是很寂寞而甚至一定是非常沉闷的,因为如今种植园已经基础稳固,一切运转得很正常,钱现在是够用了,对于一个所犯罪恶甚至明显地保持在财产水平之下的人来说,也许已是太多了;这件事里还有那个姑娘,没有丈夫,年纪轻轻,生孩子时才二十三岁:也许起先他是因为寂寞才派人叫她来,让屋子里有点年轻的声音和动作,把她召来,吩咐她母亲派她每天早上来扫地、铺床,而做母亲的也默许了,因为这也许

---

① 这说明卡洛瑟斯根本不把与托玛西娜(她没有嫁人却生了图尔)乱伦的事放在心上,他甚至都不想掩饰这件事。
② 指满二十一岁时。

是早已达成默契的,是早已计划好的:这个姑娘是一对黑人夫妇的独生女,这对夫妇不是干大田活儿的奴隶,自以为地位高人一等,不仅仅是因为方才所说的那个原因,而是因为这个当丈夫的以及他的父母亲都是这个白人从自己的父亲手里继承来的,而这白人在人们出门不是骑马便是坐汽船的日子里亲自赶了三百多英里路到新奥尔良去买回来那个姑娘的母亲给他做妻子①

账本里也就记下了这一些。那些发脆的旧纸页仿佛是自动翻过去似的,当时他正在想他自己的女儿他自己的女儿。不不不即使他再翻回到那一页,在那上面那个白人(当时甚至还不是鳏夫呢)是从来也不再出远门的,正如他的两个儿子在他们的时代一样,这个白人根本没有增加一个奴隶的必要,却大老远地上新奥尔良去买回来一个。孩子十岁时托梅的泰瑞尔还活着,他通过自己的观察和记忆也知道托梅的泰瑞尔身上早就有一些白人的血液,后来他的父亲又给他增添了一些②;五十年后,在那间半夜里臭烘烘、冷冰冰的房间里,对着冒烟发臭的提灯发出的黄色的光,那孩子俯身细看摊在面前的那张发黄的纸页时,他似乎看见在那个圣诞节,就在她的女儿和她的情人(她的第一个情人他想。她的第一个)的孩子出生前的六个月,她③真的走进了冰冷的溪水,她是孤独的、铁了心的、麻木了的、执行仪式似的,她已经不得不弃绝了信仰与希望,如今又正式、干脆地弃绝了忧愁与失望

---

① 意思是:在交通不便的时候,一个白人主子竟会走那么远路花那么多钱(650元)去买一个黑女奴(尤妮丝)回来给自己的黑奴图西德斯当妻子,这是不可思议的。因此艾萨克认为,老卡洛瑟斯从一开始起就是别有用心的。
② 意思是:图尔的母亲托玛西娜是尤妮丝与卡洛瑟斯之女,身上已有一半白人血统,她的儿子身上本来就应该有白人血液;图尔的父亲是卡洛瑟斯,又给了他"二分之一"的白人血液。这样一来,他的白人血统就更多了。
③ 指尤妮丝。

也就是这些了。他用不着再看这些账簿了,他也的确没有再看过;那些逐渐褪色但是绝对不会消失的发黄的纸页已经成为他意识的一个组成部分,永远留在那里,就像他本人的诞生是件无可置疑的事实一样:

谭尼·布钱普21岁1859年由阿摩蒂乌斯·麦卡斯林从休伯特·布钱普老爷手中赢得也许是因为五张顺子对看得见的三张三点没有叫牌1859年与托梅的图尔结婚

也没有获得自由的日期,因为她的自由以及她的第一个活下来的孩子的自由并非在小铺里由布克与布蒂·麦卡斯林赐给而是得自在华盛顿的一个陌生人①之手,也没有去世与安葬的日期,这不仅仅是因为麦卡斯林管账本时不记死亡消息,而且是因为在一八八三年这一年她仍然活着,而且还会活到亲眼看自己最后一个活下来的孩子②给她生一个孙子:

阿摩蒂乌斯·麦卡斯林·布钱普托梅的图尔与谭尼·布钱普之子1859年生1859年死

接下去完全是他叔叔的笔迹了,因为他父亲如今已经是那个人③领导的骑兵队里的一员了,那个人当奴隶贩子时父亲都不会拼写他的名字:下面的那位没有占上一页甚至都没有写满一行:

托梅的图尔与谭尼生一女1862年

---

① 指林肯总统。
② 谭尼·布钱普与托梅的图尔结婚后,先生下的三个孩子都夭折;后又生下三个孩子,都活下来了,他们是詹姆士(即谭尼的吉姆)、索凤西芭与路喀斯。
③ 指纳·贝·福勒斯特将军。

下面的那个也是连一行都没有占满,甚至连性别也未标明,也没有说明原因,虽然孩子能猜得出,因为麦卡斯林当时已经十三岁了,他记得当时许多地方的食品并不经常够人们吃,不仅仅是维克斯堡①一个地方:

> 托梅的图尔与谭尼生一孩子1863年

接下去仍是同一种笔迹,这回生的孩子活下来了,好像谭尼的坚韧不拔和老卡洛瑟斯的专横行为的一点点变淡、变稀的阴影竟终于把饥馑也给战胜了;而字迹与拼法也比孩子过去见过的更清晰、完整,写得也更用心了,好像是这个一开始就应该是个女人的老人在他兄弟去打仗的时候,在做饭、照顾好自己和那个十四岁的孤儿②之余,尽力管好剩下的残破的农场,认为出现了一个吉兆,说明希望已重新升起,因为这个没有名字的小奴隶居然活到了让人给他起一个名字的时候:

> 詹姆士·图西德斯·布钱普托梅的图尔与谭尼·布钱普之子生于1864年12月29日母子均安家人想叫他梯奥菲留斯但曾起过阿摩蒂乌斯·麦卡斯林与卡洛琳·麦卡斯林这样的名字的两人都死了因此劝阻了他们凌晨二时出生母子均安

可是往下没有了,什么也没有记载;还得再过两年③,这个差不多成了大人的孩子才会从去田纳西州的那场无效之行回来,他带去了老卡洛瑟斯给他的黑人儿子及其后代的三分之一仍然未动的遗

---

① 当时正在进行内战,饥馑流行。维克斯堡是密西西比州西部一个城市,1863年时曾受围攻,故有此语。
② 指麦卡斯林·爱德蒙兹。
③ 指艾萨克看账本之后的两年,1885年,那年12月29日,刚满二十一岁的詹姆士失踪,艾萨克追寻他到田纳西州的杰克逊,无功而回。当时艾萨克十八岁。

产,在那三个幸存的孩子终于一个又一个地表现出他们明显的生的意愿,在人间站稳了脚跟之后,他们的两位白人堂叔把遗产增加到每人一千元,如果条件允许的话,在他们成年之时给予;总之,还要过上两年,那孩子才会亲自写完这一页,而且一直写下去,写到一个一八六四年(也包括一八六七年,这是孩子本人呱呱坠地见到光明的年份)出生的人不被指望活下去、自己也不敢想象能活下去甚至也不想继续活下去的日子①早已成为陈迹的时候;现在是他自己的笔迹了,奇怪得很,他的笔迹既不像他父亲的,也不像他叔叔的,甚至也不像麦卡斯林的,倒是与他祖父的颇为相似,只是拼法并不一样:

1885年12月29日他②于二十一岁生日的那天晚上失踪。艾萨克·麦卡斯林曾追寻到田纳西州的杰克逊,在那里失去其踪迹。准备给他的三分之一的遗产1000元于今日即1886年1月12日归还给财产受托人麦卡斯林·爱德蒙兹

不过在看账本的当时还没有这一条,那要等到两年之后,现在他又看到他父亲的笔迹了,他的老首长③现在既不是军人也不是奴隶贩子了;这笔迹又在账本里出现一次,以后就再没出现过,这回他的字体更难辨认了,简直让人看不明白,这是因为他得了风湿病,手足不好使,也因为他现在竟然对拼法与标点符号更加惘然无所知了,仿佛他追随一个世上独一无二的曾卖过一个黑奴给他而且让他吃了亏的人打了四年仗,使他不但对信仰与希望完全看穿,而且连拼字法也认为是一文不值的了:

---

① 内战后南方经济凋敝,生活困难,故有此语。
② 指詹姆士·布钱普。
③ 指纳·贝·福勒斯特将军。

索凤西芭·布小姐托图与谭之女1869年生

但是信心与意志倒尚未消沉,因为笔迹就在账簿上,是遵照麦卡斯林的劝告用左手写的①,可是在账本里就再出现了这一次,以后就又不见了,因为孩子本人这时已经一岁了,等到六年后路喀斯出生时,他的父亲和叔叔都已经死了快五年了,他们俩是在十二个月之内先后去世的;接下来的又是他自己的笔迹了,他在场亲眼看到的,那是在一八八六年,她刚刚十七岁,比自己小两岁,当时他在这小铺里,麦卡斯林从外面淡淡的暮色中走进来,说'他要娶凤西芭',就这样:于是他朝麦卡斯林背后看去,见到那个男的,是个陌生人,比麦卡斯林高,穿着也比麦卡斯林和艾萨克认得的大多数白人惯常穿的都讲究,他走进房间时的神情像白人,站在那里的神情也像白人,仿佛他之所以让麦卡斯林在他前面进房并不是因为麦卡斯林的皮肤白而仅仅是因为麦卡斯林住在这里,熟门熟路,并且他讲起话来也像白人,他越过麦卡斯林的肩膀迅速而机敏地看了艾萨克一眼,然后就再也不看了,再也没有兴趣了,就像一个成熟的、有克制能力的白人会做出的那样,不是因为不耐烦而仅仅是因为没有时间。'娶凤西芭?'艾萨克嚷道,'娶凤西芭?'接着就再也不吭声了,只顾在麦卡斯林与那个黑人说话时看着,听着:

'去阿肯色州住,我记得你方才是这么说的。'

'是的。我在那里有产业。一个农场。'

'产业?一个农场?是你拥有的吗?'

'是的。'

'你不叫人"先生"的,是吗?'

---

① 布克患风湿病后,勉力用左手登记黑女孩诞生的事,因此说他"信心与意志倒尚未消沉"。

'对于自己的长辈,我叫的。'

'我懂了。你是北方人。'

'是的。小时候就到北方去了。'

'那么你的父亲以前是个奴隶。'

'是的。以前是的。'

'那么你怎么会在阿肯色州拥有农场的呢?'

'我有一块授予的土地。原先是我父亲的。美国政府给的。由于服过军役。'

'我懂了,'麦卡斯林说,'北方佬的军队。'

'美国军队,'陌生人说;接着是艾萨克自己又叫嚷起来了,是对着麦卡斯林的背叫的①:

'去叫谭尼大婶呀!我去叫她!我去——'可是麦卡斯林连理都没有理他;陌生人也甚至都没有朝他的声音回过头来看他一眼,两个人继续说话,仿佛根本没有他这么个人在场:

'既然你什么都像是安排妥了,'麦卡斯林说,'你又何必费这份心来征求我的同意呢?'

'我不是来征求你的同意,'陌生人说,'我是仅仅在你这个家长对她作为家庭女性成员之一承认负有一定责任的条件下,才承认你的权威的。我并不是来征求你的同意。我——'

'不必再说了!'麦卡斯林说。可是陌生人并没有畏缩。这既不是好像他根本不理麦卡斯林的抗议,也不是好像没有听见。而是仿佛他既完全不是在道歉也不完全是在辩解,而仅仅是在发表一个声明,这是局势所绝对需要,也是绝对有必要这样做的,而且必须让麦卡斯林听到,至于他想不想听倒在其次。这好像是他在

---

① 艾萨克怕麦卡斯林与黑人发生冲突,故意打岔。

自言自语,自己出声地说给自己听。他们面对面地站着,不算靠得太近,但是比击剑时双方保持的距离还稍稍近些,身子挺得笔直,嗓音没有提高,并不咄咄逼人,仅仅是非常简练:

'——我通知你,事先告知你,她的家长。凡是有体面的人也都会像我这样做的。何况,你曾经在你这方面,按照你的见识与教养——'

'不必再说了,我方才说过了,'麦卡斯林说,'天黑前你给我离开这个地方。走吧。'可是,有半晌,那个人并没有动,正用那种漠然的、不动感情的眼光打量着麦卡斯林,仿佛是在通过麦卡斯林的瞳仁的反照,观察自己小小的人影。

'好吧,'他说,'不管怎么说,这是你的房子。而且照你的想法,你是有……不过没什么。你是对的。没有必要再说了。'他转身朝门口走去;他又站住了,但只停留了一秒钟,开口说话时身子又已经在移动了:'放心好了。我会好好待她的。'说完就走了。

'不过她又是怎么认识他的呢?'艾萨克喊道,'我以前连听都没听说过他!至于凤西芭,她生下来之后除了上教堂就根本没离开过这个地方——'

'哈,'麦卡斯林说,'十七岁的大姑娘怎么认识她们要嫁的男人——如果运气好,嫁得出去的话——就连她们的父母都不会及时知道呢。'第二天早上他们都走了,凤西芭也走了。麦卡斯林此后再也没有见到过她,艾萨克也没有,因为他五个月之后终于找到的女人已经不是他原先认识的同一个人了。他把那三千元的三分之一换成金币,掖在腰带里,就和一年前到田纳西去劳而无功地寻访谭尼的吉姆时一样。他们——那个男的——给谭尼留下了一个含糊不清的地址,三个月后寄来了一封信,是那个男的写的,虽然麦卡斯林的妻子艾丽丝曾教会凤西芭认过并写一点字。可是信上

265

的邮戳与那人留给谭尼的地址并不一致,因此艾萨克先坐火车,到了火车不通的地方,改乘简陋的驿马车,然后坐出租马车,这以后又坐了一段火车:这时他已经是个经验丰富的旅行者,是条经验丰富的猎犬,而且这一次是条成功的猎犬,因为他下定决心只许成功;当那缓慢无尽的十二月空荡荡的泥泞道路一里一里地被爬过去,一夜又一夜在旅馆、在路边的小客栈(那是用没加工的原木建成的,里面除了一个卖酒的柜台再没有别的家具)、在陌生人的木屋、在孤寂的谷仓的干草堆上度过,在所有这些地方他都不敢脱掉衣服睡觉,因为像东方三博士①中那位隐名微服出行的智者那样,他身上秘密地掖着一根藏有金币的腰带,而驱使他前进的还不是希望,仅仅是决心与拼搏精神,他不断地告诉自己:我必须找到她。我必须如此。我们已经失去他们当中的一个了②。这一次我必须找到她。他也果真找到了。当时天上下着有气无力的、冰冷的雨,他伛身坐在一匹精疲力竭的租来的马的背上,泥浆溅在它的胸前和更高的部位上,他看见那所房子了——一座孤零零的原木建筑,有一个土砌的烟囱,它蹲在没有大路甚至小道也没有的荒野里,周围是没有围栏的荒地和莽莽苍苍的树林,仿佛正在被雨浇成一摊没有名堂、没有用处的瓦砾堆——没有谷仓,没有马厩,甚至连鸡埘这类的小棚子都没有一间:仅仅是一座小木屋,是手工盖的,甚至也不是精巧的手工,还有不大的一堆砍得七歪八斜的劈柴,只能凑合烧上一天,他骑马走近它时连从屋子底下爬出来对他吠叫的瘦狗都没有一条——仅仅是草创时期的一个农家,也许自然条件还不错,也许有一天会成为一个大种植园,现在可不是,好多年之

---

① 指《圣经》中所述由东方来朝见初生耶稣的三位贤人。
② 指谭尼的吉姆。他二十一岁时出走。

内还不会是,只有在付出劳动,艰苦、持久与不屈不挠的工作与牺牲之后才能成为一个好农庄;他推开歪歪斜斜的门框里的那扇摇摇晃晃的厨房门,走进一片冰冷的晦暗之中,这里连煮饭的火都没有生,过了片刻之后,他才看见墙角一张粗木桌后面蜷缩着一个身形,那张咖啡色的脸他从小就极其熟稔可是现在却觉得非常陌生,她出生的地方离他自己诞生的房间还不到一百码,她身上流的血里有一部分和他自己的是一样的,可是现在她却成了一代又一代受苦受难的种族的后代,对这个种族来说,一个未经通报擅自闯进来的骑在马背上的白人就是白人雇佣的巡逻员,没准会带着一把手枪,并且总是拿着一条'黑蛇'皮鞭;他走进里间,也是这所木屋仅有的另一个房间,发现那个男的坐在壁炉前的一把摇椅里——他坐的是整座房子里唯一的一把椅子,紧挨着那堆微弱的火,所有的柴火还不够维持二十四小时,他还是穿着五个月以前走进小铺时穿的那套像牧师穿的衣服,戴了一副金丝边眼镜,可是当他抬起头来接着又站起身来的时候,艾萨克看见镜架里连镜片都没有,他就在这片凄凉的环境中读着一本书,在这片泥泞的荒地里,没有围栏,连小路都没有,甚至都没有一个有几堵墙的厩棚可以让牲口在里面站立;而整个房间里弥漫着一股臭味,它附着在那个人的衣服上,从他的皮肤里渗透出来,这是追随打了胜仗的大军的投机分子的那种没有基础、幼稚的幻想的臭味,那种无限贪婪与愚蠢的臭味。

'难道你不明白吗?'艾萨克喊道,'难道你不明白吗?这整片土地,整个南方,都是受到诅咒的,我们所有这些从它那里孳生出来的人,所有被它哺育过的人,不管是白人还是黑人,都被这重诅咒笼罩着。就算是我们白人把这种诅咒带到这片土地上来的吧;也许正是因为这个原因,只有白人的后裔才能够——不是拒绝它,也不是与之抗争——也许仅仅是忍受并支撑下去直到这重诅咒被解除。到那时你们黑人就会时来运转了,因为我们的机遇过去了。但是不是现在。这个时刻还没有到来。难道你不明白吗?'

另外那一位现在站起来了,那套未磨损的衣服仍然像是牧师穿的,只是没有以前漂亮了,他合起了书,把一个手指夹在里面免得以后翻不到,那副没有镜片的眼镜拿在另一只不常干活的手里,像是音乐大师的一根指挥棒,而这位眼镜的主人用他那有板有眼的洪亮的声音说起蠢话来了,那些不着边际的蠢话和没有根据的空话:'你错了。你们白人带给这片土地的诅咒已经被解除了。它已经失效、祛除了。我们目前看见的是一个新时代,这个时代像我们国家的建立者所设计的那样,是奉献给自由、解放、人与人的平等的,使这个国家将成为新的迦南①——'

'从什么当中解放出来?从工作吗?迦南?'艾萨克挥动胳膊,幅度很大,几乎有些狂暴;于是仿佛迦南就在他们的周围,完整,原封不动,清清楚楚可以看见,从这个漏风的、潮湿的、冰冷的、有黑人秽气黑人臭味的陋室里——那些空荡荡的、没有犁铧与种子来役使的田野,那些没有围栏来圈住牲畜的田野,而牲畜其实也并不存在,不论是在用几堵墙围起来的厩棚之内还是之外,甚至连厩棚本身也是不存在的。'这儿算是迦南的哪一个角落?'

'你这个时候来看它当然不中看。现在是冬天。一年里这个时候没有人干庄稼活的。'

'这我明白。那么在土地闲着的时候她当然还是得吃得穿的吧。'

'我有退伍金的,'对方说。他说的时候那神气活像在说我有

----
① 《圣经》中所说的乐土。

上帝的恩宠或是我拥有一个金矿呢,'我还有我父亲的退伍金呢。每月月初领钱。今天几号啦?'

'十一日,'艾萨克说,'还有二十天呢。在那以前怎么过?'

'家里还有些吃的,是从午夜镇那商人那里赊来的,我的退伍金支票都是在他那里换成现钱的。我把代理权委托给他,替我办理这事,为了双方的——'

'我明白了。那么要是这些食物维持不了二十天呢?'

'我养的猪里还剩下一头呢。'

'在哪儿?'

'外面,'对方说,'这地方习惯在冬天把牲口放出去让它们自己找吃的。它过一阵子会回来的。不过不回来也不要紧,必要时我大概可以顺着它的脚印找到——'

'是啊!'艾萨克喊道,'反正不要紧的:你还有退伍金的支票呢。午夜镇上的那个人会给你兑现,从中掏钱给你付食品账,钱多出来就是你的了。可是到时候那口猪也会给吃光的,要不,你一直找不到它,到了那时你又怎么办呢?'

'到那时春天也快到了,'对方说,'我打算到了春——'

'那时候才一月,'艾萨克说,'还有二月。一直要到三月中旬——'当他再次在厨房里停下来时,她没有动弹,她甚至好像并不在呼吸,不像是个活人,除了她的眼睛正在注视着他;他朝她跨上一步,但她仍然没有动,因为她再也无法往后退了:只有那张狭窄、瘦削,未免过于瘦削的咖啡色的脸上那一双巨大、深邃得没有底的、墨黑的眼睛在望着他,但并不显示出惊恐、认识与希望的迹象。'凤西芭,'他说,'凤西芭。你还好吗?'

'我是自由的。'她说。午夜镇是由一家客栈、一家出租马车行、一家大杂货店(这就是为了减少双方的麻烦与烦恼而将退伍金支票兑成现钱的地方吧,他想),还有一间小杂货店、一家酒店和一个铁匠铺组成的。可是那儿还有一家银行呢。银行的行长(其实也就是老板)是个从密西西比州迁居至此的人,过去也曾在福勒斯特手底下当兵;艾萨克离家八天以来身子第一次感到轻松,因为已解下了藏金币的腰带,他用铅笔和纸把三元钱与十二个月相乘,然后用一千元除以这个数目;这样可以拖长到差不多二十八年,因此至少在二十八年里她不会挨饿,那银行家答应每个月的十五号亲自派一名可靠的信差把这三元钱送到她本人手里,这以后他就回家了,事情的全部经过就是这样,因为在一八七四年他父亲和叔叔都去世了,而从一八六九年那一天①他父亲把那些老账本最后一次放回去的时候起,它们就再没有从桌子上的书架上取下来过。不过他是可以把它写完的:

  路喀斯·昆图斯·卡洛瑟斯·麦卡斯林·布钱普。托梅的泰瑞尔与谭尼·布钱普最后仅存的一个儿子。1874 年 3 月 17 日生

不过也没有必要这样写了:不是路西乌斯·昆图斯,某某人之子等等,而是路喀斯·昆图斯,倒也不是拒绝让人叫他路西乌斯,因为他干脆把这几个字从姓名当中去掉了;也不是否认、摈弃这个名字本身,因为他采用了这个名字的四分之三②;而是仅仅把这个名字接过来,加以改造,变了一下,使它不再像白人的名字而是他自己的名字,是他自己起的,是自我繁殖和命名的,他的老祖宗就是他自己,尽管老账本上所记的与此相反,说老卡洛瑟斯本人才是

  这就是一切:一八七四年时他是个孩子;到了一八八八年他长

---

① 指凤西芭出生时布克在账本上记下此事的那一天。
② Lucas 中有 Lucius 中的 l,u,c,s 四个字母,故而有此说法。

大成人了,他放弃了,拒绝了,也因此得到了自由;到一八九五年他已成为人夫但不是人父,不是鳏夫但却可算是没有妻子①,而且早就发现没有人是自由的,而且即使自由了也是受不了的;当时他结了婚,住在杰弗生镇一所偷工减料新盖起来的小平房里,这是他的岳父给他们的:一天早晨,路喀斯突然站在他房间的门口,他正在房间里看一份孟菲斯的报纸,看到报纸上端的日期,心想原来今天是他的生日。他今天满二十一岁了这时候路喀斯说:'老卡洛瑟斯那笔钱剩下的部分在哪里?我要用了。全都得给我。'

经过的情况就是这样:于是麦卡斯林说②

'除了布克和布蒂这两个人以外还有许多人,他们在探索对他们来说过于模糊以致说不清、过于混乱以致听不懂的真理③,然而还有一八六五年呢:'于是他说

'可是不够。远远不够,虽然父亲和布蒂叔叔在足足三代人中去探索,甚至也还不止是祖父生育的三代人,如果在**他**眼皮底下任何地方没有别的人只有祖父那么**他**连挑选都用不着了。可是**他**试着挑选了,而且我知道你要说什么。你要说:既然**他**自己创造了人类**他**就早该知道虽然**他**尽可以感到骄傲与悲哀,但是却不能怀着太多的希望,可是**他**并不怀着希望,**他**仅仅是等待着,因为**他**创造了他们:不仅仅是因为**他**赋予了他们生命,让他们能够活动,而且是因为**他**已经和他们共患难了那么久:和他们共患难了那么久,因为**他**看到就某些个别的情况来说,他们能够胜任一切,能达到任

---

① 艾萨克在1889年前后结婚,由于他不肯听从妻子的话收回田产,妻子拒绝与他同房。后来两人分居,故有此说。
② 此处与第249页倒数第5行艾萨克的话"是的。除了父亲和布蒂叔叔还有许多人,"相接。作者在长篇累牍地写艾萨克的内心思绪之后,又继续写1888年艾萨克与麦卡斯林在小铺里讨论舍弃遗产的事。
③ 指上帝对黑人的态度究竟如何这一"真理"。

何高度和深度,这即使在天堂里也是难以理解的,要知道连地狱也是在天堂里创造出来的,因此**他**必须承认他们,否则就得承认在某个地方存在着与自己法力相等的另一个上帝,这样一来自己就不再是上帝了,因此,为了可以独自居住在**他**那个孤独的、至高无上的天国里,**他**必须为自己所做的事情承担责任。其实说不定**他**也知道这是无用的,但是**他**创造了人类,知道他们能够完成一切事情,因为**他**从无所不包的原始的**绝对**中赋予他们以形体,从那时起就在观察他们,在他们各自崇高与卑劣的时刻,而他们自己并不知道为什么也不知道怎么会是这样甚至也不知道在什么时候:直到后来**他**看到他们全都和祖父一样,每一个人都是,甚至从他们当中精心挑选出来的优秀分子,**他**能指望的(注意,不是希望;不是希望,)那些最最优秀的精华也无非就是布克与布蒂这样的人,而且这样的人还不多,等到了第三代,连布克们、布蒂们都没有了,只有——'于是麦卡斯林说

'啊:'于是他说

'是的。如果**他**能从祖父身上看到父亲和布蒂叔叔那么**他**也一定能够看到我。——这个艾萨克比亚伯拉罕晚年所得的艾萨克出生得要晚①,而且弃绝牺牲②:没有父亲,因此安全地离开圣坛,因为这一回那只被激怒的**手**也许不提供小羊了——'于是麦卡斯林说

'是逃避:'于是他说

'好吧。就算是逃避吧。——直到有一天,**他**说了那天下午

---

① 据《圣经·创世记》第11章,亚伯拉罕一百岁时生下以撒(艾萨克)。
② 据《圣经·创世记》第22章,上帝为了试探亚伯拉罕,让他把儿子以撒作为燔祭,献给上帝。亚伯拉罕举起刀子要杀以撒时,上帝的使者叫住了他。这时亚伯拉罕看见树枝间有一只公羊,便将它作为燔祭。

你在这房间里对凤西芭的丈夫说过的同样的话:不必再说了。够了。不是在激怒中,并没有火冒三丈,甚至也没有厌恶得要命,就像你那天那样:仅仅是够了,然后最后一次看看他们,再看他们一次,因为他们是**他**创造的,在这片土地上,在这个南方,**他**为南方做了那么多的事,提供树林使猎物得以繁衍,提供河流让鱼儿得以生长,提供深厚、肥沃的土地让种子藏身,还提供青翠的春天让种子发芽,漫长的夏天使作物成熟,宁静的秋天让庄稼丰收,还提供短促、温和的冬天让人类和动物可以生存,而**他**①到处也看不见希望,于是把眼光超越希望本来该在的地方,朝东方、北方和西方看去,那里无边无际地伸延着一整片充满希望的大陆,那是划出来专门作为避开你所说的旧世界的毫无生气的黄昏的自由与解放的避难所与圣殿的,**他**看见了那些奴隶贩子的阔绰的后代,他们不论是男是女都像女性那样软弱无用,对于他们来说他们尖声咒骂的黑人是另一个族类,另一种标本,就像是旅行家装在笼子里带回家的一只巴西金刚鹦鹉,而正是这些人,在温暖的、不漏风的会堂里通过要实行恐怖与暴行的决议:还有那些政客的排炮般雷鸣的捞选票的演说,还有那些传教士的卖假药般的骗捐献金的表演,对于这些奴隶贩子的后代,暴行与不义就像**关税表**、**银本位**或**永生说**一样抽象陌生,而他们利用了黑人受奴役的镣铐和破衣烂衫,就和他们在别的场合下利用啤酒、彩旗,用红火焰和硫黄烧成的标语、戏法和能奏出音乐来的手锯一样;还有那些旋转的轮子,它们为创造利润而生产镣铐和破衣烂衫的纯洁的代用品,它们纺棉花,制造出轧花机,轧去棉籽,造出汽车和轮船,运送棉花,还有那些人,他们为

---

① 此句接本页第3行"然后最后一次看看他们,再看他们一次",这两句之间的一大段话都是补充前一句的,说明为什么上帝要最后看一眼。

了获得那笔利润而管理机器,他们建立起税收制度,收棉花税,收运输费,收卖棉花的佣金:**他**本来是可以摈弃他们的,因为他们是**他**创造出来的,现在是永远也是,一代一代都是,直到不仅是那个**他**从那里把他们拯救出来的老世界而且包括这个新世界——**他**把这个圣殿和避难所显示给他们看,还引导他们来到这里——也都变成了在最后一个血红的黄昏中冷却下去的同样没有价值、没有浪潮的礁石,而在整个空虚的喧哗与无用的骚动当中,只有一个人①是沉默的,在所有那些人的吵吵闹闹、忙忙碌碌中,只有一个人②是非常单纯的,所以才会相信恐怖与暴力总的来说仅仅就是恐怖与暴力,而且是非常直率的,竟然按照这个原则行动,他不通文墨,言语不多,也许仅仅是事情太多而顾不上说话,在所有的人当中只有这一个是不用谄媚和赌咒发誓然后又用乞求和威胁来烦渎**他**的,甚至也没有费这份心思事先向**他**报告自己想怎么做,因此一个比上帝渺小一些的人连把祖传的滑膛枪从门楣上端的鹿角上取下来这样一个简单的举动意味着什么可能都不会理解,于是上帝说了我的姓氏也叫布朗③那另一位说我也是于是**他**说那么你我的姓氏不能够都叫布朗,因为我是反对那件事的于是那另一位说我也是反对的于是**他**得意洋洋地说那么你拿了那把枪要到什么地方去呢?于是那另一位用一句话一个词告诉了**他**于是**他**:颇感意外:**他**是既不知何为希望何为骄傲,也不懂得何为哀伤的那么你们的协会、你们的委员会、你们的官员呢?你们的会议记录、你们的动议、你们的国会议程都到哪里去了?那另一位说这些我都不反

---

① ② 指约翰·布朗(1800—1859),美国废奴主义者,为了解放黑奴曾在哈泼渡口举行武装起义,后被处死。
③ "布朗"不用作专门名词时意为"棕色"。这里的意思是:上帝自以为站在黑人与白人之间,不偏袒任何一方。

对。我估摸它们对有时间搞这一套的人来说是挺合适的。我反对的仅仅是弱者(因为他们的皮肤黑)被强者(因为他们皮肤白)所奴役。于是**他**再一次转身面向这片土地,**他**仍然有意拯救这片土地,因为**他**已经为它做了那么多的事情——'于是麦卡斯林说

'什么?'于是他说

'——**他**仍然对这些人负有责任,因为他们是**他**创造出来的——'于是麦卡斯林说

'转回来对着我们?**他**的脸朝着我们?'于是他说

'——他们的妻子与女儿在黑人生病时至少是为他们煮汤和做肉冻的,还穿过泥泞的院子在严冬用托盘托着送到臭烘烘的小屋里去,坐在臭烘烘的小屋里,让炉火一直燃烧着直到危机来临并过去,可是这样做了,仍然是不够的;在黑人病得非常重时把他们搬到大宅里去,说不定还让他们躺在客房里护理他们,这种事如果发生在家里任何一头牛的身上,白人也会这样干的,不过至少他不会这样去对待从马车行里租来的牲口,可是即使这样做了,还仍然是不够的;因此**他**说了,并不是用忧伤的口气,他们是**他**创造的,因此**他**心中的忧伤不会像**他**所体验的骄傲或希望那么多:显然,除非经过受苦,他们不能学到什么,除非经过血的教训,他们不能记住什么——'于是麦卡斯林说

'一天下午,艾许贝①骑在马背上去探望他母亲娘家的几个未婚的远房女亲戚,也许仅仅是母亲的什么熟人,忽然遇见双方前哨的小规模交火,他翻身下马,身上那件有鲜红绦饰的斗篷成了目标,他率领了一小队他从未见过的士兵去攻打据堑壕死守的边远

---

① 特·艾许贝(1828—1862),南方骑兵部队一将领,在杰克逊将军麾下服务。

地区训练出来的来复枪手。在沙普斯堡战役①前,当时李将军已经将他的军队分成两支,一名北军的情报军官在北军战线后面一家酒吧的地上捡到了李将军的作战手令,这张纸也许是用来包几支雪茄的,雪茄一抽完,这张纸显然被随手扔掉了。走木板道的杰克逊②已经把他部队的侧翼收拢来了,胡克认为这一点是根本不可能做到的,杰克逊只等着夜晚过去好继续给敌人以连续不断的迎头痛击,这个战斗行动将把整个侧翼重新扔回到胡克的老窠上去,而胡克这时候正坐在钱塞勒斯维尔的前廊上,啜饮热甜酒并且打电报给林肯说自己已经打败了李将军,可是就在这一个伸手不见五指的夜晚,杰克逊和一大群低级军官待在一起偏偏被自己一方的一名巡逻兵开枪打中,他底下军阶最高的是斯图阿特③,那是个英武的好汉,仿佛生来就能骑马挥舞军刀,对战略技术也无一不精,仅仅是不知苦干、蛮干为何物;正当李将军应当知道米德④的一切情况和汉柯克究竟在公墓冈的什么地方时,也就是这一位斯

---

① 北方称为安梯坦战役,发生于1862年9月。南方的李将军在9月9日发出其著名的"191号特别指令",将军队分为两翼,一翼由杰克逊指挥,另一翼由朗斯屈特指挥。四天后北军将领麦克里兰获得一份指令内容,于是利用对方兵力分散的机会,使战局不利于南方。

② 托·约·"石壁"杰克逊(1824—1863),李将军手下一员得力大将。"木板道"是指厚木板铺在沼泽地,使军队得以通过的一种临时道路。在钱塞勒斯维尔一役中,北军将领胡克以优势兵力对付李将军。李将军以少数兵力顶住北军主力,命杰克逊突然袭击北军右侧,使之蒙受重大损失。当晚杰克逊正部署兵力准备继续进击,不幸被己方士兵误伤。伤势引起肺炎,使杰克逊于八天后死去。

③ 詹·艾·布·斯图阿特(1833—1864),南军将领。

④ 乔·戈·米德(1815—1872),北军将领。温·S.汉柯克(1824—1886),北军将领。在葛底斯堡战役中,由于斯图阿特带兵绕了远路,没有及时与主力会合,李将军一直无法摸清北军的作战部署。当时米德已接替胡克任北军统领,汉柯克正力守葛底斯堡南面的公墓冈。斯图阿特没有把兵力用在点子上,所以此处讥讽他袭击"鸡窝"。

图阿特却去袭击宾夕法尼亚州的几个鸡窝;而朗斯屈特①也在葛底斯堡,也就是这同一个朗斯屈特和杰克逊一样,也在黑暗中被自己手底下的士兵开枪误伤从马背上摔下来。他的脸朝着我们?他的脸朝着我们?'于是他说

'还有什么别的办法能促使他们去打仗呢?除了杰克逊们、斯图阿特们、艾许贝们、摩根②们和福勒斯特们之外,还有什么人呢?——中部和中西部的农民,他们拥有的土地以英亩计而不是以几十英亩甚至也许以几百英亩计,他们自己耕作,收获的没有一次是棉花、烟草或是甘蔗,他们没有奴隶,不需要也不想要奴隶,他们的眼睛已经朝向太平洋海岸,不一定都得花两代人的时间才能抵达那里,仅仅是因为偶然的不幸,一头牛死了或是大车的轮轴断了,于是便在当地停了下来。还有那些新英格兰的机械工人,他们地无一垄,衡量一切事物的标准是水力的功率和转动的齿轮的成本,而那些眼界褊狭的商人和船东眼睛仍然恋恋不舍地回顾着大西洋彼岸,对这片大陆的感情仅仅局限在他们的账房间里。还有那些本应有警觉性能够看出来的人:那是些把只有在神话中才存在的荒野中的城镇地皮买空卖空的人;还有那些本应有机灵劲儿把一切解释得合情合理的人:那是些银行家,他们接受土地作为抵押品,而那第一类人正等着把土地让出去呢,他们接受铁路和轮船作为抵押品,可以把他们送去更远的西部,他们接受工厂、轮机和出租公寓作为抵押品,那些经营公寓的人就住在里面;还有那些本应有时间和眼光能够及时理解、感到恐惧甚至预见的人:那是些在波士顿长大(即使有些并不在波士顿出生)的老小姐,她们是出身名门

---

① 詹·朗斯屈特(1821—1904),南军将领。他在葛底斯堡战役中没有及时遵照李将军命令进攻,被认为是南军失利的主要原因,1864年5月他为己方士兵所伤。
② 约·亨·摩根(1825—1864),南军将领。

望族的受过同样教养、同样没结过婚的阿姨、姑姑、叔叔、舅舅的后代,她们的手上没有老茧,除了写控诉南方的文章那支笔磨出来的硬皮,对于她们来说,荒野本身就起始于浪潮的高峰,她们的眼光如果稍有片刻离开峰火山①,那也是望着天堂——当然不会去看那一大帮吵吵闹闹、鱼龙混杂的开拓者的追随人员了:政客们的咆哮、自封的神职人员的甜美的合唱,还有——' 于是麦卡斯林说

'行了,行了。你先等一等:'于是他说

'你先让我说。我是打算给你,我们的一家之主,解释一件我必须要做但是自己还不大明白的事,并不是想证明这样做是有道理的,而仅仅是尽可能地解释清楚。我可以说我并不明白自己为什么必须这样做,可是我知道我必须做,因为我还有大半生必须过,而我唯一需要的是做这件事时能够平平静静的。可是你是我的家长。不仅如此。很久以前我就知道,我永远也用不着非得想念我的父亲不可,虽然你不久前刚刚发现你已经在怀念你的儿子了。——那些开支票的人②、那些杀价收买期票的人、那些小学校长、那些自己批准自己可以去教书和领导别人的人,还有那一大帮半文盲,他们穿上白衬衣但并不因此而有所改变,他们用一只眼睛照顾自己用另一只眼睛相互监视。还有别的什么人能促使他们去打仗呢:谁能打得他们呆若木鸡,惊恐不已,把肩膀转向另一个肩膀,把脸扭开去,甚至半晌都不说话,甚至两年之后仍然心有余悸,以致他们之中居然有人一本正经地建议把自己的首都迁到外国

---

① 波士顿的高级住宅区,居民多为第一批移民的后代,他们自己构成一个封闭的小社会,因此不结婚者颇多。他们极富有,眼睛里只有欧洲和天堂。他们鄙视新兴起的西部。此处的"老小姐"似隐指《汤姆大伯的小屋》一书作者斯陀夫人。

② 此句接前段"……甜美的合唱,还有"。艾萨克又继续发表他的议论。

去①,以免遭到另一地区的人的蹂躏和掠夺,其实这个地区的白人男性公民总共没有多少,只够塞满北方任何一个大城市:除了②在谢纳多河谷里的杰克逊和想抓住他的三支分开的部队外,没有人知道自己是刚从一次战斗中退出来还是马上要参加进去,而斯图阿特则驱策他统率下的整个部队完全绕开本大陆有史以来最为庞大的一支部队,为的是了解从背后看这支部队究竟是什么模样,而摩根却率领了一队骑兵冲向一艘搁浅的战舰。除了那些人,他们能相信使一场成功的战争得以进行的并不是聪明才智也不是权术、政治、外交、金钱甚至也不是领土完整与简单的算术,而仅仅是对土地的热爱与勇气,除了这样的人,又有谁会向一股地域十倍于自己、人力百倍于自己、资源千倍于自己的势力宣战呢——'

'他们还依靠清白、英武的祖先和高超的马术,'麦卡斯林说,'可别忘了这一点。'这时是黄昏了,十月的平静的夕阳与无风来吹散的炊烟混成一片氤氲。棉花早已摘净、轧过籽了,如今大车整天价载着收下的玉米往来于田地和谷仓之间,像是走在一片生命力顽强的土地上的一支仪仗队。'唔,也许这种局面正是**他**所希望的吧。至少,这是**他**已经得到的。'这一次可没有一叠叠发黄的变色而无害的账页了。这一次是记载在一本严峻得多的书中,麦卡斯林十四、十五、十六岁时亲眼见到过,那孩子本人继承了这个局面,就像挪亚的孙子孙女继承了洪水之后的局面,虽然他们自己并未目睹那场大水:那是个黑暗、腐朽与血腥的时代,三种不同的人③不仅想调整好与别两种人的关系,也想调整好与新的土地的关系,这土地是他们创造的,也是继承来的,他们必须在这上面生

---

① 实际上并无此事,仅仅是1864年7月南军一度接近华盛顿曾经引起恐慌。
② 此句接上页倒数第4行"还有别的什么人能促使他们去打仗呢"。
③ 指南方黑人、南方白人和南北战争后到南方来牟利的北方人。

活,因为失去它的人和得到它的人同样没有离开它的自由:——那些人一夜之间突然得到了自由与平等,事先没有警告,毫无准备,没有受过任何训练,不知道怎么运用,甚至仅仅采取容忍的态度,他们滥用了自由与平等,倒也不是像孩子们那样滥用,也不是因为他们长期以来受奴役,接着突然之间被解放,而是像人类一向滥用自由那样地滥用,因此他想显然除了从受苦中得到的智慧之外还存在着另一种智慧,一个人必须有了它才能分清什么是自由,什么是放纵;那些人,他们打了四年的仗,打输了,他们的目的是维持一种现状,在这种状况下,解放是一件反常与自相矛盾的事,这不但是因为他们反对自由本身,而是出于人们(不是指将军和政治家,而是指普通人)一向为之战斗为之死亡的那些古老的原因:为了维持现状,或是为了建立一个较好的未来,好让子孙活得下去;最后,仿佛痛苦、仇恨与恐惧还不够似的,那第三种人①,比起与他们不同种族的人来,与他们肤色相同、身上流的血液相同的人倒更像是外人,——这种人又由三部分人组成,彼此各不相同,除了有个共同的巧取豪夺的强烈意愿,他们的父亲不是中年的中尉军需官便是随军小贩与军毯、军靴和军骡的承包商,这三者追随着一次次自己并没有参加的战斗,承继了自己并没有帮助猎获的胜利果实,他们得到了认可与保护,即使并没有得到祝福,他们把骸骨留在南方,他们的下一代将在这里经营尚未开垦的小农场,投入一场剧烈的竞争,对手中有的是黑人,这是蒙他们的父辈给予了自由的,有的是白人,他们的父亲本来根本没有过黑奴,但法律却剥夺了他们的奴隶继承权,到了第三代,这些白人又会回到被人遗忘的小县城,去当理发师、汽车修理工、副保安官、面粉厂轧花厂的工人和热

---

① 指战后到南方来牟利的北方白人。

电厂的锅炉工,领导执行私刑的暴徒们①来反对他们祖先曾拯救过的种族,起先穿着便服,后来是一本正经的带头罩的长袍的制服,有联络的口令,以及燃烧的十字架标志;另一部分人是一帮无名的投机者,他们专门从别人的苦难中得到利益,他们是金钱、政治与土地的操纵者,灾难出现在哪里他们也就来到哪里,像蚂蚱一样善于保护自己,不需要祝福,从不会让自己的汗水沾湿犁把与斧柄,他们养肥了自己就消失不见,连骸骨也不留在这儿,同样地他们简直是没有祖先、没有血肉之躯,甚至没有热情与性欲的:另外还有犹太人,他们到南方来也是没有保护的,因为两千年来,他们已经失去了有保护和需要保护的习惯,他们是不合群的,甚至还不像蝗虫那样会团结,他们在这件事上也是具有某种勇气的,因为他们想的并不是单纯的捞一笔钱,而是要为子子孙孙谋福利,为他们找一个安身立命之地,虽然他们永远会感到自己是外人:犹太人也同样是没有受到祝福的:他们是在西方世界地面上流浪的一种贱民,二十个世纪之后,人们仍然拿他们出气,因为有那么一个神话,说是犹太人征服了西方世界。麦卡斯林对这种局面是亲眼目睹的,而那孩子甚至快八十岁时仍然不能肯定分清什么是自己看到的什么是别人告诉他的:那一片黑暗无光、掠夺一空的光秃秃的土地,妇女们带了缩成一团的孩子们蹲伏在锁上的门的里面,男人们披着被单,戴着面罩②,骑马奔驰在阒寂无人的大路上,白人的以及黑人的尸体,吊在孤零零的枝干上晃动着,他们与其说是仇恨的牺牲品还不如说是绝望与铤而走险的替罪羊:一些人在选举棚里被活活打死,一只手里还捏着蘸有墨水的笔,另一只手里拿着墨水

---

① 意即组成了"三K党"。
② 指三K党党员的服饰。

未吸干的选票:在杰弗生,国家正式任命的警察局长在公文上画一个粗大的十字当签名,此人名叫西卡莫,他有这个名字倒不是因为他过去的主人是一位医生兼药剂师,而是因为当他还是个奴隶时,他常常把主人的粮食做的酒精偷出来,兑上水,装在一品脱的瓶子里,藏在药房后面一棵大梧桐树①树根下,向人兜售,他之所以能居高位,完全是因为他那有一半白人血统的妹妹是联邦部队军需官的姨太太;这一回麦卡斯林甚至都没有说一声"瞧",只举起了一只手,甚至也没有指什么,没有专门指向放账本的架子,而是指向办公桌,指向办公桌所在的角落,在桌子旁边有一块磨损的地板,二十年来,当白人坐在桌子后面加、减、乘、除算账的时候,有不少人穿着沉重的皮靴曾经站在那里。他仍然是无需去瞧的,因为这番景象他亲眼见过,而且在南方投降的二十三年之后,在宣言②发表的二十四年之后,他仍然在瞧:那些账本,现在是新的了,而且很快就记满了,一本记完很快又开始另一本,包括许多名字,超过了老卡洛瑟斯,甚至他父亲和布蒂叔叔所能想象的;账本里有许多新的名字、新的面孔,在它们当中,连他父亲和叔父也会认识的那些老的名字、老的面孔消失不见了——托梅的图尔死了,即使是那个悲惨的、扮演了不合适的角色的珀西伐尔·布朗李,此人既不会记账也不会种田,也终于找到自己的真正归宿了,在一八六二年,当孩子的父亲不在时,他又出现了,显然在种植园里至少住了一个月,直到孩子的叔父发现了这件事,他是来领导黑人举行即兴的信仰复兴会的,既布道又用他那高亢甜美的真正女高音领唱赞美诗,后来又不见了,是拔腿用高速度跑掉的,不是跟在前来袭击的联邦

---

① 西卡莫(Sickymo)是梧桐(sycamore)的转音。
② 指1863年林肯总统颁布的《解放宣言》。

骑兵队的后面,而是在骑兵队前面鼠窜狼突,可是他又第三次也是最后一次地出现在一个出差的部队军需官的身边,两人坐了一辆轻便马车穿过杰弗生镇,而就在同时,孩子的父亲(当时是一八六六年)也正好穿过广场,那辆轻便马车和乘客迅速地穿过那片宁静的田园风光的景色,即使在那样一个转瞬即逝的时刻,他们也给孩子的父亲身边的人们一种在出逃和过不正当的假日的感觉,仿佛一个男人趁妻子不在和妻子的贴身女侍一起出门玩乐似的,这时候布朗李一抬头看见了他过去的一个主人,便向他投去女人那样的挑衅眼光,接着就再次跑掉了,从轻便马车上跳下来,这一回可是永远销声匿迹了,直到二十年后,完全出于偶然,麦卡斯林才又听到关于他的消息,他这时是个老头儿了,身子胖胖的,当了新奥尔良一家高级妓院的手头阔绰的老板;谭尼的吉姆也走了,没有人知道他在哪儿,而凤西芭在阿肯色州,每个月有三元钱,和她那位学者丈夫在一起,这位先生戴了副没有镜片的眼镜,穿一件礼服外套,总有一套开了春要干什么的计划;只有路喀斯,那个小娃娃,留了下来,这是除了艾萨克本人之外老卡洛瑟斯这支遭到厄运注定要灭亡的血脉中最后的一个了,这支血脉的男性支系像是要毁掉它碰见的一切,甚至他也并且至少希望走得远远的;——路喀斯,这个十九岁的男孩,他的名字还要过六年才会出现在那些急急写成的账页里,如今已装订一新,上面也没有尘土,因为麦卡斯林如今每天都把它们搬下来,往上面记录,不让这记录中断,过去两百年没有能记完,再有一百年也不足以完成这任务;这部编年史本身就是一整个地区的缩影,让它自我相乘再组合起来也就是整个南方了,在南方投降二十三年、奴隶解放宣言发表二十四年之后——那股慢慢淌走的涓涓细流:糖浆、粮食、肉、皮鞋、草帽、工作服、犁绳、轭圈、犁扣、锯架和U形钩,这些东西到了秋天会变成棉花流回来——这两条线,细得像真理,不可捉摸有如赤道,然而又如同缆绳那样结实,把这些种棉花的人终身束缚在他们滴下汗水的土地上:于是他说

'是的。把他们束缚住一段时间,仅仅是很短的一段时间。整整一生,包括身后,也许还包括他们的儿子们的一生与身后,甚至是孙子们的一生以及身后。但是并不总是这样,因为他们是会熬过去的。他们会比我们活得长久,因为他们是——'这不是一个停顿,甚至也不能算一次小小的犹豫,可能仅仅为他自己所察觉,仿佛他甚至对麦卡斯林也没办法讲,甚至自己为什么舍弃也没法解释,这件事对他自己也是如此,连那个逃避行为(也许这就是他需要逃避的现实与真理)也是异端邪说:因此即使是在逃避,他也是比自己所担心的更多地把自己和那个邪恶而死不改悔的老人联系在一起,那个老人能把一个女人召到自己鳏夫的屋子里来,因为她是自己的财产,因为她已经够大了而且是个女的,他让她怀了孕又把她遣走,因为她属于劣等种族,后来又遗留给那婴儿一千元,反正到那时他也已经死去,不用自己付钱了。'是的。他本来并不想舍弃。但他不得不舍弃。因为黑人会挺过去的。他们比我们优秀。比我们坚强。他们的罪恶是模仿白人才犯下的,或者说是白人和奴隶制度教给他们的:没有远见、不会节制和逃避责任——并不是懒惰:是逃避责任:是逃避白人硬派给他们做的苦役,不是为了他们地位的提高,甚至也不是为了他们的舒适,而是为了他①自己的——'于是麦卡斯林说

'好呀。往下说呀:性关系很乱。爱用暴力。不稳定以及缺乏自

---

① 指艾萨克·麦卡斯林。意思是艾萨克的舍弃遗产不是为了黑人,而是为了自己求得良心清白。

我控制的能力。分不清什么是我的,什么是你的——'于是他说

'二百年来我所有的一切对他们来说甚至都不存在,在这种情况下,又叫他们怎么分清呢?'于是麦卡斯林说

'好吧。往下说吧。还有他们的美德——'于是他说

'是的。那是他们自己的。坚韧——'于是麦卡斯林说

'这种品质骡子也有:'于是他说

'——还有怜悯、宽容、克制、忠诚以及对孩子的爱——'于是麦卡斯林说

'这些品质狗也都有:'于是他说

'——不管这些孩子是不是自己的,是不是黑人。不仅如此,他们的这些品质,不仅并非得自白人,而且也不是因为有了白人才形成的,因为他们很早以前从自由的老祖宗那里就得到了,那些老祖宗享受自由的时间可比我们长得多,因为我们从来不是自由的——'可是这种精神也存在于麦卡斯林的眼睛里,他只消看一看麦卡斯林的眼睛便能看到它在那里,七年前那个夏日的黄昏①,他们从打猎营地回来差不多一个星期之后,在他发现山姆·法泽斯告诉了麦卡斯林以前:关于一只老熊,它凶猛、残暴,并不光是因为这样才能生存,它之所以残暴,是因为对自由与解放有一种剧烈的骄傲感,它对自由与解放妒忌心极重,而且引以为骄傲,因此看到它们受到了威胁,不是感到恐惧甚至也不惊慌而几乎是欢乐的,仿佛有意要让它们处在危险中,这样才可以玩味它们,而且使自己那副强有力的老筋骨和血肉变得柔软灵活,好保护它们;关于一个老人,一个黑奴和印第安王的儿子,一方面是一个种族的漫长历史

---

① 指1881年艾萨克带了小杂种狗去猎大熊的那一天,那次,艾萨克离老班很近,却没有开枪。

的继承者,这个种族通过受苦学会了谦卑,同时通过比受苦更有生命力的坚韧学会了骄傲,另一方面是另一个种族的历史的继承者,这个种族在美洲大陆上的历史比前一种更为悠久,可是如今仅仅靠了个年老无子的黑人的陌生的血液的孤独的友谊,以及一只老熊的狂野不羁而不可战胜的精神,才能存在;还讲到一个孩子,他希望能把谦卑与骄傲学到手,使自己在森林里本领高强、受人尊敬,但是发现自己很快就很内行了,因而很怕自己永远不会受人尊敬,因为虽然他做了努力,但是还没有把谦卑与骄傲学到手,直到后来有一天,一个情况也难以说清的老人,像是拉着他的手似的带他到一只老熊和一只小杂种狗相斗的地方去,让他看到,只要能够拥有那另一种品质勇敢,他就能够同时拥有他所需要的那两种品质;还讲到一条小狗,它没有名字,不是纯种,不知道它父亲是谁,它已经长成但是还没有六磅重,它不可能是危险的,因为世界上没有更小的狗了,也不能算它凶狠,因为人家只会把这说成是乱叫,它也并不谦卑,因为它离地面已那么近都没法屈膝了,它也并不骄傲,因为它不会和人们靠得太近,让人们看清是什么样的狗投下了那样小的一团影子,而那团影子连自己的主人不会升入天堂都不知道,因为人们早已认定它是没有不朽的灵魂的,因此它唯一能具备的品质便是勇敢了,虽然人们也许会说这仅仅是乱叫。'这么说你方才没开枪,'麦卡斯林说,'你离老熊有多近?'

　　'我也不知道,'他说,'反正看见他右后腿内侧有一只大扁虱。这我看到了。可是那时候我手里没有枪。'

　　'可是你手里有枪的时候又不开枪,'麦卡斯林说,'那是为什么?'可是麦卡斯林没有等他回答,就站起来穿过房间,在他两年前杀死的那头熊的皮和麦卡斯林在艾萨克出生前杀死的那头更大的熊的皮上走过,来到他杀死的第一只公鹿镶在墙上的头下面的书柜前,拿了一本书走回来,重新坐下,打开书。'听着。'他说。他出声地念了五节诗,把书合起,一只手指夹在里面,把头抬起来。'好吧,'他说,'你听。'又重新念起来,但是这回只念了一节,便把书合上,放在桌子上。'她消失不了,虽然你也得不到你的幸福,'麦卡斯林说,'你将永远爱恋,而她将永远娇美。'①

'他讲的是一个姑娘的事吧。'孩子说。

'他总得讲点儿什么才行,'麦卡斯林说。接着他说,'他讲的是关于真理的事。真理只有一个。它是不会变的。它统驭一切与心灵有关的事——荣誉、自豪、怜悯、正义、勇敢和爱。你现在明白了吧?'他当时并不明白。不过真理好像倒比那些道理简单些,比有人在某本书里所讲的一个小伙子和一个姑娘的事简单,他是绝对不必替他们感到悲哀的,因为他反正是怎么也无法更接近他们,也用不着更疏远他们一些的。他曾经听说一只老熊的事,后来终于长得足够大,可以去捕猎它了,他追踪了它四年,最后手执火器与它遭遇却没有开枪。仅仅是因为一只小狗——可是早在这小杂种狗冲过那二十码朝大熊等着的地方扑去之前,他是可以开枪的,而在老班用后腿站直身子俯向他们那似乎是永无止尽的一分钟里,山姆·法泽斯也是任何时候都可以开枪的呀……他想到这里。麦卡斯林望着他,嘴里仍然在说话,他的声音,那些言词,就像暮色本身一样静悄悄的:'勇敢、荣誉和自豪,还有怜悯和对正义和自由的热爱。它们都与心灵有关,而心灵所包容的也就变成了真理,我们所知道的真理。你现在明白了吧?'他现在仍然能够听见那些话语,在目前的暮色中仍然和七年前那个黄昏中一模一样,也仍然是静悄悄的,因为它们没有必要变得响一些,它们反正会活在孩

---

① 这几句诗引自英国诗人济慈的《希腊古瓮曲》。

子的心中:他只消透过那抹淡淡的苦笑看看麦卡斯林的眼睛就行了,麦卡斯林的嘴唇微微上翘,你也只能说那是微笑了;——这是他的亲人,几乎可以说是他的父亲,既出生太晚没能赶上旧的时代,又出生太早无法进入新的时代,甥舅俩一起站在他们被蹂躏的祖产前——这片黑黢黢的、受过蹂躏的故土经过了一次未上麻药的手术,仍然脸朝下趴着在喘气——彼此之间现在已经格格不入了。

'那就 habet① 了。——这么说,这片土地确切无疑的因为本身的原因被它自己诅咒了。'于是他说

'是被诅咒了。'于是麦卡斯林仅仅重新举起一只手,甚至都没有开口,也没有指向账本:因此,就像立体幻灯机把它范围之内的万千细节凝聚成一个瞬息即逝的景象一样,这个细致、急遽的动作在这零乱、拥挤、光线昏暗的小房间里,不但显示出了那些账本,而且也完全勾勒出整个混乱、错综复杂的庄园——土地、田畴以及它们以轧去棉籽、卖出去的棉花的形式所表现的一切,它们提供衣食甚至在圣诞节还付给一点点现钱以偿还为了播种、管理、收获和轧籽所付出劳动的男男女女,还有机械、骡子和挽具(土地有了这些才能长出棉花)以及它们的成本、维修与更换零件的费用——那整幢错综复杂的大厦,建筑在不正义的基础上,由无情的贪婪构筑成,营造时有时甚至用一种不仅是对人类而且对值钱的动物来说也是极端野蛮的方式,然而又是有偿付能力与高效率的,而且不仅仅如此:它不仅仍是完整无缺的甚至还有所扩大,有所增长;经过二十年前那场十个庄园里差不多只能有一个留存下来的大混乱

---

① 拉丁文,意为"他完了,没有希望了"。这是古罗马角斗场上,当一个角斗士向对方做出致命的一击时,观众呼喊的用语。

与大灾难,这片庄园由麦卡斯林完整无缺地接下来,当时艾萨克本人也还不过是个大小孩呢;它有所扩大,有所增长,而且还会这样继续下去,还会有偿付能力,还会有高效率,只要麦卡斯林和他麦卡斯林的继承人能延续下去,虽然到那时他们的姓也许已经不是爱德蒙兹了;于是他说:'也是 habet 了①。因为事情就是这样:不是土地,而是我们。不仅仅是血统,连姓氏也是;不仅仅是肤色,而且还有那称呼:爱德蒙兹,是白人,可那是女儿的后裔,只能用父亲的姓,别的不行;而布钱普呢,辈分大,又是儿子生的,但却是黑人,可以采用任何一个他喜欢的姓,谁也不会管,就是不能用自己父亲的姓,而他父亲是根本没有姓的②——'于是麦卡斯林说

'我也知道你心里在想我现在会说些什么,因此就让我再说一次吧:另外还有一个人,也是第三代的,是儿子的后裔,长子,直系的独子,是白人,甚至仍然是姓麦卡斯林,是父亲传子传孙的——'于是他说

'我是自由的。'这一回麦卡斯林甚至都没有做手势,并没意味着那些发黄的账页,也没假设那立体幻灯机般表现的整体,可是那根祖先的骸骨连成的细细的铁线——它强韧有如真理,不可逾越有如邪恶,比生命本身还要久长——超越了档案与遗产这二者把他和贪欲、情欲、希望、梦想与哀愁相结合,在这些骸骨上面还长得有肉、能够活动时,它们的名字连老卡洛瑟斯的祖父都不曾听说过:于是他说:'而且在这一点上也是自由的。'于是麦卡斯林说

'我想(我会承认的),是**他**从你的时代里选出来的吧,正如你

---

① 这句接上页第 10 行"是被诅咒了"一句。
② 路喀斯·布钱普的父亲是泰瑞尔(托梅的图尔),泰瑞尔是老卡洛瑟斯与黑女奴托玛西娜的儿子。泰瑞尔与黑女奴谭尼·布钱普结婚后才姓布钱普,而布钱普是谭尼的白人主人的姓。

说布克和布蒂是从他们的时代里给选出来的一样,单单为了你,**他**就用去一只熊、一个老人和四年的时间。而你用了十四年才达到这一点,对老班来说,也用了差不多这点时间,也许更多,对山姆·法泽斯,是七十多年。而你只不过是一个人。那么,要大家都自由,又得多久呢?要多久呢?'于是他说

'是要很久。我从未用过别的说法。可是这不会有什么问题的,因为他们是能熬下去的——'于是麦卡斯林说

'反正你是会得到自由的。——不,不是现在,也不是永远,不是我们从他们那里,也不是他们从我们这里得到自由。因此,我也摒弃。我会摒弃的,即使明知道那是真的。我必须摒弃。连你也看得出我没有别的办法。我还是我;我永远是我生下来时的我,一向的我。而且不仅仅是我。不仅仅是我,正如在你所说的**他**那失败的第一个计划里不仅仅是布克和布蒂一样。'于是他说

'也不仅仅是我。'于是麦卡斯林说

'对。甚至也不是你。因为请注意。你说过,就在伊凯摩塔勃领会他能把地卖给你爷爷的那一瞬间,土地就永远不再是他的了。很好;再说下去:这以后地就属于山姆·法泽斯,他是老伊凯摩塔勃的儿子。那么,除了你,还有谁是山姆·法泽斯的继承人呢?也许布恩可以算一个共同继承人,即使你们不是他血统上的继承人,至少在摒弃土地上可以算得上是吧?'于是他说

'对。山姆·法泽斯使我得到了自由。'于是艾萨克·麦卡斯林——当时他还没有成为艾克大叔,还得过很久才成为半个县的人的叔叔但仍然不是任何一个人的父亲,那时他住在杰弗生的一所寄宿公寓里(法院开庭时那些小陪审团就住在这里,而到处旅行的马贩子、骡贩子也住在这里)——租了一间狭小的没有生火的房间,带着他那副崭新的木匠工具和麦卡斯林送给他的那把用

白银镶嵌他的名字的猎枪,还有老康普生将军的指南针(将军死后又加上他那只镶有银饰的号角),还有他那只轻便铁床、褥子和毯子,六十多年里,他每年秋天都要把它们带进大森林,另外还有那把锃亮的铁皮咖啡壶

曾经有一笔遗产,得自他舅舅休伯特·布钱普,他的教父,那个粗鲁、直率、大嗓门的孩子气十足的人,就是从他手里,在一八五九年的那次扑克戏里,布蒂叔叔给托梅的泰瑞尔赢得了一个老婆谭尼——'也许是因为五张顺子对三张看得见的三点没有叫牌'——;不是为了朝'报应'不顾一切地反手塞去的最后一笔贿赂,在死亡的觳觫恐惧中用衰弱颤抖的手涂下的褪色的字句与段落,而是一笔遗赠,一件实物,搁在手里有分量,用眼睛看得见,甚至是听得的:一只放满金币的银杯,用粗麻布包好,用他教父的戒指在热的火漆上打了封印,这件东西(仍然没有启封)即使在他舅父休伯特健在时,在他成年(到那时就是他的了)前很久,就已经不仅是一个传说,而是成为家神之一了。在他父亲和休伯特舅舅的妹妹结婚后,他们搬回大宅去住,那个老卡洛瑟斯开了个头却始终没有完成的又大又深的洞窟,他们让剩下的黑人搬出去,用艾萨克母亲的陪嫁把房子盖成,至少是把那些还空在那里的门窗安上,然后搬进去住,除了布蒂叔叔,他不愿离开他与孪生兄弟造的小木屋,因为搬回来是新娘的主意,而且远非只是一个主意,终究没人知道她是否真的想住在大宅里,她是否事先就知道布蒂叔叔不愿搬回去住;一八六七年他出生两周后,这是他和他母亲第一次下楼,一个晚上,那只银杯端放在食具已撤走的晚餐桌上,让明晃晃的灯光照着,他的母亲、父亲、麦卡斯林和谭尼——他的奶妈,怀里抱着他——所有的人都在,只除了布蒂叔叔——大家眼睁睁地看着他的休伯特舅舅如何把一枚枚明光锃亮的硬币哐当哐当地扔

进杯子,用粗麻布口袋把杯子包好,把火漆烤热,封了口,把它带回他的家,如今他独自一人住在家里,甚至都没有妹妹来管束他如麦卡斯林所说的那样,或者说好歹抚养他,布蒂叔叔是这么说的,另外(当时是密西西比州的黑暗时代)布蒂叔叔还说,大部分的黑鬼都走了,剩下不走的那些连休伯①·布钱普也是没法要的;不过那些狗倒留下没走,布蒂叔叔说尼禄②猎狐狸时布钱普却在闲逛

  他们要去看看那边的情况;终于他母亲的意见占了上风,他们打算坐四轮轻便马车去,又一次全体出动,只除了布蒂叔叔,还有麦卡斯林也留下来陪布蒂叔叔,直到后来有一年冬天,布蒂叔叔身子开始不行了,从那时起陪布蒂叔叔的就是他自己了,这时候他开始记事了,有他的母亲,有谭尼,而赶车的是托梅的泰瑞尔;赶二十二英里路到邻近的县,那里有一对门柱,在其中的一根门柱上,麦卡斯林记得有个半大不大的小子,每逢早、午、晚餐便会吹响一只猎狐用的号角,而且会跳下来给任何一个正好听见号角声的过路人开院门,只不过如今院门连影儿都没有了,他们穿过那破败不堪、草木杂生的入口驶向他母亲仍然坚持要人们称之为'沃维克'的那幢大宅,因为如果真理能够得胜,正义能够占上风,那她哥哥就是伯爵府的合法主人,这幢没有上漆的大宅外表上没有变化,但里面每一次似乎比原来更空廓高大,因为他年纪太小,还不懂得那里面高雅的家具陈设已经越来越少了,那些花梨木、桃花心木、胡桃木的家具,它们对他来说反正从来也不存在,只除了在他母亲涕泪俱下的悲叹中,以及偶尔把一件小得可以想法用绳子捆在马车

---

 ① 休伯特的简称。
 ② 狗名,原系古罗马国王名。据说公元64年罗马城着火,尼禄却坐在高塔观景,并抚琴高歌(fiddle)。这里"反其意而用之",说尼禄(猎狗)拼命工作,而休伯特·布钱普却无所事事,四处闲逛(亦用"fiddle"一词)。

后部或顶上带回家去的物件上(他记得这件事,他亲眼看见的:一瞬间,一刹那,他母亲那女高音喊出的'居然穿我的衣服!居然穿我的衣服!'响亮而愤怒地在空荡荡没打扫过的大厅里回响;一张年轻女性的脸,肤色甚至比托梅的泰瑞尔的还要浅,在一扇正在关上的门后闪现了一下;身腰的一个旋摆,丝绸长裙的一闪亮,耳坠子的轻碰与反光:一个幻影,行踪倏忽、外表艳俗、不合礼教,然而不知怎的,在这孩子——当时还差不多是个小娃娃呢——看来,竟也感到喘不出气、万分激动、受到蛊惑:就像两条清澈透明的小溪汇合在一起,他这个仍然是不丁点儿大的娃娃,通过匆匆瞥见的、不可名状的、不合礼教的、混血的异性肉体,与以神圣、不朽的青春期在他舅父身上停留了差不多有六十年的那个孩子,发生了安详、绝对、完美的交流与接触;那衣裙、脸容和耳坠在同一个惊恐的刹那以及他舅舅的喊叫声中消失了:'她是我的厨娘!她是我的新厨娘!我总得有个人帮我做饭吧,是不是?'接着连舅父本人也不见了,那张脸也是紧张、惊惶的,但依然是天真的甚至像个男孩那样不屈不挠的,这回轮到他们①退却了,退到了前廊上,于是他的舅父又出来了,很痛苦,仍然惊恐不安,但是在绝望中又重新振作了一下,他所振作的即使不是勇气也至少是一种自信心:'他们现在自由了!他们和我们一样了!'于是他母亲说:'问题就出在这儿!问题就出在这儿!在我母亲的屋子里!亵渎!这是亵渎!'于是他的舅父说:'真该死,西贝,至少该给她点时间收拾她的东西吧。'终于一切都过去了,都完了,高声争吵以及别的一切,他本人和谭尼,他记得谭尼那张莫测高深的脸伸出在那间原来是客厅的空荡荡的屋子的没有窗板的破窗前面,就在他们俩张望的时候,

---

① 指艾萨克的母亲等一行人。

下面小巷里急匆匆地跑过去一个人影，跌跌冲冲，一路小跑，那就是他舅舅的溃逃的情妇：她的背、她那张他只见过一眼的无名的脸，那条过去撑过鲸骨架、气球般在一件男人大衣下面扑打着的裙子，那只在她膝盖边颠簸、碰撞的沉甸甸的旧毯制旅行包，是在溃逃，是在退却，这是没有问题的，在那条空荡荡的小巷里显得孤独、年轻、凄凉，然而仍然让人兴奋、引起共鸣，仍然穿着从体面的堡垒里夺得的具有旗帜意味的丝绸衣服，而且令人难忘。)

那只杯子，那只火漆封好的神秘莫测的麻布包，端坐在锁好的壁柜的架子上，休伯特舅舅用钥匙打开柜门，把它取下，让它从一个个人的手里传过去：他的母亲、他的父亲、麦卡斯林甚至还有谭尼，坚持要每人都挨个儿拿一下，掂掂分量，还要摇晃一下，听听发出的声音对不对头，休伯特舅舅本人叉开了腿站在冰冷的、没有打扫的壁炉前，里面的砖头已经坍塌下来，和煤灰、尘土、灰泥还有扫烟囱扫下来的东西混在一起，成了一堆垃圾，他仍然在大声吼叫，仍然不谙世故，仍然是气派十足：很久以来，孩子相信除了他自己以外没有别人注意到他舅舅现在只将杯子放在他的手里了，舅舅用钥匙把柜门打开，把杯子捧下来，放在他的手里，而且伛身站在他的身边，一直等到他顺从地把它摇了摇，一直等到杯子发出声音，然后不等任何人来得及提出要摸摸杯子，就把它从他手里接过去，锁回到壁柜里去；再往后，当他不仅能够记事而且能够推理时，他也说不上来那是什么，连那里面以前曾是什么也说不清，因为那包东西仍然是沉甸甸的，仍然会咔嗒咔嗒响；再往后他仍然不知道，那时布蒂叔叔已经死了，他的父亲终于在太阳出来后还睡懒觉地在世界上混了差不多七十五年之后，说：'去把那只该死的杯子拿来呀。如果有必要，把那个该死的休伯·布钱普也带来。'因为那杯子仍然会咔嗒咔嗒响的，虽然他舅舅现在连在外甥的手里也不放了,仅仅是亲自拿着走到一个个人的跟前:孩子的母亲、麦卡斯林、谭尼,轮流在每一个人面前摇晃着,一面说:'听见了吗?听见了吗?'他那张脸仍然是不谙世故的,不好算太惶恐,只是有点困惑,但也不算太困惑,仍然是气派十足:现在,孩子的父亲和布蒂叔叔都已经不在人世了,有一天,毫无理由,根本没有发出警告,他舅舅和谭尼那位耄耋不堪的、爱吵嘴的太爷(他声称自己见到过拉斐德①,麦卡斯林说再过十年他就会记得见到过上帝了)在其中一个房间里生活、做饭、睡觉的那幢几乎完全空荡荡的大宅,忽然不声不响地着起了大火,一种悄然的、顷刻之间发生的、没有来源的、一视同仁的燃烧,墙头、地板和屋顶统统在内:日出时,大宅还像舅舅的父亲六十年前盖的时候那样耸立在那里,到日落时,只剩下四根熏黑的、无烟的烟囱杵出在一层白色的轻灰和几根烧焦的木板残片之上,这些残片看上去甚至都不像是非常烫手:接着,从晦暗的暝色中,从二十二英里的最后一段路中,两个老人弓着背骑着麦卡斯林记得是整个马厩最后的那匹白色老母马,来到妹妹的家门口,一个把自己猎狐用的号角拴在编成辫子形的鹿皮带上,另一个带着那只包在一件衬衣里的粗麻布小包,这只棕黄色的、用火漆封上的奇形怪状的小包又一次端坐在一只几乎一模一样的架子上,他舅舅现在用手握住了半开的柜门,不但用手握住门把,而且用一只脚顶住了门,钥匙捏在另一只手里,脸上一副急切的表情,仍然不好算惶恐,但仍然而甚至是气派十足,稍稍有点困惑,而孩子站在半开的门边,静静地仰望着那只粗麻布包,它变得几乎有原来的三倍那么高,却比原来薄了一半多,孩子转过身子,这一回他

---

① 拉斐德(1757—1834),法国将领兼政治家,美国独立革命时曾志愿帮助美方作战。1825年他重访美国,到过南方。

记得的不是他母亲的面容,也不是谭尼的莫测高深的表情,而是麦卡斯林那张阴郁的、鹰一般的脸,是那样庄严、让人难以忍受和感到迷惘:后来,有一天晚上,人们把他摇醒,把仍然半睡半醒的他带到灯光底下,带到有药味儿的房间里来,这股味儿如今已与这个房间不可分了,这儿还有另外一股气味,他以前没有闻到过,现在却一下子就明白是什么了,而且今后再也不会忘记,只见那只枕头,那张憔悴衰颓的脸,仍然在用不谙世故、永生不死、困惑、急切的眼光望着孩子,盯看着他而且想告诉他些什么,后来麦卡斯林走上前去俯身在床上,从睡衣上端抽出系在一根油腻的绳子上的大铁钥匙,这时病人的那双眼睛在说对,对,对,麦卡斯林割断绳子,用钥匙打开壁柜,把那只小包取到床前,就在孩子把包拿在手里时,那双眼睛仍然在打算告诉他什么,这么说这还不是时候,那双手一面要给予一面仍然紧紧地抓住这个小包,那双眼睛比过去更急切,一心想告诉他什么但始终没有说出来;他当时已经十岁了,他的母亲也已经死了,这时候麦卡斯林说,'你现在离成年差不多只有一半时间了。你不如把它打开得了:'可是他说:'不。舅舅说过要到二十一岁。'后来他二十一岁了,麦卡斯林就把那盏亮亮的灯移到撤去碗碟的餐桌的中心,把小包拿来放在灯旁,把他的打开的折刀放在小包旁,然后退后一步,脸上摆出一副老一套的严肃的不能容忍而拒人于千里以外的表情,拿起小包,这只在十五年前一夜之间彻底改变了形状的麻布小包,摇晃时发出一种细微、没有分量、不怎么悦耳、古怪、沉闷的咔嗒咔嗒声,那明亮的刀刃在线绳组成的错综复杂的迷宫里搜索着,印有舅舅布钱普名章的瘤状火漆叭嗒叭嗒地掉在餐桌锃亮的桌面上,于是矗立在那堆破麻布当中的是一把仍然崭新的、没有污渍的铁皮咖啡壶,壶中有一把铜币,还有——他现在知道是什么东西使它们发出闷沉沉的声音的了——一堆多得几乎足够做只耗子窝的叠得整整齐齐的字条:有上好的布纹证券纸,有黑人用的有划线的粗纸,有账册上撕下的不整齐的纸,有报纸上撕下的白纸边,还有一张新工装裤的纸商标,全都注明了日期并签了字,最早的一张还是差不多二十一年前他们看着舅舅在同一个房间同一张桌子甚至在同一盏灯的灯光底下把银杯封在麻布包里后不到六个月写的:

我欠外甥艾萨克·布钱普·麦卡斯林伍(5)枚金币特立此亲笔所书百分之五利息之借据

休伯特·菲兹-休伯特·布钱普
1867年11月27日于沃维克

孩子想:'至少他还是叫他的庄园为沃维克的:'至少有这一次,虽然后来再没这样称呼。借条倒还有的是:

艾萨克1867年12月24日借你2枚金币休·菲·布此乃借据艾萨克借金币1枚1868年1月1日休·菲·布

这以后又是五枚,然后三枚,然后是一枚、一枚,接下去过了很长的一段时间,舅舅做了怎样的一个梦,他梦见的是怎样的堂皇体面的奉还,他根本没想到对别人是否有任何的损害或是辜负了别人的信任,因为这仅仅是一笔借贷:不,是在合伙经营买卖:

我布钱普欠麦卡斯林或他的后裔贰拾伍(25)枚金币此笔款项与前此亲笔开具欠单所借之一切均按年息复利百分之贰拾(20)计息。时为1873年1月19日

布钱普

没有写明地点不过从时间上可以推断出来,只签了一个姓,没写名

字,就像当年那位骄傲的老伯爵会胡乱涂上一个奈维尔①那样:这样,加起来就是四十三枚了,他自己当然不会记得,可是据说金币共有五十枚,这就对得起来了:一枚,再取走一枚,再一枚,又一枚,然后是最末了的三枚,然后是最后的那张字条,上面的日期是他到这幢房子来和他们一起住之后,笔迹出于一只颤巍巍的手,倒不是一个失败了的老人的手,因为他从来没有被打败过而知道自己的境况,而也许是一个疲惫的老人的手,而且即使如此,那疲惫也仅仅是表面上的,他仍然是气派十足的,那最后一张借据的简短也不是因为气馁才简短,而仅仅是感到大惑不解,像是简简单单的一句评语或一句解释,而废话一点也没有:

银杯壹只。休伯特·布钱普

这时候麦卡斯林说:'不管怎么说你拿到了不少铜钱。可是它们还不够古老,算不上是古董或传家宝。因此你还是必须得拿这笔钱。'只不过他并没有听见麦卡斯林的话,只静静地站在桌子旁边,平和地看着那把咖啡壶,后来,在下一天晚上,他看着这把壶蹲在杰弗生镇一间窄小的、冰窖般的房间里的壁炉架上,但下面甚至也没有壁炉,这时,麦卡斯林把几张叠起来的钞票扔到床上,但仍然站着(除了床根本没有别的地方可以坐),甚至也没有脱下帽子与大衣:于是他说

'算是借的。借你的。这一笔钱。'于是麦卡斯林说

'那可不行。我可没有富余的钱可以借给你。你下个月得自己上银行去取,因为我不会把钱给你送去的。'他这时连麦卡斯林的话也听不见了,只平静地望着麦卡斯林,他的亲戚,几乎可以算

---

① 指英国历史上的理查德·奈维尔(1428—1471),他是沃维克伯爵。休伯特·布钱普和他妹妹认为休伯特是沃维克爵位的合法继承人。

是他的父亲,然而现在又不是亲戚了,因为,说到底,连父亲这一代和儿子这一代都不能算是亲人了。这时候他说

'有十七英里路呢,还要在那么冷的天气里骑马。咱们俩可以都睡在这儿嘛。'于是麦卡斯林说

'你既然不愿睡在乡下你自己的房子里,我又何必睡在城里我自己的房子里呢?'说完他就走了,艾萨克望着那只锃亮的、没有锈斑、没有污渍的铁皮壶,寻思——不是第一次了——得有多少因素才能组成一个人(比方说艾萨克·麦卡斯林),而这个人(比方说艾萨克·麦卡斯林)的精神得穿过多少层迷雾才能走上一条迂回曲折的、费尽心机选中的然而却是准确无误的小路,使自己终于成为今天这样的人,不仅惊愕了他们(那些人生下了老麦卡斯林而他又生下艾萨克的父亲、布蒂叔叔和姑姑①,还有那些人,他们生下了老布钱普而他又生下艾萨克的休伯特舅舅与母亲),他们相信是自己造就了他,而且也使艾萨克·麦卡斯林大为吃惊

算是借的,先用着再说,虽然他大可不必这样做:德·斯班少校愿意把自己家里的一个房间让给他住,爱住多久就多久,连问都不会问他一声,以后也不会问,而老康普生将军则更热情,他干脆把艾萨克带到自己的房间,让他与自己合睡一张床,他比德·斯班少校热情,因为他直率地告诉孩子自己为什么要这样做:'你和我一块儿睡,不等冬天过去,我就会知道你这样做的原因。你会告诉我的。因为我不相信你真的放弃家产了。看起来你真的是放弃了,可是我在大森林里对你观察得太深了,我不相信你真的放弃了,虽然看起来非常像。'算是借的,付一个月的饭费和房租,把木匠工具买下来,不单是因为他的手干起活来很灵巧,而且是因为他

---

① 即卡洛莱纳,她是麦卡斯林·爱德蒙兹的外祖母。

有意要亲手劳动,要是让他伺弄马匹他也能对付,他倒不是一味死板地、满怀希望地模仿那个拿撒勒人①,就像一个年轻的赌徒买一件有斑点的花衬衫来穿上,因为那个老赌棍上一天正是穿了这样一件衬衫发了利市的,而是(他倒没有故作谦卑的人的自命不凡感,也没有自命清高的人那种假谦虚的派头,那种人要自己去赚取衣食,既不特别想去赚取却又必须去赚取,而且赚取的岂止仅仅是衣食)因为如果那个拿撒勒人发现做木匠对于**他**采取并选择去侍奉的生活与目的有益,那么这对于艾萨克·麦卡斯林也必定有益,虽然艾萨克·麦卡斯林的目的,表面上的动机固然很简单,仍然而且将永远为自己所不理解,而他的生活,在种种需要方面固然是不可克服的,如果他有办法的话,因为不是那个拿撒勒人,他是不会选择这种生活方式的:然后把债还清②。他已经忘了麦卡斯林以他的名义每月存入银行三十块钱,是因为第一次才帮他取出来扔在他的床上的,以后就再也不会这样干了;他现在有了一个合伙人,或者不如说他是别人的合伙人:那是个不敬神的、无法无天的、狡猾的老酒鬼,六二、六三年时在查尔斯顿③造过闯封锁线的船,后来当了船上的木匠,两年前来到杰弗生,谁也不知道他是从哪里来的,为什么要来,他酒精中毒精神狂乱症好了以后在监狱里待了很长时间;他们俩给银行行长的马厩盖过一个新的屋顶(那老头又给关进监狱之后还对这个活儿赞不绝口呢),艾萨克上银行去领工钱,那行长说,'倒是该我向你借钱呢,而不是付工钱给你'④,

---

① 指耶稣·基督。他虽然出生在伯利恒,却在拿撒勒长大,见《圣经·约翰福音》第18章第5到7节。他的父亲约瑟是个木匠。
② 此句接上页倒数第2行"把木匠工具买下来"。
③ 美国南方南卡罗来纳州的港口城市。
④ 银行里存有艾萨克名下的麦卡斯林每月存进去的三十元钱,艾萨克七个月不去支取,所以行长才这样说。

现在已经过去七个月了,他才第一次想起这件事,已存有二百一十元了,这翻修屋顶的活儿是他干的第一件有点儿规模的活儿,他离开银行时,存单上的账是存入二百二十元,要二百四十元才能相抵,这就是说只要再存二十元就行了①,后来数目总算相抵了,可是这时总额已增加到三百三十元了,于是他说,'我现在要把它转到他的账上去,'行长说,'这我可做不到。麦卡斯林关照过我不让我转。你有没别的名字缩写可用来另开一个户头。'不转就不转吧,他积攒起来的硬币、银元和钞票放在手帕里打上结,塞在咖啡壶里,就像谭尼的太爷十八年前从沃维克带来时那样包在一件旧衬衫里,他把它放在老卡洛瑟斯从卡罗来纳带来的一只有铁箍的箱子的底部,他的房东太太说。'连一把锁也没有!而且你连门也不锁,即使人不在你也不锁!'他尽可能平静地望着她,就跟第一天晚上在这同一个房间里望着麦卡斯林时那样,根本不是亲人却比亲人还要亲,就像服侍你甚至为了拿工钱才服侍你的人有如你的亲人,而那些伤害你的人却是兄弟和妻子般亲极了的亲人

他现在有妻子了,他把那个老人从监狱里接出来,带到他租来的房间,费了九牛二虎之力让他清醒过来,自己二十四小时连鞋都没有脱,扶他起床,喂他吃东西,这一回两人从打地基起盖了一座崭新的谷仓,于是艾萨克成了亲。她是个独生女,一个身材纤小的姑娘,可是奇怪得很,比第一次看见她时显得要大一些,也许是结实了一些,眼睛黑黑的,有一张热情的鸡心脸,她居然有时间用大半天工夫看着他在农场上按老头儿量好的尺寸锯木头。她说:'爸爸跟我说了你的事儿。那个庄园实际上是你的,是不是?'于

---

① 艾萨克存单上有二百一十元,再加工钱十元,共二百二十元。麦卡斯林给他存了七个月的钱,再加上第一次给他的三十元,共二百四十元,所以说艾萨克还得存二十元才算还清欠麦卡斯林的钱。

是他说

'也是麦卡斯林的。'于是她说

'有遗嘱规定一半归他吗?'于是他说

'根本不需要什么遗嘱。他的奶奶是我的姑姑。我们两个就跟亲兄弟一样。'于是她说

'你们其实是表舅甥,你们的关系到什么时候也就是只是表舅甥。我看这根本算不了一回事。'后来他们结婚了,他们结婚了,婚后生活是一个新的天地,也是他祖传的一笔遗产,因为这也是全人类的祖传遗产,由土地而来,超出土地但是仍然属于土地,因为他的遗产也是土地漫长编年史的一部分,也是他的遗产,因为每一个人必须和另一个人共同分享才能进入这种经验,而在共同分享时他们成为一体。在那一刻,成为一体:至少在那短暂的一瞬间,他们成为一体,是不可分的,同时至少是不可挽回、不可恢复的,他们仍然住在一间租来的房间里,不过只是暂时的,那个房间即使没有墙、没有屋顶、没有地板,却已经足够辉煌,使他每天早上离开而每天晚上都要回来;她的父亲已经拥有城里的地皮,还提供了建筑材料,由艾萨克和他的合伙人来盖房子,一个人出嫁妆,三个人出结婚礼物,不让她知道,直到那座平房盖好,可以搬进去,他始终不知道是谁告诉她的,不是她的父亲也不是他的合伙人,甚至在喝酒时也没有讲,虽然有一阵子他相信了这种说法,他本人干完活回家,只有一点时间洗一洗,喘口气,然后就下楼吃饭,他进入的并不是租来的斗室,因为它还有一丝残留的光辉,尽管今后他们会上了年纪,丧失这份光辉:这时候他看到了她的脸,紧接着她开口了:'坐下吧。'两人坐在床沿上,这时身体甚至都没挨着,她的脸绷紧着,很可怕,她的声音是一种激情的、用气声说出的耳语,里面饱含着无穷无尽的许诺:'我爱你。你知道我爱你。我们什么时

候搬家?'于是他说

'我根本不——我根本不知道——是谁告诉你的——'一个热辣辣的巴掌狠狠地打在他的嘴上,使他的嘴唇猛地撞击着他的牙齿,弯弯的手指狠狠地埋进他的脸颊,只有手掌稍稍松了一些,让他可以出声回答:

'庄园。我们的庄园。你的庄园。'于是他说

'我——'那只手又飞过来了,手指连同巴掌,挟带着她全身压过来的力量,虽然除了手以外她一点也没挨着他,她的声音喊道:'不!不!'她的手指本身仿佛透过脸颊追踪着他那夭折在嘴巴里的说话的冲动,然后又是耳语,又是气声,答应给他爱和不可思议的满足,手掌又松弛下来好让他回答:

'什么时候?'于是他说

'我——'这时她走开了,巴掌也离开了他,她站着,背对着他,头垂下,现在她的声音是那么的平静,有一瞬间都不像是他记忆中的她的声音了:'站起来,转过身去,闭上你的眼睛。'他没听明白,她又重复了一遍,于是他站起来,闭上眼睛,听见楼下传来呼唤吃晚饭的摇铃声,那个平静的声音又响起来了:'把门锁上。'于是他去锁上门,把前额抵在冰凉的木头上,眼睛闭着,听见自己心跳的声音和他站起来以前就开始听见的窸窣声,一直听到不再有声音,这时楼下的铃声又响了,他知道这一次是特地叫他们俩的,但听见了床上的声音,就转过身来,他以前从未见过她裸体,有一次要求过她,也说了为什么:他要看她裸体,因为他爱她,他也要看她赤裸着身子望着自己,因为他爱她,可是那以后他就再也不提这事了,甚至在她晚上把睡袍罩在身上脱掉里面的衣服和早上套上衣服好脱掉里面的睡袍的时候,还主动把脸转开去,而且她总要先把灯灭了才让他睡到床上她身边来,即使在炎热的夏天,她也总要

把床单拉得盖住了两人,才让他挨近自己;这时房东太太走上楼梯穿过门厅来敲门了,然后叫他们的名字,可是她没有动,仍然躺在床上被子的外面,头靠在枕头上,转了开去,什么也没有听,什么也没有想,反正没有在想他,他这样想着,这时房东太太走了,她说:'你把衣服脱了。'她的头仍然转了开去,什么也没有看,什么也没有想,什么也不在等,甚至也不在等他,而她那只手好像本身有意志、有视觉似的动起来了,就在他在床边停下的那一刻抓住了他的手腕,使他根本没有停留而仅仅是改变了前进的方向,这时是朝下了,那只手引导着他,她的身子终于动了,在挪动了,这个动作是个完整的动作,是天生就会而并非经过练习的,而且比人类的历史更为久长,她现在看着他,用一只手把他继续往下拉,往下拉,往下拉,而他既没有看见也没有感觉到她这只手的移动,这时她的手掌抵住了他的胸膛,在推开他,还是那样明显地没有用力也不需要使劲,这时都不在看他了,她没有看的必要,这个贞洁的女人,这个做妻子的,已经在鄙视一切性欲冲动的男人了,这时她整个身体变了,不一样了,他过去从未见过她的肉体除了这次,但现在她甚至也不是他见过的那个肉体而是自有人类历史以来所有自愿朝天躺平张开的女人肉体的综合体,从这肉体的某处,连嘴唇都没动一动,竟发出一个极其微弱然而又是不屈不挠的耳语:'答应我。'于是他说

'答应什么?'

'那庄园。'他动起来了。他已经动了,那只手再一次从他胸前移到他手腕那里,握住了手腕,她的手臂仍然是松弛的,只有手指在轻轻地不断增加压力,仿佛那胳膊和手是条一头打了结的铁缆,他去拉时那只手只有握得更紧。'不,'他说。'不。'她现在仍然不在看他,但表情和对方不同,只是手还在使劲儿:'不,我告诉

你。我不愿意。我不能。永远也不。'可是那只手还在使劲儿,于是他说,这是最后的一次了,他想尽可能说得清楚些,他知道语气仍然是温和的,他同时想,比起在那个从来没有什么书可看的打猎营地里听过男人们聊的一大套话的我,她已经懂得更多了。男孩十四五岁时才莽莽撞撞、又怕又想地去打听的事,她们天生就已经感到厌烦的了:'我不能。永远也不能。你得记住:'那只手仍然是得寸进尺而丝毫也不放松的,于是他说了一声好吧,同时又想,她是堕落的。她天生就是堕落的。我们都天生就是堕落的这时他什么也不想了,甚至还说了一声**好吧**,这事和他梦见的全然不同,更不要说仅仅听男人们聊天所得的印象了,最后不知过了多久他回到尘世来,精疲力竭地躺在永无餍足、无法追忆的海滩上,而她又一次以一个比人类历史更为久长的动作转动身子,使自己摆脱出来,在他们新婚之夜她哭过来着,因此他起先以为她现在又在哭了,她正把头埋在拍松的、棉花塞得足足的枕头里,那声音来自枕头与高声哄笑之间的某处:'也就到此为止了。我这方面就只能做到这地步了。如果这次不能使你得到你说起的那个儿子,那么你的儿子也不会是我生的了。'她侧身躺着,背朝那间租来的空荡荡的房间,笑啊,笑啊

5

在木材公司进入大森林开始砍伐森林之前,孩子还回过营地一次①。德·斯班少校本人可就没有这份眼福了。可是他欢迎大

---

① 发生在 1885 年,这时艾萨克十八岁。

伙儿再去使用营地里的那所房屋，欢迎他们随时到森林里去打猎，于是在山姆·法泽斯和"狮子"死去的那最后一次打猎后的第一个冬天，康普生将军和华尔特·艾威尔想出了一个点子：把他们这些过去一起打猎的老伙伴组织成一个俱乐部，把营地出租并出让进森林打猎的特权——这点子显然出自老将军那多少有点幼稚的头脑，不过倘若说这实际上是布恩·霍根贝克本人的发明倒也不好算委屈他。就连那孩子听说了也能识别出它不过是一种花招：既然无法改变豹子，那就想办法改变豹皮上的斑点。这样一个毫无现实基础的凭空设想的计划有一阵子似乎把麦卡斯林也吸引住了，仿佛一旦他们说服德·斯班少校回到营地去，没准他真的会改变初衷似的，这一点就连那孩子也不相信。他果然没有改变初衷。孩子不知道德·斯班少校当时拒绝这一建议时的情况怎么样。研究这个问题时孩子并不在场，麦卡斯林也从未跟他说过。不过到了六月，到了该庆祝他们两人的生日的时候，没有人提起这件事，转眼又是十一月了，也没有人谈起要借用德·斯班少校的林中房屋，孩子始终不清楚德·斯班少校是否知道他们要去打猎的事，但他敢肯定老阿许是会这样告诉少校的：孩子、麦卡斯林、康普生将军（这回也是将军的最后一次打猎了）、华尔特、布恩、谭尼的吉姆和老阿许把两架大车装得满满实实的，赶了足足两天的路，走了差不多四十英里，来到了这孩子从未到过的一个陌生地方，在帐篷里住了两个星期。第二年春天，大伙儿听说（不是从德·斯班少校那里听说的），少校把砍伐森林的权利卖给了孟菲斯的一家木材公司，六月里的一个星期六，孩子跟随麦卡斯林进城，来到德·斯班少校的办公室——这是个宽敞的、空气流通的、四壁摆满书的二层楼房间，一面墙上有几个窗户，看出去是几家商店破破烂烂的后院，另一面墙上有一扇门，通向俯瞰广场的带栏杆的阳台，还有一个挂着帐幔的小壁龛,里面放着杉木水桶、糖罐、勺子和酒杯,还有一只外面套着柳条筐的小口大酒瓶,里面是威士忌,在写字桌上方有把竹子和纸糊的大风扇在来回摆动,老阿许正坐在门口一把翘起两只脚的椅子里,在拉风扇绳子。

"那还用说,"德·斯班少校说,"阿许没准自己也想躲到森林里去快活几天呢,到了那儿,他可以不用吃黛西①做的饭了。反正他老在嘀嘀咕咕嫌这儿的饭不好吃。你们是不是打算带谁一起去?"

"不,先生,"孩子说,"我原先想也许布恩……"布恩已经在霍克铺当了六个月警长了;当初德·斯班少校和木材公司谈好条件——也许说彼此达成妥协更接近事实,因为木材公司决定,与其让布恩当伐木队的工头,还不如让他当镇上的警长。

"好吧,"德·斯班少校说,"我今天就给他打电报。让他在霍克铺接你们。我让阿许坐火车去,让他们带些吃的到森林里去,这样,你们只消骑马上那儿去就行了。"

"好的,先生,"他说,"谢谢您了。"接着,他听见自己的声音又响了。他本来没打算开口,可是他知道自己会说的,他早就知道自己会说的。"也许要是您也……"他的声音一点点变轻了。这声音终于停住了,他也不知道怎么会的,因为德·斯班少校根本没有开口,而且是在他的声音沉寂了以后德·斯班少校才移动身子走回到桌子和桌子上放着的文件前面去的。那些文件根本没有动过,因为孩子走进房间时,少校正拿了份报纸坐在桌子前,孩子站在那儿俯视这个矮矮胖胖的花白头发的人,穿着一件素净上好的绒面呢外衣和一件洁白得耀眼的衬衫,但在孩子的印象中,他老是

---

① 阿许的老伴。

脚蹬皮靴,身穿一件满是泥巴的灯芯绒外套,胡子拉碴的,坐在一匹毛糁糁的、健壮有力、跗关节长长的牝马背上,前鞍鞒上横搁着一支破旧的温彻斯特卡宾枪,那只蓝色的大狗则一动不动有如青铜像似的站在马镫旁,在那最后一年的打猎时,少校和"狮子"就是这样站着的,而反正在孩子眼里,这个人和这只狗都变得多少有点相像了,就和两个在恋爱与事业上都有一手的人在长期恋爱与一起工作之后有时真的会变得相像一样。德·斯班少校的头再也没有抬起来。

"不。我这几天事情太多。不过我祝你们运气好。要是有可能,给我带只小松鼠来也好。"

"好的,先生,"他说,"我会给您带来的。"

他骑上了他的牝马,那头他自己养育长大并训练好的三岁口的小母马。他是半夜后不久离开家的,六小时之后,他甚至没让牝马出汗就来到了霍克铺,他一直以为这个小小的木材转运站也是德·斯班少校的私产,其实德·斯班少校好多年前仅仅把一块地皮卖给了木材公司,也就是现在修了岔轨、造了货运月台和零售商店的那块地皮。虽然他事先已经听说了,也相信自己是有精神准备的,但放眼向四周一看,仍然大吃一惊,既感到黯然又感到愕然:原来这里出现了一座已盖了一半的新的木材加工厂,建成后要占两到三英亩的面积,而堆积的铁轨不知有多少英里长,上面新生的铁锈颜色还是鲜红鲜红的,还有一堆堆枕木棱角还很锋利,上面涂了木馏油,这里还有至少可以给二百头骡子用的畜栏和槽头,还有许多给赶牲口人住的帐篷;于是他尽快把他的牝马安排好托人照料,送入马厩,不再朝镇子看一眼,便带了他的枪登上运木列车的守车,爬上圆形的眺望台,只顾盯着前面那堵森林筑成的墙,进入那里之后不管怎么说他可以再一次躲藏起来,远离尘嚣了。

接着,小火车头尖叫了一声,开始移动了:排气管急急地震颤着,松弛的车钩开始懒洋洋而不慌不忙地拉紧,一阵碰撞从车头一点点传到车尾,当守车也往前移动时,排气管变为发出一阵阵深沉、缓慢的啪啪声,孩子从圆形眺望台望出去,只见火车头完全拐过了这条铁路线上的第一个也是唯一的弯道,随后便消失在大森林里,把身后的一节节车皮也拖了进去,就像是一条肮里肮脏的不伤人的小草蛇消失在野草丛里,还把孩子也拖进森林,不久就以最大的速度,发出咔嗒咔嗒的响声,又像过去那样急驶在两堵未经砍伐像双生子那样相像的林墙之间。这列火车以前倒是没什么害处的。不到五年之前,华尔特·艾威尔就站在这节行进的守车里打中了一只有六个叉尖的公鹿,对了,还有关于那只半大不小的熊的轶闻呢:火车第一次开进三十英里外林中采伐地的那回,有只熊蹲在铁轨之间,屁股翘得老高,像是只在嬉戏的小狗,它正用爪子在刨掘,看看这里是不是藏有什么蚂蚁或是甲虫,也许仅仅想仔细看看这些古怪匀称的、方方正正的、没有树皮的木头,它们一夜之间不知打哪儿冒出来,形成了一条没有尽头的数学上的直线。它一直在那儿刨掘,直到坐在扳了闸的机车上的司机在离它不到五十英尺处朝它拉响了汽笛,才疯狂地跑开,遇到第一棵树就爬了上去:那是棵幼小的梣树,比人腿粗不了多少,这只熊爬到再也没法往上爬的地方,抱紧树干,当司闸员把一块块石碴朝它扔去时,它把脑袋缩在脖子里,就像一个男人(也许应该说像个女人)会做的那样。而当三小时后,机车第一次拉着装满原木的车皮开回来时,那只熊正往下爬到那棵树的半中腰,看见火车开来,又赶紧爬上去,爬到再也没法爬的地方,抱紧树干,看列车开过去,等到下午火车重新开进森林,它还在那里,等到黄昏时火车开出森林,它依旧在树上;那天下午,布恩正好赶了大车到霍克铺去拉一桶面粉,听到了火车上的员工说起这档子事,便赶紧和阿许(当时两人都比现在年轻二十岁)到那棵树下坐了整整一宿,不让人家用枪打它,第二天早上,德·斯班少校把这运木材的火车扣留在霍克铺,这一天日落前不久,在场观看的就不仅是布恩和阿许了,还有德·斯班少校、康普生将军、华尔特和麦卡斯林,当时他只有十二岁,而这只熊在树上待了差不多三十六个小时才下树,连一口水都没喝过。麦卡斯林告诉那孩子,一时大家还以为熊就要在那儿的取土坑边停下来喝水呢,当时他们这群人都站在那儿,但那只熊瞧瞧水,顿住了,瞧瞧人,又瞧瞧水,却没有停下来喝水,而是小跑着走了,用的是熊奔跑的姿势,两对爪子,一前一后沿着两条分开而却又是平行的路线前进。

当时那列火车还是没什么害处的。他们在打猎营地里有时候能听见这运原木的火车经过的声音;这是有时候,因为根本没人操心自己听见了还是没有听见。他们有时听见空车开进森林,跑得又轻又快,只听得车皮发出的轻微的咔嗒咔嗒声、小火车头排废气的声音以及那发出烤花生小贩用的哨子般尖厉的汽笛声,那短促的一声刚发出,便被沉思默想、不理不睬的大森林吸收了去,连一声回音都没有。他们又会听见满载的火车从森林深处驶出,这时行驶得不那么快了,可是给人一种幻觉,仿佛在用爬行速度前进的是一架发狂的玩具,它这时为了保存蒸汽也不鸣笛了,仅仅从疯狂的、毫无意义的虚荣心出发,把一小口一小口受折磨的、费了好大劲儿才吐出的废气,喷到亘古以来就存在的林木的脸面上去,它既空虚,又吵闹,还很孩子气,连这些条木要运到何处去、派什么用场都不知道,而搬走这些木头也不会在哪儿留下伤疤与残根,就像一个孩子用玩具车在玩装沙运沙的游戏,卸掉之后又急急跑回来再装,毫不疲倦,毫不停顿,急急匆匆,但是怎么也赶不上耍弄那孩子的那只"手"快,这只"手"耍了个手法,把玩具车卸下的沙子又重新装回到玩具车上。现在情况可不一样了。还是同样的火车,同样的机车和守车,连司机、司闸员和车长也都是原班人马,两年前的那一天,就是对着这几个人,十四小时之内喝醉了清醒过来再喝醉再稍稍清醒的布恩曾经夸下海口,第二天他们这些打猎的准备怎样收拾老班,而这火车还是以同样让人觉得仿佛正以快得发疯的速度行驶在同样那两堵一式一样的不可穿越、密不通风的林墙之间,一路经过的还是那些老路标,还是那些古老的林中十字路口,那是野兽的脚长年累月走出来的,在这里,他追踪过受伤和没有受伤的公鹿,也不止一次地看见它们,那些不光没有受伤而且是矫健异常的公鹿,冲出树林,跳上并越过铺有铁轨和枕木的路基,又跳下去重新奔进树林,它们本应像陆地动物那样跑动,然而却像飞箭似的穿越空间,根本不挨地面,身子变长,足足有原来的三倍,而且显得淡了,连颜色都变了,仿佛在纹丝不动与绝对动之间存在着一个质变的点,越过这个点连物体的化学成分都会起变化,变的时候肉体与精神上都不感到痛苦,不仅在大小和形状上起变化,而且连颜色也会变,变得接近风的颜色,可是这一回仿佛是那火车(其实也不单是火车而且还有他自己,不单是他见过那副景象的视觉和记忆犹新的印象,而且还有他的衣服,就像衣服能把病房或陈尸间里那种逐之不去的恶臭带到无边无际的流动着的新鲜空气里来),在斧钺尚未真正大砍大伐之前就把尚未建成的新木材厂和尚未铺设的铁轨、枕木的阴影与凶兆带进了这片注定要灭亡的大森林;他这时知道早上他一见到霍克铺时有所感但未能明确形诸语言的想法是什么了:何以德·斯班少校不再回来打猎,而且他本人在非来看看不可的这一次之后也绝对不会再来了。

现在他们快到了。不等司机拉汽笛警告他就知道了。接着他看见了阿许和那辆大车,缰绳不用说又是缠绕在闸杆上,但就孩子记忆所及,德·斯班少校禁止阿许这样做都足足有八年了,这时火车一点点慢下来了,松弛的车钩的声音又一颠一撞地从车头传到车尾,当守车缓慢地在大车旁边经过时,他拿着枪从车上跳下,车长在他头上伸出身子向机车发信号,守车仍然在减速,一点点在爬行,虽然机车已经在朝吸去一切声音的森林越来越急地喷气,挂钩的碰撞再一次朝车尾传来,终于守车加快了速度。又过一会儿,火车消失了。像是从来也没有存在过似的。他听不见火车的声音了。大森林意气飞扬,它在沉思默想,不理会周遭的一切,它仪态万千,亘古常青;它比任何木材厂的储木棚古老,比任何铁路支线都要漫长。"布恩先生到了吗?"他说。

"他比我先进森林,"阿许说,"昨儿个我到霍克铺时他已经替我把大车装好了,昨晚我坐火车来到营地看见他坐在房前台阶上。今儿个天还没亮他就到树林里去了。他说要上橡胶树那儿去,让你一边打猎一边走到那儿去找他。"孩子知道那棵树在哪里:那是孤零零的一棵甜橡胶树,就在树林的边上,在一片古老的林中空地中;如果你在一年中这个时节轻手轻脚地走到树林边缘,然后突然跑进林中空地,你能发现这棵树上有时居然有十来只松鼠,它们全都跑不了,因为附近没有它们能跳过去的树。因此孩子根本没有爬上大车。

"我去。"他说。

"我料想你会去的,"阿许说,"我给你带来了一盒子弹。"他把子弹从车上递给孩子,就开始把缰绳从车闸杆上解下来。

"你倒说说看,少校关照你别这样干,至今说了有多少遍?"

"别怎样干?"阿许说。接着他说,"你去告诉布恩·霍根贝克,一个小时之后开午饭,要是你们想吃,到时候别忘了回来。"

"一个小时?"孩子说,"现在还不到九点。"他掏出自己的表,把表面对着阿许,递过去给他看。"你瞧。"可是阿许连看都不看。

"那是城里的时间。你现在不是在城里。你是在树林里。"

"那你瞧瞧太阳。"

"你也别管太阳,"阿许说,"要是你跟布恩·霍根贝克想吃饭的话,最好照我说的那样准时回来。我打算在那个厨房里做饭,因为我还得腾出时间砍柴。你走路脚底下多留神。长虫在到处乱爬。"

"我会留神的。"孩子说。

接着他走进了大森林,这儿不只有他一个人,但他是孤独的;孤独紧紧地包围住他,现在是夏季,这孤独是绿色的。孤独并没有改变,它不受时间的限制,不会改变,正如夏天的绿色、秋天的林火与雨以及铁一般的寒冷,有时甚至白雪也不会改变

那天①,他杀死公鹿、山姆用热腾腾的鹿血抹在他脸上的那个早晨,他们回到营地,他记得老阿许一个劲地眨眼,满不高兴,甚至还大发脾气,表示不相信,直到最后麦卡斯林不得不出来做证,说他的确杀死了一只鹿:那天晚上阿许坐在炉子后面大声咕噜,谁也不理,结果只好让谭尼的吉姆来开晚饭,第二天早上也由吉姆叫醒大家去吃已经摆好在桌子上的早饭,但那时才只半夜一点半钟,最后,从德·斯班少校的怒斥和阿许的猞猞抱怨和阴郁的顶嘴中,人们弄清楚原来是阿许也想到大森林里去杀死一只鹿,而且还非去不可,于是德·斯班少校就说了,"天哪,要是咱们不让他去,那看样子往后每顿饭都得自己做了。"华尔特·艾威尔也接着说,"要

---

① 以下是艾萨克回忆十一岁时与阿许一起打猎的情形。杀死公鹿一事,见本书《古老的部族》。

不就是每天半夜起来吃阿许做的早饭。"由于孩子这次打猎已经打到了他分内该打的公鹿,就不该再打了,除非是大伙儿需要鹿肉,因此他建议让阿许用他的枪,最后,德·斯班少校做主让孩子把枪给布恩用一天,并决定把布恩那支难以捉摸的手扳枪栓的枪交给阿许用,同时交给他两发大号铅弹,不料阿许却说,"子弹我有,"还把子弹拿出来给大伙看,一共有四颗:一颗是大号铅弹,另一颗是三号打兔子的子弹,还有两颗是打鸟的子弹;他还讲每一颗的历史和来历,孩子不仅记得阿许脸上的表情,而且还能记得德·斯班少校、华尔特和康普生将军的表情以及阿许的声音:"能不能打?当然能打啦!这一颗"——指大号铅弹——"是康普生将军给我的,是从八年前他杀死那只大公鹿的同一杆枪里退出来的。还有这一颗,"——他指的是打兔子的枪弹,得意洋洋地说,"比这孩子的年纪还大呢!"那天早晨阿许自己往枪里装子弹,把次序颠倒了过来:先装打鸟的子弹,然后是打兔子的,然后才是大号铅弹,这样,大号铅弹就可以先进入枪膛,就这样孩子本人没有了枪,就和阿许走在德·斯班少校和谭尼的吉姆的坐骑以及狗群的旁边(那是下雪的季节),直到它们散开四处寻找并且突然遇见猎物,那一声声美妙的粗犷的叫声飘进沉闷的不断下降的空气中,几乎马上就听不见,仿佛那些不断在下的悄然无声的雪片甚至把尚未形成的回声都已埋进在它们那无穷无尽的没有重量的降落之中,这时德·斯班少校和谭尼的吉姆也走开了,一边呼唤着狗一边走进了树林;这以后一切都解决了,孩子知道得很清楚,仿佛阿许告诉了他这时已经猎到了自己的鹿,而且连他乳臭未干就打死了一只公鹿这样的事也被原谅了,于是他们转过身子穿过降落的雪花朝家走去——也就是说,阿许问,"现在该怎么走?"而他就说,"朝这边走"——他本人走在前面,因为,虽然他们离营地还不到一英里路,他知道阿许根本弄不清楚他们此刻在什么地方,尽管二十年来,阿许每年都要到营地来待上两个星期;走了不久,阿许拿着布恩那支枪的姿势实在让人心惊肉跳,孩子就让阿许在前面走,于是阿许便跨着大步一边走一边说话,像个老人那样絮絮叨叨地自言自语先是说此时他在什么地方接着便讲森林又讲在森林里安营扎寨的事然后讲在营地里吃饭的事又讲吃饭的问题再讲做饭的问题讲他老婆做的饭然后讲他老伴的简历紧接着便滔滔不绝地讲起一个肤色不太黑的新来的女人的事,这婆娘在德·斯班少校隔壁人家当保姆,阿许说要是她不看清楚她是在跟谁搔首弄姿的话他就要让她明白一个老人究竟是老呢还是不老不过还得没有他老伴整天严密的监视才行,这时两人穿过一丛密密的藤和荆棘中的一条野兽踩出来的小径,这条小径能把他们带到距离营地四分之一英里的地方,他们走近一根横躺在小径上的倒下的树干,还在说个没完的阿许正想抬起脚从上面跨过去,一只熊,那是只一岁的小熊崽,突然在树干另一边坐起身来,前肢抱在胸前,两只爪子软绵绵地耷拉着,仿佛它正蒙住脸在祈祷时被突然惊动了;过了片刻,阿许的枪颤巍巍地举了起来,孩子就说,"你枪膛里还没有子弹呢。快扳枪栓呀!"可是那支枪已经咔哒响了一声,孩子又说:"拉枪栓呀。你枪膛里还没有子弹呢!"于是阿许便把枪栓摆弄了几下,过了一会儿枪总算握稳了,只听见咔哒响了一声,孩子又说,"拉枪栓!"他看见那颗大号铅弹蹦了出来,急旋着落进了藤丛。这一颗该是打兔子的枪弹了,他想,于是那支枪又咔哒响了一声,他又想:下一颗该是打鸟的枪弹;他没有必要再提醒阿许拉枪栓了;他大声喊道,"别开枪了!别开枪了!"可是已经为时太晚,还不等他把话说完,又发出了那样轻轻的、平淡无奇的、恶意嘲弄人的咔哒一声!只见那只熊转过身,四脚落地,然后就无影无踪了,留下的只有树干、藤丛以及那天鹅绒般的不断在下的白雪,这时阿许说,"现在该怎么办?"他就说,"朝这边走。来吧。"于是开始顺着小径倒退着走出去,阿许又说,"我得找回我的子弹。"他就说,"让它见鬼去,让它见鬼去,走吧。"可是阿许把枪支在树干上,走回去,弯下身来在藤丛根部乱摸,结果孩子也只好走回去,弯下身来帮阿许找到了子弹,他们直起身来,这时,在六英尺外支在树干上根本没有人碰的当时两人几乎都忘了的那支枪突然吼叫起来,砰的一声,发出闪光,然后沉寂下来;现在孩子背起了枪,把最后一颗保存那么久像具木乃伊似的子弹退出来,也一起交给阿许,就让后膛打开着,他自己背着枪,一直背到把它靠在营地中布恩床后的屋角里

——;夏季、秋季、下雪的冬季、滋润的充斥汁液的春季,一年四季周而复始永恒地循环着,这是大自然母亲那些不会死亡的古老得无法追忆的阶段,她使他几乎变为一个成年人,如果真的有谁使他成长的话;大自然对一个黑女奴和契卡索酋长所生的老人来说也像父母亲一样,这老人曾是他精神上的父亲,如果某人能是一个人精神上的父亲的话;他敬佩、尊重、爱戴、痛惜并哀悼这位老人;有一天他本人会结婚,他们也将拥有一段短暂的、不实在的光辉时刻,正因为它本质上是无法持久的,所以才是光辉的;另外,他们也会,可能会甚至把这样的记忆带到肉体不再与肉体对话的时刻里去,因为记忆至少还是能长期保存的;但是森林仍将是他的情人、他的妻子。

他并不在朝那橡胶树走去。事实上他离开这棵树越来越远了。从前,那还是不多久以前,没有人陪伴是不许他进森林的,过了不多久,他开始明白自己有多少事还不懂得,竟没有人陪着就不敢进森林了,再过了一阵,他开始弄清楚,当然还是朦朦胧胧的,他所不知道的事情的范围时,就敢于试图拿着一只指南针穿越森林

了,这倒不是因为他对自己增强了信心,而是因为麦卡斯林、德·斯班少校、华尔特和康普生将军都终于教会了他要相信指南针,不管它表面上指明的是什么方向。现在他连指南针也不用,仅仅依靠太阳,而且也只是下意识地依靠就行了,其实他大可带一张大比例尺的地图来,随时可把自己实际所在的方位标到地图上去,偏离不至于超过一百英尺;果然,几乎就在他预期的那一刻,地势开始逐渐升高了,他经过了四根水泥界标中的一根,这是木材公司的测量员为了标明德·斯班少校留下不卖的那块地的四边而埋置的,接着他站在那小土丘本身的顶上,四根界标都进入了他的视野,它们即使经过了冬季的风霜雨雪的摧残仍显得很苍白,在这片土地上显得那么没有生气而令人震惊地不协调,因为在这片土地上,分解本身就是一个射精、膨胀、受孕、分娩的过程,而死亡竟然是根本不存在的。经过两个冬天落叶的掩埋和两个春天洪水的冲洗,那两个坟丘已经了无痕迹。可是走这么远路来扫墓的人是不需要墓碑的,单靠山姆·法泽斯亲自教他的办法就能找到:看树木的方位就成;而且的确如此,他用猎刀朝土里刺去,几乎第一下就戳到了(但只不过想了解一下是否还在那儿)那只本来制造好了用来盛车轴润滑油现在却装着老班一只干枯毁形的脚爪的铁皮罐头,"狮子"的骨骸就埋在罐头底下。

　　他没有去动它。他甚至也没有去寻找那另一个墓穴,两年前的那个星期天,他和麦卡斯林、德·斯班少校以及布恩把山姆的遗体放在里面,一起放进去的还有山姆打猎用的号角、猎刀和烟斗;他没有必要找了。他的两只脚一定跨越过这墓穴,说不定就踩在它的上面呢。不过这也没有关系。没准今天早晨还不等我来到这儿他早就知道我到森林里来了呢,他想,一直走到一棵树前,麦卡斯林和德·斯班少校找到他们那天,他们曾用这树来支撑放山姆遗体的平台的一端——就是这棵树,它的树干上钉着那另一只盛润滑油的铁皮罐,但它已饱经风霜,生了锈,也显得很不协调,但现在伤口已被这大森林消融一切的同化力所治愈,它不再发出不和谐的声音,里面已经空空如也,他那一天放进去的食物和烟草早已不见,同样快就会消失的是他即将从口袋里取出放进去的东西——一扎烟草、一条新的印花大手帕、一小纸袋薄荷糖,那是山姆生前最爱吃的;这些也会不见的,几乎还不等他转过身去,不是消失,而仅仅是转化成万千生机,它们会在这些不见阳光的秘密地方的幽深处印下纤巧的、小精灵般的脚印,它们,呼吸着的、等待着的以及固定不动的,都在每一根枝丫和每一片树叶后面窥视着他,直到他移动、又移动起来、继续朝前走去;他没有停下,他仅仅是驻留了片刻,旋即离开了土丘,这儿并不是死者的葬身之地,因为世上本来就没有死亡,这儿没有"狮子",也没有山姆;他们并没有被土地紧紧地围裹住,而是自由地待在土地里,不是栖身在土地里,而是本身就属于土地,生命虽有千千万万,但每一个都密切相关,不可分离,叶子、枝丫与微粒,空气、阳光、雨露与黑夜,橡实、橡树、叶子再又是橡树,天黑、天亮、天黑再天亮,周而复始,一成不变,形态虽有万千种,规律却只有一个:还有老班,老班也是这样;他们连脚爪也会还给它的,肯定会还的:然后是长期的对抗和长期的追逐,没有被逼迫被激怒的心,没有被抓伤和流血的皮肉——就在他惊呆的那一刻,他仿佛也还听见了阿许与他分手时的叮嘱。他甚至能听见阿许的声音,当时他惊呆了,一动不动,一只脚刚把全身的重量承受下来,另一只脚的脚尖刚刚在身后举起,他屏住了呼吸,又像过去那样感到有一阵剧烈的惊恐涌进全身,啊,艾萨克·麦卡斯林已有很久没有这种感觉了,这么说,当他低下头来看它的时候他的感情是恐惧而不是惊骇了。这东西还没有盘卷起来,也没有发出嘶嘶声,它只是沉重而迅速地往回一缩,它的颈部绕成的环圈偏向一侧,仿佛仅仅是为了缠紧些好让抬起的头能稍稍后倾,它也没有感到惊骇,也还没有真正开始威胁对方,这东西有六英尺多长,那抬起的头比他的膝头还高一些,但离开的距离却比他的膝高要短一些,它老了,年轻时一度斑斓刺眼的花纹已暗淡下来,变成单色,也与它匍匐潜行的大森林相协调:这老家伙,自古以来就受到诅咒①,既能致人死命而又形单影只,现在他能够闻到它的气味了:一股淡淡的叫人恶心的气味,像腐烂的黄瓜,也像某种说不出是什么东西的气味,让人想起所有的知识、一种古老的倦怠、低贱的种姓和死亡。它终于动弹了。动的不是头部。它开始从他身边滑行开去时,那高高昂起的头并未改变姿势,它挺直地在空中移动,只是不像方才那样垂直,仿佛这头部和昂起的三分之一身躯是自成一体的:是一个用两只脚行走的不受一切质量与平衡定律支配的活物,而且是本应如此的,因为即使现在,他仍然无法完全相信那投出流动与滑行着的影子的移动着的头真的是一条蛇的头;它走着走着,终于走掉了;他这时才把另一只脚放了下来,连自己也不清楚这是怎么搞的,只顾站在那儿,举起了一只手,和六年前那个下午山姆的姿势一模一样,那天山姆把他带进大森林,领他看这看那,他就是从那天起告别童年时期的,现在他用山姆那天讲的古老的语言说话了,也同样地不假思索:"酋长,"他说,"爷爷。"

他说不上来是什么时候开始听到那个声音的,因为当他明确意识到的时候,他觉得已经听到有好几秒钟了——那声音像是一个人在用枪筒敲击一段铁轨,很响,很重,倒不是很急,然而有几分狂乱的劲儿,仿佛那个敲击者不仅很强壮,很认真,还多少有点歇

---

① 隐指《圣经·创世记》中因引诱夏娃摘食智慧果而受到上帝诅咒的那条蛇。

斯底里。不过这人不可能在运木材的铁路线上,因为虽然方向是对的,铁路线却离他至少有二英里,而这声音肯定是在三百码之内。他正在这么思忖,忽然明白这声音该来自何方:不管这人是谁,正在干什么,反正这人是在林中空地边缘那棵橡胶树的附近,也就是他要和布恩会合的地方。到现在为止,他一面前进一面在搜索猎物,走得很慢,很轻,既看地面又看树上。现在他继续往前走,枪膛里没装子弹,枪口斜着朝上,枪柄朝后,使自己较容易穿过荆棘和灌木,他逐渐走近,那不间断的金属敲击金属的声音也越来越响,那是种野蛮的、歇斯底里得有点邪门的声音。他穿出树林,来到林中空地,正好面对着那棵孤单单的橡胶树。一眼看去,那棵树上仿佛满是发狂的松鼠。看起来总有四五十只,正在树枝之间跳过来蹿过去,以致整棵树仿佛变成了癫狂的叶子形成的一个绿色大旋涡,而时不时会有一只、两只或是三只松鼠从树干上蹦下来,落地后不停地打旋,然后蹿回树上,仿佛是被伙伴们组成的那个疯狂的旋涡所造成的真空猛烈地吸回去似的。这时他看见布恩了,正坐在地上,背靠着树干,低着头,疯狂地敲击着放在膝上的什么东西。他用来敲击的是拆下来的枪筒,而他所敲击的是那支枪的后膛。剩下的部分给卸成六七片,散摊在他身边,他低垂着一张通红的、淌着汗的核桃般的脸,正以一个疯子不顾一切的劲儿用卸下的枪筒敲打着膝上的后膛。他甚至没有抬起头来看看走过来的是谁。他继续敲击着,仅仅用嘶哑发噎的声音向孩子喊道:

"滚开!别碰它们!连一只也不许你碰!它们是我的!"

三角洲之秋

他们现在很快就要进入三角洲了。那种感觉对他①来说是很熟悉的。五十多年来，每年十一月的最后一个星期，他就会重温这种感觉——那最后一座小山（山脚下肥沃、绵延的冲积平地朝前伸展，就像大海从巉岩脚下展开一样）在十一月不紧不慢的雨丝底下在远处消融，就像大海本身在远处消失那样。

　　早年间，他们是坐大车来的：里面装载着枪支、被褥、猎狗、食物、威士忌，还有期待打猎的那种兴高采烈的急切心情；那些年轻人，他们在冷冰冰的雨里赶车，能赶上整整一夜和第二天整整一天，在雨里搭好帐篷，裹在湿漉漉的毯子里睡觉，翌日天一亮就爬起来去打猎。那会儿森林里还有熊。猎人开枪打母鹿或小鹿，也和打公鹿一样，毫不迟疑，到了下午，他们用手枪射击野火鸡，试验他们偷偷走近猎物的本领和枪法灵不灵，只摘下胸脯肉，别的全都扔给狗吃。那样的好时光现在可一去不复返了。如今他们坐汽车去打猎，车子每年都比上一年开得快，因为道路越来越好，他们要赶的路也越来越长了，而仍然有猎物的区域每年都在往里退缩，就

---

① 指艾萨克（艾克）·麦卡斯林。本篇是根据他的视角来写的。时间是四十年代初第二次世界大战进行期间，他当时已快八十岁。

像他的生命之火越燃越弱一样,时至今日,当年坐大车不觉得苦的那批人中,他是最后的一个了,而现在陪他打猎的伙伴都是那些冒着雨或雪珠在冒热气的骡子后面赶二十四小时大车的人的儿子甚至孙子了。大伙儿现在叫他"艾克大叔",他也早已不告诉别人自己眼看就要满八十岁了,因为他和大家一样清楚,他一路劳顿赶这么远的路来,即使是坐汽车,也纯粹是多此一举。

实际上,每当他如今在帐篷里过头一个晚上,睡在又粗又硬的毯子下,浑身酸疼,难以入寐,身上的血液仅仅因为允许自己喝的一小杯稀稀的兑水威士忌才稍稍有点儿暖过来时,他总告诉自己说这是最后一次打猎了。可是他总是从那次出猎中挺了过来——枪法仍然几乎和原来一样好,看见的猎物给他打中的几乎仍然和原来的一样多;他甚至都记不清在他枪口前倒下的鹿有多少只了——而第二年夏天那漫长的酷热又会使他变得年轻一些。接着十一月又到了,他又一次坐在汽车里,同行的是他的老哥儿们的两个儿子,他不仅教会他们辨别公鹿与母鹿的脚印,而且还使他们能分清它们走动时的不同的声音,他会透过挡风玻璃雨刷的抽搐的弧形朝前看,看见土地突然变得平坦,下降,在雨点底下在远处消融,就像大海本身会在远处消融一样,这时候他又会说,"好,孩子们,咱们又来到这儿了。"

可是这一回,他没有时间说这句话。开车的猛地停住车,狠踩车闸,让汽车吱的一声在滑溜溜的路面上停下来,连招呼都不打一声,竟然把两个乘客往前冲,直到用手撑住才把这股势头抵消。"怎么搞的,洛斯!"坐在当中的那人说,"你就不能刹车前先吹一下口哨吗?你受伤没有,艾克大叔?"

"没有,"老人说,"是怎么一回事?"开车的没有回答。老人的身子依然往前倾着,他把眼光越过隔在当中的那位,仔细地察看他亲戚的那张脸。那是他们几个人当中最年轻的一张脸,鹰钩鼻子,阴沉沉的,稍稍有点狠相,这也是他的祖先的脸,只是温和了一些,有少许变化,它阴郁地透过两根雨刷晃来晃去的淌着水的挡风玻璃,朝外面瞠视。

"这回我本来是不想回到这儿来的。"他突然粗声粗气地说。

"上星期在杰弗生镇你就这么说过,"老人说,"可是后来你改变了主意。莫非你又改主意了不成?现在可不是随便——"

"哦,洛斯是想去的,"中间的那个人说。他的姓氏是勒盖特。他不像是在跟谁说话,因为他并没有看着谁,"要是他跑那么远路仅仅是为了打一头公鹿,那当然又作别论。可是有一头母鹿在这儿等着他呢。当然,像艾克大叔这样的老汉是不会对母鹿感到兴趣的,对两条腿走路的也不会——我是说当她直立起来的时候。再说,颜色也很淡呢。去年秋天,他说要去打浣熊的那些晚上,其实是去猎取那只母鹿的,艾克大叔。今年一月,他出门足足一个月,没准也还是去追她的呢。不过,像艾克大叔这样上了年纪的人当然是不会对这种事情感兴趣的。"他呵呵大笑起来,仍然没有看任何人,不完全像是在开玩笑。

"什么?"老人说,"你说的是什么?"可是他连眼光都没有朝勒盖特瞥一下。他仍然在盯看他的亲戚的脸。眼镜后面的那双眼睛是老人的蒙眬的眼睛,可是它们也是相当尖锐的;它们仍然能和任何别的猎人的眼睛一样,看得见枪筒和在枪口前面奔突的东西。他现在记起来了:去年,就在汽船朝他们扎营地驶去的最后一段路上,一箱食物如何翻下船掉到水里去,第二天,他的亲戚如何回到最近的镇上去取给养,在那里过了一夜。他回来之后,身上起了某种变化。每天拂晓时分所有的猎人都动身时,他也拿了支步枪进入森林,但老人观察着他,看出他心不在焉,没好好打猎。"好吧,"他说,"把我和威尔①送到能避雨的地方,让我们等卡车,你回去好了。"

"我还是去吧,"对方口气生硬地说,"别着急。反正这也是最后一次了。"

"最后一次猎鹿,还是最后一次猎母鹿?"勒盖特说。这一回,老人连他说什么话也不去听了。他仍然盯看着年轻人那张发怒、焦虑的脸。

"为什么呢?"他说。

"希特勒得手之后,还去打猎?斯密斯、琼斯、罗斯福、威尔基②或是一个管自己叫什么别的名字的家伙在美国得手之后,还去打猎?"

"我们是不会让这样的人在美国得逞的,"勒盖特说,"即使他管自己叫作乔治·华盛顿也罢。"

"靠什么呢?"爱德蒙兹说,"就靠半夜在酒吧间里唱《上帝保佑亚美利加》,靠把'一角商店'买来的小旗别在胸前吗?"

"原来让你担心的就是这档子事,"老人说,"直到现在为止,我还没有发现咱们美国需要时缺少过保卫者呢。你自己二十多年前③也出过一分力的,当时你都还没有成年呢。咱们这个国家总还是比任何个人或是集团稍许强大一些,管他是外国的或甚至是本国的。我看,时候一到,当你们那些嚷嚷着不参战就要吃亏和更多的那些嚷嚷着参战才要吃亏的全都累得叫不动之后,美国会收

---

① 勒盖特的名字。
② 斯密斯、琼斯是最普通的名字,泛指任何一个普通人。罗斯福是当时的美国总统。威尔基是1940年的共和党总统候选人。洛斯·爱德蒙兹表示,他担心美国也会有一个独裁者上台。
③ 指第一次世界大战。

拾那个奥地利裱糊匠①的,不管到那时候他把自己称作什么。我爸爸和一些比你们提到的更有本事的人发动过一次战争②,想把国家分成两半,而他们也失败了。"

"可是传下来的又是怎样的一个烂摊子呢?"那个年轻人说,"一半人没有工作,半数工厂因为罢工而关门。一半人吃社会救济不愿干活,另外一半人就算愿意干也没法干。棉花、玉米、生猪过剩,可是老百姓却缺食少穿。到处都有人告诉你不能在自己的地里种棉花,不管你想种还是不想种,而有军士杠杠的莎利·兰德③,就算身上连一把扇子都不挡,也没法子把兵员的缺额招满。'不要牛油'的论调太多了,其实连枪炮都没——"

"咱们可有个打鹿的营地呢——天知道还去得成不,"勒盖特说,"再说还有母鹿呢。"

"你提到母鹿,这很好嘛,"老人说,"母鹿,还有小鹿。世界上唯一多少能得到上帝祝福的战斗也就是人类为保护母鹿和小鹿的战斗了。如果说我们即将投入战斗,我们最好提醒一下,把这一点记住。"

"在你——你七十过了有好几年了吧?——在你这七十多年中,你难道没有发现世界上有一种东西是永远也不会短缺的?那就是女人和小孩。"爱德蒙兹说。

"也许正因为这个,我这会儿最担心的就是咱们还得沿河赶十英里路才能搭帐篷,"老人说,"所以还是赶路吧。"

他们继续往前走。很快他们的车子又开得很快了,因为爱德

---

① 指希特勒。他从事过这种职业。
② 指1861年到1865年的美国南北战争。
③ 莎利·兰德(1906—1979),三四十年代很红的一个美国杂耍演员、扇舞明星,从文中看,她曾为招募兵员而演出变相裸体舞。

蒙兹开车一向很冲，他根本不和谁商量用什么速度，就跟方才急刹车时不跟谁打招呼一样。老人的神经又松下来了。就像以往六十多个去了又来的十一月里那样，他望着在自己眼皮底下起了变化的土地。起先，只是密西西比河边与小山脚下有一些古老的集镇，开垦的人离开那里，带了一伙伙的奴隶后来又带了雇工，与莽林般密不通风、下半截在水里的芦苇、丝柏、橡胶树、冬青树、橡树和梣树苦苦搏斗，从那里开辟出种棉花的小块地，随着岁月过去又发展成大片棉田然后是种植园。鹿和熊走出来的羊肠小道变成了大路然后是公路，镇子逐个儿在路旁蹦出来，在塔拉哈契河和葵花河边蹦出来，这两条河汇合成为雅佐河①，那就是绍克陶族印第安人的"死人河"——这些稠重、缓慢、乌黑、不见天日的河川里几乎没有水流，一年中总有一次全然不动，接着河水倒灌，泛滥，淹没了肥沃的土地，然后洪水退走，使土地变得更加肥沃。

这些大都是过去的事了。今天，一个人从杰弗生出发，得开车走上二百英里，才能找到可以打猎的荒野。今天，土地敞着怀，从东面环抱的小山峦直到西面冲积堤形成的壁垒，全都长满了骑在马背上的人那么高的棉树，够全世界的纺织厂忙一气儿的——那是肥沃的黑土，无从丈量，浩渺无边，全都肥得出油，一直延伸到耕种土地的黑人的家门口和拥有土地的白人的家门口；它一年就能让一条猎狗累得趴下，五年能让一条干活的骡子累死，二十年能让一个小伙子变老——在这片土地上，无数小镇上的霓虹灯眨着眼，无数锃亮的当年出厂的小汽车风驰电掣地在铅垂线般直的宽阔公路上掠过他们身旁，然而，在这片土地上，人类的活动的唯一永恒

---

① 密西西比河的支流。下面提到的"倒灌"的原因是：密西西比流域北部每年冰雪消融时，河水水位高涨，因此向支流倒灌。雅佐河与密西西比河在福克纳老家奥克斯福西南一百六十英里（直线距离）处汇合，这就是本文中的打猎地点。

标记看来还是那些巨大的轧棉机，虽然它们都是在一个星期之内用一块块薄铁板拼焊成的，因为没有一个人，即使他是百万富翁，会盖一个比只有一片屋顶几堵墙更好一些的房子来遮蔽他赖以为生的野营设备的，原来他明知道十年左右总有一遭，他的房屋会让洪水淹到二层楼，使屋里所有的一切都毁掉；——这片土地上现在听不到美洲豹的吼啸，却响彻了火车头拖长的叫鸣；列车长得令人难以置信，只由一台机车牵引，因为这一带哪儿都没有倾斜的地势也没有丘陵，除了那些由早被遗忘的土著的手垒起的土墩（那是用来躲避一年一度的洪水的，后来他们的印第安后裔用来埋葬父辈的骸骨），如今旧时代遗留下来的仅仅是给小镇起的那些印第安名字，它们通常也是河、溪的名字——阿卢司恰司库纳啦、梯拉托巴啦、霍摩其托啦、雅佐啦。

下午没过多久，他们就来到河边。在最后一个起印第安名字的小镇的马路尽头，他们等着，直到另一辆小汽车和两辆卡车赶了上来——一辆卡车拉的是被褥、帐篷和食物，另一辆拉的是马儿。他们驶离了水泥路面，再赶了一英里多路之后，又离开了沙砾路面。车子排成纵队，在逐渐消逝的下午中辛辛苦苦地向前行进，这时车轮上装上了防滑铁链，车子在车辙之间颠簸、溅泼、打滑，过不了多久，他觉得他的记忆以一种与车队行进的蜗牛速度成反比的高速度，飞回久远的过去，他脚下的土地不是倒退到若干分钟以前那最后一段沙砾路面，而是倒退了几年、几十年，回到他初次见到时的景象：他们现在走着的那条路又重新成为熊和鹿踩出来的远古的羊肠小道，他们现在经过的逐渐看不清的田野又一次被斧子、锯子和骡拉的犁细致、狠命地开掘着，从大荒野的边缘，从阴郁、邈远的纠结的林莽，而不是现在的那些用机器开沟挖渠辟出的冷冰冰的一英里见方的平行四边形。

他们来到渡口,把东西都卸下来,马儿要被带着顺流往下游走,到营地对面的一处地方游过河,他们本人和被褥、食物、猎狗、枪支则由摩托艇载运过去。虽然他不是骑师,不是农民,甚至也不是乡居之人(除了祖传的成分和儿时的经历之外),可是却由他来哄劝、抚慰那两匹马,由他那只瘦弱的手来拽拉它们,它们在退缩、挣扎、颤抖了一会儿之后,终于挤拥向前,迟疑了一下,就半爬半跳地下了卡车,其实他倒不是因为它们是活物、是畜生而和它们亲,只是因为上了年纪属于过去的时代,因而没有被毒化了其他人的钢铁制的抹了油的活动部件所玷污。

这以后,他把那杆只比他小十二岁的古旧的带击锤的双响枪竖立在双膝之间,眼看那些人类惨淡经营的最后的痕迹也逐渐退后终于不见:那是那间小屋、那片空地、几小块一年前还长满野树的不规整的开荒地,上面矗立着的今年的棉花残梗几乎和原来的芦苇一般高,一般密,仿佛人类必须把自己的庄稼嫁给荒野才能征服荒野似的。孪生兄弟般的两岸和他记忆中一样和荒野一起前进——那二十步之外就看不透的纠结的荆棘与芦苇,那魁伟的高耸入云的橡树、橡胶树、梣树和山核桃树,它们身上没有响过别的丁丁声,除了猎人斧子的砍伐,没有回响过别的机器声,除了穿越它们的老式汽船的突突声,还有就是和这条摩托艇一样的汽船的吼叫,他们乘它进入荒野,来住上一两个星期,因为这里仍然是荒野。荒野还剩下一部分,虽然如今从杰弗生进入这荒野要走二百英里,而过去只需走三十英里。他看见这荒野没有被征服,没有被消灭,而仅仅是退却了,因为它的目标现在已经完成了,它的时代已经过去了,它朝南撤退,通过这个山峦与大河[①]之间的倒三角形

---

① 指密西西比河。

地带,到最后,它的残留部分仿佛被收拢来,上面的树木形成一种极高的密集度,阴沉沉的,莫测高深地无法穿透,被暂时地堵截在一个漏斗状地形的最尖端。

他们来到去年扎营的旧址,这时离天黑还有两个小时。"你上那边最干燥的树底下去待着,"勒盖特吩咐他,"——要是你找得着的话。我和这几个小伙子来搭帐篷。"他既没有去躲雨也没有帮着干活。他现在倒还不累。累劲儿要过些时候才上来。没准这回它压根儿不会来呢,他想,过去五六年来,每逢十一月里这个时刻,这样的想法总会涌上他的心头。没准我早上还可以和大伙儿一块出去放哨呢;但他又知道自己是去不了的,即使他听从劝告,找一处最干燥的地方坐下来,什么也不干,一直等到帐篷搭好,晚饭煮好。因为这还不是疲倦的问题。这是因为他今天晚上准会失眠,只会睁大了眼睛平心静气地躺在行军床上,帐篷里是一片打鼾声和夜雨的淅沥声,原来他野营的第一个晚上总是睡不着的;他心境很平和,既不后悔也不烦恼,对自己说这没有什么了不起,自己的日子已经不多,可不能浪费一个夜晚在睡眠上了。

他穿着油布雨衣,指挥人们从船上把东西卸下来——帐篷、炉子、被褥、人的食物和狗的食物,这是在打到猎物有肉吃之前吃的。他派两个黑人去砍柴;他先让厨房帐篷搭起来,支起炉子,生上火,把晚饭先做起来,这时候,大帐篷的桩子还在往地里打呢。接着,天开始黑了,他坐船过河,来到马儿等待着的地方,它们一面往后退一面对着河水喷鼻子。他握住缰绳,就靠这点点压力还有他的嗓音,把马儿拉进河里,让它们挨近那条船,只有脑袋还露出在水面上,好像它们真是靠老人那双衰弱无力的手提着才得以浮起在水中似的,这时船重新渡河,两匹马依次趴在浅水里,又是气喘又是打颤,眼睛在暮色中一个劲儿地转动,直到同一只柔弱无力的手和同一个没有提高的嗓音让它们鼓起劲儿往上攀登,拍打溅泼着水,登上堤岸。

这时候晚饭做好了。现在最后一抹天光已经不见,只在河面与雨脚之间隐隐约约留下几处极淡的微光。他喝了一小杯稀稀的兑水威士忌,然后站在张开的防水帆布底下的泥浆地里,念祷文,对着盛在铁盘子和杯子里的煎猪肉片、软不唧唧的不成形的热面包、罐头黄豆、糖浆和咖啡念谢恩祷文——这些都是他们带来的城里食物——然后重新戴上帽子,别的人也都学他的样。"吃吧,"他说,"把这些全吃了。明天早饭后我不要营地里还留有一小块城里带来的肉。这以后你们这些小伙子去打猎。你们必须去打猎。六十年前,我初次来这块大洼地和老康普生将军、德·斯班少校、洛斯的爷爷还有威尔·勒盖特的爷爷一起打猎,那时候,德·斯班少校只让带两块外来的肉进他的营地。那就是半爿猪身和一条牛后腿。而且并不是让第一顿晚饭和第一顿早饭时吃的。那是留着一直等到快拆营每一个人都吃厌了熊肉、浣熊肉和鹿肉连看都不要看它们时才吃的。"

"我还以为艾克大叔要说猪肉和牛肉是专门给狗吃的呢,"勒盖特说,一面咀嚼着,"不过你说的很对,我记起来了。在狗吃厌了鹿下水时,你们就每天傍晚打一只野火鸡给它们当饭吃。"

"时代不同啰,"另一个人说,"那会儿这儿有的是猎物。"

"是啊,"老人轻轻地说,"那会儿这儿有的是猎物。"

"而且他们那时连母鹿也打,"勒盖特说,"而现在呢,我们谁都不打,只除了一个,那是——"

"那时候连打母鹿的人也比我们棒。"爱德蒙兹说。他站在粗木板桌的一端,别人吃的时候他吃得很快,一口接一口地不停。老人又一次紧紧盯着那张阴郁、漂亮、心事重重的脸,在冒烟的提灯的微光下,那张脸现在变得更加黝黑、更加阴郁了。"往下说呀。把话说完嘛。"

"我可没有说过这句话,"老人说,"好人是不管什么时代到处都有的。大多数的人都是好人。有些人仅仅是不走运,因为大多数人仅仅比环境提供的机会活得稍稍好一些罢了。我还认识一些人,就连他们的环境也阻拦不住他们。"

"是啊,我看也不能说是——"勒盖特说。

"你在世界上活了快八十年了,"爱德蒙兹说,"结果对你周围的畜生所了解的就这么一点点呀。也真该问问你:你年纪都活到哪儿去了?"

饭桌旁一片沉默;勒盖特目瞪口呆地望着爱德蒙兹,一时连嘴巴都忘了咀嚼。"唉,天哪,洛斯——"第三个说话的人说。可是老人又开口了,他的声音仍然是平静、没有受到刺激的,仅仅是多了一分威严。

"也许你说得有道理,"他说,"不过要是你所说的那种活法能使我学到什么别的东西,那我想我还是满足于现在的这种情况的,不管我年纪是活在什么身上。"

"是啊,我看洛斯也不是认为——"勒盖特说。

第三个说话的人仍然在桌子上微微前俯,瞅着爱德蒙兹。"那你的意思是说一个人之所以守规矩,仅仅是因为正好有人在监视着他,"他说,"是不是这样呢?"

"是的,"爱德蒙兹说,"因为有个穿蓝外衣、胸前别了只徽章的人[①]在监视他。也许仅仅因为有那只徽章。"

"这我不承认,"老人说,"我并不认为——"

---

① 指警察之类的公务人员,他们监督执行猎物保护法,不许猎人打母鹿与小鹿。

另外那两个人并没在听他说话。连勒盖特也只是暂时在听他们讲话,他嘴巴里仍然塞满了东西,仍然稍稍张开着,他在刀尖上平搁着另一块什么吃的,往嘴里送到半路停住了。"我很高兴我对人的看法和你的不一样,"第三个说话的人说,"我看你这个看法是把自己也包括进去的吧。"

"我懂了,"爱德蒙兹说,"你宁愿相信艾克大叔那套关于环境的看法。好吧。那么又是谁决定环境的呢?"

"运气,"第三个人说,"机会。偶发事件。我明白你打算要说什么了。可是这正是艾克大叔方才说了的:那就是有时候,也许是大多半的时候,人只是比他和他周围的人的行为的最后结果稍稍好一些,当他有机会这样去做的时候。"

勒盖特这一回先把嘴里的东西咽下去。这一回他可不让别人拦着不让他说话了。"不过,我可不能说一连两个星期每天每夜都能打到母鹿的洛斯·爱德蒙兹是个蹩脚的猎人,更不是个运气不好的猎人。一个第二年仍然能猎取同一只母鹿的人——"

"吃点肉吧。"在他身边的人对他说。

"——可不是运气不好的——什么?"勒盖特说。

"吃点肉吧。"对方把碟子端到他面前。

"我还有一些。"勒盖特说。

"再吃点儿,"那第三个说话的人说,"你和洛斯·爱德蒙兹俩都再吃点儿。吃他一大盘。一起使劲儿吧唧吧唧地吃,这就腾不出嘴来招架了。"有人噗嗤了一声。接着大伙儿都轻松地哈哈大笑,紧张空气被打破了。可是老人不管别人还在哄笑,仍然用他那安详、仍然没有发火的声调在说:

"我仍然这样相信。我在所有的地方都看到了证明。我承认人的生活环境在很大程度上都是他自己创造的,是他和在他周围生活的邻居一起创造的。他也继承了一部分已经形成的生活环境,甚至已经几乎给弄糟的生活环境。方才那边的亨利·怀特说了,从前这儿的猎物可要多得多。以前是多。太多了,那时我们连母鹿也杀。我好像记得威尔·勒盖特也提到过这件事——"有人笑了,只笑了一声,马上就煞住了。笑声停了,大伙儿都在侧耳倾听,神色庄严,眼光低垂,看着自己的盘子。爱德蒙兹在喝他的那杯咖啡,郁郁不欢,若有所思,心不在焉。

"有人仍然在杀母鹿,"怀特说,"这样明天晚上在这大洼地溜达而没有母的来陪它的公鹿就不止是一只了。"

"我并没有说所有的人,"老人说,"我方才是说大多数的人。而且也不仅仅是因为有一个别着徽章的人在监视我们。我们没准连看都看不到他,除非兴许他明天中午时分路过这里,和我们一起吃午饭,检查我们的执照——"

"我们不杀母鹿,因为如果我们一直在杀,那要不了几年,可以猎杀的公鹿就连一只也剩不下了,艾克大叔。"怀特说。

"照那边的洛斯的说法,这件事是根本用不着我们操心的,"老人说,"今天早上来这儿的路上,他说过母鹿和小鹿——我相信他说的是女人和孩子——是这个世界上永远也不会短缺的两样东西。可是这并不是全部情况,"他说,"这仅仅是一个人必须给自己提供的心灵上的理由,因为他的心并不总有时间来考虑合适的字眼。上帝创造了人,**他**创造了让人生活的世界,我寻思**他**创造的是如果**他**自己是人的话也愿意在这上面生活的那样一个世界——上面有地方可以行走,有大森林,有树木与河川,也有在上面繁衍的猎物。也许**他**并没有把打猎和屠杀的欲望放进人的心中,可是我寻思**他**也知道反正人是会有这种想法的,人反正是会自己教会自己这样做的,因为人现在离上帝本人的标准还远着呢——"

"什么时候人才能变成上帝呢?"怀特说。

"我认为,每一个男人和女人,在他们连结婚还是不结婚都根本不在乎的那一刻,我认为不管他们已经结婚或是以后要结婚或是永远也不结婚,就在他们俩结合在一起的那一刻,他们就是上帝。"

"照你这样说法,在这个世界上就会有些上帝我连碰都不愿碰,即使是用一根长长的棍子,"爱德蒙兹说。他把他的咖啡杯放下,看着怀特,"而且包括本人在内,假如你想知道的话。我要去睡了。"他走了。人群中起了一阵小小的波动。可是一会儿就平息了,大伙儿仍然站在桌子旁边,并不看着老人,但是显然被他那低沉、安详的嗓音吸引住了才留在这里,正如那些泅渡的马儿是靠了他那只衰弱无力的手才把脑袋伸出水面的。那三个黑人——厨子、他的下手还有老依斯罕——正静静地坐在厨房帐篷的入口,也在听,三张黑脸一动不动,陷入了沉思。

"他把二者都放在这个世界上:人,以及他要追踪、屠杀的猎物,而且事先都是知道的。我相信他说过,'就让它这样吧。'我寻思连结尾如何,他事先也是知道的。可是他说,'我给他一个机会试试看。在给他跟踪的欲望和屠杀的能力的同时,我也给了他警告和事前的提醒。他糟蹋的森林、田野以及他蹂躏的猎物将成为他的罪行和罪恶的后果与证据,以及对他的惩罚。'——睡觉的时候到了,"他说,声音和语调一点儿也没有改变,"四点钟开早饭,依斯罕。太阳出来的时候我们要让地上有肉。"

铁皮火炉里的火烧得很旺;帐篷里很暖和,除了脚底下的烂泥,别的地方都开始变干燥了。爱德蒙兹已经用毯子裹住了自己,一动不动,脸朝着帐篷壁。方才依斯罕也给他铺好了床——那张结实的、有点残破的老铁床,那床有斑迹的、不太软和的褥垫,那几条破旧的、洗了多次的毯子,随着岁月过去已经越来越不保暖了。可是帐篷里很暖和;要不了多久,等厨房里打扫干净,明天早饭的准备工作做好,那个年轻的黑人就会进来躺在炉子前面,这样晚上可以经常叫他起来添加柴火。这时候,艾克大叔知道今天晚上他反正是睡不着的了;他用不着安慰自己说没准还能睡着。不过这也没有关系。现在白天已过,夜晚正等待着他,不过没有什么可以惊怕的事,也没有烦恼。也许我就是为这个而来的,他想:不是为打猎,而是为了这个。我不管怎么说也是会来的,即使明天就回去。他身上只穿着他的松松垮垮的羊毛内衣,他的眼镜折了起来放进破旧的眼镜盒,给塞在枕头底下,以便随时可拿,他瘦削的身子舒服地陷在褥子和毯子的旧坑里,朝天躺着,双手交叉放在胸前,眼睛闭着,与此同时,其他人都脱了衣服,上了床,最后的零零散散的话语也逐渐为鼾声所代替。这时候他睁开眼睛,像个小娃娃那样安详、文静地躺着,仰望着发出雨水淅沥声的一动不动的饱鼓鼓的肚子似的帆布帐篷,在那上面,炉火的红光正在慢慢暗下去,而且还会暗下去,直到睡在炉前两块木板上的年轻黑人坐起来,添柴捅火,然后重新躺下。

　　猎人们曾经有过一幢房子。那是六十年前的事了,当时大洼地离杰弗生只有三十英里,德·斯班老少校,那是他父亲六一、六二、六三、六四年①当兵时的骑兵司令,还有他的表外甥(其实可以算是他的大哥,也可以算他的父亲)第一次带他到大森林里来打猎。老山姆·法泽斯当时还活着,他生下来就是个奴隶,是黑女奴和契卡索印第安酋长的儿子,他曾经教自己怎样开枪,不仅教什么

---

① 指1861年到1864年,那时正值美国南北战争期间。

时候开而且还教他什么时候不开；就在像明天那样的一个十一月的黎明时分，老人领着他径直朝那棵大丝柏树走去，知道那公鹿准会从那里经过，因为山姆·法泽斯血管里流着的东西也在公鹿的血管里流着，他们站在那里，背靠粗大的树干，这个七十岁的老人和十二岁的男孩，而除了晨曦，这里什么都没有，这时公鹿突然出现，烟色的，从虚无中出现，迅如风雷，这时山姆·法泽斯说，"好。你快开枪，不过别慌张。"那枪迅速地举平，并不匆忙，砰的一声打响，于是他走过去，公鹿仍然完整无缺地躺着，仍然采取着迅如风雷时的姿势，他就用山姆的刀给它放了血，山姆把双手蘸在热烘烘的血里，给他的脸画上永不消失的花纹，这时他站直了，尽量使自己不打颤，既谦卑又自豪，虽然一个十二岁的男孩当时还不会用言语来表达这种感情：我杀死了你；我的举止必须不辱没你那正在离去的生命。我今后的行为将永远配得上你的死亡；为了这一点，也为了不止这一点而在他的脸上画花纹：那一天他本人和麦卡斯林争辩并不是因为荒野而是因为那驯顺了的土地，那古老的冤屈和耻辱本身，至少要抛弃与拒绝这土地、冤屈和耻辱，虽则他无法纠正冤屈并泯除耻辱，他在十四岁了解这些时曾经相信等到他有法定资格时就一定能够纠正并泯除，可是等到二十一岁有法定资格时却明白这两件事他全都做不到，不过至少可以弃绝这冤屈与耻辱，至少在原则上如此，至少可以在实际上弃绝土地本身，至少是为了他的儿子；他真的这样做了，自以为是这样做了；然后（那时他结婚了）在后街一所牲口贩子住的公寓的一间租来的斗室里，他第一次也是最后一次看见她赤裸的身体，这回轮到他本人和妻子争辩了，为了那同一块土地，那同样的冤屈和耻辱，他想至少要把他的儿子拯救、解放出来，不让他为它们感到遗憾与歉疚，可正因为拯救与解放了他的儿子，他失去了他的儿子。他们打猎的人当时还有房子。那个屋顶,每年十一月大伙儿待在这个屋顶底下的那两个星期,变成了他的家。虽然自此以后,秋天的那两个星期他们住进了帐篷,而且不会一连两年扎营在同一个地方,并且他现在的伙伴已经是一起住过林中房屋的那些人的儿子甚至孙子,那所房子也不存在都快有五十年了,那种信念,那种像是回家似的感觉与感情,也无非已经随之而转向帆布帐篷了。他在杰弗生有一所房子,一所挺不错的房子,虽然小了一些,在那里他曾经有过一个妻子,和她一起生活过,后来失去了她,是啊,失去了她,虽然在他和他那个聪明的老酒鬼搭档为这对夫妇盖完房子让他们搬进去之前他在租来的斗室里就已经失去她了:反正是失去她了,因为她爱他。不过,女人家的要求也未免太高了。她们年纪再大,也还是痴心地相信她们急于想得到的一切总是有希望可以得到的;而那所房子仍然由他死去的妻子的守寡的外甥女和她的几个孩子住着,她帮他看家,他在那里住得蛮舒服,他的要求、需要甚至老人的那种费工、没什么坏处的用钩针挑的小编结物,也总会有亲戚至少是亲戚的亲戚来帮他完成,这些亲戚是他专门从人寰中选出来加以抚养的。可是他在那几堵墙里耗费时间,仅仅是为了等待十一月的到来,因为纵然这个帐篷地上净是烂泥,床不够宽不够软甚至也不够暖和,却是他的家,而同伙中有几个他只是在十一月中的那两个星期里和他们见面,他们全都不姓他曾经很熟悉的那些姓氏——德·斯班、康普生、艾威尔和霍根贝克——可是却比任何人都更是他的亲人。因为这是他的土地——

那个最年轻的黑人的影子朦朦胧胧地出现了。它往高里伸,挡住了炉火在帐篷顶的越来越微弱的反光,柴火往铁炉子的嘴里扔进去,直到火光和火焰在帆布篷顶高高地、明亮地窜跳。可是那个黑人的身影仍然矗立着,又高,又宽,是站着的,因为它遮住了大半个篷顶,直到又过了一会,老人终于支撑起一只胳膊肘,抬起身子来看看。原来不是那个黑人,而是他那个亲戚;当他开口时,那人猛地从红红的火光前转过身来,他的侧影显得阴森森、恶狠狠的。

"没事儿,"爱德蒙兹说,"你快接着睡吧。"

"在威尔·勒盖特提醒之后,"麦卡斯林说,"我倒记起来了,去年秋天你在这儿也是睡得不踏实。不过你那时说是去打浣熊。也许是威尔·勒盖特这么说的吧?"对方没有回答。接着他转过身子,回到自己床上去了。麦卡斯林仍然支着一个胳膊肘,观看着,直到对方的影子在墙上沉落下去,消失了,和一大团睡觉的人的影子混在了一起。"这就对了,"他说,"想办法多睡一会儿。咱们明天还得打兽肉回营地呢。这以后,你有什么打算尽管干你的去。"他重新躺下来,双手又交叉地放在胸前,眼睛望着帆布篷顶上炉火的反光。现在火花又很稳定了,新放进去的柴火被接受了,正在给融为一体;很快它又会开始变弱,同时带走一个年轻人的激情与不安的突然迸发的最后一次回光返照。让他清醒地躺上一会儿吧,他想;有一天他会长久地躺倒,甚至连难填的欲壑也没法让他醒来。而躺在这里,睁着眼,在这样的环境里,会比什么别的事更能抚慰他的心灵,如果真有什么能抚慰一个还只四十岁的人的心灵的话。是的,他想;四十岁或是三十岁,甚至是小青年那颤抖的、难以成眠的激情;帐篷里,发出雨水淅沥声的圆球形帆布篷顶下面,已经再一次地充满着这种激情了。他仰卧着,闭上了眼睛,呼吸平静、安详,像一个小孩子,正在谛听——谛听那股阒寂,然而又绝对不是阒寂无声而是充满了繁响。他几乎可以看见这股阒寂,巨大、原始、阴森森的,它在对着底下这可怜、短暂而乱七八糟的人与人的邂逅沉思,这样的邂逅在短短的一个星期之后就会消失,再过一个星期就会彻底愈合,了无痕迹地淹没在没有标志的孤独之中。因为这是他的土地,虽然他从未拥有过一尺一寸。他也从来没想要拥有它,即使在他明白无误地见到了它的最后的厄运之后,眼看着它在斧子、锯子和测程仪线,后来又在炸药和拖拉机的犁头的屠杀前面年复一年地退却,因为这土地并不属于任何人。它属于大家;只是他们必须很好地利用它,既谦卑,又自豪。这时他突然明白为什么自己从来也不想要拥有它的任何一部分,至少是多少抵制一下人们所说的"进步",至少是用自己的长寿来反衬它的厄运。这是因为剩下的地方实在只有那么些。他仿佛看见了他们两个是同龄人——他自己和这荒野,他自己的一生,作为猎手、林中人,虽然并非与荒野同时呱呱坠地,而是传给他的,他兴高采烈地承袭了下来,又谦卑,又骄傲,通过那个老德·斯班少校和那个老山姆·法泽斯,此人教会了他打猎;他和荒野一起走向生命的尽头,不是进入忘却与虚无,而是进入一个摆脱了时间与空间的"维",在那里,砍去了树木的土地又一次被掀翻绞扭,成为数学般精确的一方方棉花地,好让那些疯狂的旧世界的人把棉花变成子弹,用以互相射击,其实他们都能找到足够的空间的——仿佛看见了①他过去认识、喜欢并比他们多活了几年的老人们的名字与脸庞,他们又在高高的、未经斧钺的树木和看不见的荆棘丛的阴影里活动着,在那里,强壮的永远不死的野兽永恒地在不知疲倦、吠叫着的永远不死的猎狗前面奔突,在无声的枪击下倒下去又像凤凰那样复活。

他睡着过。这时马灯点亮了。在外面的黑地里,年纪最大的那个黑人依斯罕在用一把杓子敲打铁皮平锅的锅底,一边喊道,"快起来喝四点钟的咖啡。快起来喝四点钟的咖啡",帐篷里充满

---

① 接本页第9行的"同龄人"。

了低沉的说话声和穿衣服的声音,还有勒盖特的声音,他一遍又一遍地在说:"快点出去,让艾克大叔睡他的觉。要是你们吵醒他,他就要跟我们一块儿走了。今天早上森林里可没有他的事儿。"

因此他就一动也不动。他眼睛紧闭地躺着,呼吸轻柔、平静,听见他们一个个地离开帐篷。他倾听着油布下面那桌子边的人们吃早餐声音,也听见他们在离去——马的声音,狗的声音,直到一切归于沉寂只有黑人们清餐桌的声音。再过一会儿,说不定他还可以听见第一只猎狗发出的第一声微弱而清脆的吠叫声呢,那是穿过湿漉漉的树林从公鹿睡过的窝那里传过来的,这以后他就会重新入睡——帐篷的门帘往里卷了一下,垂了下来。不知是什么东西猛地撞在床脚上,不等他睁开眼睛,一只手伸进毯子抓住了他的膝盖。原来是爱德蒙兹,正背着一支猎枪,而没有带他的步枪。他用生硬、急促的嗓音说道:

"对不起,把你吵醒了。待会儿会有一个——"

"我醒着呢,"麦卡斯林说,"你今天打算用这支猎枪吗?"

"昨天晚上你刚跟我说过你需要兽肉,"爱德蒙兹说,"会有一个——"

"从什么时候起你用步枪就打不到野兽啦?"

"行了。"对方说,窝着一肚子火,很不耐烦,但又不得不很别扭地压着火。这时候麦卡斯林看到他手里拿着一包厚厚的长方形的东西:那是一只信封。"会有个送信的今天早上不定什么时候来,是来找我的。也没准不会来。如果来了,把这个交给送信人,告诉对方——说我说不行。"

"一个什么?"麦卡斯林说,"告诉谁?"他用胳膊肘支撑着半坐起在床上,这时,爱德蒙兹把信封猛地往他的毯子上一扔,已经转身朝门口走去了,那只信封掉下来时硬邦邦的、沉甸甸的,没有发出声音,已经在朝床下滑去,麦卡斯林一把抓住了,透过纸一摸,马上就得出结论那里面是一厚摞钞票,仿佛他已经拆开来看过。"等一等,"他说,"等一等"——不仅仅是一个有血缘关系的亲人的口气,甚至不仅仅是一个长者的口气,因此对方停住了脚步,掀起帆布门帘,回过头来看,这时麦卡斯林看到外面天已经大亮。"告诉她不行,"他说,"告诉她。"他们互相瞪视着——乱七八糟的床上的那张苍老、苍白、因为睡眠不足而变得憔悴的脸,以及那张既在发火又很冷静的发暗、阴郁的年轻人的脸。"威尔·勒盖特没说错。这就是你所说的猎浣熊了。现在又来了这一手。"老人倒没有把信封举起来。他没有做出什么动作,做出什么手势来指点它。"你答应过她什么啦?怎么连见她一面的勇气都没有就反悔啦?"

"什么也没有答应过!"对方说,"什么也没有答应过!就这点事儿。告诉她说我说不行。"说完他就走了。门帘被掀起,漏进来一抹微光和永不停歇的淅沥雨声,接着垂了下来,撇下这老人仍然支着肘半坐起在床上,信封捏在另一只颤抖的手里。接着甚至还不等对方走出他的视域,他似乎立刻就开始听见那艘来近的艇子的声音。在他看来,这二者之间根本没有间歇:那张门帘垂下,把同一抹微弱、充满雨丝的光送了出去,就像那是同一次呼吸的出气与吐气,紧接着那门帘又掀了起来——那装在舷外的发动机的越来越大的吼叫声,音量不断加大,离他越来越近,越来越近,声音越来越响,越来越响,然后戛然而止,就像一支蜡烛被吹灭那样地骤然与断然,在小艇滑向堤岸时声音落进了船头底下的水的怀抱里和汩汩声中——那个最年轻的黑人,那个小伙子,撩起了门帘,在这一刹那间老人越过门帘看到了那只小艇——一只很小的艇子①,有个黑人坐在船尾往上翘的发动机旁——接着一个女人走

---

① 指洛斯的黑人情妇坐了来的摩托艇,下文的"黑人"是她的表亲。

了进来,戴着一顶男人的帽子,穿了件男人的油布雨衣和一双橡皮雨靴,用一条胳膊托着一只用毯子裹成的包包,另一只手把没有扣上的雨衣的下摆拉起来遮住了包包;她还带来了一些别的东西,某种不可捉摸的东西,一种气味不正的东西,他知道要不了多久自己就能把这种气味辨别出来,因为依斯罕自己不来,却派这个年轻的黑人到帐篷里来通报来客,这就等于已经告诉了他,给了他警告;门帘终于在年轻黑人的身后垂下来了,帐篷里就剩下他们两人——那张脸看不大清楚,到现在为止只知道很年轻,有一双黑眼睛,奇怪的是脸色惨白,但也不像是有病的样子,不像一张农村妇女的脸,虽然她穿的是农妇的外套,这张脸正俯视着他,这时他已经坐起在床上,手里捏着那只信封,脏兮兮的内衣松松地从他身上垂下来,乱成一团的毯子堆在他的屁股周围。

"那①是他的吗?"他喊道,"不要骗我!"

"是的,"她说,"他走了。"

"是的。他走了。你可没法在这儿逮住他了。反正这一次不行了。我琢磨连你自己也没有想到吧。他留下这个给你。给。"他摸索着去找那只信封。倒并不是把它捡起来的,因为它仍然在他的手里;他根本就不曾把它放下来过。好像他必须得摸索一下,才能让他那只迄今为止一直很顺从的手在实质上与他那指挥着手的脑子相协调,好像他从来没做出过这样的行动似的②,他终于把信封递了出去,嘴里又说,"给。拿去呀。拿去呀!"直到他注意到了她的眼睛,或者说她的眼神而不是她的眼睛,她现在正用那种执着的沉思的眼光,用孩子似的清澈见底的专注、坦率的眼光,盯

---

① 指妇女手中抱着的婴儿。
② 指把钱交给黑人——即他以前将"遗产"交给索凤西芭与路咯斯的事。

住了他的脸。就算她曾瞥见那只信封或是他伸手出去的动作,她脸上反正是没有流露出来。

"你是艾萨克大叔。"她说。

"是的,"他说,"不过你先别管这个。给。拿着呀。他说,告诉你说不行。"她看了看信封,然后接了过去。信封是封了口的,上面没有写收信人的名字。然而,即使在她朝信封正面瞥了一眼以后,他看见她仍然用空着的那只手捏住了信封,用牙齿撕去一只角,想法子撕开信封,把整整齐齐的一摞捆好的钞票倒在毯子上,对它们连看都不看一眼,然后朝空信封里看看,用牙齿咬住信封边,把它全部撕开,这才把它捏成一团,扔在地上。

"里面就只有钱。"她说。

"你还指望什么?你还指望别的什么?你认识他已经很久,至少是过从甚密,因此生下了这个孩子,难道对他的了解就这么浅吗?"

"接触不算多。时间也不是很长。就光是去年秋天在这儿的一个星期,再就是一月间他约我出去,我们一起去西部,去新墨西哥州。我们在那里住了六个星期,在那里我至少可以睡在给他做饭,帮他洗烫衣服的那套公寓房间里——"

"可是没有结婚,"他说,"没有结婚。他没有答应过跟你结婚。不要骗我。他没有这样做的必要。"

"是的。他没有这个必要。我也没有要求过他。我当时知道自己在干什么。我一开始就知道,早就知道了,到后来名誉(我相信他是用这个说法的)才告诉他,是时候了,该用一套漂亮话来告诉我他的行为准则(我相信他是用这个说法的)不允许他永远这样做。而且我们一致同意了。后来,在他离开新墨西哥州之前,为了稳当起见,我们又取得了一致的意见。那就是说,事情就到此为止。我相信了他。不,我不是这个意思;我是说我相信了自己。到那时,我已经连他说什么话都不去听了,因为那时候已有很久他连一句值得我一听的话都说不出来了。到那时,我连他说话都不怎么去听,因此也用不着请他不要再说。我是在听自己讲话。而且我也是相信的。我准是相信了的。我不知道我怎么能够不相信,因为当时他按我们一致同意的那样,走开了,而且也像我们一致同意的那样,没有写信来,光是把钱汇到维克斯堡①银行里我的账户下,却不说明是谁汇的,这也是我们说好的。这么说我一定是相信的。上个月我甚至还写信给他,想把事情再弄弄清楚,信没有拆就退了回来,我当然心里很清楚。于是我离开医院,租了个房间住下来,等猎鹿的季节来到我好再次把事情弄弄清楚,昨天我等在路旁,你们的汽车经过,他看见了我,这样一来我就很清楚了。"

"那么你要怎么样呢?"他说,"你要怎么样?你希望得到什么呢?"

"是啊。"她说。在他瞪视着她的时候,他的白发从枕头上歪到一边,他的眼睛由于没戴那副集中视力的眼镜,显得模糊、没有虹膜,更像是没有瞳仁,他又一次看到那种严肃、专注、充满思索和超然的执拗劲儿,仿佛是个孩子在盯着他看。"他的太爷——等一等——他的爷爷的**爸爸**的爷爷是你的爷爷。麦卡斯林。只不过他们是姓爱德蒙兹的。只不过还得比这更亲密。那天你的表外甥麦卡斯林是在场的,当时你父亲和布蒂大叔从布钱普先生手里赢得了谭尼,让她嫁给没有姓的泰瑞尔,因此你们就管他叫托梅的泰瑞尔。可是再往后他们就得姓爱德蒙兹了。"她注视着他,几乎是平心静气地,是那种眼睛不眨一眨的、不动肝火的凝视——那双又

---

① 密西西比州西部的一个市镇。

黑又大的深邃无比的眼睛,在一张死人般没有血色的苍白的脸上,在老人看来,简直像是没有生命的,然而又是年轻的,令人难信地甚至是根深蒂固地充满了生机——仿佛她不仅是什么都不看,而且除了跟她自己,也没在跟任何人讲话。"我本想把他造就成一个男子汉。他甚至都还没有成长为一个男子汉。你们宠坏了他。你,还有路喀斯大叔和莫莉大婶。不过主要是你。"

"我?"他说,"我?"

"是啊。当你把地给了他爷爷的时候,那块地本来不属于他,他甚至并不拥有由遗嘱或法律规定的一半。"

"别扯到那上头去,"他说,"别扯到那上头去。你呀,"他说,"你说起话来口气像是都进过大学似的。你的口气简直像是个北方人,而不像是个这儿三角洲的拖着条邋里邋遢长裙的乡下贱娘们。可是,仅仅是因为一箱食物恰好从船上掉进了水里,一天下午你在街上遇到了一个男人。一个月之后你就跟他出走,和他同居,直到他让你怀上一个孩子;这以后,按照你自己的说法,你坐在那儿眼看他拿起帽子说声再见走了出去。连三角洲的一个乡下人也会把自己的穿邋遢长裙的娘们照顾得好一些的。难道你连一个家里人都没有吗?"

"有的,"她说,"我那时候跟一个亲戚一块儿过。是我的姨妈,住在维克斯堡。两年前我父亲死了,我到那儿和她一起过;我们家以前是在印第安纳波利斯。可是我找到了一个工作,在这儿的阿卢司恰司库纳①的学校里教书,由于我的姨妈是个寡妇,有一大家子要养活,她收衣服回来洗,以此养——"

"收什么回来?"他说,"收衣服回来洗?"他蹦了起来,虽然仍

---

① 地名,是一个小镇。

然是坐在床上,却是往后一倒,一只胳膊撑在床上,头发披在一边,瞪视着对方。现在他明白她带到帐篷里来的是什么了,老依斯罕派那小伙子带她来时已经告诉他的又是什么了——那苍白的嘴唇,那没有血色、死人般的脸色然而又不是病容,那黑色的、哀愁的、什么都知晓的眼睛。在美国,也许在一千或是两千年之后,他想。可是现在不行!现在不行①!他喊出声来,不很响,而是用惊讶、哀怜和愤怒的声音说:"你是个黑鬼!"

"是的,"她说,"詹姆士·布钱普——你们叫他谭尼的吉姆,虽然他也是有姓的——是我的爷爷。我方才就说了嘛,你就是艾萨克大叔。"

"那么他知道吗?"

"不,"她说,"知道了又有什么好处呢?"

"可是你是知道的②,"他喊道,"可是你是知道的。那么你来这儿希望得到什么呢?"

"什么也不希望。"

"那么你干吗要来呢?你方才说昨天你在阿卢司恰司库纳等着,他跟你见了面。那你今天早上来这儿干吗?"

"我要回北方去。回家去。我的表亲前天开了他的船带我来。他打算送我到李兰③去搭火车。"

"那你去吧。"他说。接着又用他那尖细的、不太响的、让人寒心的嗓音喊道:"离开这儿!我没法帮你的忙!谁也不能帮你的忙!"她

---

① 艾萨克从对方姨妈替人洗衣服判断出对方是个黑人,他认为一两千年后美国黑人与白人可以通婚,但是"现在"(1941年)不行。
② 在艾萨克看来,洛斯与谭尼的吉姆的孙女的结合有亲族乱伦的成分,又有黑人白人血统混合的成分,是族长卡洛瑟斯·麦卡斯林罪行的又一次重复,也是上帝对这一族人的惩罚。
③ 地名,在奥克斯福西南一百英里。从新奥尔良去芝加哥的火车经过该处。

动了一下;她又不在看他了,而是在朝门帘那儿看。"等一等。"他说。她又停住脚步,仍然很听话,她回过身来。他拿起那摞钞票,把它放在床脚的毯子上,把手缩回来,放到毯子底下。"拿去。"他说。

这时她才看了看钱,这是第一次,是短促、茫然的一瞥,紧接着目光就移了开去。"我不需要钱。去年冬天他给过我了。另外还有他汇到维克斯堡去的钱。都提供给我了。名誉和行为准则也照顾到了。这些都是早就安排好的。"

"拿去吧。"他说。他的嗓门又开始变大了,可是他把它压了下来。"带走,别留在我的帐篷里。"她走回到床边,拿起了钱;可是这时候他又一次地说,"等一等。"虽然她仍然伛着身子,没有转身,他却伸出手去。可是,由于是坐着,他够不着,因此她移动她的手,也就是拿着钱的那一只手,直到他能够碰到它。他没有捏住那只手,仅仅是碰了碰——老人那些关节突出、没有血色、骨头变轻变干的手指在一秒钟的时间里接触到了年轻人平滑、细嫩的肉,在这里,顽强、古老的血液跑了一大圈之后又回到了老家。"谭尼的吉姆,"他说,"谭尼的吉姆。"他又把手缩回到毯子底下:他现在生硬地说:"我猜是个男孩吧。他们一般都是男的,除了也是她自己的娘的那一个①。"

"是的,"她说,"是个男孩。"她又站了片刻,眼睛望着他。在很短的一瞬间里,她那只空着的手动了一下,仿佛想把雨衣的下摆从孩子的脸上撩起来。可是她没有撩。当他又说了一声"等一下",并且在毯子底下动了一下时,她再次把头扭开去。

"你把身子转过去,"他说,"我想起床。我长裤还没穿呢。"可是他起不来。他坐起在乱成一团的毯子里,全身颤抖,这时她重又

---

① 指托玛西娜,她既是老卡洛瑟斯的女儿,又是他的情妇。详情见《熊》。

转过身来,黑眼睛里充满了疑问,俯视着他。"在那边,"他生硬地说,那是一个老人的尖细、发颤的嗓音,"挂在那边的钉子上。在帐篷柱子上。"

"什么?"她说。

"那只号角!"他生硬地说,"那只号角。"她走过去拿,把那摞钱往雨衣的斜口袋里一塞,仿佛那是块破布,是块脏手帕,她把号角往上一举,取了下来,那是康普生将军在遗嘱里规定留传给他的,上面包着从公鹿脚胫部剥下来的完整无缺的皮,还箍着银线。

"是什么?"她说。

"那是他①的。拿去吧。"

"噢,"她说,"好吧。谢谢你了。"

"好说。"他生硬地、急急地说,可是这会儿口气已经不太生硬了,很快就会一点儿也不生硬,而仅仅是快快的、急急的了,到这时,他知道他对自己的嗓音正在失去控制,这是他所不愿意的,却又是无能为力的。"这就对了。回北方去吧。去嫁人:嫁一个与你同种族的男人。这是你唯一的出路——一个时期之内是如此,说不定很长时间之内还是这样。我们必须等待。去嫁给一个黑人吧。你年轻,秀气,皮肤几乎是全白的;你可以找到一个黑人,他在你身上会看到你在他②身上看到的东西,他不会向你提出任何要求,更不对你有什么期望,从你那里得到的将是更少,如果你想报复的话。然后你会忘掉这一切,忘掉它曾经发生,忘掉他曾经活在世上——"这时,他终于能迫使自己闭嘴了,于是就闭上了嘴,坐在那堆毯子里,可是就在这一瞬间,她目光如炬地静静地盯看着

---

① 指婴儿。这个举动说明艾萨克在一定程度上承认这个婴儿是他祖先的后裔。
② 指洛斯。但前后的"他"都指那个"黑人"。

他,虽然身子一动未动。但这种表情很快也就消失了。她站在那里:身上的雨衣闪闪发亮,仍然在滴水,头上戴着一顶湿透了的帽子,平静地俯视着他。

"老先生,"她说,"难道你活在世上太久,忘记的事情太多,竟然对你了解过、感觉过,甚至是听说过的关于爱情的事儿一点点都记不起来了吗?"

这以后她也走了。一缕光飘进帐篷,带进来永不停歇的雨脚的淅沥声,等门帘垂下,这些又都给关在了外面。他重新躺下了。在颤抖、喘气,毯子一直堆到下巴颏儿,双手交叉放在胸前,他倾听着那噗噗声和吼叫声,倾听着马达的逐渐升高又逐渐变弱的悲嗥声,这些声音①终于全都归于沉寂,帐篷里重新为寂静与雨声所统治。还有寒冷;他在寒气里躺着,轻轻地发抖,不断地发抖,全身发僵,除了发抖,身子一动也不动。这个三角洲,他想:这个三角洲。这片土地,在两代人的时间里,人们把沼泽排干,使土地裸露出来,使河流减少,这样,白人就能拥有种植园,每天晚上去孟菲斯,黑人也能拥有种植园,坐种族隔离的火车去芝加哥,住在湖滨大道百万富翁的公馆里,在这片土地上,白人种租来的农场,日子过得像黑鬼,而黑鬼则当佃农,过着牛马一般的日子,这里种的是棉花,竟能就在人行道的裂缝里长得一人高,而高利贷、抵押、破产和无穷无尽的财富,中国人、非洲人、雅利安人和犹太人,这一切都在一起生长、繁殖,直到后来,都没有人有时间去说哪一个是谁的,也并不在乎……这就难怪我过去熟知的那片被毁掉的森林也不嚷嚷着要求复仇了!他想:那些毁掉森林的人会帮助大森林来完成复仇大业的。

---

① 指黑人妇女乘表亲的船离去的声音。

帐篷的门帘被人急急地向内撩起,然后又垂落下来。他没有动,光是转了一下头,睁开眼睛。是勒盖特。他迅速地走到爱德蒙兹的床铺前,弯下腰,在仍然乱成一团的毯子里匆忙地搜寻什么。

"你找什么?"他说。

"找洛斯的刀,"勒盖特说,"我是回来带一匹马去的。我们撂倒了一只鹿。"他站直身子,手里拿着那把刀子,接着便匆匆忙忙地朝门帘走去。

"是谁打死的?"麦卡斯林说,"是洛斯吗?"

"是的。"勒盖特说,撩起了门帘。

"等一等,"麦卡斯林说。他突然身子一挺,用胳膊肘撑了起来,"那是什么?"勒盖特在撩起的门帘下站住了一会儿。他没有扭过头来望。

"只不过是一只鹿,艾克大叔,"他不耐烦地说,"没什么了不起的。"他走了;门帘又在他身后垂了下来,再次把微弱的光和雨的不断的呜咽声隔在外面。麦卡斯林重又躺下去,毯子又一次拉到颏下,两只交叉的手又一次在这个空荡荡的帐篷里没有分量地放在他的胸前。

"那是一只母鹿呀。"他说。

去吧,摩西

1

那张脸黑黑的，很光滑，让人难以看透；那双眼睛见过太多的世面。那头黑人鬈发给理得像是覆盖在头颅上的一顶便帽，一溜边缘整整齐齐，看上去像上过漆似的，头路用剃刀修过，因此这脑袋看来像是个铜像的头，坏不了、很结实。他穿的是一种运动服，在男子服饰商店的广告里叫作套装，衬衫和长裤是搭配好的，而且是从同一种浅黄褐色的法兰绒上裁剪下来的，它们售价不菲，装饰得过于繁复，有着太多的褶裥；他在钢板隔成的号子的钢床上半躺着，一名武装警卫就站在号子外面看守着，到现在已经站了二十个小时了，他叼着烟，在回答问题时，用的口音你尽可以说是天底下任何地方的口音却唯独不能说是南方口音，甚至连黑人的口音都不像，提问的是个戴眼镜的年轻白人，他坐在对面的一只钢凳上，拿着一只人口普查①工作者用的宽大的文件夹。

---

① 1940年美国进行过一次人口普查，因此可以认为这就是本篇故事所发生的年代。

"名叫赛缪尔·沃瑟姆·布钱普。二十六岁。出生在密西西比州杰弗生镇附近的乡下。没有成家。没有——"

"等一等。"人口调查员飞快地记录着,"这可不是你在芝加哥被判——生活时的那个名字呀。"

对方把烟头上的灰啪地抖掉。"当然不是。杀死警察的是另外一个家伙。"

"好吧。职业——"

"致富得实在太快了。"

"——无业。"调查员飞快地写着,"父母。"

"当然。两个。可我不记得他们了。是我姥姥把我带大的。"

"她叫什么?还活着吗?"

"我不知道。名叫莫莉·沃瑟姆·布钱普。如果还活着,那就是住在密西西比州杰弗生镇十七英里外的卡洛瑟斯·爱德蒙兹的农庄里。行了吧?"

调查员合上文件夹,站起身来。他比对方年轻一两岁。"如果你家里人不知道你在这里用的是什么名字,他们又怎能知道——你又怎么指望能回到家乡呢?"

对方把烟灰啪地抖落下来,还是躺在钢床上,身上是一套好莱坞式的高级服装,那双高级鞋子也是调查员一辈子买不起的。"我还管这个干吗?"他说。

于是调查员就离开了;守卫再次把钢门锁上。那人躺在钢床上抽烟,过了一会儿,人们前来撕开他那精品长裤的裤管,剃掉他的高价发型①,把他带出了牢房。

---

① 大腿与头部是给死囚上电刑时接电极的地方。

2

也就在同一个燠热、明亮的七月早晨,同样燠热、明亮的风既拂动了紧挨着加文·史蒂文斯的窗子的桑树叶子,也吹进了他的办公室,仅仅吹动了室内的东西,就造成了一种凉爽的假象。风儿掀动了桌子上县检察官的文件,也钻进了坐在桌子后面那人的一头早白的乱发——那人有一张瘦削、聪明、表情多变的脸,身上那皱巴巴的亚麻套装的翻领上有根表链,上面挂着一把"菲·贝他·卡巴"钥匙——这就是加文·史蒂文斯,哈佛毕业的ΦBK联谊会会员①,也是海德堡大学②的哲学博士,他的公务是他的业余爱好,虽然这给他提供了生计,而他严肃从事的本职却是一项做了二十二年还未能完成的把《旧约》译回到古典希腊文③去的工作。不过那股风似乎并未使来访问他的人有什么感觉,虽然从外表上看在那阵微风之前她并不会比一张纸片燃成的未经触动的灰更重一些和结实一些——这是个黑人小老太太,有一张皱缩的、老得出奇的脸,头上包着块白头巾,还戴了顶黑草帽,那本该是儿童用的。

"布钱普?"史蒂文斯说,"你是住在卡洛瑟斯·爱德蒙兹先生农庄上的吧。"

"我已经离开了,"她说,"我是来找我的孩子的。"接着,坐在

---

① 美国大学优秀生和毕业生荣誉组织ΦBK联谊会,这三个希腊字母代表一句格言,意为"哲学是人生的指导"。
② 在德国西南部海德堡市,为一著名学府。
③ 《旧约》主要用希伯来文写成,少数片断用阿拉姆文。公元前3世纪中叶已出现希腊文译本。后又根据希腊文译成拉丁文,英译是根据拉丁文本译出的。史蒂文斯的辛勤劳作纯属多余。

他对面的硬椅上一动不动,她开始吟唱起来,"洛斯·爱德蒙兹出卖了我的便雅悯。在埃及卖掉了他。法老得到了他①——"

"等一等。"史蒂文斯说,"等一等,大婶。"因为回忆与往事眼看要咬到一块儿合二而一了,"要是你不知道你孙子在哪儿,你怎么会知道他碰到麻烦了呢?你是说爱德蒙兹先生不愿帮助你去找他吗?"

"是洛斯·爱德蒙兹把他出卖的,"她说,"在埃及卖掉了他。我不知道他在哪儿。我只知道法老得到了他。你就是法律。我要找到我的孩子。"

"好吧,"史蒂文斯说,"我来想想办法看。要是你不回家,那你在城里住在哪儿呢?说不定要花一些时间的,因为你不知道他上哪儿去了,你都有五年没听到他的消息了。"

"我住在汉普·沃瑟姆那里。他是我兄弟。"

"好的。"史蒂文斯说。他并没感到惊奇。他从小就认识汉普·沃瑟姆,虽然他从未见过这个黑老婆子。不过即使他见过,他也不会感到惊奇的。这些人就是这样。你可能认得两个黑人多年;这两个人说不定还多年替你干活,姓氏各不相同。然后你突然偶然得知两人原来是兄弟或是姐妹。

他坐在不能算是微风的流动的热空气里,听着她慢慢地费劲爬下外面陡峭的楼梯,这时记起那个孙子来了。那个案子的文件五六年前到过他的桌上,然后送到地方检察官那儿去——布奇②·布钱普,这是一年里在市镇监狱里几进几出的那个小伙子的名字:他是这黑老太女儿的孩子,出生时母亲就死了,父亲又抛

---

① 见《圣经·创世记》第 37 到 47 章,其实被卖掉的是便雅悯的哥哥约瑟。但是约瑟设法让便雅悯留下充当人质。
② 布奇(Butch)与屠夫(butcher)音近,应是赛缪尔的外号。

弃了他,姥姥留下他扶养他,或者是想这样做。因为十九岁那年他就离开乡下到镇上来,为了赌钱与斗殴一年里倒在监狱里待了大半截,终于因为破门闯进一家商店偷盗而被正式起诉。

他是被人当场发现的,那时他抄起一根铁管朝惊动了他的那个警官抡去,然后被警官用手枪枪托将他打倒在地,嘴给打烂了,仍然骂声不绝,他的牙齿露出在汩汩流着的血里,像是还在拼命地大笑。过了两晚,他越了狱,从此再没人见到过他——还是个没满二十一岁的小青年呢,身上确实有生了他又抛弃他的父亲传留的某种气质,而他父亲因为过失杀人眼下正在州立监狱里服刑——确实是颗不仅凶狠而且是危险与邪恶的坏种。

原来这就是我得去寻找和拯救的那个人,史蒂文斯想。因为他片刻也没有怀疑那黑老婆子的直觉。要是她还能测算出那孩子在何处以及遇到了什么麻烦,他也不会感到惊奇的,倒是稍后他才真的觉得奇怪了,因为自己居然那么快就打听到那孩子在何处以及出了什么事。

他的头一个想法是打电话给卡洛瑟斯·爱德蒙兹,那黑老婆子的男人曾在此人的农庄上当过多年的佃户。不过照黑老婆子的说法,爱德蒙兹已经不肯再管这件事了。于是他一动不动地坐着,听凭热风吹拂他那头乱蓬蓬的白发。这时候他明白这黑老婆子的意思了。他现在记起来了,当初把那孩子赶到杰弗生来的实际上正是爱德蒙兹;他在孩子正撬他的杂货铺时逮住了他,便命令孩子滚蛋而且今后再也不许回来。这还不是那保安官,那警方的命令呢,他想。而是范围更广阔,更急迫的事儿……他站起身,拿上他那顶很旧而有点破的巴拿马细草帽,走下屋外的楼梯,在正午一开始那种炎热的死寂时分中穿过空荡荡的广场,来到县报办公室。编辑正在里面——这人上了年纪,但头发却没有史蒂文斯那样白得厉害,他打着一条极细的黑色领带,穿了件前胸上过浆的旧式衬衫,是个大胖子。

"有个黑老婆子名叫莫莉·布钱普,"史蒂文斯说,"跟她男人住在爱德蒙兹的农庄上。是她外孙的事。你准记得他的——布奇·布钱普,大约五六年前在镇上泡了一年,大部分时间是在监狱里度过的,有天晚上他们终于在他偷盗朗斯韦尔商店时逮住他了,记得吧?唉,他现在惹的祸可比那回更大了。我丝毫也不怀疑她的话。我替她也是为我所代表的广大公众的利益着想,仅仅希望他这回惹下的祸十分严重因此没准也就是决定性的——"

"等一等。"那编辑说。他甚至都不用离开办公桌。他把通讯社发来的那张新闻稿的薄纸副本从铁尖刺①上取下,递给史蒂文斯。电报上写明发自伊利诺斯州乔里特城②,时间是当天早上。

因杀害芝加哥警察而被判处死刑的密西西比州黑人在处决前夕回答人口调查提问时透露其化名。赛缪尔·沃瑟姆·布钱普——

五分钟以后,史蒂文斯又穿过空荡荡的广场,这时离正午炎热的死寂时分更近了。他原以为自己正在走回住处去用午餐,可是发现并不在往那边走。再说,方才我忘了锁我办公室的房门了,他想。不过,她又是怎么能在太阳底下从十七英里以外赶进城来的呢。她甚至可能是走来的呢。"这么看来,方才我说我希望发生的事大概不是认真的。"他说出声来,一边离开白晃晃的、如今已没有一点儿风的直晒的阳光,重又登上户外的楼梯,走进他的办公

---

① 旧时一种办公室用具,下面是一较大底盘,上有铁尖刺,可将文件插在上面供查考或进一步处理。
② 小市镇,在芝加哥西南30英里,该处有两座州立监狱。

室。他停住脚步。接着他说：

"早上好,沃瑟姆小姐。"

她也相当老了——身子瘦削、腰背笔挺,一头白发按旧时的样式梳得整洁地堆在头上,戴着顶足有三十年历史的旧帽子,已褪成铁锈般的黑色,还拿着一把破旧的遮阳伞,原本应该是黑色的,现在却褪成了绿色。他也是从小就认得她的。她独自住在她父亲留下的那所危房里,她在那里教人在瓷器上作画,同时在她父亲的奴隶之一的后裔汉普·沃瑟姆和他老婆的帮助下养鸡、种菜,为的是拿到市场上去卖。

"我是为莫莉的事儿来的,"她说,"莫莉·布钱普。她说过你——"

他把消息告诉她的时候她盯看着他,直挺挺地坐在老黑婆子方才坐过的硬椅上,那把褪了色的伞就靠在她的膝上。在她膝头上那双相叠的手底下,搁着一只旧式的缀有珠子的手提包,几乎有手提箱那么大。"他今天晚上就要给处决了。"

"再没有什么办法了？莫莉和汉普的双亲过去属于我的祖父。莫莉和我是同一个月出生的。我们就像亲姐妹那样一起长大。"

"我打过电话了,"史蒂文斯说,"我和乔里特的典狱长谈了话,又跟芝加哥的地方检察官谈了。他受到的是公正的审判,他有好的律师——如此等等。他有钱。他是在经营一种叫彩票赌博的行当,他这号人就靠这个捞钱。"她盯看着他,身子笔挺,一动也不动。"他是个杀人凶手,沃瑟姆小姐。那个警察背对着他时他开了枪。真是有其父必有其子。他后来供认不讳,全都承认了。"

"我知道,"她说。这时候他明白她并没有在看着他,至少是视而不见,"这真可怕。"

"杀人也是可怕的，"史蒂文斯说，"还是这样收场好一些。"这时她又在盯着他看了。

"我方才在想的倒不是他。我想的是莫莉。绝对不能让她知道。"

"是的，"史蒂文斯说，"我在报馆里已经跟威尔莫思先生打过招呼了。他同意不发任何消息。我会给孟菲斯的报馆打电话的，不过也许已经来不及了……如果我们能劝她今天下午在孟菲斯报纸登出来之前就回来……在农庄里，她能见到的唯一的白人就是爱德蒙兹先生，我也会给他去电话的；即使万一别的黑人听说了这件事，我敢肯定他们是不会说的。也许两三个月后我会下乡去告诉她那孩子死了，已经埋葬在北方的什么地方了……"这一回她以那样一种表情看着他，使他不由得停住了话头；她坐在那里，在硬椅上挺得笔直，盯看着他，直到他停住话头。

"她会要把他带回家去，和自己在一起的。"她说。

"带他？"史蒂文斯说，"他的尸体？"她看着他。那表情既不是表示震惊也并非不以为然。它仅仅体现了对流血与悲哀的一种古老的、无时间限制的、女性的亲密关系。史蒂文斯想：她是在这样热的天气里徒步走到城里来的。除非是汉普用贩卖鸡蛋和蔬菜的轻便马车把她捎来的。

"他是她大闺女，她那死去的老大的独子。他是必须回家的。"

"他必须回家，"史蒂文斯同样镇静地说，"我立刻来办这件事。我马上就打电话。"

"你太好了。"她头一回动了动，挪动了一下身子。他看着她双手捏紧了手提包，把它往身上拉了拉。"费用由我来支付。你能不能告诉我大概得……？"

他直直地瞅着她的脸。他连眼皮都不眨一眨就撒了个谎,既快又轻易。"十一二块钱也就够了。一口薄棺他们总是会提供的,要花的仅仅是运输的费用。"

"一口薄棺?"她再一次以那种古怪的、超然的眼光看着他,仿佛他是个小娃娃似的,"他是她的外孙呢,史蒂文斯先生。她把他接过来抚养的时候,让他用了我父亲的姓名——赛缪尔·沃瑟姆。不能仅仅用一口薄棺,史蒂文斯先生。我知道每个月付一定数目的钱是可以办得到的。"

"不能仅仅用一口薄棺,"史蒂文斯说。他用的口气就跟方才说他必须回家时一模一样,"爱德蒙兹先生是会帮忙的,这我知道。据我所知,老路克·布钱普在银行里存得有一些钱。还有,倘若你允许我——"

"用不着那样做,"她说。他看她打开提包;看着她在桌子上点数出二十五块钱,其中有皱巴巴的钞票,也有硬币,五分、一角、一分的全有,"这就能应付急需的开支了。我去告诉她——你肯定真的没有希望了?"

"我能肯定。他今天晚上就会死去的。"

"那我今天下午就告诉她他已经死了。"

"你要不要让我来告诉她?"

"我来跟她说吧。"她说。

"那么,你要不要我前去看她,跟她谈谈呢?"

"你能这样做真是太好了。"说完她就走了,身子挺得笔直,脚步又脆又轻,几乎是急急的,走下楼梯,逐渐听不见了。他再次打电话,先打给伊利诺斯州的典狱长,接着打给乔里特的一家殡仪馆。接着他又一次穿越那炎热的、空荡荡的广场。他只等了一小会儿,那位编辑就吃完午饭回来了。

"我们得把他接回家乡，"他说，"沃瑟姆小姐和你和我还有别的一些人负责这件事。总要花——"

"等一等，"那编辑说，"别的哪些人？"

"我都还不知道呢。总要花个二百来块钱吧。我还没把电话费计算在内；那就由我自己来对付吧。一等我碰到卡洛瑟斯·爱德蒙兹，就要从他那儿榨出点钱来；我不知道会有多少，不过总不能太少吧。也许从广场那一带可以讨到五十块。可是剩下的就是你跟我的事儿了，因为她硬要留给我二十五块，这已经是我想让她相信要花的费用的两倍，也是她出得起的钱的四倍——"

"等一等，"那编辑说，"等一等。"

"他的尸体将由后天的第四次车送来，到时候我们去接，沃瑟姆小姐和他的姥姥，那老黑人，坐我的车，你和我坐你的车。沃瑟姆小姐和老太婆要把他带回家去，带到他出生的地方去。也许是老太婆带大他的地方去。或者是她打算抚养他的地方。让柩车开到那儿去又得花十五块，鲜花还不算在内——"

"还有鲜花？"编辑喊叫起来。

"还有鲜花，"史蒂文斯说，"整个花销就算他二百二十五块吧。看样子主要得由你和我来分担了。行吧？"

"不，不行，"编辑说，"不过看来也由不得我了。老天爷呀，"他说，"就算我能做主，这份新鲜劲儿也差不离值这些钱了。我还是生平第一次为事先答应不登消息倒贴呢。"

"你已经事先答应不登消息。"史蒂文斯说。在这个燠热的、如今连一点儿风都没有的下午余下的时间里，从县政府来的官员们、从十五与二十英里外县治边缘来的治安法官、法警们登上楼梯来到这空无一人的办公室，呼唤检察官的名字，空等了一会儿，然后离开，接着又回来再次坐下，气得要冒烟，而与此同时，史蒂文斯正沿着广场从一家商店走到另一家,从一个办公室来到另一个——管他是商人还是店员,是老板还是伙计,或是医生牙医律师还是理发师——对他们都用他那套现成的话急急地说:"是要把一个死去的黑小子接回家乡来。完全是看在沃瑟姆小姐的分上。也不必在纸上签名什么的了;就给我一块钱吧。没有就给半块,要不二毛五也成。"

那天晚上饭后,他穿过没一丝风的星光灿烂的黑夜来到市镇边缘沃瑟姆小姐的房屋前,敲了敲没上过漆的前门。汉普·沃瑟姆前来应门——那是个老头儿,肚子鼓鼓的,是靠吃蔬菜吃大的,他、他老伴还有沃瑟姆小姐三个基本上以此为生,他老眼昏花,头上剩下一圈白发,那张脸倒很有点古罗马将军的气派。

"她正候着您呢,"他说,"她关照请您上楼到卧室去。"

"莫莉大婶就在那儿吗?"史蒂文斯说。

"我们全都在那儿。"沃瑟姆说。

于是史蒂文斯穿过点着油灯的过厅(他知道整幢房子仍然用油灯照明,而且也没有接通自来水),走在这黑人的前面,登上洁净的没有上漆的楼梯,旁边的墙纸颜色早已褪尽,然后跟着老黑人穿越过厅进入那个干净的陈设简陋的卧室,这里有一股淡淡的然而确切无疑属于老小姐的气味。他们全都在那里,沃瑟姆说得不错——他的老伴,一个不算太黑的大块头女人,包着块颜色艳丽的头巾,正靠在门上,沃瑟姆小姐在一把直背的硬椅里仍然坐得笔挺,那个黑老婆子则挨着壁炉坐在仅有的一把摇椅里,即使在这样一个夜晚,炉床中一些灰里还微微闷着小火。

她手里拿着一个芦苇秆陶土烟袋锅,可是没在吸,那熏黑的烟斗里的灰是白色死寂的;直到现在,史蒂文斯才第一次认真看她,他想:好上帝啊,她个儿还没有一个十岁的小孩大呢。接着他也坐下了,于是他们四个——他本人、沃瑟姆小姐、黑老婆子和她的兄弟——挨着砖砌的炉床围成一圈,在这炉床上,人类协调与团结的古老象征正在缓缓地闷燃着。

"后天他就会回到家乡了,莫莉大婶。"他说。那黑老婆子甚至都不对着他看;她始终也没有正眼看过他。

"他死了,"她说,"法老抓走了他。"

"噢,是的,主啊,"沃瑟姆说,"法老抓走了他。"

"卖掉了我的便雅悯,"黑老婆子说,"在埃及把他卖掉了。"她开始在椅子里轻轻地前后摇晃。

"噢,是的,主啊。"沃瑟姆说。

"别出声,"沃瑟姆小姐说,"别出声了,汉普。"

"我给爱德蒙兹先生去过电话了,"史蒂文斯说,"等你们去到那儿的时候他会把一切都准备好的。"

"洛斯·爱德蒙兹出卖了他,"黑老婆子说。她坐在椅子里前后摇动,"卖掉了我的便雅悯。"

"别出声,"沃瑟姆小姐说,"别出声了,莫莉。现在先别说。"

"不,"史蒂文斯说,"不,他可没有出卖,莫莉大婶。不是爱德蒙兹先生。爱德蒙兹先生可没有——"可是她根本听不见我的话,他想。她甚至都不对着他看。她始终没有正眼看过他。

"卖掉了我的便雅悯,"她说,"在埃及把他卖掉了。"

"在埃及把他卖掉了。"沃瑟姆说。

"洛斯·爱德蒙兹出卖了我的便雅悯。"

"把他卖给了法老。"

"把他卖给了法老,而现在他死了。"

"我还是走吧。"史蒂文斯说。他迅速地站起来。沃瑟姆小姐也站起来,可是他没有等她走到自己的前面去。他急急地穿越过厅,几乎是在奔跑;他甚至都不知道她是不是跟在后面。很快我就可以去到外面了,他想。那样就可以享受到空气、空间和风了。接着他听见她走在自己后面的声音了——也就是他听到她的脚步走下自己办公室外面楼梯的脆亮、轻快、敏捷然而却不急促的那种声音,但一阵阵人声压过了它们:

"出卖了我的便雅悯。在埃及卖掉了他。"

"在埃及卖掉了他。噢,是的,主啊。"

他一出溜地下了楼梯,简直是奔下的。现在不远了;他这会儿能闻到它并感觉到它了:那流动的空气和纯朴的黑夜,现在他能够注意礼貌了,就停下来等着,在门口转过身来,看着沃瑟姆小姐跟随自己来到门口——那高昂、白色、挺直、老式的头穿过老式的油灯光向他靠近。现在他能听见第三个人的声音了,那该是汉普那老伴的——一个地道的、一直在唱的女高音,没有歌词,在姐弟俩的主唱与对唱底下潜行:

"在埃及卖掉了他,而现在他死了。"

"噢,是的,主啊。在埃及卖掉了他。"

"在埃及卖掉了他。"

"而现在他死了。"

"把他卖给了法老。"

"而现在他死了。"

"我很抱歉,"史蒂文斯说,"我请求你原谅我。我应该想到的。我本不该来的。"

"没关系,"沃瑟姆小姐说,"那是因为我们不好受。"

于是在第三天,那仍然是个晴朗、炎热的日子,北边开来的列车到站时,灵车与两辆小轿车等候在那里。那里另外还有十来辆小轿车,不过直到列车进站史蒂文斯和报馆编辑才开始注意到来的人真不少,黑人、白人都有。接着,在闲着无事的白人汉子、小后生和小男孩以及大约五十来个黑人男女悄没声儿的围观下,那个黑人殡葬商手下的几个伙计从列车上抬起银灰两色的棺材,抬到灵车边,三两下将象征人的不可避免的最终结局的花圈和花形饰物扯下,将棺材推进灵车,再把花儿什么的扔进去,砰地把门关上。

接着,沃瑟姆小姐、黑老婆子和他雇来的司机乘一辆车,他本人和编辑则坐编辑的车,他们跟在灵车后面,这灵车从车站拐上小山的漫长的山坡,用低速挡哼哼唧唧的跑得还挺快,登上山顶后它走得更快了,可是发出的声音却叫人宽慰,简直像主教嗓子眼里的那种嘀嘀声,然后它放慢速度进入广场,穿越广场,绕过邦联战士纪念碑和法院,这时给史蒂文斯捐过一块、半块、两毛五的商人、店员、理发师和专业人员以及一个子儿没捐的人都从门口与楼上窗口静静地观看着,接着灵车拐上了一条街,在市镇边接上一条乡村土路,直通十七英里外的目的地。灵车又重新加快速度,后面仍然跟着两辆小车,里面坐着四个人——那个头抬得高高的、身板笔挺的白人妇女,那个黑老婆子,那个正式任命的正义、真理与权利的捍卫者以及那位海德堡哲学博士——好一支向黑人杀人凶犯,那恶有恶报的豺狼的灵车作陪衬的浩浩荡荡的队伍!

当他们来到市镇的边缘时,灵车跑得相当快。此刻他们在标明是杰弗生镇的那块金属标牌前一闪而过。有限公司和人行道都消失了,路逐渐变成沙砾路,斜斜地爬上另一座小山的漫长的山坡。史蒂文斯伸手去把开关闭掉,于是编辑的车子靠惯性朝前滑行,在他开始踩闸时便慢下来,而这时灵车与另一辆小车迅速离去,仿佛是在逃跑,久日不雨的夏季轻尘从飞旋的车轮底下喷涌出来;很快它们就不见了。编辑笨拙地把车掉头,弄得排挡嘎嘎响,前扯后拉再加上踩油门,最后总算是面朝市镇,回到了路上。这时他坐直了片刻,一只脚放在离合器踏板上。

"你可知道今天早上在火车站她求我做什么事儿?"他说。

"就算不知道吧。"史蒂文斯说。

"她说,'你准备在报上登消息吗?'"

"什么?"

"就是这样说的,"编辑说,"她说完又说了一遍:'你准备在报上登消息吗?我要在报上全登出来。一点也不漏。'我都想说,'如果我正巧知道他确实是怎么死的,你也想把那情况登在报上吗?'老天爷呀,即使我和她都知道我们已经知道的情况,我相信她也会说是的。可是我没有这样说。我仅仅说,'嗨,你又不识字,大婶。'可她说,'贝尔小姐会指给我看登在哪儿,我可以瞅的。你在报上登吧。全都登出来。'"

"哦。"史蒂文斯说。是啊,他想。她现在反正无所谓了。因为事情必须这样发展她也阻止不了,而现在一切都过去了,结束了,完事了,她就不在乎他是怎么死的啦。她仅仅是要他回家乡,不过得要他风风光光地回来。她要有那口棺材,要有鲜花,还要有灵车,她还要坐小轿车跟在灵车后面穿过市镇。"走吧,"他说,"咱们回镇上去吧。我都有两天没碰我的办公桌了。"

中国社会科学院创新工程学术出版资助项目

西伯利亚的"罪与罚"

苏联地区日本战俘问题研究（1945—1956）

赵玉明 著

中国社会科学出版社

图书在版编目（CIP）数据

西伯利亚的"罪与罚"：苏联地区日本战俘问题研究：1945—1956 / 赵玉明著 . —北京：中国社会科学出版社，2018.4（2022.9 重印）
ISBN 978 - 7 - 5203 - 2175 - 4

Ⅰ.①西… Ⅱ.①赵… Ⅲ.①第二次世界大战—战俘问题—研究—日本②战俘问题—研究—苏联—1945 - 1956
Ⅳ.①K152②D995

中国版本图书馆 CIP 数据核字（2018）第 042940 号

出 版 人	赵剑英
责任编辑	周晓慧
责任校对	无　介
责任印制	戴　宽

出　版	中国社会科学出版社
社　址	北京鼓楼西大街甲 158 号
邮　编	100720
网　址	http://www.csspw.cn
发 行 部	010 - 84083685
门 市 部	010 - 84029450
经　销	新华书店及其他书店
印　刷	北京明恒达印务有限公司
装　订	廊坊市广阳区广增装订厂
版　次	2018 年 4 月第 1 版
印　次	2022 年 9 月第 2 次印刷
开　本	710×1000　1/16
印　张	18
插　页	2
字　数	253 千字
定　价	76.00 元

凡购买中国社会科学出版社图书，如有质量问题请与本社营销中心联系调换
电话：010 - 84083683
版权所有　侵权必究

序

"罪与罚"（Преступлениеи Наказание）是俄国著名作家陀思妥耶夫斯基（Ф. М. Достоевкий）最著名的小说的书名，也是作家自己的宿命。陀思妥耶夫斯基在青年时代曾经因为参加反对沙皇政府的"彼得拉舍夫斯基小组"（кружок Петрашевского）而被捕，在经历了恐怖的练马场"假枪毙"之后，被流放到西伯利亚服苦役整整四年。

在中文世界里，曾几何时，"西伯利亚"就是遥远、荒漠、寒冷和恐怖的代名词，是所谓沙皇俄国苦役犯（中文语境中的"流人"）的人生终点。冷战的肇始者之一乔治·凯南（George Frost Kennan, 1904—2005）的同门叔父老乔治·凯南（George Kennan, 1845—1924）[1]自1865年至1901年，先后五次以旅行家兼记者的身份游历俄国和穿越西伯利亚，写下了《西伯利亚：流放地》（Siberia. The Exiles' Abode）《西伯利亚与流放制度》（Siberia and the Exile System），以亲眼所见和亲身体验最终形成了沙皇俄国是"邪恶的怪胎"（evil freak），西伯利亚是"野蛮的大监狱"（barbaric prison）的刻板印象[2]。在欧洲人眼中，俄国始终是"欧洲大门口的陌生人"（Strangers

---

[1] 在美国赫赫有名的凯南家族中，最有名的就是史学界人所熟知的美国冷战时期的"遏制政策之父"乔治·弗罗斯特·凯南，因此当两者并列时，学术界又习惯地称后者为"老乔治·凯南"（George Kennan the elder）。

[2] George Kennan, *Siberia and the Exile System*, Chicago University Press, 1958, p. x.; Frederick F. Travis, *George Kennan and the American-Russian Relationship*, 1865–1924, p. 41.

at the gate of Europe），英国旅行家基克森（Michael Jackson）于19世纪末在西伯利亚旅行后写道："神奇冰封的外贝加尔——是一个与世界隔绝数千公里的地方。在这里，似乎任何时期都遇不到欧洲文化，这里没有莎士比亚、狄更斯、巴尔扎克，也没有普希金。"①

巴枯宁、列宁、斯大林、托洛茨基等先进知识分子和革命家都曾在西伯利亚留下足迹，普希金也曾写下《在西伯利亚矿井深处》（*Во глубине сибирских руд*）的著名诗篇，歌颂十二月党人及其妻子们在西伯利亚的不屈不挠的事迹。

时光流转，在第二次世界大战和苏联卫国战争结束后，1945年至1956年，有50余万日本战俘在西伯利亚度过了他们的"罪与罚"的人生。这场11年的人生不仅仅是他们个人的特殊经历，更是日俄（苏）关系的历史见证和恩怨情仇的再释放。

有文字记载的日俄关系可以追溯到17世纪末。日本大阪商人传兵卫等12人的商船因风暴漂流到堪察加半岛西部，1697年，他们与俄国哥萨克军队相遇并被拘，此为俄国人与日本人历史上首次相遇。哥萨克首领立即将此消息报告彼得大帝，1701年12月，传兵卫到达彼得堡并得到彼得大帝的召见。1705年10月，彼得大帝下令在彼得堡开设日语学校，由传兵卫教授日语，这所学校是欧洲第一所日语学校，一直开办到1816年。

俄国对日本的考察和研究亦始于17世纪末，但进展不大，讹传颇多。1852年，著名作家冈察洛夫（И. А. Гончаров）随"巴拉达"号三桅战舰自彼得堡喀琅施塔德军港出发开始环球航行，其目的地包括太平洋上的岛国——日本。"巴拉达"号在1854年4月底抵达日本长崎，冈察洛夫在游记《"巴拉达"号三桅战舰》（*Фрегат "Паллада"*）中记述了他所目睹的日本风土民情。1884年，俄国学者德米特列夫斯基（П. А. Дмитревский）编译并注释了长期在朝鲜（新罗）居住的

---

① Бурмистрова Т. Ю., ДДмитриев О. А., Дружбой сплоченные: культура межнационального общения в СССР. М., Мысль, 1986. с. 30.

日本人雨森藤五郎（Отано Кигоро）于1794年所著涉及日本起源的《翻译家笔记：对马岛周边环境的札记》（Записки переводчика. составленные переводчиком при окружном управлении на острове Цусиме）。

但俄日两国正式建立外交关系是在1853年的"美国黑船事件"之后，俄国趁日本国门洞开之际，于1855年在东京建立了使馆。在当时的日本人眼中，俄国与其他欧美国家均为蛮横列强，因此在江户时代，一直将俄国的国名Россия/Russia音译为"鲁西亚"（ロシア、Roshia）。1877年，俄国驻日使馆大梦方醒，向日本政府提出正式抗议，认为"鲁"的发言有"鲁莽""不文明"等歧视意味，日本外交部门始将俄国国名音译的考汉字表改为"露西亚"。但亦有人解释为"露"即"露水"，遇"太阳"（日本）即蒸发，仍暗含贬意。

日俄之间真正结怨始于1895年中日甲午战争之后。当时，俄国出于维护自身利益，排挤日本在远东和中国东北的竞争，联合德国和法国，以所谓"友善劝告"为借口，迫使日本把辽东半岛退还给满清政府。由此，俄国由中国的敌国变成中国"友邦"（舆国），由日本的近邻变成日本的"敌国"。"三国干涉还辽"是日俄战争中日本朝野各界欲求"一血国耻"的原因。

而在此前，在1891年就曾发生了时为俄国皇太子的尼古拉二世访日，在京都大津街头险些丧命"黑龙会"刺客刀下之事。尼古拉二世愤愤地称日本人是"讨厌的黄色蛮猴"，称日本天皇是一个"奇怪及不愉快的人物""衣服是奇怪的，手势也是奇怪的"①。美国史学家马洛泽莫夫就特别强调："恐怕他（尼古拉二世）很难说已经忘却而没有对此次访问留下什么印象。"②

在日俄战争（1914—1905）中，俄国苦心经营的太平洋舰队、波罗的海舰队及黑海舰队在对马海峡灰飞烟灭，俄国在中国东北的势力

---

① 《红色档案有关中国交涉史料选译》，三联书店1957年版，第277页。
② 马洛泽莫夫：《俄国外交政策（1881—1904）》，商务印书馆1977年版，第47—48页。

退缩到沈阳以北，其图谋已久的"黄俄罗斯计划"严重受挫，而日本一跃进入世界列强之列。俄日之间的历史积怨由此大大加深。

1945年8月8日，苏联外交人民委员莫洛托夫紧急召见日本驻苏联大使佐藤尚武，通知自8月9日起，苏联将与日本处于交战状态，1941年4月签订的、有效期为5年的《苏日中立条约》提前中止。第二天，150万苏联军队对占据中国东北的日本关东军展开了全面进攻，在短短的6天之内彻底击垮了日本军队，占领了中国东北、朝鲜半岛北部、南库页岛及千岛群岛。苏联政府和苏联社会各界均将此战视为报了日俄战争的一剑之仇。斯大林在1945年9月2日《告人民书》中骄傲地说："1904年日俄战争时期俄军的失败，给人民留下了沉痛的回忆。那次失败是我国的一个污点。我国人民相信，总有一天日本会被打败，污点会被洗清，并且等待着这一天的到来。我们这些老一辈的人等待这一天，已经等了40年。而这一天终于来到了。今天，日本承认自己已被战败，并在无条件投降书上签字了。"①

当日本关东军在中国东北全境战败之后，有60余万日军成为苏军的战俘。苏联政府决定从中强制征用50余万精壮战俘派赴西伯利亚，组成"战俘劳动营"，从事重大工程建设，挖矿山、修铁路等，为苏联战后恢复提供了充足的劳动力。这即是本书命题研究的由来。

毫无疑问，这50余万日本战俘承担了俄（苏）日关系和历史积怨的"罪与罚"，在11年内日本战俘在远离家乡的西伯利亚经历了炼狱般的生涯，约有1/10的战俘因为伤病、饥饿、事故、惩罚等原因而失去生命。日本国内极其关注日本战俘的命运，日本报刊和影视之中时常出版关于"西伯利亚抑留"（シベリア抑留）的主题。

日本战俘遣返及其相关问题，是第二次世界大战苏日关系的最重要问题，也是苏日和平条约签订的主要障碍。为此，苏联与日本及其背后的美国进行了相当长一段时间的外交角力，直至1956年10月19日《苏日共同宣言》签订，最后一批日本战俘被遣送回日本，苏日

---

① 《斯大林选集》下册，人民出版社1979年版，第58—59页。

之间的日本战俘问题才宣告解决。

西伯利亚地区 50 余万日本战俘的故事，其实只是第二次世界大战后苏联境内约 550 万协约国战俘命运的一个缩影。

上述问题在国内学界虽已有研究，但多是从苏联史一方（以俄文文献为主）或日本史一方（以日文文献为主）的研究，缺少基本的相关资料互证，缺少第一手的日本厚生省档案文献，更缺少可能进行的口述访谈的资料。

赵玉明在确定研究目标之后，通过我的介绍和个人努力，非常幸运地获得国家留学基金委员会 18 个月的长期资助，赴日本北海道大学斯拉夫研究中心留学。该中心是国际著名的斯拉夫—欧亚学研究基地，所收藏的俄文、乌克兰文、英文、日文、德文、法文等文献资料极为丰富。时任该中心主任的松里公孝（Kimitaka Matsuzato）教授是国际著名斯拉夫学家和俄国史专家，他曾应我的邀请在 2014 年和 2016 年两度来北京师范大学历史学院讲授专题课程，我们之间结下了深厚的学术友谊。因此，松理公孝教授愉快地接受了作为赵玉明日方指导教师的请求，在学习和生活方面为他提供了诸多的帮助和便利。

在留学期间，赵玉明勤奋好学，用较短的时间攻下了日语，在利用北海道大学和其他大学的收藏文献，以及直接赴日本厚生省查阅日本战俘档案的同时，他还对在世的原西伯利亚地区日本战俘们进行了访谈。他不仅积累了真正的第一手档案文献，而且对这一历史问题有了感性认识和现实关怀。

在顺利通过学位论文答辩获得历史学博士学位之后，赵玉明进入了中国俄罗斯问题研究的最高机构——中国社会科学院俄罗斯东欧中亚研究所。尽管他的研究方向已经转向当代俄罗斯政治和外交问题，但他仍利用工作之余修改和补充博士学位论文，并成功地获得了国家社会科学基金青年项目的资助。现在，摆在读者面前的这本书既是他三年博士研究生的学习成果，也是三年工作后的研究成果。

作为赵玉明的老师，我当然为学生的成长和进步而欢呼雀跃。在

> 西伯利亚的"罪与罚"

我和学生们的微信圈"章鱼群"中，自命为"老章鱼"的我时常为"小章鱼们"的点滴进步及其所发表的成果而兴奋和骄傲。我祝愿赵玉明在学术研究道路上不断努力、积极奋进，尽管他现在主要从事当代俄罗斯问题研究，但不要忘记"历史"和"史学"与现实问题的关联关系及其对现实问题的关键性指导意义。

还是记住 19 世纪俄国著名学者赫尔岑（А. И. Герцен）的那句话吧！

——"充分地理解过去，我们可以弄清现状。深刻地认识过去的思想，可以揭示未来的意义。向后看，就是向前进！"

（——"Полнее сознавая прошедшее, мы узнаем современное, глубжеопускаясь в смысл былого, аскрываем смысл будущего: идя назад, шагаем вперед!"）

以此与玉明共勉。

张建华
2018 年 3 月 26 日于海棠花溪畔

摘　要

　　莫斯科时间1945年8月8日晚23时，苏联按照《雅尔塔协议》相关规定，对日本宣战并出兵中国东北地区、日本所属的萨哈林岛（库页岛）南部和千岛群岛地区。到1945年8月15日日本宣布无条件投降为止，在上述出兵地区，苏联红军共计俘获了60余万日本战俘。8月23日，苏联国防委员会发布第9898号决议，宣布移送50万日本战俘到苏联各地从事劳动改造，其中30万人将被安置在西伯利亚地区。从1945年9月到1946年4月，苏联实际上从上述地区以及朝鲜半岛北部地区移送了50余万名日本战俘到苏联各地从事原木采集、矿藏采掘、铁路与公路修筑等各种形式的劳动利用。从1946年底起，苏联开始陆续遣送日本战俘归国，到1956年两国签订《苏日共同宣言》，实现关系正常化为止，日本战俘才基本被遣返完毕。在此期间，日本战俘遣返工作经历了前期集中遣返和后期集中遣返两个阶段。苏联地区日本战俘问题是战后苏日关系史上的重要问题，由此引发的苏日两国政府、民间以及国际社会的争论至今尚未停止。本书利用苏联解密档案、俄日学界最新研究成果、苏联地区日本战俘经历者回忆录等资料，及对当事人访谈等形式，对日本战俘的入苏过程与战俘营区域分布，战俘的日常管理、思想政治教育、劳动利用及遣返过程进行系统梳理和研究。

　　本书共分五章。

第一章重点介绍了日本战俘营的设立过程及地域分布，共分为三节。第一节对苏联战俘管理机构的历史沿革进行了回顾。第二节对苏日交战过程及日本战俘人员结构进行介绍，之后重点对劳动大队的编组与战俘入苏过程进行了历史还原。第三节重点描述日本战俘营的地域分布、所处的自然环境与周边人文状况，并对战俘营的日常警戒制度进行了重点梳理。

第二章重点探讨苏联战俘管理当局对日本战俘的日常管理，共分为四节。第一节对战俘营的粮食供给制度进行了描述。第二节对战俘营的日用物资、越冬保障与日常通信保障进行了研究。第三节就战俘患病与战俘营医疗卫生保健制度进行了论述。第四节主要对战俘死亡与埋葬问题进行了相关探讨。

第三章分为战犯审判与战俘思想教育两节，围绕战俘营内战犯审判与战俘思想政治改造问题进行了深入论述。尤其是关于战俘思想政治教育一节，将以民主教育运动和以针对战俘发行的日文报纸《日本新闻》为载体进行探讨。

第四章为苏联战俘管理当局对战俘劳动利用的相关研究。分为基本劳动管理制度与劳动时间、效率和成果两节，对日本战俘在苏联地区的核心活动内容——劳动利用进行了全方位研究。

第五章探讨了苏联地区日本战俘的集中遣返问题。战后日本政府的外交权受限，关于苏联地区日本战俘遣返问题由驻日盟军总司令与苏联进行交涉。1946年12月19日，苏美双方就日本战俘遣返问题达成《苏美协定》，开始遣返日本战俘。1950年4月22日，苏联通过塔斯社发表消息称，除少量残余日本战犯外，日本战俘已被遣返完毕。余下少量日本战俘的遣返归国问题，在《对日和平条约》生效后，由恢复完全主权的日本政府与苏联政府在建交谈判中予以解决。本章设两节对日本战俘归国问题进行了论述。第一节集中探讨从1946年底到1950年4月期间日本战俘前期集中遣返过程。第二节对1950年4月至1956年12月后期战俘集中遣返过程进行了研究。

最后为结语部分,将在总结全书内容的基础上,对苏联地区日本战俘问题进行总结性思考。

关键词:日本战俘;日本战俘营;内务部;劳动大队;思想政治教育;日本战俘遣返

ABSTRACT

In accordance with the Yalta agreements, on August 8th 1945 The Soviet Union declared war on Japan and dispatched troops to the areas of Northeast of China, North of Korea, South of Sakhalin and Kuril islands. To Japan's capitulation on August 15th 1945, 600 thousand Japanese military men totally were captured as prisoners-of-war (POWs) on the areas mentioned above. The State Committee of Defense of USSR issued Decision No. 9898 on August 23rd 1945 (On reception, placement and labor use of POWs of Japanese Army): to transfer 500 thousand Japanese POWs to Soviet Union for labor use. From September 1945 to April 1946, Soviet Union transferred more than 500 thousand Japanese POWs to The Soviet Union to collect log, mine, and build railway and highway. From the end of 1946 The Soviet Union began to repatriate those Japanese POWs, but this work hadn't been done until 1956 when Soviet Union and Japan formally established diplomatic relations. Based on a large number of declassified Soviet archives, the newest research results from both Russia and Japan, plenty of witnesses' memoirs and interviews with survivals, the thesis mainly focuses on Soviet administration of Japanese POWs, Japanese POWs' daily life on area of Siberia, USSR.

The thesis contains five chapters.

First chapter, which has three parts, introduces the building prisoner-of-war camps and their geographical distribution. The first part reviews the history of Soviet administration of POWs. The second part introduces the process of Soviet-Japanese War and staff composition of Japanese POWs. The third part describes the camps' geographical distribution, the natural and cultural environment and daily guard system.

The second chapter concentrates on the camps' daily management of Japanese POWs. This chapter is made of four parts. The first part introduces the camp's food supply system. The second part describes the camp's daily necessities, hibernation support and daily communication support. The third part discusses about POWs' disease and camp's health care system. The last part discusses about POWs' death and burial.

The third chapter includes two parts: judgment of POWs and ideological education of POWs. This chapter focuses on ideological and political education of POWs and movement of democratic education based on the materials of Japan News, a newspaper printed in Japanese language especially for Japanese POWs in camps.

The fourth chapter focuses on authority's labor use of Japanese POWs in its two parts: principal management system of labor, labor time and labor activities and labor achievements of POWs, analyzing labor use of Japanese POWs as the core activities of Japanese POWs in USSR in full scale.

The fifth chapter discusses the repatriation of Japanese POWs. After World War II because of limited diplomatic rights of Japan the repatriation of Japanese POWs was discussed between the Soviet Union and the General Staff of the Allied forces in Japan. On December 19, 1946 the Soviet and American sides have gained the Soviet-American agreements on repatriation of Japanese POWs and the repatriation began. On April 22, 1950 the Soviet Union through the ITAR-TASS announced the completion of the repatriation of Japanese POWs except a few. The repatriation of rested Japanese POWs will be solved by the Japanese and Soviet governments in establishment of diplomatic relations after Peace Treaty of San Francisco enters into force and Jap-

ABSTRACT

anese sovereignty is restored. This chapter contains two parts. The first part analyzes the concentrated repatriation of Japanese POWs, from the end of 1946 to April 22, 1950. The second part analyzes the concentrated repatriation of Japanese POWs, from April 22, 1950 to the end of 1956.

The last chapter is the conclusion of thesis. Summarizing the whole text, author gives his own deep-going thoughts about the Japanese prisoners-of-war in Soviet Union.

Key words: World War II, Japanese prisoner-of-war, democratic education, administration of POWs, the USSR government

РЕЗЮМЕ

По Ялтинским соглашениям Советский Союз вступил в войну с Японией 9 августа 1945 года и отправил войска на оккупированные Японией регионы Северо-Востока Китая, Севера Корея, и Южного Сахалина, Курильских островов. До 15 августа 1945 года, когда Янониия объявил о безоговорочной капитуляции, на вышеуказанных регионах более 600 тысяч японских военнослужащих захваченны Красной армией СССР в плен. Государственный комитет обороны СССР отдал Постарновление № 9898 от 23 августа 1945 года О приеме, размещении и трудовом использовании военнопленных японской армии: перемещение 500 тысяч японских военнопленных в СССР на труд. С сентября 1945 года до апреля 1946 года были перемещенны фактически выше 50 тысяч японских военнопленных в этот регион на лесорубные, горнорудные, железно-и дорожностроительные труды. В конце 1946 года Советская власть начала репатриировать японских военнопленных на родину. Репатриация продолжалась вплоть до 1956 года, когда установленны дипломатические отношения между СССР и Японией. В работе исследуется Советская администрация японских военнопленных и бытовая жизнь японских военнопленных в Сибири. Исследование базируется на материалах рассекреченных архивов СССР, новейших достижений научных исследований так в России как и в Японии, воспоминаний тогдашних японских военнопленных и интервью с испытавшими.

Диссертациясостоится из 5 глав.

Главным содержанием главы первой является создание и территориальное размещение в Сибири лагерей японских военнопленных. Данная глава разделяется на три части. В первой части оглядывается на историю управленческого органа военнопленных. Втовая часть уделяет внимание на процесс Советско-японской войны и состав японских военнопленных и пытается восстановить историческую картину формирования трудовых отрядов и ход перемещения японских военнопленных на территорию СССР. Часть третья главным образом описывает территориальное размещение японских военнопленных, окружающую их природную и гуманитарную среды и рассматривает порядок бытового охранения в военнопленных лагерях.

Во второй главе обсуждается о бытового управлении японскими военнопленными. Данная глава разделяется на четыре части. Первая часть описывает порядок распределения продуктов в военнопленных лагерях. Во второй части рассматривается обиходно-товарное снабжение, зимовочное обеспечение и обеспечение бытовой связи. В третьей части обсуждается о болезнях военнопленных и медицинско-санитарной системе в военнопленных лагерях. В четвертой части исследуется вопрос о смерти и похоронах военнопленных.

Третья глава включает две части: осуждение военных преступников и идеологическое перевоспитание военнопленных. Обсуждаются о проблемах, возникших в осуждении военных преступников и идеологическом перевоспитании военнопленных в лагерях. В части идеологического перевоспитания военнопленных рассматривается движение демократического воспитания и лагерная японскоязычная газета Японские новости, напечатанная специально для японских военнопленных.

РЕЗЮМЕ

В четвертой главе исследуется вопрос об использовании труда японских военнопленных. Разделяется на две части: принципиальный порядок управления военнопленными трудами, трудовая деятельность военнопленных и достижения трудов военнопленных. Данная глава всесторонне рассматривает главную деятельность японских военнопленных на территории СССР—трудовое использование.

В пятой главе рассматривается вопрос о репатриации японских военнопленных. Из-за ограничного дипломатического права Японии после войны обсуждался вопрос о репатриации японских военнопленных на территории СССР между советской стороной и Генеральным штабом союзных оккупационных войск в Японии. 19 декабря 1946 Советская и американская стороны достигнули Советско-американских соглашений о репатриации японских военнопленных и началась репатриация японских военнопленных. 22 апреля 1950 Советский Союз через ИТАР-ТАСС объявил о завершении репатриации кроме немногих японских военнопленных. Вопрос о репатриации остальных японских военнопленных будет решен японским и советским правительствами в переговорах установления дипломатических отношений после вступления в силу Сан-Франциского мирного договора (Peace Treaty of San Francisco) и восстановления суверенитета японского правительства. Данная глава содержит две части. Первая часть рассматривает вопросы о первой сосредоточенной репатриации японских военнопленных, то есть с конца 1946-го года до 22-ого апреля 1950. Вторая часть рассматривает вопросы о второй сосредоточенной репатриации японских военнопленных, то есть с 22-ого апреля до конца 1956.

В последней главе работа заключается тем, что автор глубоко размышляет о вопросе японских военнопленных на территории СССР.

▶ 西伯利亚的"罪与罚"

КЛЮЧЕВЫЕ СЛОВА: Вторая мировая война, Правительство СССР, японские военнопленные, демократическое воспитание, управленческий орган военнопленных СССР

目　　录

绪论 ……………………………………………………………… （1）

第一章　苏联战俘管理制度与日本战俘营建立 ………… （29）
第一节　苏联战俘管理机构简述 ……………………… （29）
第二节　苏日交战与日本战俘移送苏联 ……………… （34）
一　战争爆发与日本战俘接收 ……………………… （34）
二　编组劳动建设大队与移送苏联 ………………… （36）
第三节　苏联地区日本战俘营的设立 ………………… （43）
一　日本战俘营分布状况 …………………………… （43）
二　日本战俘营居住条件与周边情况 ……………… （46）
三　战俘营日常警戒制度 …………………………… （55）
小结 …………………………………………………… （61）

第二章　日本战俘的日常管理 ……………………………… （65）
第一节　饮食保障 ……………………………………… （66）
第二节　物资保障与战俘通邮问题 …………………… （76）
一　日用物资保障 …………………………………… （76）
二　越冬保障 ………………………………………… （79）
三　日本战俘的通邮问题 …………………………… （83）
第三节　战俘的医疗卫生与死亡和埋葬问题 ………… （88）
一　战俘医疗卫生问题 ……………………………… （88）

二　战俘死亡与埋葬问题 …………………………………… (95)
　第四节　战俘人数、行业及分布地域变化 …………………… (105)
　小结 ………………………………………………………………… (116)

第三章　战犯审判与思想政治教育 ………………………………… (122)
　第一节　战俘管理当局对战犯的审判与惩罚 ………………… (122)
　第二节　战俘的思想政治教育 ………………………………… (126)
　　一　以《日本新闻》为主积极进行宣传 ……………………… (128)
　　二　组织各项思想教育活动 ………………………………… (132)
　小结 ………………………………………………………………… (141)

第四章　日本战俘的劳动利用 ……………………………………… (146)
　第一节　基本劳动制度 ………………………………………… (147)
　　一　劳动能力分级制度 ……………………………………… (148)
　　二　劳动安全保障 …………………………………………… (152)
　　三　劳动纪律维持与奖惩措施 ……………………………… (153)
　第二节　日本战俘的劳动时间、效率和成果 ………………… (155)
　小结 ………………………………………………………………… (162)

第五章　日本战俘遣返 ……………………………………………… (170)
　第一节　前期集中遣返 ………………………………………… (171)
　　一　1946 年度 ………………………………………………… (172)
　　二　1947 年度 ………………………………………………… (179)
　　三　1948 年度 ………………………………………………… (192)
　　四　1949 年度 ………………………………………………… (198)
　　五　1950 年度 ………………………………………………… (202)
　第二节　后期集中遣返 ………………………………………… (206)
　小结 ………………………………………………………………… (219)

结语 ·· （224）

参考文献 ·· （230）

大事记 ·· （237）

主要译名对照表 ··································· （247）

后记 ·· （261）

绪　论

一　问题的提出与选题意义

根据美英苏三国在雅尔塔会议（Yalta Conference，Ялтинская конференция）上达成的关于苏联对日宣战的相关决议，1945年8月8日深夜23时（莫斯科时间），苏联正式对日宣战。8月9日零时整，整装待发的苏军分东西两路向盘踞在中国东北地区的日本军队发起进攻。8月11日开始，苏军出兵日本所属的库页岛南部和千岛群岛地区。① 8月15日正午，日本裕仁天皇通过广播发表《终战诏书》（《大東亜戦争終結ノ詔書》），宣布日本接受《波茨坦公告》并无条件投降。但次日苏联政府通过《消息报》（Известия）发表了继续作战的声明，直到8月23日苏军攻占旅顺，苏军与日军之间有组织的战斗才基本停止。②

在此期间，苏军在上述地区共计俘虏了60余万日本军人，686辆坦克，861架飞机，1836门炮和2361辆汽车及大量物资装备。③ 其中如何管理与处理这些为数庞大的日本战俘（Японские Военнопленные），是苏联所面临的重要战争遗留问题。8月16日，苏联内务人民委员 Л. П. 贝利亚（Л. П. Берия）向远东方面军总司令 А. М. 华西

---

① 中国所称的库页岛，俄语称为萨哈林岛（Остров Сахалин）。日俄战争之后，日本从俄国手中获得该岛北纬50度以南部分领土的主权，二战后苏联收回该岛南半部分，现俄罗斯拥有该岛全部主权。二战前日本称萨哈林岛为樺太島，战后按音译称之为サハリン島。
② Известия, 1945. 8. 16.
③ Кузнецов С. И., Японцы в сибирском плену, 1945-1956, Иркутск: ТОО Издательства журнала "Сибирь", 1997гг., с. 18.

西伯利亚的"罪与罚"

列夫斯基（А. М. Василевский）下达命令，解除日本战俘武装并就地设立战俘营，且不准备将日本战俘移送到苏联领土上。① 但仅在一周之内，苏联国防委员会于 8 月 23 日通过了第 9898 号决议，即《关于日本军队俘虏的接收、安置和劳动力利用》（Постановление № ГКО-9898сс：О приеме, размещении и трудовом использовании военнопленных японской армии），准备强制征用 50 万日本战俘到苏联做劳工，其中绝大多数人将被安置在苏联西伯利亚（Сибирь）地区从事各种重体力劳动。② 此决议便是战后苏联扣留和强制利用日本战俘进行劳动的直接由来。

围绕日本战俘遣返等相关问题，苏联与美日进行了相当长时间的外交角力，直至 1956 年 10 月 19 日《苏日共同宣言》（Советско-японская декларация，《日ソ共同宣言》）缔结，这些问题才宣告基本解决。虽然战俘问题业已成为过去式，但是学界对苏联地区二战战俘的研究一直没有停止过。作出强制劳动利用 50 万日本战俘的决定缘由，至今仍是苏联地区日本战俘问题研究中的重点与热点之一，尤其是在苏联（以及当代俄罗斯）与日本学界，关于这一问题的研究已有大量学术成果问世。

如上所言，苏联地区日本战俘问题的产生始于 1945 年 8 月，基本解决于 1956 年底，故本书时间跨度以此 11 年为限。而笔者认为，苏联对日本战俘的管理以及对战俘归国问题的处理，构成这 50 余万人的群体在苏联地区生活的主线，因此笔者选择以"西伯利亚的

---

① 关于 8 月 16 日贝利亚电文，参见日本战后强制抑留史编纂委员会编：《战后强制抑留史第 8 卷（年表·索引编）》，第 49 页，独立行政法人和平祈念事业特别基金发行（戦後強制抑留史編纂委員会編集：《戦後強制抑留史第 8 巻（年表·索引編）》，第 49 ページ，独立行政平和祈念事業特別基金発行）。

② Цунаева Е. М, Учреждения военного плена НКВД-МВД СССР: 1939 – 1953, Волгоград: Волгоградское научное изд-во, 2010г.：О приеме, размещении и трудовом использовании военнопленных японской армии, государственный комитет обороны постановление № гко-9898сс, от 23 августа 1945 г., с. 65 – 66. 本书所指的苏联地区日本战俘，实际上包含了部分一道被苏联移送至其本土的非军事人员，他们与日本战俘一道被苏联安置在各地从事日常管理、劳动利用、思想政治教育以及被遣返。

'罪与罚'"为题,主要有如下几点考虑:

第一,虽然国际学术界对苏联地区日本战俘问题已有较多研究,但伴随着研究方法、学术范式的推陈出新与新资料的不断涌现,尤其是苏联解体后关于日本战俘的原始解密档案不断问世,使得对此问题的研究仍可以持续不断地丰富与深化,从而使其保持着较高的学术价值与可行性,这也是国际学术界持续关注此问题的原因所在。而在我国学术界,对于包括日本战俘问题在内的二战战俘研究尚处于起步阶段,只有少量未成体系的零散研究。因此,对国际学术界关于苏联地区日本战俘的总结性研究与探讨,可以构成笔者在国内学术界关于此问题的开拓性研究之一。

第二,可以苏联地区日本战俘问题的产生及解决为脉络,了解战后苏日关系的走向与变化。二战后美国对日本的单独占领与改造、苏联地区日本战俘问题、苏日缔结和约与两国北方领土之争问题交织,共同筑成了战后苏日关系错综复杂的症结。仅仅围绕日本战俘遣返问题,苏联与美日两国就进行了十年以上的反复交涉。因此,深入分析与考察苏联地区日本战俘问题的来龙去脉,尤其是在诸多外部因素左右下的此问题,使得对苏日外交关系的考量与关注变得不仅可能,而且必要。

第三,苏联地区日本战俘问题的产生与解决,是苏美两大阵营进行冷战对抗的有力佐证。在1945年8月15日日本宣布无条件投降后,围绕分割、占领日本与朝鲜问题,苏联与美国在东亚地区的利益纠葛与政治外交龃龉愈演愈烈。尤其是在冷战爆发后,被美军占领的日本关于战俘问题与苏联进行的交涉,直接转化成了苏日美三方的博弈。对于战后被美军直接管控的日本政府而言,其所处的政治时局使其在处理战俘问题时所拥有的自主性有限,因此决定了日本政府早日解决战俘问题的意图并不能左右战俘问题的实质性解决。而对于战后日本的占领国美国而言,虽然有能力推动战俘问题的早日解决,但是协助日本与苏联交涉解决战俘问题,更多的是日美合作的手段而已。对于控制着50余万日本战俘处置决定权与主动权的苏联而言,选择阻滞战俘问题的早日解决，既是对其在美国阻挠下未能从占领日本等行动中获得更多利益分配的间接报复，也是利用战俘群体来换取在苏日和约问题、北方领土问题上更多的政治筹码与谋求更多的政治主动性的直接反映。可以认为，50余万日本战俘的命运，是冷战格局下苏美日三方政治博弈的棋子，他们的命运只不过是冷战的副产品，这一点通过审视1945年到1956年的冷战局势与国际关系走向可以深刻感知。

第四，苏联对日本战俘的管理与处置，是深入了解二战之后战俘管理制度的直观切入点。在整个二战期间，苏联共计俘虏并强制利用了550万左右的外国战俘，其中就包括大部分被安置在西伯利亚地区的日本战俘。为此，隶属于内务部的战俘管理总局建立了一套完整的战俘管理制度。战俘管理总局不仅通过这项制度向战俘提供基本的生活保障，它还是强制战俘进行劳动利用及对战俘进行思想政治教育的具体执行机关。因此借助对战俘问题方方面面的探究，可以使我们从总体上了解与把握二战后苏联战俘管理制度的盛兴与衰落。

第五，考察苏联政府对日本战俘的强制劳动利用，是了解战后苏联国民经济复兴与西伯利亚和远东地区经济开发的契机。二战期间，苏联蒙受了巨大的人员与物资损失，战后经济复兴急需大量劳动力，因此扣留包括日本战俘在内的约550万战俘，对于苏联而言既有政治利益诉求，也有利用这一庞大的人力资源来复兴经济的现实需求。而且不可忽视的一点是，战俘群体所从事的多半是恶劣气候条件下的采矿、伐木、建筑等普通人难以承受的重体力劳动与基础建设工作，这对人员组织与调配有着相当高的要求。因此，利用还保持着日本军队基本结构的日本战俘在地广人稀、环境恶劣但资源富集的西伯利亚和远东地区进行劳动，除了有复兴苏联经济的意义外，还有开发当地经济的内在含义。当年日本战俘在西伯利亚和远东地区兴建的居民点、工矿企业、修筑的公路铁路交通线等，大部分保存完好地使用到现在，这足以证明苏联对日本战俘在西伯利亚和远东地区的劳动利用，具有战后复兴经济与西伯利亚和远东地区开发的双重目的。

第六，苏联地区日本战俘问题是串联战后日本社会诸多问题的节点。从1945年到1956年这11年间，围绕苏联地区日本战俘问题，日本的官方机构与民间组织不断进行各种政治动员与社会动员，以此作为资本来与苏联交涉以达成日本战俘早日归国的目的。这些林林总总的政治动员与社会动员，都是在考察日本战俘问题时不可忽视的外部因素。不仅如此，战后日本的社会改造与民主运动也在诸多细节上与苏联地区日本战俘问题交织在一起，如战后处于鼎盛期的日本共产党围绕日本战俘问题就进行了诸多活动，而接受了苏联共产主义思想政治教育的日本战俘，在归国之后有部分人投入了战后民主运动与社会运动中。此外，苏联地区战俘亲历者群体、日本新闻媒体与文学界对此问题留下了汗牛充栋的回忆录、新闻报道与文学作品，这些都可以让我们直观地感受到整个日本社会对"西伯利亚抑留"（シベリア抑留）的历史记忆是极其广泛而深刻的。[①] 因此借由对苏联地区日本战俘问题的研究，可以对战后日本的社会变迁有一个清晰、直观的概括。

二 研究现状与文献评述

（一）国外研究现状

国外关于苏联地区日本战俘的资料编辑与研究工作，集中在该问题的主要牵涉方日本与俄罗斯（苏联）方面。欧美学者虽有所涉及，但限于能力所及，目前能找到的成果甚少。

日本学界在苏联地区日本战俘研究的学术史上有着如下发展脉络：

第一阶段，二战结束后到20世纪80年代中期。

这一阶段主要以日文资料编纂与出版战俘群体当事人回忆录为主。

[①] 日文中"抑留"之意为拘留或扣留。一直以来，整个日本社会以"西伯利亚抑留"来指代苏联地区日本战俘的这段经历，主要原因在于西伯利亚恶劣的自然环境给日本战俘和整个日本社会留下了深刻的印象。

▶ **西伯利亚的"罪与罚"**

  1948 年出版的桥本泽三（橋本澤三）与木村贵男（木村貴男）合著的《白夜里的祈祷：苏联地区抑留报告》（《白夜に祈る：ソ連地區抑留報告》）一书，是笔者已知的苏联地区日本战俘亲历者所著的第一本关于战俘经历的回忆录。① 作者较为详细地描绘了日本战俘在苏联西伯利亚地区的遭遇与待遇，但是字里行间带有谴责苏联强制扣押日本战俘并给予非人道待遇的强烈倾向，由此使得该书虽然在当时具有一定的影响力与猎奇效应，但是对于当今的苏联地区战俘研究而言并无实质性意义。1950 年高杉一郎（高杉一郎）出版的《极光之影下：西伯利亚俘虏记》（高杉一郎著：《極光のかげに：シベリア俘虜記》），同样也是早期的战俘亲历者关于苏联西伯利亚地区战俘生活的回忆录。②

  1958 年，东京日刊劳动通信社出版了 11 卷本的西伯利亚丛书（シベリヤ叢書）。③ 该丛书包括弥益五郎著《苏联政治犯收容所大暴动：卡拉干达事件体验记》（弥益五郎著：《ソ連政治犯収容所の大暴動：カラガンダ事件の体験記》），石田三郎著《无抵抗的抵抗：哈巴罗夫斯克事件真相》（石田三郎著：《無抵抗の抵抗：ハバロフスク事件の真相》），秦彦三郎著《历经苦难》（秦彦三郎著：《苦難に堪えて》），草地吾著《地狱遍路》（草地貞吾著：《地獄遍路》），佐佐木正制著《苏联劳动者生活：以苏联劳动法为中心》（佐々木正制著：《ソ連労働者の生活：ソ連労働法を中心として》），竹村重雄

---

 ① 橋本澤三、木村貴男著：《白夜に祈る：ソ連地區抑留報告》，東京中央社 1948 年版。
 ② 高杉一郎著：《極光のかげに：シベリア俘虜記》，東京目黒書店 1950 年版。
 ③ シベリヤ叢書，東京日刊労働通信社 1958 年版。弥益五郎著：《ソ連政治犯収容所の大暴動：カラガンダ事件の体験記》。石田三郎著：《無抵抗の抵抗：ハバロフスク事件の真相》。秦彦三郎著：《苦難に堪えて》。草地貞吾著：《地獄遍路》。佐々木正制著：《ソ連労働者の生活：ソ連労働法を中心として》。竹村重雄著：《ソヴエトの文化と生活》。香川重信著：《人間廃業十一年》。氷地修［ほか］著：《七重の鉄扉：日本人捕虜のシベリヤ抑留記》。徳永笹市編：《スターリン批判後のソ連政治と人間改造：日本人抑留者の体験・報告》。徳永笹市編：《裁判．監獄．防諜：ソ連囚人政策の裏面》。徳永笹市編：《強制労働者と民族問題：日本人戦犯抑留者の見聞記》。

著《苏维埃的文化与生活》（竹村重雄著：《ソヴエトの文化と生活》），香川重信著《人间废业十一年》（香川重信著：《人間廃業十一年》），冰地修等著《七重铁门：日本人俘虏的西伯利亚抑留记》（水地修［ほか］著：《七重の鉄扉：日本人捕虜のシベリヤ抑留記》），德永笹市编《批判斯大林后的苏联政治与人性改造：日本人抑留者的体验与报告》（德永笹市编：《スターリン批判後のソ連政治と人間改造：日本人抑留者の体験・報告》），德永笹市编《裁判、监狱、防谍：苏联囚犯政策的内幕》（德永笹市编：《裁判・監獄・防諜：ソ連囚人政策の裏面》），德永笹市编《强制劳动者与民族问题：日本人战犯抑留者的见闻记》（德永笹市编：《強制労働者と民族問題：日本人戦犯抑留者の見聞記》）。该丛书是20世纪50年代日本出版的最具分量的西伯利亚战俘回忆录类著作合集，较为全面地介绍了日本战俘群体在西伯利亚地区的生活，并涉及了苏联政治制度与斯大林体制、苏联劳改营制度等。这些回忆录的作者既有日军普通士兵，也有关东军原参谋长秦彦三郎等高级将领，通过解读如此内容丰富的回忆录可以使我们对日本战俘在苏联地区，尤其是在西伯利亚的经历有更进一步的认识。同时需要指出的是，这些日本战俘回忆录的客观性仍值得各位读者注意：在文中亲历者一再强调自己是受难者，在环境恶劣的西伯利亚地区遭受了非人道待遇与繁重苦役，但刻意回避了作为法西斯军队而应接受惩罚与改造的事实。

1966年，战俘亲历者中村泰助（中村泰助）出版了回忆录：《再见西伯利亚：苏联抑留两年间的记录》（《シベリアよさようなら：ソ連抑留二年間の記録》）。[①] 该书是20世纪60年代唯一的战俘亲历者回忆录。到了70年代，又有不少苏联地区战俘亲历者回忆录问世。如1974年近藤毅夫著《西伯利亚抑留记》（近藤毅夫著：《シベリア抑留記》），1974年今井源治著《西伯利亚的歌：一个士兵的俘虏记》

---

① 中村泰助著：《シベリアよさようなら：ソ連抑留二年間の記録》，東京第二書房1966年版。

（今井源治著：《シベリヤの歌：一兵士の捕虜記》）。① 1979年，前野茂出版了四卷本的《苏联狱窗十一年》（前野茂著：《ソ連獄窓十一年》）。② 而同年出版的若槻泰雄的两卷本《西伯利亚俘虏收容所：苏联与日本人》一书，与以往的战俘亲历者回忆录不同，是日本学界关于苏联地区日本战俘问题的首次学术尝试。③ 该书作者对涉及日本战俘的诸多问题，如收容所条件，对战俘的审判与刑罚，日本战俘的劳动内容、营养状况与战俘思乡情绪，战俘思想改造与民主运动，战俘归国等问题都有论述。

20世纪80年代，苏联地区战俘亲历者的回忆录仍继续问世。相继有1980年原田充雄著《西伯利亚抑留：败虏之歌》（原田充雄著：《シベリア抑留 敗虜の歌》），1981年落合东朗著《春天了，我还活着：我的西伯利亚记》（落合東朗著：《ハルローハ、イキテイル：私のシベリア記》），1981年吉富利通著《西伯利亚抑留记：疲惫的军队》（吉富利通著：《シベリア抑留記：こくりの兵隊》）。④

回顾第一阶段的相关研究，可做如下评价：从大量问世的战俘回忆录来看，对此问题感兴趣的基本上是战俘亲历群体，在日本学界真正具备学术价值的研究成果极少，而在苏联学界对此问题则几无涉及。虽然厚生省编纂了不少关于战俘的资料，同时日本共产党也将此一时期涉及苏联地区日本战俘的对苏资料结集出版，但尚未被学术界利用。但是，关于苏联日本战俘最重要的资料——苏联内务部战俘管理总局关于日本战俘的海量俄文档案尚处于尘封之中，客观上使得对此问题的研究难以真正深入，研究中研究者演绎与推理的成分较多，

---

① 近藤毅夫著：《シベリア抑留記》，東京白鳳社1974年版。今井源治著：《シベリヤの歌：一兵士の捕虜記》，東京双葉社1974年版。
② 前野茂著：《ソ連獄窓十一年》，東京講談社1979年版。
③ 若槻泰雄著：《シベリア捕虜収容所：ソ連と日本人》，東京サイマル出版会，1979年。
④ 原田充雄著：《シベリア抑留：敗虜の歌》，札幌市で個人出版，1980年。落合東朗著：《ハルローハ、イキテイル：私のシベリア記》，東京論創社1981年版。吉富利通著：《シベリア抑留記：こくりの兵隊》，東京光風社出版，1981年。

而且诸多日本单方面资料不能与俄文档案相互印证，使得日本学界关于此问题的有限研究成果的客观性与可信性受到了质疑。

第二阶段，1985年至今。

在这一阶段，一方面，苏联地区日本战俘亲历者的回忆录仍继续问世；另一方面，由于关于日本战俘的苏联解密档案逐渐公开，回忆录与解密档案的相互佐证使得对此问题的具体考证和微观叙事成为可能。因此对档案的整理与利用，被纳入日苏（俄）学界关于苏联地区日本战俘问题的研究中。

这一时期，关于苏联地区战俘亲历者的回忆录有如下著作：1989年虾名熊夫（蝦名熊夫）出版其回忆录：《西伯利亚俘虏收容所四年间的断想》。① 此一阶段，日本战俘亲历者所出版的回忆录还有：1990年铃木忠藏（鈴木忠蔵）著《西伯利亚俘虏收容所回忆录》（《シベリア捕虜収容所回想録》）②，1993年高桥一二三（高橋一二三）著《西伯利亚冻土之歌：西伯利亚抑留记》（《シベリア凍土の歌：シベリア抑留記》）③，1995年中岛嘉隆（中嶋嘉隆）著《被封印的西伯利亚抑留史：我的青春时代的"民主化运动"》（《封印されたシベリア抑留史：わが青春の「民主化運動」》）④，1995年西尾康人（西尾康人）著《冻土的诗：西伯利亚抑留八年、指甲所书的记录》（《凍土の詩：シベリア抑留八年、爪で書いた記録》）⑤，1999年铃木祥藏（鈴木祥蔵）著《战俘收容所中的青春：西伯利亚俘虏收容所一个学徒兵五十五年后的回忆》（《『ラーゲル』の中の青春：シベリア捕虜

---

① 蝦名熊夫著：《死の家の記録：シベリア捕虜収容所四年間の断想》，東京西田書店1989年版。
② 鈴木忠蔵著：《シベリア捕虜収容所回想録》，金沢北国新聞社1990年版。
③ 高橋一二三著：《シベリア凍土の歌：シベリア抑留記》，山形県で個人出版，1993年。
④ 中嶋嘉隆著：《封印されたシベリア抑留史：わが青春の「民主化運動」》、東京MBC21，1995年。
⑤ 西尾康人著：《凍土の詩：シベリア抑留八年、爪で書いた記録》，東京早稲田出版，1995年。

▶ 西伯利亚的"罪与罚"

收容所 —学徒兵五十五年目の回想》)①，2001年森本良夫（森本良夫）著《西伯利亚俘虏记：死与绝望之后回归》(《シベリア俘虜記：死と絶望からの帰還》)。② 就这些回忆录所涉及的内容而言，虽然个体感受有异，但是回忆内容大体相同：恶劣的自然环境，超负荷的强制重体力劳动，居住环境与营养状况糟糕，以及时刻盼望的遣返与归国之路。

另外，苏联地区战俘亲历者、后来的日本全国抑留者补偿协议会会长斋藤六郎（斎藤六郎）的系列回忆录值得关注。③ 1989年斋藤六郎出版了其第一本回忆录：《回忆西伯利亚：全抑协会长的手记》(《回想のシベリア：全抑協会長の手記》)，并在1990年出版续集(《回想のシベリア》)。④ 1995年又出版了其新的回忆录：《西伯利亚的挽歌》(《シベリアの挽歌》)。⑤ 同年白井久也（白井久也）出版了以斋藤六郎为研究对象的关于"西伯利亚抑留"的著作：《西伯利亚抑留记录：斋藤六郎的轨迹》(《ドキュメントシベリア抑留：斎藤六郎の軌跡》)。⑥ 该书总结了作为西伯利亚战俘亲历者与日本全国抑留者补偿协议会会长双重身份的斋藤六郎的人生轨迹，是研究苏联地区日本战俘及后续诸多历史问题的有益资料。

从1989年开始，日本学界就苏联地区日本战俘问题的研究论著

---

① 鈴木祥蔵著：《『ラーゲル』の中の青春：シベリア捕虜収容所 —学徒兵五十五年目の回想》，東京明石書店1999年版。

② 森本良夫著：《シベリア俘虜記：死と絶望からの帰還》，東京春秋社2001年版。

③ 斋藤六郎生于1923年，1945年以关东军陆军第四军军法会议书记身份被苏军俘虏后，被送往苏联西伯利亚地区服劳役，1949年归国。1979年发起成立全国抑留者补偿协议会并任会长。通过斋藤六郎领导下的全国抑留者补偿协议会与苏联方面的不断交涉，先后实现了抑留死亡者名簿的引渡与死亡者遗族自由赴苏（俄）参拜墓地等内容。1995年去世，终年72岁。资料来源于上田正昭［ほか］監修：《日本人名大辞典》，講談社2001年、第128ページ。

④ 斎藤六郎著：《回想のシベリア：全抑協会長の手記》，鶴岡市で個人出版，1989年改訂版。斎藤六郎著：《回想のシベリア》，鶴岡市で個人出版，1990年。

⑤ 斎藤六郎著：《シベリアの挽歌》，鶴岡市終戦史料館出版部，1995年。

⑥ 白井久也著：《ドキュメントシベリア抑留：斎藤六郎の軌跡》，東京岩波書店1995年版。

开始逐渐增多。1989年片冈熏(片岡薫)所著的《西伯利亚·挽歌：俘虏与〈日本新闻〉的每日》(《シベリア·エレジー：捕虜と「日本新聞」の日々》)一书，重点研究了苏联战俘管理局在日本战俘群体中发行的日文报纸《日本新闻》(《日本新聞》)与战俘群体的内在联系。① 1995年落合东朗所著的《西伯利亚的〈日本新闻〉：劳改营中的青春》(《シベリアの『日本新聞』：ラーゲリの青春》)一书，也是关于《日本新闻》的著作。② 由这两本论著内容可见，解读曾深刻影响数十万苏联地区日本战俘的战俘营报纸《日本新闻》，也是了解与研究日本战俘群体活动内容的重要途径。

1993年坂本龙彦(坂本龍彦)所著的《西伯利亚的生与死：历史之中的抑留者》(《シベリアの生と死：歴史の中の抑留者》)，对苏联地区日本战俘的命运进行了个案研究。③ 1994年川越史郎著《俄罗斯国籍日本人的记录：从西伯利亚抑留开始到苏联解体》(《ロシア国籍日本人の記録：シベリア抑留からソ連邦崩壊まで》)，重点探讨了因各种原因加入苏联(俄罗斯)国籍的日本抑留者。④ 1997年石崎诚一所著《西伯利亚抑留者：总统谢罪与遗留问题的终结》(《シベリア抑留者：大統領の謝罪と抑留問題の決着》)，主要叙述了俄罗斯总统叶利钦1993年访日时就苏联扣留50余万日本战俘一事进行道歉的历史意义，及当时日本国内各界的反应。⑤

进入2000年以来，日本学界关于苏联地区日本战俘的研究，跨

---

① 片岡薫著：《シベリア·エレジー：捕虜と「日本新聞」の日々》，東京龍渓書舎1989年版。《日本新闻》创刊于1945年9月1日，由苏联战俘管理局发行，其素材和新闻来源于遍布苏联各地的日本战俘。

② 落合東朗著：《シベリアの『日本新聞』：ラーゲリの青春》，東京論創社1995年版。

③ 坂本龍彦著：《シベリアの生と死：歴史の中の抑留者》，東京岩波書店1993年版。

④ 川越史郎著：《ロシア国籍日本人の記録：シベリア抑留からソ連邦崩壊まで》，東京中央公論社1994年版。

⑤ 石崎誠一著：《シベリア抑留者：大統領の謝罪と抑留問題の決着》，東京全貌社1997年版。

入了新的领域。2002 年，北海道大学斯拉夫研究中心（北海道大学スラブ研究センター）在原晖之（原暉之）教授主持下编辑出版了第 81 号研究报告集：《日苏战争与战后抑留诸问题》（《日ソ戦争と戦後抑留の諸問題》）。① 该研究报告集收录了五篇论文：日本庆应义塾大学法学部教授横手慎二（横手慎二）的《苏联政府的日本人抑留者送还政策》（《ソ連政府の日本人抑留者送還政策》），日本东北大学东北亚研究中心寺山恭辅（寺山恭輔）教授的（《关于第二次世界大战期间在苏战俘问题最新研究》）（《第二次大戦時のソ連における捕虜問題に関する最近の研究》），日本学者、翻译家长势了治（長勢了治）的《西伯利亚抑留研究著作的翻译工作》（《シベリア抑留研究書を翻訳して》），北海道大学文学部蒙古国研究生维多夫·巴托巴亚鲁（オイドフ・バトバヤル）的《关于第二次世界大战后蒙古的日本人俘虏问题》（《第二次世界大戦後のモンゴルにおける日本人捕虜》），以及俄罗斯伊尔库茨克大学教授 С. И. 库兹涅佐夫（С. И. Кузнецов）与 С. В. 卡拉谢夫（С. В. Карасев）合著的《关东军将官、伪满洲国皇帝及政府高官的苏联抑留》（Интернирование В СССР Высшего Командного Состава Квантунской Армии, Императора и правительства Маньчжоу-Го（1945 Г.））。该报告集是日本、俄国、蒙古国三国研究人员协同合作的研究成果，重点探讨了战后苏联及蒙古国地区的日本战俘问题，并介绍了近年来日本学界以外关于此问题的研究现状。

根据 1991 年苏联总统戈尔巴乔夫访日时达成的相关协议，苏联（及俄罗斯）向日方陆续提供了战后在苏联死亡的日本人名单。据此日本学界围绕以日本战俘为主体的死亡者名单进行了整理分类与相关研究工作。如 2003 年，日本东北大学东北亚研究中心（東北大学東北アジア研究センター）在死亡名单基础上整理出版了《西伯利

---

① 原暉之编：《日ソ戦争と戦後抑留の諸問題》，北海道大学スラブ研究センター第 81 号研究研究报告シリーズ，2002 年。

亚抑留死亡名簿》（《シベリア抑留死亡者名簿》）一书。① 2009年，村山常雄（村山常雄）也编辑出版了关于苏联地区死亡的日本战俘的名单：《铭刻西伯利亚死去的46300人：苏联抑留死亡者名簿》（《シベリアに逝きし46300名を刻む：ソ連抑留死亡者名簿をつくる》）②。

2004年，松本宏（松本宏）出版了专著《告发西伯利亚抑留：对国民隐去的真相》（《告発シベリア抑留：国民に隠された真相》）。③ 作者通过该书提出了其核心观点：战后苏联劳动利用日本战俘的目的，是以劳动力赔偿作为弥补战争损失的手段。

2005年出版的阿部军治（阿部軍治）的《西伯利亚强制抑留实态：来自日苏两国资料的验证》（《シベリア強制抑留の実態：日ソ両国資料からの検証》）一书，也是2000年以来日本学界较为重要的论著。④ 作者广泛收集了2005年以前日俄学界关于苏联地区日本战俘的当事人回忆录、官方文件记录、苏联解密档案与学术论著，试图还原一个完整的日本战俘群体的生活实态。不可否认，该书学术成就较高，但是作者关注的重点仍旧是苏联方面的非人道待遇与饥饿贫乏的俘虏日常生活——这种论著的基调色彩其实也是日本学界与日本学者关注此问题的出发点：还原战俘群体在苏联地区所遭受的历史苦难，进而强调其是战争受难者。因此，作者强烈批判苏联的立场使得该论著的可信度有所下降。

2012年，日本学者富田武（富田武）编著的《阿穆尔河畔共青城第二战俘营：讲述日苏证言的西伯利亚抑留真相》（《コムソモリスク第二収容所：日ソの証言が語るシベリア抑留の実像》）一书，

---

① А.А キリチェンコ編：《シベリア抑留死亡者名簿》，仙台東北大学東北アジア研究センター，2003年。
② 村山常雄著：《シベリアに逝きし46300名を刻む：ソ連抑留死亡者名簿をつくる》，東京七つ森書館2009年版。
③ 松本宏著：《告発シベリア抑留：国民に隠された真相》，東京碧天舎2004年版。
④ 阿部軍治著：《シベリア強制抑留の実態：日ソ両国資料からの検証》，東京彩流社2005年版。

▶ 西伯利亚的"罪与罚"

选取了关押日本战俘的苏联内务部第二战俘营来进行单独研究，这表明日本学界，尤其是以其为代表的学术团体西伯利亚抑留研究会（シベリア抑留研究会）在苏联地区日本战俘问题研究上正在往精细化方向发展。① 长势了治在2013年出版的《西伯利亚抑留全史》（《シベリア抑留全史》）一书，应是迄今为止日本学者对苏联地区日本战俘问题资料最翔实、内容最全面及最新的研究成果。作者参考了大量的日本战俘回忆录，充分利用了已公之于世的日文文献和俄文文献，并参考了日俄学界的相关论著。②

由上述可见，日本学界对苏联地区日本战俘的研究，其资料来源基于两个层面：第一，日本国内的战俘回忆录、相关官方文件记录及学术论著；第二，苏联解密档案与俄罗斯学界关于此问题的研究。因此在梳理完日本学界关于此问题研究的发展脉络之后，对俄罗斯学界研究现状的回顾就显得尤为必要。

俄罗斯（苏联）学者对苏联地区日本战俘的研究，起步于20世纪90年代初期，其基础是大量的关于日本战俘的苏联档案解密问世。

1990年，В. П. 加里茨基（В. П. Галицкий）在《远东问题》杂志（Проблемы Дальнего Востока）第6期上发表了《苏联的战俘营档案》一文，这是笔者所见的关于介绍苏联地区日本战俘档案资料的最早文献。③ 该杂志在1991年第2期上又发表了《人民纪念之声：读者关于日本战俘的文章》（Голос народной памяти（читатели о статье о японских военнопленных））一文，摘登了部分读者回忆战后西伯利亚地区日本战俘的文章。④ 由此文可知，当地居民在与日本战俘接触时，对他们的总体印象是任劳任怨与比较友善。1991年，В. П. 加

---

① 富田武编著：《コムソモリスク第二収容所：日ソの証言が語るシベリア抑留の実像》，東洋書店2012年版。
② 長勢了治著：《シベリア抑留全史》，原書房2013年版。
③ Галицкий В. П., Архивы о лагерях японских военнопленных в СССР// Проблемы Дальнего Востока. 1990. – No 6.
④ Голос народной памяти（читатели о статье о японских военнопленных）// Проблемы Дальнего Востока. –1991. – No 6.

里茨基又在《军事历史杂志》（Военно-исторический журнал）第 4 期上发表了《日本战俘在苏联：真相与思索》（Японские военнопленные в СССР：правда и домыслы）一文，主要讨论了斯大林等苏联领导人决定利用日本战俘劳动的决策过程，并大体论述了战俘问题的解决过程。① 1993 年，俄罗斯《历史档案》（Исторический архив）杂志第 1 期上发表了《最后的二战俘房们：苏共中央关于日本战俘的文件》（Последние пленники второй мировой войны. документы из фондов ЦК КПСС о японских военнопленных）。② 在文中，作者摘录了战后苏共中央（包括之前的联共（布）中央）所颁布的关于日本战俘的决议内容。借助对这些决议的解读，可以使读者搭建起战后苏联领导人关于解决苏联地区日本战俘问题的认识结构。1994 年第 4 期《远东问题》杂志发表了 Е. Ю. 邦达连科（Е. Ю. Бондаренко）的《战俘的漫长归途》（Долгое возвращение из плена）一文。③ 在分析战后苏联地区 50 余万日本战俘的归国之路为何跨越整整十年时，作者指出，战后远东格局下苏日政治外交缠斗是其主要原因。

1997 年，俄罗斯国立人文大学的 И. В. 别兹波罗多娃（И. В. Безбородова）完成了其副博士学位论文《苏联内务人民委员部（及内务部）战俘与被拘留者管理总局（1939—1953）》（Управление по делам военнопленных и интернированных НКВД-МВД СССР（1939 - 1953 гг.））。④ 该文利用大量苏联解密档案，介绍了 1939 年到 1953 年期间苏联战俘与被拘留者管理总局的机构设置与职能变化，并对该

---

① Галицкий В. П, Японские военнопленные в СССР: правда и домыслы .// Военно-исторический журнал. - 1991. No 4.

② Последние пленники второй мировой войны. Документы из фондов ЦК КПСС о японских военнопленных// Исторический архив. 1993. № 1.

③ Бондаренко Е. Ю., Долгое возвращение из плена.//Проблемы Дальнего Востока. 1994. - № 4.

④ Безбородова И. В., Управление по делам военнопленных и интернированных НКВД-МВД СССР（1939 - 1953 гг.）, Российский государственный гуманитарный университет，1997гг.

机构的日常战俘管理工作进行了描述与还原。借助解读该文，可以使学者在研究苏联地区日本战俘问题时，对战俘管理机构有一个总体印象与大致把握。同年在基辅出版了 В. 卡尔波夫（В. Карпов）的《斯大林的俘房：被拘留在西伯利亚的日本军队（1945—1956）》(Пленники Сталина: сибирское интернирование Японской армии, 1945－1956)。① 该书是笔者已知的第一部以苏联地区日本战俘为研究对象的俄文论著，作者利用了大量解密档案对日本战俘的入苏缘由及过程直至遣返归国进行了全景式研究。作者认为，美军单独占领日本，使得斯大林作出扣留日本战俘的决定，而冷战的爆发又使得战俘问题的解决变得极为复杂与漫长，而且即使日本战俘问题已经基本解决，其诸多历史遗留问题还长期影响着苏（俄）日关系的发展。

上文中提及的 Е. Ю 邦达连科在 1997 年出版了专著《战后俄罗斯远东地区的日本战俘》(Японские военнопленные на Дальнем Востоке России в послевоенные годы)。② 该书分为两部分，第一部分研究远东地区日本战俘的劳动与日常生活状态，第二部分对日本战俘遣返等一些历史遗留问题进行了探讨。作者最后指出，日本战俘问题与北方领土之争，是长期以来影响两国关系的根本所在。同年出版的俄罗斯伊尔库茨克国立大学教授 С. И. 库兹涅佐夫的《西伯利亚日本俘房：1945—1956》(Японцы в сибирском плену, 1945－1956) 一书，是关于苏联地区日本战俘问题的又一力作。③ 该书对苏日交战、苏联日本战俘营设立、西伯利亚地区日本战俘的日常劳作与生活以及苏日战俘遣返交涉与遣返过程进行了系统研究。在文中作者指出，实际上，1945 年 8 月苏联并没有做好充分准备，就匆忙颁布了接收 50 万日本战俘并强制利用的决议，由此导致当年的日本战俘因病、饥饿等因素死亡率

---

① Карпов В., Пленники Сталина: сибирское интернирование Японской армии, 1945－1956, Киев-Львов, 1997 гг.

② Бондаренко Е. Ю., Японские военнопленные на Дальнем Востоке России в послевоенные годы, Владивосток: Изд-во Дальневосточного университета, 1997 гг.

③ Кузнецов С. И., Японцы в сибирском плену, 1945－1956, Иркутск: ТОО Издательства журнала "Сибирь", 1997 гг.

奇高。

1999年，俄罗斯《近现代史》杂志（Новая и новейшая история）第3期发表了В. П. 加里茨基的《日本战俘与被拘留者在苏联》一文，介绍了战后苏联地区存在大量日本战俘与被拘留者的历史事实，并指出，苏联战俘管理局违反国际公约，将这些日本人用于国防军事工业进行劳作。①

2001年，俄罗斯克拉斯诺亚尔斯克国立师范大学的М. Н. 斯皮里多诺夫（М. Н. Спиридонов）完成其副博士学位论文《日本战俘在克拉斯诺亚尔斯克边区（1945—1948）》（Японские военнопленные в Красноярском крае (1945 - 1948 гг.)）。②该论文以位于苏联西伯利亚克拉斯诺亚尔斯克边疆区的日本战俘为对象，研究其在上述地区的战俘营组织结构、国民经济领域的劳动与思想政治教育活动。作者指出，苏联国防委员会在1945年8月23日颁布强制劳动利用50万日本战俘的直接目的是将其作为廉价劳动力用来复兴苏联国民经济。2002年，伊尔库茨克国立大学的С. В. 卡拉谢夫完成其副博士学位论文《赤塔州日本战俘（1945—1949）》，其研究对象为西伯利亚赤塔地区日本战俘的劳动利用。③作者认为，苏联通过20世纪30年代建立起的劳改营与战俘营制度获取了丰富的战俘管理与劳动利用经验，因此二战后战俘管理局对苏联赤塔地区的日本战俘管理基本上是成功的，对组织结构良好的日本战俘的劳动利用是极富成效的。

2002年出版的由Н. М. 马尔科多日夫·谢尔盖耶娃（Н. М. Маркдорф-Сергеева）与Р. С. 比克缅多夫（Р. С. Бикметов）合著的《20世纪40年代库兹巴斯地区的外国战俘：档案与资料》（Иностранные военнопленные в Кузбассе в 1940-е годы: документы

---

① Галицкий В. П, Японские военнопленные и интернированные в СССР // Новая и новейшая история. 1999. — № 3.
② Спиридонов М. Н., Японские военнопленные в Красноярском крае (1945 - 1948 гг.), Красноярский государственный педагогический университет, 2001гг.
③ Карасев С. В., Японские военнопленные на территории Читинской области (1945 - 1949 гг.), Иркутский государственный университет, 2002гг.

и материалы）一书，对西伯利亚产煤地库兹巴斯地区（Кузбасс）的德日等国战俘的日常管理与劳动利用进行了简略研究，并附录了大量关于该地区德日等国战俘的解密档案，及当地居民关于战俘回忆的摘录。①

由上述对克拉斯诺亚尔斯克、赤塔与库兹巴斯地区日本战俘的研究可见，俄罗斯学界对此问题的研究，已经从苏联解体之初的简略介绍与宏大叙事转向了大量利用解密档案来还原历史真相与恢复历史细节。

2003 年，Е. Л. 卡塔索诺娃（Е. Л. Катасонова）所著的《日本战俘在苏联：大国间的大游戏》（Японские военнопленные в СССР: большая игра великих держав）一书，首次借助国际关系视角来探讨苏联地区日本战俘问题的产生与解决问题。② 该书作者 Е. Л. 卡塔索诺娃精通日语，曾在 1993 年为当时的俄罗斯总统叶利钦会见日本全国抑留者补偿协议会会长斋藤六郎担任翻译工作。通过利用苏日美三方资料，该书作者指出，在决定战后苏联地区 50 余万日本战俘命运走向时，苏日美之间的政治斗争与外交角力最为重要，对此问题的影响力苏联最大，美国居中，日本最无力。2004 年，Е. Л. 卡塔索诺娃向俄罗斯联邦国防部军事历史研究所（Институт военной истории министерства обороны российской федерации）提交其副博士学位论文：《苏（俄）日关系之下日本战俘问题的人道解决：历史角度（1945—2003）》（Решение гуманитарной проблемы японских военнопленных в отношениях СССР（российской федерации）и японии（1945 – 2003 гг.）исторический аспект）。③ 该学位论文将苏联的日本战俘问题作为人道

---

① Маркдорф-Сергеева Н. М., Бикметов Р. С. Бикметов Иностранные военнопленные в Кузбассе в 1940-е годы: документы и материалы, Кемерово: Кузбассвузиздат, 2002 гг.

② Катасонова, Е. Л. Японские военнопленные в СССР: большая игра великих держав, Москва: Институт востоковедения РАН, 2003 гг.

③ Катасонова Е. Л., Решение гуманитарной проблемы японских военнопленных в отношениях СССР（российской федерации）и японии（1945 – 2003 гг.）исторический аспект, Институт военной истории министерства обороны российской федерации, 2004 гг.

问题来考察，侧重于剖析该问题对苏（俄）日关系的长期影响。作者认为，冷战爆发后苏美之间的意识形态斗争，使得苏联地区日本战俘问题的解决方式与解决结果，关系到两国的国际地位与国际形象，因而双方围绕此问题所产生的争斗尤为激烈。

以苏联地区日本战俘为研究对象的英文论著，据笔者所见，只有日裔美国人威廉·F. 尼莫（William F. Nimmo）在1988年所著的《沉默的铁幕之后：苏联监禁下的日本人（1945—1956）》（*Behind a Curtain of Silence*：*Japanese in Soviet Custody*，*1945 - 1956*）。① 该书向欧美学界介绍了战后苏联地区50余万日本战俘问题的来龙去脉，但因其年代所限而未能使用苏联解密档案，因此显得学术价值并不重大。

值得注意的是，日本学者一直非常注意将外国学者关于此问题的研究成果译介给日本学界。如威廉·F. 尼莫的《沉默的铁幕之后：苏联监禁下的日本人（1945—1956）》被加藤隆（加藤隆）在1991年翻译成日文：《检证西伯利亚抑留》（《検証シベリア抑留》）。② С. И. 库兹涅佐夫的《西伯利亚日本俘虏：1945—1956》（С. И. Кузнецов, Японцы в сибирском плену, 1945 - 1956, Иркутск: ТОО Издательства журнала "Сибирь", 1997г.）一书，在1999年被冈田安彦（岡田安彦）翻译成《西伯利亚的日本俘虏：从俄方所见"劳改营"的虚与实》（《シベリアの日本人捕虜たち：ロシア側から見た「ラーゲリ」の虚と実》）。③ 而В. 卡尔波夫的《斯大林的俘虏：被拘留在西伯利亚的日本军队（1945—1956）》（В. Карпов, Пленники Сталина сибирское интернирование Японской армии, 1945 - 1956 гг., Киев, 1997г.）一书在2001年被日本翻译家长势了治翻译成《斯大林的俘

---

① William F. Nimmo, *Behind a Curtain of Silence: Japanese in Soviet Custody, 1945 - 1956*, New York: Greenwood Press, 1988.
② 加藤隆訳，ウィリアム・F. ニンモ著：《検証 - シベリア抑留》，東京時事通信社1991年版。
③ 岡田安彦訳，セルゲイ・I. クズネツォフ著：《シベリアの日本人捕虜たち：ロシア側から見た「ラーゲリ」の虚と実》，東京集英社1997年版。

虏：西伯利亚抑留（苏联机密资料所见的全貌）》（《スターリンの捕虜たち：シベリア抑留：ソ連機密資料が語る全容》）。① E. Л. 卡塔索诺娃的《日本战俘在苏联：大国间的大游戏》（Е. Л. Катасонова，Японские военнопленные в СССР: большая игра великих держав, Москва: Институт востоковедения РАН, 2003 г.）一书被白井久也（白井久也）翻译为《关东军士兵为何被抑留至西伯利亚：美苏超级大国的力量游戏所造就的悲剧》（《関東軍兵士はなぜシベリアに抑留されたか：米ソ超大国のパワーゲームによる悲劇》）。②

（二）国内研究现状

国内学术界对苏联地区日本战俘的关注与研究显得不足，仅有一些二战史或者苏联史学者对此问题有所涉及，尚无学者对此问题进行专项深入研究。

2006 年，徐元宫、李卫红发表了《前苏联解密档案对"日本战俘"问题的新诠释》一文，是笔者所见国内首次对苏联地区日本战俘进行介绍与研究的成果。③ 此文介绍了苏联地区日本战俘的相关待遇，并对俄罗斯学者关于苏联政府扣押日本战俘的三点原因进行了评述，进而总结了苏联地区日本战俘的四种命运结局，最后列举了日俄两国学界关于日本战俘问题研究中的几点意见分歧。虽然此文引用了一些苏联解密档案来充实作者的观点，但是并没有在文末列出相关解密档案的资料来源，对于后继者在研究此问题时参考借鉴相关资料不利。2009 年，徐元宫又发表了《劳改营里，日本战俘"啃马列"？》一文，简短介绍了苏联地区战俘营里日本战俘学习马列主义的问题。④ 作者指出，战俘管理局大力推行马列主义教育与日本

---

① 長勢了治訳，ヴィクトル・カルポフ著：《スターリンの捕虜たち：シベリア抑留：ソ連機密資料が語る全容》，札幌北海道新聞社 2001 年版。
② 白井久也監訳，エレーナ・カタソノワ著：《関東軍兵士はなぜシベリアに抑留されたか：米ソ超大国のパワーゲームによる悲劇》，東京社会評論社 2004 年版。
③ 徐元宫、李卫红：《前苏联解密档案对"日本战俘"问题的新诠释》，《当代世界社会主义问题》2006 年第 4 期。
④ 徐元宫：《劳改营里，日本战俘"啃马列"？》，《同舟共进》2009 年第 10 期。

战俘积极学习马列主义都是在做"表面文章":前者是为了完成上级布置的对俘虏思想政治教育的任务,而后者只是逆境求生本能与争取早日回国而作出的姿态。王蕾在《苏联劳改营对日本战俘的思想政治教育》一文中也指出,日本战俘积极学习马列不仅是在做表面文章,而且是从中获得生活优待的一种方式,并引用相关资料与数据指出,虽然在战俘营里日本战俘学习马列积极性极高,但是归国之后能继续坚持共产主义信仰的人则少之又少。① 王蕾的《苏联战俘收容所中的日本战俘》一文也是介绍苏联地区日本战俘来龙去脉的相关文献。② 作者利用了俄文档案集《俘虏在苏联:档案与材料(1939—1956年)》,并援引了近年来俄国学者的研究成果,但是因篇幅太短而导致诸多细节问题无法展开。黑龙江大学崔建平的《苏联政府战后对日战俘的政策评析》一文介绍了苏联对日俘虏政策的内容,并重点分析了苏联对日本俘虏的态度在短短一周内急剧转变的三点原因:第一,与美国争夺日本势力范围需要而扣押日本战俘;第二,为了维护国家安全,防止日本重新武装对抗苏联,以扣留战俘作为手段间接抑制日本军事能力;第三,以日本战俘强制劳动利用来弥补国内劳动力的损失。③

与王蕾同一单位——吉林大学东北亚研究院的张广翔教授与王学礼博士,对苏联地区包括日本战俘在内的外国战俘问题与苏联战俘管理制度进行了相关研究,发表三篇学术研究成果:在《苏联战俘待遇政策研究(1941—1956)》一文中,二位学者用大量数据介绍了苏联地区战俘关押条件、食品与其他生活必需品的供给状况与医疗卫生状况,并得出结论:苏联的待遇政策是适中的,为战俘提供的待遇是符

---

① 王蕾:《苏联劳改营对日本战俘的思想政治教育》,《吉林广播电视大学学报》2011年第11期。
② 王蕾:《苏联战俘收容所中的日本战俘》,《辽宁行政学院》2011年第10期。
③ 崔建平:《苏联政府战后对日战俘的政策评析》,《俄罗斯中亚中欧研究》2009年第2期。

合当时国情的,但由于客观原因与条件限制,战俘的死亡率也确实较高。①《苏联在二战战俘遣返问题上的三重考量(1945—1956)》一文,则重点探讨与分析了苏联扣留与遣返外国战俘的政治、外交与经济三重考量,对苏联地区的日本战俘亦有论述,最后作者认为:"在战后初期美苏冷战这一国际政治背景下,在苏战俘的遣返工作是在上述几种因素(政治、外交与经济)共同作用下进行的,而且几种因素之间是相辅相成的关系。"②《苏联战俘事务管理机构沿革(1939—1956)》一文,对苏联的战俘管理制度与机构的诞生与结束进行了全景式的回顾,其中对苏联地区的日本战俘管理亦有相关提及。③ 通过此文可以对苏联的战俘管理制度与战俘管理机关有一个较为明确的把握,为笔者在深入研究日本战俘问题时提供了参照。

由上述可见,国内学界目前只有徐元宫、李卫红、王蕾、崔建平、王学礼与张广翔这六位学者进行或涉及了苏联地区日本战俘研究,换言之,目前国内并无对战后苏联地区日本战俘问题进行专门研究的学者。从研究成果来看,目前还处于对此问题的宏观研究阶段,而俄日学界对此问题早已转入微观研究与历史细化的研究上。另外,这些国内学者所用的研究成果都来自于俄罗斯学界,对于日本学界的大量研究成果目前尚无利用。这一方面说明我国对苏联地区的外国战俘(包括日本战俘)问题研究起步较晚,另一方面受制于外语条件的限制:苏联地区日本战俘问题研究横亘于俄日两国学界之间,要想深入研究此问题,须精通俄语与日语这两大语种,以便于掌握第一手原始资料并吸收俄日学界研究成果,但笔者尚未发现国内学界中同时使用来自俄文和日文资料的论著和学者。

---

① 王学礼、张广翔:《苏联战俘待遇政策研究(1941—1956)》,《俄罗斯中亚东欧研究》2011年第5期。
② 张广翔、王学礼:《苏联在二战战俘遣返问题上的三重考量(1945—1956)》,《史学月刊》2011年第7期。
③ 王学礼、张广翔:《苏联战俘事务管理机构沿革(1939—1956)》,《东北亚论坛》2012年第2期。

（三）日本与俄罗斯（苏联）学界文档文献资料评述

毫无疑问，俄罗斯（苏联）和日本双方的档案文献资料是该专题研究成败的关键依据。

日本厚生省援护局（厚生省援護局）在 1950 年到 1963 年期间所编的三卷本《撤回援护记录》（《引揚援護の記録》），是极具史料价值的官方文件记录汇总。① 二战结束后，日本有数百万军民需要遣返，为此日本厚生省援护局作为政府机关与中、美、苏、澳、朝鲜民主主义人民共和国等国进行了大量的交涉与交接工作，其中以苏联地区日本战俘遣返问题难度最大，时间跨度最长，也因此援护局留下了大量的官方报告、总结与统计资料。这些资料是今人研究包括苏联地区日本战俘问题在内的整个战后日本军民遣返问题的核心资料，借由这些资料，笔者可以构建起日本政府处理战俘问题的线索脉络。与《撤回援护记录》收录文件虽多但条理较乱的特点有异，同样作为官方文件集，日本厚生省援护局 1977 年所编的《撤回与援护之三十年历程》（《引揚げと援護三十年の歩み》）一书，对二战后日本接收与援助安置海外归国人员历程进行了详细的文献归类与历史总结。② 该资料集与上述《撤回援护记录》相辅相成，是了解战后日本政府处理此问题的必备史料。而从 1977 年到 1985 年，朔北会所编著的两卷本资料集《朔北的道草：苏联长期抑留的记录》，将资料收集与编撰工作聚焦到了在苏联长期未归的日本人上，其中即包括因各种原因而滞留在苏联的日本俘虏。③

1984 年到 1998 年苏联地区日本战俘生活体验记录会编辑出版了

---

① 厚生省引揚援護廳長官官房總務課記錄係編：《引揚援護の記録》，東京厚生省引揚援護庁，1950—1963 年。关于厚生省与援护局笔者作如下简短介绍：日本厚生省属于中央行政机关，主要负责医疗卫生及国民福祉事业。二战结束后，在厚生省下设援护局，负责处理战后海外日本平民回国及被中、苏、美、澳、朝鲜等国扣留的日军战俘归国事务。

② 厚生省援護局編：《引揚げと援護三十年の歩み》，東京厚生省，1977 年。

③ 朔北会編：《朔北の道草：ソ連長期抑留の記録》，東京朔北会，1977—1985 年。

8卷本的《俘虏体验记：关于苏联日本人俘虏的生活体验记录汇编》，①该汇编收录了战后苏联地区日本战俘生活体验，其中以西伯利亚地区生活体验为主。1991年到2009年间出版的19卷本《西伯利亚强制抑留者讲述劳苦》丛书，也是记录战俘亲历者关于苏联地区日本战俘历史记忆的珍贵史料。②需要注意的是，日本学界从20世纪80年代中后期开始，已有和平祈念事业特别基金（平和祈念事业特别基金）这样的组织在从事关于日本战俘亲历者历史记忆的资料搜集与编纂工作，上述两套书即是这种工作的成果展现。

2005年，由日本战后强制抑留史编纂委员会（戦後強制抑留史編纂委員会）编辑出版的8卷本《战后强制抑留史》（《戦後強制抑留史》），既是一套完备的对相关历史的梳理与回顾，也是近年来极具学术价值的学术论著。③"二战"结束后，日本在撤回海外军民问题上所遇到的阻力与障碍主要来自苏联方面，即在解决苏联地区日本战俘归国问题上历时最久，难度也最大。就此而论，战俘问题，主要就是苏联地区日本战俘问题，而苏联地区日本战俘问题则主要集中在西伯利亚地区。因而，此套《战后强制抑留史》丛书虽然全面涵盖中、美、澳、苏、朝鲜等国日本人问题，但其核心内容与论著篇幅都以苏联地区日本战俘为主。该丛书不仅在史实上厘清了50万日本战俘的部队构成与地域分布等细节，还借助日俄学界关于苏联地区日本战俘的大量研究成果与苏联解密档案，基本上还原了日本战俘的日常生活实态及苏日美三方关于战俘遣返的交涉与遣返过程。尤为重要的是，该丛书第7卷为年表，第8卷为资料汇编，对于后来者研究苏联地区日本战俘问题查阅相关线索与资料提供了极大便利。但该套书同

---

① ソ連における日本人の捕虜の生活体験を記録する会：《捕虜体験記／ソ連における日本人捕虜の生活体験を記録する会編》，1—8册，東京ソ連における日本人の捕虜の生活体験を記録する会，1984—1988年。

② 平和祈念事業特別基金編：《シベリア強制抑留者が語り継ぐ労苦》，1—19册，東京平和祈念事業特別基金，1991—2009年。

③ 戦後強制抑留史編纂委員会編：《戦後強制抑留史》，1—8册，東京平和祈念事業特別基金，2005年。

样具备日本学者关于此问题论著的通病：通篇强调苏联方面强加于日本战俘的非人道待遇与残酷恶劣的自然条件对日本战俘所带来的侵害，而忽视对所犯侵略罪行的忏悔与反省。

以上日文资料都是关于苏联地区日本战俘的原始资料，是笔者得以形成本书的日文核心资料。

在俄文文献方面，笔者找到了当代俄罗斯学者 М. М. 扎格卢里科（М. М. Загорулько）编辑出版的关于苏联地区战俘的档案集：《战俘在苏联：档案与材料（1939—1956）》（Военнопленные в СССР. 1939 – 1956. Документы и материалы）。① 有一点需要特别指出的是：虽然在苏联解体后有大量关于各国战俘的解密档案公开，但外国学者查阅与利用这些档案还较为困难，因此俄罗斯学界对档案资料的整理与出版工作就显得尤为重要。这份超过1000页的《战俘在苏联：档案与材料（1939—1956）》资料集的编辑与出版及时弥补了这一缺憾。该资料集共收录了1939年到1956年期间苏联战俘管理总局关于各国战俘的数百份档案，并将其归类为劳动、保障与遣返等六个门类。在这数百份档案之中，涉及日本战俘的档案有数十份。对于笔者而言，深入解读与分析这数十份关于日本战俘的档案，可以构建起研究战后苏联地区日本战俘的基本框架。而对于其他的研究者而言，众多有价值解密档案的收录，决定了该档案资料集是研究苏联地区外国战俘问题的核心资料。

2006年，在俄罗斯符拉迪沃斯托克（海参崴）出版了两卷本档案集《日本战俘在滨海边疆区：1945—1949》（Японские военнопленные в Приморье：1945 – 1949 гг）、《战俘在滨海边疆区国民经济部门的劳动：滨海边疆区国立档案馆档案》（Труд военнопленных в отраслях народного хозяйства Приморского края：документы Государственного архива Приморского края）与《战俘在煤炭工业中的劳动利用：滨海

---

① Загорулько М. М.，Военнопленные в СССР. 1939 – 1956. Документы и материалы，Москва："Логос"，2000гг.

边疆区国立档案馆档案》（Труд военнопленных в угольной промышленности: документы Государственного архива Приморского края）。① 该档案集收录了大量1945年到1949年期间日本战俘在苏联滨海边疆区从事劳动的相关档案，并附有诸多统计数据，是研究苏联战俘管理局在该地区对日本战俘劳动利用的有力档案材料。

2013年7月1日，俄罗斯国际民主基金会（Международный фонд "демократия"）编辑出版了档案集《苏联地区日本战俘：1945—1956》。② 该档案集收录了内务部战俘管理总局下各机构关于日本战俘管理资料，及与战俘相关的新闻报道、信件等共444份文献。档案集分为两部分，第一部分分为日本战俘日常管理、劳动利用、思想政治教育三章，第二部分为日本战俘遣返及与之相关的苏日美三方交涉及日本舆论等文献。这是近年来俄罗斯学界专门以苏联地区日本战俘为专题的档案文献集，为最新、最全面的资料汇编及集大成者，具有极高的学术价值。难能可贵的是，该档案集还对收入档案文献所涉及的人物、组织与机构等制作了专门的索引目录和名词解释，极大地便利了该问题的研究者。

除搜集战俘回忆录、解密档案及相关学术论著外，2011年10月到2013年3月，笔者受教育部留学基金委的委派，在北海道大学斯拉夫研究中心进行了为期18个月的博士研究生公派留学联合培养学习。北海道大学位于北海道札幌市，该城市在地理上紧邻俄罗斯所属的库页岛及俄日间存在领土争端的北方四岛。斯拉夫研究中心聚集了日本国内大部分斯拉夫学问题研究专家，藏有丰富的档案资料与学术著作，且非常注重进行国际学术交流。笔者在北海道大学斯拉夫研究中心留学期间，除搜集本书相关材料外，还与苏联地区日本战俘亲历

---

① Японские военнопленные в Приморье: 1945 – 1949 гг: Труд военнопленных в отраслях народного хозяйства Приморского края: документы Государственного архива Приморского края, Труд военнопленных в угольной промышленности: документы Государственного архива Приморского края, Владивосток: Морской гос. Университет, 2005 гг.

② Гаврилов В. А., Катасонова Е. Л., Японские военнопленные в СССР. 1945 – 1956, Международный фонд "демократия", Москва, 01.07.2013.

者大河原孝一进行了三次访谈,因而对苏联地区日本战俘问题不仅积累了一定的理性认识,还获得了相当的感性认识①。

三 研究方法与研究思路

由于本书所要解决的核心问题是还原战后苏联地区日本战俘问题的来龙去脉,因此客观公正的研究显得尤为重要,故对此问题的考察笔者将尽量秉承兰克客观史学的原则:如实直书——在利用大量苏联解密档案的基础上,充分借鉴国内外学者的研究成果,力求对日苏交战与战俘群体的产生、苏联战俘管理局对战俘的管理与劳动利用、日本战俘群体的日常生活,以及战俘的遣返过程进行客观公正的描述,做到言之有据、据之有理,这是本书最基本也是最重要的任务。

此外笔者还认为,若要把苏联地区日本战俘问题研究深入展开下去,不仅需要同时掌握俄日两门外语,也需要国内俄国史学界与日本史学界通力配合,更需要建立并加强与俄日两国学界的学术交流工作。

除了秉承如实直书的原则以外,历史学通用的分析和归纳方法自然也是笔者所遵循的基本研究方法。此外,笔者还将利用大量关于战俘的统计数据进行历史计量分析,并在论从史出、史论结合的基础上结合图表的形式展现出来,届时大量统计数据将是本书说服力的重要来源。另外,在涉及苏日美三方关于苏联地区日本战俘遣返问题进行的外交交涉时,笔者将在苏美冷战这一历史大背景下来进行阐释。但是,笔者限于学力,史学理论功底尚显粗浅,难以高屋建瓴地驾驭众多解密档案与学术论著,对于有些具体问题还难以进行精深细致的探究并得出令人信服的结论,在此愿求教于学界前辈和同仁,恳请各位

---

① 大河原孝一,1922年生于北海道旭川,1943年参加日军,1945年8月15日在朝鲜北部被苏联红军俘虏。1950年作为战俘被苏联移交给中国,关押在抚顺战犯管理所接受思想政治教育,1956年被免予刑事起诉并返回日本。在回到日本之后,大河原孝一一直坚持忏悔战争罪行,并宣传苏联与中国的社会主义制度。笔者于2013年1月19日在札幌市大河原孝一家中对其进行了采访,有采访录音为证。大河原孝一先生虽已90高龄,但仍身体健朗、思维清晰,在谈话中表达了其忏悔的诚意。

对笔者的纰漏和错误不吝赐教。

  本书的研究思路，即笔者行文的主线，将以日本战俘的空间移动顺序为基准——从被俘到移送至苏联地区进行劳动改造，直至被遣返归国为止。为此本书将分为五章展开。第一章将就日苏交战过程与日本战俘移送苏联的历史事实进行还原。日本战俘陆续抵达苏联各地区战俘营后，苏联战俘管理机关对日本战俘的日常管理，为第二章的写作内容。其中将就日常物资供给、战俘营冬季防寒保障及战俘营的医疗卫生服务进行有序论述。以民主教育为载体的政治宣传，是苏联地区日本战俘营内特有的内容，对此将在第三章进行专门探讨。而对日本战俘劳动利用的考察，如劳动管理制度、劳动过程、劳动成果等内容的分析，将在第四章里予以实现。第五章将对苏日美三国就日本战俘遣返问题所进行的外交交涉，及日本战俘遣返归国过程进行历史重构。最后，将在结语部分对全书进行总结性的思考。

  研究历史问题的最大障碍在于克服年代久远与涉及因素复杂多样。就苏联地区日本战俘问题，笔者尽量做到在纷繁芜杂的头绪中实现去粗取精与去伪存真，在真实还原历史的基础上形成自己的理性认识。

第一章 苏联战俘管理制度与日本战俘营建立

1939年，苏联建立了战俘管理制度。1945年8月，苏联对日宣战之后，在中国东北地区、日本所属的库页岛南部与千岛群岛地区共计俘获了数十万日本战俘。此外，根据1945年9月2日驻日盟军总司令部发布的第一号令，除中国东北地区、库页岛南部及千岛群岛地区的日本军队向苏军投降外，北纬38°线（以下简称"三八线"）以北的朝鲜半岛（以下简称朝鲜半岛北部）也是苏军受降区域，因此苏军又接收了大量日本战俘。苏联对被俘获和接收的日本战俘进行初步挑选之后，将其中大部分人移送到了苏联各地战俘营进行监管、劳动利用与思想改造。本章将要解决的问题分为三个部分：首先，对苏联战俘管理制度和机构设置进行简要介绍；其次，概括描述苏日交战过程与日本战俘移送情况；最后，将对苏联地区日本战俘营的建立与运营情况进行介绍。

第一节 苏联战俘管理机构简述

1939年9月12日，根据苏联内务人民委员部（Народный Комиссариат Внутренних Дел СССР，НКВД）第0308号命令，内务人民委员部战俘管理局（Управление по делам военнопленных при

НКВД СССР，УПВ-НКВД-СССР）成立。① 9月17日，苏联对波兰宣战。可以看出，苏联成立战俘管理局的直接原因，是为出兵波兰后安置战俘做准备。按照内务人民委员部第0308号命令，战俘管理局的职能是建立战俘接收点并接收战俘，维持接收点秩序，负责对战俘的武装押运，制定战俘日常口粮与居住标准，确立战俘日常用品供应标准，组织战俘进行劳动生产活动，并组织针对战俘的思想政治改造活动。战俘管理局的首任局长是从内务人民委员部秘书处调来的П. К. 索普鲁年科（П. К. Сопруненко），首任政治委员是从劳动改造管理总局调来的С. В. 涅霍洛谢夫（С. В. Нехорошев）。

战俘管理局编制为56人，分为如下几个职能部门：政治处（политический отдел），编制处（режимный отдел），统计与登记处（учетно-регистрационный отдел），卫生与保障处（отдел снабжения и санитарный）。内务人民委员部副人民委员、劳动改造管理总局局长В. В. 切尔内肖夫（В. В. Чернышов）负责监管战俘管理局的工作。苏联战俘管理制度的建立受到了劳动改造管理总局的协助与指导，后者不仅直接为前者调拨工作人员与物资装备，还向其传授具体工作经验，使其建立了基本的战俘管理制度。

1939年10月，战俘管理局建立了10个战俘营，共计接收了约13万名波兰战俘。② 最开始战俘管理局的管辖对象只有波兰军事俘虏。到1940年下半年，接收了500多名被扣留在立陶宛境内的波兰流亡军警，这部分人以被拘留者身份关押在战俘管理局，由此战俘管理局改名为战俘与被拘留者管理局（Управление по делам военнопленных и интернированных НКВД，УПВИ-НКВД）。③

---

① Загорулько М. М.，Военнопленные в СССР. 1939 – 1956. Документы и материалы，Москва："Логос"，2000гг.：№ 2.1 Приказ НКВД СССР № 0308 об организации лагерей военнопленных. Москва. 19 сентября 1939 г.

② Загорулько М. М, Главное управление по делам военнопленных и интернированных НКВД-МВД СССР 1941 – 1952：отчетно-информационные документы и материалы，Волгоград：Волгоградское научное изд-во，2004г，с. 7.

③ Там же.，с. 8.

第一章　苏联战俘管理制度与日本战俘营建立

苏联占领波兰东部地区以后，普通波兰战俘被陆续释放，加上 1940 年春季卡廷事件（Катынский расстрел）中的大批波兰军官战俘被苏联内务人民委员部处决，使得战俘与被拘留者管理局管辖下的波兰战俘人数急剧减少。1941 年 6 月 22 日，苏德战争爆发以后，战俘营内剩余的 25115 名波兰战俘被组建为受苏联控制的波兰人民军，脱离了战俘与被拘留者管理局的管辖。① 管辖人数的急剧减少，造成管理人员闲置，因此苏联内务人民委员部对战俘与被拘留者管理局进行了机构精简，并关闭了一些空置的战俘营。如 1940 年 12 月 3 日，内务人民委员部根据 11 月 30 日通过的联共（布）中央决议，颁布了第 001510 号命令，将各战俘营内的政治处（Политотдел）予以撤销。② 但是，从 1941 年秋季起，苏联红军开始俘获德、意等国战俘，因此战俘与被拘留者管理局又开始设立新的战俘营以接收战俘。③ 到 1942 年 8 月 3 日，因现有的人员编制已经无法满足对战俘的接收与管理需要，内务人民委员部颁布决议，专门给战俘与被拘留者管理局增加了 60 个人员编制。④

1943 年 1 月，为了协调红军与战俘管理局之间战俘接收与物资调配工作，红军前线总司令部授予战俘与被拘留者管理局关于战俘统计、战俘押运、粮食与医疗卫生保障等方面的管理权限。⑤ 此外，针对战争期间糟糕的战俘接收与安置情况，内务人民委员部在 1943 年 2 月 18 日颁布了第 00345 号命令，要求各地战俘管理机关加强对前线

---

① Загорулько М. М, Главное управление по делам военнопленных и интернированных НКВД-МВД СССР 1941 – 1952：отчетно-информационные документы и материалы，Волгоград：Волгоградское научное изд-во，2004г，с. 8.

② Загорулько М. М., Военнопленные в СССР. 1939 – 1956. Документы и материалы，Москва："Логос"，2000гг.：№ 2. 5 Приказ НКВД СССР № 001510 об упразднении политотдела при Управлении НКВД по делам военнопленных и интернированных. Москва. 3 декабря 1940 г.

③ Загорулько М. М, Главное управление по делам военнопленных и интернированных НКВД-МВД СССР 1941 – 1952：отчетно-информационные документы и материалы，Волгоград：Волгоградское научное изд-во，2004г，с. 8.

④ Там же.，с. 9.

⑤ Там же.

战俘的接收与移送后方时的保障工作。① 2 月 24 日，内务人民委员部又颁布了第 00367 号命令，要求各战俘营改善对战俘的日常管理工作。同时根据第 00367 号命令，战俘与被拘留者管理局的人员编制被增加到 125 人。

1944 年 12 月 16 日，随着苏联红军推进到被德国侵占的东欧地区，苏联国防委员会发布命令，要求在红军所解放的罗马尼亚、南斯拉夫、匈牙利、保加利亚、捷克斯洛伐克等国征用具有劳动能力的德国公民，男性年龄范围为 17—45 岁，女性年龄范围为 18—30 岁，因此有大量德国公民作为被拘留者处在战俘与被拘留者管理局的管辖之下。②

随着战俘管理机关所辖各国战俘的急剧增加，原先的机构设置已无法满足管理庞大战俘群体的需要，因此在 1945 年 1 月 11 日，内务人民委员部战俘与被拘留者管理局被改组为战俘与被拘留者管理总局（Главное управление по делам военнопленных и интернированных, ГУПВИ-НКВД）。1945 年 2 月 3 日，苏联国防委员会又发布命令，要求征用在白俄罗斯苏维埃社会主义共和国（Белорусская Советская Социалистическая Республика）和乌克兰苏维埃社会主义共和国（Украинская Советская Социалистическая Республика，以下简称"乌克兰"）所有 17—50 岁的德国公民进行强制劳动，因此又有大量被拘留的德国公民进入战俘与被拘留者管理总局管辖范围。为此，1945 年 3 月 3 日，内务人民委员部下达第 00160 号命令，要求在战俘与被拘留者管理总局内建立专门的被拘留者管理局。1945 年 8 月 15 日，日本宣布投降后，为了接收与运送日本战俘到苏联从事劳役，战俘与被拘留者管理总局组建了远东前线战俘管理处，并从西部前线抽

---

① Загорулько М. М., Военнопленные в СССР. 1939 – 1956. Документы и материалы, Москва: "Логос", 2000г.: № 2. 10 Приказ НКВД СССР № 00345 о мероприятиях по организации приема, содержания и отправки военнопленных в прифронтовой полосе. Москва. 18 февраля 1943 г.

② Цунаева Е. М, Учреждения военного плена НКВД-МВД СССР: 1939 – 1953, Волгоград: Волгоградское научное изд-во, 2010г., с. 65 – 66.

调了450名军官，其中包括白俄罗斯第三方面军50人，北方战斗集群150人，驻德国方面军50人，中央战斗集群200人，另外还调集了3个营的战斗人员与物资装备。①

到1946年1月1日，战俘与被拘留者管理总局管辖着267个战俘营，其中专门的军官战俘营11个，关押德国、意大利等国战俘的西方战俘营199个，关押日本战俘的战俘营49个，另有混合战俘营8个，劳动作业队6个，此外还有178个专门的战俘医院。② 1946年3月15日，内务人民委员部被改组成苏联内务部（Министерство внутренних дел СССР，МВД）后，战俘与被拘留者管理总局亦更名为内务部战俘与被拘留者管理总局（Главное управление по делам военнопленных и интернированных，ГУПВИ-МВД）。10月19日，内务部发布第00933号命令，要求在战俘营内设立政治处（Политотдел），并为此配备了专门的政工干部，组织进行针对战俘的反法西斯宣传与共产主义思想教育。

在反法西斯战争胜利后不久，苏联一方面接收与征用各国战俘，一方面又基于政治、外交等因素考虑，开始陆续遣返各国战俘。到1950年左右，大部分德日战俘已回归本国。因此，在1951年6月20日，内务部下达了第00375号命令：战俘与被拘留者管理总局被降格成战俘与被拘留者管理局（управление по делам военнопленных и интернированных，УПВИ-МВД）。1953年4月20日，因外国战俘已绝大多数被遣返，内务部战俘与被拘留者管理局被内务部撤销，其职能被移交给苏联监狱管理局，剩余的少量各国战俘亦被同时移交。至此，1939年设立的苏联战俘管理局，经历14年后终结了其历史使命。

---

① Загорулько М. М, Главное управление по делам военнопленных и интернированных НКВД-МВД СССР 1941–1952: отчетно-информационные документы и материалы, Волгоград: Волгоградское научное изд-во, 2004г,, с. 34.

② Там же.

第二节　苏日交战与日本战俘移送苏联

一　战争爆发与日本战俘接收

莫斯科时间 1945 年 8 月 8 日深夜 23 时，苏联对日宣战。此时，由于时差原因，在远东地区早已集结完毕的苏联远东方面军已攻入关东军占领的中国东北地区。8 月 11 日，苏联出兵日本所属的库页岛南部及千岛群岛地区。苏军挟打败德国法西斯胜利之势而来，日本则已疲于战争，明显处在行将崩溃的边缘，因此战局发展成一边倒局势，除了遇到轻微的抵抗外，苏军进展顺利，在中国东北地区、朝鲜半岛北部地区、日本的千岛群岛、库页岛南部地区俘获了大量战俘。根据 9 月 12 日苏联《真理报》的官方报道，在整个交战过程中苏联共俘获了 59.4 万战俘，其中包括 148 名将军。[1] 而依据战俘管理总局的统计，俘获日本战俘 639776 人，内含 163 名将军，26573 名军官。639776 人中包括 30328 名中国人与朝鲜人。而依照 20 世纪 90 年代俄罗斯学者 В. П. 加里茨基在解密档案基础上的统计结果，仅在中国东北地区苏联红军远东方面军就俘获了 63 万余关东军战俘[2]，在整个苏日交战过程中击伤与俘获人数则为 67.7 万人左右。[3] 根据苏联方面的数据统计，在中国东北地区被俘的关东军人员基本构成如表 1-1 所示。

由表 1-1 可见，苏联红军俘获的关东军战俘来自于不同的国家，包括日本人、朝鲜人、中国人、蒙古国人、俄罗斯人与马来西亚人。非日本国籍人员在关东军里基本上是作为军事辅助人员存在的。战俘

---

[1] См：Правда，9.12.1945。关于俘获将官实际人数，各个学者在著作中的数据并不统一，比如库兹涅佐夫在其著作中所写俘获将官为 191 人，具体可参见 Кузнецов С. И，Японцы в сибирском плену，1945–1956，Иркутск：ТОО Издательства журнала "Сибирь"，1997г.，с. 58.

[2] Галицкий В. П. Японские военнопленные в СССР：правда и домыслы. //Военно-исторический журнал. – 1991. № 4. – с. 68.

[3] Кузнецов С. И，Японцы в сибирском плену，1945–1956，Иркутск：ТОО Издательства журнала "Сибирь"，1997г. с. 20.

表1-1　　　　中国东北地区被俘的关东军人员基本构成　　　　（人）

	将官数	军官数	士兵数	被俘总人数
日本	163	25573	582712	609448
中国	24	8	15902	15943
朝鲜	1	1	10204	10206
蒙古国	3	1	3629	3633
伪满洲国	-	-	486	486
俄罗斯	-	-	58	58
马来西亚	-	-	11	11
总计	191	25583	613002	639785

资料来源：Кузнецов С. И, Японцы в сибирском плену, 1945 - 1956, Иркутск: ТОО Издательства журнала "Сибирь", 1997г.

中的中国人基本上都是当地伪军，值得注意的是作者将中国人和"伪满洲国"人分开统计。战俘中的朝鲜人主要来自于被日本兼并的朝鲜半岛。战俘中的58名俄罗斯人，基本上来自于侨居中国东北地区的流亡白俄，因敌视苏联政治制度而加入日本关东军。至于关东军战俘中的11名马来西亚人，则来自于日本占领马来西亚时志愿加入日军的当地居民。①

在8月15日日本宣布无条件投降后，按照苏方指令，上述苏日交战地区的被俘军人按照部队建制开赴指定集结地，以便于解除武装与进行受降仪式，并等待下一步处置指令。在中国东北地区、朝鲜半岛北部地区及日本千岛群岛与库页岛南部地区，苏联指定了45处受降地点。② 如何处理这一庞大的战俘群体，苏联的立场有着明显的变化：8月16日，在苏联内务人民委员贝利亚等署名的给远东方面军总司令华西列夫斯基的命令中，要求尽可能就地设立战俘营以解除日

---

① Кузнецов С. И., Японцы в сибирском плену, 1945 - 1956, Иркутск: ТОО Издательства журнала "Сибирь", 1997г. с. 20.
② 戦後強制抑留史編纂委員会編：《戦後強制抑留史》第1卷，東京平和祈念事業特別基金発行2005年，第191ページ。

本战俘武装，且明确指示不准备将日本军事俘虏移送到苏联领土上。①但战时最高权力机关——苏联国防委员会在8月23日却火速颁布了第9898号决议，与贝利亚所颁布的命令截然相反。根据第9898号决议，苏联准备利用50万日本战俘到苏联做劳工，其中绝大多数人将被安置在苏联西伯利亚地区进行重体力劳动。关于苏联急剧转变立场的原因，目前学界的主要看法是斯大林提出由苏美分兵占领北海道的建议被美国总统拒绝后所采取的报复措施。伦敦政治经济学院国际史教授弗拉季斯拉夫·祖博克（Vladislav M. Zubok）在《失败的帝国：从斯大林到戈尔巴乔夫》一书中写道："1945年8月19日，斯大林仍然计划让苏军在北海道登陆。他给杜鲁门写信要求由苏联占领整个千岛群岛，而且还表示，'如果俄国军队不在日本本土的某个地方获得一块占领区'，就会让俄国的舆论觉得'受到了严重冒犯'。在千岛群岛问题上，杜鲁门做出了让步，但他对斯大林提出的参与对日占领的要求则断然拒绝。8月22日，克里姆林宫的战争领袖不得不取消在北海道登陆的计划。"② 正是在这种情况下，"杜鲁门的强硬政策使斯大林完全确信美国不让苏联'染指'北海道的立场不会改变。斯大林不能容忍的是，美国在战后处置日本问题上将苏联排除在外。然而，苏联领导人并不就此甘拜下风。恰在此时，数十万投降的日本关东军战俘攥在苏军手中等候处置，显然，斯大林此刻已经作出了决定。第二天（8月23日）即给苏联远东方面军司令部下达了扣押日本战俘进行强制劳动的命令"③。

二 编组劳动建设大队与移送苏联

各地区日本战俘开入指定集结地之后，即按照苏联要求整编为以

---

① 关于8月16日贝利亚电文，参见戦後強制抑留史編纂委員会編集：《戦後強制抑留史》第8卷（年表·索引編），東京平和祈念事業特別基金発行2005年，第49ページ。
② 弗拉季斯拉夫·祖博克：《失败的帝国：从斯大林到戈尔巴乔夫》，李晓江译，社会科学文献出版社2014年版，第42页。
③ 崔建平：《苏联政府战后对日战俘的政策评析》，《俄罗斯中亚中欧研究》2009年第2期，第77—78页。

1000 人为基准的劳动建设大队（строительные батальоны），就地进行相关劳动。各个劳动大队基本上按照日军原编制组成，在编组过程中对于不适合入苏进行重体力劳动的病弱人员予以剔除。而弥补由此造成的人员空缺有两种方式：第一是将苏军占领地区日籍非军事人员予以征用，如将伪满洲国中的日本官吏、朝鲜总督府与库页岛南部地区的官吏、警察人员、铁路雇员等强制补充进来；第二是将如"满蒙开拓团"（満蒙開拓団）等准军事单位中的适龄男子，或普通居民中的适龄男性强行补充到劳动大队中。①

实际上，苏联政府能顺利编成劳动建设大队，主要是利用了以下两点有利因素：第一，日本军队具有高度的组织性，日本军人具有良好的服从性，这些特性仍然保留并在改编劳动建设大队时为苏联所利用。第二，苏联进行劳动建设大队编组的理由是就地进行设备拆卸与物资搬运，这些工作一旦完成即将其遣返日本，未透露其真正的目的是移送苏联，因此得到了归国心切的日本战俘的配合。关于编组成的劳动大队具体数字，笔者根据日方资料统计的结果为：在中国东北地区编成 430 个大队，计 44 万人左右；朝鲜半岛北部地区编成 68 个大队，计 6.6 万人；千岛群岛、库页岛地区编成 71 个大队，计 6.7 万人。在上述地区共计编成 569 个劳动大队，约 58 万人。②

各个地区劳动大队编成以后，即开始陆续送往苏联。1945 年 8 月 25 日，内务人民委员部（НКВД СССР）部长贝利亚和国防人民委员部（НКО СССР）部长 Н. Ф. 布尔加宁给远东军区总司令 А. М. 华西列夫斯基发去指示，要求选择身体健康和年龄适当的日本战俘，并以 1000 人为单位组成劳动大队，给每辆军列准备两个月的粮食储备。应尽量利用战利品，如冬夏季服装、鞋、寝具、内衣和其他日常用品

---

① 戦後強制抑留史編纂委員会編：《戦後強制抑留史》第 1 卷，東京平和祈念事業特別基金発行 2005 年，第 194 ページ。
② 援護局援護 50 年史編集委員会編集：《援護五十年史》，東京ぎょうせい，1997 年，504—509 ページ。

来供给日本战俘。① 1945年8月27日，红旗第一集团军要求在日本战俘中组建劳动大队并将其送往苏联各地。按照要求，要组建20个大队，每个大队1000人，配发基本物资并携带10天的口粮。同时规定，每次军列运送两个劳动大队。② 另据中国学者沈志华教授的统计，为押送日本战俘，苏联共配备了3.5万名押运警备人员，此外仅在中国东北地区，被苏联运走的物资与装备价值就达到8.58亿美元。③

据1945年10月3日的报告，截止到10月2日，共运送了117000名日本战俘。因车厢不足与武装护卫缺乏，造成战俘输送工作滞后。④ 据内务人民委员部统计资料，到1945年10月30日，已有219356名战俘被移送到苏联领土上。⑤ 1946年2月26日，内务人民委员部就第9898号决议执行情况上呈斯大林的报告指出：共计俘获日本战俘594000人，其中移送到苏联地区的人数为499807人，包括将军166人，军官21345人，军士及普通士兵478296人。未被移送的94193人为病患、伤员、不堪劳动者或非日本籍俘虏，苏联红军已将其就地释放或移交给中国方面。按照规定，大部分日本战俘被安置在西伯利亚和远东地区，但也有部分人被安置到乌克兰等欧洲部分领土上。如战俘亲历者由井友二（由井友二，满洲第74部队）回忆，他是1946年6月从朝鲜半岛兴南出发，经远东和西伯利亚被移送至

---

① В. А. 加夫里洛夫、Е. Л. 卡塔索诺娃编：《苏联地区战俘：1945—1956》（档案集），第一部分第二章，第11号：内务人民委员部和国防人民委员部给苏联红军远东方面军总司令关于把身体状况和年龄适当的日本战俘送到远东和西伯利亚地区从事劳动利用的指示，19450825，国际民主基金会，莫斯科，2013年。

② В. А. 加夫里洛夫、Е. Л. 卡塔索诺娃编：《苏联地区战俘：1945—1956》（档案集），第一部分第一章，第4号：红旗第一集团军司令员关于在日本战俘中设立劳动大队并派遣至苏联各地从事劳动的命令，19450827，国际民主基金会，莫斯科，2013年。

③ 转引自沈志华《苏联出兵中国东北：目标和结果》，《历史研究》1994年第5期。

④ Загорулько М. М., Военнопленные в СССР. 1939 – 1956. Документы и материалы, Москва: "Логос", 2000гг.: № 3. 38 Докладная записка заместителя начальника ГУПВИ НКВД СССР И. А. Петрова заместителям наркома внутренних дел СССР В. В. Чернышову и А. Н. Аполлонову о количестве военнопленных японцев, отправленных в тыл в соответствии с сообщением М. С. Кривенко из Хабаровска. Москва. 3 октября 1945 г.

⑤ Кузнецов С. И, Японцы в сибирском плену, 1945 – 1956, Иркутск: ТОО Издательства журнала "Сибирь", 1997г., с. 41.

乌克兰，目的地是哈尔科夫（Харьков）东南方向200公里的人口只有3万人的一个小城，据其观察，该城在战争期间被破坏的痕迹明显。①

1946年4月，随着苏军完全撤出中国东北地区，日本战俘移送工作也宣告接近尾声。关于最终被移送的战俘总人数，苏联官方统计数据是46.3万人左右②，但日本学界对此有争议，目前比较有代表性的是东京大学名誉教授和田春树（和田春樹）的统计数字，即接近60万人。③ 另外，关于战俘的年龄构成，根据当代俄罗斯学者库兹涅佐夫的统计，大部分处于18—35岁，即适合进行重体力劳动的青壮年。④

关于各地区日本战俘移送苏联时的过境地点，在中国东北地区，输送经由地点主要是绥芬河、黑河、满洲里等地。朝鲜半岛北部地区的劳动大队主要经过兴南入苏，千岛群岛与库页岛南部地区主要经由大泊、半田等地入苏。⑤ 对于输送方式，苏联采取了利用季节气候及因地制宜的原则。绥芬河地区的劳动大队刚开始时徒步出发，后来出发的大队则利用货运火车运输。黑河地区的劳动大队一开始用船经黑龙江运输，后来在结冰期则以徒步或者汽车等工具输送，满洲里地区基本上是用货运火车运输。朝鲜半岛北部和千岛群岛、库页岛南部地

---

① ソ連における日本人の捕虜の生活体験を記録する会：《捕虜体験記Ⅲ：ウラル以西編》，ソ連における日本人捕虜の生活体験を記録する会，1984年発行，2000年第5刷，第253ページ。

② Загорулько М. М., Военнопленные в СССР. 1939 – 1956. Документы и материалы, Москва: "Логос", 2000гг.：№ 3.62 Докладная записка С. Н. Круглова В. М. Молотову со сведениями о японских военнопленных, содержащихся в лагерях МВД СССР. Москва. 2 сентября 1946 г.

③ Бюллетень Японской Ассоциации бывших военнопленных. – 1990. – 5 июля., Н123，с. 8 – 9.

④ Кузнецов С. И, Японцы в сибирском плену, 1945 – 1956, Иркутск：ТОО Издательства журнала "Сибирь"，1997г.，с. 50.

⑤ 阿部军治著：《シベリア強制抑留の実態：日ソ両国資料からの検証》，東京彩流社2005年，第51ページ。

区则全部用船经海运抵达苏联港口后，改用货运火车运输。①

根据1994年日本全国强制被拘留者协会（全国强制抑留协会）对3085名苏联地区日本战俘经历者所进行的调查数据显示，在总计4252人次的运输中，通过铁路运输者为2130人，借助船舶运输者为865人，通过汽车运输者为167人，徒步入苏者为1062人，剩余者为其他运输方式。②由调查数据可得，日本战俘主要通过铁路进入苏联领土，而且一般都经历了两种以上运输方式。而关于移送时间，由3085名受访者统计出的结果为：1945年入苏者占到了93.5%，其中9月和10月合计入苏者为1909人，占到了总受访者的61.9%。③

关于移送条件及运输工具，根据1945年4月4日内务人民委员部关于铁路押运战俘与被拘留者人员的指令：除安排相当的押运警戒人员之外，在使用货运火车运送战俘时要配备床具、厕所等设施，冬季运输时则要在车厢内配备供暖设备。车厢内要备足食物与饮用水，并要配备医疗物品与随车医生，随车的运输负责人对俘虏的健康状况负有直接责任。④但在战俘移送过程中出现或遇到了一些问题，主要表现为：第一，物资供给不足。据哈巴罗夫斯克（伯力）当地内务部门的报告，从1945年9月15日到9月23日接收了28000名日本战俘，但面粉、糖、烟草和面包的配备都未达到标准。⑤第二，运输工具不足或缺乏护卫力量，造成的结果是大量战俘挤在狭窄的车厢或船

---

① 戦後強制抑留史編纂委員会編：《戦後強制抑留史》第1卷，東京平和祈念事業特別基金発行2005年，第203ページ。

② 平和祈念事業特別基金編：《シベリア強制抑留者が語り継ぐ労苦》第4卷，平和祈念事業特別基金1994年，第14ページ。

③ 同上书，第28ページ。

④ Загорулько М. М., Военнопленные в СССР. 1939 – 1956. Документы и материалы, Москва: "Логос",2000гг.：№ 3. 26 Инструкция о порядке конвоирования военнопленных и интернированных частями конвойных войск НКВД СССР по железнодорожным путям. Москва. 4 апреля 1945 г.

⑤ В. А. 加夫里洛夫、Е. Л. 卡塔索诺娃编：《苏联地区战俘：1945—1956》（档案集），第一部分第一章，第14号：哈巴罗夫斯克边疆区内务人民委员部负责人呈远东方面军后勤部门副总司令关于运输日本战俘抵达本地战俘营的军列保障条件恶劣的报告，19450923，国际民主基金会，莫斯科，2013年。

舱里，以尽可能提高单次输送量和减少对警卫人员的需求。如上文所述，日本战俘主要是通过铁路来输送且主要是采用未经任何改装的货运火车或家畜运输车进行。这些运输车辆本身的卫生条件就不是很充分，而且设有床铺、卫生间等设施的车厢极少，加上车厢内战俘人员高度密集，输送距离与输送时间又长。尽管如此，1945年10月3日内务人民委员部的报告显示，截止到10月2日，共运送了11.7万人的日本战俘。因车厢缺乏武装护卫，造成战俘输送工作滞后。① 第三，气候条件恶劣，移送条件艰苦。1945年11月13日，针对冬季恶劣条件，为保障运输途中日本战俘体力状况及降低运输死亡率，战俘管理局对移送条件颁布了专门管理规定"要求运输工具必须保暖、舒适，配备医疗措施与医务人员"②。

受到天气寒冷及伤病的影响，加上输送条件不够完善，在输送途中战俘体质下降状况明显，由此造成大面积腹泻、拉痢疾等疾病的发生。据1945年10月被送往乌兹别克苏维埃社会主义共和国（Узбекская Советская Социалистическая Республика，以下简称"乌兹别克共和国"）首都塔什干地区（Ташкент）的日本战俘川畑克志（川畑克志）回忆，他所乘坐的货运列车行进了一个半月才抵达目的地。当初上车之时所携带的少量食物很快被消耗殆尽，后来每日分配的是由大豆做成的汤和粗糙的黑面包，日本战俘面临着普遍营养不良状况并逐渐造成全员营养失调，途中不断有战俘因病弱而死亡，以至于后来在每次途中停车休息时，大多数战俘连下车进行短暂休息这一动作都显得极为虚弱。在抵达塔什干时，1000人的劳动大队已经减

---

① Загорулько М. М., Военнопленные в СССР. 1939 – 1956. Документы и материалы, Москва:"Логос", 2000гг.：№ 3.38 Докладная записка заместителя начальника ГУПВИ НКВД СССР И. А. Петрова заместителям наркома внутренних дел СССР В. В. Чернышову и А. Н. Аполлонову о количестве военнопленных японцев, отправленных в тыл в соответствии с сообщением М. С. Кривенко из Хабаровска. Москва. 3 октября 1945 г.

② Загорулько М. М., Военнопленные в СССР. 1939 – 1956. Документы и материалы, Москва:"Логос", 2000гг.：№ 3.42 Директива НКВД СССР № 199 об условиях размещения и содержания военнопленных японцев. Москва. 13 ноября 1945 г.

▶ 西伯利亚的"罪与罚"

员为 800 人左右，活着的战俘不是营养失调者就是病患者。① 上述经历在战俘亲历者的回忆中属于普遍现象。战俘亲历者相田正明（相田正明）则是如此回忆移送过程的："苏军以'东京回家（東京ダモイ）的借口将我们装入货运火车后一直前行……就这样一直往前行进，突然有人大喊'看到海了'，车厢内顿时一阵骚动，大家刚开始都以为火车的行进方向是日本海，突然间发现这'海'竟然不是日本海，而是反方向的贝加尔湖，顿时所有人都觉得像跌入地狱一般，带着一股要被枪毙在苏联的预感，车厢内的人都犹如死去一般地沉寂着……"② 另外，日本战俘亲历者室田幸雄（室田幸雄）在回忆录里表达了被移送苏联后的心态："我的回国希望破灭了，做好了死的觉悟。"③

笔者认为，造成日本战俘输送条件不理想的原因有四点：第一，客观条件限制。苏联幅员辽阔，战后有大量退役军人和外国战俘需同时移送，加上运输工具相对缺乏，针对本国人员和外国战俘的运输车辆条件都较差、运行速度慢。第二，战后苏联移送日本战俘任务重、时间紧。第 9898 号决议颁布后，苏联决定火速运输 50 万名日本战俘到苏联各地。虽然苏联政府要求保障运输条件，但在紧急任务面前，未能充分保障运输条件的情况是难以避免的。第三，战后苏联普遍物资匮乏，因气候及交通条件限制，东部地区物资保障尤为困难。第四，战俘身份。日本当代学者阿部军治对苏联的做法评价极低，他认为苏联的输送方法是把日本战俘当作牲畜对待，属于非人道行为。④

---

① 平和祈念事业特别基金编：《シベリア強制抑留者が語り継ぐ労苦》第 2 卷，平和祈念事业特别基金 1992 年，182 ページ。
② 平和祈念事业特别基金编：《シベリア強制抑留者が語り継ぐ労苦》第 8 卷，平和祈念事业特别基金 1998 年，182 ページ。
③ 平和祈念事业特别基金编：《シベリア強制抑留者が語り継ぐ労苦》第 13 卷，平和祈念事业特别基金 2003 年，第 87 ページ。
④ 阿部军治著：《シベリア強制抑留の実態：日ソ両国資料からの検証》，東京彩流社 2005 年，第 258 ページ。

除了直接被送往哈萨克苏维埃社会主义共和国（Казахская Советская Социалистическая Республика，以下简称"哈萨克共和国"）与乌兹别克共和国外，大部分日本战俘在抵达苏联后停留的第一站，是靠近中苏边境的城市哈巴罗夫斯克（Хабаровск）（伯力）。哈巴罗夫斯克（伯力）作为集结地与中转站，日本战俘在抵达此地后先进行临时休整，同时等待被分配到各地战俘营。即使先期被苏军用飞机送往苏联地区的关东军总司令官山田乙三（山田乙三）与总参谋长秦彦三郎（秦彦三郎）等人也是抵达哈巴罗夫斯克（伯力）后再被移送到专门的战俘营的。① 关于哈巴罗夫斯克地区的日本战俘临时中转站相关情况，笔者在采访中询问过战俘亲历者——原日军第59师团53旅团44大队步兵炮中队伍长大河原孝一（大河原孝一）。大河原孝一证实道：在哈巴罗夫斯克地区设有专门的日本战俘收容机构与中转机构，包括他在内的大部分日本战俘都是在抵达该地进行短期休整并补充物资后再分配到各战俘营的。

第三节　苏联地区日本战俘营的设立

一　日本战俘营分布状况

根据1945年8月23日苏联国防委员会作出的第9898号决议，大部分日本战俘将被安置在西伯利亚地区和远东地区，同时要求内务人民委员部战俘管理局在9月15日前准备好4500名军官，1000名医务人员，1000名军需官及6000名士兵。对于50万日本战俘的具体分配与安置方案，苏联政府规划见表1-2。

由表1-2可以看出，除了哈萨克共和国与乌兹别克共和国以外，大部分日本战俘都被苏联政府安排在西伯利亚和远东地区各地战俘营里。原因主要为：第一，自古罗斯以来，俄国就一直实行犯人流放制

---

① 1945年9月5日，关东军总司令官山田乙三、总参谋长秦彦三郎等40名将官，由三架飞机从长春出发经由哈尔滨被移送到哈巴罗夫斯克（伯力）。

表1-2　　　苏联政府关于分配与安置日本战俘方案　　　　（人）

地区	人数
贝阿铁路（Байкало-Амурская магистраль）	150000
滨海边疆区（Приморский край）	75000
哈巴罗夫斯克边疆区（Хабаровский край）	65000
赤塔州（Читинская область）	40000
伊尔库茨克州（Иркутская область）	50000
克拉斯诺亚尔斯克边疆区（Красноярский край）	20000
阿尔泰边疆区（Алтайский край）	14000
哈萨克共和国	50000
乌兹别克共和国	50000

度，其中西伯利亚及远东地区在近代以来成了主要的犯人流放地，俄国革命的领导人列宁、斯大林等就曾被流放至该地区从事劳役。苏联成立之后，继续将这两个地区作为流放刑事罪犯和政治犯的地区，并设立劳动改造管理总局，通过强制劳动来改造这些犯人。第二，西伯利亚和远东地区蕴含了大量自然资源，但条件恶劣、人口稀少，急需大量劳动力来从事开采或开发，成建制的日本战俘正好满足了这一需求。到1946年2月26日，日本战俘的实际移送情况如表1-3所示。

表1-3中的数据只是日本战俘在苏联各地的大致分布情况。这些被移送到苏联地区的日本战俘，大部分处在战俘管理局管辖下的各个战俘营中。一般而言，内务人民委员部战俘管理总局所辖的日本战俘营，分为三个类型：收容普通日本战俘的一般战俘营，收容日本军官的军官战俘营，以及专门收容100多名日军将军的将军战俘营［即哈巴罗夫斯克（伯力）第20收容所］。除了这三个类型的战俘营外，战俘管理局还设有收容违反战俘营管理条例者、消极怠工者、抵触社会主义思想与共产主义思想者的战俘惩戒营。另外，针对战俘中的病患人员，战俘管理局另设有战俘专门医院与战俘疗养所。同时，各地战俘管理局还利用日本战俘组建了不少劳动大队，外派或者移交给其他国民经济或军事经济部门从事劳动，这些被外派的劳动大队名义上

第一章　苏联战俘管理制度与日本战俘营建立

表 1-3　　　　　到 1946 年 2 月日本战俘移送情况　　　　　（人）

地区	人数
贝阿铁路	112444
哈巴罗夫斯克边疆区	154017
伊尔库茨克州	2032
滨海边疆区	45047
赤塔州	32922
克拉斯诺亚尔斯克边疆区	20750
阿尔泰边疆区	14404
哈萨克共和国	27648
乌兹别克共和国	16046

资料来源：Загорулько М. М., Военнопленные в СССР. 1939 – 1956. Документы и материалы, Москва: "Логос", 2000гг.: № 3.46 Докладная записка НКВД СССР на имя И. В. Сталина, В. М. Молотова, Л. П. Берии о выполнении решения ГКО № 9898 от 23 августа 1945 г. о приеме и размещении военнопленных японцев. Москва. 26 февраля 1946 г.

隶属于各战俘管理局，但实际上由战俘所在经济部门实行具体管理。

日方资料显示，苏联各日本战俘营的管理人员分为苏方正式管理人员与日方辅助人员两部分。苏联方面设战俘营负责人一名，负责粮食与日用品供给、人事调配、劳动安排、营房修缮等日常工作的管理，另外战俘营内的财务状况也归其负责。同时各战俘营设警备部门，有负责人一名，下辖警备人员若干。每个战俘营也都设有卫生所，通常包括常驻军医 2 名，负责进行战俘体格检查、日常病患处理。在各战俘营内日方辅助人员中，一般以该营最高军阶的战俘军官为中心设立管理本部，安排数名日本战俘从事炊事、理发、修缮、被服供给、劳动调配等日常辅助劳动。①

根据第二次世界大战后日本外务省（外務省）调查分析所得来的统计数据，从 1947 年起到 1955 年为止，关押日本战俘的苏联战俘营

---

① 戦後強制抑留史編纂委員会编：《戦後強制抑留史》第 2 卷，東京平和祈念事業特別基金発行 2005 年，第 225 页。

▶ 西伯利亚的"罪与罚"

以西伯利亚为中心，东起堪察加半岛（Камчатский полуостров）的首府彼得罗巴甫洛夫斯克（Петропавловск），西至黑海（Черное море）附近，北起北极圈内的诺里尔斯克（Норильск），南到乌兹别克共和国首都塔什干。① 日方根据归国战俘回忆资料所作的统计，在整个苏联地区收容关押日本战俘的各类战俘营、劳动大队及分支机构约有1200—1300个。② 而据苏联方面的资料，集中关押日本战俘的大型战俘营有217个，其派生出的小型战俘营则达到了2112个，另有派驻到各地国民经济部门的特别劳动大队392个，战俘专门医院178个。③

此外，作为重视意识形态宣传的国家，苏联亦在各战俘营设立思想政治教育部门，对日本战俘进行政治教育。一般而言，1946年，战俘营内政治运动逐渐开展起来后，在关押日本战俘较多的战俘营设两名专门的政治军官，主要负责对战俘的思想审查与思想政治教育工作。在规模较小的战俘营里，战俘思想政治工作一般由负责人兼管。此外每个日本战俘营都驻有日语翻译人员，其任务分两个层面：第一，负责掌握日本战俘的思想动态；第二，组织政治宣传工作，培养日本战俘对苏维埃制度的政治认同与好感。④ 关于苏联地区日本战俘营内思想政治教育的详细内容，笔者将在下文中进行详细论述。

二 日本战俘营居住条件与周边情况

（一）居住环境与居住条件

众所周知，苏联幅员辽阔，从北至南、从东到西地域环境与气候

---

① 戦後強制抑留史編纂委員会編：《戦後強制抑留史》第2卷，東京平和祈念事業特別基金発行2005年，第157ページ。
② 厚生省社会・援護局援護50年史編集委員会監修：《援護五十年史》，東京ぎょうせい1997年，第133ページ。
③ V. A. アルハンゲリスキー［著］、滝沢一郎訳：《プリンス近衛殺人事件》，新潮社2000年，第179ページ。
④ Кузнецов С. И., Японцы в сибирском плену, 1945 – 1956, Иркутск: ТОО Издательства журнала "Сибирь", 1997 г., с. 48.

差异极大。日本战俘的主要分布地西伯利亚和远东地区大都处于未开发状态,自然原始,交通不便,且春夏季短暂,一年中有 6 个月以上是昼短夜长的冬季,这对于习惯了气候温暖、四季缓慢交替的日本战俘来说较难适应。另外,即使是在西伯利亚和远东的同一地区,冬夏之间的温差也极为巨大,这使日本战俘感到不适应。以赤塔州为例,冬季最冷时候平均气温约为零下 26—30 摄氏度,盛夏 7 月则为 17—21 摄氏度。① 正如战俘经历者宫泽信行(宮沢信行)在回忆录中所描述的:"西伯利亚几乎没有春秋季,从夏季直接入冬,通常 9 月份开始下雪,第二年 5 月才开始解冻。"② 另据战俘经历者(姓名不详)记述:"在赤塔地区,11 月以后超过零下 30 摄氏度的天气很常见,更有零下 60 摄氏度的极端天气,在这样的气候下土地冻结,工具亦冻结,寒冷会让人丧失知觉,失去意识,因而根本无法劳作。"③

苏联战俘管理局为日本战俘所提供的居住设施,与提供给其他国家战俘的居住条件基本相同。大部分日本战俘在抵达战俘营后,居住在砖制或木制兵营及犯人收容所中,或居住在由仓库、马厩等建筑改造成的临时宿舍中,此外有极少数日本战俘在抵达之后因战俘管理局准备不充分,暂时居住在露天建筑中。

根据 1994 年日方进行的归国战俘调查:在 3085 名日本战俘中,抵达目的地时有现成宿舍者为 2237 人,抵达后自行建造木制宿舍者为 351 人,自行建造半地下式建筑者为 171 人,而居住在露天宿舍的有 308 人。④ 如战俘亲历者天谷小之吉(天谷小之吉)所述,他在入苏后第一个冬天所居住的就是寒风连连的露天宿舍,其四角冻结之后

---

① 平和祈念事业特别基金编:《シベリア強制抑留者が語り継ぐ労苦》第 6 卷,平和祈念事业特别基金 1996 年,237 ページ。
② 平和祈念事业特别基金编:《シベリア強制抑留者が語り継ぐ労苦》第 8 卷,平和祈念事业特别基金 1998 年,201 ページ。
③ 平和祈念事业特别基金编:《シベリア強制抑留者が語り継ぐ労苦》第 10 卷,平和祈念事业特别基金 2000 年,493 ページ。
④ 平和祈念事业特别基金编:《シベリア強制抑留者が語り継ぐ労苦》第 4 卷,平和祈念事业特别基金 1994 年,第 39 ページ。

的冰柱竟有一米多高。① 无独有偶，在赤塔州的一些日本战俘营，战俘在到达之初并无可住之处，战俘需在用简易栅栏围起来的被监管地就地取材自行建造宿舍。好在苏联木材资源丰富，因此一般都是就近伐木来制作简易木制宿舍。② 但大部分日本战俘抵达时已是秋冬时节，在已经硬化的冻土上建造宿舍绝非易事：一般都是先选定一片地域，在其之上连续焚烧火堆两个小时，才能往下挖掘10厘米左右以立柱建立简易房屋，屋顶则敷以马粪。这种马粪房顶的简易建筑在冬季尚能起到抵御风寒的作用，但是在夏季因气温升高及雨水肆虐，造成简易宿舍的房顶腐败变质，且容易滋生细菌，并散发出难闻的气味，造成战俘营卫生环境恶劣。③

以克拉斯诺亚尔斯克地区最大的日本战俘营为例。该战俘营共有8栋建筑，其中3栋为宿舍，收容了约1500名日本战俘。另有1栋为厨房兼粮秣库，1栋为蔬菜、被服储存库，1栋为浴室兼被服工厂与理发所，1栋医务、疗养室，厕所等其他附属设施则是用木材简单搭建而成的。④

在西伯利亚地区日本战俘营里，战俘所居住的宿舍都是兵营式的并列通铺。人均居住面积为2.5—3平方米，人均床铺面积则为1—1.5平方米，即除床铺之外几乎无个人空间。关于照明设施，各战俘营条件与情况不一。有些战俘营宿舍装有电灯，有些宿舍则无电灯。即使在装有电灯的战俘营里，电力供应与灯泡供应也难以保障，由此造成大部分战俘营的宿舍在照明时使用的是就地取材的石油、松油或从各式机械上拆卸下来的可燃油脂，以及燃烧白桦皮或直接借助屋内暖炉火光。有些油脂或木材在燃烧之后所散发的气味，造成战俘宿舍

---

① 平和祈念事业特别基金编：《シベリア強制抑留者が語り継ぐ労苦》第5卷，平和祈念事业特别基金1995年，第139ページ。
② 平和祈念事业特别基金编：《シベリア強制抑留者が語り継ぐ労苦》第10卷，平和祈念事业特别基金2000年，第59ページ。
③ 同上书，第376ページ。
④ 戦後強制抑留史編纂委員会编：《戦後強制抑留史》第2卷，東京平和祈念事业特别基金发行2005年，第207ページ。

内空气污浊，而且含有一定的毒性，成为损害战俘健康的一大原因。另外，各战俘营的供水是一大问题。大部分战俘营的水源都位于营区之外，需战俘轮流去打水。打水对于取水战俘而言，夏季打水较为方便。而在封冻的严寒冬季，打水则极为困难，需战俘合力凿取坚硬的冰块抬回以融化利用。①

严酷的冬季气候，对日本战俘的生活和劳动出勤有着决定性的影响。一般而言，西伯利亚地区战俘营规定的冬季起床时间为5点左右，劳动出勤时间为8点左右。除此之外，按照苏联内务部的规定，超过零下30摄氏度日本战俘可不外出进行作业，但是各地战俘管理局会根据本地实际情况对此有所调整。② 如在阿拉木图（Алма-Ата）及哈巴罗夫斯克地区，当地战俘管理规定超过零下30摄氏度不出勤；而在马加丹地区（Магадан），超过零下45摄氏度才不出勤。可以说，寒冷问题一直困扰着日本战俘的生活与出勤，苏联战俘管理局对此也一直较为注意。如在1945年11月24日，苏联战俘管理局针对因寒冷造成的日本战俘患病与死亡率剧增现象颁布了专门措施：要求各战俘营加强战俘宿舍条件，进行修缮炉子、改善供暖设施工作，并保证战俘营内室温不低于18度。同时针对室外作业的日本战俘要加强防寒保暖措施。③

根据1945年11月13日内务人民委员部针对日本战俘越冬问题下达的指示，冬季来临前，应采取以下保障措施：第一，加强宿舍保暖，确保干净与舒适；第二，进行传染病防治，澡堂、洗衣间和消毒间要准备好，并做好医药物资保障工作；第三，保障民族饮食制度和饮食标准实施到每个日本战俘；第四，战俘外出工作时要穿恰当衣

---

① 戦後強制抑留史編纂委員会編：《戦後強制抑留史》第2卷，東京平和祈念事業特別基金発行2005年，第210ページ。
② 同上书，第197—198ページ。
③ Загорулько М. М., Военнопленные в СССР. 1939 – 1956. Документы и материалы, Москва："Логос"，2000гг.：№ 3.43 директива нквд СССР № 221 об улучшении коммунально-бытовых условий для военнопленных японцев.

物,工作地点应设取暖间。①

(二) 日本战俘与周边苏联居民

苏联政府的战俘管理原则是最大限度阻隔战俘与苏联民众进行接触,这一原则同样适用于日本战俘。对此,各战俘营尽量利用日语翻译、了解日本文化的朝鲜族苏联警备人员或战俘营内朝鲜籍战俘及亲苏日本战俘作为管理与警备协助人员,监视日本战俘的言论与思想,同时尽量隔绝他们与苏联普通居民的接触。但是在客观现实中,除进行伐木、采矿等工作需要封闭作业或深入偏远地区作业外,从事建筑作业、工厂生产的日本战俘多集中居住在居民点附近,在其进行日常劳作期间,仍有不少机会可以接触到普通苏联居民。这对日本战俘与苏联居民之间形成基本认识、进行信息交流与物质交换是有利的。

据西伯利亚库兹巴斯地区的苏联居民 Н. 叶夫谢恩科 (Н. Евсеенко) 回忆:"1945 年下半年,大约有 300 名日本战俘到我们这里进行采矿。我还清楚地记得走在他们最前面的是一个穿制服的日本军官,这个人中等身材,蓄着小胡子,大概 40—45 岁。……他们每天的任务就是劳动。"② 伊尔库茨克当地居民 М. П. 格鲁霍夫 (М. П. Глухов) 对在他所在工厂的日本战俘有着如下回忆:"我们工厂来了不少日本人,他们内部有着严格的秩序。军官当面高声训斥下属的士兵,我记得他将士兵赶到零下 50 摄氏度的严寒中作为惩罚。我们在熟悉之后开始一起吃饭,他们有非常可口的咸菜。战俘中有熟练的车工,甚至还有工程师,他们能自己修理机床与复杂的零件。工程师们能获得额外的伙食与报酬,他们用劳动报酬来购买烟草与茶叶。在我的队里也有日本人,他是一个很快活的人,他总是在唱《喀

---

① В. А. 加夫里洛夫、Е. Л. 卡塔索诺娃编:《苏联地区战俘:1945—1956》(档案集),第一部分第一章,第 17 号:内务人民委员给各战俘营负责人关于日本战俘的居住条件和居住设施的指示,19451113,国际民主基金会,莫斯科,2013 年。

② Кузнецов С. И., Японцы в сибирском плену, 1945 – 1956, Иркутск: ТОО Издательства журнала "Сибирь", 1997г., с. 55.

秋莎》。日本战俘遣返回家的时间到了，这个日本人拿着他妻子与子女的照片哭泣着说，如果他还没有家庭的话就会留在伊尔库茨克。"①在此笔者需要指出的是，伊尔库茨克作为较大的工业城市，处在铁路主干道上，物资供应相对有保障，且这些战俘属于机械加工等技术工种，相对于偏远地区的日本战俘而言待遇相对有保障，与从事原木采掘、地下挖掘等作业的战俘相比，工作环境与人文环境也相对较好。

阿穆尔河畔共青城（Комсомольск-на-Амуре）的当地居民 A. 克拉斯诺夫（A. Краснов）是这样回忆 1946 年日本战俘修建一个剧院时的情景的："他们很和蔼，任何时候都不吵架。在我的记忆中对他们只有好印象。……我记的很清楚，我们不断被教育要像痛恨敌人一样憎恨日本人，但是敌人在前线，他们则是建设者，很好地完成工作的建设者。"② B. 波杜诺夫（В. Бодунов）对日本战俘的回忆是："1946 年的时候我还是个小男孩，生活在哈巴罗夫斯克（伯力）边疆区。这里有一些日本战俘在修路，夏天的时候我们孩子们整天和他们在一起，互相都很有好感。我看他们如何抓蛇和青蛙，烤熟之后吃掉这些食物。"③

日本参议院在外同胞归国问题特别委员会（参議院在外同胞引揚問題に関する特別委員会）于 1949 年 4 月 28 日举行的会议上，关于苏联地区日本人的实际情况，战俘亲历者赤鹿理（赤鹿理）表示，他是经牡丹江进入苏联的。在入苏期间，大量卡车昼夜向苏联运送各种物资。在前往战俘营的途中，他们经过一所女子学校，学生们都出来看，并互相告知是日本人（японский，ヤポンスキー）。另外，儿童们穿着日本军队的服装，更有小女孩光着脚走路，看来经过长时间

---

① Кузнецов С. И., Японцы в сибирском плену, 1945 – 1956, Иркутск: ТОО Издательства журнала "Сибирь", 1997г., с. 96.
② Бондаренко Е. Ю., Японские военнопленные на Дальнем Востоке России в послевоенные годы, Владивосток: Изд-во Дальневосточного университета, 1997гг., с. 58 – 59.
③ Там же., с. 61 – 62.

的战争，苏联人民已经非常贫穷了。① 当时坦波夫市（Тамбов，位于苏联欧洲领土部分）公民谢拉菲玛·多尔戈娃的回忆，也印证了战后苏联所遭遇的经济困难："我们在车站等了好多天，日本人刚下火车，我们所有的人立刻向他们扑去，抢夺他们的东西，一会儿，他们就穷得连裤子都穿不上了。"②

另外，虽然苏联自成立以来限制传统的东正教传播，但是强大的东正教传统使得大部分俄罗斯人，特别是苏联妇女对弱者抱有一种特别的同情心。日本战俘群体作为俄罗斯人心目中的弱者，在心理上得到了当地民众一定程度的怜悯。并且，苏联各战俘营收容的不仅有日本战俘，还有其他国家战俘，但日本战俘却以他们的组织性与耐劳性赢得了苏联民众一定程度的认可与好感。因此，"日本好人们"（хорошие люди-японцы）这个词常常出现在苏联民众的谈论当中。当然还有一点不可忽视的因素：大部分苏联民众都清楚日本并未进攻过苏联本土，因此对日本战俘的仇恨主要来自苏联政府的宣传，实际上他们并没有对德国战俘那样的切肤之恨。看到日本战俘的恶劣生活状况，经常有当地民众主动上前，通过施舍食物等方式来予以怜悯。在赤塔州，那些进行户外劳动的日本战俘经常会遇到这样的情况：尽管在苏联警卫监督下进行劳作，但常会有过路的普通民众主动施舍面包、蔬菜等食物。在伊尔库茨克地区，苏联女队长科谢尼娅（Ксения）曾经领导约25名日本战俘从事伐木与运输工作。她回忆道："这些人（日本战俘）非常能干，并且遵守秩序，但他们的伙食很差，因此我专门弄了一块菜地，种了卷心菜、土豆，在1946—1947年冬天储存起来分给他们吃。"③ 另有苏联居民 Л. Д. 斯达修克（Л. Д. Стасюк）回忆道，他的母亲经常指责那些生活在我家的战俘守

---

① 第005回国会在外同胞引扬問題に関する特別委員会，第14号，昭和24年4月8日。

② 转引自徐元宫、李卫红《前苏联解密档案对"日本战俘"问题的新诠释》，《当代世界社会主义问题》2006年第4期，第78页。

③ Кузнецов С. И.，Японцы в сибирском плену，1945 – 1956，Иркутск：ТОО Издательства журнала "Сибирь"，1997г.，с58. с. 128.

第一章　苏联战俘管理制度与日本战俘营建立

卫，因为他们对待日本战俘的态度很恶劣。①

如上所述，虽然大部分苏联民众对日本战俘抱有一定的同情心，但是个人的温情无法降低整个苏联战俘管理体制的严苛性。此外，苏联受制于轻工业不发达，战后物资紧缺，加上部分苏联民众素质不高，因此在面对日本战俘时，有些人存在着天然优越感，无故虐待日本战俘或强制剥夺战俘个人财物的情况也时有发生。在日本战俘群体被抢夺的财物中，以当时较为稀少的手表、钢笔与金银饰品为主。笔者的采访对象，日本战俘大河原孝一就被苏联居民强行掠去了手表。同时由于战后冷战大环境的存在，加上苏日之间北方领土争端，使得苏联亦存在着一定的反日宣传氛围，这也不可避免地影响了部分苏联民众对日本战俘的个人态度。

但无论如何，在陌生的环境中通过接触、沟通与交流来了解环境，适应环境，以更好地生存下去，是人的天性。所以，对日本战俘而言，通过劳动与日常交往来博取苏联当地民众的好感或恩赐以生存下去，是刺激这一群体与苏联民众交往的内在动机。在抵达苏联之后，有不少日本战俘开始学习并初步掌握了俄语，如大河原孝一就是日本战俘中的兼职俄文翻译。而马加丹地区的一位当地苏联居民则回忆道："经常能遇到日本人。……在工作的地方我们尝试与日本士兵与军官进行交流。……警戒只是表面上的，在这里我们能自由接触战俘并与他们交往。不久他们掌握了一些俄语，而我们则掌握了一点日语，我们开始能互相明白。日本人经常回忆起他们的家庭与家人，很显然他们想摆脱这里的糟糕命运。有一次，我们俄罗斯人还与日本人交换了东西：我们给他们面包与土豆，他们则给我们毛料制品。"②据战俘亲历者阿部吉藏（阿部吉藏）回忆，他所在战俘营中有一名战俘原是学校教师。有一天，他在某一户当地人家的天花板上画上了

---

① Кузнецов С. И., Японцы в сибирском плену, 1945 – 1956, Иркутск: ТОО Издательства журнала "Сибирь", 1997г., с58. с. 140.

② Бондаренко Е. Ю., Японские военнопленные на Дальнем Востоке России в послевоенные годы, Владивосток: Изд-во Дальневосточного университета, 1997гг., с. 127.

鲜艳的天使图案,这家人很高兴,给了他面包作为奖励。①

随着交往的深入,日本战俘与苏联民众对彼此性格与习惯的了解也愈益加深。一位日本战俘(姓名不详)后来回忆道:"通过每天与俄罗斯工人交流,我学会了俄语中骂人的脏话。我认为这是苏联人在与严酷的环境作斗争中自发形成的习惯。"战俘经历者水野治一(水野治一)则回忆道:"我们在工作日进行校舍修筑,周日上午负责战俘营日常修缮,下午则为个人勤务时间。在一个休息日,我们三个人被外派到一个苏联家庭进行劳动。家庭男主人是苏联情报部门的退休官员,会说日语。在午休时间,主人夫妇奉上了自家食物,使我们获得了久违的饱腹感。主人用日语询问我们对于共产主义及斯大林政权有何感想。后来他说列宁、斯大林都是他们劳动者阵营这一边的,是应该尊敬的指导者,并告诉我们应该在回到日本后宣传苏联的社会主义。"② 战俘亲历者石村富生(石村富生)则在回忆录中附上了他与桑岛一郎(桑岛一郎)1947年10月18日在喀山市(Казань)高尔基公园游玩时与两位当地少女合影的照片。③

此外,苏联东部地区人烟稀少,加上因反法西斯战争造成的青壮年男性人口损失较大。因此,各国青壮年战俘的到来,在一定程度上受到了当地未婚或丧偶苏联女性的青睐。虽然政府极力杜绝跨国婚姻现象,对战俘结婚实施严厉管制,但仍有一些日本战俘与苏联妇女结婚。如在克拉斯诺亚尔斯克的坎斯克(Канск)地区,就有40名日本战俘因与当地妇女结婚而自愿留居当地。④

---

① 平和祈念事业特别基金编:《シベリア強制抑留者が語り継ぐ労苦》第13卷,平和祈念事业特别基金2003年,第321ページ。

② 平和祈念事业特别基金编:《シベリア強制抑留者が語り継ぐ労苦》第9卷,平和祈念事业特别基金1999年,第127ページ。

③ ソ連における日本人の捕虜の生活体験を記録する会:《捕虜体験記Ⅲ:ウラル以西編》,ソ連における日本人捕虜の生活体験を記録する会,1984年発行,2000年第5刷,第238ページ。

④ Кузнецов С. И., Японцы в сибирском плену, 1945 – 1956, Иркутск: ТОО Издательства журнала "Сибирь", 1997г., с. 150.

除接触到战俘营外当地苏联民众外,苏联地区还存在大量的德国、意大利、匈牙利、罗马尼亚等国战俘,部分日本战俘有机会接触他们并形成观感。据曾被关押在坦波夫州(Тамбовская область)莫尔尚斯克(Моршанск)战俘营的战俘亲历者、原关东军司令部第一课土田正人(土田正人)的回忆,他约在1945年12月20日抵达当地。在日本战俘抵达之后,战俘营中的意大利等国人员被转移到别地(或可能被遣返归国),余下为德国、奥地利、匈牙利、罗马尼亚、波兰等国战俘,另有数百名德国、波兰的妇女儿童与之一起生活。该战俘营共有4000名左右日本战俘,分四批抵达,大部分为校级以上军官,主要是来自关东军司令部等非战斗部门的军官。但也包括部分体格适当的普通日本人、警察人员、"满洲国协和会"(Киовакай,協和会)成员、特务部门人员等。[①] 熊谷不二夫(熊谷不二夫,朝鲜第19师团第202部队)回忆道:"战俘营内德国人自觉有优越感,且与匈牙利人相互敌对。"此外,据其观察,德国战俘极为轻视和憎恨苏联人,部分原因在于移送途中车厢内人员过于拥挤,只能站立,且三天未关车门,因而有半数人在途中死亡。[②]

三 战俘营日常警戒制度

在战俘营的警戒方面,苏联内务人民委员部战俘管理总局有一套完善的战俘营警戒维护制度。战俘在被送往苏联之前,会进行详细检查,尤其防止私藏武器行为。根据1945年12月1日内务人民委员部颁布的第0290号命令,战俘携带的军刀、马刀、佩剑和匕首等冷兵

[①] ソ連における日本人の捕虜の生活体験を記録する会:《捕虜体験記Ⅲ:ウラル以西編》,ソ連における日本人捕虜の生活体験を記録する会,1984年発行,2000年第5刷,第3—5ページ。"满洲国协和会"为伪满洲国下属的官民一体组织,具体可参加王紫薇:《"满洲帝国协和会"研究》,东北师范大学博士学位论文,2015年。

[②] ソ連における日本人の捕虜の生活体験を記録する会:《捕虜体験記Ⅲ:ウラル以西編》,ソ連における日本人捕虜の生活体験を記録する会,1984年発行,2000年第5刷,第251ページ。

▶ 西伯利亚的"罪与罚"

器一律没收。① 而根据1939年10月19日苏联政府颁布的战俘警戒管理规定：各战俘营应按照标准操作流程来进行战俘警备工作，结合自身情况制定警备应急预案以预防各种紧急情况发生。对于警备人员的武器使用情况规定如下：可在无预警情况下对明显恶意侵犯哨兵、警卫与巡逻人员者直接开枪射击；可在战俘逃跑或对其追捕过程中经过事先警告或者朝天鸣枪预警后开枪。其他情况下则禁止对战俘使用武器。② 1948年6月22日，内务部再次重申不得随意对战俘开火的命令。命令指出，在战俘押运过程中有警备人员滥用武器及武断枪杀战俘的现象。因此，战俘管理局专门颁布决议，要求各战俘营警备人员不得随意对战俘开枪，违者将会被送上军事法庭。③

按照战俘管理制度，各个战俘营警戒部队的职责主要分为四个方面：

第一，战俘营内的日常警戒制度。这一制度主要体现在营内24小时不间断的武装戒备，定时或不定时的武装巡逻，每日固定进行的早晚点检等。按照战俘管理规定，各战俘营应用三层坚固的木制或石制围墙（不低于2.5米）将战俘营与外界隔离。沿围墙设铁丝网，将任何情况下战俘试图接近铁丝网的行为视作危险举动，可开枪警告或直接射杀。据日本战俘经历者东条平八郎（東条平八郎）记载，他所在的战俘营抵达苏联初期因靠近栅栏或铁丝网而被射杀的日本战俘

---

① В. А. 加夫里洛夫、Е. Л. 卡塔索诺娃编：《苏联地区战俘：1945—1956》（档案集），第一部分第一章，第20号：内务人民委员部关于没收日本军官战俘冷兵器的第0290号命令，19451204，国际民主基金会，莫斯科，2013年。

② Загорулько М. М., Военнопленные в СССР. 1939 – 1956. Документы и материалы, Москва: "Логос", 2000гг.: № 3.6 Временная инструкция о войсковой охране лагерей военнопленных (приемных пунктов) частями конвойных войск НКВД СССР. Москва. 19 ноября 1939 г.

③ Загорулько М. М., Военнопленные в СССР. 1939 – 1956. Документы и материалы, Москва: "Логос", 2000гг.: №3.89 распоряжение МВД СССР №357 о неправильном применении оружия против военнопленных личным составом гарнизонов конвойных войск.

第一章　苏联战俘管理制度与日本战俘营建立

为数不少。① 此外，每个战俘营只设一个出入口，除集体劳动外出时进行点名外，单个日本战俘出入都要进行检查和登记。为防止战俘营内日本战俘私下传递消息或组成秘密团体，各战俘营都禁止战俘交头接耳、低声谈话等举动。

一般而言，每个日本战俘营的围墙四角都设立瞭望警戒楼，驻有武装警卫进行全天候监控，有条件的战俘营则会配备警犬作为辅助措施。据部分日本战俘的回忆，战俘营内警备人员普遍文化水平不高，不少人连简单的加减乘除法都不会，因此在早晚点名、劳动出勤点检时，仅点名这一项就耗时耗力，难以顺畅完成。尤其是在寒冷的冬天，警备人员有时需一两个小时才能把一个千余人的劳动大队点检完毕。② 另外，战俘营中有些警备人员对待日本战俘态度粗暴，存在戏弄战俘，或滥用职权、克扣给养、剥夺战俘个人财物的行为。③ 如1947年7月25日，第382战俘营一名中尉与另外两名士兵醉酒后让一名日本战俘脱光衣服并跑步。该行为被巡查人员发现后，涉事警卫人员返还了日本战俘的衣物，并被移交给内务部检察部门。相关部门表示，这不仅是警卫人员的个人行为，还反映出战俘营管理部门放松了警惕性。④

第二，战俘外出劳动期间的武装押送与警戒。按照战俘管理局的安排，战俘营内的日本战俘经常需到营外进行劳动作业，警戒部门对日本战俘在外出期间的警戒负有直接责任。为保障外出期间警戒秩序，各战俘营警戒部门都会组织警卫队对日本战俘进行武装押运、劳动现场警戒并防范逃跑行为的发生。根据滨海军区与第53战俘营在1948年4月8日提交的报告显示：3月13日，在露天石矿工作时一

---

① 阿部军治著：《シベリア強制抑留の実態：日ソ両国資料からの検証》，東京彩流社2005年，第195ページ。
② 戦後強制抑留史編纂委員会編：《戦後強制抑留史》第2卷，東京平和祈念事業特別基金発行2005年，第233ページ。
③ 阿部军治著：《シベリア強制抑留の実態：日ソ両国資料からの検証》，東京彩流社2005年，第210ページ。
④ В. А. 加夫里洛夫、Е. Л. 卡塔索诺娃编：《苏联地区战俘：1945—1956》（档案集），第一部分第三章，第24号：关于第382战俘营截止到1947年8月15日工作的检查报告，19470830，国际民主基金会，莫斯科，2013年。

名战俘受伤；3月23日，港口一名战俘在港口工作时死亡。同时在战俘中出现了一些负面情绪，有日本战俘逃出战俘营前往港口，"指望"搭乘日本船只返回日本时被拘留。对此，战俘管理局命令各个战俘营及时采取措施以提高警惕，保证战俘外出劳动期间的安全。①

第三，战俘逃亡后的搜捕工作。虽然大部分日本战俘营设在荒无人烟或环境恶劣地区，加上语言不通、交通不便等因素的限制，但仍无法阻止一些日本战俘选择出逃。逃亡原因主要有如下几类：其一，难以忍受饥饿；其二，难以完成战俘营规定的劳动任务，通过逃亡来逃避处罚；其三，对战俘营生活感到绝望，选择逃亡以获取生机；其四，战俘之间或战俘与警戒人员产生矛盾，选择逃亡以规避矛盾。但是，战俘出逃之后所面临的自然环境与气候条件是极为恶劣的，不管在春夏秋冬哪个季节，都直接面对着各种威胁与不可预知的危险，逃跑之后的生还者极少。尤其是在酷寒的冬季出逃，更是等于逃亡者间接宣判了自己的死刑。苏联的战俘警戒与处罚制度是严酷的，战俘管理局对于出逃战俘毫不留情，会出动战俘营警备人员、内务部武装人员、红军士兵甚至武装民兵进行全面追捕。对于被抓获的出逃者，战俘管理局一般选择当众枪毙或课以重刑来达到震慑目的。

第四，战俘押运。因劳动作业内容或工作地点变更等原因，转移日本战俘至另一处营地的情况较为普遍，因此警戒部队需要对被移送的战俘进行押运。如在哈巴罗夫斯克地区，为了警戒和押运本地战俘，内务人民委员部专门组建了第77师，下设6个团。截止到1946年1月1日，该地区13个战俘营的战俘分布在218个地域，比当初设计的51个营地增加了3.3倍，这使得警戒范围增加2—2.5倍。按照规定，应由两名士兵押送1组25—30名战俘，但由于警戒范围的扩大而被迫由1名警戒人员完成这项工作。据统计，截止到1946年1

---

① В. А. 加夫里洛夫、Е. Л. 卡塔索诺娃编：《苏联地区战俘：1945—1956》（档案集），第二部分第一章，第45号：滨海军区遣返事务负责人给部长会议遣返事务副全权代表关于遣返事务及1948年3月第53运输营事故的报告，19480408，国际民主基金会，莫斯科，2013年。

月12日，日本战俘营中共发生了73起逃跑事件，逃跑194人，抓回173人，还有21人处在潜逃之中（见表1-4）。

表1-4　　　　　哈巴罗夫斯克地区各战俘营战俘逃跑情况　　　　　（人）

名称	逃跑次数	逃跑人数	抓回人数	逃跑中人数
第1战俘营	6	16	11	5
第2战俘营	1	2	-	2
第3战俘营	1	7	7	-
第4战俘营	7	30	25	5
第5战俘营	7	18	17	1
第16战俘营	12	23	23	-
第17战俘营	8	14	13	1
第18战俘营	4	6	6	-
第19战俘营	7	13	13	-
第20战俘营	15	52	46	6
第21战俘营	-	-	-	-
第22战俘营	1	6	6	-
第46战俘营	4	7	6	1
总计	73	194	173	21

资料来源：В. А. 加夫里洛夫、Е. Л. 卡塔索诺娃编：《苏联地区战俘：1945—1956》（档案集），第一部分第一章，第22号：哈巴罗夫斯克边疆区内务部战俘管理局上呈内务人民委员关于截止到1946年1月1日日本战俘营情况的报告，19460128，国际民主基金会，莫斯科，2013年。

数据显示，大部分逃亡行为发生在第4、16战俘营和第20战俘营，这表明负责警戒的第77师第241、434团和第76师第433团存在大规模破坏管理规定，虐待战俘的情况。除此之外，第16战俘营第10分部有两名战俘在厕所受伤，第4战俘营有2名战俘在铁丝网附近受伤。

据日本战俘（姓名不详）回忆，1945年10月，在阿尔泰地区的千人混合大队因给养恶化而死者众多，由此造成不少战俘出逃。对于

▶ 西伯利亚的"罪与罚"

被抓捕回来的出逃者，战俘管理局的措施是领头者一律枪毙，剩余人员移交到其他惩戒战俘营或投入监狱服刑。在伊曼地区（Имен）的一个日本战俘营，5名试图出逃的战俘在被抓获后全部枪毙。① 笔者采访的战俘亲历者大河原孝一证实，他在中亚地区就见过公开处决被抓获逃亡战俘的场面。

各战俘营警戒部门，对防止战俘出逃也尽了极大努力：一方面加强战俘之间的相互告密、互相监督，同时利用这一群体中的亲苏人员来监控战俘营内思想举动，并严密监视战俘的出逃倾向；另一方面，亦非常注意加强戒备措施，防范战俘出逃。如在1947年3月26日，内务部战俘管理总局颁布了关于巩固春夏期间战俘劳动秩序的指令，要求各战俘营加强营内警戒措施，增强对战俘外出劳作期间的监控，同时强化战俘营内军官的连带责任，加强政治教育与劳动纪律教育，以此增强战俘管理秩序，防范战俘出逃。②

随着日本战俘在各地停留时间的变长，与战俘管理局相互了解的加深，利用战俘进行自我管理与警戒的方式被苏联战俘管理局逐渐被采用。从1948年春开始，各战俘管理局从日本战俘中挑选可靠者作为辅助警备员。③ 1949年7月27日，战俘管理局确认了战俘营利用战俘组织警卫队进行自我警戒问题。另据日方总结，到1950年左右，利用日本战俘进行自我管理与警戒已经成为各战俘营普遍现象。④

---

① 全抑協中央連合会编集部编：《シベリア抑留体験記：実録永恨の爪跡》，第207ページ、第335ページ。

② Загорулько М. М., Военнопленные в СССР. 1939 – 1956. Документы и материалы, Москва: "Логос", 2000гг.: № 3.76 Директива МВД СССР № 62 об укреплении режима содержания и охраны военнопленных в лагерях МВД, ОРБ МВС и интернированных в рабочих батальонах в весенне-летний период.

③ Загорулько М. М., Военнопленные в СССР. 1939 – 1956. Документы и материалы, Москва: "Логос", 2000гг.: №3.94 приказ МВД СССР №00726 об утверждении положения о самоохране в лагерях МВД для военнопленых.

④ 戦後強制抑留史編纂委員会编：《戦後強制抑留史》第2卷，東京平和祈念事業特別基金発行2005年，第231ページ。

第一章　苏联战俘管理制度与日本战俘营建立

小　结

本章主要对苏联战俘管理制度的历史沿革、日本战俘移送及战俘营建立进行了阐述。按照1945年12月7日内务人民委员部战俘与被拘留者管理总局副局长 И. А. 彼得罗夫（И. А. Петров）向红军总参谋部部长 А. И. 安东诺夫（А. И. Антонов）提交的报告，共俘获了日本战俘608360人，其中将军158人，军官18068人，军士和普通士兵590134人。在已送往苏联的368478人中，军官8112人。正在送往内务人民委员部战俘营路上的为18500人，处在监管之下并应送往战俘营的为92748人，另在蒙古国有日本战俘58500人，而总共应予以释放的非日本人战俘和日本人战俘中的病弱者为70134人。①

正如上文所言，苏联政府在未做好充分准备工作的情况下，作出了强制劳动利用日本战俘的决议。该决议在执行过程中，由于时间紧促、任务繁重，造成运输途中死亡人数较多。随着战俘陆续抵达苏联各地，日本战俘营随之建立起来，但仍面临着一系列的问题。滨海地区在1945年10月22日的报告中，提交的关于日本战俘住宅与收容情况为："按照联共（布）中央要求，应为日本战俘准备适合过冬的住宅。其中50%的住宅要在9月15日前准备好，剩下的要在10月1日前准备好。但实际情况是，一方面宿舍准备情况进展缓慢，另一方面由于各战俘营缺乏汽车等运输工具使得战俘接收工作进展缓慢，也无法及时运输粮食与补给品。"② 1945年11月19日，滨海区地方党委在报告中指出：从先前的战俘营检查结果来看，如再不

---

① В. А. 加夫里洛夫、Е. Л. 卡塔索诺娃编：《苏联地区战俘：1945—1956》（档案集），第一部分第一章，第21号：战俘管理局副局长上呈红军总参谋部关于日本战俘人数和移送人数的报告，19451207，国际民主基金会，莫斯科，2013年。

② Морской государственный университет имени адмирала Г. И. Невельского, Труд военнопленных в отраслях народного хозяйства Приморского края: документы Государственного архива Приморского края, Владивосток, 2006г., с. 31.

采取决定性措施，本地区大量接收日本战俘是不可能的。①

哈巴罗夫斯克边疆区在1946年1月8日关于本地区日本战俘情况提交的报告比较有代表性。报告显示，按照第9898号命令，哈巴罗夫斯克边疆区应配备65000名战俘，实际上，截止到1946年1月1日，内务人民委员部战俘营中有66954人，另在铁路建设营管理总局（главное управление лагерей железнодорожного-строительства，ГУЛЖДС）和内务人民委员部共同管辖下从事贝阿铁路修筑的日本战俘为94340人。日本战俘分布在13个战俘营和一个专门项目中。其中，5个战俘营专用于铁路建设营管理总局，8个战俘营服务于国民经济各部门。当前存在的问题主要有：第一，在利用地方资源和物资及战俘自身加强战俘营供给和建设方面主动性与创造性不足。特别是存在卫生和防治传染病问题，且医疗条件不足。这些问题主要存在于第17、19战俘营和第20战俘营里。第二，由于允许战俘医生从事治疗，其不正确的治疗方法直接导致传染病蔓延，如第18战俘营存在此种情况。第三，由于监督不力，导致日本战俘中军官、士官和普通士兵粮食分配不均，如第16、19战俘营等。第四，医疗检查不公平导致从事重体力劳动者范围过大，使得虚弱者数量大幅增加，如第2、17、19战俘营。第五，未给完成或超额完成工作定额的战俘相应增加粮食份额，如第17、19、20战俘营。第六，对日本军官要求不严，而其对宿舍秩序和劳动生产负有部分责任。医生对战俘存在疏忽大意和轻信现象。第七，部分日本军官及医生蓄意在营房、厨房等场所播撒污染源，对部分发烧病人的护理、传染病人的隔离，特别是对士兵患痢疾情况的处理不够严肃认真。

具体而言，关于医疗卫生问题，报告显示，由于战俘运输过程中饮食供给不足和不规律，以及卫生条件不足，导致战俘病弱情况普遍。例如，在42360号军列上，70%的战俘在抵达时处于病弱状态。

---

① Морской государственный университет имени адмирала Г. И. Невельского, Труд военнопленных в отраслях народного хозяйства Приморского края: документы Государственного архива Приморского края, Владивосток, 2006г., с. 45.

在第 42334 号军列上有 290 人情况较为严重，此外在路上死亡 3 人。在第 42358 号军列上，1000 人中有病员 363 人，途中死亡 2 人。在第 42361 号军列接收的 991 人中，营养不良者和病弱者有 200 人。在 10 月 13 日抵达阿穆尔河畔共青城的第 42360 号军列接收了 992 人，其中病员和疲惫不堪者达 700 人，他们需要接受长期治疗。情况最糟糕的是 9 月 18 日第 18 战俘营接收的 1995 名战俘中大部分人处在第二和第三营养等级中，且在运输途中死亡 5 人。在 9 月 28 日抵达的 3863 人中，大部分是营养不良者和病人，在运输途中死亡者达到了 137 人。该批战俘接收自远东第一方面军，无粮食储备，且着夏装和短袜。运输战俘的军列卫生条件糟糕，无医药品储备，虱子情况严重，战俘中体内寄生虫、伤寒、痢疾、传染性肝炎、营养不良和其他疾病肆掠。除此之外，医疗人员不足，医药品短缺。各方面存在的具体问题如下所述。①

关于居住条件和物资供给问题，报告显示，很多战俘营战俘居住条件不达标，主要表现为缺乏照明器材等物资。从事贝阿铁路自阿穆尔河畔共青城经苏维埃港（Советская Гавань）到杜卢奇站（Станция Тулучи）建设的内务部第 1 战俘营，战俘平均居住面积为 1.25 平方米。内务部第 3 战俘营，794 人住在两栋木屋里，占地面积仅为 960 平方米。内务部第 4 战俘营，房间内玻璃面积不足，缺乏照明器具，因此夜间以燃烧木柴或小油灯来照明。第 16 战俘营总体情况较好，但在其第 5、15 分部和第 21 分部也存在问题：在砖厂从事劳动的第 5 分部有 566 人，宿舍极为拥挤，个人居住面积从 0.5 平方米至 0.9 平方米不等，缺乏照明物资，使用木柴和小油灯照明。

另外，报告显示，在战俘营成立初期，存在较为严重的管理不规范问题。如第 17 战俘营第 3 分部负责人齐格林（Чигрин）上尉持续

---

① В. А. 加夫里洛夫、Е. Л. 卡塔索诺娃编：《苏联地区战俘：1945—1956》（档案集），第一部分第一章，第 22 号：哈巴罗夫斯克边疆区内务部战俘管理局上呈内务人民委员关于截止到 1946 年 1 月 1 日日本战俘营情况的报告，19460128，国际民主基金会，莫斯科，2013 年。

侵占战俘营物资，从仓库拿走了 15 公斤糖，40 公斤大米，15 公斤肉罐头，10 公斤食用油及其他供给品。在其恶劣示范下，克拉索夫（Красов）中尉和斯图卡奇（Стукач）中尉、仓库管理员布连科夫（Буленков）及其他军士和普通士兵也存在类似行为，最终齐格林被追究刑事责任。此外，还要加强对战俘营管理人员的党政教育及强化政治处在战俘管理中的作用。

在这种情况下，1946 年 1 月 3 日，内务人民委员部有关部门颁布第 002 号特别命令，宣布免去第 8、16 战俘营主管供给的战俘营副长官的职务，免除第 18 战俘营卫生处负责人的职务，解除部分战俘营分支部门负责人的职务，对第 4、17、18、19、20 战俘营负责人则处以纪律责任和警告。

为改善日本战俘管理工作，哈巴罗夫斯克边疆区战俘管理部门向上级提出了如下请求：第一，派遣 150—200 名医生；第二，提高日本战俘粮食标准，达到冬季每日 3500 卡路里的摄入量；第三，日本战俘身着的鞋服不适合冬季期间伐木或建设工作，请求给 50% 的日本战俘分配适应冬季需要的短大衣和毡靴；第四，配备适量翻译人员，并将战俘营政工人员增加到 5—7 名；第五，考虑重组本地日本战俘和被拘留者战俘营。自此经过多方努力，哈巴罗夫斯克边疆区日战俘管理工作有所改善。但在托拉斯哈巴罗夫斯克林业（Хаблес）及康拜因哈巴罗夫斯克煤炭（Хабаровскуголь）等国民经济部门中日本战俘待遇和环境改善情况并不明显。

第二章　日本战俘的日常管理

随着日本战俘陆续抵达苏联各地，内务人民委员部所辖的各个战俘营及各劳动大队，对其日常管理随之拉开序幕。大体而言，苏联战俘管理总局对日本战俘的日常管理，分为粮食供给、物资保障与通邮问题、病患与医疗保健措施等方面。此外，对日本战俘的思想政治教育与劳动利用，虽然也属于战俘日常管理内容，但因涉及重大、内容庞杂，将在第三章与第四章进行专门叙述。

苏德战争爆发后不久，苏联政府颁布的第1798—800c号决议，设立了31条指导原则来确立战俘管理的基本方针。其主要内容为：第一，禁止管理人员威胁、恐吓、打骂、虐待战俘；第二，战俘私人贵重物品、金钱等要进行保管并登记造册备案；第三，各战俘管理局要按照相关标准为战俘提供日用品，保障战俘所需的基本物资。[①] 1941年8月7日，内务人民委员部根据第1798—800c号决议正式颁布了具体的战俘管理条例，制定了内务机关战俘管理办法，除规定日常行为规则外，还对战俘的奖惩和劳动利用等做出了规定。[②] 该战俘管理条例为战俘管理局对战俘进行日常管理提供了法律依据与执行

[①] Загорулько М. М., Военнопленные в СССР. 1939 – 1956. Документы и материалы, Москва： "Логос", 2000гг.： № 1.3 Постановление СНК СССР № 1798 – 800c об утверждении Положения о военнопленных. Москва. 1 июля 1941 г.

[②] Загорулько М. М., Военнопленные в СССР. 1939 – 1956. Документы и материалы, Москва： "Логос", 2000гг.： № 3.9 Приказ НКВД СССР № 001067 с объявлением инструкций о порядке содержания и учета военнопленных в лагерях НКВД. Москва. 7 августа 1941 г.

标准。

如前文所述，每个日本战俘营的日常管理机构都分为苏方正式人员与日方辅助人员两部分。以1947年西伯利亚地区日本战俘营一般配备为例，有中校营长1名，中尉警卫长官1名并领导下属警卫人员10人，负责经济核算的少尉经理1名，进行劳动分配与劳动管理的劳动中尉1名，另有中尉军医1名。日方辅助人员则为军医1人，炊事员3人，理发员1人，另有从事其他杂务的人员若干。① 此外，为了掌握日本战俘的思想动态及进行交流，除利用战俘中的可靠人员作为翻译外，配备掌握日语的苏联翻译也是非常有必要的。如在1945年11月2日，苏联远东地区党委书记 Н. М. 别戈夫（Н. М. Пегов）致信苏联海军太平洋舰队，请求为该地区的日本战俘营派出日语翻译，其理由为："本地区接受了大量日本战俘，但是由于缺乏日语翻译造成双方难以沟通，因此请求拨派40—50名日语翻译协助各战俘营进行工作。"②

第一节　饮食保障

对任何一个日本战俘营而言，粮食是保证日本战俘生存最重要的物资，因此在战俘日常管理中占据了核心位置。在日本战俘入苏后不久，苏联战俘管理局参照以往战俘饮食管理经验，制定了日本战俘粮食供应标准。

1945年9月28日，内务人民委员部与苏联红军后勤总部联合颁布了第001117/0013号命令，分别确立了普通日本战俘、军官战俘和将军战俘的每日伙食标准（见表2-1、表2-2）。

---

① 平和祈念事業特別基金編：《シベリア強制抑留者が語り継ぐ労苦》第10卷，平和祈念事業特別基金2000年，第298—299ページ。
② Морской государственный университет имени адмирала Г. И. Невельского, Труд военнопленных в отраслях народного хозяйства Приморского края: документы Государственного архива Приморского края, Владивосток, 2006г., с. 44.

表2-1　　　　　　普通日本战俘每日粮食供应标准　　　　　（克）

食物或用品	数量
面包	300
米饭	300
杂粮	100
肉类	50
鱼类	100
植物油	10
蔬菜或咸菜	600
酱汤	30
砂糖	15
盐	15
茶叶	3
肥皂（每月）	300

资料来源：Загорулько М. М., Военнопленные в СССР. 1939 – 1956. Документы и материалы, Москва: "Логос", 2000гг.: № 4.24 Приказ НКВД СССР и начальника тыла Красной Армии № 001117/0013 с объявлением норм продовольственного снабжения для военнопленных японской армии. Москва. 28 сентября 1945 г.

苏联战俘管理当局制定的日本战俘日常饮食供给标准，每天提供的粮食总热量约3000卡路里。根据俄罗斯学者 В. П. 加里茨基（В. П. Галицкий）的对比，日本战俘的热量供给与红军后方战士基本相当，能满足每日正常劳动强度对人体消耗热量的需求。[1]

---

[1] Перецит., Кузнецов С. И., Японцы в сибирском плену, 1945 – 1956, Иркутск: ТОО Издательства журнала "Сибирь", 1997г., с. 47.

▶ 西伯利亚的"罪与罚"

表2-2　　　　　　　日本军官战俘每日食物供应标准　　　　　　（克）

食物或用品	数量
面包	300
米饭	400
杂粮	100
酱汤	50
肉类	75
鱼类	80
动物油	20
植物油	5
糖类	30
干果	10
蔬菜或咸菜	600
茶叶	3
盐	20
鲜牛奶	200
卷烟	20
火柴（每月）	3 盒
肥皂（每月）	300

资料来源：Загорулько М. М., Военнопленные в СССР. 1939 – 1956. Документы и материалы, Москва: "Логос", 2000гг.: № 4.24 Приказ НКВД СССР и начальника тыла Красной Армии № 001117/0013 с объявлением норм продовольственного снабжения для военнопленных японской армии. Москва. 28 сентября 1945 г.

与普通战俘的供应标准相比，对日本军官的优待主要体现在增加动物油、鲜牛奶、卷烟及火柴的供应上。此外，对于集中关押在哈巴罗夫斯克（伯力）的100多名日本将军战俘，执行单独的饮食供应标准。将军战俘的伙食标准和军官伙食标准相比，主要体现在每日供应的肉类增加到120克，另增加20克奶酪供应，但在面包、米饭、动植物油供应上则有所削减。关于战俘饮食供给标准，有两点值得关注：

第一，对病患战俘稍有照顾。1945年11月16日，在第001117/

0013号命令规定的基础上，内务人民委员部和红军后勤部专门规定，对虚弱战俘和处在隔离期的战俘，糖和蔬菜供给增加25%，米饭和面包各增加25克。①

第二，对从事重体力劳动的战俘额外增加粮食供给，且对超额完成劳动定额者给予粮食奖励。标准规定，从事伐木、矿藏采掘等重体力劳动的日本战俘，在日常饮食标准的基础上，蔬菜和砂糖各增加25%，即分别增加125克和3.75克。对于超额完成劳动定额的日本战俘，亦增加粮食供给作为奖励措施，具体实行办法为：对超额50%完成生产定额的日本战俘，每日增加米饭或面包50克，超额50%—80%者增加75克，超额100%者增加100克。1947年2月11日，内务部军需总局（Главное управление военного снабжения МВД，ГУВС МВД）发布解释，表示其对1月27日的内务部第059号命令理解不正确，正确的应该是，对于从事井下作业的德国战俘执行1000克面包供给标准，从事其他地下作业的战俘执行900克的标准，日本战俘同样适用于这一标准。② 但实际上，对于日本战俘而言，超额完成劳动定额，意味着需要更高的劳动技巧与劳动熟练度，且需要投入更大的劳动量和更长的劳动时间，这也意味着更大的热量消耗。

第三，考虑到了日本战俘的民族饮食特色。主要表现为提供米饭、鱼类和味噌汤。如滨海区在1945年12月12日对第15战俘营的第51号命令中，对于日本战俘的粮食保障工作进行了如下强调：要求按量按质为日本战俘提供符合其民族习惯的饮食。③ 由于内务部在

---

① В. А. 加夫里洛夫、Е. Л. 卡塔索诺娃编：《苏联地区战俘：1945—1956》（档案集），第一部分第一章，第18号：内务人民委员部给各加盟共和国和自治共和国内务部门负责人、各边疆区和各州内务部门负责人关于给虚弱日本战俘和处在隔离期战俘提高营养标准的指示，1951116，国际民主基金会，莫斯科，2013年。

② В. А. 加夫里洛夫、Е. Л. 卡塔索诺娃编：《苏联地区战俘：1945—1956》（档案集），第一部分第二章，第21号：内务部军需总局关于进行地下作业战俘营养标准的解释，19470211，国际民主基金会，莫斯科，2013年。

③ Морской государственный университет имени адмирала Г. И. Невельского, Труд военнопленных в отраслях народного хозяйства Приморского края: документы Государственного архива Приморского края, Владивосток, 2006г., с. 62 – 63.

▶ 西伯利亚的"罪与罚"

检查中发现第 40 战俘营在 1946 年第四季短缺大量味噌料,因此要求各战俘营都不得短缺味噌料。①

但是,由于战后苏联存在粮食供给紧张状况,因此对日本战俘的粮食供给往往难以按照标准来执行。1946 年 4 月 12 日,苏联红军在对各地战俘营进行检查后指出,所有日本战俘营都存在粮食供应不足现象及其他各种问题。另外,1945—1946 年冬季日本战俘大量死亡,迫使战俘管理局不得不考虑提高日本战俘饮食供给标准,以增强其体质和抵抗力。②

表 2-3　　　　新的普通日本战俘每日粮食供应标准　　　　（克）

食物或用品	数量
面包	350
米饭	300
杂粮	150
肉类	50
鱼类	150（100）
植物油	10
蔬菜、咸菜或土豆	800
酱汤	30
糖类	18
盐	20
茶叶	3
肥皂（每月）	300

资料来源：В. А. 加夫里洛夫、Е. Л. 卡塔索诺娃编：《苏联地区战俘：1945—1956》（档案集）,第一部分第一章,第 27 号,内务部关于调整日本战俘粮食标准及被服保障标准的第 099 号命令,19460417,国际民主基金会,莫斯科,2013 年。

---

① В. А. 加夫里洛夫、Е. Л. 卡塔索诺娃编：《苏联地区战俘：1945—1956》（档案集）,第一部分第一章,第 43 号,内务部军需管理总局给各地内务部门军需管理局关于不允许降低日本战俘所规定的民族食品标准的指示,19470415,国际民主基金会,莫斯科,2013 年。

② Загорулько М. М., Военнопленные в СССР. 1939 - 1956. Документы и материалы, Москва: "Логос", 2000гг.: № 3.53 Приказ начальника тыла Вооруженных Сил СССР № 034 об устранении недочетов вдовольствии и обслуживании отдельных рабочих батальонов военнопленных. Москва. 12 апреля 1946 г.

第二章 日本战俘的日常管理

因此，几乎在同一时间，战俘管理局根据1946年4月13日苏联部长会议第828—228号决议出台了新的供给标准（见表2-3）。

第828—228号决议与第001117/0013号决议相比，最大的区别在于面包供给从300克增加到350克，杂粮从100克增加到150克，远东和西伯利亚地区战俘的鱼类供应增加到150克（其他地区不变），蔬菜类从600克增加到800克，糖从15克增加到18克，盐从15克增加到20克。另外，对于从事重体力劳动（占从事劳动战俘人数的50%）和完成工作定额的战俘增加25%的糖、蔬菜和土豆供应，对超额完成季度任务的战俘营给予额外营养补充。对于住院战俘，执行1943年4月5日国防委员会第3124cc号决议和内务部第00540—1945号命令。新标准从1946年4月20日开始执行。

1946年10月15日，苏联内务部发布第450号命令，对德日战俘的粮食供应标准进行了再次确定。其中，日本战俘的饮食标准与苏联部长会议第828—228号决议内容一致。① 1947年1月24日，内务部战俘管理局又颁布规定，要求专门增加对从事采矿、采煤等地下重体力劳动者的粮食与营养供给，其中食糖供给由每月540克增加到每月1000克。② 1947年12月11日，内务部颁布了第0751号命令，对450号命令中关于日本战俘的饮食标准进行了更新，唯一的变化是对普通日本战俘而言，每日茶叶供给从3克降低为1.5克。③

实际上，在1947年苏联实行货币和物价改革之前，粮食供应不

---

① Загорулько М. М., Военнопленные в СССР. 1939 – 1956. Документы и материалы, Москва: "Логос", 2000гг.: № 4.40 Приказ НКВД СССР № 450 с объявлением норм продовольственного снабжения для военнопленных немцев и японцев. Москва. 15 ноября 1946 г.

② Загорулько М. М., Военнопленные в СССР. 1939 – 1956. Документы и материалы, Москва: "Логос", 2000гг.: № 4.43 Приказ МВД СССР № 059 об увеличении норм продовольственного снабжениявоеннопленным, занятым на подземных работах. Москва. 24 января 1947 г.

③ Загорулько М. М., Военнопленные в СССР. 1939 – 1956. Документы и материалы, Москва: "Логос", 2000гг.: № 4.50 Приказ МВД СССР № 0751 с объявлением норм продовольственного снабжениявоеннопленных немцев и японцев. Москва. 11 декабря 1947 г.

▶ 西伯利亚的"罪与罚"

足问题一直困扰着各日本战俘营。主要原因在于战后整个苏联遭遇了粮食不足的局面。造成粮食不足的原因有两点：第一，苏联产粮地区主要是西部与南部地区，但其在战争期间被德军占领并破坏，使得粮食生产与征集工作随之遭到严重破坏，由此造成苏联地区普遍缺粮。第二，战争期间，苏德民族矛盾为主要矛盾，苏联为此不得不集中精力进行对德军事斗争，调集了大量农业人口加入红军或进行军事工业产品生产，因而从事农业生产的主要为妇女、儿童或中老年人，劳动力不足造成粮食生产效率降低，播种面积及粮食产量萎缩。据日本战俘观察，当局不仅对各国战俘的粮食供应难以充分保障，苏联民众自身亦存在着较为严重的供给不足情况。日本战俘若月太郎（若月太郎）回忆说：在修筑贝阿铁路时，常有裸足的大群苏联儿童过来抢夺供给我们的伙食。① 除了粮食供给不足情况外，苏联本身地域广大，运输条件与运输水平不高，日本战俘营又分散在苏联各个地区，加上苏联战俘管理总局行政效率相对低下，这些因素都影响到了日本战俘的粮食供给问题。这种情况对日本战俘的影响是巨大的，主要体现在如下几个方面：

第一，普遍性的饥饿状况容易使战俘体质下降、营养失调，进而引起病患、死亡情况及降低劳动生产率。关于粮食供给不足问题，日本战俘饭岛久（飯島久）描述到："战俘营内食物不足状况是普遍的、令人绝望的。刚到达苏联的时候，大家还有一些从中国东北带来的食物，但很快就没了。后来开始用钢笔、铅笔等个人物品与苏联人进行粮食交换。但交换标准越来越高，有时候物品直接被苏联人抢走。营内劳动大队本部冒死与战俘管理局交涉，得到的回答是，当地对周边苏联居民的粮食供给亦难得到保障（该战俘营所处的煤炭开采地位置偏远，物资运输困难，尤其是冬季期间运输难以得到保

---

① 平和祈念事业特别基金编：《シベリア強制抑留者が語り継ぐ労苦》第3卷，平和祈念事业特别基金1993年，第260ページ。

障。——笔者注），当然就无力确保日本战俘的粮食供应。"①

第二，引发日本战俘就粮食供应不足问题进行抗议，容易出现食物盗窃事件，以及围绕粮食分配问题发生矛盾。按照日本战俘营的普遍规则，苏联政府提供粮食原材料，由日本战俘组织炊事班自行进行加工与分配。由于日本战俘普遍处于饥饿状态，因此竞相争夺炊事员职位从事食物加工，以获取稍微多一些的食物，这成了战俘营内重大利害问题。如日本战俘亲历者市桥督（市橋督，满洲第6262部队独立辎重兵第58大队）的回忆录显示，他是作为叶拉布加（Елабуга）战俘营炊事长进行工作的。其责任是监督厨房工作，计算每日应准备的伙食分量，对饮食问题负全面责任。② 在进行饮食分配时，黑面包等物是在大块切割后进行分发的，因此分配起来相对简单、公平。而对于粥、汤等熬制食物，由于各个战俘所提供的盛装容器规格不一，而战俘营内普遍没有精确的测量工具，因此如何平均分配是一个大问题。但即使进行平均分配，战俘营内的饮食质量与数量都不高，难以满足高强度劳动与寒冷天气下日本战俘的热量消耗需求。这就引发了下一个问题。③

第三，大部分日本战俘千方百计利用休息时间来寻找食物，这不仅耗时耗力，而且容易造成食物中毒事件发生。对于日本战俘而言，能捕获的动物与昆虫，如青蛙、老鼠、蛇、猫、狗、乌龟等，都是食物。④ 据日本战俘亲历者（姓名不详）回忆，在劳动作业完毕后返回战俘营途中所遇到的动物尸体，也是日本战俘作为食物的对象。对于野生植物，日本战俘利用劳动作业间隙进行采集和挖掘，浆果、菌

---

① 平和祈念事業特別基金編：《シベリア強制抑留者が語り継ぐ労苦》第19卷，平和祈念事業特別基金2009年，第263ページ。
② ソ連における日本人の捕虜の生活体験を記録する会：《捕虜体験記Ⅲ：ウラル以西編》，ソ連における日本人捕虜の生活体験を記録する会，1984年発行，2000年第5刷，第191ページ。
③ 平和祈念事業特別基金編：《シベリア強制抑留者が語り継ぐ労苦》第3卷，平和祈念事業特別基金1993年，第44ページ。
④ 平和祈念事業特別基金編：《シベリア強制抑留者が語り継ぐ労苦》第1卷，平和祈念事業特別基金1991年，第57ページ。

▶ 西伯利亚的"罪与罚"

类、野草、野萝卜、野人参、蒲公英、车前草、野蒜、各种树皮等都是食用对象。对于所获得的食物能否食用，是否含有毒性，有些战俘并不具备分辨能力。因此造成日本战俘在食用自行获得的食物后频发中毒事故，产生腹痛、腹泻、呕吐等症状，轻者需入院治疗，重者当场毙命。① 据内务部地方战俘管理局1946年4月30日的报告，克拉斯诺亚尔斯克地区第34战俘营发生战俘误食中毒事件，造成中毒7人中4人死亡。② 据战俘经历者长谷川久（長谷川久）记述：1947年春，在一次外出劳作期间，同行的6名日本战俘在食用野生植物之后迅速开始颤抖，脸色剧变，手指发黑，并当场死亡。③ 此外，由于民族生活习惯不同，苏联警备人员及苏联居民对于日本战俘食用蛇、狗、猫、青蛙等行为，感到恐怖者有之，蔑视者亦有之。④ 1994年，日方对3085名日本战俘亲历者进行访问所得的结果为：利用劳动作业现场来搜集食物者为1887人，占受访者总人数的61.2%；以个人物品交换粮食者为917人，占受访者总人数的29.7%；用被分配到的砂糖、香烟等与他人交换粮食者为396人，占总人数的12.8%；注意节省体力者为1195人，占总人数的38.7%。⑤ 可见，日本战俘为了获取额外食物，采取了各种办法。

1946年10月4日，苏联部长会议主席斯大林下达了第2235—921с号决议，责令苏联贸易部（Министерство торговли СССР）在

---

① 平和祈念事業特別基金編：《シベリア強制抑留者が語り継ぐ労苦》第3卷，平和祈念事業特別基金1993年，第51ページ。

② Загорулько М. М., Военнопленные в СССР. 1939 – 1956. Документы и материалы, Москва: "Логос", 2000гг.: No 4.28 Сообщение М. С. Кривенко и А. З. Кобулова С. Н. Круглову об отравлении военнопленных японцев в лагерь No 34 Красноярского края. Москва. 30 апреля 1946 г.

③ 平和祈念事業特別基金編：《シベリア強制抑留者が語り継ぐ労苦》第10卷，平和祈念事業特別基金2000年，第217ページ。

④ 戦後強制抑留史編纂委員会編：《戦後強制抑留史》第3卷，東京平和祈念事業特別基金発行2005年，第52ページ。

⑤ 平和祈念事業特別基金編：《シベリア強制抑留者が語り継ぐ労苦》第4卷，平和祈念事業特別基金1994年，第69ページ。

各战俘营中设立出售生活必需品的售货亭。① 笔者认为,在战俘营内设立小卖部的决定具有重大意义,这不仅表明战后苏联物资匮乏现象得到了相当的改善,并且对减少日本战俘死亡现象有利。照之前战俘营日常饮食供给情况来看,粮食供给在质量与数量上都一直难以达标,饥饿与营养不良问题所造成的日本战俘健康问题突出。虽然有增加饮食作为劳动奖励与刺激的手段,但这是以日本战俘付出更多劳动为前提的,本质上日本战俘并未获得足够的饮食供给。尽管战俘在外出劳作期间偶尔能利用空闲时间寻找食物,但这也只能作为一种不确定的食物补充手段。因此,需要采取一种稳定的手段使战俘获得额外的饮食供给。除此之外,还有不可忽视的一点是,1947年12月14日,苏联实行货币和物价改革,各战俘营开始对劳动成果进行经济核算并对超出标准部分给予金钱奖励,这意味着日本战俘有了一定的经济实力。因此,为有一定经济能力的战俘提供食品零售业务,能作为制度性地增加战俘获得粮食来源的手段,并可间接增强战俘体质,减少营养缺乏问题而导致的患病与死亡现象的发生。同时,设立小卖部也能刺激日本战俘通过提高劳动生产率以获取更多的金钱来改善生活。再者,对于苏联各战俘管理局而言,在战俘营内设立小卖部,通过出售食物能达到在战俘身上获取一定利润,实现资金回收的目的。

日方资料显示,苏联实行货币和物价改革后,日本战俘营内饥饿现象开始减少,甚至个别日本战俘出现了用重达两公斤的黑面包当枕头的情况。此外,各个日本战俘营在民主运动的高潮下竞相组织青年行动队、劳动突击队等组织,不断进行旨在强化"苏维埃祖国"经济实力的劳动竞赛。由此大部分日本战俘的月收入达到了100卢布以上,部分技术人员甚至达到了500卢布左右。当时苏联每月最低工资为500卢布,但日本战俘享有相当于每月200—500卢布的免费食宿,因此很多高收入的日本战俘甚至被普通苏联居民所羡慕。尤其是对于

---

① B. A. 加夫里洛夫、E. Л. 卡塔索诺娃编:《苏联地区战俘:1945—1956》(档案集),第二部分第一章,第1号:苏联部长会议第2235—921c号关于从苏联地区遣返日本战俘及被拘留者的决议,19461004,国际民主基金会,莫斯科,2013年。

▶ 西伯利亚的"罪与罚"

从事煤炭采掘的日本战俘而言，固然工作环境恶劣，劳动作业强度高，但是他们的工资相对也较高，大部分从事该行业的日本战俘月收入达到了 1000 卢布。工资发放日往往成了日本战俘的节日，他们不仅能在百货商店买到各式日用品，因而受到售货员的热烈欢迎，而且就连西服、皮鞋、高级蛋糕、巧克力这些普通苏联人难以企及的东西，他们也有经济实力购买。①

1948 年 10 月 16 日，滨海军区遣返事务处负责人向部长会议遣返事务全权代表助理提交了一封日本战俘医生的感谢信。在信中，这名战俘医生表示，日本战俘受到良好待遇，每日有 2700 卡路里的摄入量，而在日本从事重体力劳动的工人，热量摄入仅为 1000 多卡路里。从医学角度来看，战俘营提供的饮食供给，有新鲜蔬菜，热量保障足够，还有大米、味噌、鱼肉等符合日本生活习惯的供给品，这甚至比日本工人阶级生活得都好。对此，这名战俘医生表示，要在回到日本之后继续捍卫民主，捍卫苏联，并感谢苏联为战俘所做的一切。②

第二节　物资保障与战俘通邮问题

除了为日本战俘供给充分的粮食以外，日常用品，尤其是冬季期间用品的供应，对保障日本战俘的生存与劳动，也是极为重要的。此外，战俘通邮问题也是战俘管理中的重要问题。

一　日用物资保障

日本战俘营需供给与保障的日用物资品种多样，按照内务人民委

---

① 戦後強制抑留史編纂委員会編：《戦後強制抑留史》第 3 卷，東京平和祈念事業特別基金発行 2005 年，第 56—60 ページ。
② В. А. 加夫里洛夫、Е. Л. 卡塔索诺娃编：《苏联地区战俘：1945—1956》（档案集），第一部分第三章，第 41 页：滨海军区遣返事务处负责人发送至部长会议遣返事务全权代表助理的一封日本战俘感谢信，19481016，国际民主基金会，莫斯科，2013 年。

第二章　日本战俘的日常管理

员部在苏德战争爆发后制定的管理规定，各地战俘管理局必须为所辖战俘营提供足够的日常物资，满足战俘一年四季的物资需求。① 但从总体情况来看，限于战后苏联物资紧缺状况，实际上战俘营内日常用品的供给工作长期处于不足状态。1944年10月19日，内务人民委员部颁布了战俘日常物资供应标准（见表2-4）。

表2-4　　　　　　　　战俘日常物资供应标准

物品	标准
防寒帽	每冬季1个
船形帽	每夏季1个
军大衣或棉外套	每年1件
棉袄	每冬季1件
棉裤	每冬季1条
军装外套	每年1件
夏季背心	每年1件
贴身内衣	每年2件
毛巾	每年2条
夏季包脚布	每夏季2副
冬季包脚布	每冬季2副
提供备用鞋或修鞋	每年2次
毡靴	寒冷地区每年1双
手套	每年1副

1946年4月13日，苏联部长会议第828—228号决议重申了战俘

---

①　Загорулько М. М., Военнопленные в СССР. 1939 – 1956. Документы и материалы, Москва：" Логос", 2000гг.：№ 3.9 Приказ НКВД СССР № 001067 с объявлением инструкций о порядке содержания и учета военнопленных в лагерях НКВД. Москва. 7 августа 1941 г.

的日用品供给维持1944年10月19日颁布的标准。① 此外，按照相关规定，每个战俘营应设立专门的衣物修缮部门，但是，很多战俘营限于缺乏设备，无法执行这一规定，因此由战俘自行修缮衣物。②

日本战俘的普遍回忆为，战俘营内服装等物资配发不及时情况很普遍，同时配发的衣物质量不高，由此使得战俘群体看起来衣衫褴褛。其原因在于，在卫国战争结束之后，不仅是战俘营，整个苏联都面临着全面物资紧缺状况。为补充物资，苏联政府搜集和征用一切可资利用之物。据日方记载，苏联从关东军处获得的被服就需用多达3000节火车车厢来运送。据日本战俘（姓名不详）回忆，战后苏联从关东军处获得的战利品包罗万象，凡属能用之物都被征收，连战俘日常使用的被服都属于征收范围。另有日方战俘回忆：在抵达苏联之后，身着日军衣物迎接他们的苏联民众亦不在少数。③ 物资缺乏问题的严重性，使得苏联战俘管理局采取各种方式，以尽量保障战俘生活及降低病死率。1946年2月，内务人民委员部向苏联部长会议副主席提交报告，请求保障战俘物资供应。报告特别指出，西伯利亚和远东地区日本战俘内衣数量不足，床垫和枕套的供给完全没有保障，且缺乏鞋服修理工具和修理材料。由于物资供给不足，战俘不能全员从事劳动。基于此，内务人民委员部请求红军后勤长官赫鲁列夫（Хрулев）执行第9898号决议，具体内容如下：④

第一，1946年2月到4月须转交内务部相关物资以保障战俘生活需要，包括：（1）充足的棉被及150万米棉布用于制作枕套、床垫布、毛巾及住院战俘用的床单；（2）务必准备350台缝纫机和400套

---

① В. А. 加夫里洛夫、Е. Л. 卡塔索诺娃编：《苏联地区战俘：1945—1956》（档案集），第一部分第一章，第27号，内务部关于调整日本战俘粮食标准及被服保障标准的第099号命令，19460417，国际民主基金会，莫斯科，2013年。
② 戦後強制抑留史編纂委員会编：《戦後強制抑留史》第3卷，東京平和祈念事業特別基金発行2005年，第65—66ページ。
③ 同上书，第58—59ページ。
④ В. А. 加夫里洛夫、Е. Л. 卡塔索诺娃编：《苏联地区战俘：1945—1956》（档案集），第一部分第一章，第24号：内务人民委员部给苏联部长会议副主席贝利亚关于日本战俘物资保障不足的报告，194602，国际民主基金会，莫斯科，2013年。

修鞋设备；（3）准备修理材料马蹄铁和钉子。第二，从国防委员会仓库将前线战利品中的冬装和夏装、鞋、内衣及制作毛巾、枕套、床单等必需数量的棉布转交给内务部。

除想办法补足短缺物资外，苏联战俘管理局还重视维护战俘营内管理秩序，禁止战俘管理人员克扣物资、剥夺战俘私人物品。1946年5月3日，苏联内务部战俘管理总局颁布专门文件，要求根除战俘营内掠夺战俘财物的现象，并对违反者进行惩罚。① 1946年5月8日，内务部战俘管理总局发布调查报告，称各战俘营中普遍存在着剥夺战俘财物的现象。② 对此，内务部在5月11日颁布专门指示，要求近期采取集中清查行动，杜绝管理人员霸占战俘财物、克扣战俘营物资的现象。③ 1947年3月24日，针对战俘营内滥用与克扣经费、粮食等物资情况，内务部又颁布了第00326号决议，要求进行严肃斗争，改变上述恶劣现象。④

二 越冬保障

实际上，越冬保障应包括在战俘的日常物资保障范围内，之所以单列出来，是因为对战俘管理局而言，大部分日本战俘处在冬季漫长、气候极端恶劣的远东和西伯利亚地区，战俘防寒是一项必须格外重视的艰

---

① Загорулько М. М., Военнопленные в СССР. 1939–1956. Документы и материалы, Москва："Логос", 2000гг.: № 4.29 Директива МВД СССР № 114 об искоренении хищений и недостач материальных ценностей в лагерях МВД для военнопленных и интернированных. Москва. 3 мая 1946 г.

② Загорулько М. М., Военнопленные в СССР. 1939–1956. Документы и материалы, Москва："Логос", 2000гг.: № 4.30 Докладная записка М. С. Кривенко и А. З. Кобулова С. Н. Круглову о фактах крупных хищений и злоупотреблений со стороны личного состава лагерей для военнопленных. Москва. 8 мая 1946 г.

③ Загорулько М. М., Военнопленные в СССР. 1939–1956. Документы и материалы, Москва："Логос", 2000гг.: № 4.31 Указания В. В. Чернышова М. С. Кривенко и А. З. Кобулову о проведении комплексамероприятий, направленных на борьбу с хищениями и злоупотреблениями личного составалагерей для военнопленных. Москва. 11 мая 1946 г.

④ Загорулько М. М., Военнопленные в СССР. 1939–1956. Документы и материалы, Москва："Логос", 2000гг.: № 4.46 Приказ МВД СССР № 00326 о мерах борьбы с хищениями и растратами в лагерях МВД для военнопленных. Москва. 24 марта 1947 г.

巨工作。按照要求，各战俘营应严格采取防寒措施。客观而言，在步入正轨的战俘营里，日本战俘都住在封闭的宿舍里，能较好地阻隔寒冷空气与雨雪进入室内，且各战俘营一般都备有火炉、暖气等取暖装置，因而室内防寒压力远远小于户外。因此，防寒工作真正的难度在于户外防护，即对零下数十度时外出从事修筑、伐木、采掘等体力劳动的日本战俘进行保暖，即必须在防止发生冻伤、冻死情况的前提下，保证酷寒气候条件下战俘能进行劳动作业，因此难度很大。

只有真正经历过苏联西伯利亚和远东等地区酷寒的人，才能了解采取御寒措施的重要性与紧迫性。1944—1945 年冬季期间，德国战俘成批被冻伤冻死的情况，引起了苏联政府的重视。在征用日本战俘的第 9898 号决议颁布之后，内务人民委员部战俘管理总局就专门下文，要求为日本战俘提供合适的居住环境与足够的物资装备以保障其顺利度过冬天。

总体而言，保障战俘越冬所需的条件分三个方面：第一，保障战俘营宿舍等建筑的室温处于正常标准内，以降低日本战俘在日常生活中的热量消耗。第二，提供冬季所需的帽子、面罩、防寒衣裤、皮靴、手套等御寒装备，保障战俘在外出劳动期间的防寒需要。第三，做好饮食供给和医疗保障工作，进而保障战俘顺利越冬。如 1945 年 11 月 12 日内务人民委员部副部长 C. 克鲁格洛夫给各地战俘管理局下达的任务中表示，考虑到冬季来临，为保持日本战俘体格健康与降低死亡率，特责成各地战俘管理局做到如下事项：第一，准备保暖舒适的宿舍。第二，组织进行传染病防治工作。第三，制定营养标准并供给符合日本习惯的饮食。第四，准备适合户外工作的服装与鞋袜，采取有效措施防范与治疗战俘冻伤。①

虽然有了 1944—1945 年冬季德国战俘大量死亡的教训，苏联高度重视对日本战俘的保障工作，并采取了全方位的冬季防寒措施，但

---

① Загорулько М. М., Военнопленные в СССР. 1939 – 1956. Документы и материалы, Москва: "Логос", 2000гг.: № 3.42 Директива НКВД СССР № 199 об условиях размещения и содержания военнопленных японцев. Москва. 13 ноября 1945 г.

第二章　日本战俘的日常管理

1945—1946年冬季期间苏联地区日本战俘死亡率仍然居高不下。① 面对压力，战俘管理部门不得不继续采取措施。1946年3月15日，内务人民委员部颁布决议，要求各战俘营储备燃料、冬季防寒用的皮靴以应对本年度秋冬季防寒工作。② 值得注意的是，该年度漫长冬季尚未结束，战俘管理局即被要求开始准备下一冬季的防寒物品。其用意在于：第一，由于1945—1946年度冬季日本战俘成批死亡现象严重，使得战俘管理局意识到必须尽早开始准备下一年度的冬季防寒工作；第二，战后苏联面临着物资紧缺困境，且物资转运速度及效率相对低下，对于战俘营所需的防寒物资，既需时间配备，也需时间运输并分发，因此提前准备下一年度的御寒物资，可以掌握好提前量，尽量降低冬季期间因寒冷和物资不足所造成的战俘死亡率与患病率。如1946年7月初，滨海区党委会议要求为在国民经济部门从事劳动的日本战俘提供1946—1947年冬季期间正常的住宅条件，以降低死亡率与患病率，减少传染病的发生率。③

如上文所述，由于配发给日本战俘的防寒物资普遍不足，并且质量也不高，造成冬季防寒服装与被服经反复使用后破损情况严重。为此，1946年3月28日，内务人民委员部颁布了相应决议，要求各战俘管理局不得拒绝战俘关于修补服装、皮靴等个人防寒物品的请求，并要设立专门的修理机关进行集中修理。④ 对于战俘外出劳作期间的防寒保障，苏联战俘管理总局在1946年3月7日颁布了关于禁止没

---

① 关于具体死亡人数，在目前公之于世的资料中并无明确统计。但据各方看法，1945—1946年冬季日本战俘死亡人数极多。应占总死亡人数一半以上。

② Загорулько М. М.，Военнопленные в СССР. 1939－1956. Документы и материалы，Москва："Логос"，2000гг.：№ 4.26 Приказ НКВД СССР № 054 о сборе теплых вещей, организации их ремонта и подготовке к зимнему сезону 1946/1947 г. в лагерях НКВД для военнопленных. Москва. 15 марта 1946 г.

③ Морской государственный университет имени адмирала Г. И. Невельского，Труд военнопленных в отраслях народного хозяйства Приморского края：документы Государственного архива Приморского края，Владивосток，2006г.，с. 77.

④ Загорулько М. М.，Военнопленные в СССР. 1939－1956. Документы и материалы，Москва："Логос"，2000гг.：№ 4.27 Телеграфное распоряжение МВД СССР № 56 об обязательном приеме лагерями длявоеннопленных вещевого имущества, требующего ремонта и реставрации. Москва. 28марта 1946 г.

▶ 西伯利亚的"罪与罚"

有防冻鞋的战俘外出从事劳动的规定。① 1946年10月12日，内务部对第15战俘营第6分处进行冬季检查后作出报告：该战俘营完全未做好相关冬季防寒准备，恶劣的劳动环境与交通状况是导致战俘患病率与死亡率高的重要原因。仅就燃料准备一项而言，该营无任何燃料储备，无暖气设施。如不在最短时间内配套供暖设施，该战俘营是无法顺利越冬的。② 对于战俘防寒所需重要物资——被服的相关情况，按照战后日本外务省对归国日本战俘的调查：抵达苏联后第一年所配发的被服，多半是被苏联接收并征用的日军物资，后来有些战俘营所配发的是苏联红军或德国战俘使用过的旧被服，到了1949年，还有一些战俘营从未配发过被服。③

由于1945—1946年冬季期间大批日本战俘死亡，苏联战俘管理总局为此采取了针对性措施，以减少类似情况的发生，但因严寒所造成的战俘患病与死亡问题始终困扰着苏联各个地区的日本战俘营。为此，苏联战俘管理总局对各战俘营冬季防寒工作进行了持续不断的完善。1947年2月7日，内务部颁布决议，要求对各战俘营进行日常检查，尤其是对冬季期间战俘的居住环境、粮食供给与劳动环境保障进行检查。④ 1947年3月4日，针对冬季与春化期间因防寒措施不到位而发生的战俘死亡与患病问题，苏联内务部颁布决议，要求在未进行皮靴修缮、采取防潮与防寒措施前，禁止各战俘管理局派遣战俘外出

---

① Загорулько М. М., Военнопленные в СССР. 1939 – 1956. Документы и материалы, Москва: "Логос", 2000гг.: № 6.56 Директива НКВД СССР № 57 о запрещении вывода на работу в период весенней распутицы военнопленных, не обеспеченных непромокаемой обувью, и о принятии срочных мер к ремонту обуви. Москва. 7 марта 1946 г.

② Морской государственный университет имени адмирала Г. И. Невельского, Труд военнопленных в отраслях народного хозяйства Приморского края: документы Государственного архива Приморского края, Владивосток, 2006г., с. 110 – 112.

③ 戦後強制抑留史編纂委員会編：《戦後強制抑留史》第3卷，東京平和祈念事業特別基金発行2005年，第68ページ。

④ Загорулько М. М., Военнопленные в СССР. 1939 – 1956. Документы и материалы, Москва: "Логос", 2000гг.: № 3.69 Распоряжение МВД СССР № 56 о задачах председателей комиссий по проверке лагерей МВД для военнопленных. Москва. 7 февраля 1947 г.

进行劳动作业，并责成各战俘营采取切实措施进行战俘防寒装备配发与修理工作等。①

根据日方1994年对归国日本战俘进行的调查，对于"严寒气候条件下苏联所提供的防寒服装是否充分"这一问题，3085名战俘亲历者回答如下：有2609人回答为不充分；对于"饮食供给的量是否充分"这一问题，有2522人回答为不充分；对于"战俘营设施的耐寒性充分吗"这一问题，有2509人回答为不充分。② 可见，大部分日本战俘对西伯利亚地区日本战俘营的御寒与保暖措施是不满意的。为保持热量以度过寒冷漫长的冬季，除了依靠战俘营内的供暖设施与防寒装备外，按时调查，日本战俘采用的方法还有：专心于劳动以忘却暂时严寒，在野外劳作期间进行焚火取暖、加强运动等。而对于室内没有供暖设施的战俘营，日本战俘通常采取的方法有：利用各种容器盛装热水来取暖，或将石头和砖块烧热以获得热量。③

三 日本战俘的通邮问题

1945年8月日本宣布无条件投降之后，大量日本士兵因被俘而与家人失去联络。日本战俘与其家人对于这种状况，大都焦虑不安。特别是对于被移送到苏联地区的日本战俘而言，通过书信向家人报知平安消息与所处位置，在一定程度上能提高其在战俘营的生存期望与忍耐能力。战俘亲历者市桥督回忆说，12月（应该是1946年），收到了7月发出的明信片的回信。大家以为不可能收到回信，明信片的抵达引起了一阵骚动。因此，除细细品味明信片上的只言片语外，还将

---

① Загорулько М. М., Военнопленные в СССР. 1939 – 1956. Документы и материалы, Москва："Логос"，2000гг.：№ 4.44 Распоряжение МВД СССР № 115 об обеспечении военнопленных непромокаемой обувью на период весенней распутицы. Москва. 4 марта 1947 г.

② 平和祈念事业特别基金编：《シベリア強制抑留者が語り継ぐ労苦》第4卷，平和祈念事业特别基金1994年，第62—63ページ。

③ 同上书，第70ページ。

这一纸片视为珍贵物品。① 对于战俘家人而言，与失去联系的这一亲人取得联络以获取其平安健在、生活近况的消息，能免除其日夜思念与担惊受怕的心理状态。战俘与家属建立联系与沟通，确认彼此近况，恐怕是通邮的最大意义。此外，对于管辖数十万日本战俘的苏联政府而言，在进行内容审核的基础上放开日本战俘通信限制，可向日本舆论界及战俘家人传达关于这一群体的积极信息，破除日本国内盛行的"苏联虐待日本战俘"的传闻，有利于改善苏联地区战俘营的形象与苏联的国际形象。因此，允许日本战俘通邮，对于日本战俘本人、战俘家人及苏联政府而言，都是有益而无害的。

当地各战俘营逐渐走上正轨之后，日本战俘通邮问题被提上内务部战俘管理总局的议事日程。1946年7月26日，苏联战俘管理局上呈斯大林的报告指出：最近观察到在日本战俘中民主氛围显著增长。与此同时，根据苏联外交部的相关资料，日本国内关于日本战俘生活状况恶劣的新闻报道盛行，因此准备有针对性地开放日本战俘与其亲属之间的信件与明信片交换，以改善日本战俘营的形象。初步定为普通战俘每三个月可向日本发送一封信件，劳动表现良好者可两个月发送一次信件，以作为劳动与民主运动的激励措施。②

1946年7月27日，苏联部长会议发布命令，正式允许日本战俘和其在日本、中国东北和朝鲜半岛北部地区的亲人通信。

内务部在1946年10月22日颁布了00939号决议，就日本战俘通邮问题进行了详细规定：允许日本战俘与日本国内、朝鲜半岛北部地区与中国东北地区（仅此三个地区）的家人进行通信。信件内容

---

① ソ連における日本人の捕虜の生活体験を記録する会：《捕虜体験記Ⅲ：ウラル以西編》，ソ連における日本人捕虜の生活体験を記録する会，1984年発行，2000年第5刷，第193—194ページ。

② Загорулько М. М., Военнопленные в СССР. 1939 - 1956. Документы и материалы, Москва: "Логос", 2000гг.: № 3.60 Докладная записка С. Н. Круглова на имя И. В. Сталина, В. М. Молотова, Л. П. Берии о целесообразности разрешить переписку между военнопленными японцами и их семьями. Москва. 3 июля 1946 г.

第二章　日本战俘的日常管理

只能用片假名的方式书写。①但在笔者所见的战俘所书明信片中，亦有用平假名兼杂汉字书写的。同时，要求苏联战俘管理总局在滨海地区、哈巴罗夫斯克地区各设立一个专门的信件检查部门，调集战俘营内通晓日语的苏方管理人员，负责集中检查日本战俘所发出的所有信件的内容与思想倾向。据苏联规定，日本战俘可每三个月发出一封信，但对于违反管理规定者，可剥夺其通信权3—5个月作为惩罚措施。②

档案材料显示，到1947年1月1日，在符拉迪沃斯托克（Владивосток）（海参崴）的检查站已经堆积了194000封战俘发出的信件，大部分战俘在信中谈的是居住条件、日常物资条件及近况，但有15%左右的战俘在信中显示出对政治事件的兴趣。在信中战俘大都正面评价苏联，阐述了对未来日本民主体制的观点，并显示出与战俘管理当局的良好关系。另外，档案材料还显示，含有负面信息的信件将被没收。③

1947年11月1日，内务部上呈给斯大林等人报告，汇报了1947年1月1日到9月1日对滨海地区日本战俘通信进行检查的情况。检查内容显示，该地区日本战俘共发出了547233封信，收到信件258908封（其中来自日本本土信件为257119封，来自中国东北、朝鲜与萨哈林岛（库页岛）南部的信件为1789封）。内务部在对6月份的往来信件进行统计与分析后得出如下结论：在日本战俘所收发的信件中，积极评价苏联的占总数65%，正面评价战俘营伙食与管理

---

①　片假名（片仮名），为日文五十音的书写方式，相当于汉语拼音中的大写。例如，日语人名大山一郎，按照片假名的书写方式为オオヤマ　イチロウ。笔者推测，规定日本战俘必须采用片假名书写的原因是便于苏联籍日语翻译辨认，因为日文中的汉字对于大部分苏联翻译来说较为复杂。

②　Загорулько М. М.，Военнопленные в СССР. 1939 – 1956. Документы и материалы, Москва: "Логос", 2000гг.: № 3. 65 Приказ МВД СССР № 00939 о введении в действие Инструкции о порядке переписки военнопленных японцев с их семьями, проживающими в Японии, Маньчжурии и Корее. Москва. 22 октября 1946 г.

③　В. А. 加夫里洛夫、Е. Л. 卡塔索诺娃编：《苏联地区战俘：1945—1956》（档案集），第一部分第三章，第9号：内务部部长给国家领导人关于日本战俘与其亲属通信的信息通报，19470201，国际民主基金会，莫斯科，2013年。

85

制度的占17%，对民主运动与日本共产党持正面评价的有10%，对战俘身份不满、伙食不满者为2.8%。①

其中摘录信件内容如下：日本战俘益永年曾木（益永年曾木）是这样写给在福井县的家人的："感谢苏联的友好行为，我们才没有遇到粮食缺乏问题。我以前对苏联不了解，现在对这个民主国家有了深入了解。这里没有剥削阶级，可以从苏联人民的脸上看到对未来的期望。在返回日本之后我想从事民主运动，为日本人民的幸福而奋斗。"日本战俘高史根（高史根）在给东京的家人的信中如此写道："苏联管理人员对我们很友好。我们每周都看电影，生活也有很大自由。苏联不像我还在日本时所宣传的那样是危险国家。在回国之后我将以苏联生活为榜样而努力生活。……"与上述内容不同，日本战俘上松健（上松健）向山梨县的亲人描述了西伯利亚地区战俘营生活的艰巨："我在这里迎来了第二个年头。只有在梦中才吃得到大米饭。这里的寒冷难以想象，我们每天吃的是又黑又硬的黑面包、发酸的土豆和高粱米。不知道这种状况还要持续多久。"与此同时，在战俘家人写给日本战俘的信件中，描述的多是日本国内生活艰难，面临着物资短缺、物价飞涨的无助境地。在写给日本战俘塩入纪美野（塩入紀美野）的信中，其家人对日本的现状进行了如此描述："国内现在投机倒把现象很严重。物价比平时涨了2—10倍，尤其是药品涨了20倍。"从上述言论中可以直观看出，战俘与其家人之间能建立通信联系，对于双方交换信息，坚定生活信念是有益的。

但是苏联地区日本战俘流动性比较高。据1994年日方对3085人归国日本战俘进行的调查与统计，日本战俘在不同战俘营之间的移动

---

① Загорулько М. М., Военнопленные в СССР. 1939 – 1956. Документы и материалы, Москва: "Логос", 2000гг.: No 3.85 Справка МВД СССР на имя И. В. Сталина, В. М. Молотова, Л. П. Берии, А. А. Жданова, секретарю ЦК ВКП (6) М. А. Суслова о состоянии и характере переписки военнопленных японцев за период с 1 января по 1 сентября 1947 г. Москва. 1 ноября 1947 г.

次数为：移动一次者为782人，占总人数的25.3%；移动两次者为694人，占22.5%；移动三次者为688人，占22.3%；移动四次者为335人，占10.9%；移动五次者为449人，占14.6%。① 而从1947年开始，苏联开始大规模遣返德、日等国战俘，因此有大量空置战俘营被撤销或关闭。但战俘与其家人之间的通信具有一定滞后性，因此很多战俘已经被移送到其他战俘营或被遣返归国后，各战俘管理局才收到其家人来信。对此问题，1949年10月18日，内务部颁布决议，规定各战俘营或所在地邮局可以自行销毁滞留邮件。②

另外，据战后日本外务省调查，发往苏联地区的信件与回信比例接近四比一，即平均每个战俘家人发4信封，才能收到1封回信。造成这一状况的原因，如前所述，加上发信与回信周期一般要超过5个月，因此造成去信与来信数量不对称。另外，就总数而言，日本战俘中有未收到信件者，也有收到6封信件者，平均起来战俘每人收发信件为2—3次。③ 笔者就通邮问题询问过战俘亲历者大河原孝一。为大河原孝一表示给家里写过信，只有简短的几句话，"我还活着"为其中最核心信息，收到的回信则只有1封。

此外，针对被判刑日本战犯的通邮问题，1953年7月24日，内务部出台了第00576号命令，允许其向直系亲属发送特制明信片，频率为一月1次。但各战俘必须先将信件发送至哈巴罗夫斯克（伯力）第5120邮箱，经检查后才能发往日本，其亲属则不仅能回信，还能发送汇款和小型邮包。④

---

① 平和祈念事業特別基金編：《シベリア強制抑留者が語り継ぐ労苦》第4巻，平和祈念事業特別基金1994年，第21ページ。

② Загорулько М. М., Военнопленные в СССР. 1939 – 1956. Документы и материалы, Москва："Логос"，2000гг.：№ 3.95 Распоряжение МВД СССР № 708 об уничтожении корреспонденции военнопленных, поступающей в адрес ликвидированных лагерей. Москва. 18 ноября 1949 г.

③ 戦後強制抑留史編纂委員会編：《戦後強制抑留史》第3巻，東京平和祈念事業特別基金発行2005年，第138ページ。

④ 長勢了治著：《シベリア抑留全史》，原書房2013年版，第499ページ。

第三节　战俘的医疗卫生与死亡和埋葬问题

对苏联各地数十万日本战俘进行医疗保障与死亡后的善后处理，是战俘管理中的重要一环。

一　战俘医疗卫生问题

按照战俘管理局的设置，负责日本战俘医疗保障工作的，主要是战俘营内医务室与战俘专门医院或疗养院。在各战俘营，医务室配备军医1—2人，护士1名，以及按照战俘管理局要求从事辅助工作的战俘军医和护理人员。[①] 一般而言，医务室只能诊治简单疾病和对外伤进行简易包扎，严重的伤病要送到专门的战俘医院和疗养院进行治疗。战俘医院和疗养院设3—4名苏联医生，下辖从日本战俘中征集的辅助军医4—10人。战俘医院和疗养院可收治100—200名病人，除严重的外伤患者外，因营养失调、脚气、肠炎、斑疹、坏血病、肺部疾病而住院的战俘占到了总住院人数的半数以上。[②] 综合来看，苏联地区日本战俘营的医疗管理制度有以下特征：

第一，医务人员缺乏经验，医疗水平有限。日本战俘普遍回忆到，战俘营内苏联军医以年轻女性为主，一般都是医科专门学校毕业的助理医师或见习医师，医学经验不足，医务水平不高，仅能进行简单疾病的诊断与外伤简易包扎。[③] 另须指出的是，苏联战俘营的医疗指导思想以卫生防疫等预防医学内容为主，对战俘伤病情况的判断基本上以简单观察与问诊为主，几乎没有精密检验仪器辅助。医学诊断

[①] Загорулько М. М., Военнопленные в СССР. 1939 – 1956. Документы и материалы, Москва: "Логос", 2000гг.: № 5.36 Директива НКВД СССР № 52 о максимальном использовании по специальности в лагерях НКВД для военнопленных медицинских работников из числа военнопленных. Москва. 2 марта 1946 г.

[②] 戦後強制抑留史編纂委員会編：《戦後強制抑留史》第3卷，東京平和祈念事業特別基金発行2005年，第70—71ページ。

[③] 同上书，第71ページ。

的主要目的是判断日本战俘是否适合劳动,并划分劳动能力等级。对于腹痛、痢疾、胃病、高血压、神经痛,以及一般性发热等难以通过简单观察来诊断的疾病,战俘营医疗部门的治疗方式有限。

第二,日本战俘患病率与死亡率高于苏联地区他国战俘。以哈巴罗夫斯克边疆区为例,截止到1946年6月1日,当地共有战俘152149人,其中有7563人处在专科医院中。① 而按照1946年7月28日内务部的统计结果:到1946年6月1日,苏联地区共有日本战俘466497人,劳动大队中有45546人,专科医院中有13091人。日本战俘住院人数与总人数的比率状况,高于同期他国战俘的患病率(见表2-5)。②

由表2-5可见,1946年1—5月及10月期间,日本战俘的患病率明显高于其他月份。其中1—5月为寒冷季节,因气候所造成的日本战俘患病与死亡问题较为突出。10月则为秋冬转换季节,气温骤降所造成的日本战俘患病问题亦较为严重。根据日本1994年对归国战俘所进行的调查,对于是否患病(包括冻伤问题),在3085名受访者中有1722人表示在战俘营内有过相关经历。对于在苏联期间是否有受伤经历,有798人回答为受过伤,占总受访人数的25.9%。③

不难看出,1945年底到1946年年初,是日本战俘患病和死亡的高发期。其中由于各战俘医院严重缺乏注射用生理盐水,以至于不得不搜集日本战俘带来的食盐将其制成盐水供重病患者用。④ 战俘营内医疗器械同样严重缺乏。据日本战俘石川朝雄(石川朝雄)回忆:他

---

① В. А. 加夫里洛夫、Е. Л. 卡塔索诺娃编:《苏联地区战俘:1945—1956》(档案集),第一部分第一章,第32号:内务部战俘管理局关于截止到1946年6月1日哈巴罗夫斯克边疆区战俘营及专门医院中的日本战俘人数信息通报,19460621,国际民主基金会,莫斯科,2013年。

② Загорулько М. М., Военнопленные в СССР. 1939 - 1956. Документы и материалы, Москва: "Логос", 2000гг.: № 3.59 Докладная записка С. Н. Круглова на имя И. В. Сталина, В. М. Молотова, Л. П. Берии о наличии и физическом состоянии военнопленных на 1 июня 1946 г. Москва. 28 июня 1946 г.

③ 平和祈念事業特別基金編:《シベリア強制抑留者が語り継ぐ労苦》第4巻,平和祈念事業特別基金1994年,第46—49ページ。

④ 戦後強制抑留史編纂委員会編:《戦後強制抑留史》第3巻,東京平和祈念事業特別基金発行2005年,第72ページ。

▶ 西伯利亚的"罪与罚"

表2–5　　　　　1946年全年日本战俘患病人数
（1947年1月14日统计结果）

月份	总人数（人）	患病人数（人）
1月	411057	24258
2月	415009	24655
3月	411698	21720
4月	412733	20071
5月	407860	14102
6月	394184	9497
7月	392583	10665
8月	407027	11547
9月	409747	10370
10月	410435	59429
11月	397946	8647
12月	391747	9279

资料来源：Загорулько М. М., Военнопленные в СССР. 1939 – 1956. Документы и материалы, Москва: "Логос", 2000гг.: № 5. 55 Справка М. Я. Зетилова о заболеваемости военнопленных японцев по месяцам 1946 г. Москва. 14 января 1947 г.

因急性盲肠炎发作而住院治疗，由苏联女军医执刀进行切除手术。由于缺乏麻醉药，采用的办法是将其直接捆在手术台上进行外科手术。这种手术所带来的痛苦是正常人难以忍受的。① 此外，战俘营所需的医疗配套设施也不是非常充分。如滨海地区的一份报告指出，虽然规定要在1945年10月22日前本地每个战俘营都须尽快设立医院以收治重症患者，但在某些地区至今尚未找到设立医院的合适建筑。②

围绕日本战俘的医疗与保健问题，为降低患病与死亡率，各日本

---

① 平和祈念事業特別基金編：《シベリア強制抑留者が語り継ぐ労苦》第4巻，平和祈念事業特別基金1993年，第75ページ。
② Морской государственный университет имени адмирала Г. И. Невельского, Труд военнопленных в отраслях народного хозяйства Приморского края: документы Государственного архива Приморского края, Владивосток, 2006г., с. 40.

第二章　日本战俘的日常管理

战俘营采取的措施之一是提高粮食供应标准以增强战俘体质，缓解营养不良现象，从而降低战俘患病率与死亡率。如上文所述，针对各专科医院或疗养院中的日本战俘，战俘管理局制定了专门的粮食供应标准，主要体现为在增加面包、米饭、肉类、蔬菜等基本饮食供给的基础上，提供每日 200 克的鲜牛奶作为营养加强措施。①

除了增强伤病状况下的营养补给外，内务人民委员部还要求各地战俘管理局为战俘改善日常医疗服务。1945 年 9 月 7 日，内务人民委员部下达第 151 号指令，要求各战俘营设立专科医院或疗养机构，收治伤病情况严重的战俘，尤其是要做好冬季期间的战俘医疗保障工作。② 1946 年 1 月 16 日，内务人民委员部战俘管理局针对冬季期间战俘患病与死亡率高发状况，颁布了关于降低战俘患病与死亡率的要求，命令各战俘营采取医疗措施，加强战俘营养，并进行传染病防治。③ 1946 年 3 月 25 日又规定，1—3 月入院的三等劳动能力战俘可在医疗和疗养机构延长住院时间到 5 月 1 日。④ 1946 年 3 月 30 日的滨海边疆区党委会议指出："经过最近一段时间的努力，在战俘保持体格、降低死亡率与伤病率方面有所改善……但同时也要指出对本地所属的日本战俘的日常管理方面仍有很多不足和需要改善

---

① Загорулько М. М., Военнопленные в СССР. 1939 – 1956. Документы и материалы, Москва: "Логос", 2000гг.: № 4.24 Приказ НКВД СССР и начальника тыла Красной Армии № 001117/0013 с объявлением норм продовольственного снабжения для военнопленных японской армии. Москва. 28 сентября 1945 г.

② Загорулько М. М., Военнопленные в СССР. 1939 – 1956. Документы и материалы, Москва: "Логос", 2000гг.: № 5.26 Директива НКВД СССР № 151 о размещении спецгоспиталей на территории лагерей НКВД для военнопленных. Москва. 7 сентября 1945 г.

③ Загорулько М. М., Военнопленные в СССР. 1939 – 1956. Документы и материалы, Москва: "Логос", 2000гг.: № 5.31 Директива НКВД СССР № 16 о мероприятиях по снижению заболеваемости и смертности в лагерях для военнопленных и интернированных. Москва. 16 января 1946 г.

④ В. А. 加夫里洛夫、Е. Л. 卡塔索诺娃编：《苏联地区战俘：1945—1956》（档案集），第一部分第二章，第 11 号：内务部长给各地内务部门负责人关于延长战俘在医疗队疗养期限的命令，19460325，国际民主基金会，莫斯科，2013 年。

的地方。"①

1946年6月7日，苏联医疗保健部颁布指令，要求各战俘营医疗卫生部门修缮医院设施设备、配备医疗干部，着手进行冬季期间各战俘营的医疗保障工作。② 1946年10月12日，内务部战俘管理总局再次出台规定，要求采取措施以保证冬季期间各战俘医院的正常运作。③ 1948年1月17日，内务部战俘管理总局再次颁布了关于改善战俘医院工作问题的指示，要求各机关做好战俘医院保障工作。

第三，重视战俘营内日常消毒等卫生预防措施。由于战俘营内生活环境较差，加上很多时候饮食保障和营养供给方面存在问题，因此日本战俘中营养不良者较多，这使得日本战俘群体在面对传染病时存在普遍性的抵抗力不足情况。此外，在抵达苏联初期日本战俘被服等物的清洗、更换与消毒工作未能常态化进行，加上浴室、洗浴设施往往未能达到卫生标准，因此日本战俘在入营以后往往会遭遇虱子、臭虫集中爆发或传染病流行的情况。这些问题都严重影响了日本战俘的生活质量与健康状况。据战俘亲历者金野秀雄（金野秀雄）回忆：有时（在睡觉时）虱子太多，痒得难以忍受，从裤子里能抓出一小把虱子，丢到火里烧得啪啪作响。④ 关于战俘沐浴情况，按照日本战俘（姓名不详）的回忆，一般是一周进行一到两次简单淋浴。另据

---

① Морской государственный университет имени адмирала Г. И. Невельского, Труд военнопленных в отраслях народного хозяйства Приморского края: документы Государственного архива Приморского края, Владивосток, 2006г., с. 68.

② Загорулько М. М., Военнопленные в СССР. 1939 – 1956. Документы и материалы, Москва: "Логос", 2000гг.: № 5.43 Директива Министерства здравоохранения СССР и МВД СССР № 322/45с/152 о мероприятиях по ремонту и оборудованию спецгоспиталей, их дооснащении, доукомплектовании медицинскими кадрами и подготовке к зиме. Москва. 7 июня 1946 г.

③ Загорулько М. М., Военнопленные в СССР. 1939 – 1956. Документы и материалы, Москва: "Логос", 2000гг.: № 5.47 Распоряжение МВД СССР № 326 о принятии мер для быстрейшего завершения работ по обеспечению нормальной деятельности спецгоспиталей в зимних условиях. Москва. 12 ноября 1946 г.

④ 平和祈念事業特別基金編：《シベリア強制抑留者が語り継ぐ労苦》第2巻，平和祈念事業特別基金1992年，第120ページ。

第二章　日本战俘的日常管理

滨海区归国日本战俘林茂美（林茂美）回忆：每天晚上的上床睡觉时间被拖到了12点。一方面苦于重体力劳动之后的困乏，另一方面却由于虱子与臭虫的袭击而难以睡个好觉。① 到1946年夏天，各日本战俘营逐渐迈入正轨后，日常生活环境稍有改善，每周沐浴次数有所增加，在春秋两季也会进行战俘营集体消毒。其中，对于斑疹、痢疾等流行病，战俘管理部门会对日本战俘进行疫苗注射，分发奎宁等预防药物。② 如在1947年12月13日（或15日），针对在苏联居民中流行的伤寒病，内务部战俘管理总局要求各战俘营做好应对传染病的防范工作，完善营内供暖设施，健全洗浴装置与热水供应。③

此外，有些战俘营会定期进行体格检查，有些战俘营则不定期进行体格检查，其目的在于掌握日本战俘体质情况，以此作为划分战俘劳动体格等级的依据。按照1945年8月28日内务部第147号令，战俘体格划分为四级，第一级和第二级为健康者，需从事木材采伐、物资搬运、建筑作业、矿藏采掘等重体力劳动。第三级为营养不良者，需从事较轻劳动任务，如炊事、薪柴采集、大扫除等战俘营日常勤务工作。第四级为严重营养不良者，可免除日常劳动任务。④ 日本战俘普遍回忆说，体格检查的方法较为简单，以脱光衣物后由医生简单观察或触摸为主。⑤ 如1947年4月16日对第533劳动大队683名战俘进行检查的结果是：一等20人，二等536人，三等99人，四等13人，住院病人15人。第533战俘营3月有26名病人，4月有148名

---

① 平和祈念事业特别基金编：《シベリア強制抑留者が語り継ぐ労苦》第2卷，平和祈念事业特别基金1992年，第64ページ。
② 戦後強制抑留史編纂委员会编：《戦後強制抑留史》第3卷，平和祈念事业特别基金発行2005年，第74ページ。
③ Загорулько М. М., Военнопленные в СССР. 1939 – 1956. Документы и материалы, Москва: "Логос", 2000гг.: № 5.64 Приказ МВД СССР № 0756 о проведении противоэпидемических мероприятий против паразитарных тифов в лагерях военнопленных и спецгоспиталях. Москва. 13/15 декабря 1947 г.
④ 平和祈念事业特别基金编：《シベリア強制抑留者が語り継ぐ労苦》第3卷，平和祈念事业特别基金1993年，第239ページ。
⑤ 平和祈念事业特别基金编：《シベリア強制抑留者が語り継ぐ労苦》第1卷，平和祈念事业特别基金1992年，第5、56、187ページ。

病人，其中营养不良者 106 人，受伤 12 人，其他 30 人。① 苏联地区日本战俘亲历者三浦庸（三浦庸）在回忆录中是如此记录其住院经历的：（1949 年）其部门从零下 50 度的西伯利亚地区被转移到零下 30 摄氏度的符拉迪沃斯托克（海参崴）后，大部分人因为巨大的温度变化而感冒。在港口进行连日的煤炭卸货作业后，他因急性肺炎被送入以治疗胸科疾病见长的专科医院进行隔离治疗，后被定位为三级体力者。在专科医院内，三浦庸从事的工作为院内清扫及在天气不错时外出采集韭菜、野蒜等可食用植物，以及芍药等药用植物。②

日方在 1994 年对 3085 名战俘亲历者所进行的调查结果显示：关于"战俘营是否进行体格检查"一项，有 534 人回答为定期进行，有 1740 人回答为不定期进行，有 642 人回答为从未进行过。对于进行体格检查的实施者，有 2196 人回答为由苏联医生进行，有 600 人回答为由日本战俘医生进行。而对于检查方式，有 245 人回答为通过医疗器械进行，有 1531 人回答为通过触诊进行，有 1073 人回答为通过外观观察进行。战俘亲历者平原敏夫（平原敏夫）讲述说：他所在的战俘营内不定期进行身体检查。日本战俘裸体列队后，由苏联军医根据其臀部大小确定健康状况并划分劳动等级。③ 而对于战俘营进行体格检查的目的，有一半受访者回答为区分劳动等级之用。④

---

① В. А. 加夫里洛夫、Е. Л. 卡塔索诺娃编：《苏联地区战俘：1945—1956》（档案集），第一部分第二章，第 26 号：内务部负责人就哈巴罗夫斯克边疆区第 530 和 533 日本战俘劳动大队伙食和劳动利用检查结果的报告，19470530，国际民主基金会，莫斯科，2013 年。

② 三浦庸：《シベリア抑留記：一農民兵士の収容所記録》，筑摩書房 1984 年版，第 280、281ページ。

③ 平和祈念事業特別基金編：《シベリア強制抑留者が語り継ぐ労苦》第 2 卷，平和祈念事業特別基金 2006 年，第 175ページ。

④ 平和祈念事業特別基金編：《シベリア強制抑留者が語り継ぐ労苦》第 4 卷，平和祈念事業特別基金 1994 年，第 40—43ページ。

二 战俘死亡与埋葬问题

虽然苏联战俘管理当局对战俘死亡问题有着清醒的认识与估计，并通过改善粮食供给与提高医疗水平等措施来降低生病人数和死亡率，但战俘死亡问题是难以杜绝的。战俘营内日本战俘患病和死亡的主要原因有：第一，饥饿与营养不良引发的各种疾病。第二，被冻死或因寒冷引发的各种疾病而死亡。通过上文数据可知，冬季期间日本战俘的患病率与死亡率明显高于其他季节。第三，无法适应重体力劳动而死亡。另有少部分日本战俘因违反战俘管理规定、逃亡等原因而被战俘管理局枪毙。第四，因意外事故、中毒、自杀等原因而受伤或死亡。如1947年1月16日，在克麦罗沃州（Кемеровская область）第526战俘营第5分部发生轻微中毒事件，有24名日本战俘中毒，但未危及生命安全。原因是在食物仓库保管的用于防鼠的25克砷被误食。① 1949年2月8日，在滨海边疆区雅科夫列夫区战俘宿舍发生火灾，第555劳动大队207名战俘中有16人死亡，另有5人被烧伤。② 据战俘亲历者林顺一（林順一）所述，他在从事采煤工作时见到有因误食野菜而中毒死亡者，有因营养失调而在睡眠中死亡者。③

日本战俘死亡问题有着如下特色：第一，按照俄罗斯学者库兹涅佐夫的研究，和德国、罗马尼亚、意大利等国战俘相比，日本战俘的死亡率相对较高。因为除了疾病、饥饿等因素以外，迥异的文化环境，也是考量日本战俘死亡率问题时不得不注意的因素。④ 1946

---

① В. А. 加夫里洛夫、Е. Л. 卡塔索诺娃编：《苏联地区战俘：1945—1956》（档案集），第一部分第二章，第38号：内务部长第00104号对526战俘营中毒事件责任人采取严厉措施的命令，19470131，国际民主基金会，莫斯科，2013年。

② В. А. 加夫里洛夫、Е. Л. 卡塔索诺娃编：《苏联地区战俘：1945—1956》（档案集），第一部分第二章，第32号：内务部长给国家领导人关于个别劳动大队非常事故及所有劳动大队日本战俘定额人数的报告，19490215，国际民主基金会，莫斯科，2013年。

③ 平和祈念事业特别基金编：《シベリア強制抑留者が語り継ぐ労苦》第3卷，平和祈念事业特别基金1993年，第187ページ。

④ Кузнецов С. И., Японцы в сибирском плену, 1945–1956, Иркутск: ТОО Издательства журнала "Сибирь", 1997г., с. 225.

年2月19日，内务部战俘管理总局统计颁布了关于1946年2月上旬日本战俘的患病与死亡率情况。① 资料显示，从1946年初到2月上旬，日本战俘死亡率是同期德国战俘死亡率的两倍。造成日本战俘死亡的主要原因为营养不良以及感染伤寒、痢疾、肺炎、结核等疾病。

表2-6　　　　　1946年初日本战俘住院人数与死亡人数

时间	初始总人数（人）	入院人数（人）	出院人数（人）	死亡人数（人）	死亡率（%）	总人数（人）
1月上旬	4044	1018	137	219	5.21	4706
1月中旬	4706	1457	370	249	5.29	5544
1月下旬	5544	3872	341	398	7.20	8677
2月上旬	8677	882	378	318	3.49	8863

第二，半数以上日本战俘死亡情况发生在1945—1916年冬季。按照日本学者阿部军治的推测，原因是大部分战俘在被移送到苏联各地的过程中体力消耗过大，导致体质变差，加上营养供给和物资保障跟不上，使得战俘难以抵御严寒气候。这是构成当时日本战俘大量死亡的重要原因。② 对此，笔者曾询问战俘亲历者大河原孝一，他证实1945—1946年冬季日本战俘死亡人数确实远远高于其他时期，至少占死亡总数的一半以上。

1947年1月14日内务部战俘管理总局统计了1946年各月日本战俘死亡情况（见表2-7）。

---

① Загорулько М. М., Военнопленные в СССР. 1939 – 1956. Документы и материалы, Москва：" Логос"，2000гг.： № 5.33 Справка М. Я. Зетилова о заболеваемости и смертности в лагерях НКВД и спецгоспиталях НКО и НКЗ для военнопленных японцев за первую декаду февраля 1946 г. Москва. 19 февраля 1946 г.

② 阿部軍治著：《シベリア強制抑留の実態：日ソ両国資料からの検証》，東京彩流社2005年，第231ページ。

第二章 日本战俘的日常管理

表 2-7　　　　　1946 年各月日本战俘死亡人数　　　　　（人）

月份	总人数	死亡人数
1 月	411057	4302
2 月	415009	4548
3 月	411698	2813
4 月	412733	1543
5 月	407860	827
6 月	394184	445
7 月	392583	191
8 月	407027	274
9 月	409747	320
10 月	410435	273
11 月	397946	178
12 月	391747	227

资料来源：Загорулько М. М., Военнопленные в СССР. 1939 – 1956. Документы и материалы, Москва: "Логос", 2000гг.: № 5. 51 Справка М. Я. Зетилова о диагнозах смертности среди военнопленных японцев по месяцам 1946 г. Москва. 14 января 1947 г.。

从表 2-7 可以看出，1946 年 1 月到 4 月日本战俘死亡人数相对较多。关于战俘死亡原因，根据各月情况统计，占据第一位的是营养不良，其次是感染肺炎、结核病或伤寒等。滨海区一份未署日期的战俘营报告指出："本单位共接收 2016 名日本战俘，其中 137 人因严重营养不良而住院治疗，有 400 人同样因为营养不良而无法从事劳动。近期日本战俘死亡率不断上升，主要原因是营养不良。"[①] 同样是在滨海区的日本战俘营，据战俘岩野寅雄（岩野寅雄）回忆，在 1945—1946 年冬季，他所属的 1000 人劳动大队中有 100 余

---

① Морской государственный университет имени адмирала Г. И. Невельского, Труд военнопленных в угольной промышленности документы Государственного архива Приморского края, Владивосток, 2005г., с. 27.

人死亡。① 在西伯利亚地区战俘营从事过劳作的日本战俘西山洁（西山潔）回忆：他于 1945 年 9 月末入营，1000 余人的劳动大队在零下 40 摄氏度的情况下进行伐木作业，3 个月内由于营养不良、气候寒冷等原因，有 300 余人死亡，他本人亦在次年 1 月由于营养不良和严重冻伤而被战俘医院收治。②

战后日本外务省对归国战俘进行了集中调查，得出如下结论：第一，战俘死亡率与各个战俘营设施设备完好度和粮食供给状况有直接关系。西伯利亚铁路主干道沿线战俘营的文化设施与作业环境比较完善，粮食供给也相对充足，因此日本战俘死亡率相对较低。而在地处远离主干道，或从事原木采伐、矿藏采掘的日本战俘群体的死亡率则相对较高。第二，1945 年底到 1946 年初因营养失调等原因而死亡的日本战俘，占到了日本战俘总死亡人数的 60%—70%。③ 另据日方调查数据，从事伐木等野外作业的日本战俘死亡率最高，在有些战俘营达到了 30%。从事采矿业的日本战俘平均死亡率为 23.2%，从事农业经济的战俘死亡率为 15.1%，从事机械制造的战俘死亡率为 9.6%。可见，对于日本战俘而言，高死亡率主要发生在气候条件差、劳动条件恶劣及体能消耗巨大的露天作业和地下采掘业中，平均 5—6 人中就有 1 人死亡。

如上所言，苏联战俘管理局对战俘死亡率问题一直极为关注，不断颁布各种命令要求各战俘营降低死亡率。1946 年 2 月 22 日，战俘管理局颁布了关于采取决定性措施以降低战俘死亡率的决议，要求各战俘营进行体格检查，完善医疗保障措施，尤其是要确保病弱者获得应有的医疗服务。④ 1946 年 2 月 23 日，苏联战俘管理总局又通知各

---

① 平和祈念事業特別基金編：《シベリア強制抑留者が語り継ぐ労苦》第 2 巻，平和祈念事業特別基金 1992 年，第 28 ページ。

② 戦後強制抑留史編纂委員会編：《戦後強制抑留史》第 3 巻，東京平和祈念事業特別基金発行 2005 年，第 97 ページ。

③ 同上书，第 96 ページ。

④ Загорулько М. М., Военнопленные в СССР. 1939–1956. Документы и материалы, Москва: "Логос", 2000гг.: № 5.34 Телеграфное распоряжение НКВД СССР № 22 о принятии решительных мер по снижению смертности среди военнопленных. Москва. 22 февраля 1946 г.

战俘营进行死亡战俘人数统计与上报工作。① 1946年3月12日，苏联战俘管理总局再次颁布了必须采取决定性措施来降低战俘患病率与死亡率问题的决议。② 这些努力措施都表明苏联内务部战俘管理总局对1945—1946年冬季期间不正常的战俘死亡率极为关注。

另外，为降低死亡率，根据1946年4月13日苏联部长会议第828—338cc号决议，内务部在4月20日发布了第00339号命令，要求将病弱日本战俘送至朝鲜半岛北部地区，且不允许在运输途中出现死亡现象。③ 4月26日，内务部出具了一份汇总资料，统计了战俘现状及准备送往朝鲜半岛北部病弱战俘的分配计划（见表2-8）。

为执行第828—338cc号决议，1946年4月26日，内务部战俘管理总局发布命令，要求在滨海边疆区的波西耶特港（Посьет）为这批战俘准备5000—7000张病床以尽快恢复其身体状况。④ 内务部下达了第00385号命令，正式要求从各战俘营移送2万名病弱战俘到朝鲜半岛北部以及从朝鲜半岛北部战俘营移送2.2万名健康日本战俘到苏联各地从事劳动。6月8日，内务部又颁布了命令，要求对运输病弱日本战俘的第98463号专列进行检查。命令显示，第98463号专列将从波西耶特港的第128战俘营运送703名病弱日本战俘至朝鲜半岛北部

---

① Загорулько М. М., Военнопленные в СССР. 1939 – 1956. Документы и материалы, Москва："Логос"，2000гг.：№ 5.35 Директива НКВД СССР № 44 о проведении проверки сведений о смертности средивоеннопленных, представляемых лагерями для военнопленных в вышестоящие органы. Москва. 23 февраля 1946 г.

② Загорулько М. М., Военнопленные в СССР. 1939 – 1956. Документы и материалы, Москва："Логос"，2000гг.：№ 5.37 Распоряжение НКВД СССР № 37 о необходимости принятия решительных мер по снижению заболеваемости и смертности военнопленных. Москва. 12 марта 1946 г.

③ В. А. 加夫里洛夫、Е. Л. 卡塔索诺娃编：《苏联地区战俘：1945—1956》（档案集），第一部分第一章，第28号：内务部战俘与被拘留者管理总局副局长关于执行内务部确定应关闭的战俘营并将日本战俘送至中亚和朝鲜北部相关命令的指示，19460424，国际民主基金会，莫斯科，2013年。

④ В. А. 加夫里洛夫、Е. Л. 卡塔索诺娃编：《苏联地区战俘：1945—1956》（档案集），第一部分第一章，第29号：内务部战俘与被拘留者管理总局第一局副局长关于在波西耶特港对日本战俘实施医疗卫生保障措施的命令，19460426，国际民主基金会，莫斯科，2013年。

表 2-8　　1946 年送往朝鲜半岛北部病弱战俘的分配计划　　（人）

共和国、边疆区	截至 4 月 10 日战俘数量	死亡人数	死亡率（%）	病员数	残疾人	位于医疗队的第三等级体弱者	住院病员	拟发送至朝鲜半岛北部人数
阿尔泰边疆区	13145	136	1.02	1448	91	3328/1619	-	2000
克拉斯诺亚尔斯克边疆区	19910	46	0.23	1232	92	3998/1311	-	2000
滨海边疆区	47749	48	0.1	2710	246	7902/0	2112	2500
哈巴罗夫斯克边疆区	153434	110	0.07	4898	978	21897/11923	7098	2400
伊尔库茨克州	61913	56	0.09	4900	1250	5429/5445	1227	3000
克麦罗沃州	7240	10	0.14	452	305	305/1241	-	600
赤塔州	34213	141	0.05	3388	70	5210/4908	1170	4000
布里亚特—蒙古苏维埃社会主义自治共和国（Бурят-Монгольская Советская Социалистическая Республика，以下简称布里亚特—蒙古自治共和国）	16768	8		446	57	1973/870	490	500
	354372	555		20474	3089	50042/27317	12097	20000

资料来源：В. А. 加夫里洛夫、Е. Л. 卡塔索诺娃编：《苏联地区战俘：1945—1956》（档案集），第一部分第一章，第 30 号：内务部战俘与被拘留者管理总局关于截止到 1946 年 4 月 10 日计划发送至朝鲜北部日本战俘情况的综合资料，19460426，国际民主基金会，莫斯科，2013 年。

地区。该专列配备 41 节车厢，其中 31 节用于运送病人，每节车厢 23 人，厨房占用 5 节车厢，另有 1 节车厢存放燃料，1 节车厢存放个人物品，1 节车厢用作隔离间。专列应储备食物如下：供应 37 昼夜的肉类和肉制品、鱼和鱼制品、食用油、各种碎米、糖、面粉，供应 10 昼夜的面包干，供应 5 昼夜的面包。[①]

[①] В. А. 加夫里洛夫、Е. Л. 卡塔索诺娃编：《苏联地区战俘：1945—1956》（档案集），第一部分第一章，第 31 号：内务部对运送病弱日本战俘至朝鲜北部的第 98463 号列车进行检查的命令，19460608，国际民主基金会，莫斯科，2013 年。

第二章　日本战俘的日常管理

　　除战俘管理当局积极采取各种措施降低战俘病亡率外，关注这一群体命运的日本政府、民间团体和国际红十字会（Международный комитет Красного Креста）曾通过寄送包裹等方式来试图改善战俘的境遇。第16战俘营在1956年3月19日的一份记录中显示，战俘曾得到来自国际红十字会的匿名包裹，现在已清查和禁止接收无名包裹。①

　　在日本战俘进入苏联各地后，不充足的饮食和物资供给、严酷的气候及第一个冬季的大量死亡现象，都对其心理造成一定的冲击和影响。对于"意识到自己是否会在西伯利亚死亡"这一问题，1994年日方在对3085名日本战俘亲历者进行调查后的统计情况为：时常意识到死亡者为825人，经常意识到者为612人，偶尔意识到者为838人，从未意识到者为585人。而对于意识到死亡时的场合，调查统计为：受伤、生病时意识到者为779人，觉得回国希望渺茫时而意识到面临死亡者为1037人，不能忍受严寒时而意识到面临死亡者为804人，空腹难以忍耐时而意识到面临死亡者为924人。另外，见到战俘营内死亡者时而意识到自身面临死亡者为769人。②

　　对于战俘死亡时的处理方法，根据1941年8月7日内务人民委员部颁布的第001067号管理规定，战俘在死亡时要进行医学检查（或解剖）以确定死亡原因，详细记载死亡情况，对埋葬地点进行登记，并应经过红十字会等国际组织通知战俘家属，其个人财产与相关证明文件则要通过红十字会返还其家人。③ 关于死亡战俘的埋葬地点，按照1944年8月24日内务人民委员部战俘管理局颁布的规定：战俘

---

①　В. А. 加夫里洛夫、Е. Л. 卡塔索诺娃编：《苏联地区战俘：1945—1956》（档案集），第一部分第一章，第73号：第16战俘营负责人给内务部监狱管理处负责人关于转交给被拘禁战俘包裹的报告，19560329，国际民主基金会，莫斯科，2013年。

②　平和祈念事业特别基金编：《シベリア强制抑留者が语り继ぐ劳苦》第4卷，平和祈念事业特别基金1994年，第70—71ページ。

③　Загорулько М. М., Военнопленные в СССР. 1939 – 1956. Документы и материалы, Москва: "Логос", 2000гг.: № 3.9 Приказ НКВД СССР № 001067 с объявлением инструкций о порядке содержания и учета военнопленных в лагерях НКВД. Москва. 7 августа 1941 г.

▶ 西伯利亚的"罪与罚"

死亡后在战俘营及医院附近寻找空地掩埋,并设立含有个人信息的墓碑等标识以便于辨认。另外,每个战俘营对死亡战俘个人信息、医学检查信息、埋葬情况都要存档备查。① 此外,战俘营还设有高级军官死亡汇报制度。如 1948 年 3 月 11 日战俘中将 Ионеяма Кома(音译)因患肺结核死亡,内务部长 С. Н. 克鲁格洛夫就此专门向部长会议副主席提交了报告。②

1945 年 11 月 14 日,内务人民委员部战俘管理总局发布了第 201 号命令,除规定按照第 001067 号命令执行日本战俘死亡时管理规定外,还要求各战俘管理局遵守其民族习惯,尽量按照日本方式进行埋葬。③

1947 年 9 月 17 日内务部发布第 573 号命令,要求对死亡日本战俘和被拘留者埋藏地相关信息进行统计。对此,10 月 6 日,伊尔库茨克州内务部下发命令,要求在各战俘营、专科医院和劳动大队进行如下工作:在 10 月 20 日之前检查所有埋葬战俘和被拘留者的墓地;采取紧急措施完善墓地和标志;检查登记情况,并完善死亡和埋葬统计信息。④

尽管苏联战俘管理总局制定了详细的战俘死亡处置规定,但实际情况是,由于各种条件限制,并非所有死亡战俘都能得到迅速妥善的处理。如滨海区的一份战俘营报告(未署明日期)指出:18 名死亡日本战俘的尸体至今未埋葬,并摆在战俘营内的露天位置,战俘每天

---

① Загорулько М. М., Военнопленные в СССР. 1939 – 1956. Документы и материалы, Москва:"Логос", 2000гг.: № 5.16 Директива ГУПВИ НКВД СССР №28/2/23 о захоронении военнопленных. Москва. 24 августа1944 г.

② В. А. 加夫里洛夫、Е. Л. 卡塔索诺娃编:《苏联地区战俘:1945—1956》(档案集),第一部分第一章,第 49 号:内务部长呈部长会议副主席关于第 1893 专科医院日本战俘中将死亡的情况说明,19480311,国际民主基金会,莫斯科,2013 年。

③ Загорулько М. М., Военнопленные в СССР. 1939 – 1956. Документы и материалы, Москва:"Логос", 2000гг.: № 5.27 Директива НКВД СССР № 201 о порядке погребения трупов военнопленных японцев. Москва. 14 ноября 1945 г.

④ В. А. 加夫里洛夫、Е. Л. 卡塔索诺娃编:《苏联地区战俘:1945—1956》(档案集),第一部分第一章,第 44 号:伊尔库茨克州内务部关于统计在战俘营、专科医院、劳动大队死亡日本战俘及其埋葬地点的命令,19471006,国际民主基金会,莫斯科,2013 年。

都要经过这里并看到他们。① 另据战俘成濑之治（成濑之治）回忆："我所在的收容所因营养不良而住院者很多，死亡人数达到了一天20—30人。尸体都堆积在医务室前的走廊上，只能等到每天作业归来的战俘将这些尸体搬到埋葬地处理。"另据战俘河端攸（河端攸）回忆，他在西伯利亚地区亲自埋葬的尸体就超过了280具。②

另外，在冬季严寒气候下，用铁锹挖掘冻土来埋葬死亡战俘的墓坑是一大难题。有时候战俘合力挖掘数小时，也只能往下掘进10厘米左右。因此只能在挖掘浅坑后用泥土与雪块将尸体草草埋葬，然后竖立一个写有名字的木板作为简易墓碑。但埋葬日本战俘的浅坑，往往在春秋季雨水泛滥时难以维持原状，要么腐烂的尸体直接露出地面而招来狼等食腐野生动物的撕咬，要么因墓碑遗失、腐烂等失去标识而变得难以辨认。③ 目前来看，较为细致的日本战俘是由当代日本学者村山常雄统计整理的。他详细列出了苏联地区日本战俘死亡人数、地域分布情况（见表2-9）。

表2-9　关于日本战俘死亡人数日方与俄方统计情况对比　　（人）

	村山常雄名单死亡人数	俄方提交名单死亡人数	战俘总人数	日方统计死亡率（%）
哈巴罗夫斯克边疆区	11088	9361	162562	6.8
滨海边疆区	7563	6362	66470	11.4
赤塔州	7337	5232	33011	22.2
伊尔库茨克州	5369	4536	55011	9.8
阿尔泰边疆区	2637	2422	9063	29.1

---

① Морской государственный университет имени адмирала Г. И. Невельского, Труд военнопленных в угольной промышленности документы Государственного архива Приморского края, Владивосток, 2005 г., с. 27.

② 平和祈念事业特别基金编：《シベリア強制抑留者が語り継ぐ労苦》第5卷，平和祈念事业特别基金1995年，第417—420ページ。

③ 全抑協中央連合会编集：《シベリア、生と死の記録》、37—39页。

▶ 西伯利亚的"罪与罚"

续表

	村山常雄名单死亡人数	俄方提交名单死亡人数	战俘总人数	日方统计死亡率（%）
阿穆尔州（Амурская область）	2593	1412		
克拉斯诺亚尔斯克边疆区	1991	1871	17971	11.1
哈萨克共和国	1521	1040	36659	4.1
乌兹别克共和国	882	806	23682	3.7
克麦罗沃州	327	287	6285	5.2
乌克兰	220	201	5132	4.3
萨哈林州（Сахалинская область）	188	64		
契卡洛夫州（Чкаловская область）	149	124	1086	13.7
坦波夫州	125	125	3772	3.3
马加丹州（Магаданская область）	97			
鞑靼苏维埃社会主义自治共和国（Татарская Автономная Советская Социалистическая Республика，以下简称鞑靼自治共和国）	89	87	9444	0.9
土库曼苏维埃社会主义共和国（Туркменская Советская Социалистическая Республика）	72	63	1701	4.2
斯维尔德洛夫斯克州（Свердловская область）	61	46	1984	3.1
莫斯科州（Московская область）	34	21	1495	2.3
新西伯利亚州（Новосибирская область）	24	23		
巴什基尔苏维埃社会主义自治共和国（Башкирская Автономная Советская Социалистическая Республика，以下简称巴什基尔自治共和国）	20	20	707	2.8
车里雅宾斯克州（Челябинская область）	20	1		
格鲁吉亚苏维埃社会主义共和国（Грузинская Советская Социалистическая Республика，以下简称格鲁吉亚）	17	17	2615	0.7

104

续表

	村山常雄名单死亡人数	俄方提交名单死亡人数	战俘总人数	日方统计死亡率（%）
罗斯托夫州（Ростовская область）	7	7	1349	0.5
莫尔多瓦苏维埃社会主义自治共和国（Мордовская Автономная Социалистическая Советская Республика）	6	5		
勘察加州（Камчатская область）	5	5		
伊万诺沃州（Ивановская область）	5	5		
科米苏维埃社会主义自治共和国（Коми Автономная Советская Социалистическая Республика）	4			
萨拉托夫州（Саратовская область）	2	2		
萨哈苏维埃社会主义自治共和国（Якутская Автономная Советская Социалистическая Республика）	1			
被枪毙及服刑中死亡者		107		
不明原因死亡者	95			
苏联共计死亡人数	43651	35324	454693	9.6
蒙古人民共和国（Монгольская Народная Республика）死亡人数	1600			
朝鲜民主主义人民共和国（Корейская Народно-Демократическая Республика）死亡人数	889			

资料来源：長勢了治著：《シベリア抑留全史》，原書房2013年版，第282ページ。

第四节 战俘人数、行业及分布地域变化

按照国防委员会第9898号决议要求，应运送50万日本战俘至苏联各地从事劳动。根据1945年12月11日内务人民委员部战俘与被拘留者管理总局上呈副内务人民委员会的报告显示，已运送368324人，处在运输途中的有14037人，应转交给国防人民委员部的为58000人，因此全部可用于劳动利用的日本战俘为440361人。其中，

▶ 西伯利亚的"罪与罚"

已运送到苏联各地的日本战俘的分布情况见表2-10所示。

表2-10　　　　　至1945年底日本战俘运送情况　　　　　（人）

地区或部门	应运送	实际运送
阿尔泰边疆区	14000	14843
克拉斯诺亚尔斯克边疆区	20000	21357
哈巴罗夫斯克边疆区	65000	48287
伊尔库茨克州	50000	14767
克麦罗沃州	-	-
赤塔州	40000	34270
布里亚特—蒙古自治共和国	16000	14524
哈萨克共和国	50000	24613
吉尔吉斯苏维埃社会主义共和国（Киргизская Советская Социалистическая Республика）	5000	-
乌兹别克共和国	20000	12011
土库曼共和国	5000	-
贝阿铁路建设	160000	136750
总计	445000	321422

资料来源：В. А. 加夫里洛夫、Е. Л. 卡塔索诺娃编：《苏联地区战俘：1945—1956》（档案集），第一部分第二章，第10号：内务人民委员部战俘与被拘留者管理总局副局长给副内务人民委员关于日本战俘原计划分配与实际分配情况的报告，19451211，国际民主基金会，莫斯科，2013年。

除此之外，剩余待运送人员为93516人，在远东第一方面军战俘营中有75957人，在第二方面军战俘营中有12059人，在外贝加尔军区战俘营中有5500人。这些战俘大部分被运送至中亚地区各加盟共和国从事劳动利用。

哈巴罗夫斯克边疆区是大部分日本战俘进入苏联后的第一站和中转站集中安置地，不仅将军战俘营被安置在此，此地被分配的战俘数量最多。截止到1945年底各个战俘营人数分布情况见表2-11所示。

表2-11　截至1945年底各战俘营人数分布

名称	人数（人）
第1战俘营	25625
第2战俘营	19664
第3战俘营	794
第4战俘营	22318
第5战俘营	19551
第16战俘营	9821
第17战俘营	6035
第18战俘营	12442
第19战俘营	10976
第20战俘营	15672
第21战俘营	5384
第22战俘营	1945
第46战俘营	6276
第45专门项目	223
第1327专科医院	946
第2017专科医院	191
第2929专科医院	511
第893专科医院	372
第1893专科医院	300
第888专科医院	298
第1449专科医院	774
第1339专科医院	378
第1407专科医院	111
第1407专科医院	641
第131小型医院	43
第4923专科医院	处在建设阶段

续表

名称	人数（人）
第 3762 专科医院	-
第 3475 专科医院	-
第 3099 专科医院	战俘处在运转路上

资料来源：В. А. 加夫里洛夫、Е. Л. 卡塔索诺娃编：《苏联地区战俘：1945—1956》（档案集），第一部分第一章，第 22 号：哈巴罗夫斯克边疆区内务部战俘管理局上呈内务人民委员部关于截止到 1945 年底日本战俘营情况的报告，19460128，国际民主基金会，莫斯科，2013 年。

此外，资料显示，截至 1945 年底，哈巴罗夫斯克边疆区国民经济部门应配备 65000 名日本战俘，但实际配备了 65181 人，分布在采掘、建设、有色金属、石油等众多部门。

表 2-12　　截至 1945 年底哈巴罗夫斯克边疆区
日本战俘配备情况　　　　　　　　　（人）

部门	原计划人数	实际人数
采掘部门	20000	10022
建设部门	15000	13792
采伐部门	13000	12040
海军建设部门	5000	5040
有色金属部门	3000	3728
石油工业部门	5000	3712
阿穆尔铁路局	2000	3050
内河舰队部门	1000	1493
国有农庄	-	2480
渔业部门	-	1000
海军部门	-	866

续表

部门	原计划人数	实际人数
热力工业部门	-	934
航空部门	-	2469
黑色金属部门	-	1480
武器装备部门	-	535
城市公用事业部门	-	901
造船部门	-	381
手工业生产合作社	-	496
水解工业部门	-	250
交通部门下属建设托拉斯	-	512
总计	64000	65181

1946年9月2日，内务部拟向外交部提交的报告显示，在苏联各地共有463760名日本战俘，其中包括168名将军，22675名军官，440917名普通士兵。[①] 其中大部分日本战俘位于西伯利亚和远东地区，具体地域分布、行业分布情况见表2-13、表2-14所示。

表2-13　　　　日本战俘地域分布情况　　　　　　　　（人）

地区	人数
滨海边疆区	69423人
哈巴罗夫斯克边疆区	167827人
赤塔州、伊尔库茨克州及布里亚特—蒙古自治共和国	112002人
克拉斯诺亚尔斯克边疆区与阿尔泰边疆区	27213人
哈萨克共和国与乌兹别克共和国	56972人

---

① Загорулько М. М., Военнопленные в СССР. 1939－1956. Документы и материалы, Москва："Логос", 2000гг.：№ 3.62 Докладная записка С. Н. Круглова В. М. Молотову со сведениями о японских военнопленных, содержащихся в лагерях МВД СССР. Москва. 2 сентября 1946 г.

▶ 西伯利亚的"罪与罚"

表2-14　　　　　日本战俘行业分布情况　　　　　（人）

行业	人数
修筑贝阿铁路	121941
苏联东部地区煤炭行业	48242
军事制造部门	47965
有色金属加工部门	22955
苏联地区交通运输部门	22596
燃料与热能建设部门	21362
红军与红海军企业部门	22167
木材工业部门	21568
重工业部门	3059

哈巴罗夫斯克边疆区是使用日本战俘最多的地区。如在哈巴罗夫斯克煤炭（Хабаровскуголь）、滨海黄金（Приморзолото）、滨海木业（Приморсклес）、萨哈林木业（Сахалинлес）等部门有大量日本战俘被集中利用。另外，在有些地区或有些行业中，日本战俘的集中率很高。1946年在参与修建阿穆尔河畔共青城（Комсомольск-на-Амуре）的各国战俘中，日本战俘的比率达到了70%。而苏联内务部1947年2月20日提交的报告显示，苏联共俘获日本战俘616886人，当场释放、转交给中国与朝鲜半岛北部地区、移送前死亡人数共为83561人，移送到苏联地区的战俘共为533325人。在移送到苏联地区的日本战俘中，减少人数为78632人，包括1946年春送至朝鲜半岛北部的24474人，死亡30728人，转入拘留的310人，移交军事法庭的14人，工伤、自杀、尝试逃跑而死亡的459人。根据1946年10月4日苏联部长会议第2235—921号决议、内务部第00916—46号命令，转交遣返机构的为22647人。在遣返机构尚有12241人未返回日本，在纳霍德卡（Находка）第380运输营有3648人，赤塔州第381运输营有3688人，哈巴罗夫斯克边疆区马利塔第382运输营（Мальта）有4915人。① 因

---

① 纳霍德卡港（Находка）为苏联在远东地区的一个港口，被用作待遣返日本战俘临行前营地和出发地。

此，截止到1947年2月10日，在战俘营共有454693名日本战俘。其中，在内务部战俘营有386972人，专科医院有14200人。劳动大队有53521人，其中将军176人，军官24653人。普通士兵和军士共429864人，日本人452157名，朝鲜族人2192名，中国人151名，德国人190名，蒙古国人2名，布里亚特人1名。除了12007名不从事劳动的将军和军官外，在40多个部门（如内务部、红军及各个中央和地方国民经济部门）工作的战俘人数为428486名，其中从事劳动的有283276人。档案显示的日本战俘在苏联各地分布情况见表2-15所示。

表2-15　　　　日本战俘在苏联各地的分布情况　　　　（人）

地区	总计	战俘营	专科医院	劳动大队
滨海边疆区	66470	39788	2369	24313
哈巴罗夫斯克边疆区	162562	142767	7672	12123
赤塔州	33011	25256	742	7013
布里亚特—蒙古苏维埃社会主义自治共和国	14585	13976	609	—
伊尔库茨克州	55011	49917	1622	3472
阿尔泰边疆区	9063	9063	—	—
克拉斯诺亚尔斯克边疆区	17971	17116	—	855
克麦罗沃州	6385	6385	—	—
斯维尔德洛夫斯克州	1984	—	—	1984
契卡洛夫州	1086	—	—	1086
巴什基尔自治共和国	707	—	—	707
鞑靼自治共和国	9444	9441	3	—
哈萨克共和国	36649	35287	—	1362
土库曼共和国	1710	1710	—	—
乌兹别克共和国	23682	22530	546	606
格鲁吉亚	2615	2462	153	—
乌克兰	5132	4859	273	—

▶ 西伯利亚的"罪与罚"

续表

地区	总计	战俘营	专科医院	劳动大队
坦波夫州	3772	3561	211	—
罗斯托夫州	1349	1349	—	—
莫斯科州	1495	1495	—	—
总计	454683	386962	14200	53521

资料来源：В. А. 加夫里洛夫、Е. Л. 卡塔索诺娃编：《苏联地区战俘：1945—1956》（档案集），第一部分第一章，第39号：内务部第一战俘与被拘留者管理局给内务部部长关于截止到1947年2月20日日本战俘情况的说明，19470220，国际民主基金会，莫斯科，2013年。

由表2-15可以看出，在格鲁吉亚、乌克兰、巴什基尔自治共和国、坦波夫州、莫斯科州等地区也存在日本战俘，这表明日本战俘虽然主要安置在西伯利亚和远东地区，但也存在一定的流动性，这使得苏联西部地区、南部高加索地区都存在一定数量的日本战俘。

根据战俘管理局的报告，截止到1947年3月1日，共有战俘营223个，其中军官战俘营7个，德国战俘营159个，日本战俘营37个，混合战俘营20个，专用于日本战俘的专科医院28个。日本战俘和被拘留者情况是：战俘营有382838人，专科医院有15613人，劳动大队有52053人，总计450504人。① 而截止到3月1日，在乌拉尔军区、土耳其军区、东西伯利亚军区、南乌拉尔军区、外贝加尔阿穆尔军区、滨海军区、远东军区及单独组织管理下，处于苏联武装力量部劳动大队管辖下的日本战俘共有65298人，其中病患和营养不良者为4422人。②

---

① В. А. 加夫里洛夫、Е. Л. 卡塔索诺娃编：《苏联地区战俘：1945—1956》（档案集），第一部分第一章，第41号：摘自战俘与被拘留者管理总局负责人关于职务方面的命令，19470402，国际民主基金会，莫斯科，2013年。

② В. А. 加夫里洛夫、Е. Л. 卡塔索诺娃编：《苏联地区战俘：1945—1956》（档案集），第一部分第一章，第42号：武装力量后勤司令部发送给部长会议遣返事务副全权代表关于截止到1947年3月1日在苏联武装力量部劳动大队日本战俘人数及其分布的情况说明，19470407，国际民主基金会，莫斯科，2013年。

第二章 日本战俘的日常管理

根据1946年7月27日战俘管理局出台的统计数据，截止到1946年7月1日，日本战俘在各部门的人员分配情况见表2-16所示。

表2-16　截至1946年6月底日本战俘在苏联各部门人员分配情况

部门	人数（人）
内务部管辖各战俘营	126890
苏联武装部	48989
重工业建设部	16933
燃料加工部	21472
交通部	22915
东部地区煤炭工业部	51750
红军与红海军建设部	21977
电力部	7170
有色金属部	27950
林业部	26567
建筑材料工业部	4445
航空工业部	4944
黑色冶金部	2041
交通机器部	9061
民房建设部	1641
食品工业部	1360
农业机械部	4244
海军部	1460
军事装备部	2486
化学工业部	438
东部地区石油工业部	3391
造船工业部	2773
大型机械制造部	3074
轻工业部	359
内河运输部	2015
地方工业部	336

续表

部门	人数（人）
集体农庄	4677
电力工业部	1707
东部地区渔业部	1439
机械与仪表制造部	1269
地方燃料工业部	1748
肉类与奶制品工业部	559
橡胶工业部	300
地方其他经济部门	13929
总计	442309

资料来源：Загорулько М. М., Военнопленные в СССР. 1939－1956. Документы и материалы，Москва："Логос",2000гг.：№ 6.61 Справка М. С. Кривенко о распределении военнопленных по министерствам для трудового использования по состоянию на 1 июня 1946 г. Москва. 27 июня 1946 г.

由上述各表可以看出，日本战俘在内务部战俘与被拘留者管理总局、军事部门及中央和地方各国民经济部门中都有分布。其中，根据内务部战俘与被拘留者管理总局的相关资料，截止到 1948 年 4 月 1 日，处在苏联武装力量部各劳动大队管辖下的日本战俘为 45116 名，分布在伊尔库茨克州、克拉斯诺亚尔斯克边疆区、斯维尔德洛夫斯克州、巴什基尔自治共和国、契卡洛夫州、滨海边疆区、哈巴罗夫斯克边疆区、赤塔州、哈萨克共和国、乌兹别克共和国。各劳动队的人数从 225—1928 人不等。[①]

随着 1947 年至 1948 年日本战俘大量被遣返归国，到 1949 年 3 月 1 日，苏联各地尚有 62114 人，分布在 21 个部门。其中，内务部

[①] В. А. 加夫里洛夫、Е. Л. 卡塔索诺娃编：《苏联地区战俘：1945—1956》（档案集），第一部分第二章，第 31 号：摘自内务部战俘与被拘留者管理总局局长关于截止到 1948 年 4 月 1 日处在苏联武装力量部管辖下日本战俘劳动大队分布状况的情况说明，19480521，国际民主基金会，莫斯科，2013 年。

有30363人，煤炭工业部有18040人，属于管辖日本战俘最多的部门。人数最少的管辖部门为俄罗斯苏维埃社会主义联邦共和国（Российская Советская Федеративная Социалистическая Республика，РСФСР）的热力工业部，仅有43人。另外，对在其他各地方组织中的572人进行了合并统计。① 而1949年12月19日内务部提交的信息显示，当前苏联地区仅有7153名日本战俘。②

1950年10月23日，根据内务部第00642号命令，要求将各地外国战俘进行集中关押。其中，被判刑的日本战俘和被拘留者将被安置在哈巴罗夫斯克边疆区第16战俘营，该战俘营最多能容纳2000人。③ 根据哈巴罗夫斯克边疆区内务部门监狱处专门小组检查结果，截止到1953年7月31日共关押1058人。其中一等体力者424人，二等体力者318人，三等体力者200人，四等体力者93人，慢性病患者23人。④

到1953年9月10日，苏联地区共计有2378名日本人，按进入苏联时的身份来算，战俘为1446人，被拘留者为932人。按当时的状态来算，被监禁者为1553人，刑满释放待归国者为564人，被特赦等待归国者为261人。⑤ 1956年12月26日，苏联地区最后一批日

---

① В. А. 加夫里洛夫、Е. Л. 卡塔索诺娃编：《苏联地区战俘：1945—1956》（档案集），第一部分第二章，第33号：内务部战俘与被拘留者管理总局副局长关于截止到1949年3月1日各部门日本战俘人数和分布的情况说明，19490301，国际民主基金会，莫斯科，2013年。

② В. А. 加夫里洛夫、Е. Л. 卡塔索诺娃编：《苏联地区战俘：1945—1956》（档案集），第二部分第一章，第67号：内务部长关于截止到1949年12月20日日本战俘人数的情况通报，国际民主基金会，莫斯科，2013年。

③ Загорулько М. М.，Военнопленные в СССР. 1939 – 1956. Документы и материалы，Москва："Логос"，2000гг.：№ 2. 30 Приказ мвд СССР № 00642 об организационных мероприятиях по лагерям мвд для военнопленных. Москва. 20 октября 1950 г.

④ В. А. 加夫里洛夫、Е. Л. 卡塔索诺娃编：《苏联地区战俘：1945—1956》（档案集），第一部分第一章，60号：摘自哈巴罗夫斯克边疆区内务部门监狱处专门小组对第16战俘营综合检查记录，19530810，国际民主基金会，莫斯科，2013年。

⑤ В. А. 加夫里洛夫、Е. Л. 卡塔索诺娃编：《苏联地区战俘：1945—1956》（档案集），第一部分第一章，61号：内务部监狱管理局关于日本战俘人数的情况说明，19530910，国际民主基金会，莫斯科，2013年。

本战俘被遣返归国，人数为 1025 人。①

小　结

　　日本战俘在进入苏联各地之后，战俘管理制度随之建立起来。苏联政府充分利用了日本军队的组织结构来进行战俘日常管理及劳动利用。就实际操作而言，即基本保留原日本军队建制中的大队、中队与小队组织结构，同时利用日本战俘中军事长官来进行日本战俘的自我警戒、劳动分配与饮食调配协调。这也是各战俘营管理局拉拢与控制日本军事长官的一种手段：在利用其对部下的权威加强战俘营管理时，给予他们饮食优待和劳动免除的待遇。反之，日本战俘中的军事长官也愿意协助苏联战俘管理局来对日本战俘进行管理，以便减少苏联战俘管理人员、战俘营警备人员与普通日本战俘进行直接接触，降低受到各种处罚的概率。这种日方军事长官与战俘营管理局配合的警戒与管理方式，对双方而言都是有利的。另外，战俘营中的日本战俘在一定程度上保存了其习惯和习俗。原日军第 7 师团第 27 联队南信四郎（南信四郎）回忆说，1946 年元旦早晨，全体日本战俘在营内空地上集合整队，面向日本方向齐唱国歌《君之代》，并高呼"天皇、皇后两陛下万岁"，还在事务室悬挂日本国旗，并举行祝宴。该行为被战俘营巡逻人员发现后，立刻进行了盘问和训斥。② 1946 年 11 月 13 日内务部第 0827 号命令显示，可在战俘营政治部门监督下进行宗教仪式以庆祝圣诞节和新年，战俘可以给亲

---

① Загорулько М. М., Военнопленные в СССР. 1939 – 1956. Документы и материалы, Москва: "Логос", 2000г: № 7.46 Докладная записка Н. П. Дудорова Н. С. Хрущеву, Н. А. Булганину и зам. Министра иностранных дел СССР Н. Т. Федоренко о количестве японских подданных, содержащихся в местах заключения МВД СССР, и о мероприятиях по подготовке их репатриации. Москва. 23 ноября 1956 г.

② ソ連における日本人の捕虜の生活体験を記録する会：《捕虜体験記Ⅲ：ウラル以西編》，ソ連における日本人捕虜の生活体験を記録する会，1984 年発行，2000 年第 5 刷，第 27—28 ページ。

第二章　日本战俘的日常管理

人写简短的问候语。①

虽然战俘管理局高度重视日本战俘的饮食保障与物资供给工作，但在抵达苏联后的第一个冬季里，苏联地区的日本战俘仍不可避免地出现了大批量死亡现象，其原因主要集中在两个方面。第一，苏联大部分地区冬季气候恶劣，加上苏联制度、文化与日本完全不一样，导致战俘在生理和心理上难以适应战俘营生活；第二，苏联战后物资匮乏，加上饮食供给与医疗服务水准较低，加上战俘进入苏联途中体力消耗较大，且战俘管理制度建立匆忙，使得日本战俘死亡情况加剧。1946年初哈巴罗夫斯克边疆区战俘管理部门的检查结果和执行情况报告具有代表性，比较全面地概括和总结了战俘日常管理中存在的问题和需要改善的主要方面。② 关于粮食和物资供给状况，报告显示，存在供给不足及供给品不达标问题。按照苏联国防委员会的要求，应在战俘营准备3个月的粮食储备，但实际执行情况糟糕，物资缺口极大（详细情况见表2-17）。

检查报告显示，各战俘营的做法是用小米、高粱米和面粉代替欠缺的大米和蔬菜。第16、17、18、19、20、46战俘营的储备物资使用量，面粉仅够37天，蔬菜够27天，鱼类够36天，大米够16天，肉类够11天，糖够8天，油够19天，味噌够12天，碎米（高粱、大豆、小米）够92天。在执行方面，经过内务部协调，在1月上旬调拨至第16、17、18、19、20、46战俘营面粉350吨，高粱和小米1142吨，味噌180吨，糖30吨，鱼250吨，食用油2吨。报告还显示，内务部的战俘粮食供给标准不能满足人体卡路里的需求。在中等体力劳动条件下一昼夜必须摄入3500卡路里，而战俘一日粮食标准

---

① В. А. 加夫里洛夫、Е. Л. 卡塔索诺娃编：《苏联地区战俘：1945—1956》（档案集），第一部分第一章，第37号：东西伯利亚军区关于允许战俘在新年和圣诞节期间举行宗教仪式的命令，19470103，国际民主基金会，莫斯科，2013年。

② В. А. 加夫里洛夫、Е. Л. 卡塔索诺娃编：《苏联地区战俘：1945—1956》（档案集），第一部分第一章，第22号：哈巴罗夫斯克边疆区内务部战俘管理局上呈内务人民委员部关于截止1946年1月1日日本战俘营情况的报告，19460128，国际民主基金会，莫斯科，2013年。

▶ 西伯利亚的"罪与罚"

表2-17　　　　　1946年初哈巴罗夫斯克边疆区
　　　　　战俘物资储备缺口情况　　　　　（吨）

种类	按照标准未交付的物资			总计
	9—10月	11月	12月	
大米	73	758	725	1556
肉类	-	79	101	180
油	-	18	22	40
糖	6	13	30	49
蔬菜	182	309	1576	2067
味噌	3	13	23	39
茶	1.5	5	5.5	12
烟草	5.5	20	24.5	50

包含的热量不超过2500卡路里。

在物资保障方面，检查报告显示了战俘物资的短缺情况（见表2-18）。

表2-18　　　　　日本战俘物资短缺状况

品种	短缺数量	人均数量	缺量占比（%）
帽子（顶）	10050	1	6
棉袄（件）	37800	1	24
保暖马裤（条）	61400	1	38
保暖鞋（双）	25840	1	16
毛绒手套和靴子（双）	39240	1	25
贴身衬衣（件）	57340	2	18
贴身衬裤（件）	52200	2	16
棉被（床）	23500	1	15
毛巾（条）	89150	2	28
冬季包脚布（对）	94230	2	30
手套（副）	83000	1	52

此外，除战俘营中医务机构外，其他部门的卧具（被褥）只能满足50%的需求。1946年1月20日，从中国东北的军需库转交给第16、17、18、19、20、46战俘营如下物资：帽子3000顶，毛皮靴4000双，手套60000副，棉被6000床，羊皮29000张及其他物品。另调来30000件内衣和用于制作内衣的580000米布料。到2月，情况有了很大改善。报告还显示，在1945年12月和1946年1月期间，很多战俘营分部由于冬季服装，特别是鞋类供给不足，战俘无法外出工作。另外，有30%的服装和50%的内衣磨损情况严重，需要修补，但战俘营没有材料和修理鞋服的缝纫机械。并且很多战俘的鞋服无法满足远东地区户外作业需求。

在卫生和医疗保障方面，痢疾、寄生虫和伤寒发病情况普遍，营养不良状况普遍，且病患人员不进行隔离就会造成传染病传播。关于日本战俘死亡情况如表2-19所示。

其中，11月在战俘营医疗机构和专科医院住院的病患人员为7244人，12月则达到了10009人。除专科医院以外，各战俘营营养不良者情况为：第1战俘营有4145人，第3战俘营有262人，第4战俘营有3208人，第5战俘营有2289人，第16战俘营有1250人，第17战俘营有725人，第18战俘营有2293人，第19战俘营有1262人，第46战俘营有127人。情况最严重的是第18战俘营，死亡人数占1945年该地区死亡人数的40%，营养不良者也最多。除了客观情况外，该战俘营的卫生预防工作组织不力，战俘营内的日本战俘医生及营属医生也相继感染伤寒。

各战俘营要求配备的医务人员合计为：医生342人，牙医16人，中等医务人员711人，药剂师28人。实际情况为当地日本战俘营共有医生107名，中等医务人员200名，牙医3名，药剂师22人。还应该指出的是，已配备的部分医务人员没有相应的医学知识和经验，无法保障必要的预防和治疗工作，甚至自身被传染疾病。日本战俘中懂医学知识者水平不高，且不能排除怠工和暗中破坏的可能性。对战俘医生的检查和监督工作，由于缺乏翻译实际上无法实现。另外，由

▶ 西伯利亚的"罪与罚"

表 2-19　　　　　　　　日本战俘死亡情况　　　　　　　　（人）

	死亡人数			
	从组建到 1945 年 10 月 10 日	1945 年 10 月 11 日到 1945 年 11 月 30 日	1945 年 12 月 1 日到 1945 年 12 月 31 日	
第 1 战俘营	从组建到 1945 年 12 月 1 日死亡 110 人		48	158
第 2 战俘营	-	-	25	25
第 3 战俘营	-	6	9	15
第 4 战俘营	25	81	259	365
第 5 战俘营	19	53	144	216
第 16 战俘营	57	21	44	122
第 17 战俘营	35	35	36	106
第 18 战俘营	271	351	434	1056
第 19 战俘营	7	7	18	32
第 20 战俘营	3	11	41	55
第 21 战俘营	3	11	4	18
第 22 战俘营	-	3	4	7
第 46 战俘营	-	10	113	123
第 45 号专门工程	-	-	-	-
第 1327 专科医院	-	-	63	63
第 2017 专科医院	-	-	26	26
第 2929 专科医院			39	39
第 893 专科医院			109	109
第 1893 专科医院			5	5
第 888 专科医院			25	25
第 1449 专科医院				
总计	420	699	1446	2565

于缺乏人员和医药品，在战俘营中建立小型医务室也极为困难。

在专科医院中也有类似情况。第 888 专科医院专门收治来自第 20 战俘营的战俘。在 11 月底只有 200 张病床，按照标准应为 400 张。第 1893 专科医院应有 700 张病床，但实际上只有 300 张。第 2929 专科医院应有900张，但实际上只有400张。专门收治第3和第19战俘营病员的第2017专科医院在11月下半月只有200张病床，实际应该配备1000张病床，并且该院的设施不符合冬季气温要求。

按照报告总结，五方面因素导致了上述各种情况的发生：第一，随战俘一起运送来的医疗器材不足；第二，建立专科医院时，由于拖延和缺乏交通工具导致器材不足；第三，缴获的器材的质量不符合要求；第四，从远东第二方面军运来的器材在铁路运输中延迟抵达；第五，缺乏关键性物资——血清和疫苗。

哈巴罗夫斯克边疆区的这份报告充分显示，日本战俘在抵达苏联后，在物资供给、粮食保障和医疗卫生方面均遇到了较大问题。但随着战俘营管理工作的逐渐完善，苏联经济状况好转及物资供应有所改善，加上战俘逐渐适应气候和劳动环境，加上当年年底开始的日本战俘遣返归国进程，使得日本战俘的患病及死亡率逐渐下降。

第三章　战犯审判与思想政治教育

被移送到苏联各地的日本战俘中，大部分人在中国、朝鲜半岛地区犯下过各种侵略罪行。对日本战俘所犯罪行的清查、审判等工作，在日本战俘进入苏联地区以后，被苏联战俘管理当局迅速提上了日程。此外，营内各种惩罚措施及审判与监禁也是维持战俘营管理秩序和推进思想政治教育的工具之一。有些战俘因劳动不积极，或因个人能力、身体缺陷而长期不能完成劳动定额，或因抵制思想政治教育活动，而被采取各种处罚措施，或被定罪后送入专门的战俘劳动改造营。

第一节　战俘管理当局对战犯的审判与惩罚

1941年8月7日，内务人民委员部在001067号命令中确立了对违反战俘营管理规定，或实施犯罪行为战俘的处罚原则与处罚办法。① 按照该命令，针对战俘的惩罚主要分为三类：第一类，对违反战俘营日常管理秩序战俘的惩罚，主要以增加劳动和从事日常杂役的时间、减少饮食供给作为处罚措施；第二类，对违反劳动秩序或不能按时完成劳动定额的战俘，往往处以一定限度的额外劳动时间作为惩罚措

---

① Загорулько М. М., Военнопленные в СССР. 1939–1956. Документы и материалы, Москва： "Логос", 2000гг.： № 3.9 Приказ НКВД СССР № 001067 с объявлением инструкций о порядке содержания и учета военнопленных в лагерях НКВД. Москва. 7 августа 1941 г.

施；第三类，针对政治思想顽固、具有明显反苏情绪者，或被查犯有战争罪行和反苏活动的战俘，轻者在战俘营日常生活中采取惩戒措施，重者移送至苏联军事法庭进行审判和定罪，这种情况在1946年针对日本战俘的民主运动展开以后较为多见。

1945年底，日本战俘陆续抵达各战俘营后，恶劣的环境与繁重的劳动，激起了战俘个别性或组织性的抵制与抗议，方式有消极怠工、暗中破坏设施设备、罢工、绝食、自残、静坐、写匿名告状信等。但是，这些活动通常被战俘管理局认定为反苏活动与法西斯行为。1946年10月22日，内务部就个别战俘抗议问题，要求各战俘营加强侦查，找出并惩处破坏分子，同时加强反法西斯宣传，消除个别战俘对战俘管理局和苏维埃制度的敌视情绪及破坏活动。① 1947年6月2日，内务部又颁布了第00576号决议，要求在战俘中找出反动分子。该决议指出，虽然各战俘营已经开始进行战俘遣返工作，但是在战俘中还潜伏着一些反动分子，并持续进行反苏活动，一旦他们被遣返归国，就会公开进行反苏活动，破坏苏联形象，因此要求各战俘营务必加强审查，揪出反苏分子。② 8月3日，内务部又颁布决议，要求从8月20日开始，各战俘营对查出并被审判的破坏分子、反动分子数量等进行统计。③ 1947年11月24日，内务部、司法部、苏联总检察长联合出台决议，对于日本战俘中的反苏分子，可根据1943年苏联刑法第58条，非公开、快速判处其25年以下有期

---

① Загорулько М. М., Военнопленные в СССР. 1939–1956. Документы и материалы, Москва："Логос", 2000гг.：№ 7.8 Директива МВД СССР № 250 о выявленных фашистских группировках, оказывающих противодействие антифашистской работе среди военнопленных. Москва. 22 октября 1946 г.

② Загорулько М. М., Военнопленные в СССР. 1939–1956. Документы и материалы, Москва："Логос", 2000гг.：№ 7.11 Приказ МВД СССР № 00576 об усилении работы по выявлению среди военнопленных и интернированных сотрудников разведорганов противника и их агентуры. Москва. 2 июня 1947 г.

③ Загорулько М. М., Военнопленные в СССР. 1939–1956. Документы и материалы, Москва："Логос", 2000гг.：№ 7.12 Приказ МВД СССР № 00837 о сосредоточении оперативных учетов враждебного элемента и агентуры по военнопленным и интернированным в первых спецотделах МВД-УМВД. Москва. 4 августа 1947 г.

徒刑或死刑作为惩罚措施。① 根据1949年8月3日内务部命令，日本战俘中有从事反苏行动者，比如侦查机关、反侦查机关、惩戒机关、特务机关的人员容易成为间谍代理，为加快调查和审判进度，各地区战俘管理局应搜查和逮捕不法行为者，并根据《俄罗斯苏维埃社会主义联邦共和国刑法》第58—4、58—6、58—2、58—11条款予以判决。②

此外，逃亡、自杀行为的组织者和参与者，也是苏联各战俘营所惩罚的对象。绝望是促使日本战俘采取逃跑或自杀行为的心理动机，因为他们意识到无论如何都会死在战俘营时，不如选择出逃以死里求生，或自杀以早日结束痛苦。但在恶劣的自然环境下，大型猛兽的出没，武装边境守卫的存在，对日本战俘的出逃而言，都是极大的障碍。对于被抓获的日本战俘，各地战俘管理局所采取的处罚措施是毫不留情的：情节严重者可予以直接枪毙，从犯经军事法庭审判后被送到专门的劳改惩戒营。从相关资料来看，战俘自杀现象在战俘营里是一直存在的。1949年6月10日，内务部颁布了关于防止战俘自杀的第371号命令。命令指出，最近战俘营内频发的自杀现象，是自杀者为了逃避承担犯罪活动责任，包庇同伙的一种手段。对此，各战俘管理机构要加强侦查，既要侦破各种反苏犯罪活动，也要防止战俘自杀以逃避责任。③

---

① Загорулько М. М., Военнопленные в СССР. 1939 – 1956. Документы и материалы, Москва: "Логос", 2000гг.: No 7.14 Распоряжение МВД СССР, Министерства юстиции СССР, Прокуратуры СССР № 739/18/15/311сс о передаче законченных следственных дел на военнопленных — участников зверств на временно оккупированной территории СССР на рассмотрение взакрытые суды по месту содержания преступников. Москва. 24 ноября 1947 г.

② В. А. 加夫里洛夫、Е. Л. 卡塔索诺娃编：《苏联地区战俘：1945—1956》（档案集），第一部分第一章，第54号：内务部副部长给各地区内务部门负责人关于追究犯有反苏活动被判刑的日本战俘及被拘留者刑事责任的命令，19490803，国际民主基金会，莫斯科，2013年。

③ Загорулько М. М., Военнопленные в СССР. 1939 – 1956. Документы и материалы, Москва: "Логос", 2000гг.: No 7.21 Распоряжение МВД СССР № 371 о предотвращении случаев самоубийств военнопленных. Москва. 10 июня 1949 г.

在1950年大部分普通日本战俘被遣返回国之后，剩下的日本战俘大部分是被判有罪的战犯。据苏联内务部统计，截止到1952年3月1日，各战俘营移交给军事法庭后被判决有罪的日本战俘为1049人，其中将军28人，军官366人，普通士兵为655人。[1] 而截止到1953年1月1日，伊万诺沃州第48战俘营有被判刑的日本战俘41人；哈巴罗夫斯克边疆区第16战俘营有1344人，其中被判刑日本战俘928人，未被判刑日本战俘15人，判刑被拘留者396人，未被判刑的被拘留者5人。[2]

根据1953年5月20日的数据，在第16战俘营共有1482人，其中日本国籍者1341人，其余人员来自中国、朝鲜半岛和蒙古国。被判刑者共有1445人，其中战俘为924人，被拘留人员为521人。罪名有反苏暴行、协助国际资产阶级、间谍、武力攻击警备人员、霸占公私财产、破坏行为、恐怖行为、反革命宣传、包庇、知情不告、反革命罢工、强盗行为、蓄意谋杀、破坏战俘营制度、故意自残等。这些人员的刑期和年龄情况见表3-1、表3-2所示。

表3-1　　　　　　　被判刑者和被拘留者人员刑期情况

刑期	个数（人）
5年以下	3
5—10年	145
10—20年	534
20—25年	763

---

[1] Загорулько М. М., Военнопленные в СССР. 1939-1956. Документы и материалы, Москва：" Логос"，2000гг.：№ 7.42 Справка И. С. Денисова о количестве осужденных и не осужденных военнопленных, содержащихся в лагерях МВД СССР по состоянию на 1 марта 1952 г. Москва. 7 апреля1952 г.

[2] В. А. 加夫里洛夫、Е. Л. 卡塔索诺娃编：《苏联地区战俘：1945—1956》（档案集），第一部分第一章，第56号：摘自截止到1953年1月1日内务部战俘营日本战俘与被拘留者人数的情况说明，195302，国际民主基金会，莫斯科，2013年。

▶ 西伯利亚的"罪与罚"

表 3-2　　　　　　被判刑者和被拘留人员年龄情况

年龄（岁）	人数（人）
25 以下	28
25—30	215
30—40	812
40—50	290
50—60	86
60 以上	14

另外，在战俘营里另有 37 名服刑期满后等待被遣返人员，其中军官 2 人，军士和普通士兵 17 人，被拘留者 18 人。①

第二节　战俘的思想政治教育

对外国战俘进行思想政治教育，是苏联战俘管理局的重要工作之一。1946 年春，随着各个日本战俘营的运行逐步迈上正轨，思想政治教育活动随之展开，到 1949 年底达到最高潮。后因大批日本战俘被遣返回国，思想政治教育活动才落下帷幕。战俘管理局对日本战俘的思想教育要实现如下具体目标：第一，使日本战俘积极揭发营内破坏秩序者、法西斯分子，协助各战俘管理局维护战俘营内秩序；第二，使大部分日本战俘对苏联产生政治认同与拥护；第三，使战俘对所犯战争罪行感到内疚与痛苦，并将劳动改造作为自发、自觉的行为，而不是苏联强制利用他们的手段；第四，使日本战俘在回国之后积极开展左翼社会民主运动，按照苏联的政治模式来改造本国政治。②

---

① В. А. 加夫里洛夫、Е. Л. 卡塔索诺娃编：《苏联地区战俘：1945—1956》（档案集），第一部分第一章，第 59 号：摘自哈巴罗夫斯克边疆区内务部门关于第 16 战俘营日本战俘与被拘留者情况的说明，19530527，国际民主基金会，莫斯科，2013 年。

② 戦後強制抑留史編纂委員会編：《戦後強制抑留史》第 3 巻，東京平和祈念事業特別基金発行 2005 年，第 233 ページ。

第三章　战犯审判与思想政治教育

战俘管理局综合各方经验后制定的手册《战俘政治工作经验》（Опыт политической работы среди военнопленных），在日本战俘营内进行思想政治教育活动的主要内容为：组织集体学习活动、定期出版《日本新闻》、建立政治与文艺图书馆、转播广播节目，日本战俘则进行学习、讨论、收听广播观看电影、创作节目等。① 1946 年 12 月 26 日，第 379 战俘运输营对日本战俘的思想政治工作进行了总结汇报。其工作内容主要有如下几个方面：第一，举行《苏联青年生活》、《十月社会主义革命胜利 29 周年纪念》等 27 场讲座和报告。针对报纸登载的联合国大会、主要日本战犯审判进程的材料召开座谈会。汇报显示，待遣返战俘对报告、讲座和座谈怀有极大的注意力和兴趣。第二，运输营播放了《列宁在 1918》（Ленин в 1918 году）、《音乐史》（Музыкальная история）、《愉快的孩子们》（Веселые ребята）、《春天华尔兹》（Весенний вальс）《柏林的崩溃》（Падение Берлина）、《亚历山大·帕尔霍缅科》（Александр Пархоменко）、《誓言》（Клятва）等多部电影。为便于日本战俘理解剧情，在电影播放前，会专门配发日语版的剧情介绍。最受日本战俘欢迎的影片是《誓言》、《柏林的陷落》、《亚历山大·帕尔霍缅科》。第三，每日在被遣返者中分发 1100 份报纸《新生命》（《Синсемэй》）。由于以上工作，运输营收到了 800 份给斯大林同志、苏联政府和红军的呼吁、声明等表达感谢的文字材料。另外，在 1946 年 12 月 2 日、3 日和 4 日，运输营还专门举办了遣返人员归国前集会，集体通过了对斯大林同志的感谢宣言。②

---

① В. А. 加夫里洛夫、Е. Л. 卡塔索诺娃编：《苏联地区战俘：1945—1956》（档案集），第一部分第三章，第 34 号：摘自《战俘政治工作经验手册》，国际民主基金会，莫斯科，2013 年。
② В. А. 加夫里洛夫、Е. Л. 卡塔索诺娃编：《苏联地区战俘：1945—1956》（档案集），第二部分第一章，第 12 号：远东军区遣返处负责人给远东军区军事委员会和苏联部长会议副全权代表的、关于第 379 运输营的工作汇报，19461226，国际民主基金会，莫斯科，2013 年。

▶ 西伯利亚的"罪与罚"

一 以《日本新闻》为主积极进行宣传

日本战俘进入苏联各地后,战俘管理局十分重视对其进行宣传教育。在某些大型日本战俘营,有专门面向战俘的政治画册等宣传品。如在塔什干第 7 战俘营内有名为《新声》（Новый голос）的画册,第 382 战俘运输营有战俘个人编辑出版的《新生命》刊物。① 同时,对战俘营内出版物和战俘的文学创作内容进行严格审查。②

尽管战俘管理当局面向日本战俘推出了不少宣传品,但发行量和影响力最大的还是《日本新闻》（《日本新聞》）。《日本新闻》为内务部战俘与被拘留者管理总局专门面向日本战俘推出的日文报纸,其编辑部和印刷厂设在哈巴罗夫斯克（伯力）,日本与东亚问题专家 И. И. 科瓦连科（И. И. Коваленко）负责该报的组稿、审核与发行工作。《日本新闻》从 1945 年 9 月 15 日开始发行,每周 3 期,每期 4 版,到 1949 年 12 月 30 日正式停刊,共发行了 652 期。编辑部下设数名日本人执行编辑（为日本共产党党员）,如日本共产党著名人物野坂参三（野坂参三）就担任过编辑工作。另外,《日本新闻》还设有宣传部,诺门坎战役中被苏军俘获后加入苏联国籍的日本战俘片冈薰（片岡薰）（已在苏联结婚并育有一名五岁女儿）就在宣传部任职。③ 还存在向《日本新闻》供稿的非正式记者,一般由各战俘营民主运动中的优秀分子担任。每个战俘营除分发一定数量的《日本新闻》外,还会在营内设立数处专门的《日本新闻》墙报栏,便于日

---

① В. А. 加夫里洛夫、Е. Л. 卡塔索诺娃编:《苏联地区战俘：1945—1956》（档案集）,第一部分第三章,第 24 号：苏联部长会议遣返事务全权代表管理局政治教育工作高级指导员关于第 382 战俘营截止到 1947 年 8 月 15 日的情况报告, 19470830,国际民主基金会,莫斯科,2013 年。

② В. А. 加夫里洛夫、Е. Л. 卡塔索诺娃编:《苏联地区战俘：1945—1956》（档案集）,第一部分第三章,第 28 号：哈巴罗夫斯克边疆区内务部战俘营政治处临时负责人给各战俘营政治处关于对战俘出版物和文学创作进行检查的指令, 19471211,国际民主基金会,莫斯科,2013 年。

③ 富田武:《シベリア抑留者たちの戦後：冷戦下の世論と運動 1945—56 年》,人文書院 2013 年发行,2014 年第 2 刷,第 191 ページ。

本战俘随时阅读相关内容。据归国日本战俘小针延次郎（小針延次郎）在日本国会的陈述，因其曾担任《朝日新闻》（朝日新聞）的记者，1945年9月28日被远东军区情报部门招至哈巴罗夫斯克（伯力），随后被安排从事新闻编辑工作。按其记述，当时《日本新闻》有苏联人记者13名，日本人记者4名，另有3名日本人编辑。①

《日本新闻》的主要内容为宣传苏维埃社会主义制度的优越性，揭露美帝国主义的侵略政策、美国的日本占领政策，号召推翻日本天皇制等。就内容而言，《日本新闻》的头版位置一般转载近期的《真理报》《消息报》或塔斯社社论。次版报道美国占领下的日本国内政治活动，以"劳动人民生活在水深火热之中"等揭露性文章为主。第三版为苏联报纸杂志内容摘登，主要向日本战俘介绍苏联的各种制度、政治经济文化建设成果等。如1948年7月27日的《日本新闻》，以较大版面介绍了战后苏联五年计划的建设成果。② 第四版为战俘日常见闻和生活感想。一开始《日本新闻》只对苏联宣传报道进行摘录与翻译，并未结合日本战俘的自身生活进行宣传。在1946年民主运动展开以后，《日本新闻》竭力配合民主运动，为其进行宣传造势。其中《日本新闻》就美国对日占领政策的不断宣传与持续报道，使战俘对其国内亲人的安危产生担心。而激起日本战俘的担心与好奇心，进而激发战俘的阅读兴趣，正是《日本新闻》的宣传目的之一。与此同时，《日本新闻》还非常重视表达这样一种观点：苏联有能力和意向帮助日本民众与美帝国主义反动派进行政治斗争。③ 不可忽视的一点是，战争期间美国是日本的头号敌人，绝大多数日本军人对美国都抱有一种天然的仇视情绪，且所有日本战俘都是战后不久就被移送到苏联各战俘营，其与美国人并无直接接触，因此苏联的反美宣传

---

① 第005回国会　在外同胞引揚問題に関する特別委員会　第24号，005-第24号昭和24年5月12日。

② 《日本新聞》，復刻版三，朝日新聞社1991年，第5ページ。

③ Кузнецов С. И., Японцы в сибирском плену, 1945-1956, Иркутск: ТОО Издательства журнала "Сибирь"，1997 г.，с. 72.

▶ 西伯利亚的"罪与罚"

在一定程度上得到了消息隔绝且仇视美国的日本战俘的认可。如 1945 年 10 月 27 日的《日本新闻》的头版为社论《埋葬法西斯战犯》(《ファシスト犯罪者を葬れ》)。① 苏联政府对日本政治局势的关注与态度,也明确反映在《日本新闻》中。如 1946 年 11 月 3 日,战后日本新宪法的通过激起了《日本新闻》对"日本反动宪法"的系列批判。而 1947 年冷战爆发,也使得《日本新闻》中充满了反美宣传内容。② 日本战俘葛卷尊男(葛卷尊男)回忆说:在到达战俘营后不久,《日本新闻》开始发行。从新闻里只能了解到少量的日本消息,而且都是苏联当局限定的内容,如资本主义制度的恶劣,推翻天皇制,惩罚军国主义者,建设共产主义等内容。但对于消息闭塞的我们而言,这也是了解信息、打发时间的一种方式。③

《西伯利亚抑留史》的作者长势了治在引用《斯大林的战俘》一书对《日本新闻》的分析后得出结论,即民主运动大致经历了三个阶段。第一阶段为 1946 年春至 1946 年末,主要内容是围绕《日本新闻》,战俘组成《日本新闻》之友会(《日本新聞》友の会),部分战俘营对日本将校级战俘进行反军阀斗争,在全国范围内则进行组建民主小组(民主グレープ)活动,即进行各种左翼启蒙运动。第二阶段的重点是揪出战犯和反动分子、进行生产竞赛以及遣返归国前教育。第三阶段则发展到建立反法西斯委员会(反ファシスト委員会),针对个别战俘召开批斗会,以及进行生产竞争、给斯大林写感谢信和加入日本共产党等内容。④

总体而言,《日本新闻》是一份按照苏联意识形态标准创办的,对日本战俘进行思想政治教育的刊物。苏联内务部战俘管理总局对《日本新闻》寄予了厚望,将其作为进行日本战俘思想政治工作的

---

① 《日本新聞》,復刻版一,朝日新聞社 1991 年,第 45 ページ;

② Кузнецов С. И., Японцы в сибирском плену, 1945 – 1956, Иркутск: ТОО Издательства журнала "Сибирь", 1997г., с. 78.

③ 平和祈念事业特别基金编:《シベリア強制抑留者が語り継ぐ労苦》第 16 卷,平和祈念事业特别基金 2006 年,第 266 页。

④ 長勢了治著:《シベリア抑留全史》,原書房 2013 年版,355—356 页。

主要工具。有不少日本战俘全身心投入民主运动，并加入日本共产党，在归国后仍依照苏联政策在日本从事民主运动。如1951年举行的日本共产党第四次全国代表大会作出了坚持斯大林主义、进行武装斗争的指导方针。① 但是，无论是发动民主运动还是发行《日本新闻》，苏联战俘管理局的思想政治教育所获得的成功，其效果难以持久保存，对于大部分日本战俘而言，参加民主运动与保持政治热情，多半是为了获取物资保障、逃避思想政治教育活动的强制性与惩罚性措施的正常反应。此外，对告密等行为的思想戒备，也是促使大部分普通战俘加入思想政治活动以保护自己的手段。② 而据相关记述，那些在战俘营内积极进行政治思想宣传的亲苏日本战俘，在遣返归国过程中往往招致了其他战俘的批斗和攻击。在日本战俘遣返船中发生的批斗事件与私刑事件中，往往是以这些人为对象的。③

除发行以《日本新闻》为主的各种印刷品外，办墙报、刷标语、呼喊政治口号也是战俘营内常态化的宣传手段。在各战俘营建筑的墙壁上，贴满了日文宣传标语，以及列宁、斯大林、莫洛托夫、日本共产党总书记德田球一等人的肖像画。在重大节日还召开大型政治集会，战俘们会扛着领袖肖像、红色标语与劳动红旗进行游行。④ 如1947年5月26日，哈巴罗夫斯克边疆区内务部门就改善本地区墙报出版工作给出了建议。建议指出，在对本地用日文书写的个别墙报进行检查后发现存在工作不力的情况，应加强选题和策划工作，对编辑

---

① 下斗米伸夫著：《日本冷戦史：帝国の崩壊から55年体制へ》，岩波書店2011年，第233—234ページ。
② Кузнецов С. И.，Японцы в сибирском плену，1945 – 1956，Иркутск：ТОО Издательства журнала "Сибирь"，1997г.，с. 223 – 224.
③ Бондаренко Е. Ю.，Японские военнопленные на Дальнем Востоке России в послевоенные годы，Владивосток：Изд-во Дальневосточного университета，1997гг.，с. 31.
④ Кузнецов С. И.，Японцы в сибирском плену，1945 – 1956，Иркутск：ТОО Издательства журнала "Сибирь"，1997г.，с. 75.

人员要进行重新筛选并加强政治指导。①

二　组织各项思想教育活动

战俘管理局除对日本战俘进行积极宣传外，还经常组织各项相关的活动，主要形式有：

第一，组建民主委员会进行民主运动（демократические движения）和民主会议等，是战俘营内思想政治教育活动的重要方式。在运动开始初期，个别战俘营内思想活跃的日本战俘以学习小组（学習グループ）、文化研究会（文化研究会）的名义组成学习团体，还存在上文中提到的《日本新闻》之友会、民主小组、反法西斯委员会，此外，还有一些命名为新星会、太阳会、朋友之家、朋友协会、黎明协会、同志俱乐部的微型战俘团体。这些团体会发动其他日本战俘在业余时间召开座谈会、阅读文艺作品或政治书籍，作为枯燥生活的慰藉，以及排解思乡愁绪的手段。② 这些活动的参加者相互间按照苏联方式以"同志"（Товарищ）称呼。如第 380 运输营建立了民主委员会并领导所有的民主工作。委员会由 11 名日本战俘构成，分别负责宣传、文化、日常、组织等各方面的工作，其任务是培养日本战俘对苏联人民的好感和友谊，在战俘中宣传民主思想，为建设民主人民政府而斗争，研究马列主义关于工人阶级革命斗争的理论，提高劳动生产率和遵守战俘纪律。此外，战俘管理局还特别注重成员是否为工农出身。档案显示，在 11 名领导人员中，农民出身 2 人，工人 2 人，渔民 2 人，职员 2 人，店员 1 人。③ 据战俘亲历者南信四郎回忆，他

---

① В. А. 加夫里洛夫、Е. Л. 卡塔索诺娃编：《苏联地区战俘：1945—1956》（档案集），第一部分第三章，第 17 号：哈巴罗夫斯克边疆区内务部战俘营政治处给所辖各战俘营政治部关于改善墙报出版工作的建议，19470526，国际民主基金会，莫斯科，2013 年。

② 戦後強制抑留史編纂委員会编：《戦後強制抑留史》第 3 卷，東京平和祈念事業特別基金発行 2005 年，第 237ページ。

③ В. А. 加夫里洛夫、Е. Л. 卡塔索诺娃编：《苏联地区战俘：1945—1956》（档案集），第一部分第三章，第 7 号：第 380 运输营政治部负责人给滨海军区遣返事务处处长关于本战俘营建立民主委员会的报告，19470118，国际民主基金会，莫斯科，2013 年。

在战俘营内主要从事新闻工作。工作内容是将俄文的新闻原稿、《消息报》新闻等内容翻译成日文。他所在的文化部门的主要工作是组织体育、戏剧、音乐等活动，召开文化讲座、研究会等。①

第二，发掘、培养和支持积极分子，并发挥引导和示范作用。如1947年6月4日，哈巴罗夫斯克边疆区内务部战俘管理政治处负责人给所辖各地战俘营政治部发布指令，要求给反法西斯分子分配单独房间，以利于组织政治学习。②

相关资料显示，不少战俘积极分子与优秀人员被战俘管理局送往专门的思想政治学校进行集中学习，以提高政治觉悟。③ 1947年6月10日，苏联武装力量部政治管理总局（Главное политуправление вооруженных сил）第七局副局长向部长会议遣返事务局负责人提交了反法西斯积极分子培训报告。报告显示，从4月10日到5月8日，在外贝加尔—阿穆尔军区（Забайкало-Амурский военный округ）第七政治管理处与哈巴罗夫斯克边疆区内务部战俘管理政治处共同举办了第二轮短期培训，有81名反法西斯积极分子参加，其中士兵58人，士官25人，军官3人，培训课程为工农如何建立苏维埃政权，苏联的社会与国家制度，苏维埃民主与资产阶级民主，苏联人民反德日法西斯的伟大卫国战争，布尔什维克——苏联的领导力量和前进方向，苏联人民的主要目标——建立苏联共产主义等。④ 10天之后，哈巴罗夫斯克边疆区内务部下发命令，表示不同意哈巴罗夫斯克（伯

---

① ソ連における日本人の捕虜の生活体験を記録する会：《捕虜体験記Ⅲ：ウラル以西編》，ソ連における日本人捕虜の生活体験を記録する会，1984年発行，2000年第5刷，第33ページ。

② В. А. 加夫里洛夫、Е. Л. 卡塔索诺娃编：《苏联地区战俘：1945—1956》（档案集），第一部分第三章，第18号：哈巴罗夫斯克边疆区内务部战俘营政治处负责人给所辖各战俘营政治部关于给反法西斯积极分子分配房间的命令，19470604，国际民主基金会，莫斯科，2013年。

③ Кузнецов С. И.，Японцы в сибирском плену，1945－1956，Иркутск：ТОО Издательства журнала "Сибирь"，1997 г.，с. 66－71。

④ В. А. 加夫里洛夫、Е. Л. 卡塔索诺娃编：《苏联地区战俘：1945—1956》（档案集），第一部分第三章，第19号：苏联武装力量部政治管理总局第七局副局长给部长会议遣返事务局负责人关于反法西斯积极分子第二轮培训的报告，19470610，国际民主基金会，莫斯科，2013年。

力）第19战俘营将日本战俘中的积极分子集中起来建立大队的做法，认为这种做法不利于其发挥模范带头作用。①

第三，组织集体学习和各种政治集会。各战俘营在这方面的重点工作为组织学习马列、斯大林著作，苏联宪法与《联共（布）简史》，苏维埃党和国家的重大决议，列宁、斯大林等人的个人传记等。1946年7月5日，阿穆尔州第20战俘营提交了截止到1946年6月的政治工作报告。报告显示，战俘们学习了12份政治文献，分别为：苏联最高委员会关于改组各人民委员部的决定、苏联的政治和经济基础、当前日本的内政情况、朝鲜半岛形势、苏联的集体农庄制度、1946—1950年苏联的国民经济复兴和发展五年计划、列宁的生活与活动（传记）、斯大林的生活与活动（传记）、日本民主运动的发展、苏联国家制度。有12630名日本战俘进行了集中学习，并提出了83个问题，其中最典型的问题是："当前日本政府的目的是什么？妨碍朝鲜民族民主政府建立的原因有哪些？"报告还谈到了战俘营所属的36名鼓动员的工作。其工作内容为组织战俘读《日本新闻》和组织召开各种座谈会。同时，鼓动工作存在一些问题，主要有：第一，《日本新闻》等报纸供给量和送达不及时，影响了战俘的阅读和学习；第二，缺乏电影放映员和放映工具；第三，尽管在过去1个月里各分部共出版了11期墙报，但对墙报出版的监督和组织工作仍不够。②

1947年2月15日，苏联武装力量政治管理总局给滨海军区战俘遣返事务处所辖的第380运输营准备了42个选题，拟针对即将被遣

---

① В. А. 加夫里洛夫、Е. Л. 卡塔索诺娃编：《苏联地区战俘：1945—1956》（档案集），第一部分第三章，第21号：哈巴罗夫斯克边疆区内务部战俘营政治处负责人给第19战俘营副行政长官关于重审该营各分部反法西斯积极分子分配的指令，19470620，国际民主基金会，莫斯科，2013年。

② В. А. 加夫里洛夫、Е. Л. 卡塔索诺娃编：《苏联地区战俘：1945—1956》（档案集），第一部分第三章，第4号：摘自阿穆尔州内务部负责人给哈巴罗夫斯克边疆区内务部负责人关于第20战俘营1946年6月前政治工作的报告，19460705，国际民主基金会，莫斯科，2013年。

返归国的日本战俘举行政治讲座、报告和座谈会（见表 3-3）。

表 3-3　　针对即将被遣返归国的日本战俘的教育选题

序号	内容
1	苏联——社会主义国家
2	苏联——世界上最民主的国家
3	布尔什维克党关于俄罗斯人民在争取新的社会制度斗争中的作用
4	列宁和斯大林——社会主义国家的组织者
5	苏维埃国家的社会制度
6	苏联的国家制度
7	苏联的社会主义建设
8	苏维埃国家的宪法
9	苏联宪法——世界上最民主的宪法
10	苏联——多民族国家
11	苏维埃国家的民族政策与苏联人民的友谊
12	在争取民主世界和人民安全斗争中的苏联
13	苏联——他国人民独立和主权的斗士
14	苏联在为铲除法西斯主义和世界人民民主自由斗争中的主要作用
15	苏联人民反对法西斯德国和日本帝国的伟大卫国战争
16	苏联红军——解放者的军队
17	苏联红军——世界和平与安全的支撑
18	恢复与发展苏联国民经济的五年计划
19	日本内政情况
20	日本进步力量为建立国家民主的斗争
21	日本共产党为建立真正的人民民主政府的斗争
22	如何消灭日本大型垄断财阀
23	日本新宪法的反动本质
24	日本农民阶级现状和土地法改革
25	日本工人阶级现状

续表

序号	内容
26	日本粮食状况
27	吉田茂反人民政府
28	对日本主要战犯的审判
29	美国对日政策
30	国际局势
31	美帝国主义的远东政策
32	美国对中国内政的干涉
33	美国军队在中国的行为
34	菲律宾人民争取独立的斗争
35	英帝国主义的远东政策及中东国家政策
36	印度人民争取独立的斗争
37	印度尼西亚人民争取独立的斗争
38	英国对希腊君主政府的援助
39	人民民主的胜利
40	苏联和苏联红军对人民民主国家的援助
41	部分国家民主党为建立统一战线的斗争
42	民主最重要的措施：1. 农业改革，2. 大型企业国有化，3. 新宪法，4. 民主力量与反动派的斗争

资料来源：В. А. 加夫里洛夫、Е. Л. 卡塔索诺娃编：《苏联地区战俘：1945—1956》（档案集），第一部分第三章，第 11 号：交予滨海军区遣返事务处负责人执行的针对第 380 运输营日本战俘的报告、讲座和座谈会的大致题目，19470215，国际民主基金会，莫斯科，2013 年。

  1947 年 3 月，战俘管理局发布命令，要求在 3 月 16 日上午 10 点举行第一届反法西斯民主会议，会期两天。会议讨论 8 个问题：日本内政和日本人民的民主运动；农民阶级状况和土地改革的必要性；报告关于反法西斯小组大纲草案；各个战俘营分部反法西斯委员会代表关于民主运动已完成工作的报告；领导委员会选举；国际形势报告；

通过对所有战俘的倡议书；民族文艺活动。① 3月24日，会议参加者对全苏日本战俘发出倡议，内容包括："巩固工农联盟，为建立祖国人民战线而斗争，新的民主日本万岁，感谢苏联给予的光明和希望，感谢支持建立新日本，感谢对民主运动的帮助和领导。"②

1947年8月16日，哈巴罗夫斯克地区内务部发布命令，要求辖区内各战俘营在9月3日，通过会议、集会、座谈会等方式在战俘中进行政治活动，批判日本的帝国主义政策。③ 为此必须明确：苏联对日作战是结束战争的唯一办法，是解放被日本奴役的人民及日本人民摆脱威胁和破坏的办法；日本半个世纪的历史是帝国主义的历史；苏联的政策是与反动势力做斗争，为世界的和平与友谊做出贡献。④

第四，通过各种方式促使战俘进行政治表态，提高政治觉悟，反击国外反苏宣传。在思想政治教育活动中，战俘中的积极分子通过演讲等形式控诉反动的日本天皇制，美国对日本的侵略政策，宣扬苏维埃制度的优越性，表达对苏联的忠心与热爱。⑤ 此外，各战俘营内的日本战俘竞相组织劳动竞赛，优胜者的照片被贴在墙报专栏里以示表彰，先进劳动队则被授予劳动红旗。⑥ 提高劳动报酬，增加饮食供给，

---

① В. А. 加夫里洛夫、Е. Л. 卡塔索诺娃编：《苏联地区战俘：1945—1956》（档案集），第一部分第三章，第14号：第31战俘营给所属各分部关于举行第一届日本战俘反法西斯民主会议的指令，19470307，国际民主基金会，莫斯科，2013年。

② В. А. 加夫里洛夫、Е. Л. 卡塔索诺娃编：《苏联地区战俘：1945—1956》（档案集），第一部分第三章，第15号：第31战俘营第一届日本战俘反法西斯民主会议参加者给所有苏联地区日本战俘的宣言及对苏联政府的感谢词，19470324，国际民主基金会，莫斯科，2013年。

③ 日本于1945年9月2日签署无条件投降协议书，苏联代表的签字顺序是第四名。但苏联一般以9月3日为日本正式投降纪念日。

④ В. А. 加夫里洛夫、Е. Л. 卡塔索诺娃编：《苏联地区战俘：1945—1956》（档案集），第一部分第三章，第23号：哈巴罗夫斯克边疆区内务部门战俘营政治处负责人关于举行大规模政治活动以庆祝日本签订投降协议纪念日的指令，19470816，国际民主基金会，莫斯科，2013年。

⑤ Кузнецов С. И., Японцы в сибирском плену, 1945 – 1956, Иркутск: ТОО Издательства журнала "Сибирь", 1997г., с. 75.

⑥ Там же.

▶ 西伯利亚的"罪与罚"

优先安排遣返等手段也被各战俘营运用到民主运动的推广中。此外，苏联战俘管理局十分注意发动日本战俘中的积极分子协助推进活动的展开。战俘管理局将这些积极分子称为民主干部（демократические кадры），往往将在居住环境、饮食供给、劳动环境、劳动报酬上给予额外优待作为奖励措施，刺激其积极从事民主运动，配合民主运动，并发动身边的日本战俘从事民主运动。如1947年5月8日，哈巴罗夫斯克边疆区战俘营政治处向内务部战俘与被拘留者管理总局提交申请，请求通过授予流动红旗等方式，对日本战俘先进劳动队伍进行鼓励。①

1946年6月5日，内务部公布了188名滨海边疆区战俘营的普通日本士兵战俘和坦波夫州第188战俘营的11名军官战俘通过的对日本战俘、日本民众和国际军事法庭倡议书。倡议书的内容为揭露日本政府的侵略政策，要求对包括天皇在内的战犯进行严厉惩罚，并号召战俘和日本人民组织起来建立民主政府。② 1946年7月20日，第97战俘营中的日本战俘军官集体向苏联政府提交了感谢信，表示长期受到日本对苏联宣传的蒙蔽，现在感谢苏联政府和斯大林同志的关心，及为日本战俘提供好的条件。信件有2592名日本军官签字，正文连同签名共有133页。③

1948年1月5日，第16战俘营有一名日本战俘（Сато киндзю）发表声明，表达了对苏联的热爱，并请求留在苏联。他表示："在进入日本军队前我是一个农民并在中国东北干了五年农活。我现在生活

---

① В. А. 加夫里洛夫、Е. Л. 卡塔索诺娃编：《苏联地区战俘：1945—1956》（档案集），第一部分第三章，第16号：哈巴罗夫斯克边疆区内务部门战俘营政治处负责人给战俘与被拘留者管理总局政治处负责人关于对日本战俘先进队伍进行表扬的请求，19470508，国际民主基金会，莫斯科，2013年。

② В. А. 加夫里洛夫、Е. Л. 卡塔索诺娃编：《苏联地区战俘：1945—1956》（档案集），第一部分第三章，第3号：内务部长呈国家领导人关于给日本战俘、日本民众和国际军事法庭的倡议书，19460605，国际民主基金会，莫斯科，2013年。

③ В. А. 加夫里洛夫、Е. Л. 卡塔索诺娃编：《苏联地区战俘：1945—1956》（档案集），第一部分第三章，第35号：内务部长发送至国家领导人的第97战俘营日本军官战俘给苏联政府的感谢信，19460720，国际民主基金会，莫斯科，2013年。

的社会主义国家是真正的平等与自由的国家，这里没有人种歧视，只有真正的友谊，我愿作为农夫在需要我的地方进行工作。"①

1948年6月27日，第19战俘营分部发表声明抗议日本丑化战俘生活状况的反苏宣传。声明表示："现在在国内有帝国主义者和右翼社会党人在恶意宣传鼓动，说我们日本战俘在苏联被迫从事劳动，穿得不好，每天只有200克面包和一升茶水，只有在重病的情况下才能被遣返回日本。这是对和平与民主的堡垒——苏联的恶意宣传和污蔑。我们对此感到愤慨和不满，决定抗议帝国主义者在日本的所作所为。落款为战俘营分部全体人员。"②

第五，战俘管理局积极鼓励日本战俘进行批评与自我批评，对相互揭发与告密行为持肯定态度。对于告密者，战俘管理局给予饮食和物资作为奖励手段。对于那些因饥饿和寒冷而陷入困境的战俘而言，获取一点食物或御寒物资是驱动其进行告密的原因。此外，战俘中对政治工作持反对态度者采取相应惩罚措施。如1947年10月28日，哈巴罗夫斯克边疆区内务部门战俘营政治处负责人给所辖第18战俘营副行政长官发去指令，表示根据本地内务部门在1947年9月30日通过的第0240号命令和10月21日通过的第381716号指令，应对反动分子进行隔离，防止其产生不良影响。③

战俘营内思想政治教育活动取得了一定成效。1946年5月17日，内务部长 C. 克鲁格洛夫向斯大林、莫洛托夫、贝利亚、日丹诺夫递交了关于日本战俘思想动向和政治教育的总报告。其中提到部分日本

---

① В. А. 加夫里洛夫、Е. Л. 卡塔索诺娃编：《苏联地区战俘：1945—1956》（档案集），第一部分第三章，第30号：第16战俘营一名日本战俘关于留在苏联的请求，19480105，国际民主基金会，莫斯科，2013年。

② А. 加夫里洛夫、Е. Л. 卡塔索诺娃编：《苏联地区战俘：1945—1956》（档案集），第一部分第三章，第31号：第19战俘营第七分部召开集会抗议日本反苏鼓动后通过的声明，19480627，国际民主基金会，莫斯科，2013年。

③ В. А. 加夫里洛夫、Е. Л. 卡塔索诺娃编：《苏联地区战俘：1945—1956》（档案集），第一部分第三章，第26号：哈巴罗夫斯克边疆区战俘营政治处负责人给第18战俘营副行政长官关于遣返日本军官政治工作措施的指令，19471028，国际民主基金会，莫斯科，2013年。

▶ 西伯利亚的"罪与罚"

战俘军官和士兵认识到日本天皇及其随从是剥削者,应该消灭旧制度,建立新制度,他们应为战争负责,是制度造成了社会的不平等;有些战俘认为应该与战俘营中的军国主义分子做斗争并搞民主运动。1946年3月15日,哈巴罗夫斯克边疆区第17战俘营第7分部的375名战俘书写了倡议书,提议"建立反军国主义民主小组,与军国主义做斗争,最大限度地在祖国推进统一民主战线的建立"。同月,滨海边疆区第12战俘营成立了由17名军官和士兵组成的小组,宣布了其反法西斯主张。他们在对日本战俘的倡议书中写道:我们深刻地相信正义的审判将惩罚这些战犯的恶行,我们选择成为反法西斯主义者并号召在战俘营内进行反法西斯主义运动。但是在战俘营里也有反动军官宣传法西斯主义思想,号召战俘抵制民主思想、抵制劳动生产并否定苏维埃制度,要求战俘坚持日本武士到精神。那些反动的日本军官被发送到特别军官战俘营。①

但是,在取得成绩的同时也存在着问题。1946年6月1日,第2战俘营提交了关于日本战俘反法西斯工作的报告。第2战俘营有641名军官,2777名士官,13918名士兵。报告显示,日本战俘读《日本新闻》不积极,未组织过集体读报纸活动,未组织过关于苏联、红军、日本政治经济现状的座谈会,缺乏书籍和文体工具,几乎可以说第2战俘营没有反法西斯宣传。要求采取以下措施:正常供应《日本新闻》,组织战俘读报纸,在战俘中设立通信积极分子,设立报栏并办墙报。安排2名反法西斯工作人员、2名翻译及电影放映和无线电技术保障人员,提供日语书籍、乐器、象棋等工具,组织各种文艺活动。②

1948年3月13日,苏联内务部汇总了1947年战俘思想政治工作

---

① В. А. 加夫里洛夫、Е. Л. 卡塔索诺娃编:《苏联地区战俘:1945—1956》(档案集),第一部分第三章,第1号:内务部长给国家领导人的关于内务部战俘营中日本战俘动向的报告,19460517,国际民主基金会,莫斯科,2013年。
② В. А. 加夫里洛夫、Е. Л. 卡塔索诺娃编:《苏联地区战俘:1945—1956》(档案集),第一部分第三章,第2号:对哈巴罗夫斯克边疆区第二战俘营截止到1946年6月1日日本战俘反法西斯工作检查结果的报告,19460604,国际民主基金会,莫斯科,2013年。

成果。战俘管理总局指出：各战俘管理局针对战俘的思想政治工作取得很大成绩，战俘的劳动热情和对苏联的忠诚度有很大提高。但也要注意到一些战俘仍存在法西斯思想，并对苏联有敌视与抵触情绪。与此同时，在一些战俘营内发生了思想顽固者的破坏事件，要求各战俘营在1947年战俘思想政治工作的基础上，继续加强对思想政治教育工作，维持日常管理秩序与劳动秩序。① 1948年12月17日，战俘管理局针对近期德日等国战俘要求遣返而进行的绝食、抗议、静坐等反苏破坏活动，各战俘营应通过加强思想政治教育工作来压制这些反动行为，保障战俘营内劳动计划的完成。②

小　结

对于战俘管理当局而言，思想政治教育是系统改造日本战俘世界观、人生观，尤其是政治信仰的手段，其本质是教育其认同苏联的政治文化，进而忠于苏维埃制度的思想观念重构过程。民主运动是苏联战俘管理总局的官方说法，有些俄罗斯学者将其称为民主改造（демократичская обработка）或再教育（перевоспитание），而阿部军治等日本学者则将其称为洗脑运动。苏联发动民主运动的原因与目的主要有三点：第一，通过民主运动来改造日本战俘的法西斯思想、军国主义思想。二战期间，日本军队以狂热的民族主义、法西斯主义与军国主义思想来武装日本军人，战后这种思想还残留在大部分日本战俘的思想意识中。不对这种反动、侵略思想进行清除，战俘营内各

---

① Загорулько М. М., Военнопленные в СССР. 1939 – 1956. Документы и материалы, Москва： "Логос", 2000гг.： № 3.86 Докладная записка С. Н. Круглова И. В. Сталину, В. М. Молотову, Л. П. Берии, А. А. Жданову о ходе политической работы среди военнопленных в 1947 г. Москва. 13 марта 1948 г.

② Загорулько М. М., Военнопленные в СССР. 1939 – 1956. Документы и материалы, Москва： "Логос", 2000гг.： № 7.18 Телеграфное распоряжение МВД СССР № 771 об усилении оперативной и политической работы среди военнопленных. Москва. 17 декабря 1948 г.

项工作就难以顺畅展开。第二，民主运动可为日本共产党培养政治同情者与拥护者。对日本战俘进行思想改造，可为认同苏联政治制度与政治文化的日本共产党培养后备力量，促使战俘在归国之后投入日本共产党所领导的左翼运动中，这是重视意识形态输出的苏联政府所乐于看到的景象。第三，1945—1946年冬季日本战俘死亡者众多，对大部分日本战俘的精神状态和生活信心造成了重创。据日本战俘描述，战俘营内意识形态工作之所以展开于1946年上半年，就是因为这一时期日本战俘经历了极端苦闷的生活：每日繁重的体力劳动，严峻的气候条件，糟糕的饮食供给，使得很多人丧失了生活信心，并对回家不再抱有希望。在这种情况下，思想政治工作的展开，通过思想改造来培养战俘的生活热情与劳动热情。①

1946年8月12日，哈巴罗夫斯克（伯力）第19战俘营提交了1946年反法西斯工作报告。报告显示，为了最大限度地利用战俘和提高劳动生产率，宣传社会主义民主，战俘营对战俘进行了思想政治教育工作。结果显示，1月民主分子占战俘营总人数的0.1%，3月占2%，7月则占17%；1月反动分子占战俘营总人数的94.4%，3月占83%，7月则占35%；1月中立者占战俘营总人数的5%，3月占15%，7月则占48%。②

对于苏联而言，发动思想运动的意义，不仅仅在于以此为手段维护战俘营日常管理秩序，激发日本战俘的劳动热情。在战俘中培养亲苏联者，利用归国战俘扩大苏联在日本的政治影响，则是其发动思想政治教育运动的深层考虑。有俄罗斯学者认为，无论是各战俘营进行的思想政治教育活动，还是设立专门的政治思想培训班与马列学校，

---

① Кузнецов С. И., Японцы в сибирском плену, 1945 – 1956, Иркутск: ТОО Издательства журнала "Сибирь", 1997г., c. 59 – 62.

② В. А. 加夫里洛夫、Е. Л. 卡塔索诺娃编：《苏联地区战俘：1945—1956》（档案集），第一部分第三章，第5号：第19战俘营给哈巴罗夫斯克边疆区内务部关于1946年上半年反法西斯工作的报告，19460812，国际民主基金会，莫斯科，2013年。

其目的都是培植亲苏势力，使其成为苏联利益的代言人。①

以 1947 年 8 月 31 日第 382 战俘运输营思想政治工作报告为例。该运输营的工作有：第一，组织观看《列宁在十月》《纳西莫夫海军上将》等电影；第二，日本战俘在劳动作业出发前举行集会，高唱《国际歌》等歌曲；第三，组织积极分子进行生产宣传。该战俘营有 3500 名战俘在外工作，剩下的人在营内从事加工木材、建筑整修工作，积极分子宣传的目的是提高战俘的民主意识及生产效率。为达成目的，积极分子组织召开民主委员会会议，并制作了 11 条口号，如"日本战俘在苏联好好工作是对日本民主的帮助"（хорошая работа японских военнопленных в СССР-помощь демократизации Японии）、"只有那些真正的民主主义者 才能诚实地在世界上最先进的民主国家苏联劳动"（Только тот истинный демократ, кто честно трудится в самой передовой демократической стране мира-СССР），以解释劳动的意义、性质，并号召战俘积极工作。除此之外，还组织召开提高生产效率的座谈会，组织军官阶层制定具体的生产计划。在上述措施下，日本战俘的劳动质量和数量有了大幅提高。②

实际上，无论何种宣传方法与组织形式，都是苏联政府结合日本战俘特色，推进民主运动深入开展的手段。就像内务部秘密报告指出的那样，针对日本战俘的思想政治教育活动非常好地利用了日本战俘的民族性，即利用了他们的集体性与服从性，尤其是注重利用在战俘管理局监控下的亲苏日本战俘通过不断的示范教育来逐步改变整个日本战俘群体的政治思想。③ 在思想政治教育过程中，战俘管理部门亦

---

① Кузнецов С. И., Японцы в сибирском плену, 1945 – 1956, Иркутск: ТОО Издательства журнала "Сибирь", 1997г., с. 223.

② В. А. 加夫里洛夫、Е. Л. 卡塔索诺娃编：《苏联地区战俘：1945—1956》（档案集），第一部分第三章，第 24 号：苏联部长会议遣返事务全权代表管理局政治教育工作高级指导员关于第 382 战俘营截止到 1947 年 8 月 15 日的情况报告，19470830，国际民主基金会，莫斯科，2013 年。

③ Кузнецов С. И., Японцы в сибирском плену, 1945 – 1956, Иркутск: ТОО Издательства журнала "Сибирь", 1997г., с. 59 – 60.

▶ 西伯利亚的"罪与罚"

十分重视维护自身权威，惩戒各种出格行为。如滨海军区一份档案显示，1948年7月17日，第380战俘营第13分部的一名战俘（Ватанабэ Масао）有反动行为，主要表现为诋毁民主运动，发表挑拨言论，恶意评论《日本新闻》上的文章，因此建议对其进行拘留并不予遣返。① 另外，据战俘亲历者植田宏（植田广，第39师团第231联队）记载，对于战俘营中被揭发的反动分子，战俘管理局会召开集会，进行公开批斗，并处以各种惩罚措施。②

在各日本战俘营走上正轨之后，战犯清查工作迅速被提上了议事日程。笔者认为，战俘管理局对犯有侵略罪行的战犯进行审判与刑事惩罚，是有必要的。但惩罚范围存在一定的扩大化情况。如上所述，苏联发动思想教育活动的动机，一是为了维持战俘管理秩序；二是为了改造日本战俘群体的政治思想与意识形态观念。笔者认为，这些活动是完全苏联式的，充满了苏联政治文化的特色，凸显了当时苏联的政治环境。对于苏联而言，将其所信奉与秉承的共产主义思想灌输给数十万日本战俘群体，是一种自然的行为，与欧美所进行的"民主""自由"等价值观宣传相比，本质上都是为了获取他人、他国对本国的政治认同。

1994年日本全国强制抑留协会（全国強制抑留協会）对3085名苏联地区日本战俘经历者所进行的调查数据显示，参加思想教育活动的人数为2205人（其中包括积极参加者86人，被强制参加者907人，认为可争取提前归国可能性而参加者1212人），占总受访人数的71.5%。正如该调查所显示，认为可争取提前归国可能性而参加者为1212人，占受访比例的39.3%，即其参加活动是出于现实利益考虑，

---

① В. А. 加夫里洛夫、Е. Л. 卡塔索诺娃编：《苏联地区战俘：1945—1956》（档案集），第二部分第一章，第51号：滨海军区遣返处负责人给部长会议遣返事务副全权代表和滨海边疆区内务部负责人关于采取必要措施将相关人员投入隔离营的报告，19480717，国际民主基金会，莫斯科，2013年。
② ソ連における日本人の捕虜の生活体験を記録する会：《捕虜体験記Ⅲ：ウラル以西編》，ソ連における日本人捕虜の生活体験を記録する会，1984年発行，2000年第5刷，第62ページ。

而不是为了改造思想观念。而对于其思想是否受到影响,有653人认为稍微受到影响,有1296人认为未受到影响,二者合计占总受访人数的63.2%。① 这表明思想政治教育活动所要达成的改造日本战俘思想观的效果并不明显。俄罗斯学者库兹涅佐夫就认为其未能达到预期效果。② 邦达连科引用的数据显示,只有不到10%的日本战俘在回到日本之后保持了其共产主义信仰。③ 1949年6月28日,日本《读卖新闻》发表了题为"猛烈的政治教育,不顺应就等死"的对归国日本战俘访谈记录,批判苏联政府的政治思想教育活动。④ 类似的批判性报道在当时的新闻媒体中较为常见,构成了日本战俘与日本舆论的主流态度。

---

① 平和祈念事業特別基金編:《シベリア強制抑留者が語り継ぐ労苦》第4卷,平和祈念事業特別基金1994年,第66—67ページ。
② Кузнецов С. И., Японцы в сибирском плену, 1945 – 1956, Иркутск: ТОО Издательства журнала "Сибирь", 1997г., с. 87.
③ Японские военнопленные на Дальнем Востоке России в послевоенные годы Е. Ю. Бондаренко, с36.
④ 《読売新聞》,《激烈な政治教育 順応せねば死が待つ 大岩氏談》1949.06.28.

第四章　日本战俘的劳动利用

二战期间苏联损失了大量人口，其中大部分是青壮年劳动力。战后苏联为了复兴经济，在1946年3月颁布了"五年计划"，需要大量劳动力从事各项工作。关于战后苏联劳动力缺乏程度，以克拉斯诺亚尔斯克地区为例：根据战后苏联第一个"五年计划"，该地区将新建或扩充一批采矿、伐木、机械等工矿企业，需要补充大量劳动力。① 战前，克拉斯诺亚尔斯克地区有大约630家工矿企业，约有83.9万名工人。其中，有18.9%的工人从事器械制造与金属加工工业，40%的工人从事原木采伐与木材加工工业，另有3.8%的工人从事煤炭采掘业。在整个二战期间，当地有45.5万人被征召入伍，其中约有16.5万人因阵亡等原因未归，人员总体损失率较高。此外，战争期间由于工业企业疏散等原因，从前线接收了不少轻重工业企业，并建设了不少急需的新企业，使得克拉斯诺亚尔斯克成了西伯利亚地区最大的工业中心。② 但与此同时，劳动力缺乏问题也显得越发严重，在原木开采、木材加工、煤炭与矿石采掘等劳动力密集型产业中尤其需要大量劳动力。因此，苏联利用战胜国优势，将德日等国战俘强制移送到各地从事劳作，以弥补劳动力缺乏问题。战后日本战俘的到来，在一定程度上改善了西伯利亚地区、哈巴罗夫斯克地区与滨海地区工农业中劳动力严重缺乏状况。

---

① Спиридонов М. Н. , Японские военнопленные в Красноярском крае（1945 - 1948 гг. ）, Красноярский государственный педагогический университет, 2001гг. с. 82.

② Там же. , с. 81.

虽然总体人数不多，但他们是能从事重体力劳动者及有技术者，如卡车司机、焊工、钳工、矿工、医生、工程师等，都是苏联急需的。①

除此之外，日本战俘具有诸多优点。苏联地区日本战俘大都是经过初步筛选、剔除病弱老残者后移送而来的，整体上处于年富力强的青壮年阶段，适合从事高强度的重体力劳动。并且，日本战俘具有服从性好、人数集中、便于调动的优点。此外，战俘无人身自由，无家庭负担，可以在各地进行移动，因此可控性与可管理性强；战俘可被派到重体力劳动岗位或者无利可图的岗位上，以解放当地人手来从事高附加值生产活动或保密性生产活动。② 如在远东地区的一些国民经济部门里，日本战俘主要被用在繁重的辅助劳动，及对劳动熟练度要求不高或者附加值低的劳动中。③

第一节　基本劳动制度

自 1939 年设立战俘管理制度以来，通过不断完善，苏联战俘管理当局建立了一套相对成熟的劳动管理制度。其主要内容是：每个战俘营都作为独立核算的经济单位，配有专门的经理人员进行劳动计划分配、经济核算等。对于战俘管理部门而言，其劳动组织形式主要是劳动队，设立专门的劳动营，或将战俘移交、派往国民经济部门和军事经济部门从事各种形式的劳动作业。具体而言，战俘的劳动管理主要有如下几方面。

---

① Спиридонов М. Н., Японские военнопленные в Красноярском крае（1945 – 1948 гг.），Красноярский государственный педагогический университет，2001 гг. с. 84.

② Кузнецов С. И., Японцы в сибирском плену, 1945 – 1956, Иркутск：ТОО Издательства журнала "Сибирь", 1997 г., с. 49.

③ Бондаренко Е. Ю., Японские военнопленные на Дальнем Востоке России в послевоенные годы, Владивосток：Изд-во Дальневосточного университета, 1997 гг., с. 12.

一　劳动能力分级制度

1945年8月28日，内务人员委员部战俘管理总局颁布了第147号命令，要求各地战俘管理局最大限度地利用战俘进行劳动，并对战俘进行体格检查以区分等级，其中被认定为一级和二级者必须从事重体力劳动，被划分为第三等级的战俘需从事辅助劳动，除残、病、弱者外，都必须从事辅助劳动。各战俘营必须保障营内80％的战俘处于劳动适用状态。① 1945年9月13日，内务人民委员部对第147号命令进行了补充，规定被划分为第三等级的战俘每日工作量不应超过4—6个小时，其劳动量也不应超过正常劳动量的50％。② 根据内务部战俘管理总局的统计资料，从1947年1月到12月，日本战俘的体格情况为一等者维持在总人数的40％，二等者维持在40％，即有80％的日本战俘可从事重体力劳动。③ 战俘亲历者熊谷不二夫表示，在抵达战俘营（位于乌克兰）的第二天，全体人员集合后裸体进行身体检查。在一名苏联女军医的指挥下，皮肤、骨骼、外阴等部位均要进行检查，尤其是对臀部进行重点检查，以确定体格等级。检查后，分为第一、第二、第三体力等级及营养不良者。被判定为第一体力等级的体格健壮者从事石材开采等重体力劳动，第二体力等级者在林矿从事木材作业，第三体力等级者从事战争破坏物清理、铁道沿线工事等，营养不良者则在战俘营从事清扫、炊事等辅助工作。④ 可以看出，

---

① Загорулько М. М., Военнопленные в СССР. 1939 – 1956. Документы и материалы, Москва："Логос", 2000гг.：№ 6.40 Директива НКВД СССР № 147 о максимальном привлечении военнопленных, содержащихся в лагерях НКВД, к трудовому использованию. Москва. 28 августа 1945 г.

② Загорулько М. М., Военнопленные в СССР. 1939 – 1956. Документы и материалы, Москва："Логос", 2000гг.：№ 6.41 Директива НКВД СССР № 155 об изменении директивы № 147 от 28 августа 1945 г. О максимальном привлечении к трудовому использованию военнопленных. Москва. 13 сентября 1945 г.

③ Загорулько М. М., Военнопленные в СССР. 1939 – 1956. Документы и материалы, Москва："Логос", 2000гг.：№ 5.49 Справка М. Я. Зетилова о физическом состоянии военнопленных японцев по месяцам 1946 г. Москва. 14 января 1947 г.

④ ソ連における日本人の捕虜の生活体験を記録する会：《捕虜体験記Ⅲ：ウラル以西編》，ソ連における日本人捕虜の生活体験を記録する会，1984年発行，2000年第5刷，第247ページ。

第四章　日本战俘的劳动利用

在该战俘营，体弱者也被安排从事劳动。

1945年9月28日，战俘管理局又颁布了管理规定，要求对第一、二等级体格的战俘实施8小时工作制，对于未能完成当日劳动定额的战俘，其加班时间不得超过2个小时。① 虽然战俘管理局针对战俘已经出台了一些管理规定，但仍缺乏一个系统、完整的劳动利用管理办法。因此，1945年9月29日，苏联正式颁布了战后对战俘劳动利用的管理规定，确定了战俘劳动分配方法、劳动作息制度、劳动出勤组织方法、劳动报酬支付方法、劳动激励措施与惩罚方法。② 可以说，这份决议是战后苏联战俘管理总局对战俘进行劳动管理的核心文件。

截止到1947年2月1日，全苏联共有日本战俘386972人，劳动能力等级情况为：一等体力者共144975人，占日本战俘总人数的37.46%；二等体力者为154873人，占日本战俘总人数的40.02%；三等体力者为35263人，占日本战俘总人数的9.11%；剩下为营养不良和病弱者。除此之外，有被拘留者3706人，其中在乌兹别克共和国有443人，在坦波夫州有544人，在鞑靼自治共和国有61人，在哈萨克共和国有458人，在千岛群岛和堪察加地区有2200人。③

资料显示，到1952年12月8日，第16战俘营的1486名被判刑日本战俘的劳动能力分级情况为：一等维持在620人左右，二等维持在460人左右，三等维持在210人左右，营养不良及病弱者为146人。④

---

① Загорулько М. М., Военнопленные в СССР. 1939－1956. Документы и материалы, Москва："Логос"，2000гг.：№ 6.44 Директива НКВД СССР № 175 о мерах сохранения физического состояния военнопленных. Москва. 28 сентября 1945 г.

② Загорулько М. М., Военнопленные в СССР. 1939－1956. Документы и материалы, Москва："Логос"，2000гг.：№ 6.45 Положение НКВД СССР о трудовом использовании военнопленных. Москва. 29 сентября1945 г.

③ В. А. 加夫里洛夫、Е. Л. 卡塔索诺娃编：《苏联地区战俘：1945—1956》（档案集），第一部分第一章，第39号：内务部战俘与被拘留者管理总局第一局给内务部长关于截止到1947年2月1日日本战俘情况的说明，19470220，国际民主基金会，莫斯科，2013年。

④ В. А. 加夫里洛夫、Е. Л. 卡塔索诺娃编：《苏联地区战俘：1945—1956》（档案集），第一部分第二章，第36号：哈巴罗夫斯克边疆区内务部门第16战俘营1952年劳动利用人数的计划，19521208，国际民主基金会，莫斯科，2013年。

▶ 西伯利亚的"罪与罚"

除在内务部各战俘营从事劳动外，战俘还被大量派往国民经济和军事经济工业部门从事各种劳动。战俘外派，一般要由战俘管理局和被派驻部门签订劳动合同，规定战俘待遇、劳动标准和保护措施等方面的内容。如 1945 年 10 月 3 日，内务人民委员部第 34 战俘营派出 1500 名日本战俘到有色金属人民委员部叶尼塞黄金托拉斯（Трест Енисейзолото，位于克拉斯诺亚尔斯克边疆区）从事劳动。双方签订了正式的劳动合同，计有 28 项内容，规定了战俘的权利与义务，企业的权利和义务，战俘营的权利和义务。合同尤其强调应注意战俘的卫生保障措施，须进行定期检疫，战俘工作时规定为一天 9 小时，其中包括一个小时的午餐时间。① 内务部第 53 运输营与海军第七建设管理局也签订了类似的劳动合同。资料显示，合同从 1948 年 1 月 1 日开始生效，为期 1 年。合同条款分为 20 条，对各方权利与义务，劳动内容及战俘的日常生活保障和管理进行了详细规定。②

除维持战俘管理局规定的战俘组织形式和生活方式外，战俘还要遵守国民经济和军事工业部门的相关规定。1946 年 4 月 2 日，在内务部和国家安全部（МГБ СССР）联合给各地内务部门和国家安全部门下发的关于战俘在工业企业劳动利用秩序的指令中明确规定：德日战俘可用在地下项目、建设项目及辅助作业、木材采伐及加工、金属加工业等方面。禁止战俘在以下企业工作：其一，生产爆炸材料、弹药、新式秘密武器样本的企业；其二，电站、动力部门、石油加工、化学及其他爆炸易燃危险品部门；其三，装载上述物品的仓库；其四，国防科学研究所的工场、实验室及设计局（除有特别

---

① В. А. 加夫里洛夫、Е. Л. 卡塔索诺娃编：《苏联地区战俘：1945—1956》（档案集），第一部分第二章，第 4 号：内务人民委员部第 34 战俘营与有色金属人民委员部叶尼塞黄金托拉斯签订劳动利用日本战俘的合同，19451003，国际民主基金会，莫斯科，2013 年。

② В. А. 加夫里洛夫、Е. Л. 卡塔索诺娃编：《苏联地区战俘：1945—1956》（档案集），第一部分第二章，第 29 号：第 53 运输营负责人与海军第七建设管理局关于劳动利用日本战俘的合同，19480228，国际民主基金会，莫斯科，2013 年。

允许的熟练专家以外)。①

  战俘管理局与采用日本战俘进行劳动的经济部门围绕战俘利用问题会产生矛盾。1946年4月26日，苏联有色金属工业部副部长向叶尼塞黄金托拉斯负责人提交的信件表示，接克拉斯诺亚尔斯克边疆区内务部门通知，该企业所辖的日本战俘居住在条件恶劣的房屋之中，空间不足且不卫生，战俘中发生了传染病疫情并造成死亡率上升，劳动组织情况也不好，大量日本战俘无法外出工作。对此必须改善居住环境，提供足够的日常用品，并合理组织劳动利用秩序，并对战俘进行技能培训。② 1946年5月14日，叶尼塞黄金托拉斯给克拉斯诺亚尔斯克边疆区内务部负责人的回信表示，不同意其检查结果。实际情况是，第一：战俘营空间足够，各分部日本战俘的居住面积从1.25平方米到1.8平方米不等；第二，没有发生战俘粮食供应中断现象，甚至在1945—1946年冬季，很多时候日本战俘的食物质量要高于管理人员。据回信陈述，尽管供给的鲜肉数量有限，但全部用于增强战俘营养。因此，战俘的高死亡率不能用恶劣的居住条件和营养不足来解释，其主要原因在于不适应气候改变所引起的慢性病及不习惯从事重体力劳动。对此，叶尼塞黄金托拉斯提出，日本战俘掌握劳动技能和适应环境有一个漫长的过程，请求将日本战俘留下来用于采集黄金作业。③

---

  ① В. А. 加夫里洛夫、Е. Л. 卡塔索诺娃编：《苏联地区战俘：1945—1956》（档案集），第一部分第二章，第12号：内务部长和国家安全部长给各地内务部门、国家安全部门关于日本战俘在工业企业中劳动利用秩序的指令，19460402，国际民主基金会，莫斯科，2013年。
  ② В. А. 加夫里洛夫、Е. Л. 卡塔索诺娃编：《苏联地区战俘：1945—1956》（档案集），第一部分第二章，第13号：有色金属工业部副部长给叶尼塞黄金托拉斯负责人关于日本战俘劳动利用组织不力及恶劣待遇的信，19460426，国际民主基金会，莫斯科，2013年。
  ③ В. А. 加夫里洛夫、Е. Л. 卡塔索诺娃编：《苏联地区战俘：1945—1956》（档案集），第一部分第二章，第14号：叶尼塞黄金托拉斯负责人给克拉斯诺亚尔斯克边疆区内务部负责人关于不同意1946年5月13日对其所辖部门检查结果的声明，19460514，国际民主基金会，莫斯科，2013年。

▶ 西伯利亚的"罪与罚"

二 劳动安全保障

劳动安全保障是战俘劳动管理中的重要内容之一。无论是室内作业还是室外作业，无论春夏还是秋冬，对战俘的安全保障都是必不可少的。

苏联大部分地区冬季期间气候严寒，在室外活动时稍有不慎就会被冻伤或冻死，日本战俘在此条件下进行伐木、运输之类的劳动作业，其安全保障难度可想而知。1945年11月27日，内务人民委员部战俘管理总局颁布决议，要求在冬季期间对战俘外出劳作进行保障。其中特别规定，各地要根据实际情况和日本战俘的耐受能力设定外出劳动的最低温度指数。①

1946年4月12日，苏联政府在对西伯利亚地区战俘营所进行的检查报告中指出：所有战俘营都存在粮食供应不足问题，外出劳动与露天劳动期间的防寒问题与安全保障问题也很严重。② 另外，对于工伤事件，苏联政府也是加以注意的。如在1946年4月19日，海军第八建设管理局颁布了第4号命令：针对近期频繁发生的工伤事件，要采取措施防止该类事件再次发生，应改善战俘劳动条件，同时所有下辖单位应进行安全检查，保证战俘按照安全技术规范进行操作与施工。③

1947年6月28日，战俘管理局颁布了关于改善夏季期间战俘劳

---

① Загорулько М. М., Военнопленные в СССР. 1939 – 1956. Документы и материалы, Москва： "Логос", 2000гг.： № 6. 52 Директива НКВД СССР № 227 о мероприятиях по улучшению использования трудавоеннопленных и сохранению их физического состояния в зимних условиях на стройках, предприятиях и в лагерях НКВД. Москва. 27 ноября 1945 г.

② Загорулько М. М., Военнопленные в СССР. 1939 – 1956. Документы и материалы, Москва： "Логос", 2000гг.： № 3. 53 Приказ начальника тыла Вооруженных Сил СССР № 034 об устранении недочетов вдовольствии и обслуживании отдельных рабочих батальонов военнопленных. Москва. 12апреля 1946 г.

③ Морской государственный университет имени адмирала Г. И. Невельского, Труд военнопленных в отраслях народного хозяйства Приморского края： документы Государственного архива Приморского края, Владивосток, 2006г., с. 160 – 161.

动利用的指令。战俘管理局指出："战俘在完成各种国民经济任务中起着重要作用，各战俘营要正确、合适地对其进行劳动利用。部分战俘营中出现了一些问题，如安全防范措施不到位等。鉴于此情况，决定颁布 14 点具体解决措施，加强夏季期间战俘劳动利用水平。"①

三　劳动纪律维持与奖惩措施

1946 年 3 月 18 日内务人民委员部出台决议：针对近期在劳动过程中出现的战俘敌对情绪，消极怠工现象与破坏活动，各战俘营要进行内部调查，以保障正常的劳动生产秩序，对于破坏分子则要予以逮捕和送交军事法庭审判。② 与此相对应的是，1946 年 5 月 15 日，内务人民委员部专门颁布决议，要求对实施突击劳动和超额完成劳动任务的战俘给予劳动红旗、荣誉奖励和物质奖励。③ 1946 年 8 月 20 日，内务部颁布通知，指出截止到 8 月 15 日，各战俘营共抓获了 129 名战俘破坏分子和消极怠工者，其中 61 名被军事法庭判处不同刑期。④

综合来看，对战俘实施奖励的主要手段为增加粮食供给、支付奖金、给予荣誉称号、优先安排遣返等，惩罚措施有降低粮食供给、关禁闭甚至判刑。

关于金钱奖励，根据内务人民委员部在 1945 年 9 月 24 日颁布的

---

① Загорулько М. М., Военнопленные в СССР. 1939 – 1956. Документы и материалы, Москва: "Логос", 2000гг.: № 6.86 Директива МВД СССР № 128 об улучшении трудового использования военнопленных в летний период. Москва. 28 июня 1947 г.

② Загорулько М. М., Военнопленные в СССР. 1939 – 1956. Документы и материалы, Москва: "Логос", 2000гг.: № 6.57 Директива НКВД СССР № 66 об усилении агентурно-оперативной и следственной работы в лагерях НКВД среди военнопленных и интернированных по предупреждению вредительства и саботажа на производстве. Москва. 18 марта 1946 г.

③ Загорулько М. М., Военнопленные в СССР. 1939 – 1956. Документы и материалы, Москва: "Логос", 2000гг.: № 6.59 Директива МВД СССР № 122 о порядке поощрения военнопленных за хорошую работу на производстве. Москва. 15 мая 1946 г.

④ Загорулько М. М., Военнопленные в СССР. 1939 – 1956. Документы и материалы, Москва: "Логос", 2000гг.: № 6.65 Докладная записка М. С. Кривенко и А. З. Кобулова С. Н. Круглову о вскрытых случаях диверсий, вредительства и саботажа со стороны военнопленных и интернированных. Москва. 20 августа 1946 г.

▶ 西伯利亚的"罪与罚"

第 388 号命令,对完成或超额完成劳动任务的战俘,各战俘管理局要给予 200 卢布的劳动报酬和物质奖励。① 1946 年 10 月 11 日,内务部发布命令表示,由于战俘生活成本的增加,从 9 月 16 日开始起完成和超额完成劳动标准的战俘,每月奖励可超过 400 卢布。② 1948 年 4 月 21 日内务部又表示,当前对完成和超额完成标准的战俘奖励平均已超过每月 456 卢布,但是战俘的生活开支和补贴有预算补贴作为保障,超过标准的补贴是不允许的,因此决定废除 1946 年 10 月 11 日战俘奖励可超过 400 卢布的决定。③ 该命令意味着对战俘每月超过 400 卢布的劳动奖励是不被允许的。

在物质奖惩方面,按照 1946 年底苏联政府所颁布的标准,对于完成劳动标准 125% 以上者,每日供应的面包增加到 450 克;完成定额 100%—125% 的,给予标准饮食,即面包 350 克;对于只完成定额 80%—100% 的,面包减少到 300 克;对于完成定额不到 80% 的,面包减少到 250 克。④ 由此造成的状况是,掌握劳动技巧的战俘或身体健壮的战俘往往能完成或超额完成劳动定额,进而获得更多的饮食分配;而日本战俘中的体弱者由于无法完成劳动标准而被减少饮食供给,造成其体格更弱,增加了患病与死亡概率。

日方 1994 年对 3085 名战俘亲历者进行的关于未能完成劳动定额者的处罚措施调查结果(可多选)显示:在作业时间结束之后加班以完成任务者为 1196 人,占总人数的 38.8%;被减少饮食供给的为

---

① Загорулько М. М., Военнопленные в СССР. 1939 – 1956. Документы и материалы, Москва:"Логос",2000гг.: № 6. 42 Приказ НКВД СССР № 388 о введении Положения о премиальной системе оплаты труда работников лагерей НКВД для военнопленных. Москва. 24 сентября 1945 г.
② В. А. 加夫里洛夫、Е. Л. 卡塔索诺娃编:《苏联地区战俘:1945—1956》(档案集),第一部分第二章,第 19 号:内务部长给内务部门负责人关于对完成和超额完成劳动任务的战俘给予金钱奖励的决定,19461011,国际民主基金会,莫斯科,2013 年。
③ В. А. 加夫里洛夫、Е. Л. 卡塔索诺娃编:《苏联地区战俘:1945—1956》(档案集),第一部分第二章,第 30 号:内务部长关于给完成和超额完成劳动任务的战俘以金钱奖励的决定,19480421,国际民主基金会,莫斯科,2013 年。
④ 戦後強制抑留史編纂委員会編:《戦後強制抑留史》第 3 巻,東京平和祈念事業特別基金発行 2005 年,第 185 ページ。

1241 人，占 40.2%；被采取处罚措施的有 788 人，占 25.5%。另有被关禁闭者为 169 人，休息日继续进行作业者为 239 人，进行日常清洁作业以作为弥补手段的有 166 人。对于完成劳动定额者所受到的待遇有：增加当日食物供给者为 1073 人，占 34.8%；受到其他特别待遇者为 1419 人，占 46%；另发给现金补贴者有 393 人。此外，对于作业内容有关的情况，调查结果为：感到作业项目对人身有危险者为 1051 人，占受访者总人数的 34.1%；白天作业终止后继续进行夜间作业者为 931 人，占 30.2%；在酷寒天气中作业者为 2207 人，占 71.5%。[1]

第二节　日本战俘的劳动时间、效率和成果

大部分日本战俘营周一至周六出勤，周日为战俘个人勤务时间。在工作日，日本战俘一般在凌晨 5—6 点起床，吃完早饭后出发从事劳动，中午在劳动现场进食，傍晚完成当天劳动任务后返回战俘营。根据 1945 年 9 月 28 日苏联战俘管理局所颁布的规定，战俘实行 8 小时工作制，对于未完成当日劳动定额的战俘，其加班时间不得超过 2 个小时。[2] 以克拉斯诺亚尔斯克第 34 战俘营第 3 分部的日本战俘情况为例：每日 6 点起床，6 点半集中，7 点开始早餐，集合出发时间为 7 点半，午休时间为 14—15 点，晚饭时间为 19—20 点，晚点名时间为 21 点，就寝时间为 22 点。[3] 此外，如上文所言，在所有日本战俘营里，按照战俘管理局的要求，日本战俘要携带红旗，高唱社会主义歌曲，并在劳动现场悬挂红色标语，呼喊劳动口号等。

---

[1]　平和祈念事业特别基金编：《シベリア強制抑留者が語り継ぐ労苦》第 4 卷，平和祈念事业特别基金 1994 年，第 33—35 ページ。

[2]　Загорулько М. М.，Военнопленные в СССР. 1939 – 1956. Документы и материалы, Москва："Логос", 2000гг.：№ 6.44 Директива НКВД СССР № 175 о мерах сохранения физического состояния военнопленных. Москва. 28 сентября 1945 г.

[3]　Спиридонов М. Н.，Японские военнопленные в Красноярском крае（1945 – 1948 гг.），Красноярский государственный педагогический университет，2001гг. с. 44 – 45.

▶ 西伯利亚的"罪与罚"

1946年5月22日，内务部专门给各地内务部门下达指令，要求对没有完成任务的日本战俘，其劳动时间也不应超过8个小时。① 1946年9月6日，内务部部长给各地内务部门负责人及道路建设总局（Главное управление строительства шоссейных дорог МВД СССР, Гушосдор МВД СССР）和特殊道路建设队（Особой дорожно-строительный корпус МВД）指挥员下达的关于严格执行战俘工作日劳动时长的指令，包括如下内容：第一，严格执行8小时工作制度，休息日不工作；第二，在道路交通建设等特殊部门，工作时间不能超过9小时；第三，凡是从事额外工作的战俘应供给相应的额外营养，在不能保证额外供给膳食的情况下战俘工作不应该超过8小时；第四，保障战俘的正常休息和休息日数量。② 日本学者富田武认为，内务部一再要求配有日本战俘的各部门应严格遵守8小时工作制的原因，是为了避免再次出现1945—1946年冬季期间日本战俘大量死亡现象。③

虽然苏联战俘管理当局不断要求控制战俘劳动时间，但受劳动定额硬性要求，受天气条件、交通条件制约，以及受实施劳动突击活动与劳动竞赛活动的影响，战俘劳动时间往往超过8小时。1947年日本外务省对归国战俘进行的调查显示，在490个战俘营里战俘劳动时间见表4-1所示。

由表4-1可以看出，在490个战俘营中，劳动时间超过8小时的战俘营占到了总数的49.6%。除此之外，在完成每日劳动定额后，

---

① В. А. 加夫里洛夫、Е. Л. 卡塔索诺娃编：《苏联地区战俘：1945—1956》（档案集），第一部分第二章，第15号：内务部长给各地内务部门负责人关于对未完成生产任务的日本战俘在1946年工作秩序和劳动时间的指令，19460522，国际民主基金会，莫斯科，2013年。

② В. А. 加夫里洛夫、Е. Л. 卡塔索诺娃编：《苏联地区战俘：1945—1956》（档案集），第一部分第二章，第18号：内务部长给各地内务部门、道路建设总局和特殊道路建设队指挥员关于严格执行战俘工作日劳动时长的指令，19460906，国际民主基金会，莫斯科，2013年。

③ 富田武编著：《コムソモリスク第二収容所：日ソの証言が語るシベリア抑留の実像》，東洋書店2012年版，第20ページ。

表4－1　　1947年日本外务省关于战俘劳动时间的调查结果

劳动时间（小时）	战俘营数（个）	比率（％）
8	234	47.8
8以下	18	3.7
8以上	243	49.6

资料来源：戦後強制抑留史編纂委員会編：《戦後強制抑留史》第3卷，東京平和祈念事業特別基金発行2005年，第163ページ。

战俘营内的各种杂务，如取水、营房修缮、卫生整理等工作也需要部分战俘投入额外时间来完成。

在公之于世的解密档案中，并无关于战俘每日劳动定额的资料。但无论如何，该定额标准对于日本战俘而言是繁重的。以土方挖掘为例，在每日进行作业前，都要由劳动监管人员对日本战俘进行分组并现场确定工作量。但是劳动标准，往往是以苏联劳动者在工具齐全的情况下确定的，日本战俘受制于体格、身体状况的限制，且缺乏工具，能在规定的劳动时间内能完成劳动定额者不多。①

另外，民主运动兴起之后，在各苏联战俘管理局的主导下，通过成立民主俱乐部、反法西斯委员会等方式，组织日本战俘进行突击劳动、纪念劳动、生产竞赛，作为展现其政治觉悟的手段，同时也是促使日本战俘产生更多劳动成果的手段。对于劳动优胜的战俘，会采取发给奖章、奖旗、现金，或提高饮食标准，或给予休假等方式作为奖励。而对于劳动不积极者或经常不能完成劳动定额者，往往要被扣上反对苏联制度的政治标签。因而从现实角度出发，大部分日本战俘不得不参加各种劳动突击活动。日本战俘宫川健三（宮川健三）回忆说："每日六点起床后就开始进行政治教育，吃过早饭后，去进行劳动的路上也必须进行政治讨论。在作业现场，利用午休时间苏联管理人员也会组织我们进行政治学习，采取点名批判与

---

① 戦後強制抑留史編纂委員会編：《戦後強制抑留史》第3卷，東京平和祈念事業特別基金発行2005年，第183ページ。

▶ 西伯利亚的"罪与罚"

自我检讨的方式来强化政治觉悟,提高劳动成果。"① 1947 年 7 月 1 日,《日本新闻》就介绍了由日本战俘所组成的劳动突击队进行劳动竞赛的光荣事迹。② 1949 年 2 月 12 日,战俘管理局响应号召,提出要"四年完成五年计划",并组织以劳动突击与劳动竞赛为内容的社会主义竞赛活动。③

对于苏联地区各战俘营而言,需采取各种措施,以尽可能多地从战俘身上获取劳动成果。但是受制于恶劣的环境和诸多方面的原因,对日本战俘的有效劳动利用一直是个大问题。

1945 年 11 月 15 日,滨海区地方建设局局长 Б. 谢苗诺夫(Б. Семенов)在一份报告中指出,日本战俘劳动效率低下,导致工程进度严重滞后。原因为军官阶层的消极怠工,并鼓动日本战俘不配合战俘管理局的相关安排。他在报告中引用日本军官的话说:士兵不能改善工作,因为他们得到的大米太少。士兵不想工作,他们思念东京。④

而根据哈巴罗夫斯克边疆区的报告,1945 年 11 月,只有 62% 的战俘能外出劳动,12 月只有 63.2% 的战俘能够外出劳动(见表 4 - 2)。

从实际情况来看,在较好解决日常居住条件和劳动秩序的战俘营中,劳动任务完成情况较好,如第 1、16 和第 22 战俘营。12 月第 1 战俘营的生产率增加 10%,第 17 战俘营增加了 10.7%,第 18 战俘营增加了 14%,第 20 战俘营增加了 1.7%,第 46 战俘营增加了 4.6%,第 22 战俘营从 11 月 101.5% 的基础上增加到 129.5%。制约

---

① 戦後強制抑留史編纂委員会編:《戦後強制抑留史》第 3 卷,東京平和祈念事業特別基金発行 2005 年,第 187 ページ。
② 《日本新聞》復刻版第 2 卷,朝日新聞社 1991 年,《日本新聞》第 178 号,1947 年 7 月 1 日。
③ 《日本新聞》復刻版第 3 卷,朝日新聞社 1991 年,《日本新聞》第 535 号,1949 年 2 月 12 日。
④ Труд военнопленных в отраслях народного хозяйства Приморского края: документы Государственного архива Приморского края, Владивосток, 2006г., с. 154.

表4-2　　1945年11月哈巴罗夫斯克边疆区日本战俘的
平均劳动生产情况

战俘营	11月的平均劳动生产率（%）	平均产出（卢布）
第1战俘营	74	14.62
第2战俘营	11月在滨海边疆区	
第3战俘营	11月处在隔离状态	
第4战俘营	36.9	4.21
第5战俘营	无记录信息	
第16战俘营	76.6	8.66
第17战俘营	37	4.51
第18战俘营	33.1	6.91
第19战俘营	32.1	5.04
第20战俘营	58.3	5.60
第21战俘营	54.9	7.79
第22战俘营	101.5	9.50
第46战俘营	51.6	5.59

资料来源：В. А. 加夫里洛夫、Е. Л. 卡塔索诺娃编：《苏联地区战俘：1945—1956》（档案集），第一部分第一章，第22号：哈巴罗夫斯克边疆区内务部战俘管理局上呈内务人民委员部关于截止到1946年1月1日日本战俘营情况的报告，19460128，国际民主基金会，莫斯科，2013年。

劳动效率提高的原因主要是健康状态、管理问题和劳动器具不足、严寒天气，导致只能工作5—6个小时。[①]

气候条件对战俘劳动效率影响巨大。内务人民委员部在1946年2月提交的一份报告显示，在封闭条件下从事生产制造作业的日本

[①] В. А. 加夫里洛夫、Е. Л. 卡塔索诺娃编：《苏联地区战俘：1945—1956》（档案集），第一部分第一章，第22号：哈巴罗夫斯克边疆区内务部战俘管理局上呈内务人民委员部关于截止到1946年1月1日日本战俘营情况的报告，19460128，国际民主基金会，莫斯科，2013年。

▶ 西伯利亚的"罪与罚"

战俘一般都能超额完成生产任务,而在露天场合从事伐木等作业的战俘,能完成生产定额者不超过 50%—60%。同样是进行露天作业,在气候条件相对较好的乌兹别克共和国,日本战俘能较好地完成生产定额。① 而在滨海区的一些战俘营里,受严寒天气的影响,每天能完成劳动定额者为 35%—42.5%。② 内务部的报告也显示出,天气对战俘的体力状况影响巨大:在 1946 年第四季度尚有 91.2% 的战俘可在国民经济部门从事工作,在 1947 年第一季度则降到了 82.6%。③

另外,劳动熟练度不够及劳动工具不足也是造成劳动目标难以达成的重要原因。1946 年 4 月 19 日,滨海森林托拉斯(Приморсклес)在发给滨海区州委的信中就战俘劳动问题指出:战俘人员不足与劳动熟练度不高,是造成生产计划滞后,难以获得预期成果的主要原因。④ 根据内务部的报告,日本战俘的劳动效率明显比德国战俘要低。(见表 4-3)

即便如此,日本战俘对战后苏联经济恢复、五年计划的完成及西伯利亚和远东地区开发做出了相当的贡献。战后日方对日本战俘在苏联所创造的产值进行了估算(见表 4-4)。

---

① Загорулько М. М., Военнопленные в СССР. 1939 – 1956. Документы и материалы, Москва:"Логос", 2000гг.: № 3.46 Докладная записка НКВД СССР на имя И. В. Сталина, В. М. Молотова, Л. П. Берии овыполнении решения ГКО № 9898 от 23 августа 1945 г. о приеме и размещении военнопленных японцев. Москва. 26 февраля 1946 г.

② Морской государственный университет имени адмирала Г. И. Невельского, Труд военнопленных в отраслях народного хозяйства Приморского края: документы Государственного архива Приморского края, Владивосток, 2006г., с. 105.

③ В. А. 加夫里洛夫、Е. Л. 卡塔索诺娃编:《苏联地区战俘:1945—1956》(档案集),第一部分第二章,第 23 号:摘自内务部长给国家领导人关于 1947 年第一季度战俘体力状况和劳动利用情况的报告,19470415,国际民主基金会,莫斯科,2013 年。

④ Морской государственный университет имени адмирала Г. И. Невельского, Труд военнопленных в отраслях народного хозяйства Приморского края: документы Государственного архива Приморского края, Владивосток, 2006г., с. 96 – 98.

表4-3　　　　　　　德、日战俘劳动效率对比　　　　　　　（%）

时间	德国战俘工作完成量	日本战俘工作完成量
1946年第一季度	105.6	76
1946年第二季度	114.5	85.8
1946年第三季度	121	92.8
1946年第四季度	111.1	87.1
1946年全年	113	85.4
1947年第一季度	112.4	80.4

资料来源：В. А. 加夫里洛夫、Е. Л. 卡塔索诺娃编：《苏联地区战俘：1945—1956》（档案集），第一部分第二章，第24号：内务部战俘与被拘留者管理总局第一局关于1946—1947年战俘劳动利用情况的汇报，194704，国际民主基金会，莫斯科，2013年。

表4-4　　　　日本对其战俘在苏联所创造产值的估算情况

年份	日本战俘人数（万）	产值（亿卢布）	占当年国民生产总值的份额（%）
1946	45	10.7649	0.78
1947	44	12.245	0.79
1948	26	9.3299	0.54
1949	9	4.8221	0.25

资料来源：戦後強制抑留史編纂委員会編：《戦後強制抑留史》第3卷，東京平和祈念事業特別基金発行2005年，第190ページ。自1946年底起，苏联开始陆续遣返日本战俘，因此其创造的劳动产值逐年降低。

其中，日本战俘最大的贡献是对伊尔库茨克地区泰舍特（Тайшет）段贝阿铁路（Байкало-Амурская Магистраль，バム鉄道）的建设，其总修筑里程超过了1000公里。铁路修筑看似简单，但由于当地多为未开发的冻土地带，在修筑铁路时，日本战俘往往要先进行森林采伐作业，修筑简易道路，再进行铁轨铺设与车站建设，最后在此基础上修筑沿线城市与配套设施。有当代俄罗斯学者认为，正是

▶ 西伯利亚的"罪与罚"

由于日本战俘的劳动作业，西伯利亚地区才迅速建成贝阿铁路。① 据统计，从事建设的日本战俘，其作业内容包括工厂、办公楼、政府大楼、学校、医院、兵营、旅馆、居民住宅、下水道、道路、铁路、发电站、水坝等各式建筑，其中有些至今仍在使用。② 如在克拉斯诺亚尔斯克地区与哈巴罗夫斯克地区，日本战俘修筑的市政大厅与广场公共建筑至今仍在发挥作用。

小　结

如上所述，日本战俘具有集中性。土田正人回忆说，他所在的战俘营不断进行各种形式的编组，曾有工务队、特业队、第一建设队、第二建设队、桥梁作业队、农业挺进队、青年队、壮年队、机动队、青年机动队、突击队、警备辅助中队、独立小队等各种形式和称谓，目的是增加劳动成果。在增产运动期间，会组织战俘召开集会发布劳动成果，对于表现不良者进行批判并被安排从事冠名为"自愿"的强制劳动，表现优异的劳动队伍则被授予红旗以激发士气。③ 在大部分情况下，日本战俘利用基本器材在建筑业、林业、农牧业、采矿业与运输业从事劳动。因工农业发展、取暖等需求，木材资源丰富的远东和西伯利亚地区需要大量的劳动力，而日本战俘的到来满足了这一需求。多数日本战俘从事过木材采伐、运输与加工工作。④ 另外，有资料显示，小部分无法从事重体力劳动的伤病战俘或长期营养不良者在战俘营或工矿企业附属的农庄中从事农牧业劳动。如1947年8月8日，按

---

① Кузнецов С. И., Японцы в сибирском плену, 1945－1956, Иркутск: ТОО Издательства журнала "Сибирь", 1997 г., с. 223.
② 戦後強制抑留史編纂委員会編：《戦後強制抑留史》第3卷，東京平和祈念事業特別基金発行2005年，第164—165ページ。
③ ソ連における日本人の捕虜の生活体験を記録する会：《捕虜体験記Ⅲ：ウラル以西編》，ソ連における日本人捕虜の生活体験を記録する会，1984年発行，2000年第5刷，第13—14ページ。
④ 戦後強制抑留史編纂委員会編：《戦後強制抑留史》第3卷，東京平和祈念事業特別基金発行2005年，第164—165ページ。

照东西伯利亚军区的命令，第382战俘营发送了500名日本战俘至伊尔库茨克谷物国有农场（Зерносовхоз），从8月10日到10月1日期间从事与粮食收割相关的工作。① 此外，大部分体格良好的日本战俘从事过煤炭采掘与矿藏采掘业。在制造业部门中，日本战俘生产的产品有火车车厢、船舶、坦克、飞机、纺织品、酒精与酒类、砖坯、金属制品、肥皂等，从高科技产品到简单劳动产品都有。日方在1994年对3085名归国日本战俘进行的调查结果见表4-5所示。

表4-5 日本1994年对其战俘在苏联从事工作的调查结果

作业项目	人数（人次）	百分比（%）
修筑铁路	871	28.2
伐木	1682	54.5
木材加工	455	14.7
煤炭、矿物采掘	681	22.1
建筑	1155	37.4
制砖	454	14.7
道路修补	805	26.1
货物装卸	880	28.5
港口保护工事	91	2.9
农业	915	29.7
工厂作业	358	11.6
收容所内作业	632	20.5
其他	264	8.6
合计	9243	

资料来源：平和祈念事业特别基金编：《シベリア強制抑留者が語り継ぐ労苦》第4卷，平和祈念事业特别基金1994年，第32ページ。

---

① В. А. 加夫里洛夫、Е. Л. 卡塔索诺娃编：《苏联地区战俘：1945—1956》（档案集），第一部分第三章，第24号：关于第382战俘营截止到1947年8月15日工作的检查报告，19470830，国际民主基金会，莫斯科，2013年。

▶ 西伯利亚的"罪与罚"

根据上述数据可得，每名日本战俘平均从事过三种以上职业。可见大部分日本战俘不仅经历过工作地点的转移，亦从事过多种行业。其中铁路修筑、伐木与木材加工与采掘是主要劳动项目。另外，对于苏联所规定的劳动标准，在3085名受访者中有2546人认为过于严格，占到了总人数的82.5%。

可以说，经济原因是促使苏联出台第9898号决议的主要动机之一。在战俘抵达之后，各战俘营随后建立了较为完整的劳动利用制度。日本战俘在苏联各地的劳动对当地资源开发、城市发展与工农业建设做出了相当的贡献。列昂尼德·姆列钦在《历届克格勃主席的命运》一书中记录道："战俘用来干重体力活——下矿井、伐木、搞建筑、铺公路。莫斯科大概是将这种劳动当作对战争期间所遭受损失的一种补偿。1950年5月24日，苏联内务人民委员部呈交给斯大林的一份关于日本战俘问题的报告指出：为关押战俘，共修建了267个战俘营，下设2112个战俘所、392个工作队和178所专门医院。从1945年开始，在苏联国民经济中大规模使用战俘从事劳动，大量的战俘被安排到苏联煤炭工业领域工作，开采煤炭，修建和重建矿井，还被安排兴建新的重工业企业——符拉迪沃斯托克（海参崴）拖拉机制造厂、车里雅宾斯克和外高加索冶金联合企业、阿穆尔钢铁厂，战俘还参与修建了贝加尔—阿穆尔大铁路，参加了改造和重建苏联各地区公路的工作，参与兴建了一批水电站，其中包括明盖恰乌尔水电站、塞凡湖水电站、扎乌吉卡乌斯水电站、法尔哈德斯水电站、索契水电站、库拉科夫水电站，战俘占这些工程工人总数的40%—90%。"①

对于苏联而言，战俘不仅是被集中使用的大量劳动力，也是廉价的劳动力。如在大型企业滨海煤炭（приморскуголь）中，实行轮班制的苏联矿工，每班工资为23.9—49卢布，而支付给日本战俘的每

---

① ［俄］列昂尼德·姆列钦：《历届克格勃主席的命运》，李惠生等译，北京新华出版社2001年版，第476页。此处苏联内务人民委员部应为苏联内务部，应为译者翻译错误。

第四章　日本战俘的劳动利用

班工资仅为 2.5—5.5 卢布。① 如此可见，苏联矿工与日本战俘之间的工资相差达到了 10 倍。另外，虽然内务部规定战俘不能在机密部门工作，但实际上除部分拥有技术专长的日本战俘被用于涉密项目外，亦有部分普通日本战俘参与到秘密项目，甚至是最机密的项目之中。"2005 年俄罗斯学者阿纳托利·斯米尔诺夫在《劳改营管理总局的原子弹幽灵》一文中，披露了日本战俘曾参与苏联劳改营管理总局控制的原子弹制造的相关工作，战俘们在车里雅宾斯克州建筑地下工厂，也就是所谓的车里雅宾斯克－40 工程，这个工程是用来制造原子弹的。作为特殊定额人员，战俘们无权随便越出工程一步，荷枪实弹的苏联士兵严密地监视着他们。"②

尽管在苏联遣返日本战俘的过程中，曾出台了一些保障战俘权益的规定，如 1947 年 6 月 19 日内务部规定，在战俘遣返时必须向其支付劳动报酬。③ 但其往往难以完全执行。较多的情况是，日本战俘为战后苏联经济恢复作出了一定贡献的同时，也经历了粮食和物资供给不充分、医疗与安全保障不力、劳动时间与强度超标等问题。另外，还存在着部分战俘管理机构出于本部门利益考虑而滥用日本战俘的情况。这主要有两个方面：

第一，违规使用日本战俘。如 1945 年 11 月 16 日的资料显示，有色金属冶炼人民委员部（Народыий комиссариат цветной металлургии СССР，Наркомцветмет СССР）在车里雅宾斯克州（Челябинская область）和斯维尔德洛夫斯克州（Свердловская область）下属的企业有滥用战俘情况，如超时劳动，不发劳动报酬等。对此，

---

① Бондаренко Е. Ю., Японские военнопленные на Дальнем Востоке России в послевоенные годы, Владивосток: Изд-во Дальневосточного университета, 1997 гг. с. 8 – 10.

② 徐元宫、李卫红：《前苏联解密档案对"日本战俘"问题的新诠释》，《当代世界社会主义问题》2006 年第 4 期，第 80 页。

③ Загорулько М. М., Военнопленные в СССР. 1939 – 1956. Документы и материалы, Москва: "Логос", 2000 гг.: № 8. 25 Распоряжение МВД СССР № 382 о порядке расходования военнопленными заработанных денег при репатриации. Москва. 19 июня 1947 г.

> 西伯利亚的"罪与罚"

内务部战俘管理部门除要求规范劳动利用秩序和各项保障措施外，还专门收回部分战俘并转给其他经济部门作为惩罚措施。①

如1946年6月8日哈巴罗夫斯克边疆区内务部门负责人给战俘与被拘留者管理总局就所辖第3战俘营与新赖奇欣斯克煤炭开采场（Ново-Райчихинский уголовный разрез）建设负责人合同执行存在的分歧进行了汇报。报告显示，新赖奇欣斯克煤炭开采场在使用第3战俘营战俘过程中存在多项违背合同约定的情况：其一，未遵守合同第22条的约定，擅自降低劳动报酬标准；其二，未遵守合同第25条内容，战俘居住条件不达标；其三，擅自变更战俘劳动范围，使其从事装货与卸货工作。②

如针对第424劳动大队为了赶进度或多获取劳动成果，利用病弱战俘从事重体力劳动的情况，1947年5月14日，东西伯利亚军区（Восточно-сибирский военный округ，ВСВО）专门下达命令，不准使用第三等级和病弱战俘从事重体力劳动。③

第二，战俘管理部门负责人利用战俘处理私人事务。如利用日本战俘修建或修理个人住宅，从事家务或在其个人菜园里进行劳作等。这种情况在气候恶劣的西伯利亚和远东地区较为常见。表现为在寒冷的冬季里，当日本战俘无法外出进行露天劳作时，经常被当地官僚使用，用于个人勤务。④ 但这种情况对日本战俘而言不见得是坏事：这

---

① В. А. 加夫里洛夫、Е. Л. 卡塔索诺娃编：《苏联地区战俘：1945—1956》（档案集），第一部分第二章，第6号：内务人民委员与有色金属冶炼工业部人民委员致各地内务部和各地有色金属企业关于整顿劳动秩序的指示，19451116，国际民主基金会，莫斯科，2013年。

② В. А. 加夫里洛夫、Е. Л. 卡塔索诺娃编：《苏联地区战俘：1945—1956》（档案集），第一部分第二章，第16号：哈巴罗夫斯克边疆区内务部门负责人给战俘与被拘留者管理总局关于所辖第3战俘营与新赖奇欣斯克煤炭开采场建设负责人合作执行存在分歧的报告，19460608，国际民主基金会，莫斯科，2013年。

③ В. А. 加夫里洛夫、Е. Л. 卡塔索诺娃编：《苏联地区战俘：1945—1956》（档案集），第一部分第二章，第25号：东西伯利亚军区建筑与营房部队负责人给所辖各劳动大队指挥员关于必须根据战俘体力状况来从事重体力劳动利用的命令，19470514，国际民主基金会，莫斯科，2013年。

④ Бондаренко Е. Ю., Японские военнопленные на Дальнем Востоке России в послевоенные годы, Владивосток: Изд-во Дальневосточного университета, 1997 гг., с. 13.

实际上意味着或许能借机获取额外食物以稍微改善生活。因为进行私人勤务虽然不能获得金钱报酬，但往往会从勤务对象处获得一两顿与战俘营伙食不同的自家制作食物，从供应量与内容上看，都要优于战俘营的伙食。因此，这种违规利用战俘情况，反而往往受到其欢迎。

另外，劳动环境恶劣是一大问题，导致战俘工伤情况时有发生。如1945年11月28日，在乌拉尔地区伐木时发生一起意外事故，日本战俘Сато Сигео（音译）受伤后由于医疗条件限制而死亡。① 1945年12月8日，在乌拉尔地区又发生一起日本战俘在木材采运过程中头部受创死亡事件。为此，各单位非常重视强化安全意识和采取安全措施，如通过翻译向日本讲解安全规范，及每10人设立1名工长以确保安全。②

对于工作环境的危险性，尤其是冬季露天作业的危险性，日本战俘有相当认识。关于进行伐木作业时的危险性，日本战俘冈本光藏（岡本光藏）回忆道："伐木非常危险，尤其是直径60厘米的松树倒下时要尤为注意，我就见过被瞬间倒下的大树当场砸死的场景。"③ 关于木材加工厂的劳动作业，战俘经历者东岛房治（東島房治）回忆说，他主要是在厂内进行木材搬运与木材加工工作。厂内分成三班进行24小时轮班作业。工作非常辛苦，也很危险，尤其是在进行原木切割时非常危险，稍有不注意就会发生死伤事件。④ 对于重体力劳动所遭受的身体痛苦与精神痛苦，根据日方在1994年对3085名归国日本战俘进行的调查结果，日本战俘所采取的适应方法有：以全力进行劳动作业来

---

① В. А. 加夫里洛夫、Е. Л. 卡塔索诺娃编：《苏联地区战俘：1945—1956》（档案集），第一部分第二章，第8号：对乌拉尔建设日本战俘生产意外事件的调查记录，19451128，国际民主基金会，莫斯科，2013年。

② В. А. 加夫里洛夫、Е. Л. 卡塔索诺娃编：《苏联地区战俘：1945—1956》（档案集），第一部分第二章，第9号：战俘点工地主任给乌拉尔建设分部技术安全检查员关于日本战俘生产意外事件的解释，19451208，国际民主基金会，莫斯科，2013年。

③ 平和祈念事业特别基金编：《シベリア強制抑留者が語り継ぐ労苦》第9卷，平和祈念事业特别基金1999年，第338ページ。

④ 平和祈念事业特别基金编：《シベリア強制抑留者が語り継ぐ労苦》第16卷，平和祈念事业特别基金2006年，第42ページ。

忘却苦痛者有 384 人；尽量回避劳动者有 353 人；刻意选择较轻劳动者有 233 人；为了归国而认为不得不从事劳动者有 2470 人。①

可见，经济成果的取得是以日本战俘的巨大劳动量与生命为代价的。1948—1949 年哈巴罗夫斯克边疆区的日本战俘工伤统计情况如表 4-6 所示。

表 4-6　　　　　1948—1949 年哈巴罗夫斯克边疆区
日本战俘工伤情况统计

战俘营	死亡（人）		重伤（人）		中伤（人）		轻伤（人）	
	1948	1949	1948	1949	1948	1949	1948	1949
第 4 战俘营	33	3	18	28	196	38	554	84
第 5 战俘营	13	4	34	16	78	77	755	375
第 16 战俘营	7	7	10	30	118	88	66	45
第 19 战俘营	5	-	18	3	93	60	81	45
总计	58	14	80	77	485	263	1456	549

资料来源：В. А. 加夫里洛夫、Е. Л. 卡塔索诺娃编：《苏联地区战俘：1945—1956》（档案集），第一部分第二章，第 35 号：摘自哈巴罗夫斯克边疆区从 1945 年 9 月至 1950 年 4 月战俘及被拘留者战俘管理工作的报告，19500520，国际民主基金会，莫斯科，2013 年。

此外，如上文所述为了实现利益最大化，战俘管理局还通过开展民主运动，组建突击劳动队，促使日本战俘通过增加劳动成果的方式来表达政治积极性，以实现劳动利用与思想政治改造的双重结合。此外，对于已经被交到运输营等待遣返的日本战俘，苏联政府也没有放弃使其创造劳动价值的机会。1947 年 9 月 16 日，部长会议遣返事务全权代表管理局政治教育工作高级指导员（Старший инструктор по политпросветработе）对第 382 战俘营检查之后指出，随着冬季的来临，等待被遣返的日本战俘对再次被派出从事劳动利用存在抵触情

---

① 平和祈念事业特别基金编：《シベリア強制抑留者が語り継ぐ労苦》第 4 卷，平和祈念事业特别基金 1994 年，第 68 ページ。

绪，存在试图开小差的行为。① 而日本战俘也清楚地意识到，苏联在最大限度地利用其劳动来创造价值，把他们分散到各个行业与部门进行劳动正是为了最大限度地发挥其作用。这种观点也被当代俄罗斯学者库兹涅佐夫所接受并运用。②

---

① В. А. 加夫里洛夫、Е. Л. 卡塔索诺娃编：《苏联地区战俘：1945—1956》（档案集），第一部分第三章，第25号：部长会议遣返事务全权代表管理局政治教育工作高级指导员关于第382战俘营截止到1947年9月15日的工作汇报，19470916，国际民主基金会，莫斯科，2013年。

② Кузнецов С. И., Японцы в сибирском плену, 1945 - 1956, Иркутск: ТОО Издательства журнала "Сибирь", 1997г., с. 89.

第五章　日本战俘遣返

1945年7月26日，为迫使日本尽快投降，苏美英三国共同发表了《波茨坦公告》。一方面，根据《波茨坦公告》第9条的规定："日本军队在完全解除武装以后，将被允许返回其家乡，得有和平及生产生活之机会。"① 该公告确立了战争结束后将海外地区日本战俘全部予以遣返归国的原则。其中，为了接收包括数十万苏联地区日本战俘在内的海外日本人，驻日盟军总司令及日本政府开始进行相关准备工作。②

另一方面，在第二次世界大战结束以后，为解决涉及日本的战争遗留问题，1945年12月末，苏美英三国外长在莫斯科举行会议，并于27日宣布成立远东委员会（Far Eastern Commission），由盟国共同管制日本，并监督对日理事会（Allied Council for Japan）的工作。③ 但实际上，战后美国将苏联排除在外单独对日本实施占领和改造。因此，在战后日本实际掌控局面的是驻日盟军总司令麦克阿瑟（Supreme Commander of the Allied Powers，或 Supreme Command of Allies in the Pacific，简称SCAP，但日本人通常称其为GHQ，即General Headquarters 的缩写）。当代日本学者指出，驻日盟军总司令麦克阿瑟无视

---

① 戦後強制抑留史編纂委員会編集：《戦後強制抑留史》第7卷，平和祈念事業特別基金，2005年，第31ページ。
② 同上书，第566—570ページ。
③ 远东委员会（Far Eastern Commission）由美、苏、中、法、加拿大、澳大利亚、新西兰、印度、巴基斯坦、荷兰、菲律宾、缅甸等国组成，总部位于华盛顿，1951年9月8日，《旧金山对日和约》生效之后解散。

对日理事会协议的做法遭到苏联方面的指责。①

在苏美交恶等多重因素影响下，苏联并未立即遵循《波茨坦公告》第9条规定将日本战俘遣返归国，而是将其中大部分人移送到苏联各地从事劳动利用。1946年底，苏联政府开始陆续遣返日本战俘，到1956年底基本遣返完毕。其中，以1950年为界，苏联地区日本战俘遣返分为前期集中遣返和后期集中遣返两个阶段。

第一节　前期集中遣返

苏联对日出兵后不久，日本国内即出现舆论，要求尽快遣返苏联管辖地区的日本战俘和公民。资料显示，1945年底到1946年初，驻日盟军总司令曾就苏联管辖地区日本战俘归国问题与苏方进行交涉，但未能达成协议。②

1946年2月22日，日本政府在向麦克阿瑟提交的请求中表示，处在苏联管辖地区日本人的亲属约8000人在首相官邸前示威，要求苏联加快从中国东北、朝鲜半岛北部地区、萨哈林岛（库页岛）和千岛群岛遣返200万日本人。③

1946年5月28日，驻日盟军总司令代表与对日理事会苏方代表再次就苏联控制地区日本人遣返问题进行会谈，但未取得成效。④ 谈判未取得成效不代表苏联未着手准备遣返苏联地区的日本战俘。9月15日，苏联外交部副部长 Я. А. 马利克（Я. А. Малик）在向外交部部长提交的公文中探讨了部分遣返日本战俘的可能性。他认为，从国

---

① 下斗米伸夫著：《日本冷戦史：帝国の崩壊から55年体制へ》，岩波書店2011年，第103ページ。

② Кузнецов С. И.，Японцы в сибирском плену，1945-1956，Иркутск: ТОО Издательства журнала "Сибирь"，1997г.，с. 147.

③ В. А. 加夫里洛夫、Е. Л. 卡塔索诺娃编：《苏联地区战俘：1945—1956》（档案集），第二部分第二章，第2号：路透社记者关于日本政府给麦克阿瑟将军的请求（来自塔斯社），19460222，国际民主基金会，莫斯科，2013年。

④ 战后负责管理日本的最高行政机关为驻日盟军总司令，对日理事会为驻日盟军总司令部的最高咨议机关。

民经济利益角度考虑，遣返战俘日期应尽可能推迟。① 但从国际政治角度考虑，特别是为争取签订《对日和平条约》，可以开始部分遣返日本战俘和被拘留人员，且遣返数量应控制在不损害国民经济计划完成的限度内。② 9 月 26 日，内务部在内部报告中确认可从 10 月开始遣返日本战俘。③

一 1946 年度

1946 年 10 月 4 日，苏联部长会议主席斯大林下达了第 2235—921c 号决议，准备遣返苏联地区日本战俘和被拘留人员。④ 这标志着苏联开启了遣返日本战俘归国的进程。决议对苏联各部在遣返工作中的职责进行了明确划分，具体规定为：

第一，日本战俘与被拘留公民遣返事务由苏联部长会议遣返事务全权代表（Уполномоченный Совет министерстров СССР по делам репатриации）Ф. 戈利科夫（Ф. Голиков）负责。

第二，遣返事务全权代表的职责是：一，在远东军区、滨海军区、外贝加尔—阿穆尔军区、东西伯利亚军区军事委员会（Военный совет）与苏联武装力量部后勤负责人的协助下，汇集、清点、安置将被遣返的日本战俘与被拘留公民；二，在苏联外交部、武装力量部和内务部的协助下，通过指定地点和港口遣返日本战俘；三，1946 年 12 月至 1947 年 3 月冬季期间由于气候条件而不进行遣返工作；四，建立由 7 名军官组成的小组对日本战俘遣返移交工作进行监控和

---

① Я. А. 马利克，出生于 1906 年，1942 年至 1945 年曾任苏联驻日大使，为苏联外交部对日问题专家。

② В. А. 加夫里洛夫、Е. Л. 卡塔索诺娃编：《苏联地区战俘：1945—1956》（档案集），第二部分第二章，第 16 号：苏联外交部副部长呈外交部长关于遣返部分日本战俘可能性的公文，19460915，国际民主基金会，莫斯科，2013 年。

③ Кузнецов С. И., Японцы в сибирском плену, 1945 – 1956, Иркутск: ТОО Издательства журнала "Сибирь", 1997г., с. 147.

④ В. А. 加夫里洛夫、Е. Л. 卡塔索诺娃编：《苏联地区战俘：1945—1956》（档案集），第二部分第一章，第 1 号：苏联部长会议第 2235—921с 号关于从苏联地区遣返日本战俘及被拘留者的决议，19461004，国际民主基金会，莫斯科，2013 年。

观测。

第三，责成武装力量部在 1946 年 10 月 20 日前完成如下工作：一是在远东军区在萨哈林岛（库页岛）西南岸的霍尔姆斯克港（Холмск，真冈）建立可容纳 6000 人的遣返战俘运输营。① 滨海军区在纳霍德卡建立可容纳 6000 人的运输营，在外贝加尔—阿穆尔军区和东西伯利亚军区各建立一个可容纳 6000 人的混合营。二是在上述指定军区建立一个配备 14 名工作人员的遣返处。

第四，责令武装力量部后勤负责人做好被遣返日本人的饮食供给、日用品、医疗卫生三方面的保障工作。

第五，责令苏联贸易部（Министерство торговли СССР）在各战俘营中设立出售生活必需品的售货亭。

第六，责令辖有日本战俘和被拘留公民的苏联各部根据遣返事务全权代表的要求提供所辖战俘营被遣返人员的资料并做好运输、物资供给和医疗保障工作。

第七，责成苏联海军部（Министерство морского флота）、交通部（Министерство путей сообщения）、中央军事运输管理局（Центральное управление военных сообщений，ЦУП ВОСО）负责人根据遣返事务全权代表的需求提供运输人员所需的交通工具。

第八，责令苏联外交部与驻日盟军总司令就遣返路线和海上运输工具达成协议。

第九，责成苏联外交部与内务部适时向太平洋舰队（Тихоокеанский флот）司令员通报运送遣返人员的外国船只移动状况。

第十，责成苏联财政部（Министерство финансов СССР）拨给遣返事务全权代表资金以用于遣返人员必需的支出。

按照苏联制定的遣返办法，第一批被遣返战俘为病患人员、伤

---

① 霍尔姆斯克（Холмск）位于库页岛地区，日文名为真冈（真冈），苏联在二战后接收该港，改名为霍尔姆斯克。

▶ 西伯利亚的"罪与罚"

残人员、不堪劳动者以及先进劳动分子、民主运动积极分子、反法西斯分子，而中高级军官战俘、原特务机关人员、警察人员及伪满洲国高级官员则不在考虑之列。① 精挑细选的遣返名单体现了苏联政府的两重考虑：第一，先行遣返病患人员、伤残人员及不堪劳动者，可为各战俘营减负，降低日本战俘的总体患病率与死亡率；第二，优先遣返先进的劳动分子、民主运动积极分子，可以此为奖励手段，刺激广大日本战俘积极进行劳动与参加民主运动。由此，确立了苏联政府遣返日本战俘的总体原则：劳动能力不足者优先遣返，在劳动利用与民主运动中表现优秀者优先遣返，而对于不遵守战俘营日常管理规定者及中高级军官，则尽量延迟其遣返日期。

1946年10月6日，苏联部长会议遣返事务副全权代表就遣返事务向部长会议副主席莫洛托夫提交报告表示，根据初步测算，在苏联管辖地区应遣返的日本人共70万，其中战俘46.4万人，并就以下内容请求批准：1946年10月完成准备工作，11月从霍尔姆斯克和纳霍德卡遣返25000人，11月末通知美国因12月至来年3月海面重度结冰而无法进行遣返。从1947年4月开始，每月遣返不超过5万人，预计在使用美国提供的现代化运输船情况下，14—16个工作月可完成遣返工作。另外，可在战俘营内播放日语电影，提供报告、报纸等，用于加强思想政治教育。②

1946年10月11日，内务部颁布第00916号关于从苏联地区遣返日本战俘的命令，要求在1946年内遣返25000名日本战俘，遣返对象为从各战俘营中表现优秀者。同时，内务部要求各战俘营为日本战俘配备全新的服装与鞋袜，并做好运输车辆、粮食供给、武装警卫等

---

① Спиридонов М. Н., Японские военнопленные в Красноярском крае（1945 - 1948 гг.），Красноярский государственный педагогический университет, 2001 гг. с. 70.

② В. А. 加夫里洛夫、Е. Л. 卡塔索诺娃编：《苏联地区战俘：1945—1956》（档案集），第二部分第一章，第3号：部长会议遣返事务副全权代表给部长会议副主席关于遣返日本战俘和被拘留者的报告，19461006，国际民主基金会，莫斯科，2013年。

准备工作。①

但如前文所述，苏联遣返日本战俘的前提和原则，是不损害国民经济利益，尤其是在战后百废待兴又极度缺乏劳动力的情况下，数十万日本战俘的经济重要性不言而喻。因此，遣返计划的推行在各个部门遭到了阻力。11月6日，苏联纸浆和造纸工业部（Министерство целлюлозной и бумажной промышленности СССР）向部长会议遣返事务副全权代表 К. Д. 戈卢别夫提交了关于推迟遣返本部门日本战俘的请求。请求表示，目前有11220名日本战俘在纸浆和造纸工业部工作，分布在南萨哈林、塔什干等地，战俘在纸浆和造纸的生产和增产中发挥了重要作用，一旦将其遣返，不但无法完成生产计划，而且将会没有工人和技术人员来接替他们，因此请求延迟1—2年，即1948年末以后再遣返日本战俘。②

11月19日，武装力量部住房建设总局（Главноестроительно-квартирное управление）向部长会议战俘遣返副全权代表提交报告，请求推迟遣返配置在该部门的日本战俘。报告指出，共有17557名战俘在本部门从事建设工作，其中在乌拉尔军区（Уральский военный округ）有2563人，滨海军区有5369人，远东军区有5813人，外贝加尔—阿穆尔军区有2812人，土耳其斯坦军区（Туркестнский военный округ）有1000人，请求将这些战俘遣返的日期延迟到1947年末。③

11月22日，军事和海军企业建设部（Министерство строи-

---

① Загорулько М. М., Военнопленные в СССР. 1939 – 1956. Документы и материалы, Москва:"Логос", 2000гг.：№ 8.11 Приказ МВД СССР № 00916 о репатриации из СССР японских военнопленных. Москва. 11 октября 1946 г.

② В. А. 加夫里洛夫、Е. Л. 卡塔索诺娃编：《苏联地区战俘：1945—1956》（档案集），第二部分第一章，第6号：纸浆和造纸工业部给部长会议遣返事务副全权代表关于推迟遣返在本部门工作的日本战俘的请求，19461106，国际民主基金会，莫斯科，2013年。

③ В. А. 加夫里洛夫、Е. Л. 卡塔索诺娃编：《苏联地区战俘：1945—1956》（档案集），第二部分第一章，第8号：武装力量部住房建设总局局长给部长会议战俘遣返副全权代表关于推迟遣返本部门日本战俘遣返的请求，19461119，国际民主基金会，莫斯科，2013年。

▶ 西伯利亚的"罪与罚"

тельства военных и военно-морских предприятий СССР）向部长会议遣返事务全权代表提交请求，表示本部门共有 19145 名日本战俘，分散在远东各个地区，战俘人数最多的是阿穆尔河畔共青城和符拉迪沃斯托克（海参崴）。本部门的主要工作是在远东地区建设海军基地、造船厂和港口。当前建设任务十分繁重，时间紧张，而建设主力是日本战俘，遣返日本战俘将使本部门的任务陷入困境。因此，请求推迟遣返本部门所辖日本战俘。①

由上述三部门提交的请求和报告可以看出，战俘在战俘营和其他各个部门承担着大量的劳动工作，尤其是简单可重复的重体力劳动，这在战后苏联经济复兴中占据了不可替代的位置并起到了重要作用。

日本战俘遣返计划和进度，还受到战后大国关系与国际格局的影响。1946 年 12 月 11 日，部长会议遣返事务副全权代表 К. Д. 戈卢别夫向苏联外交部副部长 Я. А. 马利克提交的报告表示，12 月 2 日与 5 日，分别从纳霍德卡、霍尔姆斯克、中国大连（Дальний）遣返了日本战俘和公民共 16578 人。由于当前和美方尚未签署遣返日本战俘和公民的相关协议，应立即停止从苏联本土遣返日本战俘和公民。但是，由于中国辽东半岛（Ляодунский полуостров）旅顺港（Порт-Артур）海军基地严重缺粮，可继续执行每月遣返 5 万名平民的计划。② 12 月 8 日，载有 1458 名日本战俘的遣返船抵达日本，对此日本报纸《每日新闻》在次日予以报道。③ 这 1458 人应是被苏联遣返归国的最早一批战俘，属于数十万苏联地区日本战俘中的幸运者。

日裔美国人学者威廉·F. 尼莫认为，在日本投降一周年之际，

---

① В. А. 加夫里洛夫、Е. Л. 卡塔索诺娃编：《苏联地区战俘：1945—1956》（档案集），第二部分第一章，第 9 号：军事和海军企业建设部长给部长会议遣返事务全权代表关于推迟本部门工作日本战俘遣返的请求，19461122，国际民主基金会，莫斯科，2013 年。
② В. А. 加夫里洛夫、Е. Л. 卡塔索诺娃编：《苏联地区战俘：1945—1956》（档案集），第二部分第二章，第 27 号：部长会议遣返事务副全权代表给外交部副部长关于必须立即停止遣返日本战俘和公民的报告，19461211，国际民主基金会，莫斯科，2013 年。
③ 《每日新闻》,《シベリアからの引き揚げ船が舞鶴に相次ぎ入港 終戦時の状況分かる》,1946 年 12 月 09 日。

美国、英国和中国控制地区的大部分日本人回国。在苏联管辖地区，即中国辽东半岛和东北地区、朝鲜半岛北部地区的日本人在1946年底前基本回国，而其本土日本人则基本未被遣返，成为驻日盟军总司令与苏联论争的焦点之一。① 这表明苏联一方面准备遣返其本土地区的日本平民和战俘，另一方面又围绕此问题与美国进行激烈交锋。1946年12月19日，部长会议遣返事务副全权代表 К. Д. 戈卢别夫向内务部边防部队副长官 Г. А. 彼得罗夫（Г. А. Петров）提交报告，就遣返进程进行了说明。报告指出，在苏联管辖各地共有970805名战俘和被拘留者需要遣返，其中，在苏联应通过纳霍德卡遣返的战俘为468152名，在南萨哈林和千岛群岛通过霍尔姆斯克遣返的应为252315名日本平民，从朝鲜半岛北部遣返的应为16600名平民，从大连遣返的应为233738平民。另外，纳霍德卡和霍尔姆斯克将在12月底停止遣返，其他港口将继续遣返直到遣返完毕。② 同日，对日理事会苏联代表 К. Н. 杰烈维扬科（К. Н. Деревянко）与驻日盟军总司令麦克阿瑟（D. MacArthur）在东京缔结了关于苏联管辖地区日本人遣返问题与日本本土朝鲜人回国的《苏美协定》（《ソ连地区引扬に関する米ソ暫定協定》。根据该协定，苏联应遣返日本人（包括战俘和平民）归国，遣返速度为每月5万人（不仅包括苏联本土地区，还包括苏联管辖地区，如朝鲜半岛北部地区，被苏联租用的中国辽东半岛地区），遣返所需运输船只及相关费用由日方承担。③ 12月20日，《读卖新闻》对《苏美协定》的内容进行了专门报道。④ 从上文可以看出，在苏美两国围绕日本战俘及平民遣返问题进行谈判时，苏联已

---

① William F. Nimmo, *Behind a Curtain of Silence: Japanese in Soviet Custody, 1945-1956*, New York: Greenwood Press, 1988, p. 88.
② В. А. 加夫里洛夫、Е. Л. 卡塔索诺娃编：《苏联地区战俘：1945—1956》（档案集），第二部分第一章，第10号：部长会议遣返事务副全权代表给内务部边防部队副长官关于日本战俘及被拘留者遣返进程的报告，19461219，国际民主基金会，莫斯科，2013年。
③ 厚生省编：《引揚援護の記録》），クレス出版，2000年復刻版，第32ページ。
④ 《読売新聞》，《ソ連占領地域の邦人引揚げ 毎月5万名を送還 総司令部・ソ連代表部協定成立す》，1946年12月20日。

开始进行 1946 年度的遣返工作。

12 月 30 日,苏联部长会议遣返事务全权代表向部长会议副主席莫洛托夫作出说明,并就 1946 年度日本战俘及被拘留者遣返进程提交报告。报告指出,根据 1946 年 10 月 4 日部长会议第 2235—921c 号命令,已有 29620 名日本战俘和被拘留者被遣返,其中从朝鲜半岛北部地区遣返 12673 人,从辽东半岛遣返 6262 人,从苏联本土遣返 10685 人。12 月 31 日,将从朝鲜半岛北部地区遣返 10800 人,从辽东半岛遣返 6000 人,从苏联本土遣返 11000 人,总计 27800 人。因此年内共将遣返 57420 人。由于冬季恶劣气候条件的影响,苏联本土地区在 1947 年 4 月之前将不会开始下一年度的遣返工作。从统计数据来看,当前待遣返日本人为 959830 人,其中应从苏联地区遣返的日本战俘为 463061 人。另外,请求部长会议确定 1947 年度从苏联本土地区遣返日本战俘和公民的速度,因涉及国民利益遣返部门自身难以确定这个问题。①

1947 年 1 月 14 日,内务部向斯大林、莫洛托夫、贝利亚递交了日本战俘遣返进程及若干日本战俘请求留居苏联的报告。报告显示,内务部共转交给遣返机关 18616 名日本战俘,转交时战俘健康状况良好,并有应季鞋服,运输车辆上配有粮食、医疗物品和个人物品。冬季期间暂停遣返,4 月将开始进行新一年度的遣返工作,届时部长会议遣返事务全权代表将专门提交申请。此外,有若干战俘在被遣返前要求留居苏联,并摘录了一些有代表性的书面申请。如战俘(Окухира такахари)表示"苏联没有人种上的差别。对我们战俘就像对待普通公民一样。我们被正常供应粮食,我们的工作日不超过 8 小时。苏联人对我们很尊重"②。

---

① В. А. 加夫里洛夫、Е. Л. 卡塔索诺娃编:《苏联地区战俘:1945—1956》(档案集),第二部分第一章,第 13 号:部长会议遣返事务全权代表给部长会议副主席关于日本战俘及被拘留者遣返进程的报告,19461230,国际民主基金会,莫斯科,2013 年。

② В. А. 加夫里洛夫、Е. Л. 卡塔索诺娃编:《苏联地区战俘:1945—1956》(档案集),第一部分第三章,第 37 号:内务部长给国家领导人关于被遣返日本战俘请求留居苏联请求的汇总信,19470114,国际民主基金会,莫斯科,2013 年。

二 1947 年度

1947 年 2 月 14 日，部长会议遣返事务副全权代表 К. Д. 戈卢别夫向外交部副部长 Я. А. 马利克提交报告，就日本战俘及被拘留者遣返进程进行了总结。报告指出，在苏联管辖地区已遣返 137283 名战俘和被拘留者，还剩余 861618 人，分别为：辽东半岛 159325 人，朝鲜半岛北部地区 3620 人，苏联本土 698673 人，其中战俘 455327 人。如果 4 月 1 日开始从纳霍德卡遣返日本战俘的话，每月遣返 60000 人，可在 1947 年 11 月完成日本战俘的遣返工作。由于遣返速度问题涉及国民经济利益，部长会议遣返事务全权代表 Ф. 戈利科夫在 1946 年 12 月 30 日提交给部长会议副主席莫洛托夫第 05477 号报告，请求决定每月遣返速度，但至今未收到回复，因此在此请求尽快解决此问题。①

2 月 19 日，部长会议遣返事务全权代表与外交部、国家安全部、内务部、武装力量总参谋部、武装力量建设总局等部门的代表举行了专门会议，以确定 1947 年纳霍德卡和霍尔姆斯克两个港口遣返日本战俘和公民的速度。会议记录显示，截止到 1947 年 2 月 1 日，在苏联本土地区共有 698673 名日本人，其中战俘 455327 人。滨海军区遣返处负责人 С. М. 福明（С. М. Фомин）少将表示，纳霍德卡每月可遣返 60000 名战俘。内务部代表 И. С. 杰尼索夫（И. С. Денисов）表示，4—11 月可每月转交给遣返机关 25000 人。外交部代表 Н. И. 格涅拉洛夫（Н. И. Генералов）则表示，日本又开始要求加速遣返进程，这导致了一定程度的政治压力。日方要求每月遣返 36000 人。经商讨达成一致意见，纳霍德卡遣返速度为每月不超过 30000 人，如果达到 60000 人则会对国民经济造成损失，并会对铁路运输工作带来极大困扰。从事工业、生产工作的日本战俘应最后被遣返。另外与会者

---

① В. А. 加夫里洛夫、Е. Л. 卡塔索诺娃编：《苏联地区战俘：1945—1956》（档案集），第二部分第一章，第 14 号：部长会议遣返事务全权代表给部长会议副主席的关于日本战俘与被拘留者遣返进程的报告，19470214，国际民主基金会，莫斯科，2013 年。

▶ 西伯利亚的"罪与罚"

还认为,军官应随其分队一同遣返,而不是分开遣返。从这份会议记录可以看出,从部门立场出发,遣返机关倾向于迅速完成遣返工作,而外交部则着眼于国际局势及日本国内政治动态和社会舆论来控制遣返进度,配置日本战俘从事劳动利用的部门则希望遣返工作尽量延后。

2月19日,内务部战俘与被拘留者管理总局提交了1946年日本战俘遣返的报告。报告指出,根据部长会议在1946年10月4日作出的第2235—921c号决议,1946年应遣返不少于25000名健康日本战俘,实际转交给遣返部门的为22647人,其中滨海边疆区6880人,哈巴罗夫斯克边疆区8913人,赤塔州4079人,伊尔库茨克州2775人。除此之外,苏联各地还有日本战俘454693人,其中战俘营中有386972人,专科医院有14200人,劳动大队有53521人。按照官阶划分的话,将军战俘有176人,军官战俘有24653人,剩下的为军士和普通战俘。[①]

2月20日,部长会议遣返事务副全权代表К. Д. 戈卢别夫(К. Д. Голубев)在给武装力量后勤副长官В. И. 维诺格拉多夫(В. И. Виноградов)的报告中表示,日本战俘遣返营的粮食和物资储备不足,可能会导致4月1日将开始的遣返工作停顿,因此请求执行1946年10月15日第4614号命令,备足相应物资以避免耽搁遣返工作。[②]

1947年3月5日,哈巴罗夫斯克边疆区内务部门战俘营政治处负责人在给所辖各单位政治部下达的指令中表示,苏联已公布遣返日本人的政府决议,总体上各战俘管理部门应召开会议,告知日本战俘这一决定,并形成相关的政治决议。在形式上,此项工作不仅应组织有

[①] В. А. 加夫里洛夫、Е. Л. 卡塔索诺娃编:《苏联地区战俘:1945—1956》(档案集),第二部分第一章,第16号:内务部战俘与被拘留者管理总局关于现存日本战俘及遣返进程的情况说明,19470219,国际民主基金会,莫斯科,2013年。
[②] В. А. 加夫里洛夫、Е. Л. 卡塔索诺娃编:《苏联地区战俘:1945—1956》(档案集),第二部分第一章,第17号:部长会议遣返事务副全权代表给武装力量后勤副长官就日本战俘遣返营物资保障问题的报告,19470220,国际民主基金会,莫斯科,2013年。

序，还应在熟练的政治工作人员指导下对日本战俘进行政治动员。在内容上，各战俘管理部门应通过此项政治工作提高战俘的劳动积极性，提升对苏联的好感度，使日本战俘清楚他们的命运是由苏联政府决定的。具体遣返时间，取决于交通技术能力和各战俘的政治道德水平及完成工作任务情况。同时，各战俘营应防止工作人员的消极情绪和思想弱化。①

1947年3月8日，苏联部长会议颁布了第481—186c号决议，决定继续遣返日本战俘和被拘留者。决议规定，4月与5月苏联管辖地区各遣返20000名日本战俘和30000名日本平民。②但如同上一年度一样，日本战俘遣返事宜仍旧面临着在不损害"国民经济利益"的前提下完成计划问题。

1947年4月3日，武装力量后勤副长官 B. И. 维诺格拉多夫向部长会议遣返事务副全权代表提交了通知。通知表示，根据3月8日的第481—186c决议，在1947年将遣返体弱和劳动能力不足的日本战俘，数量为7000—8000人。4月可遣返4031人，其中从位于纳霍德卡的第380战俘营遣返2211人，从赤塔州第381战俘营遣返812人，从第382运输营马利塔站遣返1008人。请求考虑这一情况并通知遣返机构做好接收工作。③ 4月8日，内务部战俘与被拘留者管理总局局长 Т. Ф. 菲利波夫（Т. Ф. Филиппов）向内务部长 С. 克鲁格洛夫提交了关于转交日本战俘给遣返机构的报告。报告显示，原计划4—5月应遣返51300名日本战俘，但根据东部地区煤炭工业部和电站建设部的请求，从计划中除去了9375名煤炭部所属战俘和1007名电站

---

① B. A. 加夫里洛夫、E. Л. 卡塔索诺娃编：《苏联地区战俘：1945—1956》（档案集），第一部分第三章，第13号：哈巴罗夫斯克边疆区内务部门战俘营政治处负责人给所辖各单位政治部关于进行战俘集会的指令，19470306，国际民主基金会，莫斯科，2013年。

② B. A. 加夫里洛夫、E. Л. 卡塔索诺娃编：《苏联地区战俘：1945—1956》（档案集），第二部分第一章，第20号：部长会议第481—186c号关于恢复遣返日本战俘和被拘留者的决议，19470308，国际民主基金会，莫斯科，2013年。

③ B. A. 加夫里洛夫、E. Л. 卡塔索诺娃编：《苏联地区战俘：1945—1956》（档案集），第二部分第一章，第23号：武装力量后勤副长官给部长会议遣返事务副全权代表关于遣返体弱和劳动能力不足日本战俘的通知，19470403，国际民主基金会，莫斯科，2013年。

部所属战俘。因此，根据 4 月 8 日的情况，遣返战俘计划调整为 32422 人，其中，滨海边疆区为 5331 人，哈巴罗夫斯克边疆区 8488 人，阿尔泰边疆区 3368 人，克拉斯诺亚尔斯克边疆区 7744 人，赤塔州 4385 人，伊尔库茨克州 3026 人。从进度来看，已交给纳霍德卡港遣返部门 14771 人，在运输途中有 18671 人。另外，接全权代表处通知，将向日本发送 6397 人，4 月 9 日第一艘运输船出港。① 4 月 13 日，日本报纸《产经新闻》(《産経新聞》) 发布了标题为 "1500 人从西伯利亚遣返归国" 的新闻报道。报道显示，抵达日本的战俘从中国东北地区被运往苏联，在寒冷的西伯利亚地区从事了三年的重体力劳动，但有别于上一批被遣返人员，本次病弱者较少。②

4 月 16 日，内务部长克鲁格洛夫向苏联部长会议副主席兼武装力量部长 H. A. 布尔加宁提交报告，表示将执行 1947 年 3 月 8 日的第 481—186с 号决议，从内务部和劳动大队中每月遣返 20000 人，全年遣返 160000 人。报告显示，截止到 1947 年 4 月 1 日，在内务部各战俘营共有 389698 名日本战俘，在各劳动大队有 53053 人。内务部计划在 1947 年遣返 141000 人，另外的 19000 人应由各武装力量部所属的劳动大队移交给遣返全权代表部门。按照红军后勤总部副部长 B. И. 维诺格拉多夫的通知，武装力量部在 1947 年只遣返劳动能力不足的战俘，人数尚未确定。为保证执行 1947 年遣返 160000 名日本战俘的决议，请给武装力量部后勤部门发布指令，在 1947 年转交 19000 名战俘给遣返部门。③

苏联部长会议第 481—186с 号决议规定在 1947 年应优先遣返病

---

① B. A. 加夫里洛夫、E. Л. 卡塔索诺娃编：《苏联地区战俘：1945—1956》（档案集），第二部分第一章，第 24 号：内务部战俘与被拘留者管理总局局长给内务部长关于转交日本战俘给遣返机构进展的报告，19470408，国际民主基金会，莫斯科，2013 年。

② B. A. 加夫里洛夫、E. Л. 卡塔索诺娃编：《苏联地区战俘：1945—1956》（档案集），第一部分第三章，第 38 号：日本媒体对苏联地区日本战俘遣返及其回国的报道，19470413，国际民主基金会，莫斯科，2013 年。

③ B. A. 加夫里洛夫、E. Л. 卡塔索诺娃编：《苏联地区战俘：1945—1956》（档案集），第二部分第一章，第 25 号：内务部给武装力量部长关于从战俘营和劳动大队战俘营中遣返日本战俘的报告，19470416，国际民主基金会，莫斯科，2013 年。

弱和劳动能力不足的日本战俘。但在具体执行过程中，遣返部门面临着较大的压力。6月4日，遣返事务处向部长会议遣返事务副全权代表提交的报告显示，第380运输营中有很多营养不良者，导致该部门战俘死亡率升高。例如，从4月22日到5月22日进入运输营的9618名战俘中，超过25%是病弱者。遣返事务处认为，这些战俘在痊愈前不适合遣返，因此请求不要将病弱者发往运输营。①

1947年6月6日，内务部长克鲁格洛夫和部长会议遣返事务全权代表Ф. 戈利科夫向部长会议提交了遣返情况报告。报告显示，遣返计划是4—11月每月遣返20000名日本战俘和30000名日本公民，即在当年共遣返160000名战俘，到1948年还剩余265000名战俘。但是南萨哈林有关部门请求将日本公民每月遣返数量从30000名减到10000名，这样的话，内务部和劳动大队就必须将日本战俘遣返人数从20000名增加到40000名，才能完成遣返计划。报告认为，这种做法是不可接受的，因为战俘作为有组织的工作力量在国民经济中发挥了重要作用。但是，考虑到南萨哈林地区的实际经济困难，建议7—8月遣返劳动能力不足的军官和民事官员12000人，日本战俘遣返人数则从20000名增加到26000名，9—10月从蒙古国遣返11000名战俘作为补充，这样7—10月从南萨哈林遣返的日本公民人数便可从30000名降到24000名。另外，在遣返时应坚持先遣返劳动能力不足的、家庭人口多的、工作重要性不强的日本公民。②

6月16日，遣返事务副全权代表К. Д. 戈卢别夫向外交部副部长Я. А. 马利克提交的报告表示，从开始遣返到1947年6月17日，在苏联领土和苏联管辖地区的各遣返机构中共死亡战俘802人，日本公

---

① В. А. 加夫里洛夫、Е. Л. 卡塔索诺娃编：《苏联地区战俘：1945—1956》（档案集），第二部分第一章，第26号：滨海军区遣返事务处长给部长会议遣返事务副全权代表关于不宜将病弱者战俘发送到第380运输营的报告，19470604，国际民主基金会，莫斯科，2013年。

② В. А. 加夫里洛夫、Е. Л. 卡塔索诺娃编：《苏联地区战俘：1945—1956》（档案集），第二部分第一章，第27号：内务部长与部长会议遣返事务全权代表给部长会议关于日本战俘和被拘留者遣返速度的报告，19470606，国际民主基金会，莫斯科，2013年。

民 279 人，并附上死亡原因、埋葬地点等相关信息的清单（见表 5-1）。

表 5-1　从开始遣返至 1947 年 6 月日本战俘和公民死亡情况

军区	死亡战俘（人）	死亡公民（人）
滨海军区第 14 战俘营、第 51 战俘营、第 53 战俘营、第 380 运输营	750	266
远东军区第 379 运输营（霍尔姆斯克）	-	12
东西伯利亚军区第 382 运输营	31	1
外贝加尔—阿穆尔军区第 381 战俘营	21	-
共计	802	279

资料来源：В. А. 加夫里洛夫、Е. Л. 卡塔索诺娃编：《苏联地区战俘：1945—1956》（档案集），第二部分第一章，第 28 号：部长会议遣返事务副全权代表给外交部副部长关于遣返期间日本人死亡人数的报告，19470614，国际民主基金会，莫斯科，2013 年。

6 月 25 日，内务部副部长给各地内务部门下达命令，强调 1947 年苏联燃料企业建设部（Министрество строительство топливных предприятий СССР, Минтопстрой СССР）遣返的战俘只能是病弱者，体格合适者将继续从事劳动。① 同日，东西伯利亚军区遣返处负责人向部长会议遣返事务副全权代表提交了关于日本战俘医务工作的报告。报告显示，在第 382 运输营有数量较多的病弱战俘：三等营养不良者 41 人，二等营养不良者 18 人，一等营养不良者 140 人，及三等体弱者 354 人。此外还有肺结核各种症状者 37 人，胸膜炎患者 10 人，哮喘患者 4 人，器质性心脏病患者 19 人，疟疾患者 40 人，精神分裂症患者 6 人，其他各种严重内科疾病患者 68 人，残疾人员 39 人。另有住院人员 299 人，门诊治疗者 105 人。当前运输营内医疗器

---

① В. А. 加夫里洛夫、Е. Л. 卡塔索诺娃编：《苏联地区战俘：1945—1956》（档案集），第二部分第一章，第 29 号：内务部副部长给各地内务部门关于推迟遣返燃料企业建设部中有劳动能力日本战俘的命令，19470625，国际民主基金会，莫斯科，2013 年。

械和医务人员均不足，请求拨给100张病床、10名医生等。①

1947年6月26日，内务部长克鲁格洛夫向 И. В. 斯大林、В. М. 莫洛托夫、Л. П. 贝利亚（Л. П. Берия）、А. А. 日丹诺夫（А. А. Жданов）提交了报告。报告提出，滨海边疆区进行1947年度日本战俘遣返工作以来，部分战俘在临行前留下了书面评论和口头声明，总体上是夸奖与表扬苏联的，因此摘录部分内容以供阅览。其中，下士 Киносита Тосити（音译）表示："营地管理人员总是在为我们的生活操心。我们感谢良好的医疗服务。我们有浴室、消毒措施、理发、洗脸池、音乐会，我们很满意。苏联现在有严重的粮食问题，但对我们的供给是有保障的。工作人员对待我们没有人种上的区别，也不是把我们当作战俘，而是像朋友一样对待。我们知道苏联红军纪律严明，士兵之间友好相待。我们愿意支持对苏联友好"。②

1947年6月19日，日本报纸《每日新闻》发表题为"在乌克兰也有30万日本战俘"的文章。表示当前苏联地区共有228个战俘营，现在看来，在莫斯科（Москва）等苏联欧洲地区也有很多日本战俘。例如在喀山（Казань）有7000名军官，在乌克兰地区有150000—300000名战俘，其中在哈尔科夫（Харьков）有30000名。③

1947年6月28日，对日理事会苏联代表 К. Н. 杰烈维扬科与麦克阿瑟就日本战俘遣返问题进行座谈。对于麦克阿瑟关于"苏联地区日本战俘遣返工作进行得很顺利，能否加快进度"的问题，杰烈维扬科表示，近期远东天气不好，加快遣返速度是不可能的。关于座谈内容和近期日本舆论动态，苏联外交部相关人员认为，日本民众所了解的关于苏

---

① В. А. 加夫里洛夫、Е. Л. 卡塔索诺娃编：《苏联地区战俘：1945—1956》（档案集），第二部分第一章，第30号：东西伯利亚军区遣返处给部长会议遣返事务副全权代表关于第382运输营日本战俘医务工作的报告，19470625，国际民主基金会，莫斯科，2013年。

② В. А. 加夫里洛夫、Е. Л. 卡塔索诺娃编：《苏联地区战俘：1945—1956》（档案集），第一部分第三章，第39号：内务部长发送给国家领导人的被遣返日本战俘关于苏联及战俘居住条件的评论，19470626，国际民主基金会，莫斯科，2013年。

③ В. А. 加夫里洛夫、Е. Л. 卡塔索诺娃编：《苏联地区战俘：1945—1956》（档案集），第一部分第三章，第38号：1947年日本媒体关于苏联地区日本战俘及其回国的报道，国际民主基金会，莫斯科，2013年。

联及日本战俘的信息不全，可能存在被误导情况。① 因此，7 月 16 日，日本左翼媒体《人民新闻》（Дзиммин Симбун，《人民新聞》）对战俘问题进行了报道，表示苏联地区日本战俘粮食供应充足。②

1947 年 8 月 29 日，内务部战俘与被拘留者管理总局局长菲利波夫向内务部部长克鲁格洛夫提交报告，汇报了当前战俘遣返进程。报告显示，内务部正在严格执行第 481—186c 号决议和第 00314 号命令。到 8 月 25 日，已发送至遣返机关 110000 名日本战俘，8 月末还将发送 14548 人，9 月计划发送 19400 人，10 月计划发送 16052 人。由于运力限制，7—8 月未能完成遣返计划，将会加快进度，完成年内遣返 160000 名日本战俘的目标。③

9 月 30 日，内务部发布命令，要求从内务部战俘营、专科医院、劳动大队抽调 12500 名不从事劳动的军官和民事官员转交给第 380 运输营。少校以上军官不在此列，有问题的军官也不在此列。④ 该命令的下达，是为了满足上文中南萨哈林地区相关部门提出减少遣返日本公民、增加日本战俘的要求。

1947 年 10 月 1 日，内务部向各地内务部门下达命令，由于远东地区严寒来临，战俘体力状况恶化，死亡率增加，要求运送遣返战俘的专列应配备火炉及全程保障燃料充足，且所有人员应配发冬季装备。⑤

---

① В. А. 加夫里洛夫、Е. Л. 卡塔索诺娃编：《苏联地区战俘：1945—1956》（档案集），第二部分第三章，第 35 号：对日理事会苏联代表与麦克阿瑟座谈会摘录，19470628，国际民主基金会，莫斯科，2013 年。

② В. А. 加夫里洛夫、Е. Л. 卡塔索诺娃编：《苏联地区战俘：1945—1956》（档案集），第一部分第三章，第 38 号：1947 年日本媒体关于苏联地区日本战俘及其回国的报道，国际民主基金会，莫斯科，2013 年。

③ В. А. 加夫里洛夫、Е. Л. 卡塔索诺娃编：《苏联地区战俘：1945—1956》（档案集），第二部分第一章，第 31 号：内务部战俘与被拘留者管理总局给内务部长关于执行部长会议决议遣返日本战俘的报告，19470829，国际民主基金会，莫斯科，2013 年。

④ В. А. 加夫里洛夫、Е. Л. 卡塔索诺娃编：《苏联地区战俘：1945—1956》（档案集），第二部分第一章，第 32 号：关于在 1947 年遣返不能从事劳动的军官和民事官员的命令，19470930，国际民主基金会，莫斯科，2013 年。

⑤ В. А. 加夫里洛夫、Е. Л. 卡塔索诺娃编：《苏联地区战俘：1945—1956》（档案集），第二部分第一章，第 33 号：内务部长给各地内务部门关于在严寒条件下运输被遣返日本战俘补充措施的命令，19471001，国际民主基金会，莫斯科，2013 年。

尽管苏联计划在 1947 年遣返 16 万名日本战俘及其他数量的公民，但是苏联的遣返速度远远不能满足日方早日解决海外日本人归国的期望。10 月 21 日，《读卖新闻》发表了题为"为在苏同胞立即归国请愿"(《在ソ同胞即時帰還を懇請す》)的社论，号召日本社会行动起来，向苏联表达早日解决日本战俘和其他人员归国问题的决心。①11 月 22 日，日本国会参议院在外同胞归国特别委员会专门就接收日本战俘的配船问题进行了商讨。② 11 月 28 日，麦克阿瑟与苏联代表 K. H. 杰烈维扬科就日本战俘归国问题再次进行了会谈。在会上双方情绪对立严重，麦克阿瑟提出苏联地区归国日本战俘营养状况恶劣导致日方对此不满，杰烈维扬科则表示，在菲律宾有 26000 名日本战俘在美军管理下死亡。③

1947 年 12 月 2 日，苏联驻日代表处通知驻日盟军总司令，称 12 月至次年 4 月为冬季结冰期，船只无法航行，因此本年度遣返工作终止。16 日，驻日盟军总司令提出可向苏联派遣破冰船，以继续进行日本战俘遣返归国作业，但苏方对此未作回应，因此 1947 年度日本战俘遣返工作正式终止。日方整理的统计资料显示，从 1947 年 4 月 7 日开始到 12 月 5 日，共有 85 艘（次）遣返船运送的 176851 名苏联地区战俘和平民在舞鹤港登陆；从 9 月 15 日到 12 月 1 日有 10 艘（次）遣返船运送了 19184 人在函馆港登陆。④

1947 年 12 月 8 日，苏联武装力量后勤部就截止到 12 月 3 日日本战俘和被拘留者遣返情况进行了通报。通报显示，苏联本土地区应遣返战俘 473602 人，其中已遣返 243409 人，从纳霍德卡遣返 194433 人，从霍尔姆斯克遣返 4840 人。另外，从蒙古国遣返的 9277 名日本

---

① 《読売新聞》，《在ソ同胞即時帰還を懇請す》，1947 年 10 月 21 日。
② 第 001 回国会 海外同胞引揚に関する特別委員会，第 14 号，昭和 22 年 11 月 22 日。
③ 下斗米伸夫著：《日本冷戦史：帝国の崩壊から55 年体制へ》，岩波書店 2011 年，第 123—123 ページ。
④ 厚生省社会・援護局援護 50 年史編集委員会監修：《援護五十年史》，東京ぎょうせい1997 年，第 39 ページ。

▶ **西伯利亚的"罪与罚"**

战俘经纳霍德卡回国。① 12月19日，日本国会、地方组织、职业协会、红十字会等机构的代表访问苏联驻日本代表处，提出了解苏联管辖地区日本人情况，并请求加快遣返进度。日本共产党总书记德田球一提出苏联因何原因征用日本战俘这一问题，苏方从西伯利亚铁路建设，战后实行新的五年计划缺乏劳动力，对日本战俘进行共产主义思想教育等方面进行了回答。② 日本方面提出：按照掌握的资料，在苏联尚有60万—70万日本人应被遣返，苏方在有意推迟遣返进度。经过与被遣返者的谈话，日方认为，苏联延迟遣返人员的原因有：铁路运力不足，纳霍德卡港准备不充分，物资保障与设施装备不足，劳动利用日本战俘以完成五年计划，对战俘进行思想政治教育，故意提供装载能力不足的船只（纳霍德卡能容纳装载6000人的船只，但苏联故意只使用2000人的船只），有意拖延遣返进度（日方表示可每月接收16万人，美方表示可派破冰船进行冬季遣返但苏联拒绝）。另外，日方还提出，某些从苏联回国的遣返者表示当地工作条件恶劣，许多战俘由于粮食供给不足而生病。但苏联对日广播等官方媒体则表示战俘享受到了良好待遇，代表团则希望得到苏联关于真实情况。对此苏方表示，理解日本人民和战俘亲友的感受，日本战俘受到了良好待遇。根据1946年12月19日签署的《苏美协定》，苏联有权在恶劣的气候条件下改变甚至暂停遣返工作。由于冬季气候恶劣，停止遣返工作是合理的。苏联完全遵守了《苏美协定》，但日本有系统地进行针对苏联的负面宣传，以此丑化苏联。苏方认为，数据显示，在12个月内苏联共遣返了619000人，超过了每月50000人的规定，因此苏联不仅履行了义务，而且超额完成任务。1947年6月28日，麦克阿瑟在与К. Н. 杰烈维扬科的座谈中就曾表示，遣返日本战俘工作进行

---

① В. А. 加夫里洛夫、Е. Л. 卡塔索诺娃编：《苏联地区战俘：1945—1956》（档案集），第二部分第一章，第34号：武装力量后勤部关于截止到12月3日战俘与被拘留者人数情况说明，19471208，国际民主基金会，莫斯科，2013年。

② 下斗米伸夫著：《日本冷戦史：帝国の崩壊から55年体制へ》，岩波書店2011年，第123—124ページ。

得非常顺利。①

1947年12月30日，内务部副部长 В. В. 切尔内肖夫向部长会议遣返事务副全权代表 К. Д. 戈卢别夫提交报告，请求保障被遣返战俘的物资配备，尤其是冬季期间御寒衣物的配备。按照标准，应有军大衣一件、两套内衣、两条毛巾、两对包脚布、棉裤或呢裤。② 关于1947年的遣返工作资料显示，到1948年1月3日，苏联遣返机构从苏联本土和管辖地区共向日本发送625707人，超过每月50000人的速度。1948年遣返工作将从4月开始，遵守每月50000人的速度。③

1948年1月29日，滨海军区遣返处就第53运输营和第380运输营的居住条件、饮食、物资、医疗不足等情况进行了总结，并指出问题主要有：第一，战俘营过于稠密，导致各种生活设施不足及空间狭窄；第二，营内医疗服务不及时，采伐木材等工作进度缓慢导致取暖和饮食准备工作跟不上；第三，对营内民主积极分子给予的关注不够，存在管理人员违反规则情况；第四，警戒秩序不完善，使战俘存在无秩序性与无组织性，未将战俘编组为营、连、排、班，战俘自身亦不遵守管理制度。在战俘工作时缺乏监管和押送，战俘可自由移动，且允许其与当地居民交流，还存在战俘将个人物品售卖给当地居民的行为。对于上述情况，要求两个运输营在2月15日前做到：第一，在硬件方面，检修战俘营，完善设施。第二，在软件方面，规范管理制度和秩序，组织战俘进行营内清洁工作，提高医疗服务水平，提高伐木和运输速度，提高战俘安全意识。将战俘编成营、连、排、班，严格按照规章制度和日程安排进行活动，且

---

① В. А. 加夫里洛夫、Е. Л. 卡塔索诺娃编：《苏联地区战俘：1945—1956》（档案集），第二部分第二章，第38号：对日理事会苏联代表与日本代表团会谈摘要，19471219，国际民主基金会，莫斯科，2013年。

② В. А. 加夫里洛夫、Е. Л. 卡塔索诺娃编：《苏联地区战俘：1945—1956》（档案集），第二部分第一章，第35号：内务部副部长给部长会议遣返事务副全权代表关于遣返日本战俘物资保障的报告，19471230，国际民主基金会，莫斯科，2013年。

③ В. А. 加夫里洛夫、Е. Л. 卡塔索诺娃编：《苏联地区战俘：1945—1956》（档案集），第二部分第一章，第36号：部长会议遣返事务副全权代表关于苏联管辖地区截止到1948年1月3日日本人遣返的情况通报，19480103，国际民主基金会，莫斯科，2013年。

战俘工作时必须有押送和监管。①

1月31日，部长会议遣返事务全权代表向武装力量军事总检察长（Главный военный прокурор вооруженных сил）提交了报告，表示最近在第380运输营不止一次发生警戒人员违规对战俘使用武器而导致残疾的行为，为防止此类事件再次发生，近期将对战俘营进行安全检查。另外，针对战俘直接使用武器或使用武器进行威胁的行为已被日本媒体报道，并被用作反对苏联和日本民主派别的素材，因此请总检察长对相关人员采取措施。②

2月8日，远东军区遣返处医生就第379运输营从1946年10月25日到1947年12月4日的医务工作向部长会议遣返事务临时副全权代表提交了报告。报告显示，共经手174406名待遣返日本战俘，全部进行了医学检查和采取卫生措施。对于死亡人员，按照规定进行解剖判明死因，埋葬处理并形成相应书面文件。③次日，滨海军区遣返处负责人向部长会议遣返事务副全权代表提交报告，表示从1947年10月25日到11月8日，从蒙古国接收六次军列共10685名日本人，其中军官608人，军士2379人，士兵6291人，平民1407人。④

1948年2月15日，针对日本战俘遣返中止状况，由日本国会议员组成的在外同胞救援议员联盟（在外同胞救援連盟）就日本战俘

---

① В.А.加夫里洛夫、Е.Л.卡塔索诺娃编：《苏联地区战俘：1945—1956》（档案集），第二部分第一章，第37号：滨海军区遣返处负责人关于第53运输营和第380运输营日本战俘不理想状况的命令，19480129，国际民主基金会，莫斯科，2013年。

② В.А.加夫里洛夫、Е.Л.卡塔索诺娃编：《苏联地区战俘：1945—1956》（档案集），第二部分第一章，第38号：部长会议遣返事务副全权代表给武装力量军事总检察长关于追究在遣返机关内恶劣对待日本人的相关人员责任的报告，19480131，国际民主基金会，莫斯科，2013年。

③ В.А.加夫里洛夫、Е.Л.卡塔索诺娃编：《苏联地区战俘：1945—1956》（档案集），第二部分第一章，第39号：远东军区遣返处医生给部长会议遣返事务全权代表关于第379运输营从1946年10月25日到1947年12月4日医务工作报告，19480208，国际民主基金会，莫斯科，2013年。

④ В.А.加夫里洛夫、Е.Л.卡塔索诺娃编：《苏联地区战俘：1945—1956》（档案集），第二部分第一章，第40号：滨海军区遣返处负责人给部长会议遣返事务副全权代表关于第380运输营从蒙古国接收军列的报告，19480209，国际民主基金会，莫斯科，2013年。

归国问题，向苏联驻日代表处递交了战俘家人所写的请愿明信片98万份，请求苏联尽快遣返剩余战俘。但是，这种以日本国内舆论来施压苏方的政治活动并未奏效。2月22日，武装力量后勤副长官 В. И. 维诺格拉多夫向部长会议遣返事务全权代表 Ф. 戈利科夫提交报告，指出现阶段在苏联武装力量部所述各劳动大队中共有46949名战俘，大多安置在远东和西伯利亚地区从事木材采伐、矿产采掘、建筑等重体力劳动，当地极为缺乏劳动力，因此1948年12月前不适合遣返这些战俘，请在安排遣返计划时考虑上述问题。①

1948年3月10日，第380运输营向部长会议遣返事务全权代表提交报告称，在运输营内有21名反动军官战俘，以少尉和中尉为主，带有反苏情绪并进行反苏宣传，妨碍积极分子工作，有必要将其进行隔离。②

部分日本战俘在回忆录里留下了关于该年度遣返的心理描述。1947年5月抵达舞鹤港的战俘室田幸雄表示，当看到日本红十字会的护士时，有一种"真是一群美人"的感激心态。③另一位战俘亲历者成田幸雄（成田幸雄）表示，1947年的秋天，正在野外作业时，管理人员突然大喊"ダモイ、ダモイ"（домой，домой，回家，回家），得到确定将被遣返归国的消息时，他顿时扔下铲子，双手举起高呼万岁，喜不自禁。④土田正人则回忆道，他所在的战俘营于1947年开始进行遣返，第一次大约遣返了1000人，大部分是普通士兵。

---

① В. А. 加夫里洛夫、Е. Л. 卡塔索诺娃编：《苏联地区战俘：1945—1956》（档案集），第二部分第一章，第41号：武装力量后勤副长官给部长会议遣返事务全权代表关于推迟武装力量部劳动大队战俘遣返期限的报告，19480221，国际民主基金会，莫斯科，2013年。

② В. А. 加夫里洛夫、Е. Л. 卡塔索诺娃编：《苏联地区战俘：1945—1956》（档案集），第二部分第一章，第42号：第380运输营政治部副长官给部长会议遣返事务全权代表的有反动情绪军官战俘的名单，19480310，国际民主基金会，莫斯科，2013年。

③ 平和祈念事業特別基金編：《シベリア強制抑留者が語り継ぐ労苦》第13巻，平和祈念事業特別基金2003年，第90ページ。

④ ソ連における日本人の捕虜の生活体験を記録する会：《捕虜体験記Ⅲ：ウラル以西編》，ソ連における日本人捕虜の生活体験を記録する会，1984年発行，2000年第5刷，第81ページ。

遣返前举行了盛大的归国感谢大会。不仅被遣返战俘参加大会,其他所有日本人全部面带喜气参加了大会。会场上悬挂了列宁、斯大林、德田球一肖像,红旗以及苏日同盟万岁、苏日民族友谊万岁、打倒天皇建立人民共和国、绝对支持日本共产党等标语。会议以高唱《国际歌》开始,主要内容是被遣返人员表达回国后打倒美日反动派、支持日本共产党、支持日本的民主运动的决心。①

三 1948 年度

1948 年 4 月 3 日,苏联部长会议副主席莫洛托夫向部长会议主席斯大林就苏联地区日本战俘遣返问题递交了提案,建议缩减本年度遣返人数。数据显示,截止到 3 月 20 日,在苏联地区共有 378758 名日本人,其中战俘 265000 人。按照《美苏协定》的规定,应每月遣返 50000 人,如 5—11 月进行遣返,可发送 35 万人。但是,内务部、国家计划委员会(Государственная плановая комиссия Совета Министров СССР, Госплан)和经济部门建议在 1948 年度只遣返 285758 人,剩下的 93000 人可在 1949 年予以遣返,即每月遣返人数大约为 40000 人。至于每月遣返人数达不到 50000 人的原因,可以运输距离过大、战俘营的分散性等因素来解释。② 1948 年 4 月,日本共产党再次就遣返问题与苏联代表进行了会谈。在会谈中,日本共产党代表中西功(中西功)请求苏联公开未遣返者名单,对苏联地区日本战俘现状进行说明,并增加本年度的遣返人数。对此苏方表示,气候恶劣是造成日本战俘遣返进度缓慢的主要原因,苏联会尽量遵守

---

① ソ連における日本人の捕虜の生活体験を記録する会:《捕虜体験記Ⅲ:ウラル以西編》,ソ連における日本人捕虜の生活体験を記録する会,1984 年発行,2000 年第 5 刷,第 14 ページ。

② В. А. 加夫里洛夫、Е. Л. 卡塔索诺娃编:《苏联地区战俘:1945—1956》(档案集),第二部分第一章,第 43 号:部长会议副主席给主席关于缩减 1948 年度日本战俘遣返人数的提案,19480403,国际民主基金会,莫斯科,2013 年。

《苏美协定》。① 4月5日，苏联部长会议主席斯大林下达第1098—392c号决议，确定了1948年度的遣返人数为285758人，其中战俘175000人。战俘遣返具体计划和进度安排见表5-2所示。②

表5-2　　1948年日本战俘遣返具体计划和进度安排　　（人）

范围	5月	6月	7月	8月	9月	10月	11月	总计
内务部战俘营	20000	18000	18000	18000	18000	18000	19138	129138
武装力量部各劳动大队	5000	7000	7000	7000	7000	7000	5861	45861

4月12日，内务部发布第00374号命令，要求执行部长会议第1098—392c号决议。命令规定，上述175000名日本战俘通过纳霍德卡第380运输营遣返。遣返对象包括将军、军官军士和士兵，但不包括下列人员：第一，侦查机关、反侦查机关及惩戒部门人员（包括军事委员会、警察局、宪兵、监狱、战俘营、特别部门、调查局等），电子侦查部门，关东军司令部及第二处工作人员；第二，间谍、破坏部门的工作人员及学员；第三，第731部队及分支的领导层、专家；第四，将军和军官层面战犯，准备进犯苏联及在哈桑湖和诺门坎附近与苏联发生军事冲突的领导者；第五，伪满洲国法西斯团体协和会的领导层；第六，战俘营内反动组织的领导者和积极参加者；第七，伪满洲国政府领导人员和日本皇室成员；第八，服刑期未满的战俘；第九，在康复之前不适合运送的病弱人员。③

---

　　① 下斗米伸夫著：《日本冷戦史：帝国の崩壊から55年体制へ》，岩波書店2011年，第123—124ページ。
　　② В. А. 加夫里洛夫、Е. Л. 卡塔索诺娃编：《苏联地区战俘：1945—1956》（档案集），第二部分第一章，第44号：苏联部长会议1948年度遣返日本战俘与公民的决议，19480405，国际民主基金会，莫斯科，2013年。
　　③ В. А. 加夫里洛夫、Е. Л. 卡塔索诺娃编：《苏联地区战俘：1945—1956》（档案集），第二部分第一章，第46号：内务部关于1948年度遣返日本战俘的命令，19480412，国际民主基金会，莫斯科，2013年。

▶ 西伯利亚的"罪与罚"

5月25日，部长会议遣返事务全权代表助理向苏联武装力量总参谋部对外联络局（Управление по внешним сношениям Генштаба ВС СССР）副长官就1948年日本公民及战俘遣返进程提交了一份报告。报告指出，5月应遣返25000名日本战俘，截止到5月25日，已通过纳霍德卡港遣返18563名战俘。以后将每月通报情况。①

7月12日，武装力量后勤副长官 В. И. 维诺格拉多夫向内务部战俘与被拘留者管理总局提交的一份报告指出，根据00374号命令，劳动大队应遣返45862人，但当前武装力量部不能完成遣返任务，请求内务部从各地日本战俘营中抽调战俘以替代缺额。② 7月16日，部长会议遣返事务临时全权代表在向内务部副部长提交的说明中，转述了 В. И. 维诺格拉多夫的请求。武装力量部不能完成遣返人员定额，是应将部分战俘交还给战俘营。因此，为了完成年度遣返计划，请内务部确认各月能遣返的战俘人数。③ 同月，内务部战俘与被拘留者管理总局局长向内务部长提交了一份关于哈巴罗夫斯克边疆区日本战俘分布情况及遣返日期的报告。报告指出，截止到6月1日，在第18战俘营关押着5972名日本战俘，第19战俘营有6199人。按照第1098—392с决议，6—7月，第18战俘营已遣返2600人，第19战俘营未进行遣返。到7月1日，在第18战俘营共有3372人，在第19战俘营有6199人。计划8月遣返3000人，9月遣返3500人，10月

---

① В. А. 加夫里洛夫、Е. Л. 卡塔索诺娃编：《苏联地区战俘：1945—1956》（档案集），第二部分第一章，第48号：部长会议遣返事务全权代表助理给苏联武装力量总参谋部对外联络局副长官关于日本公民与战俘遣返进程的报告，19480525，国际民主基金会，莫斯科，2013年。

② В. А. 加夫里洛夫、Е. Л. 卡塔索诺娃编：《苏联地区战俘：1945—1956》（档案集），第二部分第一章，第49号：武装力量后勤副长官给内务部战俘与被拘留者管理总局关于暂停遣返应发送至特殊制度战俘营日本战俘的报告，19480712，国际民主基金会，莫斯科，2013年。

③ В. А. 加夫里洛夫、Е. Л. 卡塔索诺娃编：《苏联地区战俘：1945—1956》（档案集），第二部分第一章，第50号：部长会议遣返事务临时全权代表给内务部副部长关于1948年5月至11月日本战俘遣返问题的报告，19480716，国际民主基金会，莫斯科，2013年。

遣返3500人。①

9月初，内务部战俘管理总局局长向内务部部长就遣返进程提交了报告。报告显示，按照计划，内务部从5月到9月1日，应遣返74000人，实际上有85458人处于遣返过程中（82499人已转交给纳霍德卡港的遣返机构，2959人处在运输途中）。详细情况为：5月移交25956人，6月移交25002人，7月移交17778人，8月移交13723人。此外，在确定175000名遣返日本战俘计划时，已有6000人处在纳霍德卡港的遣返机构中，因此到目前为止转交给遣返机构88499人。在余下3个月内应转交给遣返机构37680名日本战俘，计划在9月移交16543人，剩下的21137人在11月和1月进行移交。按照计划，劳动大队要遣返45862人，从5月至9月1日应移交给遣返机关26000人，但实际上只转交了9193人。武装力量后勤部准备在10—11月遣返24804人，而原计划人数是12861人。对于劳动大队未遵守遣返进度，内务部战俘管理总局已向武装力量后勤部提交信件，后者表示要重新考虑遣返计划和遣返进度。② 从这份报告可以看出，武装力量某些配有日本战俘的部门并未严格遵守遣返计划的安排，而是从部门利益出发，尽量推后日本战俘的遣返时间。

9月9日，部长会议下属的石油天然气工业企业建设总局（Главнейгазстрой）局长负责人 Л. 萨弗拉济扬（Л. Сафразьян）给部长会议副主席莫洛托夫的信中表示，在位于土库曼共和国的克拉斯诺沃茨克（Красноводск）有1500名日本战俘从事触媒裂化工厂建设，因为人员极度不足，请求撤销决议，允许到1948年12月再遣返

---

① В. А. 加夫里洛夫、Е. Л. 卡塔索诺娃编：《苏联地区战俘：1945—1956》（档案集），第二部分第一章，第53号：内务部战俘与被拘留者管理总局局长给内务部长关于各战俘营、企业、建设部门日本战俘分配及遣返日期清单的报告，194807，国际民主基金会，莫斯科，2013年。

② В. А. 加夫里洛夫、Е. Л. 卡塔索诺娃编：《苏联地区战俘：1945—1956》（档案集），第二部分第一章，第54号：内务部战俘与被拘留者管理总局给内务部长关于截止到1948年9月1日日本战俘遣返进程的报告，19480902，国际民主基金会，莫斯科，2013年。

战俘。① 针对此事，1948 年 9 月 14 日，内务部战俘与被拘留者管理局局长向内务部长提交报告指出，为工厂建设分配了 1390 名日本战俘，按照计划应在 9 月遣返这些日本战俘。根据土库曼共和国内务部副部长 9 月 13 日的通知，从事该项工作的日本战俘已于 9 月 11 日被发送至第 380 运输营，因此推迟遣返是不可能的。②

9 月 11 日，内务部部长向部长会议副主席莫洛托夫提交了日本将军战俘个人情况的报告。报告显示，可遣返 66 名日本将军，并提供了每人的详细信息，并请部长会议决定是否实施遣返工作。在 66 人当中，有 15 名中将，一名将军级别的秘密委员会官员（интернир. член тайного совета），其他为少将。③ 9 月 29 日，苏联武装力量总参谋部（Генеральный штаб Вооружённых сил СССР）副部长 Ф. 库兹涅佐夫（Ф. Кузнезов）向部长会议副主席莫洛托夫提交报告称，美国占领政府有可能利用这些接受良好训练的将军重建日本军队，出于政治考虑，今年可遣返 66 名日本将军战俘，但应选择非战斗系列及年龄偏大或病弱不适合进行战斗服役的人员。④ 10 月 18 日（或 19 日），内务部部长和武装力量总参谋部副部长 Ф. 库兹涅佐夫给莫洛托夫提交报告，就执行 1948 年 10 月 10 日内务部遣返 15 名日本将军战俘指示进行汇报。报告显示，内务部从 66 名待遣返的将军中

---

① В. А. 加夫里洛夫、Е. Л. 卡塔索诺娃编：《苏联地区战俘：1945—1956》（档案集），第二部分第一章，第 55 号：石油天然气工业企业建设总局负责人给部长会议副主席关于推迟遣返建设克拉斯诺沃茨克触媒裂化工厂日本战俘的信，19480902，国际民主基金会，莫斯科，2013 年。

② В. А. 加夫里洛夫、Е. Л. 卡塔索诺娃编：《苏联地区战俘：1945—1956》（档案集），第二部分第一章，第 57 号：内务部战俘与被拘留者管理总局给内务部长推迟遣返建设触媒裂化工厂日本战俘问题的报告，19480914，国际民主基金会，莫斯科，2013 年。

③ В. А. 加夫里洛夫、Е. Л. 卡塔索诺娃编：《苏联地区战俘：1945—1956》（档案集），第二部分第一章，第 56 号：内务部长给部长会议副主席关于日本将军遣返问题的报告，19480911，国际民主基金会，莫斯科，2013 年。

④ В. А. 加夫里洛夫、Е. Л. 卡塔索诺娃编：《苏联地区战俘：1945—1956》（档案集），第二部分第一章，第 58 号：武装力量总参谋部副部长给部长会议副主席关于利用被遣返日本将军战俘参与重建日本军队可能性的报告，19480929，国际民主基金会，莫斯科，2013 年。

选出 15 名适合遣返者，请莫洛托夫批准。① 在 12 月 15 日内务部战俘与被拘留者管理总局给内务部长的报告中显示，苏联部长会议在 12 月 13 日通过了第 18597pc 命令，正式确定了将军级日本战俘遣返名单。但在执行遣返任务前，出生于 1887 年、名为 Натао Тадахико（音译）的少将战俘在哈巴罗夫斯克边疆区的第 1893 专科医院中因动脉硬化、高血压、肝硬化、胰腺癌已死亡。②

日方统计资料显示，从 5 月 6 日到 12 月 4 日，87 艘（次）遣返船从纳霍德卡港出发并抵达舞鹤港，日方共计接收了 169619 人。但抵日人数未符合《美苏协定》的规定，为此驻日盟军总司令再次向驻日理事会苏联代表处提出抗议，并提出可派遣破冰船，以保障冬季期间日本战俘遣返工作。与此同时，日本同胞救援联盟就苏联地区日本战俘归国问题再次向苏方请愿。但 12 月 8 日苏联代表处以港口封冻与气候恶劣为由，决定在来年春天之前停止遣返工作。③ 苏联内务部 1949 年 1 月 28 日的统计数据显示，共俘获日本战俘 590830 人，移送到苏联领土的为 499554 人，除死亡者以外大部分人已被遣返，到 1949 年 1 月 1 日，在苏联地区尚有 91276 名日本战俘。④ 关于本年度遣返过程，战俘亲历者宇平博（宇平博）回忆说，作为其所在战俘营第六批遣返人员，他于 1948 年 7 月 2 日从叶拉布加乘船往西至喀山后做短暂修整，然后乘坐火车前往纳霍德卡，并于 7 月 28 日抵达。8 月 10 日乘坐"远洲号"（遠州丸）返回日本，8 月 12 日抵达

---

① В. А. 加夫里洛夫、Е. Л. 卡塔索诺娃编：《苏联地区战俘：1945—1956》（档案集），第二部分第一章，第 59 号：内务部长和武装力量总参谋部副部长给部长会议副主席关于遣返日本将军问题的报告，19481018/1019，国际民主基金会，莫斯科，2013 年。

② В. А. 加夫里洛夫、Е. Л. 卡塔索诺娃编：《苏联地区战俘：1945—1956》（档案集），第二部分第一章，第 60 号：内务部战俘与被拘留者管理总局给内务部长关于应被遣返将军战俘在第 1893 专科医院死亡的报告，19481215，国际民主基金会，莫斯科，2013 年。

③ 厚生省社会・援護局援護 50 年史編集委員会監修：《援護五十年史》，東京ぎょうせい，1997 年，第 40 ページ。

④ Загорулько М. М., Военнопленные в СССР. 1939 – 1956. Документы и материалы, Москва:"Логос", 2000гг.: № 3.93 Справка ГУПВИ НКВД СССР о военнопленных бывших европейских и японской армий по состоянию на 1 января 1949 г. Москва. 28 января 1949 г.

▶ 西伯利亚的"罪与罚"

舞鹤港。①

四 1949 年度

1949 年 3 月 25 日，内务部副部长 И. 谢罗夫（И. Серов）和战俘与被拘留者管理总局三名相关负责人联合向内务部部长提交了 1948 年度遣返结果的书面汇报。汇报内容显示，1948 年内务部转交给遣返机构 129652 名日本战俘，武装力量部劳动大队转交给遣返机构 43147 人，加上 1947 年已转交给遣返机构的 6154 人，共遣返 178953 人。但实际上有 4022 人尚未发送至日本，处在第 380 运输营中，将在 1949 年予以遣返。到 1949 年 3 月 1 日，在苏联共有 95461 名战俘，其中在内务部各战俘营中有 70974 人，专科医院有 3035 人，在武装力量部劳动大队中有 2715 人。根据 1948 年 1 月 27 日第 862pc 号命令，武装力量部第 53 战俘营在纳霍德卡地区从事建设贸易和渔港的有 14715 人，另有 4022 人是上文中提及的 1948 年未遣返完毕的。在战俘人员中，将军级别的有 153 人，高级军官 403 人，低级军官 2859 人，士兵和军士 92046 人，此外在内务部战俘营中有 2475 名被拘留日本人。战俘与被拘留者中有 8870 人不应进行遣返，分别为：侦查与反侦查机关、惩戒机关人员 7180 人，从事破坏活动、间谍活动、恐怖活动机关及其学员 637 人，731 部队成员 206 人，哈桑湖（Озеро Хасан）战役和哈拉哈河（Халхин-Гол）战役中战犯 38 人，协和会领导层 119 人，战俘营反动组织领导层及积极分子和反民主运动分子 640 人，伪满洲国其他组织领导层人员 50 人。② 对于 1949 年度日本战俘的遣返工作，提供如下建议：适合遣返的有 89066 人，建

---

① 平和祈念事业特别基金编：《シベリア強制抑留者が語り継ぐ労苦》第 13 卷，平和祈念事业特别基金 2003 年，第 160ページ。

② 战役发生在 1938 年 7—8 月，为日军、伪满洲国军队与苏军之间的武装冲突，我国一般称之为张鼓峰事件。哈拉哈河战役发生在 1939 年 5—9 月，为苏军、蒙古国军队与日军、伪满洲国之间的武装冲突，我国一般称之为诺门坎战役。

议从 5—10 月每月遣返 13000 人，11 月遣返 11066 人。①

4 月 20 日，外交部向部长会议主席斯大林提交信件，汇报了 1948 年日本战俘的遣返情况，并与内务部共同请求确定 1949 年遣返安排。报告建议，可以部长会议遣返事务全权代表处的名义发表声明，表示日本战俘遣返工作将在 1949 年结束。日本必须补偿苏联 4.28 亿卢布，以补偿遣返日本战俘的花费。②

1949 年 6 月 10 日，部长会议主席斯大林颁布了第 2326—905/сс 号决议，责成内务部和部长会议遣返事务全权代表从 6—10 月进行 1949 年度遣返工作。决议内容为：第一，1948 年应遣返的人数为 95461 人，其中内务部战俘营 70984 人，专科医院 3035 人，劳动大队 2715 人，武装力量第 53 战俘营建设纳霍德卡贸易和渔业港 14715 人，第 380 运输营 4012 人；第二，责成煤炭工业部（Министерство угольной промышленности СССР）、机器制造企业建设部（Министерство строительства предприятий машиностроения СССР）、木材与造纸工业部（Министерство лесной и бумажной промышленности СССР）、海军部（Министерство морского флота СССР）在 5 天内向国家计划委员会提交说明，并撤销本部门日本战俘的劳动利用计划；第三，有反苏敌对行为的战俘与被拘留者不在遣返人员之列；第四，日本将军战俘遣返人员名单应由部长会议在本年 7 月予以确认，内务部应在 7 月 1 日前提供可遣返将军战俘名单，病弱、年迈与非战斗部门者优先；第五，责令内务部与武装力量部在战俘与被拘留者在移交军列运输前 5 日结清劳动报酬，做好被遣返战俘与被拘留者鞋服修补工作，按照 250 公里 1 昼夜的标准，按质按量做

---

① В. А. 加夫里洛夫、Е. Л. 卡塔索诺娃编：《苏联地区战俘：1945—1956》（档案集），第二部分第一章，第 61 号：内务部副部长和战俘与被拘留者管理局领导层关于 1948 年度日本战俘遣返结果与 1949 年遣返建议给部长的报告，19490325，国际民主基金会，莫斯科，2013 年。

② В. А. 加夫里洛夫、Е. Л. 卡塔索诺娃编：《苏联地区战俘：1945—1956》（档案集），第二部分第一章，第 62 号：外交部长给部长会议主席关于日本战俘人数及其遣返的信件，19490420，国际民主基金会，莫斯科，2013 年。

▶ 西伯利亚的"罪与罚"

好运送遣返人员抵达第 380 运输营期间的粮食保障工作，做好运输期间医疗保障工作，在移交运输前 10 日内撤销日本战俘的劳动安排，在人员移交后重组空置战俘营和专科医院，允许内务部使用人员被遣返后战俘营及分部、专科医院空置的场地和设备（属于学校的除外），责成内务部在人员抵达第 380 运输营等遣返机构后做好饮食和医疗保障工作，责成交通部和武装力量部中央军事交通管理局拨付必要数量的运载车厢。决议确定的遣返计划如表 5-3 所示。

表 5-3　苏联部长会议第 2326—905/cc 号决议确定的遣返计划　　（人）

	6月	7月	8月	9月	10月	11月	总计
从第 380 运输营	2012	2000	-	-	-	-	4012
从武装力量部劳动大队	680	680	680	675	-	-	2715
从第 53 战俘营	2450	2450	2450	2450	2450	2465	14715
从内务部战俘营	11600	11600	11600	11600	12163	17913	76476
总计	16742	16730	14730	14725	14613	20378	97918

资料来源：В. А. 加夫里洛夫、Е. Л. 卡塔索诺娃编：《苏联地区战俘：1945—1956》（档案集），第二部分第一章，第 63 号：苏联部长会议关于遣返日本战俘、被拘留者公民的决议，19490610，国际民主基金会，莫斯科，2013 年。

1949 年度被遣返日本战俘三浦庸的遣返历程如下：6 月 26 日上午 10 点，正因病在医院进行隔离治疗的他接到了遣返通知，顿时万分感慨，4 年过去了，终于等到了"东京回家"。随后他被移送到纳霍德卡港坐船回国："出港三日后，终于见到了只在梦中见过的日本本土。所有人都在甲板上眺望……1949 年 7 月 3 日，下午进入舞鹤港……在苏联 4 年间，每夜心底都在呼唤'想回国啊'，终于回来了。"① 9 月 10 日，遣返事务临时全权代表提交给部长会议副主席 К. Е. 伏罗希洛夫（К. Е. Ворошилов）和外交部长维辛斯基的报告显

---

① 三浦庸：《シベリア抑留記：一農民兵士の収容所記録》，筑摩書房 1984 年版，第 281、282、291 ページ。

示,到 1949 年 9 月 1 日,苏联共遣返了 964404 人,其中战俘和被拘留者 466515 人,1949 年度已发送 44016 名日本战俘和被拘留者。遣返上述人员共消耗了 275892600 卢布,预计遣返剩余人员需要 21058000 卢布。所有这些资金消耗应该由日本政府予以补偿,但 1948 年驻日盟军总司令麦克阿瑟拒绝了补偿提议,因此,有必要在日本战俘遣返完毕前再次提出补偿问题。兹建议,在进行日本战俘遣返工作时提出此问题,可以收到积极效果。①

10 月 9 日,内务部长向部长会议副主席莫洛托夫提交了 1949 年 10—11 月日本战俘遣返人数决议草案。草案显示,根据第 2326—905/cc 号决议,允许在 10—11 月遣返的 5138 名战俘和被拘留者中,包括 4359 名警察和宪兵部门普通非战斗人员,402 名在满洲军事委员会中从事非战斗职务者,237 名带有反动情绪者,89 名法西斯协会的挂名成员,45 名反侦查机关人员,6 名惩戒机关人员。②

1949 年 12 月 2 日,参议院在外同胞归国问题特别委员会再次召开会议,讨论苏联地区日本人问题。关于死亡日本战俘的遗骨和遗物等能否带回国问题,当年回国的佐藤甚市(佐藤甚市)表示,有规定遗发、遗骨不准携带,全部物品经检查后方可携带回国。他与战俘营营长经过长时间交涉后,被允许在一箱遗物上写好日本地址并委托给苏联政府,由苏联政府转交给日本政府。对于在外同胞归国问题特别委员会委员中野重治(中野重治)提出的苏联地区日本人死亡率为 10% 的问题,若按照外务省公布的数据,在 161 万人中死亡日本人为 16 万。1949 年回国的战俘加藤善雄(加藤善雄)、水野等(水野

---

① В. А. 加夫里洛夫、Е. Л. 卡塔索诺娃编:《苏联地区战俘:1945—1956》(档案集),第二部分第一章,第 64 号:部长会议遣返事务临时全权代表给部长会议副主席和内务部副部长关于向日本政府提出支付遣返费用问题的报告,19490910,国际民主基金会,莫斯科,2013 年。

② В. А. 加夫里洛夫、Е. Л. 卡塔索诺娃编:《苏联地区战俘:1945—1956》(档案集),第二部分第一章,第 65 号:摘自由内务部长提交给部长会议副主席的部长会议关于 1949 年 10—11 月应遣返日本战俘与被拘留者人数的决议草案,19491009,国际民主基金会,莫斯科,2013 年。

等）、山本升（山本昇）均表示不能认同，该数字应该包括中国东北地区的死亡人数。对于委员会理事千田正（千田正）提出的战俘在移送途中死亡的原因，加藤善雄表示，粮食不足以及40—50公里的强行军是死亡的主要原因。①

12月19日，内务部部长在相关情况说明中表示，目前内务部辖有7153人，经调查无犯罪行为而可遣返者有1664人，经调查有犯罪行为应转交给军事法庭者有2883人，被军事法庭从1945年至1949年12月20日因犯反苏罪行而被判刑者有1635人，因犯有侵略中国罪行而准备移交给中国者有971人。②次日，内务部上呈斯大林、莫洛托夫、贝利亚、马林科夫决议草案，就内务部剩余日本战俘处置问题作出安排。草案显示，经调查后无犯罪行为的1664名战俘可予以遣返。③12月28日，部长会议遣返第5867—2192cc决议，决定遣返这1664名战俘返回日本。12月31日，部长会议遣返事务全权代表向莫洛托夫、马林科夫、布尔加宁、维辛斯基提交的报告表示，1949年度的日本战俘遣返人数共为87416人，1950年1月将再遣返3600名日本战俘。④

五 1950年度

1950年1月6日，内务部部长向莫洛托夫和维辛斯基提交信件，表示根据部长会议1949年12月28日第5867—2192cc决议，1664名

---

① 第007回国会，在外同胞引扬问题に関する特别委员会，第5号，昭和24年12月23日。

② В. А. 加夫里洛夫、Е. Л. 卡塔索诺娃编：《苏联地区战俘：1945—1956》（档案集），第二部分第一章，第67号：内务部长关于截止到1949年12月20日所辖日本战俘人数的情况说明，19491219，国际民主基金会，莫斯科，2013年。

③ В. А. 加夫里洛夫、Е. Л. 卡塔索诺娃编：《苏联地区战俘：1945—1956》（档案集），第二部分第一章，第68号：内务部长给国家领导人的关于剩余日本战俘遣返问题的决议草案，19491220，国际民主基金会，莫斯科，2013年。

④ В. А. 加夫里洛夫、Е. Л. 卡塔索诺娃编：《苏联地区战俘：1945—1956》（档案集），第二部分第二章，第57号：部长会议遣返事务全权代表给国家领导人关于遣返问题的相关报告，19491231，国际民主基金会，莫斯科，2013年。

战俘已发送至遣返机构，现还有5544名日本战俘，其中1690人被判有罪，2883人因犯各种罪行而等待国家安全部和苏联最高检察院（Прокуратуры СССР）组成的联合委员会审结，971人等待转交给中国。①

苏联决定在1950年1月遣返3600名日本战俘的举动，按照当代俄罗斯学者 Е. Ю. 邦达连科的分析，应该是受到国际压力的结果。原因在于美国多次向苏联提出抗议，要求苏联就日本战俘遣返问题进行解释，并声称苏联破坏了《波茨坦公告》第9条及《日内瓦公约》关于战俘权利的相关规定。② 除此之外，苏联还遭到了澳大利亚等国要求调查和公开其管辖地区日本人人数的外交压力。③ 因此，1950年度苏联地区日本战俘遣返工作，在严寒气候下提前开始。④

1950年1月7日，内务部与外交部向斯大林、贝利亚、莫洛托夫等国家最高领导人就日本将军战俘遣返问题提交了报告。报告显示，苏联俘获了167名将军，其中46人的情况为：因间谍活动和准备战争反对苏联而被判刑者10人，在战俘营死亡者21人，已被遣返回国者15人。目前还有121人，其中有80人因病、年老和处于非战斗序列而可被遣返，24人有材料认定存在反对苏联的罪行而不应被遣返，另有18人因犯有对华战争罪行而应被转交给中国，但其中1人因病于1949年12月15日在医院死亡。外交部和内务部认为，可遣返这

---

① В. А. 加夫里洛夫、Е. Л. 卡塔索诺娃编：《苏联地区战俘：1945—1956》（档案集），第二部分第一章，第69号：内务部长给部长会议副主席关于日本战俘人数的信件，1950106，国际民主基金会，莫斯科，2013年。

② Бондаренко Е. Ю., Японские военнопленные на Дальнем Востоке России в послевоенные годы, Владивосток: Изд-во Дальневосточного университета, 1997 гг., с. 42.

③ В. А. 加夫里洛夫、Е. Л. 卡塔索诺娃编：《苏联地区战俘：1945—1956》（档案集），第二部分第二章，第59号：关于澳大利亚政府给苏联的照会，19500114，国际民主基金会，莫斯科，2013年。

④ 厚生省社会・援護局援護50年史編集委員会監修：《援護五十年史》，東京ぎょうせい1997年，第40ページ。

▶ 西伯利亚的"罪与罚"

80名病弱、年老和处于非战斗序列的将军战俘。①

1月9日，部长会议遣返事务副全权代表向内务部战俘与被拘留者管理总局就是否关闭运输营问题提交了说明。说明指出，第69战俘营和第380战俘营所属的德日战俘已全部被遣返归国，如将来再无人员接收，拟打扫干净并彻底关闭战俘营。因此请在1月20日之前回复，1—2月内务部是否会发送战俘至这两个营地，如有，请告知人数和方案。②

3月22日，苏联内务部颁布第00202号命令，决定集中遣返最后一批日本战俘共3109人（包括部分被拘留人员），其中将军级别的为82人。③ 3月31日，外交部和内务部向莫洛托夫提交报告表示，为执行部长会议1950年3月17日第1109—397cc号关于日本战俘的命令，将在4月4—14日发送至纳霍德卡港装载日本战俘和被拘留者的车辆，上述待遣返人员将在4月15—20日分两批被遣送回日本。④

1950年4月22日，在遣返船"信浓号"抵达舞鹤港的同日，苏联政府通过塔斯社发布通知称，苏联地区日本战俘及被拘留者遣返工作正式结束。目前在苏联地区仅有处在调查程序和服刑之中的1487名战俘，处在治疗程序之中者9人，另有971人将被转交给中华人民

---

① В. А. 加夫里洛夫、Е. Л. 卡塔索诺娃编：《苏联地区战俘：1945—1956》（档案集），第二部分第一章，第70号：外交部长与内务部长给国家领导人关于遣返日本将军战俘问题的报告，1950107，国际民主基金会，莫斯科，2013年。

② В. А. 加夫里洛夫、Е. Л. 卡塔索诺娃编：《苏联地区战俘：1945—1956》（档案集），第二部分第一章，第71号：部长会议遣返事务临时副全权代表给内务部战俘与被拘留者管理总局关于是否关闭第69战俘营和第380战俘营问题的情况说明，1950109，国际民主基金会，莫斯科，2013年。

③ Загорулько М. М., Военнопленные в СССР. 1939 - 1956. Документы и материалы, Москва: "Логос", 2000гг.: № 8. 52 Приказ МВД СССР № 00202 о репатриации японских военнопленных и интернированных. Москва. 22 мая 1950 г.

④ В. А. 加夫里洛夫、Е. Л. 卡塔索诺娃编：《苏联地区战俘：1945—1956》（档案集），第二部分第一章，第72号：摘自外交部长和内务部长给部长会议第一副主席关于德日战俘遣返进程的报告，1950331，国际民主基金会，莫斯科，2013年。

共和国。① 根据日方资料显示，1950年1—4月，从纳霍德卡港发出4艘遣返船，共有7547名日本战俘回国。

塔斯社宣告结束遣返时所公布的数据，与日方推算在苏联地区尚有31万多名日本人的数据相差巨大，激起了日本政府与民间舆论的强烈反响。② 4月23日《每日新闻》，4月24日《读卖新闻》分别发表社论，要求苏联公布这31万余名日本人的下落。③

4月25日，日本政府针对塔斯社的报道向驻日盟军总司令进行申诉，并请求其向苏联施压：一方面协助日方调查未回国者的数量，另一方面敦促苏联尽快遣返剩余人员。对此，日本国会在4月30日专门通过决议，表示将竭力使海外日本人全部归国。5月2日，针对苏联地区日本人遣返未竟事宜，日本国会通过决议确定了三点工作方向：第一，争取苏联管辖地区（苏联本土、南萨哈林岛与千岛群岛地区、中国辽东半岛、朝鲜半岛北部地区）的日本人尽早被遣返；第二，从苏联获得死亡人员、在押战犯、日本人刑事拘留者及病患疗养者名单；第三，争取联合国、国际机构向苏联派遣调查团，查明相关情况。④ 但是，尽管日本一再表达不满与抗议，但苏联坚持日本战俘与被拘留者已全部遣返的立场不放松，因而前期大规模集中遣返日本战俘活动随之结束，余下少量战俘的归国问题在日苏关系正常化谈判过程中得以解决。值得注意的是，在此期间，有极小部分日本战俘决定留在苏联定居，川越史郎（川越史郎）就是其中

---

① В. А. 加夫里洛夫、Е. Л. 卡塔索诺娃编：《苏联地区战俘：1945—1956》（档案集），第二部分第一章，第73号：塔斯社关于结束苏联地区日本战俘遣返的报道，19500422，国际民主基金会，莫斯科，2013年。

② 厚生省社会・援護局援護50年史編集委員会監修：《援護五十年史》，東京ぎょうせい1997年，第40ページ。

③ 《每日新聞》，《三十一万人のなぞ》，1950年4月23日；《读卖新聞》，《卅一万はどうしたか》，1950年4月24日。

④ 戰後強制抑留史編纂委員会編集：《戰後強制抑留史》第4卷，平和祈念事業特別基金2005年，第166—168ページ。

的代表人物之一。① 另外，如上文所言，7月12日，969名日本战俘（原计划转交971人，据日本红十字会会长岛津忠承表示，死亡2人，即在上文苏联档案记载死亡1人的基础上又死亡1人）在绥芬河被苏方移交给中国，随后被关押在抚顺战俘管理所接受思想改造。②

第二节 后期集中遣返

苏联宣布日本战俘遣返完毕的消息，不仅在日本国内激起强烈反响，国际社会也对此给予了较大关注。除澳大利亚发表声明，认为苏联地区尚有大量日本战俘外，1950年6月9日英国外交部发表声明，表示在苏联管辖下还有35万名日本战俘，应尽快遣返归国。③ 美国也于同日表示，按照可信资料，尚有37万日本人处在苏联的监管之下。④ 对此，塔斯社再次发声明表示，1950年4月22日苏联已正式公告苏日本战俘遣返完毕，美日等国杜撰并传播苏联仍有大量战俘的消息，是反动集团对苏联的恶意污蔑，同时也是为了将日本人民的注

---

① 川越史郎著：《ロシア国籍日本人の記録：シベリア抑留から連邦崩壊まで》，中央公論者社1994年版。川越史郎1925年出生于日本宫崎县，1945年3月进入关东军驻扎在下城子（今黑龙江省牡丹江市穆棱市下城子镇）的炮兵部队。1945年9月投降后被移送至苏联哈巴罗夫斯克（伯力）从事铁路建设。据其自述，1947年9月，在苏联政府的劝诱下决定留居苏联。此后在哈巴罗夫斯克（伯力）、莫斯科等地从事对日广播工作，1951年加入苏联国籍后一直从事出版编辑工作，直至1990年12月退休，1991年3月取得日本居住权。在本书出版之时（1994年2月），居住在符拉迪沃斯托克（海参崴）。
② 关于岛津忠承的相关叙述，可见第018回国会、海外同胞引揚及び遺家族援護に関する調査特別委員会，第5号，昭和28年12月9日。关于苏联移交给中国的日本战俘人员构成等相关情况，可参见李鉴晔《抚顺战犯管理所对日本战犯的改造》，硕士毕业论文，东北师范大学，2009年。
③ В. А. 加夫里洛夫、Е. Л. 卡塔索诺娃编：《苏联地区战俘：1945—1956》（档案集），第二部分第二章，第73号：英国外交部代表谈塔斯社声明（塔斯社渠道），19500609，国际民主基金会，莫斯科，2013年。
④ В. А. 加夫里洛夫、Е. Л. 卡塔索诺娃编：《苏联地区战俘：1945—1956》（档案集），第二部分第二章，第75号：美国国务院1950年6月12日递交给苏联驻美大使馆的照会（引用自其1949年12月30日的照会），19500609，国际民主基金会，莫斯科，2013年。

意力从美国政治经济奴役政策中转移出来。① 在这种背景下，6月16日，苏联驻美大使馆在对美国国务院照会进行的回复中表示，关于苏联地区日本战俘问题，一切以塔斯社在4月22日和6月9日的报道为准。②

1950年8月2日，在对日理事会第119次会议上，美国代表提出，日本政府搜集了20万个苏联管辖地区战俘姓名，苏联应尽快予以遣返。美方说法遭到了苏联代表的强烈否认。③ 10月2日，美国国务院发布声明，因苏联否认西方国家关于扣押日本战俘的照会，美国因此提议在联合国设立战俘专门委员会（Специальная комиссия ООН по военнопленным）来确认处在苏联管辖下的德日战俘人数。并且，美国认为，由于苏联的顽固立场，设立委员会是解决苏联地区战俘问题的唯一办法。④

日本政府除在国内争取民意外，还向联合国、国际红十字会等国际组织表达诉求，争取苏联地区日本战俘早日回国。10月5日，日本政府要求联合国大会讨论苏联地区日本人遣返问题时作为非正式代表，驻日盟军总司令支持了这一诉求。⑤ 同日，日本政府就苏联遣返日本战俘问题向联合国提交报告，表示还有30万日本人处在西伯利

---

① В. А. 加夫里洛夫、Е. Л. 卡塔索诺娃编：《苏联地区战俘：1945—1956》（档案集），第二部分第二章，第74号：塔斯社对美日当局声明表示未完成苏联地区日本人遣返的反驳声明，19500609，国际民主基金会，莫斯科，2013年。

② В. А. 加夫里洛夫、Е. Л. 卡塔索诺娃编：《苏联地区战俘：1945—1956》（档案集），第二部分第二章，第76号：苏联大使馆对美国国务院照会的回复，19500616，国际民主基金会，莫斯科，2013年。

③ В. А. 加夫里洛夫、Е. Л. 卡塔索诺娃编：《苏联地区战俘：1945—1956》（档案集），第二部分第二章，第77号：对日理事会1950年8月2日第119次会议（塔斯社渠道），19500802，国际民主基金会，莫斯科，2013年。

④ В. А. 加夫里洛夫、Е. Л. 卡塔索诺娃编：《苏联地区战俘：1945—1956》（档案集），第二部分第二章，第78号：美国国会代表谈建立联合国战俘专门委员会（塔斯社渠道），19501002，国际民主基金会，莫斯科，2013年。

⑤ В. А. 加夫里洛夫、Е. Л. 卡塔索诺娃编：《苏联地区战俘：1945—1956》（档案集），第二部分第二章，第79号：关于在联合国大会讨论遣返日本人时指定日本政府代表为非正式观察员一事（塔斯社渠道），19501005，国际民主基金会，莫斯科，2013年。

▶ 西伯利亚的"罪与罚"

亚及其他地区。①

可以看出，日本官方认为苏联地区尚存在大量日本战俘，英美等国也以此为依据与苏联进行交涉，而苏联则立场坚定地予以否认。值得注意的是，日本国内左翼及亲苏团体有不同于官方的观点。10月9日，日本被遣返者同盟、日苏友好协会、保卫者同盟等社会团体就遣返问题向联合国请愿。请愿的主要内容为：第一，不应该在联合国大会讨论苏联地区日本人的问题，因为这一问题在1946年12月19日已经由苏美两国在协议中作出规定。第二，日本政府关于37万人的数字是不可信的。②

1950年12月7日，苏联驻联合国代表给本国外交部就美国、英国、澳大利亚关于战俘问题决议草案的内容发送了通报。通报显示，英美等国关于战俘问题的决议包括如下几个方面的内容：第一，对辖有战俘国家拒绝遣返战俘问题的担忧。第二，呼吁所有国家依据通行做法、国际条约和公约遣返战俘。第三，成立联合国战俘委员会，采取积极行动。③ 12月11日，在联合国大会社会、人道主义和文化问题委员会（Комитет по социальным, гуманитарными и культу-рным вопросам Генеральной Ассамблей ООН）会议上，英美等国代表提出，苏联故意不遣返德日战俘。苏联代表则表示，在社会、人道主义和文化问题委员会会议上讨论战俘问题与联合国章程不一致，并且战俘遣返工作已结束，在此场合提出战俘问题是不适当的，反而英美统治集团的目的是在政治和经济上奴役德国和日本。苏联代表还表示，有很多国家，如波兰、阿拉伯国家、印度、阿富汗等国代表在发言中

---

① В. А. 加夫里洛夫、Е. Л. 卡塔索诺娃编：《苏联地区战俘：1945—1956》（档案集），第二部分第二章，第80号：关于日本政府就苏联地区日本战俘遣返问题向联合国提交的报告（塔斯社渠道），19501005，国际民主基金会，莫斯科，2013年。

② В. А. 加夫里洛夫、Е. Л. 卡塔索诺娃编：《苏联地区战俘：1945—1956》（档案集），第二部分第二章，第82号：日本社会组织给联合国大会本次会议代表就遣返人员问题阐明立场的请愿，19501009，国际民主基金会，莫斯科，2013年。

③ В. А. 加夫里洛夫、Е. Л. 卡塔索诺娃编：《苏联地区战俘：1945—1956》（档案集），第二部分第二章，第84号：联合国大会苏联代表给外交部关于美国、英国、澳大利亚战俘问题决议草案内容的报告，19501207，国际民主基金会，莫斯科，2013年。

认为，苏联提交的材料是可信的，英美对苏联的指责带有政治性，他们不能就此沉默。① 1950年12月11日，日本外务省发表声明，表示联合国大会社会、人道主义和文化问题委员会讨论了加快德日战俘遣返工作问题。声明还表示，战争结束时在苏联管辖地区共有272.6万日本人，迄今已遣返235.7万人，还有37万在苏联管辖下的日本人未被遣返。②

12月14日，联合国第325次全体会议通过了名为"战争俘虏和平解决办法"的第427号决议，决议规定：确信所有源于第二次世界大战而归诸同盟各国管束之俘虏，早应由各该国将其遣送回国，否则亦应报告其状况，尽最大努力搜寻在其境内失踪的战俘。此外还规定：第一，据报，第二次世界大战期间被俘人员，其中尚有极大数目，各国既未将其遣送回国，亦未报告其状况，对此深表关怀；第二，各国政府，倘仍管束此种人员，请即依据公认的国际行为准则以及上述一些实际战斗行为停止即将所有俘虏尽量遣回其本国而不稍事稽延之国际协定与公约，切实办理，又为达到此目的起见，并请各该国政府在1951年4月30日以前，公布下列事项并转知秘书长：（a）现在拘留中战争俘虏之姓名、拘留之理由及拘留之地点。（b）过去在其策束中已死俘虏之姓名及各人死亡之日期与原因，埋葬之方式与地点。战俘委员会的工作内容及权限为：（a）请委员会向各关系政府或当局索取此种俘虏之详细资料；（b）请委员会协助愿意获得协助之各国政府与当局筹划并促成遣送俘虏回其本国事宜；（c）授权委员会借重其所认为足以帮助办理遣送俘虏回国或报告俘虏状况之一切合格公正人士或组织，居间斡旋；（d）敦请各关系政府及当局与委员会全力合作，供给必要资料，并准许前往各该国境内以

---

① В. А. 加夫里洛夫、Е. Л. 卡塔索诺娃编：《苏联地区战俘：1945—1956》（档案集），第二部分第二章，第85号：联合国大会社会、人道主义与文化问题委员会1950年12月9日会议（塔斯社渠道），国际民主基金会，莫斯科，2013年。

② В. А. 加夫里洛夫、Е. Л. 卡塔索诺娃编：《苏联地区战俘：1945—1956》（档案集），第二部分第二章，第86号：关于日本外务省的声明（塔斯社渠道），19501211，国际民主基金会，莫斯科，2013年。

▶ 西伯利亚的"罪与罚"

及拘留俘虏之地区；(e)请秘书长供给委员会所需之人员与设备，以便该会顺利完成其任务。苏联方面的档案显示，在决议投票过程中，有43票赞成，5票反对，6票弃权。另外，成立解决战俘问题三人委员会。① 12月16日，日本外务省发表声明，对联合国大会通过关于战俘问题决议表示感谢。② 12月22日，联合国大会第五届会议日本观察员在东京专门召开新闻发布会，表示应早日推动苏联地区日本战俘问题得到解决。③ 1951年2月23日，联合国秘书长向苏联外交部提交通函，告知联大于上年12月14日通过了关于战俘的决议，并请苏联在4月30日前提供其境内战俘及死亡人员名单。1951年3月14日，苏联外交部副部长 А. А. 罗辛（А. А. Рощин）针对此事提交解决建议。他认为，根据《联合国宪章》第107条规定，联合国无权参与和解决此类问题，因此建议对通函不予回复。④

1951年7月29日，日本首相吉田茂（吉田茂）向联合国大会主席提交了关于加快遣返日本人的呼吁。呼吁内容显示，日本外务省在7月25日公布了苏联、中国及其他社会主义国家日本战俘遣返白皮书。白皮书提到，日本首相吉田茂在5月16日和6月19日两次给联合国大会主席写信，请求解决战俘问题。⑤

---

① В. А. 加夫里洛夫、Е. Л. 卡塔索诺娃编：《苏联地区战俘：1945—1956》（档案集），第二部分第二章，第87号：关于联合国大会战俘问题的决议（塔斯社渠道），19501216，国际民主基金会，莫斯科，2013年。

② В. А. 加夫里洛夫、Е. Л. 卡塔索诺娃编：《苏联地区战俘：1945—1956》（档案集），第二部分第二章，第88号：日本外务省给联合国的官方声明，19501220，国际民主基金会，莫斯科，2013年。

③ В. А. 加夫里洛夫、Е. Л. 卡塔索诺娃编：《苏联地区战俘：1945—1956》（档案集），第二部分第二章，第90号：联合国大会第五次会议日本观察员在东京召开的新闻发布会，19501222，国际民主基金会，莫斯科，2013年。

④ В. А. 加夫里洛夫、Е. Л. 卡塔索诺娃编：《苏联地区战俘：1945—1956》（档案集），第二部分第二章，第91号：苏联外交部副部长关于给联合国秘书长通函的报告，19510314，国际民主基金会，莫斯科，2013年。《联合国宪章》第107条规定为：本宪章并不取消或禁止负行动责任之政府对于在第二次世界大战中本宪章任何签字国因该次战争而采取或受权执行之行动。资料来源：http://www.un.org/zh/sections/un-charter/chapter-xvii-0/index.html.

⑤ В. А. 加夫里洛夫、Е. Л. 卡塔索诺娃编：《苏联地区战俘：1945—1956》（档案集），第二部分第二章，第93号：日本首相给联合国大会主席关于加快遣返日本人的呼吁，19510729，国际民主基金会，莫斯科，2013年。

第五章 日本战俘遣返

1951年8月8日，联合国战俘委员会向苏联外交部长提交信件，介绍该组织的目的和任务。信件表示，根据1950年12月14日联合国第427号关于战俘问题的决议，成立联合国战俘特别委员会并于1951年1月30日开始工作。战俘特别委员会不是审判组织，而是政治调查组织，其任务是为解决战俘遣返问题建立相互信任和组织国际合作，促进各方协商一致解决战俘问题。为解决苏联地区战俘问题，请苏联向联合国提供任何可协助解决问题的信息或相关建议，建立战俘特别委员会与苏联之间的直接联系。[①] 9月12日，苏联驻联合国代表处在上呈苏联外交部长维辛斯基的报告中表示，联合国于8月8日给苏联外交部关于战俘问题的信件是通知信，不回信也是合适的。[②]

1952年1月8日，美国就德日战俘遣返问题向苏联递交照会。苏联外交部认为，必须再次援引苏联驻美大使馆于1950年6月16日和1950年9月30日的照会，即以塔斯社宣告战俘遣返完毕的消息为准。美国的照会显然在为德日战俘的罪行洗白，是对苏联的恶意攻击。[③] 从上文可以看出，尽管绝大多数日本战俘已被遣返，但日美等国依据日方测算，认为苏联地区尚存在30万左右日本战俘，并在联合国、对日理事会等框架下不断交涉。苏联则始终坚持表示，日本战俘已遣返完毕，日美等国的交涉行为是无理的，是对苏联的恶意攻击。

1952年4月28日，随着联合国《对日和平条约》的生效，日本恢复完全主权。自此驻日盟军总司令对日本的管辖权失效，日本开始

[①] В. А. 加夫里洛夫、Е. Л. 卡塔索诺娃编：《苏联地区战俘：1945—1956》（档案集），第二部分第二章，第96号：联合国战俘委员会主席给苏联外交部长关于该组织的目的和任务的信件，19510808，国际民主基金会，莫斯科，2013年。

[②] В. А. 加夫里洛夫、Е. Л. 卡塔索诺娃编：《苏联地区战俘：1945—1956》（档案集），第二部分第二章，第97号：苏联驻联合国代表处给外交部副部长关于回应战俘事务委员会信件的报告，19510912，国际民主基金会，莫斯科，2013年。

[③] В. А. 加夫里洛夫、Е. Л. 卡塔索诺娃编：《苏联地区战俘：1945—1956》（档案集），第二部分第二章，第99号：苏联外交部给美国关于战俘遣返问题的照会，19520125，国际民主基金会，莫斯科，2013年。

▶ 西伯利亚的"罪与罚"

自主与各国进行海外人员归国问题交涉。在此之前，即3月18日，日本政府已经开始着手此事，通过了《关于海外日本人归国问题的决议》（《海外邦人の引揚に関する件》），并确立了行动纲领与执行细则。① 但对于日本政府而言，解决苏联地区日本战俘归国问题存在棘手之处，主要在于：一方面，此时日本与苏联并未建交，而之前代为出面的驻日盟军总司令已不复存在，如何就剩余日本战俘遣返问题与苏联进行正式交涉是一大难题；另一方面，即便进行交涉，受苏日北方四岛（南千岛群岛）所有权之争掣肘，在领土问题与人员归国问题上如何抉择，考验着日本政府。

1952年5月6日，部长会议遣返事务全权代表关于遣返被释放日本战俘及被拘留者归国问题向苏联外交部长维辛斯基提交了报告。报告显示，根据1952年4月18日苏联政府颁布的第1879—715c号命令，应遣返281名服刑完毕日本战俘和公民，遣返船将于5月25日出发回日本。另外，如果乘坐苏联船只的话，日本战俘可能会实施破坏行为，所以最好使用日本船只执行此任务。② 7月8日，苏联外交部对于国际红十字会尽快遣返苏联地区34万名日本战俘的呼吁表示，塔斯社已经宣布苏联地区日本战俘遣返完毕，因此将不予回应。③ 7月11日，日本外务省发表声明表示，有19852名战俘尚在苏联，目前没有任何关于他们健康状况的消息，要求苏联对此进行回应。④

日本方面，7月28日日本国会参议院在外同胞归国问题特别委员

---

① 戦後強制抑留史編纂委員会編集：《戦後強制抑留史》第7卷，平和祈念事業特別基金2005年，第621—623ページ。
② В. А. 加夫里洛夫、Е. Л. 卡塔索诺娃编：《苏联地区战俘：1945—1956》（档案集），第二部分第一章，第76号：部长会议遣返事务全权代表给外交部长关于发送被释放日本战俘及公民回国的报告，19520506，国际民主基金会，莫斯科，2013年。
③ В. А. 加夫里洛夫、Е. Л. 卡塔索诺娃编：《苏联地区战俘：1945—1956》（档案集），第二部分第二章，第102号：苏联外交部关于国际红十字会相关呼吁的说明，19520708，国际民主基金会，莫斯科，2013年。
④ В. А. 加夫里洛夫、Е. Л. 卡塔索诺娃编：《苏联地区战俘：1945—1956》（档案集），第二部分第二章，第106号：日本外务省的声明（塔斯社渠道），19530711，国际民主基金会，莫斯科，2013年。

会出台了《归国促进决议》(《引揚促進に関する件》)，要求国会采取办法，尽早争取苏联地区剩余日本战俘归国。① 在国际方面，7月31日，联合国战俘专门委员会主席向苏联外交部长提交了关于战俘信息的请求显示，1952年8月25日将在日内瓦召开战俘事务委员会第三次会议，先前已经提交两封信请求告知战俘情况，但未收到回信，因此再次来信请求配合。② 10月2日，联合国秘书长向苏联外交部长提交了战俘专门委员会的总结报告。报告显示按照第427号决议，战俘委员会召开了三次会议，并将继续致力于解决此问题。③

如上文所言，1953年4月20日内务部战俘与被拘留者管理总局被撤销，其职能及其管辖的少数外国战俘被移交给监狱管理局（Тюремное управление МВД СССР）。8月26日，在日内瓦第四次联合国战俘特别委员会上，日本代表就苏联、中国及朝鲜半岛北部地区日本人问题进行了陈述。《读卖新闻》在对此进行的社评中表示，尽管日方一再降低姿态，恳请苏联早日解决战俘问题，但因苏联数据与日方数据相差巨大，其解决过程很不顺利，因此应恳求世界舆论来推动苏联地区日本战俘问题的早日解决。④ 9月19日，战俘特别委员会日本代表与日本外务省声称，在苏联地区尚有12722名日本人。对此，苏联外交部在9月21日表示，除2456名日本战犯外，苏联地区无其他日本人。⑤ 由上文可以看出，日方最初提出，前期日本战俘集中遣返结束后，在苏联地区尚存30多万日本战俘，并极力试图在联

---

① 第010回国会，在外同胞引揚問題に関する特別委員会，第4号，昭和26年7月28日，参議院。
② В. А. 加夫里洛夫、Е. Л. 卡塔索诺娃编：《苏联地区战俘：1945—1956》（档案集），第二部分第二章，第104号：联合国战俘特别委员会给苏联外交部长关于请求获取战俘信息的信件，19520731，国际民主基金会，莫斯科，2013年。
③ В. А. 加夫里洛夫、Е. Л. 卡塔索诺娃编：《苏联地区战俘：1945—1956》（档案集），第二部分第二章，第105号：联合国秘书长给苏联外交部长关于战俘特别委员会的总结报告的信件，19521002，国际民主基金会，莫斯科，2013年。
④ 《読売新聞》：《全世界の良心に訴う》，1953年8月26日。
⑤ В. А. 加夫里洛夫、Е. Л. 卡塔索诺娃编：《苏联地区战俘：1945—1956》（档案集），第二部分第二章，第108号：联合国战俘特别委员会日本代表的声明（塔斯社渠道），19530921，国际民主基金会，莫斯科，2013年。

▶ 西伯利亚的"罪与罚"

合国等国际舞台上推动苏联地区日本战俘问题早日解决。但是 1952 年 7 月 11 日，日方自行将数字减少到了 19852 人，1953 年 9 月 19 日又减少到 12722 人。这表明当初日方的推算极其不准确。

同年 9 月，因获斯大林和平奖而访问莫斯科的日本国会参议院议员大山郁夫（大山郁夫）在与苏联外交部长莫洛托夫进行会谈时被告知，在苏联地区尚有一些日本战俘，日方可就此事与苏方进行交涉。① 经多方了解情况，并进行准备工作后，大山郁夫给日本红十字会（日本赤十字社）发电报，称苏联红十字会（Советский Красный Крест）有意就日本战俘归国问题与日方进行接触。日本红十字会立即紧急派出以会长岛津忠承（島津忠承）为首的代表团赴莫斯科进行磋商，经过五轮谈判，11 月 19 日苏日两国红十字会签署了《苏日红十字会关于日本人归国问题的共同声明》（《邦人送還に関する日ソ赤十字社共同コミュニケ》）。② 声明确立了苏联地区近期应被遣返人员为服刑期满者、被刑事赦免者、由苏联最高法院决定的提前释放战犯共 420 人，加上普通留居者 854 人，合计 1274 人。另有服刑战犯 1047 人，待服刑期满苏方即将其遣返。根据苏日红十字会达成的协议，苏联地区以战犯为主的日本人集中遣返工作启动。12 月 7 日，在众议院海外同胞归国及遗族援助调查特别委员会（衆議院海外同胞引揚及び遺家族援護に関する調査特別委員会）上，就苏联地区日本人情况举行了听证会，归国战俘进行了相关发言。③ 12 月 9 日，众议院海外同胞归国及遗族援助调查特别委员会又就苏联地区日本人遣返问题召开会议。厚生省归国支援厅（厚生省引揚援護庁）次长田边繁雄（田辺繁雄）、日本红十字会会长岛津忠承等人参会。其中，岛津忠承陈述了他赴苏联就日本战俘遣返问题进行交涉的过程。他表

---

① 日本赤十字社編：《日本赤十字社社史稿》第 6 卷，日本赤十字社 1972 年，第 286 ページ。
② 舞鶴地方引揚援護局編：《舞鶴地方引揚援護局史》，紀伊國屋書店 2001 年，第 292 ページ。
③ 第 018 回国会，海外同胞引揚及び遺家族援護に関する調査特別委員会 第 3 号，昭和 28 年 12 月 7 日。

示，大山郁夫被告知在苏日本战俘的遣返可以通过红十字会解决后，为交涉此事，他与两名随员于 10 月 28 日抵达莫斯科。谈判结果是 11 月 19 日签订了在年内遣返 1274 名日本人的共同声明。对于苏联地区死亡人数，他表示，塔斯社报道人数为 10260 人，这与日方统计数据相差巨大。原因在于二战后混乱时期对人员死亡情况的调查比较困难，将继续跟踪此问题。另外，在访问期间，他还参观了伊万诺沃战俘营（Иваново，位于莫斯科东北方向 300 公里左右），与 38 名日本战俘进行了会谈。此外，经许可后向部分战俘发送了慰问品。[①] 1953 年 12 月 1 日，遣返船"兴安号"登陆舞鹤港，共从苏联载回 811 人。[②] 1954 年 3 月 21 日，根据苏日两国红十字会协定，420 名日本人归国。

在苏联方面，赫鲁晓夫上台后推行和平路线，对日外交政策有所松动，这为苏日关系正常化谈判开启了大门。1955 年 6 月 7 日，日本与苏联在伦敦开启了关系正常化谈判。但对于两国而言，北方四岛领土之争与苏联地区日本战俘归国问题成了难以逾越的障碍。在伦敦谈判中，日方首席代表松本俊一（松本俊一）认为，日本战俘归国问题是日本必须优先解决的大事，并向苏方言明了该立场。[③] 9 月 5 日，在谈判过程中苏联转交日方一份 1365 人的名单。[④] 但由于双方在北方四岛领土问题上僵持不下，造成伦敦谈判破产，未能达成任何协议。

与此同时，为最终解决苏联地区日本人问题，日本国会加紧了活动。6 月 9 日，众议院海外同胞归国及遗族援助调查特别委员会就苏

---

① 第 018 回国会，海外同胞引揚及び遺家族援護に関する調査特別委員会 第 5 号，昭和 28 年 12 月 9 日。
② 厚生省社会・援護局援護 50 年史編集委員会監修：《援護五十年史》，東京ぎょうせい 1997 年，第 43 ページ。
③ 松本俊一著：《モスクワにかける虹：日ソ国交回復秘録》，朝日新聞社 1966 年，第 32—33 ページ。
④ 厚生省社会・援護局援護 50 年史編集委員会監修：《援護五十年史》，東京ぎょうせい 1997 年，第 43 ページ。

联及中国地区日本人归国问题召开会议。① 7月28日，众议院海外同胞归国及遗族援助调查特别委员会又就苏日关系正常化和苏联地区日本人归国等问题进行了讨论。② 2月6日，众议院海外同胞归国及遗族援助调查特别委员会再度召开会议，讨论苏联等国的日本人归国问题，厚生大臣小林英三（小林英三）等出席会议。③ 12月15日，该委员会再次召开会议，讨论苏联地区日本人归国问题。④

按照1955年12月24日的内务部监狱处（Тюремный отдел МВД СССР）处长向苏联红十字会和红新月会联盟（Союз обществ красного креста и красного полумесяца СССР）主席提供的报告，全部被判刑日本国籍者为1280人，其中战俘975人（将军26人，军官334人，军士和普通士兵615人），非战俘人员305人。将军被关押在伊万诺沃州第48战俘营，其他人员被关押在第16战俘营。报告还显示，将军战俘无需劳动，其余人员须从事劳动，报酬为每月150—200卢布。战俘一日口粮为：黑面包600克，杂粮100克，通心粉和面粉30克，土豆和蔬菜600克，肉120克，鱼50克，黄油40克，奶酪20克，植物油10克，糖40克，方糖10克，茶叶1克。另外肥皂每月300克，香烟20根。根据1952年3月10日苏联部长会议颁布的命令，允许日本战俘与在日本的亲人通信。战俘营内定期放映电影，晚上进行艺术活动和体育比赛，有乐器、体育设施和桌上游戏项目。此外，战俘营曾不止一次地接待日本代表团，获得了关于条件的正面评价。⑤

---

① 第022回国会，海外同胞引揚及び遺家族援護に関する調查特别委員会，第3号，昭和30年6月9日。

② 第022回国会，海外同胞引揚及び遺家族援護に関する調查特别委員会，第14号，昭和30年7月28日。

③ 第023回国会，海外同胞引揚及び遺家族援護に関する調查特别委員会，第2号，昭和30年12月8日。

④ 第023回国会，海外同胞引揚及び遺家族援護に関する調查特别委員会，第4号，昭和30年12月15日。

⑤ В. А. 加夫里洛夫、Е. Л. 卡塔索诺娃编：《苏联地区战俘：1945—1956》（档案集），第一部分第一章，第67号：内务部监狱处处长给红十字会和红新月会联盟主席关于苏联地区判刑日本人的情况说明，19551224，国际民主基金会，莫斯科，2013年。

第五章 日本战俘遣返

1956年1月4日，日本外务大臣重光葵就苏日关系正常化谈判的破裂吐露了矛盾心迹："虽然想早日促成在苏同胞归国，但能否以牺牲领土为代价来优先解决人员问题，对此，并无获得民众承认与拥护的把握……"①重光葵的这番话实际上也表明了日本政府所处的尴尬境地：不仅北方四岛在苏联牢牢控制之下，日本人归国问题又被苏联占据着绝对主导权，究竟应该如何运筹帷幄，才能就领土问题和人员问题这个两难困境达成折衷，是一件十分棘手的事情。但是，由于苏日双方都认识到建交问题久拖不决，其实并不符合两国实际利益，在鸠山一郎内阁的积极推动下，两国关系正常化的进程大大加快。

1956年4月2日，众议院海外同胞归国及遗族援助调查特别委员会就苏联地区日本战俘归国问题召开会议。重光葵到会就苏日关系正常化谈判和日本战俘归国问题进行了相关说明。他表示，战俘归国是必须解决的战争遗留问题之一，在当前的苏日关系谈判中遇到了一定的障碍。另外他表示《波茨坦公告》规定了战俘应及时被遣返的内容，但苏联并未严格遵守。②

1956年10月19日，日方代表松本俊一与苏联代表 А. А. 葛罗米柯（А. А. Громыко）在莫斯科签订了《苏日共同宣言》，两国关系实现正常化。根据该宣言第5条，所有被判有罪的日本战俘在宣言生效后将被立即释放并遣返回国，另外，苏联政府有义务根据日方请求对下落不明者进行协查。另外，据亲历者前野茂（前野茂）的记载，他是在1956年8月乘坐遣返船"兴安号"（興安丸）抵达日本的，这说明实际上在《苏日共同宣言》签订前后，两国正在抓紧解决剩余战俘归国问题。③

---

① 厚生省引揚援護廳長官官房總務課記錄係編：《引揚援護の記録》続々，東京厚生省引揚援護庁，1950—1963年，第32ページ。
② 第024回国会，海外同胞引揚及び遺家族援護に関する調査特別委員会，第11号，昭和31年4月2日。
③ 前野茂：《ソ連獄窓十一年》，講談社1979年発行，1984年第4刷。前野茂，1899年出生于日本冈山县，1924年毕业于东京大学法学部。历任东京地方法院法官、伪满洲国"司法部次长"、伪满洲国"文教部次长"。1945年8月被送往苏联，1956年8月被遣返回国，即被苏联监管了11年整。

▶ 西伯利亚的"罪与罚"

　　11月16日，众议院海外同胞归国及遗族援助调查特别委员会召开会议，苏联地区日本战俘遣返问题是讨论的主要内容，并重点研究了用什么船作为运载工具接收日本战俘回国。① 这表明，最后一批日本战俘归国日期已经临近。11月23日，苏联内务部出台了关于释放所有剩余日本人的决议。决议指出："到1956年11月20日，在苏联地区共有1040名被拘禁日本人，其中被判刑战俘为825人（其中21人为将军），另有被拘留人员215人。按照《苏日共同宣言》的规定，我方拟将其全部释放并予以遣返，目前正在做相关准备。"②

　　12月26日，苏联地区最后一批日本战俘及被拘留人员遣返工作完成，有1025人返回日本。③ 至此，从1945年日本战俘移送苏联，到1956年底最后一批日本战俘归国，除了极少数因政治信仰或通婚而留居苏联者以外，苏联本土地区日本战俘遣返工作正式落下帷幕。④ 在此期间，苏联共计遣返了472934名日本战俘。⑤

　　1956年12月28日，内务部提交了最后一批日本人遣返报告。报告指出，12月23日，在纳霍德卡转交给日方1025名被赦免的日本人，其中将军级别22人，军官293人，士官及士兵710人。赦免和遣返日本人这一举动改善了苏日关系，但在遣返人员中仍存在敌视苏联的战俘，并认为当前的苏联对日政策是复杂国际局势的牺牲品。报告还记录说，苏联计划遣返1036人，因各种原因未遣返9人，在准

---

　　① 第025回国会，海外同胞引揚及び遺家族援護に関する調査特別委員会，第2号，昭和31年11月16日。
　　② Загорулько М. М., Военнопленные в СССР. 1939 – 1956. Документы и материалы, Москва: "Логос", 2000гг.: № 7.46 Докладная записка Н. П. Дудорова Н. С. Хрущеву, Н. А. Булганину и зам. министраиностранных дел СССР Н. Т. Федоренко о количестве японских подданных, содержащихся вместах заключения МВД СССР, и о мероприятиях по подготовке их репатриации. Москва. 23 ноября 1956 г.
　　③ Там же.
　　④ Кузнецов С. И., Японцы в сибирском плену, 1945 – 1956, Иркутск: ТОО Издательства журнала "Сибирь", 1997г., с. 150.
　　⑤ Там же., с. 148.

备遣返过程中死亡1人、重伤1人，因此实际遣返1025人。①

小　结

　　自1946年底起，苏联开始陆续遣送日本战俘归国。为了维护战俘营日常管理秩序与保持日本战俘的劳动积极性，何时进行遣返，何人将被遣返，都属于机密内容。当场宣布遣返名单并立即执行，往往是各战俘营采取的通用办法。其具体执行过程为：临时将战俘营内所有日本战俘召集起来，由战俘营负责人突击宣布归国（домой，ダモイ）人员名单，被点到名者立即收拾私人物品，并被移送到纳霍德卡港临时战俘营，准备登船归国。② 这种办法对日本战俘所造成的心理冲击相当大，被点到名者欣喜若狂，庆幸自己能生存下来并顺利归国；有些未被点到名者则悲观失望，劳动积极性降低，对此战俘亲历者在回忆录中多有记载。③ 战俘亲历者宗像次男（宗像次男）回忆道："1948年9月的一天，正在整装进行劳动作业时接到了遣返归国的命令，稍微收拾一下行李，来不及和同僚告别，就登车向纳霍德卡港出发。"④ 战俘亲历者东岛房治（東島房治）在回忆1947年4月登上遣返船的场景时，也表达了这种劫后余生的感觉："登上船后，所有人眼中的泪水止不住地流下来，想到真的能回国，真的是太高兴了。"⑤

---

　　① В.А.加夫里洛夫、Е.Л.卡塔索诺娃编：《苏联地区战俘：1945—1956》（档案集），第二部分第一章，第78号：内务部长关于在纳霍德卡港转交日本政府代表被赦免日本人及其相关措施的报告，19561228，国际民主基金会，莫斯科，2013年。
　　② 戦後強制抑留史編纂委員会编：《戦後強制抑留史》第4卷，東京平和祈念事業特別基金発行2005年，第112ページ。
　　③ 平和祈念事業特別基金编：《シベリア強制抑留者が語り継ぐ労苦》第16卷，平和祈念事業特別基金2006年，第48ページ。
　　④ 平和祈念事業特別基金编：《シベリア強制抑留者が語り継ぐ労苦》第1卷，平和祈念事業特別基金1991年，第318ページ。
　　⑤ 平和祈念事業特別基金编：《シベリア強制抑留者が語り継ぐ労苦》第16卷，平和祈念事業特別基金2006年，第42ページ。

▶ 西伯利亚的"罪与罚"

按照俄罗斯学者库兹涅佐夫依据苏联解密档案得出的统计结果，第一艘苏联地区日本战俘遣返船于1946年12月发出，尽管此时苏美还在进行谈判。1947年有205795名日本战俘被遣返归国，1948年有169701人归国，1949年有87202人归国，1950年有7547人归国，1953年有811人归国，1954年有420人归国，1955年有167人归国，1956年有1291人归国，1956年12月最后一批日本战俘1025人归国。[①] 由此数据可以看出，绝大多数日本战俘在1950年4月之前的前期集中遣返中返回日本。此外，还存在因各种原因而未返回日本的战俘人员。如1949年11月4日，第380运输营有130名日本人发表声明，请求留在苏联并加入苏联国籍，档案材料显示，其诉求并未得到满足。[②] 但如上文所述，仍有极少量的日本战俘留在了苏联。

值得注意的是，虽然日本战俘遣返过程较为匆忙，但苏联也出台了一些保障战俘权益、维护苏联国家机密的相关规定。如1947年6月19日，内务部出台的决议规定，在战俘遣返时必须向其支付劳动报酬。[③] 此外，针对管理人员借遣返之机强行霸占、剥夺战俘财物的行为，也出台了一些管理规定。1947年9月5日，内务部针对近期发生的数起战俘管理人员剥夺战俘贵重财物（手表、戒指及外汇等）情况进行了通报，要求各地战俘管理人员遵守规章制度，禁止强占战俘财物。[④] 1948年3月27日，内务部再次出台决议，要求各战俘营

---

① Кузнецов С. И., Японцы в сибирском плену, 1945 – 1956, Иркутск: ТОО Издательства журнала "Сибирь", 1997г., с. 148.

② В. А. 加夫里洛夫、Е. Л. 卡塔索诺娃编：《苏联地区战俘：1945—1956》（档案集），第二部分第一章，第66号：部长会议遣返事务临时全权代表给外交部副部长关于遣返拒绝回国战俘问题的报告，19491104，国际民主基金会，莫斯科，2013年。

③ Загорулько М. М., Военнопленные в СССР. 1939 – 1956. Документы и материалы, Москва: "Логос", 2000гг.: № 8.25 Распоряжение МВД СССР № 382 о порядке расходования военнопленными заработанных денег при репатриации. Москва. 19 июня 1947 г.

④ Загорулько М. М., Военнопленные в СССР. 1939 – 1956. Документы и материалы, Москва: "Логос", 2000гг.: № 8.32 Распоряжение МВД СССР № 561 о случаях нарушения приказов МВД СССР по вопросам репатриации военнопленных и интернированных. Москва. 5 сентября 1947 г.

按照规定，在战俘遣返时交还其个人财物，不能借机剥夺。① 1949年6月13日，内务部第三次重申了在战俘遣返时返还其个人财物的规定。② 除此之外，苏联政府还注意防范战俘在回国之后泄露苏联国家机密。1948年3月16日，内务部专门出台指示，要求各战俘营采取措施，做好防范工作，禁止战俘泄露苏联国家机密，尤其是泄露苏联国民经济与军事经济部门的机密。③

从1945年日本战俘进入苏联各地，到1956年遣返工作最终宣告结束，围绕日本战俘归国问题，苏日美三方进行了大量交涉。在前期集中遣返阶段以苏美直接交涉为主，后期遣返阶段则以苏日直接交涉为主。不难发现，围绕苏联地区日本战俘遣返问题，苏日美三方都掺杂了自身的利益。

对于苏联而言，战后劳动力奇缺的窘境与日本战俘的集中性和易用性，是其征用日本战俘进行劳动利用的经济动机，而随着大部分战俘在1950年被遣返归国，利用剩余日本战俘在苏日关系正常化谈判中获取政治外交利益成为苏联政府的现实考虑，这也是日本战俘集中遣返历经两个阶段，前后跨越11年的根本原因所在。

另外，战后美国排除苏联独立占领日本、主导东京审判并按照自身意图改造日本的做法，引起了苏联的强烈不满。正因为此，苏联以日本战俘、要求审判天皇等为筹码，反制美国在日本影响力的扩张。

战后人道主义的兴起，1949年日内瓦关于战俘地位与待遇国际

---

① Загорулько М. М., Военнопленные в СССР. 1939 – 1956. Документы и материалы, Москва: "Логос", 2000гг.: № 8.38 Распоряжение МВД СССР № 195 о порядке обеспечения вещевым имуществомвоеннопленных, подлежащих репатриации. Москва. 27 марта 1948 г.

② Загорулько М. М., Военнопленные в СССР. 1939 – 1956. Документы и материалы, Москва: "Логос", 2000гг.: № 8.43 Распоряжение МВД СССР № 376 о выдаче на руки подлежащим репатриациивоеннопленным принадлежащих им личных вещей и ценностей. Москва. 13 июня 1949 г.

③ Загорулько М. М., Военнопленные в СССР. 1939 – 1956. Документы и материалы, Москва: "Логос", 2000гг.: № 8.37 Приказ МВД СССР № 00276 о недопущении проникновения за границу через военнопленных и интернированных сведений, составляющих государственную тайну. Москва. 16 марта 1948 г.

▶ 西伯利亚的"罪与罚"

公约的通过，使得战俘问题不再仅限于作为双边或三边交涉议题，成了整个国际社会关注与推动解决的共同目标。不仅联合国对战俘问题表示关注，国际红十字会亦积极促进战后各国战俘遣返问题的解决，英国、澳大利亚等国也对苏联地区日本战俘问题表达了立场和关切。这使得辖有大量外国战俘（包括日本战俘）的苏联背负了一定程度的国际压力。①

日本在苏联地区日本战俘归国问题上，一直处于被动地位，只能按照苏方的意图和步骤进行应对。1947年3月20日，日本首相吉田茂在接受采访时表示，"北方有大敌"，名义上是为了保持日本对苏联的警惕，但激起了苏联的不满。② 1948年3月20日，芦田均在就任日本首相的施政演说中则说道："我国的现状，犹如在暴风雨中逐流的破船一般，唯一的出路就是大家齐心协力救急共存。"③ 这种面对苏联地区日本战俘问题的窘迫感与无力感，弥漫在整个日本社会之中。正如1953年8月26日《读卖新闻》在社论中所说的那样："尽管日本一再降低姿态，恳请苏联早日解决战俘归国问题……但结果仍不顺利，因此只有借助舆论来推动苏联地区日本战俘问题的早日解决。"④

另外，1950年4月22日，在苏联宣布日本战俘已遣返殆尽之后，日方仍根据自行估算的数据，宣布苏联地区仍有30多万名日本战俘，并联合英美等国在联合国、国际红十字会对苏联施压，以"期盼"这些战俘早日归国。这一做法引起了苏联的强烈不满。正因为此，苏联在对日理事会、联合国等国际舞台上不断进行驳斥和抵制。迟迟未能实现关系正常化，也与日方在战俘人数问题上的纠缠脱不开干系。

对于美国而言，出面与苏联进行日本战俘归国问题交涉，一方面

---

① Бондаренко Е. Ю., Японские военнопленные на Дальнем Востоке России в послевоенные годы, Владивосток: Изд-во Дальневосточного университета, 1997гг., c42.
② 下斗米伸夫著：《日本冷戦史：帝国の崩壊から55年体制へ》，岩波書店2011年，第121ページ。
③ 富田信男著：《芦田政権・二二三日》，行研出版局1992年版，第371ページ。
④ 《読売新聞》，《全世界の良心に訴う》，1953年8月26日。

第五章　日本战俘遣返

是战后作为日本的占领国不得不承担的责任，另一方面这种交涉又成了美苏"冷战的战场"，为此双方进行了激烈的政治对抗与外交交锋。①

因此，在苏日美三方博弈中，日本战俘归国问题成了角力点。1946年12月19日，《苏美协定》规定每月从苏联管辖地区遣返5万日本人，目的是尽快解决人员归国问题，但苏联从自身利益出发，并未严格执行协定。在1955年苏日伦敦谈判中，苏联清楚地意识到支配日方行为的不是其民族利益诉求，而是美方的政治压力。② 这种苏日美之间的复杂关系，直接影响了苏联与日方交涉的方式与目标："苏联想借战俘遣返问题在领土问题上占据原有优势，并且要在遣返日本战俘之前与日本签署和平条约，建立正常外交关系，进而扩大对日本的影响力。美国则担心日本与苏联建立正常外交关系会危害美国在日本的利益，希望苏日之间维持现状，甚至是通过恶意宣传来挑拨苏日关系，加深彼此矛盾。"③ 对于苏联而言，在苏日俘的命运成了它在缔结对日和约时手中紧握的有利"王牌"，苏联也确实充分利用这张"王牌"获取了最大的政治利益。④ 从最终实际效果来看，日本与苏联因战俘问题与领土争端问题而长期难以实现关系正常化，这确实有利于维护美国在东亚的利益。

---

① Кузнецов С. И., Японцы в сибирском плену, 1945 – 1956, Иркутск: ТОО Издательства журнала "Сибирь", 1997г., с. 144.

② Катасонова Е. Л., Японские военнопленные в СССР: большая игра великих держав, Москва: Институт востоковедения РАН, 2003гг. с. 355.

③ 王学礼：《在苏战俘问题研究（1941—1956）》，博士学位论文，吉林大学，2012年，第135页。

④ ロイ・メドヴェージェフ著；佐々木洋対談・評注；海野幸男訳：《スターリンと日本》，現代思潮新社2007年版，第110ページ。

结　　语

二战末期，试图苏美两国确定了以北纬38度线为界，分区占领朝鲜半岛的办法。但是斯大林试图将这条分割线延伸到了日本。1945年8月16日，斯大林给美国总统H. S. 杜鲁门发电报，要求美国认可苏联占领属于三八线以北的日本北海道。20日，杜鲁门回电加以拒绝。为了造成既定事实，1945年8月20日，斯大林下令苏联红军登陆北海道。但是由于千岛群岛、库页岛南部地区的日军依托军事堡垒进行顽强抵抗，阻止了苏联的这一设想。[①] 因此，在苏联看来，扣留与利用数十万日本战俘，在一定程度上弥补了苏联未能占领北海道的损失。

对于苏联而言，反法西斯战争的胜利既是军事上的，也是政治上的即在东欧地区通过建立社会主义制度来保证自己的政治影响为。在东亚地区，苏联出兵中国东北和朝鲜半岛北部地区，并在当地产生了巨大的政治影响力。但是，但在日本问题上，美国杜绝了苏联在战后直接参与日本事务的可能性，并按照其意愿，将日本改造成东亚地区盟友。[②] 无法插手日本事务，使得苏联极为不满，并将这种不满倾注在苏联地区日本战俘遣返归国问题的解决上。

1946年12月19日，关于遣送苏联管辖地区日本战俘归国的《美苏协定》，由对日理事会苏联代表К. Н. 杰烈维扬科与驻日盟军总

[①] Катасонова Е. Л., Японские военнопленные в СССР: большая игра великих держав, Москва: Институт востоковедения РАН, 2003гг. с. 29 – 30.

[②] Там же., с. 401.

司令麦克阿瑟在东京缔结。从1946年底开始，苏联从远东地区的纳霍德卡港陆续遣送日本战俘归国，历经10年以上的历程，苏联地区日本战俘问题才最终得到解决。

回顾前文，笔者对苏联地区日本战俘问题有如下思考。

第一，移动和劳动利用外国战俘是苏联的通行做法。在日本战俘抵达苏联之前，苏联已有庞大的、针对本国政治犯与刑事犯的劳改营制度，及针对外国战俘的战俘营制度。换言之，苏联战俘营制度并非为日本战俘而设计，在苏联的各个战俘营中也关押着为数庞大的德国、意大利、匈牙利等国战俘。关押外国战俘，利用战俘完成经济计划，并对其进行思想政治教育，是当时针对外国战俘的通行做法。此外，苏联地区日本战俘营中普遍的物资短缺、饮食缺乏及劳动任务繁重等问题，也并非日本战俘营中的独有现象，苏联地区德意等国战俘营也面临着同样的问题。

第二，苏联地区日本战俘的解决历程，体现了战后国际局势的变化。移送50万日本战俘赴苏联进行劳动利用的第9898号决议匆忙通过并立即执行，使战俘管理局接受与安置日本战俘工作进行得极为混乱。不难看出，第9898号决议出台前后，苏联迅速改变了对日本战俘的态度，这是苏联对美国单独占领日本政策不满而采取的回应措施。另外，围绕战俘人数，美苏日三方进行了无数次政治交锋与外交交锋。如1951年5月14日，日本首相吉田茂致函联合国称，1950年12月7日苏联代表关于日本战俘遣返问题的演说中所援引的4月20日塔斯社报道，有诸多不实之处，请求联合国对此予以调查。①

对于苏日伦敦谈判，日本外务大臣重光葵坚持北方四岛无条件归还、召开国际会议确定北方四岛归属问题的外交方针，苏联采取了针锋相对的立场，导致该谈判以失败告终。② 但1956年8月在赴苏联谈

---

① 国立国会図書館調査立法考査局編：《日ソ国交調整問題基礎資料集》，1955年，第208—211ページ。

② 下斗米伸夫著：《日本冷戦史：帝国の崩壊から55年体制へ》，岩波書店2011年版，第167—168ページ。

▶ 西伯利亚的"罪与罚"

判期间，针对苏联提出的让出齿舞（齿舞岛）与色丹（色丹岛）两岛，重光葵迅速转变了立场，认为可先部分解决领土问题，但此举又遭到日本国内舆论的强烈批判。最终结果是日方决定搁置领土争议问题，以结束战争状态、遣返剩余在苏人员、苏日渔业条约生效、同意日本加入联合国为条件与苏联达成协议。① 由此可见，扣留日本战俘，一开始苏联政府获取的是经济利益，但是随着大部分日本战俘归国，利用剩余日本战俘达成政治与外交目的，成为苏联政府的现实考虑。此外，关于日本战俘遣返问题的交涉，成了苏联与美国的争论点，及冷战初期苏美之间矛盾与冲突的集中点，日本战俘只是这些矛盾与冲突的牺牲品与体现。

第三，日本战俘问题掺杂了苏日双方历史积怨。对于苏联而言，1905年日俄战争的失败，苏联内战期间日本出兵远东地区进行武装干涉，1931年以后苏日直接武装冲突，以及日本731秘密部队用包括苏联人在内的多国人员进行生化试验，都是伤害苏联、激起苏联憎恨日本的原因。正因为如此，斯大林在1945年9月2日庆祝战争胜利的讲话中以向日本复仇成功的口吻谈道："但是，1904年日俄战争时期俄军的失败，给人民留下了沉痛的回忆。那次失败是我国的一个污点。我国人民相信，总有一天日本会被打败，污点会被清洗，并且等待着这一天的到来。我们这些老一辈的人等待这一天，已经等了40年。而这一天终于到来了。今天，日本承认自己已被战败，并在无条件投降书上签字了。"② 斯大林的这种对日心态，可以说是促成其扣押日本战俘的心理动机，也是造成战后苏日长期纠葛于战俘问题与北方四岛争端的内在原因之一。

第四，近代以来，俄国与日本在远东地区的纠葛与冲突，使得大部分日本人对苏联持敌视态度、否定苏联的政治制度，数十万日本战俘也基本上抱有类似观点。正如大河原孝一所讲，日本一直是反共国

---

① 下斗米伸夫著：《日本冷戦史：帝国の崩壊から55年体制へ》，岩波書店2011年版，第170ページ。
② 斯大林：《斯大林文集：1934—1952》，人民出版社1985年版，第469—470页。

家，对共产主义及苏联的看法是带有偏见的。因此，苏联政府考虑通过劳动与思想政治教育等方式对日本战俘进行全方位的改造，使其感受到苏联的强大国力、政治制度优越性，促成这些战俘改变对苏联的负面印象。但苏联的这一举措在日本战俘归国之后很快失效。大部分日本战俘实际上对苏联并无好感，在他们的回忆录中可以明显感受到这种态度。劳动、寒冷与恶劣的饮食基本上是日本战俘最鲜明的集体记忆。

当代日本学者富田武认为，冷战爆发以后，美苏之间的宣传战使得苏联有意封锁国内消息，以免使对方进行负面解读和宣传。在这种背景下，尽管1947年6月1日内务部统计出苏联地区日本战俘死亡人数为48931人，但苏联外交部认为不宜将这一情况告知日本。① 从史料记载来看，第一次转交死亡者名单是在1956年，即在苏日关系正常化谈判时根据日方要求苏联转交了3000人的死亡者名单。② 当然这一数据是象征性的。戈尔巴乔夫在1991年4月访日时正式向日方转交了62068人的死亡名单。③ 这意味着苏联承认日本战俘死亡人数超过6万人。

第五，庞大的战俘群体出国与归国行为，从文化学上来讲是一种跨国、跨文化现象，对双方国家的社会变迁与思想变迁，以及国家形象建构都有一定的影响。以苏联地区归国日本战俘为例，西伯利亚地区的酷寒与漫长的回家（ダモイ，домой）之路，基本上成了战后苏联地区归日群体乃至整个日本对那个时代苏联历史记忆的代名词。④

---

① 富田武：《シベリア抑留者たちの戦後：冷戦下の世論と運動　1945—56年》，人文書院2013年発行，2014年第2刷，第61ページ。
② Виктор Карпов, Пленники Сталина: сибирское интернирование Японской армии, 1945 – 1956, Киев-Львов, 1997гг. с. 293.
③ Там же., с. 294.
④ ダモイ是俄文单词домой（回家）的日语发音，以平和祈念事業特別基金编：《シベリア強制抑留者が語り継ぐ労苦》XIII为例，其所收录的数十篇苏联西伯利亚地区日本战俘归国后所著回忆录与相关调查，基本上每个战俘经历者都提到了ダモイ这个词，具体可参见平和祈念事業特別基金编：《シベリア強制抑留者が語り継ぐ労苦》XIII，平和祈念事業特別基金，2003年。

▶ 西伯利亚的"罪与罚"

而"西伯利亚三重苦"（シベリアの三重苦），即寒冷、经常性的饥饿、繁重的劳动，这个词语不断出现在日本战俘的回忆录之中。对于日本战俘而言，这种历史记忆被长期保存、发酵与传播。1994年日方对战俘亲历者所进行的调查中提出"对于战俘生涯而言感到痛苦的事情为哪些？"3085名受访者回答的结果（可复选）为：感受到劳动作业痛苦者为1208人，占总人数的39.1%；感受到饮食供给不足者为2095人，占67.9%；感受到生活环境恶劣者为864人，占28%；感受到回国希望渺茫者为1536人，占49.7%；因战友死亡而痛苦者为721人，占23.3%；难以忍受酷寒者为1424人，占46.1%。① 此外，战后苏联对日本战俘信息鲜有公开报道，对死亡者、去向不明者的说明信息寥寥，使得日本社会从上至下均弥漫着一股焦虑感。② 这种深刻的焦虑感加深了日本社会对苏联的负面印象，也是战后苏日关系长期冷淡的原因之一。

第六，苏联地区日本战俘问题给战后日本社会打下了深刻的烙印。对日本而言，不论是战俘归国问题，还是所有海外人员归国问题，都成为战后政党政治与社会运动的载体。解决海外人员归国问题，不仅是日本政府维持国内社会稳定、安抚人心的手段，而且是战后社会党、民主党以及共产党争取政治筹码与选票的工具。而由海外归国人员及其家属所结成的各种民间团体，积极投身战后社会运动，长期冲击与影响着日本的政治局势与社会舆论。③ 另外，部分苏联地区归国日本战俘的政治活动，影响了战后日本左翼运动的方向。据日方统计资料，1951年宣誓效忠日本共产党与苏联的归国日本战俘为1042人，而其所谓"潜在的同志"则达到了8万人。大量苏联地区日本战俘归国并参与日本共产党的活动，不仅使日共内部派别纷争达

---

① 平和祈念事业特别基金编：《シベリア強制抑留者が語り継ぐ労苦》第4卷，平和祈念事业特别基金1994年，第70ページ。
② 重光晶著：《北方領土とソ連外交》，時事通信社1983年，第68ページ。
③ 关于战后日本由归还者掀起的社会运动，可参见長澤淑夫著：《シベリア抑留と戦後日本：帰還者たちの闘い》，有志舎2011年版。

到了白热化与公开化的程度，而且使战后日本左翼运动打上了深刻的苏联烙印。① 而对于苏联地区归国战俘而言，他们面对的不仅是经济上的困难，还有因接受思想政治教育而被日本政府长期监视的不安定感，不光生活、工作受到影响，还有被民众嫌弃甚至被视为苏联间谍的遭遇。对于他们而言，过去与现在、日本人与苏联人、自由与从属等二元对立的标签始终难以摆脱。②

---

① 下斗米伸夫著：《日本冷戦史：帝国の崩壊から55年体制へ》，岩波书店2011年，第232ページ。
② 下斗米伸夫编著：《日口関係：歴史と現代》，法制大学出版局2015年版，第120ページ。

参考文献

В. А. Гаврилов, Е. Л. Каефсонова, Японские военнопленные в СССР. 1945 – 1956, Россия XX век. Документы, Москва: Международный фонд 《Демократия》, 2013гг.

Загорулько М. М., Военнопленные в СССР. 1939 – 1956. Документы и материалы, Москва: "Логос", 2000гг.

Загорулько М. М., Региональные структуры ГУПВИ НКВД-МВД СССР 1941 – 1951: отчетно-информационные документы, Волгоград: Гос. учреждение "Издатель", 2005 – 2006гг.

Загорулько М. М., Главное управление по делам военнопленных и интернированных НКВД-МВД СССР 1941 – 1952: отчетно-информационные документы и материалы, Волгоград: Волгоградское научное изд-во, 2004г.

Морской государственный университет имени адмирала Г. И. Невельского, Труд военнопленных в отраслях народного хозяйства Приморского края: документы Государственного архива Приморского края, Владивосток, 2006г.

Морской государственный университет имени адмирала Г. И. Невельского, Труд военнопленных в угольной промышленности: документы Государственного архива Приморского края, Владивосток: Морской гос. Университет, 2005гг.

Бондаренко Е. Ю., Долгое возвращение из плена. //Проблемы

Дальнего Востока. 1994. – № 4.

Бондаренко Е. Ю., Японские военнопленные на Дальнем Востоке России в послевоенные годы, Владивосток: Изд-во Дальневосточного университета, 1997гг.

Безбородова И. В., Управление по делам военнопленных и интернированных НКВД-МВД СССР (1939 – 1953 гг.), Российский государственный гуманитарный университет, 1997гг.

Галицкий В. П., Архивы о лагерях японских военнопленных в СССР. // Проблемы Дальнего Востока. 1990. – № 6.

Галицкий В. П., Японские военнопленные в СССР: правда и домыслы. //Военно-исторический журнал. – 1991. № 4.

Галицкий В. П., Японские военнопленные и интернированные в СССР //Новая и новейшая история. 1999. – № 3.

Голос народной памяти (читатели о статье о японских военнопленных) //Проблемы Дальнего Востока. – 1991. – № 6.

Карасев С. В., Японские военнопленные на территории Читинской области (1945 – 1949 гг.), Иркутский государственный университет, 2002гг.

Карпов В., Пленники Сталина: сибирское интернирование Японской армии, 1945 – 1956, Киев-Львов, 1997гг.

Катасонова Е. Л., Японские военнопленные в СССР: большая игра великих держав, Москва: Институт востоковедения РАН, 2003гг.

Катасонова Е. Л., Решение гуманитарной проблемы японских военнопленных в отношениях СССР (российской федерации) и японии (1945 – 2003 гг.) исторический аспект, Институт военной истории министерства обороны российской федерации, 2004гг.

Кузнецов С. И., Японцы в сибирском плену, 1945 – 1956, Иркутск: ТОО Издательства журнала "Сибирь", 1997гг.

Маркдорф-Сергеева Н. М., БикметовР. С., Иностранные военнопленные в Кузбассе в 1940-е годы: документы и материалы, Кемерово: Кузбассвузиздат, 2002гг.

Последние пленники второй мировой войны. Документы из фондов ЦК КПСС о японских военнопленных// Исторический архив. 1993. № 1.

Спиридонов М. Н., Японские военнопленные в Красноярском крае (1945 – 1948 гг.), Красноярский государственный педагогический университет, 2001гг.

Цунаева Е. М., Учреждения военного плена НКВД-МВД СССР: 1939 – 1953, Волгоград: Волгоградское научное издательство, 2010гг.

厚生省引揚援護廳長官官房總務課記録係編:《引揚援護の記録》, 東京厚生省引揚援護庁, 1950—1963 年。

厚生省援護局編:《引揚げと援護三十年の歩み》, 東京厚生省, 1977 年。

戰後強制抑留史編纂委員会編:《戰後強制抑留史》, 1—8 冊, 東京平和祈念事業特別基金, 2005 年。

ソ連における日本人の捕虜の生活体験を記録する会:《捕虜体験記/ソ連における日本人捕虜の生活体験を記録する会編》, 1—8 冊, 東京ソ連における日本人の捕虜の生活体験を記録する会, 1984—1998 年。

平和祈念事業特別基金編:《シベリア強制抑留者が語り継ぐ労苦》, 1—19 冊, 東京平和祈念事業特別基金, 1991—2009 年。

橋本澤三、木村貴男著:《白夜に祈る:ソ連地區抑留報告》, 東京中央社 1948 年版。

高杉一郎著:《極光のかげに:シベリア俘虜記》, 東京目黒書店 1950 年版。

日刊労働通信社編:《戰後日本共産主義運動》, 東京日刊労働通信社

1955 年版。

今立鉄雄編著：《日本しんぶん：日本人捕虜に対するソ連の政策》，東京 鏡浦書房 1957 年版。

日本史研究會編：《戰後十年史》，東京東京大學出版會，1957 年。

弥益五郎著：《ソ連政治犯収容所の大暴動：カラガンダ事件の体験記》。

石田三郎著：《無抵抗の抵抗：ハバロフスク事件の真相》。

秦彦三郎著：《苦難に堪えて》。草地貞吾著：《地獄遍路》。

佐々木正制著：《ソ連労働者の生活：ソ連労働法を中心として》。

竹村重雄著：《ソヴエトの文化と生活》。

徳永笹市編：《スターリン批判後のソ連政治と人間改造：日本人抑留者の体験・報告》。徳永笹市編：《裁判．監獄．防諜：ソ連囚人政策の裏面》。

徳永笹市編：《強制労働者と民族問題：日本人戦犯抑留者の見聞記》

小山弘健著：《戰後日本共産党史》，東京芳賀書店，1966 年。

中村泰助著：《シベリアよさようなら：ソ連抑留二年間の記録》，東京第二書房 1966 年版。

神山茂夫編著：《日本共産党・ソ連共産党の往復書簡》，東京三一書房 1971 年版。

近藤毅夫著：《シベリア抑留記》，東京白凰社 1974 年版。

今井源治著：《シベリヤの歌：一兵士の捕虜記》，東京双葉社 1974 年版。

前野茂著：《ソ連獄窓十一年》，東京講談社 1979 年版。

若槻泰雄著：《シベリア捕虜収容所：ソ連と日本人》，東京サイマル出版会，1979 年。

原田充雄著：《シベリア抑留：敗虜の歌》，札幌市で個人出版，1980 年。

落合東朗著：《ハルローハ、イキテイル：私のシベリア記》，東京論創社 1981 年版。

吉富利通著:《シベリア抑留記: こくりの兵隊》, 東京光風社出版, 1981 年。

朔北会編《朔北の道草: ソ連長期抑留の記録》, 東京朔北会, 1977—1985 年。

蝦名熊夫著:《死の家の記録: シベリア捕虜収容所四年間の断想》, 東京西田書店 1989 年版。

氷地修 [ほか] 著:《七重の鉄扉: 日本人捕虜のシベリヤ抑留記》, 日刊労働通信社 1958 年。

斎藤六郎著:《回想のシベリア: 全抑協会長の手記》, 個人出版, 1989 年改訂版。

斎藤六郎著:《回想のシベリア》, 個人出版, 1990 年。

片岡薫著:《シベリア・エレジー: 捕虜と「日本新聞」の日々》, 龍渓書舎 1989 年版。

鈴木忠蔵著:《シベリア捕虜収容所回想録》, 金沢北国新聞社 1990 年版。

高橋一二三著:《シベリア凍土の歌: シベリア抑留記》, 個人出版, 1993 年。

坂本龍彦著:《シベリアの生と死: 歴史の中の抑留者》, 岩波書店 1993 年版。

川越史郎著:《ロシア国籍日本人の記録: シベリア抑留からソ連邦崩壊まで》, 中央公論社 1994 年版。

中嶋嘉隆著:《封印されたシベリア抑留史: わが青春の「民主化運動」》、MBC21, 1995 年。

西尾康人著:《凍土の詩: シベリア抑留八年、爪で書いた記録》, 東京早稲田出版, 1995 年。

斎藤六郎著:《シベリアの挽歌》, 終戦史料館出版部, 1995 年。

白井久也著:《ドキュメントシベリア抑留: 斎藤六郎の軌跡》, 岩波書店 1995 年版。

落合東朗著：《シベリアの『日本新聞』：ラーゲリの青春》，論創社 1995 年版。

石崎誠一著：《シベリア抑留者：大統領の謝罪と抑留問題の決着》，東京全貌社 1997 年版。

鈴木祥蔵著：《『ラーゲル』の中の青春：シベリア捕虜収容所 一学徒兵五十五年目の回想》，明石書店 1999 年版。

森本良夫著：《シベリア俘虜記：死と絶望からの帰還》，春秋社 2001 年版。

原暉之編：《日ソ戦争と戦後抑留の諸問題》，北海道大学スラブ研究センター第 81 号研究研究報告シリーズ，2002 年。

A. A キリチェンコ編：《シベリア抑留死亡者名簿》，仙台東北大学東北アジア研究センター，2003 年。

松本宏著：《告発シベリア抑留：国民に隠された真相》，碧天舎 2004 年版。

阿部軍治著：《シベリア強制抑留の実態：日ソ両国資料からの検証》，彩流社 2005 年版。

村山常雄著：《シベリアに逝きし46300名を刻む：ソ連抑留死亡者名簿をつくる》，七つ森書館 2009 年版。

白井久也著：《検証シベリア抑留》，平凡社 2010 年版。

長勢了治著：《シベリア抑留全史》，原書房 2010 年版。

富田武編著：《コムソモリスク第二収容所：日ソの証言が語るシベリア抑留の実像》，東洋書店 2012 年版。

William F. Nimmo. *Behind a Curtain of Silence*：*Japanese in Soviet custody*, *1945–1956*. New York：Greenwood Press, 1988.

崔建平：《苏联政府战后对日战俘的政策评析》，《俄罗斯中亚中欧研究》2009 年第 2 期。

弗拉季斯拉夫·祖博克：《失败的帝国：从斯大林到戈尔巴乔夫》，

李晓江译，社会科学文献出版社2014年版。

[俄] 列昂尼德·姆列钦：《历届克格勃主席的命运》，李惠生等译，新华出版社2001年版。

王学礼、张广翔：《苏联战俘待遇政策研究（1941—1956）》，《俄罗斯中亚东欧研究》2011年第5期。

王学礼、张广翔：《苏联战俘事务管理机构沿革（1939—1956）》，《东北亚论坛》2012年第2期。

王学礼：《在苏战俘研究（1941—1956）》，博士学位论文，吉林大学，2012年。

王蕾：《苏联劳改营对日本战俘的思想政治教育》，《吉林广播电视大学学报》2011年第11期。

王蕾：《苏联战俘收容所中的日本战俘》，《辽宁行政学院学报》2011年第10期。

徐元宫：《劳改营里，日本战俘"啃马列"?》，《同舟共进》2009年第10期。

张广翔、王学礼：《苏联在二战战俘遣返问题上的三重考量（1945—1956）》，《史学月刊》2011年第7期。

大 事 记

1939 年

9月12日，根据苏联内务人民委员部第0308号命令，苏联战俘管理局成立。

1941 年

8月7日，内务人民委员部根据苏联政府第1798—800c号决议颁布战俘管理条例。

1945 年

1月11日，内务人民委员部战俘与被拘留者管理总局被改组为战俘与被拘留者管理总局。

3月3日，内务人民委员部下达第00160号命令，要求在战俘与被拘留者管理总局内建立专门的被拘留者管理局。

8月16日，贝利亚等决定不将日本俘虏移送苏联本土，尽量就地设置解除日军武装的收容所。

8月16日，在给杜鲁门的密信中，斯大林提出占领北海道北半部分的要求。

8月17日，溥仪宣布退位，伪满洲国解体。

8月23日，苏联国防委员会出台第9898号决议。

9月2日，驻日盟军总司令部发布第一号令，规定中国东北、朝鲜半岛北部地区、库页岛南部及千岛群岛地区的日本军队向苏军投降。

9月2日，斯大林发表庆祝日本投降演讲，称今天的胜利正是对日俄战争失败的报复。

9月5日，关东军总司令官山田乙三、总参谋长秦彦三郎等约40名将官被三架飞机装载，从长春出发，经由哈尔滨被移送到哈巴罗夫斯克（伯力）。

9月6日，朝鲜人民共和国宣布成立。

9月12日，苏联《真理报》发文，宣传俘虏日军59.4万人，包括148名将军。

9月13日，在关于苏联控制地区日本人遣返问题会议上重光葵向麦克阿瑟递交备忘录。

9月15日，苏联地区日本战俘营中的《日本新闻》创刊。

9月28日，内务人民委员部颁布第00117/0013号命令，确定日本战俘的粮食供应标准。

10月9日，币原喜重郎内阁成立。

11月14日，内务人民委员部颁布第201号公告，确定死亡日本战俘埋葬标准。

12月7日，内务人民委员部发表命令，要求对死亡日本战俘进行登记。

12月23日，日本外务省发布关于在外同胞归国纲要。

1946年

2月2日，苏联政府根据苏联最高会议，规定将库页岛南部与千岛群岛、北方四岛编入苏联领土。

2月9日，针对苏联在中国东北地区拆卸物资装备，美国向苏联提出抗议照会。

3月4日，美国政府向苏联提出备忘录，认为被苏军运走的物资不是战利品。

3月12日，苏联就美国提出的备忘录进行回复，称日军物资为苏联战利品。

3月15日，内务人民委员部被改组成苏联内务部。

3月23日，苏联军队从吉林撤出。

4月13日，苏联部长会议发布第828—338cc号决议，要求将病弱日本战俘发送至朝鲜半岛北部地区。

4月17日，内务部出台新的日本战俘饮食供给标准。

4月20日，内务部根据苏联部长会议第828—338cc号决议，发布第00339号命令，要求将病弱日本战俘送至朝鲜半岛北部地区，且运输途中不允许出现死亡现象。

4月25日，苏联军队从哈尔滨撤退。

4月，苏联军队从东北地区完全撤出。

5月3日，东京审判开庭。

5月4日，苏联内务部下达第00385号命令，要求从战俘营移送2万名病弱战俘到朝鲜半岛北部地区，以及从朝鲜半岛北部地区战俘营移送2.2万名健康日本战俘到苏联地区从事劳动。

5月22日，第一次吉田茂内阁成立。

5月28日，就日本战俘遣返问题苏美进行第一次交涉。

5月，日本战俘家人200余人在奈良成立在苏同胞归国促进联盟。

6月11日，日本政府就战俘归国问题向驻日盟军总司令部提出请求。

6月26日，对日理事会第八次会议，就苏联地区战俘遣返问题美苏再次进行交涉。

6月，《日本新闻》的版面由2页增加到4页。

7月，内务部颁布第9302号命令，允许日本战俘与家属通信。

7月，苏联管辖下将兵同胞归国促进联盟在奈良广场公园召开第一次大会。

9月，在皇居广场进行在苏同胞归国促进联盟第二次集会，约1万人参加。

10月4日，苏联部长会议主席斯大林下达了第2235—921c号决议，准备遣返苏联地区日本战俘和被拘留人员。

10月11日，内务部发布了遣返日本战俘的第00916号命令。

10月19日，内务部发布第00933号命令，要求在战俘营内设立政治处。

10月22日，内务部颁布了00939号决议，就日本战俘通邮问题进行了详细规定。

11月3日，战后日本新宪法公布。

11月15日，内务部发布第450号命令，更新日本战俘粮食供应标准。

12月19日，苏联与美国签订《美苏协定》，规定每月从苏联管辖地区遣返5万名日本战俘和平民。

1947年

2月7日，东京日比谷公会堂4500名日本战俘家属举行归国促进大会，其中坚分子进行了为期三个星期的街头抗议与绝食活动。

3月8日，苏联部长会议颁布第481—186c号遣返命令。

3月12日，《杜鲁门宣言》发表。

3月22日，社会党党首片山哲访问苏联驻日代办处，向苏方提交促成日本战俘问题早日解决的请愿书。

4月，苏联地区日本战俘营内的民主运动逐次展开。

5月24日，片山哲内阁成立。

5月26日，苏联宣布在1950年1月前废除死刑，对日本战俘的惩罚措施最高为25年的有期徒刑。

5月，《日本新闻》的政治教育进入新阶段，批判美国与日本政府的报道增加。

5月，日本国会众议院成立海外残留同胞归国特别委员会，参议院成立在外同胞归国特别委员会。

8月15日，参议院与众议院通过促进解决在外日本人早日归国问题的决议。

12月11日，内务部颁布第0751号决议，变更日本战俘饮食标准。

12月16日，1947年度日本战俘遣返工作结束。

12月21日，日本共产党第六次党代表大会召开。

12月26日，苏联代表在对日理事会上发表讲话，表示苏联未对日本战俘进行意识形态灌输。

12月底，苏联开始进行币制改革。

1948年

1月19日，苏联发布俘虏报告书，称1947年向各国战俘共计支付了48亿卢布，相当于该年度战俘劳动收益的总值。

3月10日，芦田均内阁成立。

4月5日，苏联部长会议主席斯大林下达第1098—392c号决议，确定了1948年度日本战俘遣返人数。

5月，日本共产党书记长德田球一向苏联提出尽快遣返苏联地区日本战俘的请愿书。

5月6日，该年度第一艘苏联地区日本战俘遣返船抵达日本。

5月11日，驻日盟军总司令部再次向苏联提出议案，要求苏联每月遣返16万日本人（苏联本土及管辖地区）。

7月18日，遣返船"信浓号"上发生战俘批斗与私刑事件。

7月，根据《美苏协定》，开始遣返朝鲜半岛北部地区的日本战俘。

8月15日，大韩民国成立。

9月3日，驻日盟军总司令部向苏联代表提交抗议书，抗议苏联未按规定执行《苏美协定》。

9月9日，朝鲜民主主义人民共和国成立。

9月17日，驻日盟军总司令麦克阿瑟发表声明称，苏联违反了《美苏协定》，刻意延缓日本战俘的遣返速度。

10月15日，第二次吉田内阁成立。

11月24日，日本内阁颁布《未归国者对策要纲》。

11月，朝鲜半岛北部地区苏军全部撤出。

12月8日，苏联代表向驻日盟军总司令部发布通告，告知本年度日本战俘遣返工作完毕。

12月10日，联合国第三次大会通过《世界人权宣言》。

12月13日，苏联部长会议下达第18597pc命令，确定15名将军级日本战俘遣返名单。

12月14日，苏联《红旗》杂志发表文章，指出日本战俘劳动环境良好，待遇优厚。

1949年

2月16日，第三次吉田茂内阁成立。

3月，日本共产党领导人野坂参三发表为苏联辩护的言论，引发日本民众的强烈反响。

3月17日，驻日盟军总司令部再次向苏联代表提出要求，尽快实施本年度的日本战俘遣返工作。

4月4日，日本内阁总理大臣吉田茂发表施政方针演说，表示要争取在本年度解决苏联地区日本战俘问题。

4月21日到8月12日，联合国举行日内瓦国际会议，最后通过了确立战俘地位、保障战俘权益的《日内瓦第三公约》。日本作为被占领国派出观察员参会，苏联签字承认该公约。

4月26日，对日理事会议长向苏联代表提出要求，要求提供苏联地区剩余日本战俘的相关信息。

4月26日，日本国会参众两院通过尽快解决在外日本人归国问题的决议。

5月20日，苏联通过塔斯社报告，苏军共计俘获了59.4万日本军人，其中1945年直接在战地释放7.088万人，苏联地区剩余日本战俘为9.5万人，将在本年度全部予以遣返。

6月10日，斯大林颁布了第2326—905/cc号决议，责成内务部和部长会议遣返事务全权代表从 6 月到 10 月进行 1949 年度日本战将遣返工作。

6 月 27 日，1949 年度第一艘日本战俘遣返船抵达日本。

6 月 27 日到 12 月 2 日，从苏联共发出 44 艘遣返船，有 87403 人返回日本。

11 月 2 日，部长会议发布第 5038—1944cc 号决议，决定建立由内务部、国家安全部和苏联最高检察院内务部联合组建的委员会，以审核和宣判可能有犯罪行为的日本战俘。

11 月 7 日，《日本新闻》停刊。

12 月 28 日，苏联部长会议发布第 5867—2192cc 决议，准备遣返 1664 名审核后没有犯罪行为的日本战俘。

1950 年

2 月 14 日，中苏缔结《中苏友好同盟互助条约》。

3 月 22 日，苏联内务部颁布第 00202 号命令，决定集中遣返最后一批日本战俘，共 3109 人（包括部分被拘留人员），另有日本将军 82 人。

4 月 22 日，苏联通过塔斯社发表消息称，除了日本战犯 1487 人和疾病疗养中的 9 人外，日本俘虏的遣返工作全部完成。

4 月 23 日，针对塔斯社的通讯，《每日新闻》发表社论《30 万人的谜》。

4 月 24 日，《读卖新闻》发表社论《31 万人怎么了》。

4 月 25 日，日本政府针对 4 月 22 日塔斯社的报道向驻日盟军总司令部提出申诉。

5 月 1 日，麦克阿瑟会见日本战俘家人代表。

5 月，伦敦英法美三国外长会议，就苏联地区剩余日本战俘问题进行了相关讨论。

6 月 25 日，朝鲜战争开始。

7 月 15 日，969 名日本战犯被苏联移交给中国。

▶ 西伯利亚的"罪与罚"

8月26日，苏联《真理报》再发消息，表示苏联地区已无日本战俘。

10月1日，《日内瓦第三公约》生效。

10月20日，根据内务部第00642号命令，所有苏联地区日本战俘集中至哈巴罗夫斯克边疆区第16战俘营。

10月25日，中国出兵朝鲜半岛。

1951年
4月，斯大林在莫斯科与日共领导人会谈。

4月30日，联合国秘书长要求设立俘虏特别委员会。

5月14日，吉田茂外务大臣向联合国秘书长发信，指出苏联所提供的关于日本战俘的数据不可信。

6月20日，内务部下达第00375号命令，战俘与被拘留者管理总局被降格成战俘与被拘留者管理局。

6月23日，日本申请加入联合国。

7月25日，日本外务省发表日本人归国白皮书，调查公布的未归还者数字和苏联公布的数字相差较大，引起巨大争论。

9月8日，解决日本国际地位的《旧金山和约》由各国签字，苏联拒绝签字。

9月18日，苏联否决日本加入联合国的申请。

12月18日，日本成为联合国第80个会员国。

1952年
4月18日，苏联政府颁布第1879—715c号命令，决定遣返281名服刑完毕的日本战俘和公民。

4月28日，《旧金山和约》生效，日本正式恢复主权，不再借助驻日盟军总司令部与苏联进行日本战俘遣返问题交涉。

7月27日，苏联地区剩余日本战俘家人从鹤见开始举行绝食接力运动。

10月30日，第四次吉田茂内阁成立。

1953年
4月20日，内务部战俘与被拘留者管理局被内务部撤销，其职能及其管辖的少数外国战俘被移交给苏联监狱管理局。

5月21日，第五次吉田茂内阁成立。

7月24日，内务部出台了第00576号命令，允许被判刑日本战犯与其直系家属通信。

7月27日，《朝鲜战争停战协定》签署。

9月29日，苏联红十字会与日本红十字会在莫斯科进行谈判，协商剩余日本战俘归国问题。

11月19日，苏日红十字会签订协议，苏联红十字会向日方提供在苏日本人名单。

12月1日，根据苏日红十字会协定，剩余日本战俘遣返工作正式开始。

1954年
1月16日，莫洛托夫表达苏日关系正常化的意愿。

3月21日，根据苏日红十字会协定，第二次后期集中遣返完成，共有420人归国。

10月12日，《对日关系中苏共同宣言》发表。

12月10日，鸠山一郎内阁成立。

12月11日，重光葵在讲话中明确表明日方要与苏联恢复正常外交关系。

12月16日，针对重光葵的发言，苏联通过广播表示如日方有诚意，苏联也愿就恢复双边关系进行谈判。

1955年
2月7日，苏联国内发生政治变动，赫鲁晓夫上台。

2月16日，鸠山内阁作出进行日苏关系正常化交涉开始的决定。

6月3日，苏日关系正常化谈判在伦敦举行。

9月5日，苏联向日方提交在苏剩余日本人名单。名单包括军事战俘1011人，被拘留者354人，合计1365人。

9月6日，苏日伦敦谈判中断。

11月22日，第三次鸠山内阁成立。

1956年

1月7日，苏日伦敦谈判重启。

2月12日，苏日伦敦谈判再次中断。

2月24日，苏联共产党举行第20次全国代表大会。

4月29日，苏日渔业交涉开始。

6月，莫洛托夫辞去外长职务。

6月9日，原关东军总司令官山田乙三被遣返回日本。

7月31日，重光葵外相被任命为苏日正常化谈判全权代表，苏日莫斯科会谈开始。

8月10日，重光葵与赫鲁晓夫举行非正式会谈。

9月11日，内阁总理大臣鸠山一郎致信苏联最高领导人，表达早日达成苏日关系正常化的意愿，并表示在苏日达成共同意愿的前提下可对苏联进行国事访问。

10月2日，针对苏方回应，鸠山内阁通过访问苏联决定。

10月7日，鸠山经由欧洲前往莫斯科就苏日关系正常化进行谈判。

10月15日，苏日双方在克里姆林宫举行第一次正式会谈。

10月19日，《苏日共同宣言》正式签订。

12月18日，联合国大会一致通过日本入会申请。

12月26日，根据《苏日共同宣言》相关内容，苏联地区仅剩的1025名日本人被遣返回国，苏联地区日本战俘问题正式解决。

主要译名对照表

A

阿尔泰地区　Алтайскийкрай

阿穆尔河畔共青城　Комсомольск-на-Амуре

阿尔泰边疆区　Алтайский край

阿穆尔州　Амурская область

А. И. 安东诺夫　А. И. Антонов

阿部军治　阿部軍治

B

《波茨坦公告》　Potsdam Declaration，Потсдамская декларация

白俄罗斯苏维埃社会主义共和国　Белорусская Советская Социалистическая Республика

布里亚特—蒙古苏维埃社会主义自治共和国　Бурят-Монгольская Советская Социалистическая Республика

巴什基尔苏维埃社会主义自治共和国　Башкирская Автономная Советская Социалистическая Республика

贝阿铁路　Байкало-Амурская Магистраль，バム鉄道

彼得罗巴甫洛夫斯克　Петропавловск

编制处　режимный отдел

滨海黄金　приморзолото

滨海煤炭　приморскуголь

▶ 西伯利亚的"罪与罚"

滨海木业　приморсклес

滨海边疆区　Приморский край

滨海森林　Приморсклес

《柏林的崩溃》　Падение Берлина

波西耶特　Посьет

北海道大学斯拉夫研究中心　北海道大学スラブ研究センター

北海道　北海道

Е. Ю. 邦达连科　Е. Ю. Бондаренко

И. В. 别日波罗多娃　И. В. Безбородова

Р. С. 比克缅多夫　Р. С. Бикметов

В. 波杜诺夫　В. Бодунов

Н. М. 别戈夫　Н. М. Пегов

Г. А. 彼得罗夫　Г. А. Петров

Л. П. 贝利亚　Л. П. Берия

И. А. 彼得罗夫　И. А. Петров

冰地修　氷地修

白井久也　白井久也

坂本龙彦　坂本龍彦

C

参议院在外同胞归国特别委员会　参議院在外同胞引揚げに関する特別委員会

朝鲜民主主义人民共和国　Корейская Народно-Демократическая Республика

车里雅宾斯克州　Челябинская область

赤塔州　Читинская область

《春天华尔兹》　Весенний вальс

产经新闻　産経新聞

齿舞岛　歯舞島

草地貞吾　草地貞吾
川畑克志　川畑克志
村山常雄　村山常雄
长势了治　長勢了治
成田幸雄　成田幸雄

D

《对日和平条约》　Treaty of Peace with Japan　《日本国との平和条約》

鞑靼苏维埃社会主义自治共和国　Татарская Автономная Советская Социалистическая Республика

道路建设总局　Главное управление строительства шоссейных дорог МВД СССР，Гушосдор МВД СССР

东西伯利亚军区　Восточно-сибирский военный округ，ВСВО

杜鲁门　H. S. Truman

大连　Дальний

对日理事会　对日理事会

打倒天皇　天皇島敵前上陸

读卖新闻　読売新聞

东京回家　東京ダモイ

大河原孝一　大河原孝一

德永笹市　德永笹市

德田球一　德田球一

E

俄罗斯苏维埃社会主义联邦共和国　Российская Советская Федеративная Социалистическая Республика，РСФСР

F

反法西斯委员会　反ファシスト委員会

▶ 西伯利亚的"罪与罚"

符拉迪沃斯托克　Владивосток（海参崴）
К. Е. 伏罗希洛夫　К. Е. Ворошилов
Т. Ф. 菲利波夫　Т. Ф. Филиппов
С. М. 福明　С. М. Фомин
富田武　富田武
弗拉季斯拉夫·祖博克　Vladislav M. Zubok

G

国际红十字会　Международный Комитет Красного Креста
格鲁吉亚苏维埃社会主义共和国　Грузинская Советская Социалистическая Республика
谷物国有农场　Зерносовхоз
М. П. 格鲁霍夫　М. П. Глухов
К. Д. 戈卢别夫　К. Д. Голубев
Ф. 戈利科夫　Ф. Голиков
Н. И. 格涅拉洛夫　Н. И. Генералов
冈田安彦　岡田安彦
高桥一二三　高橋一二三
高杉一郎　高杉一郎
宫泽信行　宮沢信行

H

哈萨克苏维埃社会主义共和国　Казахская Советская Социалистическая Республика
哈巴罗夫斯克边疆区　Хабаровский край
哈巴罗夫斯克煤炭　хабаровскуголь
霍尔姆斯克　Холмск，真冈
哈桑湖　Озеро Хасан
哈尔科夫　Харьков

А. М. 华西列夫斯基 А. М. Василевский

海外滞留同胞归国特别委员会 海外残留同胞引揚げに関する特別委員会

和平祈念事业特别基金 平和祈念事業特別基金

厚生省归国支援厅 厚生省引揚援護庁

厚生省支援局 厚生省援護局

和田春树 和田春樹

横手慎二 横手慎二

J

吉尔吉斯苏维埃社会主义共和国 Киргизская Советская Социалистическая Республика

建筑大队 строительные батальоны

军事委员会 Военный совет

军事历史杂志 Военно-исторический журнал

В. А. 加夫里洛夫 В. А. Гааврилов

К. Н. 杰烈维扬科 К. Н. Деревянко

И. С. 杰尼索夫 И. С. Денисов

В. П. 加里茨基 В. П. Галицкий

吉富利通 吉富利通

吉田茂 吉田茂

加藤隆 加藤隆

加藤善雄 加藤善雄

今井源治 今井源治

金野秀雄 金野秀雄

近藤毅夫 近藤毅夫

近卫文隆 近衞文隆

K

克拉斯诺亚尔斯克边疆区 Красноярский край

科米苏维埃社会主义自治共和国　Коми Автономная Советская Социалистическая Республика

克麦罗沃州　Кемеровская область

勘察加州　Камчатская область

堪察加半岛　Камчатский полуостров

库页岛　сахалин остров，サハリン島

库兹巴斯地区　Кузбасс

卡廷惨案　Катынский расстрел

喀山　Казань

克拉斯诺沃茨克　Красноводск

Е. Л. 卡塔索诺娃　Е. Л. Катасонова

С. В. 卡拉谢夫　С. В. Карасев

И. И. 科瓦连科　И. И. Коваленко

科谢尼娅　Ксения

А. 克拉斯诺夫　А. Краснов

С. Н. 克鲁格洛夫　С. Н. Круглов

С. И. 库兹涅佐夫　С. И. Кузнецов

Ф. 库兹涅佐夫　Ф. Кузнезов

L

《历史档案》　Исторический архив

《列宁在1918》　Ленин в 1918 году

辽东半岛　Ляодунский полуостров

联合国　the United Nations, UN

联合国战俘专门委员会　Специальная комиссия ООН по военнопленным

联合国大会社会、人道主义和文化问题委员会　Комитет по социальным, гуманитарными и культурным вопросам Генеральной Ассамблей ООН

冷战　холоднаявойна

劳动大队　рабочие батальоны МВС

罗斯托夫州　Ростовская область

旅顺港　Порт-Артур

А. А. 罗辛　А. А. Рощин

林顺一　林順一

落合东朗　落合東朗

铃木祥藏　鈴木祥蔵

M

蒙古人民共和国　Монгольская Народная Республика

马加丹州　Магаданская область

莫尔多瓦苏维埃社会主义自治共和国　Мордовская Автономная Социалистическая Советская Республика

马加丹　Магадан

D. 麦克阿瑟　D. MacArthur

《美苏协定》　《ソ連地区引揚に関する米ソ暫定協定》

《埋葬法西斯战犯》　ファシスト犯罪者を葬れ

满蒙开拓团　満蒙開拓団

每日新闻　毎日新聞

民主改造　демократичская обработка

民主干部　демократические кадры

民主运动　демократические движения

民主小组　民主グレープ

莫斯科州　Московская область

莫尔尚斯克　Моршанск

马利塔　Мальта

Я. А. 马利克　Я. А. Малик

木村贵男　木村貴男

弥益五郎　弥益五郎

N
内务部战俘与被拘留者管理总局　Главное управление по делам военнопленных иинтернированных МВД

内务人民委员部战俘与被拘留者管理总局　Главное управление по делам военнопленных иинтернированных НКВД

内务人民委员部战俘管理局　Управление по делам военнопленных при НКВД СССР, УПВ-НКВД-СССР

内务部战俘营　лагери МВД

内务部劳动改造管理总局　Главное управление лагерей и мест заключения МВД

内务部监狱处　Тюремный отдел МВД СССР

惩戒劳教营管理总局　Главное управление исправительно-трудовых лагерей и колоний МВД СССР

内务部军需总局　Главное управление военного снабжения МВД，ГУВС МВД СССР

纳霍德卡　Находка

诺里尔斯克　Норильск

诺门坎　Халхин-Гол

P
片冈熏　片岡薫

平原敏夫　平原敏夫

Q
契卡洛夫州　Чкаловская область

В. В. 切尔内肖夫　В. В. Чернышов

桥本泽三　橋本澤三

秦彦三郎　秦彦三郎
前野茂　前野茂
千田正　千田正

R
《日内瓦第二公约》　Geneva Conventions II
《日内瓦第三公约》　Geneva Conventions
日本好人们　хорошие люди-Японцы
日本战俘　Японские военнопленные
日本战俘营　Японские лагери
日本人　японскийヤポンスキー
日本东北大学东北亚研究中心　日本東北大學東北アジア研究センター
日本共产党　日本共産党
《日本新闻》　《日本新聞》
《日本新闻》之友会　《日本新聞》友の会
日本战后强制抑留史编纂委员会　戰後強制抑留史編纂委員会
《人民新闻》　Дзиммин Симбун 人民新聞
若槻泰雄　若槻泰雄

S
《苏日共同宣言》　Советско-японскаядекларация　《日ソ共同宣言》
《苏日红十字会关于释放剩余日本人的共同声明》　《邦人送還に関する日ソ赤十字社共同コミュニケ》
萨哈林州 Сахалинская область
萨拉托夫州　Саратовская область
萨哈苏维埃社会主义自治共和国　Якутская Автономная Советская Социалистическая Республика

斯维尔德洛夫斯克州　Свердловская область

萨哈林木业　сахалинлес

石油天然气工业企业建设总局　Главнейгазстрой

苏共中央　ЦК КПСС

苏联国防委员会　Государственный комитет обороны

苏联内务部　Министерство внутренних дел СССР

苏联内务人民委员部　Народный Комиссариат Внутренних Дел СССР

苏联武装力量部政治管理总局　Главное политуправление вооруженных сил СССР

苏联有色金属人民委员部　Народыйн комиссариат цветной металлургии СССР，Наркомцветмет СССР

苏联贸易部　Министерство торговли СССР

苏联部长会议遣返事务全权代表　Уполномоченный Совет минстеров СССР по делам репатриации

苏联海军部　Министерство морского флота

苏联交通部　Министерство путей сообщения

苏联武装力量军事运输中央管理局　Центральное управление военных сообщений вооруженных сил СССР, ЦУП ВОСО ВС СССР

苏联武装力量部住房建设总局　Главноестроительно-квартирное управление СССР

苏联燃料企业建设部　Министерство строительство топливных предприятий СССР，Минтопстрой СССР

苏联国家计划委员会　Государственная плановая комиссия Совета Министров СССР，Госплан

苏联武装力量总参谋部对外联络局　Управление по внешним сношениям Генштаба ВС СССР

苏联武装力量总参谋部　Генеральный штаб Вооружённых сил СССР

苏联最高检察院　Прокуратуры СССР

苏联国家安全部　МГБ СССР

苏联红十字会　Советский Красный Крест

苏联红十字会和红新月会联盟　Союз обществ красного креста и красного полумесяца СССР

苏联最高苏维埃主席团　Президиум Верховный Совет СССР

苏联财政部　Министерство финансов СССР

苏联纸浆和造纸工业部　Министерство целлюлозной и бумажной промышленности СССР

苏联军事和海军企业建设部　Министерство строительства военных и военно-морских предприятий СССР

《誓言》　Клятва

И. В. 斯大林　И. В. Сталин

М. Н. 斯皮里多诺夫　М. Н. Спиридонов

Л. Д. 斯达丘克　Л. Д. Стасюк

Л. 萨弗拉济扬　Л. Сафразьян

朔北会　朔北会

色丹岛　色丹岛

森本良夫　森本良夫

上松健　上松健

石川朝雄　石川朝雄

石田三郎　石田三郎

水野治一　水野治一

水野等　水野等

寺山恭辅　寺山恭輔

松本宏　松本宏

山本升　山本昇

T

坦波夫州　Тамбовская область

▶ 西伯利亚的"罪与罚"

土库曼苏维埃社会主义共和国　Туркменская Советская Социалистическая Республика

太平洋舰队　Тихоокеанский флот

土耳其斯坦军区　Туркестнский военный округ

特殊道路建设队　Особой дорожно-строительный корпус МВД

塔什干　Ташкент

塔斯社　ТАСС

泰舍特　Тайшет

同志　Товарищ

统计与登记处　учетно-регистрационный отдел

《同胞回国基本指令》　《引揚げに関する基本指令》

太阳会　太陽会

天谷小之吉　天谷小之吉

土田正人　土田正人

W

乌拉尔军区　Уральский военный округ

卫生与保障处　отдел снабжения и санитарный

乌兹别克苏维埃社会主义共和国　Узбекская Советская Социалистическая Республика

乌克兰苏维埃社会主义共和国　Украинская Советская Социалистическая Республика

外贝加尔—阿穆尔军区　Забайкало-Амурский военный округ

武装力量军事总检察长　Главный военный прокурор вооруженных сил

文化研究会　文化研究会

В. И. 维诺格拉多夫　В. И. Виноградов

威廉·F. 尼莫　William F. Nimmo

维多夫·巴托巴亚鲁　オイドフ・バトバヤル

X

西伯利亚抑留研究会　シベリア抑留研究会

协和会　Киовакай，協和会

新赖奇欣斯克煤炭开采场　Ново-Райчихинский уголовный разрез

《消息报》　Известия

《新声》　новый голос

新星会　新星会

学习小组　学習グループ

Б. 谢苗诺夫　Б. Семенов

И. 谢罗夫　И. Серов

西山洁　西山潔

西尾康人　西尾康人

虾名熊夫　蝦名熊夫

相田正明　相田正明

香川重信　香川重信

Y

雅尔塔会议　Yalta Conference，Ялтинская конференция

新西伯利亚州　Новосибирская область

伊尔库茨克州　Иркутская область

伊万诺沃州　Ивановская область

叶尼塞黄金托拉斯　Трест《Енисейзолото》

《音乐史》　Музыкальная история

《愉快的孩子们》　Веселые ребята

《亚历山大·帕尔霍缅科》　Александр Пархоменко

Н. 叶夫谢恩科　Н. Евсеенко

岩野寅雄　岩野寅雄

▶ 西伯利亚的"罪与罚"

野坂参三　野坂参三
伊曼地区　Имен
引扬白皮书　《引揚げ白書》
远洲号　遠州丸
原晖之　原晖之
原田充雄　原田充雄
宇平博　宇平博

Z
《战俘政治工作经验》手册　брошюр《Опыт политической работы среди военнопленных》
再教育　перевоспитание
政治处　политический отдел，политотдел
政治教育工作高级指导员　Старший инструктор по политпросветработе
驻日盟军总司令　General Headquarters，GHQ
《终战诏书》　《大東亜戦争終結ノ詔書》
众议院海外同胞归国及遗族援助调查特别委员会　衆議院海外同胞引揚及び遺家族援護に関する調査特別委員会
《朝日新闻》　朝日新聞
М. М. 扎格卢里科　М. М. Загорулько
中村泰助　中村泰助
中岛嘉隆　中嶋嘉隆
重光葵　重光葵
竹村重雄　竹村重雄
佐佐木正制　佐々木正制
中西功　中西功
植田宏　植田広

后　记

这是 2018 年的春天，是我人生的第 33 个春天，是我走上工作岗位的第 5 个年头，是我成为一名父亲的第 3 个月。在这个草长莺飞、生机勃勃的时节，经过 5 年的整理和修改，在我的博士论文基础上形成的书稿《西伯利亚的"罪与罚"——苏联地区日本战俘问题研究（1945—1956）》即将付梓，心中感慨良多。

感谢我的家人。我的父母不仅赋予我生命，呵护我成长，而且在言传身教中让我学到了很多做人做事的原则，更在艰难时刻全力以赴地支持我。如今父母已经进入暮年，我却不能在身边亲自照料，心中实感有愧。感谢我的妻子许富娟。她不仅选择了我作为其终身伴侣，而且坚定不移地支持我的各种选择，并患难与共。2018 年 1 月底，我们迎来了女儿的降生。新的生命给我带来了欢乐和喜悦，也赋予了我更多的责任。

感谢我的硕士、博士导师——北京师范大学历史学院张建华教授。张老师是我的学术引路人，不仅将我这个历史学的"门外汉"领进门，还一直指导我、鼓励我、鞭策我。导师是我心中的楷模，他不仅是学识渊博、治学严谨的学者，还是热爱生活的智者。他不仅给予我专业知识，还在我人生的关键时刻给予我指引，并使我确立起对生活的态度。博士毕业以后我主要从事俄罗斯外交工作，但这对我来说是个全新的领域，导师教给我的学识和为我确立的生活态度，让我有勇气面对各种工作和生活中的困难。

感谢教育部留学基金委为我提供了博士研究生公派出国培养机

会，这使我有机会从2011年10月到2013年3月在北海道大学斯拉夫研究中心进行了一年半的学习。感谢斯拉夫研究中心提供的良好的条件和丰富资料，让我能在异国他乡专心致志地从事与博士论文撰写相关的工作。感谢合作导师松里公孝教授的悉心指导。

感谢赵世峰、陈金鹏、高龙彬、曾媛媛、郝葵、陈余、俞紫梅、庄宇、郝亚堃及其他师门兄弟姐妹。他们或在本书的收集材料、资料翻译、写作、编辑与修改校对工作中帮助过我，或在学业和生活中帮助过我，我的青春岁月中留有对他们的美好回忆。

感谢中国社会科学院俄罗斯东欧中亚研究所的各位领导和同事。自2013年7月迈入工作岗位以来，正是他们的关心与指导，让我适应了工作环境，并一起在学术的道路上跋涉。其中，我要特别感谢研究所科研处各位老师在本书出版工作中所给予的指导和支持。

感谢中国社会科学院国际合作局在我办理出国学术交流手续上给予的支持。

最后，限于本人学识，书中肯定还有很多尚未发现的错误，恳请各位师长、学友批评指正，我定将虚心接受与改正。